John Ga

In Fesseln

Die Forsyte-Saga Teil 2
mit dem ersten Einschub
»Nachsommer«

Übersetzt von Leon Schalit

und Luise Wolf

John Galsworthy: In Fesseln. Die Forsyte-Saga Teil 2 mit dem ersten Einschub »Nachsommer«

Übersetzt von Leon Schalit und Luise Wolf.

Nachsommer (1. Einschub):
»Indian Summer of a Forsyte«. Erstdruck: 1918, André Chevrillon zugeeignet. Hier in der deutschen Übersetzung von Leon Schalit, Berlin, Zsolnay, 1925.
In Fesseln:
»In Chancery«. Erstdruck: 1920, Jessie und Joseph Conrad zugeeignet. Hier in der deutschen Übersetzung von Luise Wolf, Berlin, Zsolnay, 1925. Auch erschienen unter dem Titel »In den Schlingen des Gesetzes«.

Neuausgabe
Herausgegeben von Karl-Maria Guth
Berlin 2021

Der Text dieser Ausgabe wurde behutsam an die neue deutsche Rechtschreibung angepasst.

Umschlaggestaltung von Thomas Schultz-Overhage unter Verwendung des Bildes: Giovanni Boldoni, Mademoiselle de Demidoff, 1905

Gesetzt aus der Minion Pro, 11 pt

Die Sammlung Hofenberg erscheint im Verlag
Henricus - Edition Deutsche Klassik GmbH, Berlin
Herstellung: Books on Demand, Norderstedt

ISBN 978-3-7437-3985-7

Bibliografische Information der Deutschen Nationalbibliothek:
Die Deutsche Nationalbibliothek verzeichnet diese Publikation in der Deutschen Nationalbibliografie; detaillierte bibliografische Daten sind im Internet über www.dnb.de abrufbar.

Inhalt

Nachsommer

»Doch ach! Zu kurz nur ist des Sommers Frist!«
Shakespeare

1.

Am letzten Tage des Monats Mai, zu Anfang der Neunzigerjahre, saß der alte Jolyon Forsyte gegen sechs Uhr abends unter dem Eichenbaum vor der Terrasse seines Hauses in Robin Hill. An diesem herrlichen Nachmittag wollte er so lange draußen bleiben, bis die Mücken anfangen würden zu stechen. Er hielt eine fast zu Ende gerauchte Zigarre in der magern braunen Hand, an der die Adern blau hervortraten und deren schmale Finger lange Nägel hatten – die Mode der spitzgeschnittenen, polierten Nägel stammte noch wie er selber aus jenen frühviktorianischen Tagen, als es für besonders vornehm galt, nichts zu berühren, nicht einmal mit den Fingerspitzen. Seine gewölbte Stirn, der lange weiße Schnurrbart, die magern Wangen und das lange magere Kinn wurden vor der tief stehenden Sonne durch einen alten braunen Panamahut geschützt. Wie er so mit übereinandergeschlagenen Beinen dasaß, lag in seiner ganzen Haltung eine heitere Ruhe; man sah ihr die Eleganz eines alten Herrn an, der jeden Morgen Eau de Cologne auf sein seidenes Taschentuch spritzt. Zu seinen Füßen lag ein wolliger, schwarzweißer Hund, der sich Mühe gab, wie ein Spitz auszusehen – das war der Hund Balthasar; die ehemalige Abneigung zwischen ihm und dem alten Jolyon hatte sich mit den Jahren in Freundschaft verwandelt. Dicht bei seinem Stuhl hing eine Schaukel, und auf dieser saß eine von Hollys Puppen, »die dumme Alice« genannt, die mit dem Oberkörper vornüber gefallen war und ihre kleine Nase trübselig in einem schwarzen Unterrock versteckte. Sie war stets in Ungnade und so konnte es ihr gleichgültig sein, wie sie dasaß. Unter dem Eichenbaum zog sich der Rasen über eine Böschung hinunter bis zu einer Farnkrautpflanzung; jenseits dieser Anlage begannen dann die Felder, die zum Teich abfielen, das Wäldchen, und man genoss jene Aussicht, »sehr schön, merkwürdig«, auf die Swithin

Forsyte gerade von diesem Baum aus hingestarrt hatte, als er vor fünf Jahren mit Irene hinausgefahren war, um das Haus zu besichtigen. Der alte Jolyon hatte von seines Bruders Heldentat gehört, von jener Fahrt, die auf der Forsyte-Börse berühmt geworden war. Swithin! Im vergangenen November hatte sich dieser Bursche hingelegt und war gestorben und war doch erst neunundsiebzig; sein Tod hatte von Neuem den Zweifel wachgerufen, der zuerst aufgetaucht war, als Tante Ann diese Welt verlassen hatte, den Zweifel daran, dass die Forsytes wirklich ewig leben würden. Tot! Und nun waren nur noch Jolyon und James übrig, Roger, Nicholas und Timothy – Julia und Hester! Und der alte Jolyon dachte: »Fünfundachtzig! Ich spüre nichts davon – oder doch nur dann, wenn jener Schmerz kommt!«

Er suchte in seiner Erinnerung. Er hatte sein Alter nicht mehr gefühlt, seit er das Unglückshaus seines Neffen Soames gekauft und sich vor drei Jahren hier in Robin Hill niedergelassen hatte. Es war gerade, als ob er mit jedem Frühjahr jünger geworden wäre, seit er auf dem Lande lebte mit seinem Sohn und seinen Enkeln – June, und den beiden Kleinen aus der zweiten Ehe, Jolly und Holly; seit er hier draußen lebte, fern vom Londoner Lärm und dem Geschnatter der Forsyte-Börse, frei von allen Aufsichtsratssitzungen, in einer köstlichen Atmosphäre, in der es keine Pflichten, sondern nur Vergnügungen gab; er war vollauf damit beschäftigt, das Haus mit den Feldern noch vollkommener und besser herzurichten und den Launen von Holly und Jolly nachzukommen. All das Verbitterte und Absonderliche seines Wesens, das sich in ihm während des langen tragischen Konfliktes zwischen June, Soames, dessen Frau Irene und dem armen jungen Bosinney in ihm gesammelt hatte, war lange schon wie ausgelöscht. Sogar June hatte endlich ihre Melancholie überwunden, machte sie doch gerade jetzt mit ihrem Vater und ihrer Stiefmutter eine Reise durch Spanien. Ein seltsamer, völliger Friede herrschte seit ihrer Abreise, glückselig und dennoch leer und öde, weil sein Sohn nicht da war. Jetzt war ihm Jo stets nur ein Trost und eine Freude – so ein lieber Junge! Aber Frauen, sogar die besten, gingen einem irgendwo immer ein wenig auf die Nerven, nur dann selbstverständlich nicht, wenn man sie bewunderte.

In der Ferne rief ein Kuckuck; auf der ersten Ulme im Feld girrte eine Wildtaube, und so viele Gänseblümchen und Butterblumen waren nach dem letzten Mähen aufgeblüht! Auch wehte der Wind von Südwesten her – eine köstliche, würzige Luft! Er schob den Hut ins Genick und ließ die Sonne Wange und Kinn bescheinen. Er wusste selbst nicht warum, aber heute wünschte er sich Gesellschaft, wünschte er, in ein hübsches Gesicht zu schauen. Alte Leute behandelt man immer so, als ob sie keine Wünsche mehr hätten. Noch niemals hatte er Gedanken gehabt wie jetzt, die so wenig zu der Forsyte'schen Weltauffassung passten: »Man kann doch nie genug haben! Es sollte mich nicht wundern, wenn man – einen Fuß schon im Grabe – sich immer noch nach etwas sehnt!« Hier draußen, fern von dringenden Geschäften, hatten seine Enkelkinder, die Blumen, Bäume und Vögel des kleinen Gutes, gar nicht zu reden von der Sonne, dem Mond und den Sternen über ihnen, Tag und Nacht zu ihm gesagt: »Sesam öffne dich!« Und Sesam hatte sich geöffnet, wie sehr, das wusste er vielleicht selber nicht. Er hatte stets Empfänglichkeit besessen für das, was man jetzt »Natur« zu nennen anfing, echte, fast religiöse Empfänglichkeit, obwohl er einen Sonnenuntergang nie anders als »Sonnenuntergang« und eine Aussicht nie anders als »Aussicht« genannt hatte, wie tief sie ihn auch immer bewegen mochten. Aber nun war er schon so weit, dass die Natur ihm ein wehes Gefühl verursachte, sie griff ihm so sehr ans Herz. An jedem dieser ruhigen, klaren, immer länger werdenden Tage schlenderte er umher, Hollys Hand in der seinen, während der Hund Balthasar, der stets etwas zu suchen schien, was er niemals finden konnte, vor ihnen herlief; er beobachtete, wie die Rosen sich öffneten, das Spalierobst an den Mauern Knospen ansetzte, wie das Sonnenlicht die Blätter der Eichen und die jungen Bäume in dem Wäldchen vergoldete, und wie die Blätter der Wasserlilien sich aufrollten und glänzten, oder er blickte über das silbrige junge Korn des einzigen Weizenfeldes; er horchte auf die Stare und Lerchen und auf die wiederkäuenden, hellbraunen Kühe, die langsam mit den Schwänzen schlugen; und an jedem dieser schönen Tage tat ihm ein wenig das Herz weh vor lauter Liebe zu den Dingen und vielleicht auch, weil er ganz im Innern spürte, dass ihm nicht mehr sehr viel Zeit geblieben war, sich ihrer zu freuen. Er musste daran denken, dass eines Tags – vielleicht schon in weniger als zehn Jahren, vielleicht in weniger als fünf – diese ganze Welt von ihm genommen sein würde, noch ehe seine Kraft, sie zu lieben, erschöpft war, und es erschien ihm als eine Ungerechtigkeit, die einen Schatten auf sein Leben warf. Was immer auch nach diesem Leben käme, es würde nicht das sein, wonach er sich sehnte: nicht Robin Hill und Blumen und Vögel und hübsche Gesichter – von denen er schon jetzt zu wenig um sich hatte! Mit den Jahren hatte sich sein Widerwille gegen jede Art von Humbug verstärkt; die Orthodoxie, die er in den Sechziger jähren zur Schau getragen, war für ihn längst schon abgetan, wie auch die Koteletts, die er aus purem Übermut zur selben Zeit getragen hatte, und er verehrte heute nur mehr dreierlei: Schönheit, aufrechtes Benehmen und den Sinn für Eigentum; doch als Höchstes galt ihm nun die Schönheit. Er hatte stets die verschiedenartigsten Interessen gehabt und konnte auch heute noch die »Times« lesen; aber in dem Augenblick, da er eine Amsel singen hörte, legte er unweigerlich die Zeitung aus der Hand. Aufrechtes Benehmen, Eigentum – das ermüdete ihn irgendwie. Aber der Amseln und des Sonnenuntergangs war er niemals müde; sie verursachten ihm nur ein unbestimmtes Gefühl, als ob er ihrer nie überdrüssig werden könnte. Wie er so in den stillen Glanz des frühen Abends schaute und auf die kleinen goldenen und weißen Blumen auf dem Rasen, kam ihm ein Gedanke: Dieses Wetter war die Musik des »Orpheus«, die er kürzlich im Covent Garden Opernhaus gehört hatte. Ein wunderschönes Werk, nicht wie Meyerbeer, und auch nicht ganz wie Mozart, sondern in seiner Art vielleicht noch lieblicher; es war etwas Klassisches, etwas vom goldenen Zeitalter darin, etwas Reines und Gereiftes, und die Ravogli »fast würdig der alten Tage«, – das höchste Lob, das er spenden konnte. Die Sehnsucht Orpheus' nach der Schönheit, die er verloren hatte, nach seiner Liebe, die zum Hades hinabgestiegen war, so wie im Leben Liebe und Schönheit dahinschwanden, dieselbe Sehnsucht, die in der herrlichen Musik sang und bebte, vibrierte auch in der leise verklingenden Schönheit der Natur an diesem Abend. Unwillkürlich stieß er die Spitze seines korkbesohlten Zugschuhs dem Hund Balthasar in die Rippen, sodass das Tier erwachte und nach seinen Flöhen suchte, denn obgleich man zu wissen glaubte, dass er gar keine habe, konnte doch nichts Balthasar zu dieser Überzeugung bringen. Als er fertig war, rieb er die Stelle, wo er sich gekratzt, an seines Herrn Wade und legte sich wieder nieder, die Schnauze auf dem Spann des Fußes, der ihn gestört hatte. Und plötzlich musste der alte Jolyon an ein Gesicht denken, das er vor drei Wochen in der Oper gesehen – Irene, die Frau seines feinen Neffen Soames, dieses »reichen Mannes«! Obgleich er sie nicht wiedergetroffen seit jenem »Empfang« in seinem alten Haus in Stanhope Gate, bei dem die unselige Verlobung seiner Enkelin June mit dem jungen Bosinney gefeiert worden war, hatte er sie doch sofort wiedererkannt, denn er hatte sie stets bewundert – eine sehr schöne Frau. Er hatte gehört, dass sie nach dem Tode des jungen Bosinney, dessen Geliebte sie so sträflicherweise geworden war, Soames sofort verlassen hatte. Der Himmel mochte wissen, was sie seither getrieben. Der Anblick ihres Gesichtes, im Profil, in der Reihe vor ihm, hatte ihn buchstäblich zum ersten Mal seit drei Jahren wieder daran erinnert, dass sie noch am Leben war. Niemand hatte je von ihr gesprochen. Und doch, Jo hatte ihm einmal etwas erzählt, etwas, das ihn ganz aus der Fassung gebracht. Wahrscheinlich hatte es der Junge von George Forsyte gehört, der Bosinney an dem Tage, da er überfahren worden war, im Nebel gesehen hatte – es musste etwas, das die Verzweiflung des jungen Menschen erklärte – etwas, das Soames seiner Frau angetan – etwas Entsetzliches gewesen sein. Jo hatte auch sie selbst an jenem Nachmittag gesehen, nachdem die Nachricht schon bekannt geworden war, hatte sie für einen Augenblick gesehen und der alte Jolyon hatte seine Worte nie vergessen können – »verirrt und verloren« hatte er sie genannt. Und am nächsten Tag war June hingegangen – ihre eigenen Gefühle unterdrückend – war hingegangen, da hatte die Jungfer geweint und ihr gesagt, wie ihre Herrin in die Dunkelheit hinausgeschlüpft und verschwunden sei. Eine traurige Geschichte – wahrhaftig! Eines war sicher: Soames hatte ihrer niemals wieder habhaft werden können. Er lebte nun in Brighton, fuhr täglich nach London und wieder zurück, ein wohlverdientes Schicksal – der reiche Mann! Denn wenn der alte Jolyon einen einmal nicht leiden konnte – und seinen Neffen konnte er nicht leiden – dann kam er nie mehr wieder darüber hinweg. Er erinnerte sich noch, mit welchem Gefühl der Erleichterung er die Nachricht von Irenens Verschwinden aufgenommen. Es war entsetzlich gewesen, sie sich als Gefangene in jenem Hause vorzustellen, wohin sie zurückgekehrt sein musste, wie ein verwundetes Tier sich in seine Höhle schleppt, als Jo sie gesehen hatte, für wenige Minuten zurückgekehrt – nachdem sie auf einem Zeitungsplakat in der Straße die Nachricht gelesen: »Tragischer Tod eines Architekten«. Unlängst, an jenem Abend hatte ihn ihr Antlitz seltsam berührt; es war noch schöner, als er es in der Erinnerung hatte, aber wie eine Maske, die das Leben darunter verbarg. Eine junge Frau noch, vielleicht achtundzwanzig. Na ja! Höchstwahrscheinlich hatte sie jetzt schon einen andern Liebhaber. Aber bei diesem rebellischen Gedanken – denn verheiratete Frauen sollten kein zweites Mal lieben, einmal war schon zu viel gewesen – schnellte sein Fuß in die Höhe und mit ihm der Kopf des Hundes Balthasar. Das kluge Tier stand auf und blickte dem alten Jolyon ins

Gesicht. »Spazieren gehen?«, schien er zu fragen; und der alte Jolyon erwiderte: »Gehen wir, alter Bursche!«

Langsam, wie es die beiden gewöhnt waren, schritten sie über die Sternbilder von Butterblumen und Gänseblümchen und betraten die Farnkrautpflanzung. Diese Anlage, wo noch sehr wenig wuchs, war wohlbedacht tiefer als der übrige Rasen angelegt worden, sodass sie wieder bis zu seiner Höhe emporwachsen und so den Eindruck der Unregelmäßigkeit erwecken konnte, was ja bei der Anlage eines Gartens so wichtig war. Der Hund Balthasar liebte die Felsblöcke und die Erde dazwischen, wo er manchmal einen Maulwurf fand. Der alte Jolyon ging immer eigens hindurch, nur, weil die Pflanzung einmal schön werden sollte, wenn sie es auch einstweilen noch nicht war; und er dachte oft: »Varr muss herausfahren und danach schauen, er ist tüchtiger als Beech!« Denn Pflanzen verlangten genau wie Häuser oder wie menschliche Gebrechen die beste fachmännische Fürsorge. In der Pflanzung gab es viele Schnecken, und wenn seine Enkelkinder ihn begleiteten, wies er manchmal auf eine hin und erzählte die Geschichte des kleinen Jungen, der einmal fragte: »Kann eine Pflaume laufen, Mutter?« – »Nein, mein Kind.« – »Pfui Teufel, dann hab ich sicher einen dicken Schneck hinuntergeschluckt.« Und wenn sie vor Entsetzen in die Höhe sprangen und seine Hand packten, weil sie sich vorstellten, wie der dicke Schneck die Kehle des kleinen Jungen hinunterrutschte, dann zwinkerte er vergnügt mit den Augen. Sie verließen die Pflanzung: Er öffnete die Zauntür, die gerade dort in das erste Feld hinausführte, ein großes, parkähnliches Gelände, von dem man mittels einer Ziegelmauer einen Gemüsegarten abgetrennt hatte. Diesen vermied der alte Jolyon, da er nicht zu seiner Stimmung passte und ging den Hügel hinunter nach dem Teich zu. Der Hund Balthasar, der wusste, dass dort eine oder zwei Wasserratten hausten, hüpfte voraus in der Gangart eines alten Hundes, der jeden Tag denselben Spaziergang macht. Am Rande des Teiches blieb der alte Jolyon stehen und betrachtete eine Wasserlilie, die sich seit gestern geöffnet hatte; er wollte sie morgen Holly zeigen, sobald »sein kleiner Liebling« die Magenverstimmung überstanden haben würde, die dem Genuss einer Tomate zum Frühstück gefolgt war – ihr kleiner innerer Mechanismus war so zart. Nun, da Jolly die Schule besuchte – es war sein erstes Semester – war Holly fast den ganzen Tag bei ihm, und heute fehlte sie ihm sehr. Er fühlte auch wieder den Schmerz, der ihn in letzter Zeit öfters behelligte – ein leises Ziehen in der linken Seite. Er sah zurück, den

Hügel hinan. Der arme junge Bosinney hatte mit diesem Haus wirklich einen schönen Besitz geschaffen; wenn er am Leben geblieben wäre, hätte er sicher Karriere gemacht. Und wo war er jetzt? Vielleicht ging sein Geist noch hier um, an dem Orte seines letzten Wirkens und seiner tragischen Liebesgeschichte. Oder hatte sich der Geist Philip Bosinneys im All aufgelöst? Wer konnte es sagen? Der Hund da machte sich die Beine schmutzig! Und er wandte sich nach dem Wäldchen. Dort hatten die herrlichsten Glockenblumen geblüht, er wusste noch einige Stellen, wo die Sonne nicht hindrang; es sah aus, als wären kleine Stückchen blauen Himmels zwischen die Bäume gefallen. Er ging an den Kuhställen und Hühnerhäusern vorüber, die dort lagen, und verfolgte einen kleinen Pfad in das Dickicht der jungen Bäume hinein, um zu einer der Glockenblumenstellen zu gelangen. Balthasar, der wieder vor ihm herlief, stieß ein leises Knurren aus. Der alte Jolyon berührte ihn mit dem Fuß, der Hund jedoch stand regungslos, gerade mitten auf dem Weg, den er versperrte, und über den wolligen Rücken hin sträubte sich langsam das Haar. Ob es nun das Knurren und der Anblick des gesträubten Hunde-haares oder ob es das Empfinden war, das den Menschen in einem Wald beschleicht, auch der alte Jolyon fühlte, wie es ihm kalt über den Rücken lief. Und dann bog der Pfad um eine Ecke; da lag ein alter, moosbewach-sener Block, und darauf saß eine Frau. Ihr Gesicht war abgewandt, und sein erster Gedanke war: »Diesen Weg hätte sie nicht betreten dürfen – ich muss eine Tafel ›Verbotener Weg‹ anbringen lassen!« – da wandte sie sich um. Grundgütiger Himmel! Dasselbe Antlitz, das er in der Oper gesehen – dieselbe Frau, an die er gerade gedacht hatte! In diesem Au-genblick der Verwirrung sah er alles verschwommen, als ob ein Geist – ein sonderbarer Effekt, den das gleitende Sonnenlicht auf ihrem grauvio-letten Kleid hervorrief! Und dann erhob sie sich und stand lächelnd da, den Kopf ein wenig zur Seite geneigt. Der alte Jolyon dachte: »Wie hübsch sie ist!« Sie sprach nicht, und er schwieg ebenfalls; und mit einer gewissen Bewunderung verstand er plötzlich den Grund dieses Schweigens. Sie war zweifellos um irgendeiner Erinnerung willen hergekommen und dachte gar nicht daran, es mit einer herkömmlichen Ausrede zu verschlei-ern.

»Gib acht, dass der Hund nicht dein Kleid berührt«, sagte er, »er hat nasse Beine. Hierher, du!«

Aber der Hund Balthasar lief zu der Besucherin hin, die sich nieder-beugte und seinen Kopf streichelte. Der alte Jolyon sagte rasch:

»Ich habe dich neulich abends in der Oper gesehen, aber du hast mich nicht bemerkt.«

»O doch!«, entgegnete sie.

Er fühlte eine feine Schmeichelei in ihren Worten, als hätte sie hinzugefügt: »Glaubst du denn, dass man dich übersehen kann?« »Die andern sind alle in Spanien«, bemerkte er unvermittelt. »Ich bin allein hier; ich bin unlängst in die Stadt gefahren, in die Oper. Die Ravogli ist gut. Hast du schon die Kuhställe gesehen?«

Instinktiv lenkte er in einer so geheimnisvollen, fast aufregenden Situation seine Schritte nach seinem Besitztum zurück, und sie ging neben ihm her. Sie hatte einen etwas wiegenden Gang, wie ihn sehr schöne Französinnen oft haben; auch die Farbe ihres Kleides war eine Art französisches Grau. Er bemerkte zwei oder drei silberne Fäden in ihrem bernsteingelben Haar, das so seltsam mit den dunklen Augen und dem elfenbeinfarbenen Gesicht kontrastierte. Ein plötzlicher schräger Blick aus den samtbraunen Augen beunruhigte ihn. Er schien aus der Tiefe und von weither zu kommen, fast aus einer andern Welt oder wenigstens von jemand, der in dieser Welt nicht allzu heimisch ist. Und er fragte aufs Geratewohl:

»Wo lebst du jetzt?«

»In einer kleinen Etagenwohnung in Chelsea.«

Er wollte gar nicht wissen, womit sie sich beschäftigte, er wollte überhaupt nichts wissen; und doch entschlüpfte ihm die unmögliche Frage:

»Allein?«

Sie nickte. Es war eine Erleichterung, das zu wissen. Und es ging ihm durch den Sinn, dass, hätte das Schicksal es ein wenig anders gewollt, sie heute Herrin dieses Besitzes wäre und ihm, als dem Besucher, die Kuhställe zeigen würde.

»Lauter Aldernaykühe«, murmelte er; »sie geben die beste Milch. Die da ist ein schönes Tier. He, Myrtle!«

Die rehfarbene Kuh, deren Augen so sanft und braun wie die Irenens waren, stand vollkommen unbeweglich da; sie war gerade erst gemolken worden. Sie schaute sich nach ihnen um aus dem Winkel ihrer glänzenden, gutmütig-spöttischen Augen, und aus ihrem grauen Maul tröpfelte ein Faden Speichel in das Stroh hinunter. In dem dämmerigen Licht des kühlen Kuhstalls umgab sie ein Duft von Heu, Vanille und Ammoniak. Der alte Jolyon sagte:

»Bleib zum Dinner hier. Ich lasse dich im Wagen nach Hause fahren.«
Er sah, wie sie mit sich kämpfte; es war ja natürlich, dass Erinnerungen in ihr aufstiegen. Aber er wünschte ihre Gesellschaft; ein hübsches Gesicht, eine reizende Gestalt, Schönheit! Er war den ganzen Nachmittag allein gewesen. Vielleicht bemerkte sie seinen sehnsüchtigen Blick, denn sie erwiderte: »Danke, Onkel Jolyon, ich bleibe gern.«

Er rieb sich die Hände und sagte:

»Ausgezeichnet! Dann wollen wir hinaufgehn!« Und der Hund Balthasar lief vor ihnen her, wie sie langsam durch das Feld hinanstiegen. Die Sonne schien ihnen ins Gesicht, sodass er nicht nur jene silbernen Fäden sehen konnte, sondern auch zarte Linien, gerade tief genug, um, wie die Linien einer fein geprägten Münze, ihre Schönheit hervorzuheben – so wie ein Mensch aussieht, der sein Leben nicht mit andern teilt. »Ich will sie über die Terrasse hineinführen«, dachte er, »ich will sie nicht wie einen gewöhnlichen Besucher behandeln.«

»Was treibst du den ganzen Tag?«, fragte er.

»Ich gebe Musikunterricht; und außerdem interessiere ich mich noch für etwas anderes.«

»Arbeit!«, sagte der alte Jolyon, hob die Puppe aus der Schaukel und glättete ihren schwarzen Unterrock. »Es gibt nichts Besseres, nicht wahr? Ich arbeite jetzt gar nichts mehr. Es geht mir gut. Wofür interessierst du dich sonst noch?«

»Ich suche Frauen zu helfen, die zu Schaden gekommen sind.« Der alte Jolyon verstand nicht gleich. »Zu Schaden?«, wiederholte er. Plötzlich empfand er mit einem heftigen Schreck, dass sie genau dasselbe meinte, was er selbst mit diesem Ausdruck bezeichnet hätte. Sie half den Magdalenen von London! Was für ein unheimliches und erschreckendes Interesse! Doch da seine Neugier größer war als seine natürliche Abneigung, fragte er:

»Auf welche Art? Was tust du für sie?«

»Nicht viel. Ich habe kein überflüssiges Geld. Ich kann nur Sympathie geben und manchmal etwas zu essen.«

Unwillkürlich griff der alte Jolyon nach seiner Börse. Hastig sagte er:
»Wie machst du sie denn ausfindig?«

»Ich gehe in ein Krankenhaus.«

»In ein Krankenhaus! Mein Gott!«

»Am meisten schmerzt mich, dass fast an allem einmal irgendetwas Schönes war.«

Der alte Jolyon strich das Kleid der Puppe glatt. »Schönheit!«, rief er aus. »Jawohl! Eine traurige Sache!«, und er schritt auf das Haus zu. Er ging ihr durch eine Glastür mit noch nicht emporgezogener Markise voran und trat in das Zimmer, in dem er gewöhnlich die »Times« studierte und eine landwirtschaftliche Zeitschrift mit riesigen Illustrationen der Mangoldwurzel und dergleichen, die von Holly mit Wasserfarben bunt bemalt wurden.

»In einer halben Stunde ist das Dinner fertig. Möchtest du dir inzwischen die Hände waschen? Ich werde dich in Junes Zimmer führen.«

Er sah, wie sie sich voll Interesse umblickte; welche Veränderungen, seitdem sie das letzte Mal dies Haus besucht hatte mit ihrem Gatten oder ihrem Geliebten, oder vielleicht mit beiden – wer konnte das wissen! All das lag im Dunkel und er wollte nicht daran rühren. Aber welche Veränderungen! Und in der Halle sagte er:

»Du weißt doch, dass mein Sohn Jo Maler ist. Er hat einen guten Geschmack. Wir haben natürlich verschiedene Ansichten, aber ich lasse ihm seinen Willen.«

Sie stand ganz ruhig da und ließ ihren Blick durch die Halle und das Musikzimmer schweifen, so wie es jetzt war – alles in einem, unter dem großen Oberlicht. Der alte Jolyon empfing von ihr einen merkwürdigen Eindruck. Versuchte sie aus den Schatten des Raumes, der ganz in Perlgrau und Silber gehalten war, eine Gestalt heraufzubeschwören? Er selber hätte übrigens Gold vorgezogen; das war lebhafter und solider. Aber Jo teilte den französischen Geschmack, und so war der Raum wie in weiche Schatten gehüllt, oder wie in den Rauch der Zigaretten, die der Junge immer rauchte, nur hie und da von einem Schimmer Blau oder Rot unterbrochen. Es war nicht sein Ideal! Im Geiste hatte er in diesem Raum alle jene goldgerahmten Meisterwerke aufgehängt, ganz stille Stillleben, die er in jenen Tagen gekauft hatte, als es auf die Quantität ankam. Und wo waren sie jetzt? Für einen Pappenstiel verkauft. Denn jenes Etwas, das ihn, als einzigen von allen Forsytes, mit der Zeit Schritt halten ließ, hatte ihn davor gewarnt, die Bilder zu behalten. Nur in seinem Arbeitszimmer hingen noch immer die »Holländischen Fischerboote bei Sonnenuntergang«.

Er stieg mit ihr die Treppe empor, ganz langsam, denn er fühlte den Schmerz in der Seite.

»Das sind die Badezimmer und die andern Nebenräume«, sagte er. »Ich habe sie mit Kacheln auslegen lassen. Hier liegen die Kinderzimmer.

Und dieses Zimmer gehört Jo und seiner Frau. Es sind lauter ineinandergehende Räume. Aber du wirst dich ja wohl noch erinnern.«

Irene nickte. Sie gingen die Galerie entlang und betraten ein großes Zimmer mit mehreren Fenstern, in dem ein schmales Bett stand.

»Hier wohne ich«, bemerkte er. Die Wände waren mit Fotografien der Kinder und mit Aquarellen bedeckt, und unsicher fügte er hinzu: »Jo hat sie gemalt. Die Aussicht ist großartig. Bei klarem Wetter kann man die große Tribüne des Rennplatzes von Epsom sehen.«

Hinter dem Haus war die Sonne jetzt untergegangen, und über der »Aussicht« lag leuchtender Nebeldunst, ein Abglanz des langen, glücklichen Tages. Nur wenige Häuser waren zu sehen, Felder und Bäume traten aus dem Dunst der fernen Ebene mattglitzernd hervor.

»Das Land verändert sich«, sagte er unvermittelt, »aber es wird noch bestehen, wenn wir alle schon gestorben sind. Siehst du die Drosseln dort? Frühmorgens ist das Vogelgezwitscher so lieblich hier draußen. Ich bin froh, dass ich mit London nichts mehr zu tun habe.«

Ihr Gesicht berührte fast die Fensterscheibe, und er war betroffen von dem traurigen Ausdruck darin. »Ich möchte gern, dass sie glücklich aussieht!«, dachte er. »Ein hübsches Gesicht, aber so traurig!« Er nahm seine Kanne mit heißem Wasser und trat auf die Galerie hinaus.

»Das ist Junes Zimmer. Ich glaube, du wirst alles Nötige finden«, sagte er, indem er eine Tür öffnete und die Kanne niederstellte. Er schloss die Tür hinter ihr und ging in sein eigenes Zimmer zurück. Während er sein Haar mit den großen Ebenholzbürsten glättete und seine Stirn mit Eau de Cologne betupfte, dachte er nach. Es war so seltsam, dass sie gekommen war – wie eine Erscheinung, geheimnisvoll und romantisch, als wäre seine Sehnsucht nach Gesellschaft, nach Schönheit erfüllt worden von – nun, von irgendeiner Macht in der Welt, die eben dazu da ist, eine solche Sehnsucht zu erfüllen. Und vor dem Spiegel straffte er seine noch immer aufrechte Gestalt, fuhr mit der Bürste über seinen großen, weißen Schnurrbart, befeuchtete seine Augenbrauen mit Eau de Cologne und klingelte.

»Ich habe zu sagen vergessen, dass eine Dame mit mir dinieren wird. Die Köchin soll etwas mehr als gewöhnlich herrichten, und Beacon soll den Landauer und die Pferde um halb elf bereithalten, um die Dame heute Abend in die Stadt zurückzufahren. Schläft Miss Holly?«

Das Stubenmädchen sagte, sie glaube nicht. Und der alte Jolyon ging über die Galerie, stahl sich auf den Zehenspitzen zum Kinderzimmer und öffnete die Tür, deren Angeln er besonders geölt hielt, um abends ungestört hinein- und hinausschlüpfen zu können.

Aber Holly schlief fest und lag da wie eine kleine Madonna von jener Art, die die alten Maler nicht von einer Venus unterscheiden konnten, wenn das Bild vollendet war. Ihre langen, dunklen Wimpern lagen auf den Wangen, ihr Gesichtchen war vollkommen friedlich – ihr kleiner Mechanismus war offenbar wieder ganz in Ordnung. Und der alte Jolyon stand in dem dämmerigen Zimmer und betete sie an! Das kleine Gesichtchen war entzückend, so lieb und feierlich. Er besaß in reichem Maße die gesegnete Fähigkeit, in den Kindern eine zweite Jugend zu erleben. Sie bedeuteten ihm sein zukünftiges Leben, das einzige Leben nach dem Tode, das er vielleicht mit seinem zutiefst heidnischen Instinkt für möglich hielt. Vor dem kleinen Wesen da lag noch das ganze Leben, und etwas von seinem eigenen Blut pulsierte in seinen zarten Adern. Da schlief sie, seine kleine Gefährtin – er wollte sie so glücklich machen, als es ihm nur immer möglich war; sie sollte nur lauter Liebe erfahren. Ein Glücksgefühl überwältigte ihn fast; er ging hinaus und bemühte sich dabei, das Knarren seiner Lacklederschuhe zu dämpfen. Auf dem Korridor packte ihn ein unsinniger Gedanke, die Vorstellung, dass Kinder einmal so werden könnten wie die Frauen, denen Irene half! Frauen, die alle einmal so unschuldige Dinger gewesen waren, wie dies schlafende Kind! »Ich muss ihr einen Scheck geben!«, überlegte er. »Der Gedanke daran ist mir unerträglich.« Er hatte es niemals ertragen können, an diese armen Verstoßenen zu denken; es verwundete zu tief sein innerstes Gefühl für wahre Verfeinerung, das unter den zahlreichen Schichten seines seit Generationen vererbten, stark ausgeprägten Sinnes für Besitz verborgen lag, es verwundete zu schmerzlich das tiefste Gefühl in ihm: die Liebe zu allem Schönen, die sogar jetzt sein Herz erbeben ließ bei dem Gedanken an einen Abend in Gesellschaft einer schönen Frau. Und er durchschritt die Drehtüren und stieg in die Wirtschaftsräume hinunter. Dort unten im Weinkeller lag ein Rheinwein – eine Flasche davon war wenigstens zwei Pfund wert – ein Steinberger Kabinet, besser als der beste Johannisberger, der je eine Kehle hinabgeglitten; ein Wein von herrlichem Aroma, süß wie ein Nektarinenpfirsich – ein wahrer Nektar! Er nahm eine Flasche heraus und hielt sie gegen das Licht, er ging so vorsichtig damit um wie mit einem Baby. Die schlankhalsige Flasche von satter Farbe, in ein Gewand von Staub gehüllt, erfüllte ihn mit tiefer Freude. Drei Jahre hatte der Wein nun seit dem Umzug aus der Stadt wieder ruhig gelagert – er musste jetzt von vorzüglicher Beschaffenheit sein! Vor fünfunddreißig Jahren hatte er ihn gekauft – Gott sei Dank, er hatte sich seine feine Zunge bewahrt und das Recht erworben, ihn zu trinken. Auch sie würde diesen Wein zu schätzen verstehen; nicht eine Spur von Essig in dem ganzen Dutzend Flaschen. Er wischte die Flasche ab, zog den Kork mit eigenen Händen heraus, beugte sich darüber und sog den Duft ein; dann ging er in das Musikzimmer zurück.

Irene stand am Klavier; sie hatte den Hut und einen Spitzenschal, den sie vorher getragen, abgenommen, sodass man ihr bernsteinfarbenes Haar und die zarte Blässe ihres Halses sehen konnte. Dem alten Jolyon erschien sie wie ein schönes Bild in ihrem grauen Kleide vor dem Klavier aus Rosenholz.

Er reichte ihr den Arm, und sie schritten feierlich in das Speisezimmer. Es war so angelegt, dass vierundzwanzig Personen bequem dinieren konnten; jetzt stand nur ein kleiner, runder Tisch darin. Der große Speisezimmertisch wirkte auf den alten Jolyon in seiner gegenwärtigen Einsamkeit bedrückend; er hatte ihn für die Zeit der Abwesenheit seines Sohnes entfernen lassen. In diesem Zimmer, an dessen Wänden zwei wirklich gute Kopien Raffael'scher Madonnen hingen, pflegte er allein zu dinieren. Das war jetzt, bei diesem Sommerwetter, die einzige trostlose Stunde seines Tages. Er war niemals ein starker Esser gewesen wie dieser große Kerl, der Swithin, oder Sylvanus Heythorp, oder Anthony Thornworthy, diese Busenfreunde aus früheren Zeiten; und allein zu dinieren, unter den Augen der Madonnen, war für ihn eine gar zu traurige Beschäftigung, die er so rasch wie möglich erledigte, um zu den mehr geistigen Genüssen des Kaffees und einer Zigarre zu kommen. Aber heute Abend war das etwas ganz anderes! Über den kleinen Tisch hinüber zwinkerte er ihr zu, sprach von Italien und der Schweiz, erzählte ihr von seinen Reisen dorthin und von allerhand Erlebnissen, die er seinem Sohn und seiner Enkelin nicht mehr erzählen konnte, weil sie sie schon alle kannten. Es war herrlich für ihn, ein neues Publikum zu haben, wenn er auch niemals zu jenen alten Männern gehört hatte, die stets in Erinnerungen schwelgen müssen. Da ihn selbst Menschen ohne Feingefühl rasch ermüdeten, so vermied er es instinktiv, andere zu ermüden; besonders bewahrte ihn davor – im Verkehr mit Frauen – sein natürliches Bedürfnis, einer schönen Frau zu gefallen. Er hätte sich gefreut, wenn sie ein wenig aus sich herausgegangen wäre, aber obgleich sie ihm leise zustimmte und lächelte und offenbar an seinen Geschichten Gefallen zu finden schien, so wich doch jene geheimnisvolle Verschlossenheit nicht von ihr, die einen großen Teil ihres Reizes bildete. Er konnte Frauen nicht leiden, die mit Schultern und Augen kokettierten und ununterbrochen schwatzten; oder Frauen mit strengem Mund, die ihre Meinungen zum Gesetz erhoben und mehr wussten als man selber. Er liebte bei einer Frau nur eine einzige Eigenschaft: den echt weiblichen Charme; und je stiller dieser Zauber war, umso mehr entzückte er ihn. Und diese Frau besaß den sanften Zauber des späten Sonnenglanzes, der auf jenen italienischen Hügeln und Tälern lag, die er so sehr geliebt hatte. Das Gefühl, dass auch sie einsam und abgeschieden lebte, schien sie ihm näherzubringen und machte ihre Gesellschaft besonders wünschenswert. Wenn ein Mann aus dem Wettbewerb mit andern endgültig ausgeschieden ist, dann ist er froh, sich vor der Konkurrenz der Jugend einmal sicher fühlen zu können, denn er wünscht ja noch immer einen Platz im Herzen einer schönen Frau. Und er trank seinen Rheinwein, hing an ihren Lippen und fühlte sich fast wieder jung. Aber auch der Hund Balthasar hing an ihren Lippen – während er in den Gesprächspausen verächtlich dreinblickte, denn da leerten sie jene grünlichen Gläser mit der goldenen Flüssigkeit, die er so sehr verabscheute.

Es begann leise zu dämmern, als sie in das Musikzimmer zurückgingen. Und die Zigarre im Munde, sagte der alte Jolyon:

»Spiel mir etwas von Chopin vor!«

Nach den Zigarren, die ein Mann raucht und nach den Komponisten, die er liebt, soll man seine Seele beurteilen. Der alte Jolyon konnte weder eine starke Zigarre noch Wagners Musik vertragen. Er liebte Beethoven und Mozart, Händel und Gluck, Schumann, und aus irgendeinem dunklen Grunde die Opern Meyerbeers; doch in den letzten Jahren hatte ihn Chopin verführt, so wie auf dem Gebiete der Malerei Botticelli. Er war sich bewusst, dass er mit diesem Geschmack das Ideal des Goldenen Zeitalters verleugnete. Die Poesie dieser beiden war nicht die Miltons, Byrons und Tennysons, Raffaels und Tizians, Mozarts und Beethovens. Sie war sozusagen von einem Schleier verhüllt; diese Poesie schlug keinem ins Gesicht, sie griff nur, ohne dass man's merkte, ans Herz, und das Herz wand und krümmte sich und drohte zu vergehen. Und obgleich er niemals mit sich ins Reine kam, ob das auch gesund sei, so war ihm dies doch ganz egal, solange er des einen Bilder anschaute oder des andern Musik zu hören bekam.

Irene setzte sich ans Klavier unter die elektrische Lampe mit dem perlgrauen Seidenschirm, und der alte Jolyon ließ sich in einen Lehnstuhl nieder, von dem aus er sie sehen konnte; er schlug die Beine übereinander und zog langsam an seiner Zigarre. Ein paar Augenblicke lang ließ sie die Hände auf den Tasten ruhen, offenbar überlegte sie, was sie ihm vorspielen sollte. Dann begann sie, und in dem alten Jolyon wurde eine traurige Freude wach, so ganz verschieden von allem andern in der Welt. Allmählich kam es wie ein Zauber über ihn und er saß unbeweglich da; nur ab und zu, in langen Zwischenräumen, nahm er die Zigarre für kurze Zeit aus dem Mund. Das Gefühl ihrer Gegenwart, der genossene Rheinwein und der Duft des Tabaks schufen eine besondere Atmosphäre; aber gleichzeitig war es ihm, als befände er sich auch im strahlenden Sonnenschein, der unmerklich in Mondlicht überging; er sah kleine Teiche, in denen Störche wateten, und blauschwarze Bäume mit nieder-hängenden Zweigen, dazwischen verschwommene Umrisse glühender weinroter Rosen; vor ihm breiteten sich Lavendelfelder, in denen milch-weiße Kühe weideten, und undeutlich schwebte durch seine Visionen die Gestalt einer Frau mit dunklen Augen und weißem Hals; sie lächelte, breitete die Arme aus, während durch die Luft, die wie Musik war, ein Stern herniederfiel und am Horn einer Kuh hängen blieb. Er schlug die Augen auf. Ein herrliches Stück! Sie spielte gut – ein engelhaft zarter Anschlag! Und wieder schloss er die Augen. Er fühlte sich so überirdisch traurig und glücklich, als stünde er im Honigduft eines blühenden Lin-denbaums. Er sehnte sich nicht danach, sein Leben noch einmal anzufan-gen, er wollte sich nur im Lächeln schöner Frauenaugen sonnen und sich am bloßen Duft erfreuen! Er zog die Hand zurück; der Hund Bal-thasar hatte sich aufgerichtet und sie geleckt.

»Wunderschön!«, sagte er. »Spiel weiter – noch etwas von Chopin!«

Sie fing wieder an zu spielen. Diesmal frappierte ihn die Ähnlichkeit zwischen ihr und Chopin. Das Schwebende, das er in ihrem Gang be-merkt hatte, lag auch in ihrem Spiel; das von ihr gewählte Notturno passte so gut zu dem sanften Dunkel ihrer Augen und dem Glanz auf ihrem Haar, der wie goldenes Mondlicht war. Verführerisch war sie, ja-wohl; aber nichts von einer Delila, weder in ihr noch in dieser Musik. Eine lange, blaue Spirale stieg aus seiner Zigarre auf und verlor sich in der Luft. »So werden wir vergehen!«, dachte er. »Schönheit kann uns dann nicht mehr erfreuen! Ausgelöscht?«

Wieder hielt Irene inne.

»Möchtest du etwas von Gluck hören?«, fragte sie. »Der komponierte gern in einem sonnbeschienenen Garten, eine Flasche Rheinwein neben sich.«

»Ach ja, spiel mir ›Orpheus‹ vor.«

Und wieder versank er in Selbstvergessenheit. Rund um ihn her breiteten sich Felder mit goldnen und silbernen Blumen, weiße Gestalten schwebten im Sonnenlicht und helle Vögel flogen hin und her. Sommer lag über allem. Immer neue Wellen einer süßen Traurigkeit durchfluteten sein Herz. Ein wenig Zigarrenasche fiel herunter; er zog ein seidenes Taschentuch hervor, um sie wegzuwischen, und atmete dabei den Duft von Schnupftabak und Eau de Cologne ein. »Ach!«, dachte er. »Nachsommer – das ist es!« Und er sagte: »Du hast mir noch nicht ›Che faro‹ vorgespielt.«

Sie gab keine Antwort, rührte sich auch nicht. Er fühlte plötzlich, dass sich ein unbestimmtes Etwas – etwas seltsam Störendes eingeschlichen hatte. Auf einmal sah er, wie sie aufstand und sich abwandte, und ein plötzliches Reuegefühl durchbebte ihn. Was für ein Narr er doch war! Was für ein taktloser Mensch! Wie Orpheus suchte ja auch sie nach ihrem verlorenen Geliebten in diesem Raume der Erinnerungen! Und bis ins Innerste verstört erhob er sich von seinem Stuhl. Sie war an das große Fenster am andern Ende des Zimmers getreten. Leise folgte er ihr. Sie hatte die Hände über der Brust gefaltet; er konnte gerade nur ihre Wange sehen, die ganz weiß war. Und tief ergriffen sagte er: »Komm, komm, mein Liebes!« Die Worte waren ihm unwillkürlich entschlüpft, denn so pflegte er immer Holly zu trösten, wenn ihr etwas wehtat; aber diesmal lösten sie sofort eine schmerzliche Wirkung aus. Sie hob die Arme, bedeckte ihr Gesicht und weinte.

Der alte Jolyon stand da und starrte sie mit den tiefgründigen Augen des Alters an. Offenbar schämte sie sich aus tiefster Seele ihrer Fassungslosigkeit, die ihrer Selbstbeherrschung und der sonstigen Ruhe ihres ganzen Wesens so fremd war, als hätte sie sich noch niemals in Gegenwart eines andern von ihrem Gefühl überwältigen lassen.

»Komm, komm – komm, komm!«, murmelte er; und er streckte ehrfurchtsvoll seine Hand aus und berührte sie. Sie wandte sich um und lehnte die Arme, in die sie das Gesicht verbarg, an ihn. Der alte Jolyon rührte sich nicht und ließ nur seine magere Hand an ihrer Schulter ruhen. Das arme Ding! Sie sollte sich nur einmal recht ausweinen, das würde ihr gut tun! Der Hund Balthasar setzte sich auf die Hinterbeine und betrachtete erstaunt die beiden.

Das Fenster stand noch offen, die Vorhänge waren nicht zugezogen, und das letzte Licht des Tages von draußen mischte sich sanft mit dem Lampenlicht drinnen; man spürte den Duft frisch gemähten Grases. Aus der Erfahrung und Weisheit eines langen Lebens heraus sprach der alte Jolyon kein Wort. Sogar der tiefste Kummer weint sich aus mit der Zeit; nur die Zeit heilt alle Wunden – die Zeit, die Zeuge ist, wie die Gefühle sich wandeln und jede Erregung sich wieder legt. Die Zeit, die alles zur Ruhe bringt. Die Worte gingen ihm durch den Sinn: »Wie der Hirsch schreit nach frischem Wasser«, – aber er wusste nichts mit ihnen anzufangen. Plötzlich spürte er einen Veilchenduft und ward sich bewusst, dass sie sich die Augen trocknete. Er streckte das Kinn vor, drückte seinen Schnurrbart gegen ihre Stirn und fühlte, wie ein Zittern durch ihren ganzen Körper lief, wie wenn ein Baum die Regentropfen abschüttelt. Sie zog seine Hand an ihre Lippen, als wollte sie sagen: »Jetzt ist es wieder gut! Sei mir nicht böse!«

Dieser Kuss tat ihm sonderbar wohl; er führte sie zu ihrem Stuhl zurück; der Hund Balthasar folgte ihnen und legte einen Knochen der Koteletts von ihrem Abendessen ihnen zu Füßen.

Um sie die Erinnerung an ihren Gefühlsausbruch vergessen zu machen, fiel ihm nichts Besseres ein, als ihr Porzellan zu zeigen; langsam ging er mit ihr von Schrank zu Schrank, nahm ein Stück nach dem andern heraus, Meißener, Lowestoft und Chelsea, und drehte die Stücke hin und her in seinen dünnen, geäderten Händen, deren Haut mit den blassen Sommersprossen so ganz alt aussah.

»Das Stück da hab ich bei Jobson gekauft«, sagte er dann, »es hat mich dreißig Pfund gekostet. Es ist sehr alt. Der Hund da lässt die Knochen überall herumliegen. Diese alte ›Schiffsbowle‹ hab ich bei der Auktion erstanden, als der Marquis, dieser Hochstapler, abgewirtschaftet hatte. Aber daran wirst du dich nicht mehr erinnern. Hier ist ein schönes Stück Chelsea-Porzellan. Und hier – wofür würdest du das da halten?« Er fühlte mit Befriedigung, dass sie mit ihrem künstlerischen Verständnis ein wirkliches Interesse an diesen Dingen nahm; denn schließlich gibt es doch nichts Beruhigenderes für die Nerven als Porzellan, dessen Herkunft zweifelhaft ist.

Als endlich das Geräusch des vorfahrenden Wagens vernehmbar war, sagte er:

»Du musst wiederkommen; du musst einmal zum Lunch kommen, damit ich dir das Porzellan bei Tageslicht zeigen und dich mit meinem kleinen Liebling bekannt machen kann – sie ist so ein reizendes Kind! Der Hund da scheint sich mit dir angefreundet zu haben.«

Denn Balthasar, der spürte, dass sie fortgehen wollte, rieb sich an ihrem Bein. Als Jolyon mit ihr durch das Tor schritt, sagte er:

»Der Wagen wird dich in fünfviertel Stunden nach Hause bringen. Nimm dies für deine Schützlinge!«, und er schob ihr einen Scheck über fünfzig Pfund in die Hand. Er sah ihre Augen aufleuchten, hörte sie murmeln: »Ach, Onkel Jolyon!«, und ein Gefühl heller Freude durchzuckte ihn. Ein oder zwei armen Geschöpfen würde damit ein wenig geholfen sein, und nun würde sie auch wiederkommen. Er streckte seine Hand zum Fenster hinein und ergriff noch einmal die ihre. Dann rollte der Wagen davon. Er stand da, betrachtete den Mond und die Schatten der Bäume und dachte: »Was für eine herrliche Nacht! Sie – –«

2.

Nach zwei Regentagen begann ein warmer, angenehmer Sommer. Der alte Jolyon ging mit Holly spazieren und unterhielt sich mit ihr. Anfangs war es ihm, als wenn er größer geworden sei und voll neuer Energie; dann packte ihn die Ruhelosigkeit. Fast jeden Nachmittag gingen sie in das Wäldchen bis zu dem Baumstamm hin. »Sie ist nicht da!«, dachte er dann. »Natürlich nicht!« Und er fühlte sich ein wenig kleiner werden, schleppte sich schwerer den Hügel wieder hinauf und presste dabei die Hand an die linke Seite. Ab und zu ging ihm der Gedanke durch den Kopf: »War sie denn wirklich da, oder hab ich nur geträumt?«, und er starrte vor sich hin, während der Hund Balthasar ihn betrachtete. Natürlich würde sie nicht wiederkommen! Die Briefe aus Spanien öffnete er mit weniger Neugier. Sie würden nicht vor Juli zurückkommen; er fühlte merkwürdigerweise, dass er es ertragen konnte. Jeden Tag beim Dinner kniff er die Augen zusammen und sah angestrengt dorthin, wo sie gesessen hatte. Sie war nicht da, und er blickte wieder vor sich hin.

Am siebenten Nachmittage dachte er: »Ich muss in die Stadt fahren mir ein paar Schuhe kaufen.« Er ließ Beacon anspannen und fuhr los. Auf dem Wege von Putney nach dem Hydepark überlegte er: »Ich könnte ebenso gut nach Chelsea fahren und ihr einen Besuch machen.«

Und er rief aus dem Wagen: »Bringen Sie mich dorthin, wo Sie kürzlich die Dame hinfuhren.« Der Kutscher wandte ihm sein breites, rotes Gesicht mit den feuchten Lippen zu und fragte:

»Die Dame in Grau, gnädiger Herr?«

»Ja, die Dame in Grau.« Was für andere Damen kamen denn in Betracht! Blöder Kerl!

Der Wagen hielt vor einem kleinen, dreistöckigen Gebäudeblock, der ein wenig abseits von der Themse stand. Mit seinem geübten Auge sah der alte Jolyon, dass es billige Wohnungen waren. »Ich schätze sie auf sechzig Pfund im Jahr«, überlegte er. Beim Eintreten schaute er das Namensverzeichnis an. Der Name Forsyte war nicht darauf, aber auf dem Schild: »Erster Stock, Tür Nr. C« standen die Worte: »Mrs. Irene Heron«. Aha, sie hatte ihren Mädchennamen wieder angenommen! Das gefiel ihm, ohne dass er hätte sagen können warum. Während er langsam die Treppe hinaufstieg, tat ihm die linke Seite ein wenig weh. Einen Augenblick lang musste er stillstehen, bevor er klingelte, um das Ziehen und Beben seines Herzens zu beruhigen. Sie würde nicht zu Hause sein! Und dann – die Schuhe! Das war ein peinlicher Gedanke. Wozu brauchte er Schuhe bei seinem Alter? Er konnte nicht einmal alle die auftragen, die er besaß.

»Ist die gnädige Frau zu Hause?«

»Ja, gnädiger Herr.«

»Melden Sie Mr. Jolyon Forsyte.«

»Jawohl, gnädiger Herr; wollen Sie bitte eintreten.«

Der alte Jolyon folgte einem sehr kleinen Stubenmädchen, das kaum mehr als sechzehn sein mochte, in ein noch kleineres Empfangszimmer, in dem die Jalousien heruntergelassen waren. Es enthielt ein Pianino und nur wenig Möbelstücke, aber die Anordnung bewies guten Geschmack; ein unbestimmbarer Duft lag in der Luft. Er stand mit seinem Zylinder in der Hand inmitten des Zimmers und dachte: »Wahrscheinlich geht es ihr sehr schlecht.« Über dem Kamin hing ein Spiegel und er erblickte sein Bild darin. Wie alt er aussah. Er hörte das Rauschen eines Kleides und wandte sich um. Sie stand so dicht vor ihm, dass sein Schnurrbart fast ihre Stirn berührte, gerade unter den feinen Silberfäden in ihrem Haar.

»Ich bin heute in die Stadt gefahren«, sagte er, »da fiel mir ein, bei dir vorzusprechen, um mich zu erkundigen, ob du neulich abend gut nach Hause gekommen bist.«

Und wie er sie lächeln sah, wurde ihm plötzlich ganz leicht zumut. Vielleicht freute sie sich wirklich, ihn zu sehen.

»Möchtest du deinen Hut aufsetzen und eine Spazierfahrt durch den Hydepark machen?«

Während sie draußen war, um ihren Hut zu holen, runzelte er jedoch die Stirn. Der Hydepark! James und Emily! Mrs. Nicholas oder irgendein anderes Mitglied seiner feinen Familie würde höchstwahrscheinlich dort auf und ab stolzieren. Und danach würden sie darüber klatschen, dass sie ihn und Irene zusammen gesehen hätten. Lieber nicht! Er wollte auf der Forsyte-Börse nicht wieder die Echos der Vergangenheit erwecken. Er entfernte ein weißes Haar von der Rockklappe seines festzugeknöpften Gehrocks und fuhr sich mit der Hand über die Wangen, den Schnurrbart und das eckige Kinn. Sein Gesicht war eingefallen, die Backenknochen traten stark hervor. Er hatte in der letzten Zeit wenig gegessen – vielleicht sollte er sich doch von dem kleinen Quacksalber, der Holly behandelte, ein appetitanregendes Mittel geben lassen. In diesem Augenblick kam sie zurück, und als sie im Wagen saßen, sagte er:

»Sollten wir nicht lieber nach Kensington Gardens fahren?«, und mit den Augen zwinkernd, fügte er nur hinzu: »Dort wird niemand auf und ab stolzieren«, als hätte sie seine geheimen Gedanken vorhin erraten.

Nachdem sie den Wagen verlassen hatten, betraten sie jenes vornehme Bereich und schlenderten dem Wasser zu.

»Wie ich gesehen habe, hast du deinen Mädchennamen wieder angenommen«, sagte er, »du hast ganz recht daran getan.«

Sie ließ ihre Hand unter seinen Arm gleiten. »Hat June mir vergeben, Onkel Jolyon?«

Er erwiderte sanft: »Ja – ja; natürlich, warum denn nicht?«

»Und du?«

»Ich? Ich habe dir sofort vergeben, als ich den wahren Sachverhalt erfuhr.« Und vielleicht hatte er das wirklich getan; sein natürliches Gefühl hatte ihn stets gedrängt, der Schönheit zu vergeben.

Sie atmete tief auf. »Ich hab es niemals bereut – ich konnte nicht. Hast du jemals eine große Liebe gehabt, Onkel Jolyon?«

Bei dieser merkwürdigen Frage starrte der alte Jolyon vor sich hin. Hatte er jemals eine große Liebe gehabt? Er konnte sich nicht daran erinnern. Aber das wollte er dieser jungen Frau, deren Hand jetzt auf seinem Arme lag, nicht eingestehen, ihr, deren Leben durch die Erinnerung an jene tragische Liebe gleichsam abgestorben war. Und er dachte: »Wenn ich *dich* getroffen hätte, als ich noch jung war, – dann hätt ich wohl ganz den Kopf verloren, schon möglich.« Und es überfiel ihn das Verlangen, seine Zuflucht zu allgemeinen Redensarten zu nehmen.

»Die Liebe ist etwas Sonderbares«, sagte er, »oft etwas Fatales. Waren es nicht die Griechen, die die Liebe zur Gottheit erhoben? Sie hatten wahrscheinlich recht, aber sie lebten auch im Goldenen Zeitalter.«

»Phil betete sie an.«

Phil! Das Wort irritierte ihn, denn mit seiner Gabe, eine Sache von allen Seiten betrachten zu können, begriff er plötzlich, warum sie sich eigentlich mit ihm abgab. Sie wollte von ihrem Geliebten sprechen! Nun, wenn es ihr Freude machte –! Und er sagte: »Ja, er hatte wohl etwas von einem Bildhauer in sich.«

»Ja! Er liebte Ausgeglichenheit und Symmetrie; er liebte die Griechen, weil sie sich so mit ihrem ganzen Wesen der Kunst hingaben.«

Ausgeglichenheit! Soweit er sich erinnerte, hatte der Kerl überhaupt kein Gleichgewicht gehabt; und Symmetrie – gut gebaut war er zweifellos gewesen; aber diese sonderbaren Augen und die vorstehenden Backenknochen – Symmetrie?

»Du gehörst auch noch zum Goldenen Zeitalter, Onkel Jolyon.«

Der alte Jolyon blickte sie von der Seite an. Machte sie sich über ihn lustig? Nein, ihre Augen waren so sanft wie Samt. Wollte sie ihm eine Schmeichelei sagen? Aber warum sollte sie das wollen? Bei einem so alten Kerl wie er war doch nichts zu holen.

»Phil hat das auch geglaubt. Er hat manchmal hinzugefügt: ›Aber ich kann ihm niemals sagen, wie sehr ich ihn bewundere.‹«

Ach, da war es schon wieder! Ihr toter Geliebter; ihr Wunsch von ihm zu sprechen! Und er drückte ihren Arm, halb beleidigt durch jene Erinnerungen, halb dankbar, als sähe er ein, was für ein Bindeglied sie zwischen ihr und ihm seien.

»Er war ein sehr begabter junger Mann«, murmelte er. »Es ist heiß, ich vertrage Hitze nicht mehr gut. Wir wollen uns ein wenig setzen.«

Sie nahmen auf zwei Stühlen Platz unter einem Kastanienbaum, dessen breite Blätter ihnen vor den Strahlen der stillen Nachmittagssonne Schutz gewährten. Es war eine Freude, dort zu sitzen, sie zu betrachten und zu fühlen, dass sie gern bei ihm war. Und der Wunsch, ihre Freude an dem Zusammensein noch zu erhöhen, ließ ihn fortfahren:

»Wahrscheinlich hat er sich dir von einer Seite gezeigt, die ich niemals zu sehen bekam. Von seiner besten Seite natürlich. Seine Ideen über

Kunst waren ein wenig – neu für mich –« – er hatte das Wort »neumodisch« unterdrückt.

»Ja, aber er pflegte zu sagen, dass du einen feinen Sinn für Schönheit hättest.« Der alte Jolyon dachte:»Ist ihm ja gar nicht eingefallen!«, aber er entgegnete mit einem Zwinkern:»Jawohl, das stimmt, sonst würde ich nicht hier neben dir sitzen.« Sie war bezaubernd, wenn ihre Augen so lächelten wie jetzt!

»Er hat geglaubt, dass dein Herz niemals alt werden könne. Phil war ein guter Menschenkenner.«

Er ließ sich nicht betören durch diese Schmeichelei, die aus der Vergangenheit hervorgeholt wurde und dem Wunsch entsprang, über ihren toten Geliebten zu sprechen – o nein! Und doch war es köstlich, diese Worte zu hören, weil sie seinen Augen wohlgefiel und seinem Herzen, das – da hatte sie ganz recht! – niemals alt geworden war. Vielleicht nur deshalb nicht, weil er, anders als sie und ihr verstorbener Geliebter, nie bis zur Verzweiflung geliebt, immer sein Gleichgewicht bewahrt hatte, sein Gefühl für Symmetrie? Ja, ihm war die Kraft geblieben, noch mit vierundachtzig Jahren Schönheit zu bewundern. Und er dachte:»Wäre ich nur ein Maler oder ein Bildhauer! Aber ich bin ein alter Mann. Man muss Heu machen, solang die Sonne scheint.«

Ein Liebespaar ging engumschlungen über den Rasen vor ihnen, gerade am Rande des Schattens, den ihr Baum warf. Das unbarmherzige Sonnenlicht fiel auf die blassen, verschwommenen Züge und die ungepflegten jungen Gesichter der beiden. »Wir Menschen sind ein garstiges Pack!«, sagte der alte Jolyon plötzlich. »Es erscheint mir immer als ein Wunder, dass Liebe – selbst über so etwas triumphieren kann.«

»Liebe triumphiert über alles!«

»Das glaubt die Jugend«, murmelte er.

»Liebe kennt kein Alter, keine Grenze und keinen Tod.«

Wie ihr blasses Gesicht erglühte, ihre Brust sich hob, ihre sanften Augen so groß und dunkel blickten, glich sie einer zum Leben erwachten Venus! Aber diesem überspannten Gedanken folgte sofort die Reaktion und zwinkernd sagte er:»Nun, wenn die Liebe Grenzen hätte, dann würden wir nicht geboren werden; denn wahrhaftig, sie muss über vieles hinwegkommen.«

Er nahm den Zylinder ab und bürstete mit dem Ärmel darüber. Das große, plumpe Ding machte ihm heiß; in der letzten Zeit stieg ihm oft das Blut zu Kopf – sein Herz arbeitete nicht mehr so regelmäßig.

Sie saß noch immer unbeweglich und starrte geradeaus vor sich hin, und plötzlich murmelte sie:

»Es ist seltsam genug, dass *ich* noch lebe.«

Die Worte seines Sohnes: »Verirrt und verlassen« fielen ihm wieder ein.

»Ja!«, sagte er. »Jo hat dich für einen Augenblick gesehen – an jenem Tag.«

»War das dein Sohn? Ich hörte eine Stimme in der Halle; eine Sekunde glaubte ich, dass es – Phil wäre.«

Der alte Jolyon sah, wie ihre Lippen zitterten. Sie bedeckte sie mit der Hand; dann zog sie die Hand zurück und fuhr ruhig fort: »In jener Nacht ging ich zur Themse hinunter; eine Frau hielt mich am Kleid fest. Sie erzählte mir ihre Geschichte. Wenn man erfährt, was andere zu dulden haben, schämt man sich.«

»Eine von *jenen*?«

Sie nickte, und ein Grauen beschlich den alten Jolyon, das Grauen eines Menschen, der nie mit der Verzweiflung hat ringen müssen. Fast gegen seinen Willen murmelte er: »Erzähl mir doch, bitte!«

»Es war mir ganz gleichgültig, ob ich sterben oder weiterleben sollte. Wenn man einmal so weit ist, dann liegt auch dem Schicksal nichts mehr daran, einen gänzlich zu zerschmettern. Sie hat drei Tage lang für mich gesorgt, mich keinen Augenblick verlassen. Ich hatte kein Geld. Deshalb tue ich jetzt für diese Frauen, was ich kann.«

Aber der alte Jolyon dachte: »Kein Geld!« Gab es ein schrecklicheres Schicksal? Alles andere war ja darin schon eingeschlossen.

»Ich wünschte, du wärest zu mir gekommen«, sagte er. »Warum kamst du nicht?«

Irene gab keine Antwort.

»Wahrscheinlich, weil mein Name Forsyte war? Oder wolltest du Junes wegen nicht kommen? Und wie geht es dir jetzt?« Unwillkürlich sah er sie von oben bis unten an. Vielleicht ging es ihr noch heute – –! Und doch, mager war sie nicht – eigentlich nicht!

»Oh, ich verdiene gerade genug.« Diese Antwort beruhigte ihn nicht; er war unsicher geworden. Und Soames, dieser Bursche! Doch sein Gerechtigkeitssinn ließ ihn mit seinem Verdammungsurteil zurückhalten. Nein, sie wäre sicherlich lieber gestorben, als dass sie noch einen Penny von diesem Kerl genommen hätte. So sanft sie auch aussah, es musste doch Kraft in ihr stecken – Kraft und Treue. Aber was war das auch für eine Art von dem jungen Bosinney, sich überfahren zu lassen, sodass sie ganz hilflos zurückblieb!

»Nun, jetzt musst du zu mir kommen, wenn du irgendetwas brauchst, sonst werde ich mich wirklich kränken.«

Er setzte seinen Hut wieder auf und erhob sich.

»Wir wollen Tee trinken gehen. Ich hab dem faulen Burschen aufgetragen, die Pferde für eine Stunde einzustellen und mich dann von deiner Wohnung wieder abzuholen. Wir werden später eine Droschke nehmen; ich bin nicht mehr so gut zu Fuß wie früher einmal.«

Er genoss alles aus ganzem Herzen: den Spaziergang bis ans Ende von Kensington Gardens, den Klang ihrer Stimme, den Blick ihrer Augen, den feinen Reiz der bezaubernden Gestalt an seiner Seite. Er trank auch mit Genuss den Tee bei Ruffel in der High Street; als er von dort wieder herauskam, baumelte eine große Schachtel Schokolade an seinem kleinen Finger. Er genoss auch, eine Zigarre rauchend, die Rückfahrt nach Chelsea im Hansom an ihrer Seite. Sie hatte versprochen, nächsten Sonntag hinauszukommen und ihm wieder vorzuspielen, und in Gedanken pflückte er für sie schon Nelken und die ersten Rosen, die sie dann in die Stadt zurücknehmen sollte. Es war eine Freude, *ihr* eine kleine Freude zu machen, wenn ein Geschenk von einem alten Kerl wie er wirklich eine Freude für sie bedeutete! Sein Wagen wartete schon, als sie ankamen. Das sah dem Burschen ähnlich, der, wenn er gebraucht wurde, immer zu spät kam! Der alte Jolyon ging für eine Minute mit ihr hinauf, um sich zu verabschieden. Das kleine, dunkle Vorzimmer der Wohnung war von einem unangenehmen Patschuligeruch erfüllt und auf einer Bank an der Wand, dem einzigen Möbelstück, sah er eine Gestalt sitzen. Er hörte, wie Irene mit sanfter Stimme sagte: »Einen Augenblick, bitte.« Als sie in dem kleinen Salon standen und die Tür geschlossen war, fragte er ernsthaft: »Einer von deinen Schützlingen?«

»Ja. Ich verdanke es dir, dass ich jetzt etwas für sie tun kann.«

Er starrte vor sich hin und strich sich das Kinn, dessen energischer Ausdruck seinerzeit so viele erschreckt hatte. Der Gedanke, dass sie in so engem Kontakt mit dieser Ausgestoßenen stand, bekümmerte und erschreckte ihn. Was konnte Irene eigentlich für sie tun? Gar nichts. Höchstens konnte sie sich selber dabei beschmutzen und in Schwierigkeiten geraten. Und er sagte: »Gib gut acht, meine Liebe! Die Welt deutet alles auf die schlimmste Art.«

»Das weiß ich.«

Ihr stilles Lächeln machte ihn ein wenig verlegen. »Also – bis Sonntag«, murmelte er. »Auf Wiedersehen!«

Sie hielt ihm ihre Wange zum Kuss hin.

»Auf Wiedersehen!«, sagte er noch einmal. »Gib gut auf dich acht!« Und beim Hinausgehen sah er an der Gestalt auf der Bank vorbei. Auf dem Heimweg fuhr er über Hammersmith, damit er bei einem bekannten Händler anhalten könnte, um zwei Dutzend Flaschen besten Burgunderweins für sie zu bestellen. Sie würde eine kleine Stärkung hie und da gut brauchen können! Erst als er sich bereits im Richmondpark befand, fiel ihm ein, dass er ja in die Stadt gefahren war, um sich Schuhe zu kaufen, und er wunderte sich, wie ihm nur eine so unsinnige Idee hatte kommen können.

3.

Die leisen Geisterstimmen der Vergangenheit, die einen Menschen in seinen alten Tagen unablässig bedrängen, hatten ihn nie so wenig behelligt wie in den siebzig Stunden bis zum Sonntag. Ein anderer Geist, der Geist der Zukunft umgaukelte seinen Sinn mit dem Reiz des Unbekannten. Jetzt war der alte Jolyon nicht mehr ruhelos und machte auch dem Baumstamm keine Besuche mehr, denn sie hatte ja versprochen, zum Lunch zu kommen. Im Feststehen der regelmäßigen Mahlzeiten liegt eine wundervolle Endgültigkeit; eine Welt von Zweifeln wird dadurch weggefegt, denn niemand versäumt eine Mahlzeit, solange er nicht durch höhere Gewalt dazu gezwungen ist. Er spielte mit Holly viele Rasenspiele, spielte so, dass sie sich im Parieren üben konnte, weil sie später in den Ferien mit Jolly Kricket spielen wollte. Denn sie war keine Forsyte, Jolly aber war einer, und die Forsytes parieren immer alle Schläge, bis sie vierundachtzig Jahre alt sind und abgedankt haben. Der Hund Balthasar war auch dabei und legte sich, so oft er konnte, auf den Ball, und der Balljunge, der ein Gesicht wie der Vollmond zur Erntezeit hatte, fing den Ball auf und warf ihn zurück. Und weil die Wartezeit immer kürzer wurde, kam ihm jeder neue Tag länger und herrlicher als der vergangene vor. Am Freitagabend tat ihm die linke Seite ziemlich weh, er nahm eine »Leberpille« – darüber ging nichts, mochte der Schmerz auch in der andern Seite sitzen. Wenn ihm jemand gesagt hätte, dass er seit Kurzem in ständiger Aufregung lebe und dass Aufregung schädlich für ihn sei, so hätte er ihn wohl mit einem festen, herausfordernden Blick aus seinen stahlgrauen, tief liegenden Augen angeschaut, die stets zu sagen schienen: »Ich weiß am besten, was gut für mich ist!« Er hatte es tatsächlich immer gewusst und würde es immer wissen.

Am Sonntagvormittag, als Holly mit ihrer Gouvernante in die Kirche gegangen war, stattete er den Erdbeerbeeten einen Besuch ab. Von dem Hunde Balthasar begleitet, inspizierte er sie aufs Genaueste und fand schließlich zwei Dutzend wirklich reifer Beeren. Das Niederbücken war nicht gut für ihn, er wurde schwindlig und das Blut stieg ihm zu Kopf. Nachdem er die Erdbeeren in einer Schüssel auf den Speisetisch gestellt hatte, wusch er sich die Hände und befeuchtete die Stirn mit Eau de Cologne. Wie er so vor dem Spiegel stand, bemerkte er, dass er abgemagert war – wie spindeldürr war er doch als junger Mensch gewesen! Es war hübsch, schlank zu sein – fette Kerle konnte er nicht vertragen; aber seine Wangen waren doch vielleicht gar zu mager geworden! Sie wollte mit dem Zug um halb eins ankommen, bei Drages Farm die Straße verlassen und am andern Ende des Wäldchens vorbei zu Fuß heraufkommen. Und nachdem er sich vergewissert hatte, dass in Junes Zimmer warmes Wasser bereitstand, ging er Irenen langsam entgegen, recht langsam, denn sein Herz schlug heftig. Ein süßer Duft erfüllte die Luft, die Lerchen sangen, und man konnte die große Tribüne in Epsom sehen. Ein herrlicher Tag! Zweifellos war es genau so ein Tag gewesen, als Soames vor fünf Jahren den jungen Bosinney hergebracht hatte, um die Lage des Grundstücks zu besichtigen, ehe der Bau begann. Bosinney hatte die Stelle des Hauses ganz genau bestimmt, das hatte ihm June oft erzählt. In diesen Tagen musste er manchmal an den jungen Menschen denken, als ginge sein Geist wirklich am Orte seines letzten Wirkens um, auf der Suche nach – ihr. Bosinney, der einzige Mensch, der ihr Herz besessen, dem sie ihr ganzes Wesen voll Freude gegeben hatte. In seinem Alter konnte man sich natürlich solche Dinge nicht mehr vorstellen, und dennoch spürte er einen sonderbaren, unbestimmten Schmerz wie eine ganz leise, unpersönliche Eifersucht; und auch ein großherzigeres Gefühl des Mitleids mit jener Liebe, die so früh zerstört worden war. Nach ein paar armseligen Monaten war alles vorüber gewesen. Ja, ja! Er sah auf die Uhr, ehe er das Wäldchen betrat – erst ein viertel eins, noch fünfundzwanzig Minuten zu warten! Doch als er um die Ecke bog, sah er sie auf dem Baumstamm sitzen, genau an der Stelle, wo er sie das erste Mal getroffen hatte; sie musste mit dem vorhergehenden Zug gefahren sein, um dort wenigstens zwei Stunden allein sitzen zu können. Zwei Stunden ihrer Gesellschaft – versäumt! Welche Erinnerung machte ihr diesen Ort so teuer? Seine Gedanken mussten auf seinem Gesicht zu lesen stehen, denn sie sagte sofort:

»Sei mir nicht böse, Onkel Jolyon; hier ist es mir zum ersten Mal zum Bewusstsein gekommen.«

»Freilich, freilich; komm nur her, so oft du willst. Du hast ein bisschen Stadtfarbe; du gibst zu viele Stunden.«

Dass sie Stunden geben musste, beunruhigte ihn. Einer Schar junger Mädchen Stunden geben, die mit plumpen Fingern Tonleitern übten!

»Wo gibst du denn Stunden?«, fragte er.

»Zumeist in jüdischen Familien, glücklicherweise.«

Der alte Jolyon starrte sie an; für jeden Forsyte ist ein Jude ein zweifelhaftes und sonderbares Geschöpf.

»Sie lieben Musik und sie sind sehr freundlich.«

»Das möchte ich ihnen aber auch raten, wahrhaftig!« Er nahm ihren Arm – die Seite tat ihm beim Bergaufgehen immer ein wenig weh – und sagte:

»Hast du schon einmal etwas so Hübsches wie diese Butterblumen gesehen? In einer Nacht sind sie so aufgeblüht.«

Ihre Blicke schienen über das Feld zu schweben wie die Bienen nach Blüten und Honig.

»Ich habe nicht erlaubt, dass die Kühe auf die Weide getrieben werden, damit du die Butterblumen noch vorher sehen könntest.« Doch da erinnerte er sich, dass sie ja gekommen war, um über Bosinney zu sprechen und zeigte auf den Uhrturm über den Ställen:

»Ich glaube, *er* hätte mich keine Uhr da anbringen lassen; er hatte doch überhaupt keinen Begriff von Zeit, wenn ich mich recht erinnere.«

Statt jedoch etwas zu erwidern, plauderte sie weiter über Blumen, indem sie seinen Arm an den ihren presste, und er war überzeugt, dass sie das nur tat, um ihn nicht fühlen zu lassen, dass sie um ihres toten Geliebten willen hergekommen war.

»Die schönste Blume, die ich dir zeigen kann«, sagte er mit einer Art Triumph, »ist mein kleiner Liebling. Sie wird gleich von der Kirche zurückkommen. Sie hat etwas an sich, das mich ein wenig an dich erinnert«, und es schien ihm gar nicht merkwürdig, dass er sich so ausgedrückt hatte, anstatt zu sagen: »Es ist etwas an dir, das mich ein wenig an Holly erinnert.« Ah! Und da war sie schon!

Holly kam vom Eichenbaum her auf sie zugelaufen, auf dem Fuße gefolgt von ihrer ältlichen französischen Gouvernante, die sich vor zweiundzwanzig Jahren, während der Belagerung von Straßburg, eine chronische Magenverstimmung geholt hatte. Knapp vor ihnen blieb Holly stehen, um Balthasar zu streicheln, als hätte sie gar nichts anderes im Sinn gehabt. Der alte Jolyon, der sie besser kannte, sagte:

»Schau her, mein Liebling, hier ist die Dame in Grau, die ich dir versprochen habe.«

Holly richtete sich auf und sah sie an. Mit einem Zwinkern beobachtete er die beiden; Irene lächelte, Hollys ernsthaft forschender Blick ging gleichfalls in ein schüchternes Lächeln über und dann in irgendein tieferes Empfinden. Sie hatte ein Gefühl für Schönheit, die Kleine, wusste, wen sie vor sich hatte! Er freute sich zu sehen, wie die beiden einander küssten.

»Mrs. Heron – Mamselle Beauce. Na, Mamselle, war die Predigt gut?«

Denn nun, da er nicht mehr lange zu leben hatte, absorbierte einzig der Teil des Gottesdienstes, der von dieser Welt handelt, das geringe Interesse, das ihm für die Kirche geblieben war. Mamselle Beauce streckte eine dürre Hand aus, die in schwarzem Glacéhandschuh steckte – sie war nur in vornehmen Häusern angestellt gewesen – und die ziemlich traurigen Augen in dem magern, gelblichen Gesicht schienen zu fragen: »Bist du gut errzogen?« Wenn Holly oder Jolly irgendetwas taten, was ihr nicht gefiel – und das kam nicht gar so selten vor – sagte sie ihnen gewöhnlich: »Die kleinen Tayleurs haben das nie getan – sie waren solch wohlerrzogene kleine Kinder.« Jolly hasste die kleinen Tayleurs; Holly wunderte sich schrecklich, wie sie nur solche Musterkinder sein konnten. »Ein vertrocknetes, wunderliches kleines Geschöpf«, pflegte der alte Jolyon von Mamselle Beauce zu denken.

Die Mahlzeit war in jeder Hinsicht ein Erfolg; die Pilze, die er selbst im Pilzhaus gepflückt hatte, die von ihm ausgewählten Erdbeeren und eine zweite Flasche Steinberg Kabinet gaben ihm sozusagen aromatisch-geistige Anregung, allerdings auch die Überzeugung, dass er morgen einen kleinen gastrischen Ausschlag bekommen würde. Nach dem Lunch tranken sie unter dem Eichenbaum türkischen Kaffee. Er bedauerte es durchaus nicht, als Mademoiselle Beauce sich zurückzog, um ihren Sonntagsbrief an ihre Schwester zu schreiben, deren ganze Zukunft einmal in ihrer Jugend auf dem Spiel gestanden hatte, als sie eine Nadel verschluckte, eine Geschichte, die den Kindern täglich als warnendes Beispiel vorgehalten wurde, damit sie langsam essen und das Gegessene gut verdauen sollten. Am Fuß des Rasenabhangs, auf einer Wagendecke, spielten Holly und der Hund Balthasar, neckten einander und tauschten Zärtlichkeiten, und der alte Jolyon saß mit übereinandergeschlagenen Beinen im Schatten, genoss mit Wohlbehagen seine Zigarre und blickte Irene an, die auf der Schaukel saß. Eine lichte, gleichsam schwebende graue Gestalt, hie und da ein Flecken Sonnenlicht darauf, mit halb geöffneten Lippen, dunklen, sanften Augen unter ein wenig gesenkten Lidern. Sie sah zufrieden aus; gewiss tat es ihr wohl, ihn hier draußen zu besuchen! Die Selbstsucht des Alters hatte ihn noch nicht ganz in der Gewalt, denn die Freude eines andern konnte ihn noch immer froh stimmen; obgleich er sich darüber im Klaren war, dass ihm sehr viel an der Erfüllung seiner Wünsche lag, so sah er doch ein, dass auch noch anderes von Bedeutung sei.

»Es ist ruhig hier«, sagte er, »du solltest nicht herkommen, wenn du dich hier langweilst. Aber es ist eine Freude, dich zu sehen. Das Gesicht meines kleinen Lieblings ist das einzige, das mich freut, außer dem deinen.«

An ihrem Lächeln erkannte er, dass sie noch nicht darüber hinaus war, an einer Huldigung Gefallen zu finden, und das machte ihn sicher.

»Das ist keine leere Redensart«, erklärte er, »ich habe niemals einer Frau gesagt, dass ich sie bewundere, wenn ich es nicht wirklich tat. Ich kann mich überhaupt nicht erinnern, dass ich einer Frau meine Bewunderung gestanden hätte, ausgenommen meiner eigenen, aber das ist schon lange her; und Ehefrauen sind so komisch.« Er schwieg, fing aber plötzlich wieder an:

»Sie erwartete von mir, dass ich es öfter sagen sollte, als ich es fühlte, und da war nichts zu machen.« Ihr Gesicht sah auf einmal merkwürdig verstört aus, sodass er fürchtete, schmerzliche Erinnerungen in ihr wachgerufen zu haben, und rasch fortfuhr:

»Wenn mein kleiner Liebling einmal heiratet, so wird sie hoffentlich jemand finden, der versteht, was Frauen fühlen. Ich werd' es ja nicht mehr erleben, aber es ist zu viel Verkehrtes in der Ehe; ich will nicht, dass sie sich damit abquälen muss.« Und da er merkte, dass diese Worte die Situation noch verschlimmert hatten, fügte er hinzu: »Der Hund wird dich bestimmt noch kratzen.«

Ein Schweigen folgte. Woran mochte sie wohl denken, dieses hübsche Geschöpf, dessen Leben so verdorben war? Das mit der Liebe abgeschlossen hatte und dennoch für die Liebe geschaffen war? Eines Tages, wenn er nicht mehr lebte, würde sie vielleicht einen andern Gefährten finden, der nicht so ein Querkopf war wie der junge Mensch, der sich hatte überfahren lassen. Ah! Aber ihr Gatte?

»Belästigt dich Soames niemals?«, fragte er.

Sie schüttelte den Kopf. Ihr Gesicht zeigte plötzlich einen verschlossenen Ausdruck. Bei aller Sanftheit war oft etwas Unversöhnliches an ihr. Und einen Augenblick lang wurde er sich der unerbittlichen Natur geschlechtlicher Antipathie bewusst, er, der der frühviktorianischen Kultur angehörte, die so viel älter war als die jetzige, und dem solch primitive Dinge niemals in den Sinn gekommen waren.

»Das ist eine Beruhigung für mich«, sagte er. »Man kann heute die große Tribüne sehen. Sollen wir einen Spaziergang machen?«

Er führte sie durch den Blumen- und den Obstgarten, an dessen hohen Außenmauern Pfirsiche und Nektarinpfirsiche an der Sonne gezogen wurden, durch die Ställe, den Weingarten, das Pilzhaus und an den Spargelbeeten vorbei durch den Rosengarten nach der Laube, sogar in den Küchengarten führte er sie, um ihr die zarten grünen Erbsen zu zeigen, die Holly so gern mit den Fingern aus den Schoten klaubte und von ihrer kleinen, braunen Hand ableckte. So viele köstliche Dinge zeigte er ihr, während Holly und der Hund Balthasar vor ihnen hertanzten oder hie und da zu ihnen gelaufen kamen, um auch ein wenig beachtet zu werden. Es war einer der glücklichsten Nachmittage, die er je erlebt hatte; aber er wurde müde und war froh, im Musikzimmer sich niedersetzen zu können und sich von ihr den Tee servieren zu lassen. Eine intime kleine Freundin Hollys war zu Besuch gekommen – ein blondes Kind mit kurz geschnittenem Haar wie ein Junge. Und die beiden haschten einander in einiger Entfernung über die Treppe und unter der Treppe durch und auf der Galerie. Der alte Jolyon erbat sich wieder etwas von Chopin. Sie spielte Etüden, Mazurkas, Walzer, bis die beiden Kinder, die sich immer näher geschlichen hatten, am Ende des Klavieres standen und lauschten, den blonden und den dunklen Kopf vorgeneigt. Der alte Jolyon beobachtete sie.

»Ich möcht euch beide tanzen sehn!«

Schüchtern, mit einem falschen Schritt, fingen sie an. Hüpfend und herumwirbelnd, ernsthaft und ein wenig unbeholfen, tanzten sie ein um das andere Mal an seinem Stuhl vorbei zu den Melodien jenes Walzers. Er sah ihnen zu und blickte Irene an, die spielte und sich dabei lächelnd den kleinen Tänzerinnen zuwandte. »Das hübscheste Bild, das ich je gesehen«, dachte er. Eine Stimme sagte:

»Holii! Mais enfin – qu'est-ce que tu fais la – danser, le dimanche! Viens, donc!«

Aber die Kinder drängten sich an den alten Jolyon, wohl wissend, dass er sie schützen würde, und sie sahen ihn derart an, dass er nicht widerstehen konnte.

»Je besser der Tag, umso besser die Tat, Mamselle. Ich bin an allem schuld. Tummelt euch, ihr Küken, und geht Tee trinken.«

Nachdem sie gegangen waren, von dem Hund Balthasar gefolgt, der keine Mahlzeit versäumte, blickte er zwinkernd zu Irene hinüber und sagte:

»Ja, so ist es nun einmal! Sind sie nicht reizend? Hast du auch kleine Schülerinnen?«

»Ja, drei – zwei davon sind ganz allerliebst.«

»Hübsch?«

»Reizend!«

Der alte Jolyon seufzte; er hatte ein unstillbares Verlangen nach der zarten Jugend. »Mein kleiner Liebling hat Musik besonders gern«, sagte er, »sie wird eines Tages eine Künstlerin werden. Möchtest du mir nicht sagen, was du von ihrem Spiel hältst?«

»Gewiss, gerne.«

»Du möchtest wohl nicht – –« er unterdrückte jedoch die Worte: »– – ihr Stunden geben.« Der Gedanke, dass sie Stunden geben sollte, war ihm unangenehm; und dennoch, das würde bedeuten, dass er sie regelmäßig zu sehen bekäme. Sie stand auf und kam zu ihm herüber.

»Ich möchte es sehr gern tun; aber was ist mit – June? Wann kommen sie zurück?«

Der alte Jolyon runzelte die Stirn. »Erst um die Mitte des nächsten Monats. Was tut das?«

»Du hast gesagt, dass June mir verziehen habe; aber sie kann es nicht vergessen haben, Onkel Jolyon.«

Vergessen! Sie *musste* es vergessen, wenn er es wünschte.

Doch wie als Antwort schüttelte Irene den Kopf. »Du weißt, dass sie es nicht kann; man kann nicht vergessen.«

Immer diese abscheuliche Vergangenheit! Und als ob er die Sache ein für alle Mal abtun wollte, sagte er fast ärgerlich:

»Na, wir werden ja sehn.«

Über eine Stunde erzählte er ihr von den Kindern und von hundert Kleinigkeiten, bis der Wagen vorfuhr und sie nach Hause brachte. Und als sie fort war, setzte er sich wieder in seinen Stuhl, strich sich mit der Hand über Gesicht und Kinn und träumte vom verflossenen Tage.

An jenem Abend ging er nach dem Dinner in sein Arbeitszimmer und nahm ein Blatt Papier. Er verweilte einige Minuten, ohne zu schreiben, erhob sich dann und stellte sich vor das Meisterwerk »Holländische Fischerboote bei Sonnenuntergang«. Er dachte nicht an das Bild, sondern an sein Leben. Er wollte ihr etwas in seinem Testament vermachen; nichts hätte so sehr die verschlossenen Tiefen seiner Gedanken und Erinnerungen aufrühren können. Er wollte ihr einen Teil seines Reichtums hinterlassen, seines Ehrgeizes, seiner Taten, seiner Fähigkeiten, seiner Arbeit, einen Teil alles dessen, was diesen Reichtum geschaffen hatte; er wollte ihr auch einen Teil alles dessen hinterlassen, was er im Leben versäumt hatte, trotz seines tüchtigen und ununterbrochenen Ausnützens aller seiner Möglichkeiten. Ah! Was hatte er versäumt? Die »Holländischen Fischerboote« gaben keine Antwort; er ging zur Glastür hinüber, zog die Vorhänge zur Seite und öffnete die Tür. Ein Wind hatte sich erhoben und ein dürres Eichenblatt vom vergangenen Jahr, das irgendwie dem Besen des Gärtners entgangen war, wirbelte im Zwielicht mit einem leise raschelnden Laut auf der Steinterrasse hin und her. Sonst war es sehr ruhig da draußen, und er konnte den Heliotrop riechen, den man gerade erst begossen hatte. Eine Fledermaus flog vorbei. Ein Vogel stieß ein letztes Zwitschern aus. Und gerade über dem Eichenbaum leuchtete der erste Stern. Faust, in der Oper, hatte seine Seele dem Teufel verschrieben, um noch ein paar Jahre wieder jung sein zu können. Welch eine krankhafte Idee! So eine Abmachung war unmöglich, das war die eigentliche Tragödie. Man konnte nicht wieder jung werden, nicht um des Lebens oder der Liebe willen und auch aus keinem andern Grunde. Es blieb einem nichts anderes übrig, als die Schönheit von Weitem zu genießen, solang es einem möglich war, und ihr im Testament etwas zu vermachen. Aber wie viel? Und als ob er das unmöglich hätte ausrechnen können, während er in die ländliche, eine sanfte Freiheit atmende Nacht hinausschaute, wandte er sich zum Kamin zurück. Dort standen seine Lieblingsbronzen – eine Kleopatra mit der Natter am Busen; ein Sokrates; eine Windhündin, die mit ihren Jungen spielte; ein starker Mann, der einige Pferde an den Zügeln hielt. »*Sie* bleiben!«, dachte er, und es gab ihm einen Stich durchs Herz. Sie hatten noch tausend Jahre Leben vor sich!

»Wie viel?« Nun, auf jeden Fall genug, dass sie nicht vor der Zeit würde altern müssen, genug, um die scharfen Linien ihrem Gesicht so lang wie möglich fernzuhalten und ihr leuchtendes Haar vor dem Ergrauen zu bewahren. Er hatte vielleicht noch fünf Jahre zu leben. Sie würde dann weit über dreißig sein. »Wie viel?« In ihr war nichts von seinem Blut! Ganz im Sinne seiner Lebensrichtung, an der er seit vierzig Jahren unverbrüchlich festhielt, seitdem er geheiratet und jene rätselvolle Institution, Familie genannt, begründet hatte, kam ihm auch jetzt wieder der warnende Gedanke: Nichts von seinem Blut in ihr. Sie hatte keinerlei begründetes Anrecht! Es war also ein Luxus von ihm, dieses Legat. Eine Extravaganz, die Hätschellaune eines alten Mannes, eine von jenen Dummheiten, die kindische Greise begehen. Seine wirkliche Zukunft lag in den Menschen, die sein Blut in den Adern hatten, in denen er nach seinem Tode weiterleben würde. Er wandte sich von den Bronzefiguren weg und blickte auf den alten, grünen Lederstuhl, in dem er so oft gesessen und so viele Hundert Zigarren geraucht hatte. Und plötzlich kam es ihm vor, als säße sie dort in ihrem grauen Kleide, duftend, milde, anmutig, und sähe mit ihren dunklen Augen zu ihm auf. Warum denn nur! Es lag ihr ja gar nichts an ihm; in Wirklichkeit lag ihr ja nur etwas an ihrem verlorenen Geliebten. Aber sie lebte doch, und ob sie es nun wollte oder nicht, sie erfreute ihn mit ihrer Schönheit und ihrer Anmut. Ein alter Mann hatte kein Recht, seine Gesellschaft aufzudrängen, kein Recht, sie einzuladen, damit sie ihm vorspiele und sich bewundern lasse – für nichts und wieder nichts! Für alles muss man zahlen in der Welt, auch für die Freude. »Wie viel?« Schließlich besaß er ja genug; seinem Sohn und seinen drei Enkelkindern würde die kleine Summe nicht abgehen. Er hatte das Geld doch selber verdient, fast jeden Penny; er konnte es hinterlassen, wem er wollte, er durfte sich dies kleine Vergnügen schon gönnen. Er ging zum Schreibtisch zurück. »Ja, ich tu' es!«, dachte er. »Sie mögen denken, was sie wollen, ich tu' es!« Und er setzte sich an den Schreibtisch.

»Wie viel?« Zehntausend, zwanzigtausend – wie viel? Wenn er mit diesem Gelde nur noch ein einziges Jahr, noch einen Monat Jugend sich erkaufen könnte!

Und von diesem Gedanken erschreckt, schrieb er rasch:

»Lieber Herring!

Entwerfen Sie für mich folgendes Kodizill: ›Ich hinterlasse meiner Nichte Irene Forsyte, geborene Heron, unter welchem Namen sie jetzt lebt, fünfzehntausend Pfund frei von Gebühren.‹

Ihr ergebener

Jolyon Forsyte.«

Nachdem er das Kuvert gesiegelt und frankiert hatte, ging er zum Fenster zurück und atmete tief auf. Es war dunkel, doch viele Sterne schienen jetzt.

4.
—

Um halb drei erwachte er, zu einer Stunde also, die, wie er aus langer Erfahrung wusste, jeden peinlichen Gedanken zu schrecklicher Intensität steigerte. Die Erfahrung hatte ihn auch gelehrt, dass sich, wenn er danach zur richtigen Stunde, um acht Uhr erwachte, seine heftige Angst als töricht erweisen würde. Der Gedanke, der an diesem besonderen Morgen rasch an Bedeutung zunahm, war der: Wenn er nun krank würde, was bei seinem Alter ja nicht unwahrscheinlich war, dann könnte er sie nicht mehr sehen. Und unmittelbar darauf ward es ihm klar, dass er ja auch schon von ihr abgeschnitten würde, sobald sein Sohn und June von Spanien zurückkämen. Wie konnte er den Wunsch nach der Gesellschaft einer Frau rechtfertigen, die June – den Bräutigam gestohlen hatte? – am frühen Morgen nimmt man's mit den Worten nicht so genau. Dieser Bräutigam war allerdings tot; aber June war ein halsstarriges, kleines Ding; warmherzig, aber zäh wie ein Stück Leder und – das stimmte ganz gewiss – eine, die nicht vergessen konnte! Um die Mitte des nächsten Monats würden sie wieder zurück sein. Es blieben ihm kaum fünf Wochen übrig, um sich des neuen Interesses zu erfreuen, das in sein Leben, eigentlich vielmehr in das, was ihm vom Leben noch geblieben, getreten war. Die Dunkelheit ließ ihn die Natur seines Gefühls geradezu lächerlich klar erkennen. Bewunderung der Schönheit – eine Sehnsucht, die Freude seiner Augen zu schauen. Widersinnig, bei seinem Alter! Und dennoch – welchen andern Grund hatte er, von June zu verlangen, dass sie so schmerzliche Erinnerungen wieder aufrühren sollte, und wie sollte er es verhindern, dass sein Sohn und dessen Frau ihn sehr sonderbar finden würden? Es würde ihm nichts anderes übrig bleiben, als hie und da heimlich nach London zu fahren, was ihn ermüdete; und das geringste Unwohlsein würde ihm auch dies unmöglich machen. Er lag mit offenen Augen, wehrte sich gegen diese Zukunftsbilder und nannte sich einen alten Narren, während sein Herz laut schlug und dann wieder ganz stillzustehen schien. Er sah noch die Dämmerung durch die Ritzen der Jalousien schimmern, hörte die Vögel piepsen und zwitschern und die Hähne krähen, ehe er wieder einschlief; danach erwachte er müde, aber gesund. Noch fünf Wochen, ehe er sich den Kopf zu zerbrechen brauchte, bei seinem Alter eine Ewigkeit! Aber die heftige Angst jener frühen Morgenstunde hatte ihre Spuren zurückgelassen, er, der immer seinen Kopf durchgesetzt hatte, fühlte sich wie von einem leichten Fieber getrieben. Er würde sie so oft treffen, als es ihm gefiel! Warum sollte er nicht in die Stadt fahren und das Kodizill bei seinem Anwalt selbst beifügen, statt ihm zu schreiben? Vielleicht würde sie gerne in die Oper gehen! Diesmal aber würde er die Bahn benützen, dieser dicke Kerl, der Beacon, sollte nicht hinter seinem Rücken grinsen! Diener waren ja solche Dummköpfe und höchstwahrscheinlich kannten sie alle die alte Geschichte von Irene und dem jungen Bosinney – Dienstleute wussten alles und was sie nicht wussten, vermuteten sie. An jenem Morgen schrieb er ihr:

»Meine liebe Irene!
Ich muss morgen in die Stadt fahren. Wenn Du gerne auf einen Akt in die Oper gehen möchtest, diniere mit mir in einem ruhigen Restaurant ...«

Aber wo? Es war schon eine Ewigkeit her, seit er in London irgendwo anders diniert hatte als in seinem Klub oder in einem Privathaus. Ah! Da war dieses neumodische Hotel in der Nähe von Covent Garden ...

»Sende mir morgen früh eine Zeile in das Piedmont Hotel, ob ich Dich dort um sieben Uhr erwarten darf.
Dein Dich liebender
Jolyon Forsyte.«

Sie würde begreifen, dass er ihr nur gerade eine kleine Freude bereiten wolle; denn der Gedanke, dass sie erraten könnte, wie sehr er sich nach ihrem Anblick sehnte, war ihm instinktiv unangenehm; es ziemte sich nicht, in seinem Alter vom gewöhnlichen Wege abzuweichen, um Schönheit zu bewundern, noch dazu die Schönheit einer Frau.

Die Fahrt am nächsten Tage, obgleich sie sehr kurz war, und der Besuch bei seinem Anwalt ermüdeten ihn sehr. Überdies war es heiß, und nachdem er sich zum Dinner umgekleidet hatte, musste er sich auf dem Sofa in seinem Schlafzimmer ein wenig ausruhen. Er musste einen leichten Ohnmachtsanfall gehabt haben, denn als er wieder zu sich kam, fühlte er sich recht sonderbar; mit einiger Mühe erhob er sich und klingelte. Oho, es war schon sieben vorbei! Und er war noch immer hier oben und sie würde warten. Plötzlich aber erfasste ihn von Neuem ein Schwindel, und er war genötigt, sich wieder auf das Sofa sinken zu lassen. Er hörte die Stimme des Stubenmädchens:

»Haben Sie geklingelt, gnädiger Herr?«

»Jawohl, treten Sie näher!« Er konnte sie nicht deutlich sehen, vor seinen Augen wogte ein Nebel. »Ich fühle mich nicht wohl, ich brauche etwas Riechsalz.«

»Ja, gnädiger Herr.« Ihre Stimme klang erschreckt.

Der alte Jolyon machte eine Anstrengung.

»Warten Sie noch einen Augenblick! Sie müssen meiner Nichte eine Botschaft ausrichten – einer Dame, die in der Halle wartet – einer Dame in Grau. Sagen Sie, Mr. Forsyte ist nicht ganz wohl – die Hitze. Er bedauert sehr; wenn er nicht bald hinunterkommt, soll sie nicht mit dem Dinner warten.«

Als das Mädchen gegangen war, fühlte er sich schwach und dachte: »Warum habe ich gesagt: eine Dame in Grau? Sie kann ja irgendeine andere Farbe tragen! Riechsalz!« Obgleich er nicht mehr ohnmächtig wurde, bemerkte er doch nicht, wie Irene hereinkam und auf ihn zutrat, Riechsalz unter seine Nase hielt und ein Kissen unter seinen Kopf schob. Er hörte sie ängstlich fragen: »Lieber Onkel Jolyon, was fehlt dir?«, fühlte undeutlich den sanften Druck ihrer Lippen auf seiner Hand, atmete dann tief das Riechsalz ein, spürte plötzlich seine Wirkung und musste niesen.

»Ha«, sagte er, »es ist gar nichts. Wie bist du heraufgekommen? Geh doch dinieren – die Karten liegen auf dem Ankleidetisch. In einer Minute werde ich wieder ganz munter sein.«

Er fühlte ihre kühle Hand auf seiner Stirn, roch Veilchen und schwankte zwischen einem Gefühl des angenehmen Sichgehenlassens und dem Willen, wieder gesund zu sein.

»Na also! Du bist doch in Grau!«, sagte er. »Hilf mir auf!« Als er wieder auf den Füßen stand, gab er sich einen Ruck.

»Was ist mir nur eingefallen, ohnmächtig zu werden!« Und er ging langsam auf den Spiegel zu. Wahrhaftig, das Gesicht einer Leiche. Er vernahm ihre Stimme nur leise hinter sich:

»Du darfst nicht hinuntergehn, Onkel. Du musst ausruhn.«

»Unsinn! Ein Glas Champagner wird mir schon wieder auf die Beine helfen. Du darfst meinetwegen die Oper nicht versäumen.«

Aber schon der Weg durch den Gang war mühselig. Was in diesen neumodischen Hotels nur für Teppiche lagen, so dick, dass man bei jedem Schritt darüber strauchelte! Im Fahrstuhl bemerkte er ihren besorgten Blick und sagte mit einem schwachen Versuch zu zwinkern:

»Na, ich bin ein netter Gastgeber!«

Als der Fahrstuhl hielt, musste er sich an der Bank festhalten, um nicht das Gleichgewicht zu verlieren; doch nach der Suppe und einem Glas Champagner fühlte er sich schon wohler und begann sich des kleinen Schwächeanfalls zu freuen, dessentwegen so viel Sorge für ihn in ihrem Benehmen lag.

»Ich hätte dich gern zur Tochter gehabt«, sagte er plötzlich; und da er das Lächeln in ihren Augen sah, fuhr er fort:

»In deinem Alter solltest du nicht nur in der Erinnerung an die Vergangenheit leben; davon kannst du später noch mehr als genug zehren. Das ist ein hübsches Kleid – der Schnitt gefällt mir.«

»Ich habe es selbst gemacht.«

Ah! Eine Frau, die sich ein hübsches Kleid nähen konnte, hatte noch nicht das Interesse am Leben verloren.

»Man muss ernten, solange die Sonne scheint«, sagte er; »trink doch aus. Ich möchte etwas Farbe in deinen Wangen sehen. Wir dürfen unser Leben nicht versäumen; das taugt nicht. Heute Abend wird eine neue Margarethe auftreten; hoffen wir, dass sie nicht zu dick ist. Und Mephisto – etwas Schrecklicheres als einen dicken Teufel kann ich mir überhaupt nicht vorstellen.«

Aber schließlich gingen sie doch nicht in die Oper, denn als er sich vom Tisch erhob, befiel ihn wieder der Schwindel, und sie bestand darauf, dass er sich ruhig verhalte und früh zu Bett gehe. Als er sich am Eingang des Hotels von ihr verabschiedet hatte, nachdem er dem Kutscher ihre Fahrt nach Chelsea bezahlt hatte, setzte er sich noch für einen Augenblick nieder, um in der Erinnerung an ihre Worte zu schwelgen: »Du bist so lieb und gut zu mir, Onkel Jolyon!« Gewiss! Wer würde das nicht sein! Er wäre gern noch einen Tag hiergeblieben, um mit ihr in den Zoologischen Garten zu gehen, aber zwei Tage in seiner Gesellschaft würden sie wohl zu Tode langweilen! Nein, er musste warten bis zum nächsten Sonntag; sie hatte versprochen, an diesem Tage zu kommen. Sie würden die Stunden für Holly festsetzen, wenn auch nur für einen Monat. Das würde wenigstens etwas sein. Der kleinen Mamselle Beauce würde es nicht passen, aber sie musste es eben hinunterschlucken. Er drückte seinen alten Claque gegen die Brust zusammen und suchte den Fahrstuhl.

Am nächsten Morgen fuhr er zum Waterloo-Bahnhof, wobei er fortwährend gegen den Wunsch ankämpfte, dem Kutscher zuzurufen: »Fahren Sie mich nach Chelsea!« Aber sein Gefühl für Maß und Ziel in allem war doch stärker. Außerdem fühlte er sich noch schwach und wollte nicht wieder, fern von zu Hause, einen Anfall wie den vom vergangenen Abend riskieren. Auch würde Holly ihn erwarten – ihn und das, was er ihr mitbringen würde. Gewiss hatte ihn sein kleiner Liebling nicht nur wegen der Geschenke so gern – ihr Herzchen floss über von zärtlicher Zuneigung. Danach fragte er sich eine Sekunde lang mit dem recht bittern Zynismus des Alters, ob nicht vielleicht auch Irene aus einer berechnenden Liebe heraus sich mit ihm abgebe. Nein, auch sie gehörte nicht zu dieser Sorte. Im Gegenteil, sie hatte so gut wie keinen Begriff davon, wie man sich sein Brot mit Butter bestreichen kann; sie hatte keinen Sinn für Besitz, das arme Ding! Außerdem hatte er ihr gegenüber kein Wort von dem Kodizill erwähnt und würde auch nichts sagen – jeder Tag hat seine eigene Freude.

In dem Wagen, der ihn auf der Station erwartete, musste Holly den Hund Balthasar zurückhalten, und die Liebkosungen der beiden machten seine Heimfahrt zu einem Triumphzug. Den ganzen Rest dieses schönen, heißen Tages und den größten Teil des nächsten fühlte er sich ruhig und zufrieden, ruhte im Schatten aus, während die lange verweilenden Sonnenstrahlen Rasen und Blumen mit Gold überrieselten. Am Donnerstagabend jedoch während seines einsamen Dinner begann er die Stunden zu zählen: noch sechsundfünfzig, bis er wieder hinuntergehen und sie in dem kleinen Wäldchen würde treffen können, um an ihrer Seite den Weg durch die Felder wieder heraufzusteigen. Er hatte wegen seiner Ohnmacht den Arzt fragen wollen, aber ganz gewiss würde der Kerl auf vollkommene Ruhe, Vermeiden jeder Aufregung und dergleichen bestehen; er aber wollte sich jetzt nicht anbinden lassen; er wollte nichts von

Krankheit hören, selbst wenn er wirklich krank sein sollte, darauf zu hören, konnte er sich bei seinem Alter nicht mehr leisten, jetzt, da dieses neue Interesse in sein Leben getreten war. Und er vermied es sorgfältig, in einem Briefe an seinen Sohn sein Befinden auch nur mit einem Worte zu erwähnen. Da würden sie ja sofort zurückkommen! Wie weit bei diesem Schweigen die Rücksicht auf ihr Vergnügen maßgebend war, wie weit die Besorgnis für sein eigenes, das herauszufinden bemühte er sich nicht erst. Als er an jenem Abend in seinem Arbeitszimmer gerade seine Zigarre zu Ende geraucht hatte und am Einschlummern war, hörte er das Rascheln eines Kleides und spürte den Duft von Veilchen. Wie er die Augen öffnete, sah er sie in ihrem grauen Kleid, mit ausgestreckten Armen, am Kamin stehen. Das Merkwürdige dabei war, dass es, obgleich diese Arme nichts zu halten schienen, doch so aussah, als ob sie um jemandes Nacken lägen, und ihr Kopf war zurückgebogen, die Lippen geöffnet und die Augen geschlossen. Sie verschwand sofort wieder, und nur mehr das Kaminsims und seine Bronzefiguren waren da. Aber diese Bronzen und das Sims waren doch vorher gar nicht dagewesen, nur der Kamin und die Wand! Zitternd und verwirrt erhob er sich. »Ich muss doch eine Medizin nehmen«, dachte er, »ich muss krank sein.« Sein Herz schlug zu rasch, und er hatte ein beklemmendes Gefühl in der Brust; er trat ans Fenster und öffnete es, um etwas frische Luft hereinzulassen. In der Ferne bellte ein Hund, wahrscheinlich einer der Hunde von Drages Farm, auf der andern Seite des Wäldchens. Eine wunderbar stille Nacht, aber dunkel. »Ich war eingeschlafen«, dachte er, »das ist alles! Und doch könnte ich schwören, dass meine Augen offen waren!« Ein Laut wie ein Seufzer schien ihm zu antworten.

»Was ist das?«, fragte er laut. »Wer ist da?«

Die Hand auf die Seite drückend, um das Hämmern seines Herzens zu beruhigen, schritt er auf die Terrasse hinaus. Etwas Weiches huschte im Dunkel vorüber. »Scht!« Das war die große graue Katze. »Der junge Bosinney war wie eine große Katze!«, dachte er. »Und er war es da drinnen, den sie – den sie um – – –. Sie gehört ihm noch immer!« Er trat an den Rand der Terrasse und blickte in die Dunkelheit hinaus; er konnte gerade noch den Schimmer der weißen Gänseblümchen auf dem ungemähten Rasen sehen. Heute noch hier und morgen tot! Und da kam auch der Mond hervor, der alle sah, Junge und Alte, Lebende und Tote, und sich um gar nichts kümmerte! Ja, bald würde an ihn die Reihe kommen. Für einen einzigen Tag der Jugend würde er gern den Rest seines Lebens hingeben! Und er wandte sich wieder dem Hause zu. Er konnte die Fenster des Kinderzimmers dort oben sehen. Sein kleiner Liebling schlief wahrscheinlich. »Hoffentlich weckt sie der Hund nicht auf!«, dachte er. »Was ist es, das uns erst zu lieben zwingt und dann sterben lässt? Ich muss zu Bett gehn.«

Und über den Steinboden der Terrasse, den das Mondlicht grau färbte, ging er ins Haus zurück.

5.

Was kann ein Mensch in seinen alten Tagen Besseres tun, als von seinem wohlangewandten vergangenen Leben träumen? Das schließt für alle Fälle Hitze und Erregung aus, das ist wie blasser Wintersonnenschein. Die sanft anschlagenden Wellen der Erinnerung können dem Ufer nichts anhaben. Der Gegenwart sollte er misstrauen, Gedanken an die Zukunft meiden. Von seinem Platz im dichten Schatten aus sollte er zusehen, wie das Sonnenlicht bis zu seinen Fußspitzen hinglitte. Wenn die heiße Sommersonne schiene, sollte er sich nicht ergehen, denn er könnte sie irrigerweise für die milde Sonne des Nachsommers halten! So sollte er von ungefähr sanft, unmerklich, nach und nach sich auflösen, bis die ungeduldige Natur ihm die Luftröhre zudrückte und er eines schönen Morgens seinen letzten Seufzer täte, ehe noch die Welt erwachte. Und dann wird man auf seinen Grabstein die Worte setzen: »Er starb hochbetagt.« Wahrhaftig! Wenn ein Forsyte in vollster Übereinstimmung mit seinen Grundsätzen lebt, so kann er noch lange weiterleben, auch wenn er schon gestorben ist.

Der alte Jolyon war sich alles dessen bewusst, und doch war in ihm etwas, das über den Forsyteismus hinausging. Denn es steht geschrieben, dass ein Forsyte Schönheit nicht mehr lieben soll als Vernunft, noch seinen Launen auf Kosten seiner Gesundheit frönen darf. Aber in diesen Tagen, da fraß etwas an seinem Herzen, das die stets dünner werdende Wand zu sprengen drohte. Sein scharfer Verstand begriff dies, er wusste aber auch, dass er den heftigen Herzschlag nicht mäßigen könne, ja es nicht einmal gewollt hätte, wenn es möglich gewesen wäre. Und dennoch, wenn jemand ihm gesagt hätte, dass er von seinem Kapital zehre, so hätte er ihn groß angesehen. Nein, nein, man lebt nicht von seinem Kapital, so etwas tat man einfach nicht! Die Losungsworte der Vergangenheit sind immer viel wirklicher als die wirkliche Gegenwart. Und er, der es immer für eine Todsünde gehalten hatte, sein Kapital aufzuzehren, hätte es nicht ertragen, eine so plumpe Phrase auf seinen eigenen Fall angewendet zu hören. Freude ist gesund; Schönheit erquickt das Auge; mit den Jungen sich noch einmal jung fühlen – und was zum Kuckuck tat er denn anderes!

Methodisch, so wie er sein ganzes Leben gelebt hatte, teilte er nun seine Zeit ein. An den Dienstagen fuhr er mit dem Zug in die Stadt; Irene dinierte mit ihm und dann gingen sie zusammen in die Oper. An Donnerstagen fuhr er mit dem Wagen nach London, hieß den dicken Kutscher die Pferde einstellen und traf Irene in Kensington Gardens; wenn er sich dann von ihr verabschiedet hatte, stieg er wieder in den Wagen ein und kam rechtzeitig zum Dinner wieder heim. Er gab zu Hause die Parole aus, dass er an diesen beiden Tagen in London geschäftlich zu tun habe. Am Mittwoch und Samstag kam sie heraus, um Holly Musikstunde zu geben. Je mehr Vergnügen er an ihrer Gesellschaft fand, umso gewissenhafter wahrte er den Anstand, er war ganz und gar ein freundlicher und vernünftiger Onkel. Ja, sogar in seinen Gefühlen ging er nicht darüber hinaus – schließlich war er doch ein alter Mann. Und dennoch, wenn sie sich einmal verspätete, sorgte er sich fast zu Tode. Wenn sie ganz ausblieb, was zweimal vorgekommen war, wurden seine Augen so traurig wie die eines alten Hundes und er konnte nicht schlafen.

Und so verging ein Monat – einen Monat lang war Sommer in den Feldern und Sommer in seinem Herzen; es war ein heißer Sommer, und er machte müde. Wer hätte vor ein paar Wochen noch geglaubt, dass er vor der Rückkehr seines Sohnes und seiner Enkelin fast Entsetzen empfinden würde! Während jener Wochen des herrlichsten Wetters hatte er solch köstliche Freiheit und Unabhängigkeit wiedererlangt, wie sie nur ein Mann genießt, ehe er eine Familie gründet; und dabei diese neue Freundschaft mit einer Frau, die keine Forderungen stellte, ein wenig im Dunkel blieb, immer ein wenig von dem Zauber des Geheimnisses behielt! Es war so, als trinke ein Mensch plötzlich Wein, der seit langer Zeit nur Wasser getrunken, sodass er fast vergessen hat, wie der Wein das Blut erregt und die Sinne umnebelt. Die Blumen hatten eine leuchtendere Farbe; Düfte und Musik und Sonnenstrahlen besaßen Gegenwartswert für ihn und waren nicht mehr bloß Erinnerungen an verflossene Freuden. Er hatte jetzt etwas, wofür er leben konnte und das ihn fortwährend in Erwartung versetzte. In dieser Erwartung lebte er nun und nicht im Zurückschauen; für einen so hochbetagten Mann ist der Unterschied beträchtlich. Die Freuden der Tafel, die für ihn, der von Natur enthaltsam war, nie von Bedeutung gewesen waren, hatten allen Wert verloren. Er aß wenig und ohne zu wissen, was er aß; und Tag für Tag wurde er dünner und gebrechlicher anzuschauen. Er war wieder spindeldürr, und seiner abgemagerten Gestalt verlieh die mächtige Stirn mit den eingefallenen Schläfen mehr Würde denn je. Er wusste sehr gut, dass er eigentlich den Arzt rufen sollte, aber die Freiheit war zu schön! Er konnte es sich nicht gestatten, der häufigen Atemnot und den Schmerzen in der Seite auf Kosten seiner Freiheit Gewicht beizulegen. Sollte er zu der vegetierenden Existenz zurückkehren, die er, umgeben von landwirtschaftlichen Zeitschriften mit ihren Bildern von lebensgroßen Mangoldwurzeln, geführt hatte, ehe dies neue Interesse in sein Leben getreten war? Nein! Er überschritt die erlaubte Zigarrenanzahl. Zwei im Tag war stets sein Maß gewesen. Jetzt rauchte er drei und manchmal vier – wie Männer zu tun pflegen, über die der schöpferische Geist gekommen ist. Aber häufig dachte er auch: »Ich muss das Rauchen und den Kaffee aufgeben; ich darf nicht mehr mit der ratternden Bahn nach London fahren!« Aber er gab es doch nicht auf; dass niemand in seiner Nähe war, der eine Art Autorität hätte ausüben können, war ein nicht zu unterschätzender Vorteil. Die Dienerschaft wunderte sich vielleicht, aber sie blieb selbstverständlich stumm. Mamselle Beauce war zu sehr mit ihrer eigenen Verdauung beschäftigt und zu »wohlerzogen«, um persönliche Anspielungen zu machen. Holly, deren Spielzeug und Abgott er war, hatte noch keinen Blick für Veränderungen in seinem Aussehen. So war es nur Irene selbst, die ihn bitten musste, mehr zu essen, während der Mittagshitze zu ruhen, eine Medizin zu nehmen, und so weiter. Aber dass sie selber die Ursache seiner Abmagerung war, das sagte sie ihm nicht – denn das Unheil, das man selber anrichtet, das sieht man nicht. Ein Mann von fünfundachtzig hat keine Leidenschaften mehr, aber die Schönheit, die Leidenschaft hervorruft, wirkt in derselben Weise weiter, bis der Tod die Augen schließt, die ihren Anblick ersehnen.

Am ersten Tag der zweiten Juliwoche erhielt er einen Brief von seinem Sohn in Paris, der meldete, dass sie alle Freitag zurückkommen würden. Das war ja immer so sicher gewesen wie der Tod; doch mit der rührenden Unbekümmertheit des Alters darum, dass es bis zum Ende vor Enttäuschungen nicht gefeit ist, hatte er es sich nie völlig eingestehen wollen. Jetzt endlich gestand er es sich ein, und irgendein Entschluss musste gefasst werden. Er konnte sich das Leben ohne dieses neue Interesse überhaupt nicht mehr vorstellen, aber das, was man sich nicht vorstellen kann, existiert doch manchmal, was die Engländer immer wieder zu ihrem Schaden erfahren müssen. Er saß in seinem alten Lederstuhl, faltete den Brief zusammen und kaute am Ende einer unangezündeten Zigarre. Nach dem morgigen Tage würden seine Dienstagsausflüge in die Stadt aufhören müssen. Vielleicht konnte er noch einmal in der Woche mit dem Wagen hinfahren, unter dem Vorwand, dass er seinen Anwalt aufsuchen müsse. Aber selbst das würde von seiner Gesundheit abhängen, denn jetzt würde man ja wieder beginnen, mit ihm viel Aufhebens zu machen. Die Stunden! Die Stunden mussten weitergehen! Sie musste ihre Bedenken hinunterschlucken und June ihre Gefühle unterdrücken. Es war ihr schon einmal gelungen, an dem Tage, nachdem sie die Nachricht von Bosinneys Tod erhalten hatte; was sie damals gekonnt hatte, war ihr gewiss auch heute möglich. Vier Jahre waren schon seit jener schweren Kränkung dahingegangen; es war nicht christlich, die Erinnerung an erlittenes Unrecht stets lebendig zu erhalten. June war eigensinnig, aber er war noch eigensinniger, denn seine Sanduhr war fast schon abgelaufen. Irene war so sanft, gewiss würde sie dies für ihn tun und lieber ihr natürliches Widerstreben unterdrücken, als ihm einen solchen Kummer bereiten! Die Stunden mussten fortgesetzt werden, denn nur dann würde er sich sicher fühlen. Schließlich zündete er seine Zigarre an und versuchte, sich zurechtzulegen, wie er es allen beibringen und diese sonderbare Intimität erklären sollte; wie er die nackte Wahrheit, dass er den Anblick der Schönheit nicht mehr missen könne, verhüllen und verbergen sollte. Ach ja, Holly! Holly liebte sie und schwärmte für ihre Stunden. Sie würde ihn retten – sein kleiner Liebling! Und bei diesem glücklichen Gedanken wurde er wieder ruhig und heiter und war ganz erstaunt, dass er sich so schrecklich gesorgt hatte. Er durfte sich nicht so sorgen, er fühlte sich immer sonderbar schwach danach und so, als gehörte ihm sein Körper nur mehr halb.

An jenem Abend nach dem Dinner hatte er wieder einen Schwindelanfall, aber er wurde nicht ohnmächtig. Er wollte nicht läuten, denn er wusste, dann würde man Umstände machen und seine morgige Ausfahrt würde Verdacht erregen. Wenn man alt wurde, so verschwor sich die ganze Welt, einem die Freiheit zu beschränken, und weshalb nur? Damit man eine kleine Spanne Zeit länger auf dieser Welt atmen könne. Um solchen Preis wollte er es nicht. Nur der Hund Balthasar war Zeuge, wie

sich der einsame Mann langsam von seiner Schwäche erholte; er beobachtete ängstlich, wie er zur Anrichte ging, um ein Gläschen Kognak zu
trinken, anstatt ihm ein Keks zu geben. Als er sich endlich imstande
fühlte, mühsam die Stufen hinaufzuklimmen, ging er zu Bett. Und obgleich er am nächsten Morgen noch immer nicht ganz sicher auf den
Füßen stand, so gab ihm doch der Gedanke an den Abend Kraft und
Zuversicht. Es war immer eine solche Freude, ihr ein gutes Abendessen
zu geben – er hatte sie im Verdacht, dass sie zu wenig aß, wenn sie allein
war – und in der Oper ihre leuchtenden, glänzenden Augen und das
unbewusste Lächeln ihrer Lippen zu beobachten! Sie hatte nicht viele
Vergnügungen und dies war das letzte Mal, dass er sie ausführen konnte.
Aber während er seine Reisetasche packte, ertappte er sich bei dem
Wunsch: wenn ihm doch nur dies mühsame Ankleiden zum Dinner erspart bliebe und auch die Anstrengung, ihr Junes Rückkehr mitzuteilen!

An jenem Abend gab man »Carmen«; er benützte die letzte Pause,
um es ihr zu sagen, da er instinktiv bis zum letzten Augenblick gewartet
hatte. Sie nahm es so sonderbar, so ruhig auf; eigentlich war er noch
nicht mit sich darüber im Reinen, wie sie es aufgenommen hatte, als die
kapriziöse Musik wieder anhob und Schweigen erforderte. Die Maske
war wieder über ihr Gesicht gezogen, hinter der so viel vorging, das er
nicht sehen konnte. Sie brauchte zweifellos Zeit, um darüber nachzudenken. Er würde sie nicht drängen, denn morgen Nachmittag würde sie ja
kommen, um ihre Stunde zu geben, und er würde sie dann sehen, wenn
sie sich bereits an den Gedanken gewöhnt hatte. Im Wagen sprach er
nur von der Darstellerin der »Carmen«; er hatte in früheren Tagen bessere gesehen, aber sie war durchaus nicht schlecht. Als er ihre Hand ergriff, um Gute Nacht zu sagen, beugte sie sich rasch vor und küsste ihn
auf die Stirn.

»Leb wohl, lieber Onkel Jolyon, du bist so lieb und gut zu mir gewesen!«

»Auf morgen also«, sagte er. »Gute Nacht! Schlaf gut!« Und sie wiederholte sanft: »Schlaf gut!« Durch das Fenster der Droschke, die sich
schon in Bewegung setzte, sah er noch, wie sie zurückblickte und mit
der Hand eine unschlüssige Bewegung machte.

Langsam suchte er sein Zimmer auf. Man gab ihm jedes Mal ein anderes, und er konnte sich unmöglich an diese funkelnagelneuen Schlafzimmer gewöhnen mit ihrer neuen Einrichtung und den graugrünen
Teppichen, die über und über mit rosa Rosen besät waren. Er konnte

nicht einschlafen und die verteufelte Habanera ging ihm unausgesetzt im Kopf herum. Er verstand nicht genug französisch, um die Worte übersetzen zu können, doch er begriff ihren Sinn, wenn sie überhaupt einen Sinn hatten; etwas Zigeunerhaftes, wild und unerklärlich. Ja, es *gab* etwas im Leben, das alle Vorsorge und alle Pläne über den Haufen warf – etwas, nach dessen Pfeife Männer und Frauen tanzen mussten. Und er lag da und starrte aus tief eingesunkenen Augen in die Dunkelheit, das Reich des Unerklärlichen. Da hatte man nun geglaubt, dass man das Leben meistere, aber es entwischte einem, packte einen am Kragen, zwang einen hierhin und dorthin und brachte einen am Ende ja doch höchstwahrscheinlich um! Ja, er würde sich auch gar nicht wundern, wenn es den Sternen genauso ginge, wenn man sie mit den Köpfen zusammenstieße und wieder auseinanderrisse. Mit solchen Tricks hatte das Leben ja stets gearbeitet. Fünf Millionen Menschen lebten in diesem großen Sammelsurium von einer Stadt, und sie alle waren jener unheimlichen Kraft auf Gnade und Ungnade ausgeliefert, wie ein Haufen kleiner, trockener Erbsen auf einem Brett herumhüpfen musste, wenn man mit der Faust darauf schlug. Na ja, er würde nicht lange mehr herumhüpfen – ein langer, ausgiebiger Schlaf würde ihm gut tun!

Wie heiß es da oben war – und was für ein Lärm! Seine Stirn brannte; sie hatte ihn gerade auf die Stelle geküsst, die ihm immer wehtat, wenn er sich sorgte, gerade dort – als hätte sie die Stelle genau gekannt und hätte ihm die Sorgen alle wegküssen wollen. Aber stattdessen hatte ihr Kuss nur eine umso peinigendere Unruhe hinterlassen. Niemals vorher hatte ihre Stimme einen solchen Klang gehabt, niemals hatte sie beim Wegfahren zurückgeblickt und eine solch zögernde Bewegung mit der Hand gemacht. Er stieg wieder aus dem Bett und zog die Vorhänge beiseite; sein Zimmer ging auf die Themse hinaus. Die Luft war schwül, aber der Anblick dieses breiten dahinfließenden Stromes in seiner Ruhe und Ewigkeit besänftigte ihn. »Am wichtigsten ist, dass ich nicht lästig falle«, dachte er. »Ich will an meinen kleinen Liebling denken und einschlafen.« Doch es währte lange, bis die Hitze und der Lärm der Londoner Nacht in den kurzen Schlummer des Sommermorgens überging. Der alte Jolyon war gerade nur ein wenig eingenickt.

Als er am nächsten Tag nach Haus kam, ging er in den Blumengarten hinaus und pflückte mithilfe Hollys, die sehr zart mit Blumen umzugehen verstand, einen Strauß Nelken. Er sagte ihr, dass sie für die »Dame in Grau« bestimmt seien, ein Name, den sie unter sich noch immer gebrauchten; er stellte die Blumen in einer Schale in sein Arbeitszimmer, wo er mit Irene sofort, wenn sie hereinkam, die Sache mit June und die Frage der künftigen Stunden erledigen wollte. Der Duft und die Farbe der Blumen würden ihn dabei unterstützen. Nach dem Lunch legte er sich nieder, denn er fühlte sich sehr müde, und der Wagen würde sie ja erst um vier Uhr von der Station herbringen. Als jedoch die Stunde herannahte, wurde er unruhig und ging ins Schulzimmer, von wo aus er die Auffahrt überblicken konnte. Die Jalousien waren heruntergelassen; Holly hielt sich dort mit Mademoiselle Beauce auf, wo sie vor der Hitze eines erschlaffenden Julitages Schutz fand, und beide beschäftigten sich mit den Seidenraupen. Der alte Jolyon hatte natürliche Antipathie gegen diese planmäßig verfahrenden Geschöpfe, deren Köpfe und Farbe ihn an Elefanten erinnerte; die eine solche Menge von Löchern in hübsche grüne Blätter nagten und einen so entsetzlichen Geruch hatten. Er setzte sich auf eine mit Kattun bespannte Fensterbank, wo er die Auffahrt im Auge hatte und so viel freie Luft bekam als nur möglich war; und der Hund Balthasar, der an heißen Tagen gern auf Kattun lag, sprang neben ihm auf die Bank. Über das Pianino war zum Schutz gegen den Staub eine violette Decke gebreitet, die fast schon grau gebleicht war, und darauf stand der erste Lavendel, dessen Duft das Zimmer erfüllte. Trotz der Kühle hier, vielleicht gerade weil es so kühl war, bedrückte der heftige Pulsschlag des Lebens seine erschlaffenden Sinne. Jeder Sonnenstrahl, der durch die Kattunvorhänge kam, hatte einen aufreizenden Glanz; der Hund strömte einen starken Geruch aus; der Lavendel duftete überwältigend; die Seidenraupen, die ihre graugrünen Rücken krümmten, schienen unmäßig lebendig; und Hollys dunkler Kopf, der sich darüber beugte, hatte einen wunderbar seidigen Glanz. Wie herrlich stark und grausam das Leben war gegenüber den Alten und Schwachen! Es schien sich über einen förmlich lustig zu machen mit seinen zahllosen Formen und seinem ewig hämmernden Rhythmus. Noch niemals hatte er, wie in diesen letzten paar Wochen, das merkwürdige Gefühl gehabt, dass die eine Hälfte seines Wesens vom Strom des Lebens rasch dahingetrieben ward, während die andere Hälfte gestrandet am Ufer lag und seinen eigenen hilflosen Anstrengungen zusah. Nur wenn Irene bei ihm war, verlor er dies Doppelbewusstsein.

Holly wandte den Kopf, zeigte mit der kleinen, braunen Faust nach dem Pianino – denn mit dem Finger zeigen war nicht »wohlerrzogen« – und sagte schlau:

»Schau die ›Dame in Grau‹ an, Großväterchen; ist sie heute nicht hübsch?«

Der alte Jolyon bekam Herzklopfen und einen Augenblick lang schien ihm das Zimmer in eine Wolke gehüllt zu sein; als er wieder klar sehen konnte, sagte er zwinkernd: »Wer hat sie so angezogen?«

»Mamselle.«

»Hollii! Sei nicht so närrisch!«

Diese affektierte kleine Französin! Sie hatte es noch nicht verwunden, dass man ihr die Musikstunden entzogen hatte. Das würde ihr aber nichts nützen. Sein kleiner Liebling war sein und Irenens einziger Freund. Na, es waren doch ihre Stunden, und er würde nicht nachgeben, um nichts in der Welt würde er nachgeben. Er strich mit der Hand über den warmen, wolligen Kopf Balthasars und hörte Holly sagen:

»Wenn die Mutter wieder zu Hause ist, werden wir keine Abwechslung mehr haben, nicht wahr? Du weißt doch, dass sie fremde Menschen nicht leiden kann.«

Die Worte des Kindes ließen den alten Jolyon die eisige Atmosphäre der Opposition spüren und enthüllten ihm alles, was seine neugefundene Freiheit bedrohte. Ach ja! Er würde sich damit bescheiden müssen, als alter Mann von der Gnade und Liebe anderer abhängig zu sein, oder aber er musste kämpfen um diese neue unschätzbare Freundschaft; und kämpfen machte ihn so todmüde. Doch sein mageres, müdes Gesicht drückte eine stets wachsende Entschlossenheit aus, dass es zuletzt einzig aus dem trotzigen Kinn zu bestehen schien. Dies war sein Haus und seine Angelegenheit; er würde nicht nachgeben! Er blickte auf seine Uhr, die so alt und dünn wie er selber war; er besaß sie schon seit fünfzig Jahren. Bereits vier vorüber! Und indem er im Vorbeigehen einen Kuss auf Hollys Haar drückte, schritt er in die Halle hinunter. Er wollte sie treffen, ehe sie hinaufging, um ihre Stunde zu geben. Sobald er das Geräusch von Rädern vernahm, trat er in das Haustor und sah sofort, dass der Wagen leer war.

»Der Zug ist eingefahren, gnädiger Herr, aber die Dame ist nicht gekommen.«

Der alte Jolyon blickte ihn scharf von unten herauf an, und seine Augen schienen die Neugier dieses fetten Burschen in ihre Schranken zu weisen, damit er seine bittere Enttäuschung nicht sehen sollte.

»Na schön«, sagte er und schritt ins Haus zurück. Er ging in sein Arbeitszimmer und setzte sich nieder, denn er zitterte am ganzen Körper.

Was bedeutete dies? Sie konnte den Zug versäumt haben, aber er wusste nur zu gut, dass es nicht so war. »Leb wohl, lieber Onkel Jolyon!« Warum »Leb wohl« und nicht »Gute Nacht«? Und ihre Hand, die zu zögern schien, und ihr Kuss. Was bedeutete dies alles? Heftige Unruhe und Erregung packte ihn. Er erhob sich und schritt auf dem türkischen Teppich zwischen Fenster und Wand auf und ab. Sie würde ihn verlassen! Er war dessen sicher – und war wehrlos. Ein alter Mann, der sich nach dem Anblick der Schönheit sehnte! Es war lächerlich! Das Alter schloss ihm den Mund und lähmte seine Kampfesfreude. Er hatte keinen Anspruch mehr auf Wärme und Leben, für ihn blieb weiter nichts als Erinnerung und Leid. Er konnte nicht in sie dringen; auch ein alter Mann hat seinen Stolz. Wehrlos! Ohne auf körperliche Ermüdung zu achten, schritt er wohl eine Stunde auf und ab, an der Schale mit den Nelken vorbei, die er gepflückt hatte und die ihn mit ihrem Duft zu verhöhnen schienen. Von allen Dingen, die schwer zu ertragen sind, ist die Knebelung der Willenskraft das schlimmste für einen, der immer seinen Kopf durchgesetzt hat. Das Schicksal hatte ihn in seinem Netz gefangen und wie ein unglücklicher Fisch zappelte und wand er sich in den Maschen und fand kein Loch, um zu entschlüpfen. Um fünf Uhr brachte man ihm den Tee und einen Brief. Für einen Augenblick erwachte in ihm wieder die Hoffnung. Mit dem Buttermesser öffnete er das Kuvert und las:

»Liebster Onkel Jolyon!

Es fällt mir sehr schwer. Dir etwas zu schreiben, was Dich vielleicht enttäuschen wird, aber ich war zu feige, es Dir gestern Abend zu sagen. Ich fühle, dass es mir unmöglich ist, Dich zu besuchen und Holly weiter Stunden zu geben, jetzt da June zurückkommt. Manche Dinge gehen doch zu tief, als dass man sie vergessen könnte. Es war eine solche Freude, Dich und Holly zu besuchen! Vielleicht werde ich Dich noch manchmal sehen, wenn Du in die Stadt kommst, obwohl ich überzeugt bin, dass es Dir nicht gut tut. Ich konnte ja sehen, dass Du Dich überanstrengtest. Es wäre sicherlich am besten für Dich, wenn Du während der heißen Zeit viel ausruhtest, und jetzt wirst Du ja auch darüber glücklich sein, dass Dein Sohn und June wieder zurückkommen. Ich danke Dir viel tausendmal für alle Deine Liebe und Güte.

Deine Dich liebende

Irene.«

So, da hatte er's nun! Es tat ihm also nicht gut, eine Freude zu haben und das zu tun, woran sein Herz hing; zu versuchen, das Gefühl des unabweislichen Endes aller Dinge zu betäuben, des nahen Todes, dessen schleichende, raschelnde Schritte er zu vernehmen glaubte. Es tat ihm nicht gut! Nicht einmal sie konnte also sehen, welch neuen Lebensinhalt sie ihm gegeben hatte, die Verkörperung aller Schönheit in der Welt, die er allmählich entgleiten fühlte!

Sein Tee wurde kalt und seine Zigarre blieb unangezündet; auf und ab schritt er, zwischen seinem Stolz und seinem Lebenshunger hin und her geworfen. Es war einfach unerträglich, so langsam ausgepresst zu werden, ohne dass man gefragt wurde, unerträglich, weiterzuleben, wenn die Hände andrer einen mit ihrer Liebe und Fürsorge so erdrückten, dass man keinen eigenen Willen mehr hatte. Unerträglich! Er würde ja sehen, was es für einen Eindruck auf sie machen würde, wenn er ihr die Wahrheit sagte – dass ihm an ihrem Anblick mehr gelegen sei als an einem Weitervegetieren. Er ließ sich an seinem alten Schreibtisch nieder und ergriff die Feder. Aber er konnte nicht schreiben. Es lag etwas Empörendes darin, dass er so bitten musste, bitten, dass sie seine Augen mit ihrer Schönheit erfreuen möge. Es war genau so, als wenn er ihr hätte bekennen müssen, dass er vor Alter kindisch werde. Er konnte es ganz einfach nicht. Und stattdessen schrieb er:

»Ich hegte die Hoffnung, dass Du trotz der Erinnerung an alte Wunden zu mir und meiner kleinen Enkelin kommen würdest, weil für uns beide Dein Besuch eine Freude und ein Gewinn ist. Aber ein alter Mann muss auf seine Wünsche verzichten lernen; es hilft ihm nichts; auch auf den Wunsch zu leben muss er früher oder später verzichten, und vielleicht je früher, desto besser.

Ich grüße Dich herzlich.

Jolyon Forsyte.«

»Bitter«, dachte er, »aber ich kann es nicht ändern. Ich bin müde.« Er siegelte den Brief, warf ihn in den Kasten für die Abendpost, und während er ihn fallen hörte, dachte er: »Jetzt ist alles vorbei, worauf ich mich noch freuen konnte.«

An jenem Abend nach dem Dinner, das er kaum berührte, und nachdem er seine halb gerauchte Zigarre weggelegt hatte, denn es wurde ihm schlecht davon, ging er ganz langsam hinauf und schlich in das

Kinderzimmer. Er setzte sich auf die Fensterbank. Ein Nachtlicht brannte, und er konnte gerade das kleine Gesicht Hollys sehen, die die eine Hand unter die Wange gelegt hatte. Ein Käfer summte in dem Seidenpapier, mit dem der leere Kamin gefüllt war, und ruhelos stampfte ein Pferd im Stall. Wenn er so wie dies Kind schlafen könnte! Er schob zwei Bretter der Jalousien auseinander und sah hinaus. Der Mond stieg gerade auf, blutrot. Noch nie hatte er den Mond so rot gesehen. Auch die Wälder und Felder draußen gingen langsam zur Ruhe im letzten Schein des sommerlichen Tages. Und Schönheit ging um wie ein Geist. »Ich habe ein langes Leben gehabt«, dachte er, »fast von allen Dingen das Beste. Ich bin ein undankbarer Mensch; ich hab während meines Lebens viel Schönheit gesehen. Der arme junge Bosinney sagte, dass ich Sinn für Schönheit hätte. Heute Abend steht der Mann im Mond!« Eine Motte flog vorbei, noch eine und noch eine. »Damen in Grau!« Er schloss die Augen. Ein Gefühl, als würde er sie nie wieder öffnen, überkam ihn; er ließ es in sich wachsen und gab seiner Müdigkeit nach – bis er plötzlich zusammenschauernd die Lider wieder aufschlug. Etwas war ganz und gar nicht in Ordnung mit ihm; es musste etwas Ernsthaftes sein; schließlich würde er doch nach dem Arzt senden müssen. Was lag jetzt noch daran! Das Mondlicht würde nun den kleinen Wald erreicht haben, und die Schatten zwischen den Bäumen würden das einzig Wache sein. Keine Vögel, Tiere Blumen oder Insekten; nur die gleitenden Schatten. »Damen in Grau!« Sie würden über jenen Baumstamm steigen, sie würden miteinander flüstern. Sie und Bosinney! Merkwürdiger Gedanke! Und auch die Frösche und winzigen Tiere würden davon flüstern. Wie die Uhr hier drinnen tickte! Es war alles gespenstisch – draußen der rote Mondschein, hier drinnen das ruhig brennende Nachtlicht, die tickende Uhr, der Schlafrock der Kinderfrau, der über der spanischen Wand hing und groß wie die Gestalt einer Frau aussah. »Dame in Grau!« Und ein sonderbarer Gedanke befiel ihn: Existierte sie überhaupt? War sie denn jemals hergekommen? Oder war sie nur die Idee all der Schönheit, die er geliebt hatte und nun so bald verlassen musste? Der Geist, in grauviolette Gewänder gehüllt, mit den dunklen Augen und der Krone ambrafarbenen Haars, der im Mondlicht und in der Morgendämmerung umgeht und zur Zeit der Glockenblumen. Was war sie, wer war sie, lebte sie überhaupt? Er erhob sich und klammerte sich mit den Händen einen Augenblick lang ans Fensterbrett, um sich der Wirklichkeit wieder zu vergewissern; dann schlich er auf den Zehenspitzen zur Tür hin. Am Fuß des Bettes blieb er stehen, und Holly rührte sich, seufzte, rollte sich zusammen wie zur Verteidigung, als spürte sie den auf sie gerichteten Blick. Auf den Zehen schlich er weiter und auf den dunklen Gang hinaus, erreichte sein Zimmer, entkleidete sich sofort und stellte sich im Nachthemd vor den Spiegel. Welch eine Vogelscheuche mit eingefallenen Schläfen und dünnen Beinen! Er blickte sein Spiegelbild trotzig an, und ein stolzer Ausdruck trat in sein Antlitz. Alles hatte sich verbündet, um ihn zu demütigen, sogar sein eigenes Spiegelbild; aber er war noch nicht besiegt, noch nicht! Er ging zu Bett und lag lange Zeit ohne einzuschlafen und versuchte sich in sein Schicksal zu ergeben, da er nur zu gut wusste, wie sehr Kummer und Enttäuschung ihm schadeten. Am Morgen erwachte er so kraftlos und erschöpft, dass er nach dem Arzt sandte. Nachdem der Kerl ihn ausgeforscht hatte, zog er ein ellenlanges Gesicht und empfahl ihm, im Bett zu bleiben und das Rauchen aufzugeben. Das fiel ihm nicht schwer: wozu hätte er auch aufstehen sollen, und wenn er sich krank fühlte, schmeckte ihm der Tabak ohnedies nicht. Bei heruntergelassenen Jalousien verbrachte er abgespannt den Vormittag, blätterte in der »Times«, ohne viel zu lesen, und der Hund Balthasar lag neben seinem Bett. Mit seinem Lunch brachte man ihm folgendes Telegramm: »Deinen Brief erhalten, komme heute Nachmittag, bin um vier Uhr dreißig bei Dir. Irene.«

Komme heute Nachmittag! Also doch! Dann existierte sie also doch – und er war nicht von aller Welt verlassen. Heute Nachmittag! Ein heißer Schauer rann durch seine Glieder; sein Kopf und seine Wangen glühten. Er trank seine Suppe und schob das Servierbrett zurück, dann lag er vollkommen ruhig da, bis man abgeräumt hatte und ihn allein ließ; doch hin und wieder zwinkerte er. Sie kam heute Nachmittag! Sein Herz schlug rasch und dann wieder schien sein Pochen ganz auszusetzen. Um drei Uhr stand er auf und kleidete sich bedächtig und geräuschlos an. Holly und Mamselle würden jetzt im Schlafzimmer sein und die Dienerschaft nach dem Dinner höchstwahrscheinlich schlafen. Behutsam öffnete er die Tür und ging hinunter. In der Halle lag der Hund Balthasar ganz allein, und von ihm gefolgt ging der alte Jolyon durch sein Arbeitszimmer in den glühenden Nachmittag hinaus. Er gedachte zum Wäldchen hinunterzugehen und sie dort zu treffen, fühlte jedoch sofort, dass es in dieser Hitze nicht möglich wäre. Stattdessen ließ er sich unter dem Eichenbaum bei der Schaukel nieder, und der Hund Balthasar, der auch die Hitze fühlte, legte sich neben ihn. Lächelnd saß er da. Er schwelgte in diesen köstlichen Minuten! Wie die Bienen summten und die Tauben girrten! Schöner konnte ein Sommertag nicht sein. So schön war es, und er fühlte sich so glücklich – so glücklich und frei von Sorgen wie ein spielendes Kind. Sie würde kommen; sie hatte ihn nicht aufgegeben! Das Leben gab ihm ja alles, was er sich nur wünschen konnte – höchstens noch etwas mehr Atem hätte er brauchen können und eine Minderung des Drucks, gerade an dieser Stelle. Er würde sie sehen, gerade wenn sie aus der Farnkrautpflanzung herausträte, eine grauviolette Gestalt, die mit wiegendem Gang durch die Gänseblümchen, den Löwenzahn und die »Soldaten« auf dem Rasen schritt – durch die Soldaten mit ihren Blütenkronen. Er würde nicht aufstehen, doch sie würde zu ihm heraufkommen und sagen: »Lieber Onkel Jolyon, sei mir nicht böse!« Und dann würde sie sich in die Schaukel setzen und er würde sie anschauen und ihr erzählen dürfen, dass er sich nicht ganz wohl gefühlt habe, aber dass er jetzt wieder ganz gesund sei; und der Hund da würde ihr die Hand lecken. Der Hund da wusste, dass sein Herr sie lieb hatte; er war ein braver Hund.

Es war ganz schattig unter dem Baum; die Sonne konnte ihn nicht erreichen, nur alles Übrige in der Welt leuchtend hell machen, sodass er ganz weit draußen die große Tribüne von Epsom sehen konnte und die Kühe, die in den Kleefeldern weideten und mit ihren Schwänzen die Fliegen verjagten. Es duftete nach Linden und Lavendel. Aha! Deshalb war solch ein lauter Schwarm von Bienen da. Sie waren unruhig und erregt, so wie sein Herz unruhig und erregt war. Und schläfrig, auch schläfrig waren sie und betäubt von Honigduft und Glück; so wie sein Herz schläfrig und betäubt war. Sommer – Sommer – schienen sie zu summen; die großen Bienen und die kleinen Bienen und die Fliegen.

Die Stalluhr schlug vier; in einer halben Stunde würde sie da sein. Er würde gerade nur ein wenig einnicken, denn er hatte in der letzten Zeit so wenig geschlafen, und dann würde er wieder frisch sein, für sie, für Jugend und Schönheit, die auf ihn zukommen würde über den sonnenbestrahlten Rasen – die Dame in Grau! Und sich bequem in seinen Stuhl zurücklehnend schloss er die Augen. Ein ganz leiser Lufthauch wehte eine Distelflocke herüber, gerade auf seinen Schnurrbart, der weißer war als sie. Er merkte es nicht; aber bei jedem Atemzug bewegte sie sich leise. Ein Sonnenstrahl stahl sich durch die Äste und glänzte auf seinem Schuh. Eine Hummel ließ sich nieder und kroch rund um seinen Hut. Eine Woge köstlichen Schlummers überflutete sein Bewusstsein, sein Kopf sank nach vorne und ruhte auf der Brust Sommer – Sommer! So summte es überall.

Die Stalluhr schlug ein Viertel nach vier. Der Hund Balthasar streckte sich und blickte zu seinem Herrn auf. Die Distelflocke bewegte sich nicht mehr. Der Hund legte seine Schnauze auf den sonnenbeschienenen Schuh. Auch der bewegte sich nicht. Der Hund zog rasch seine Schnauze zurück, erhob sich und sprang dem alten Jolyon auf den Schoß, blickte ihm ins Gesicht und winselte; dann sprang er wieder herunter, setzte sich auf die Hinterbeine und starrte empor. Und plötzlich stieß er ein lang gezogenes Geheul aus.

Doch die Distelflocke blieb so regungslos wie der Tod und wie das Gesicht seines alten Herrn.

Sommer – Sommer – Sommer! Lautlose Schritte im Gras!

In Fesseln

»Zwei Häuser, beide gleich an Würdigkeit,
Reizt alter Hass zu neuem Kampf und Streit.«
Romeo und Julia

Erster Teil

1. Bei Timothy

Der Besitzinstinkt steht niemals still. Durch Blütezeit und Fehde, Frost und Hitze folgte er den Gesetzen der Entwicklung, selbst in der Familie Forsyte, die ihn für ewig unveränderlich gehalten hatte. Und wie die Qualität der Kartoffel vom Boden, ist er von seiner Umgebung nicht zu trennen.

Der Historiker der Achtziger- und Neunzigerjahre in England wird seinerzeit den etwas raschen Fortschritt vom selbstzufriedenen und maßvollen Provinzialismus zu noch selbstzufriedenerem, wenn auch weniger maßvollen Imperialismus – mit anderen Worten das zunehmende Streben der Nation nach Besitz schildern. Und das zeigte sich, wie in Übereinstimmung damit, auch in der Familie Forsyte. Ihr Besitz nahm nicht nur an äußerer Ausdehnung zu, sondern auch an innerem Gehalt.

Als Susan Hayman, die verheiratete Schwester der Forsytes, im Jahre 1895 in dem lächerlich frühen Alter von vierundsiebzig ihrem Manne in den Tod folgte und eingeäschert wurde, erregte es sonderbarerweise wenig Aufsehen unter den sechs alten Forsytes, die sie überlebten. Diese Gleichgültigkeit hatte drei Gründe. Erstens: die beinah heimliche Beisetzung des alten Jolyon im Jahre 1892 draußen in Robin Hill – er war der erste Forsyte, der das Erbbegräbnis in Highgate aufgab. Dieses Begräbnis, ein Jahr nach Swithins durchaus angemessener Beerdigung, hatte an der Forsyte-Börse, der Wohnung Timothy Forsytes in der Bayswater Road, wo der Familienklatsch sich noch sammelte und blühte, viel von sich reden gemacht. Die Ansichten schwankten zwischen den Lamentationen

Tante Juleys bis zu der von Francie offen ausgesprochenen Behauptung, dass es »ein wahres Glück sei, mit der muffigen Highgategeschichte aufzuhören«. Onkel Jolyon hatte in seinen späteren Jahren – seit der sonderbaren, bedauerlichen Affäre zwischen dem Verlobten seiner Enkelin June, dem jungen Bosinney und Irene, der Frau seines Neffen Soames Forsyte – der Familie allerdings manche Nuss zu knacken gegeben, und die eigenen Wege, die er stets gegangen war, fingen an, ihnen ein wenig wunderlich vorzukommen. Bei seiner philosophischen Ader war es bei ihm immer wahrscheinlich gewesen, dass er von der Bahn reinen Forsyteismus abwiche, daher waren sie eigentlich auf seine Beerdigung an fremdem Ort einigermaßen vorbereitet. Doch die ganze Sache war immerhin absonderlich, und als der Inhalt seines Testaments gangbare Münze an der Forsytebörse wurde, hatte ein Schauer die Familie ergriffen. Von seinem Vermögen (145.404 Pfund Sterling) hatte er tatsächlich 15.000 Pfund – »wem glaubst du wohl, mein Lieber?« – vermacht. Irene, dieser davongelaufenen Frau seines Neffen Soames, Irene, einer Frau, die die Familie beinah in Unehre gebracht hätte, und noch erstaunlicher – die keine Blutsverwandte von ihm war. Nicht die ganze Summe an sich, natürlich, sondern nur eine Leibrente, nur die Zinsen davon! Allein es war nun einmal geschehen, und mit dem Anspruch des alten Jolyon der vollkommene Forsyte zu sein, war es ein für alle Mal vorbei. Das also war der erste Grund, weshalb die Einäscherung Susan Haymans – in Woking – so wenig Aufsehen erregte.

Der zweite Grund war im Ganzen viel nachhaltiger und zwingender. Außer dem Haus in Campden Hill besaß Susan ein Landgut (das Hayman ihr hinterlassen hatte), wo die Hayman-Jungen gelernt haben sollten, so gute Schützen und Reiter zu werden, was natürlich allgemein als ein Vorzug angesehen wurde, und die Tatsache, dass sie wirklich Eigentümerin eines Landsitzes war, schien die Überführung ihrer Überreste einigermaßen zu rechtfertigen – wie sie aber auf die Einäscherung verfallen war, begriffen sie nicht! Die üblichen Einladungen dazu jedoch waren ergangen, und Soames war mit dem jungen Nicholas hingefahren. Gegen das Testament war so weit nichts einzuwenden gewesen, da sie nur eine Leibrente besessen hatte und alles ganz einfach in gleichen Teilen auf die Kinder übergegangen war.

Der dritte Grund, weshalb Susans Bestattung wenig Aufsehen erregte, war der nachhaltigste von allen. Euphemia, die dünne, blasse, hatte es kühn in die Worte zusammengefasst: »Ich finde, dass jeder, auch wenn er tot ist, ein Recht auf den eigenen Körper hat.« Für eine Tochter von Nicholas, einem Liberalen der alten Schule und höchst tyrannisch, war es eine beunruhigende Bemerkung – sie zeigte blitzähnlich den großen Abstand seit dem Tode von Tante Ann im Jahre 1886, gerade zu der Zeit als Soames' Eigentumsrecht über den Körper seiner Frau so fraglich geworden war und zu so viel Unheil geführt hatte. Euphemia natürlich sprach wie ein Kind und hatte keine Erfahrung; denn wenn jetzt auch wohl über dreißig, war ihr Name doch noch Forsyte; im Grunde aber war ihre Bemerkung ohne Zweifel ein Beweis für die Erweiterung des Freiheitsprinzips, für die Abkehr und den Wandel in der Hauptfrage über Besitz und Abhängigkeit von andern. Als Nicholas von Tante Hester den Ausspruch seiner Tochter erfuhr, rief er entrüstet: »Frauen und Töchter! Ihre Freiheiten gehen heutzutage über alle Grenzen!« Er hatte die Einführung des Vermögensrechts der Ehefrauen, das ihm so in die Quere gekommen wäre, wenn er nicht glücklicherweise geheiratet hätte, bevor es durchgegangen war, natürlich nie ganz verwinden können. Allein die Auflehnung der jungen Forsytes dagegen, als Eigentum anderer zu gelten, war nicht zu bestreiten; dieser eigentlich koloniale Drang selbst-ständig zu sein, der paradoxe Vorläufer des Imperialismus, nahm fort-dauernd zu. Sie waren nun alle verheiratet, außer George, der sich völlig dem Turf und dem Iseeum-Club widmete; Francie, die ihrer musikali-schen Ausbildung in einem Konservatorium in der Kings Road oblag und immer noch ihre Verehrer zum Tanzen einlud; Euphemia, die zu Haus lebte und sich über Nicholas beklagte, und dann den beiden »Sia-mesen«, Giles und Jesse Hayman. Die dritte Generation war nicht sehr zahlreich – der junge Jolyon hatte drei Kinder, Winifred Dartie vier, der junge Nicholas schon sechs, der junge Roger eins, Marian Tweetyman eins, St. John Hayman zwei. Aber an den übrigen der sechzehn Verhei-rateten – Soames, Rachel und Cicely aus James' Familie; Eustace und Thomas, den Söhnen Rogers; Ernest, Archibald und Florence, den Kin-dern Nicholas', Augustus und Annabel Spender aus der Familie Hayman – gingen die Jahre unfruchtbar vorüber.

Von den zehn alten Forsytes waren also einundzwanzig junge geboren, aber die einundzwanzig jungen Forsytes hatten bis jetzt nur siebzehn Nachkommen, und es war unwahrscheinlich, dass in Zukunft noch etwas von Belang zu erwarten war. Ein Statistiker würde bemerken, dass das Geburtenverhältnis sich dem Verhältnis der Geldverzinsung anpasste. Der Großvater Forsyte, Anfang des neunzehnten Jahrhunderts, hatte für das seine zehn Prozent bekommen, daher zehn Kinder. Jene zehn, außer vier von ihnen, die nicht geheiratet hatten, und Juley, deren Gatte, Septimus Small, natürlich sehr bald gestorben war, hatten durchschnittlich vier, fünf Prozent für das ihre erhalten und demgemäß produziert. Die einundzwanzig, die von ihnen abstammten, erhielten jetzt nur ihre drei Prozent von den Konsols, denen ihre Väter meist eine Bestimmung beigefügt hatten, um die Erbschaftssteuer zu vermeiden, und sechs von ihnen hatten zusammen siebzehn Kinder oder eben gerade zwei und fünfsechstel pro Stamm.

Es waren auch noch andere Gründe für diese geringe Leistung vorhanden. Mangel an Zutrauen zu ihrer Erwerbskraft, der sehr natürlich scheint, wo ein genügender Unterhalt garantiert ist, im Verein mit dem Bewusstsein, dass ihre Väter nicht starben, machte sie vorsichtig. Hatte man Kinder und kein großes Einkommen, so musste der Standard des Geschmacks und Komforts notwendig heruntergehen. Was für zwei genügte, genügt nicht für vier usw. – es war besser zu warten und zu sehen was Vater hat. Übrigens war es angenehm, ungehindert Ferien genießen zu können. Anstatt Kinder zu besitzen, zogen sie es, der wachsenden Tendenz des sogenannten »Fin de Siècle« gemäß, lieber vor, ausschließlich sich selbst zu leben. Auf diese Weise liefen sie wenig Gefahr und konnten sich's leisten, einen Motorwagen zu halten. Eustace besaß in der Tat bereits einen, aber er war fürchterlich durchgerüttelt worden und hatte dabei einen seiner Augenzähne ausgebrochen, sodass es besser war zu warten, bis sie ein wenig sicherer waren. Inzwischen aber keine Kinder mehr! Selbst der junge Nicholas lief sich die Hörner ab und hatte drei Jahre lang keinen Zuwachs zu seinen sechsen.

Der gemeinsame Niedergang der Forsytes jedoch, oder vielmehr ihre Zersplitterung, für die alles dies symptomatisch war, hatte nicht so viel Fortschritte gemacht, um ein erneutes Zusammenfinden zu verhindern, als Roger im Jahre 1899 starb. Es war ein herrlicher Sommer gewesen, und nach einer Erholungsreise ins Ausland und an die See waren sie alle wieder in London, als Roger, originell wie gewöhnlich, plötzlich in seinem eigenen Hause in Prince's Gardens verschied. Bei Timothy flüsterte man sich betrübt zu, dass er immer exzentrisch in Bezug auf seine Verdauung gewesen – hatte er zum Beispiel nicht »Deutschen Hammel« allem andern vorgezogen?

Aber mochte dem sein wie ihm wolle, sein Begräbnis in Highgate war vollkommen gewesen, und beinah mechanisch war Soames danach zu seinem Oheim Timothy in der Bayswater Road gekommen. »Die lieben Alten«, – Tante Hester und Tante Juley – würden sicher gern etwas darüber hören. Sein Vater – James – hatte sich mit seinen achtundachtzig Jahren den Anstrengungen des Begräbnisses nicht gewachsen gefühlt, und Timothy war natürlich nicht mitgegangen, sodass Nicholas als einziger Bruder zugegen gewesen war. Es hatte sich aber doch eine ganz stattliche Versammlung eingefunden, und es würde die Tanten Hester und Juley sicherlich aufheitern alles darüber zu erfahren. Der freundliche Gedanke war nicht ohne Beimischung des unwiderstehlichen Verlangens aus allem was man hat, Nutzen zu ziehen, ein Zug, der für Forsytes und sicher für die gesunden Elemente jeder Nation besonders charakteristisch ist. In dieser Gewohnheit Familienangelegenheiten bei Timothy in der Bayswater Road zu besprechen, trat Soames in die Fußstapfen seines Vaters, der wenigstens einmal in der Woche seine Schwester bei Timothy zu besuchen gepflogen und es nur aufgegeben hatte, als es ihm zu sechsundachtzig Jahren an Kraft fehlte und er nicht ohne Emily ausgehen konnte. Mit ihr hinzugehen hatte keinen Zweck, denn wer konnte in Gegenwart seiner Frau wirklich mit jemand reden? Wie James in alten Tagen fand Soames Zeit, fast jeden Samstag hinzugehen und in dem kleinen Wohnzimmer zu sitzen, zu dessen Ausschmückung er an Weihnachtsfesttagen mit einer Menge Porzellan, das nicht ganz der Güte seines eigenen entsprach, und mindestens zwei zweifelhaften Barbizon-Bildern beigetragen hatte. Er selbst hatte damit außerordentlichen Erfolg gehabt, sich aber vor einigen Jahren mehr den Maris, Israels und Mauve zugewandt und hoffte davon noch größeren. In dem Hause an der Themse in der Nähe von Mapledurham, das er jetzt bewohnte, hatte er eine Gemäldesammlung, wunderbar gut gehängt und beleuchtet, die nur wenigen Londoner Kunsthändlern unbekannt war. Sie diente auch als Anziehungspunkt bei den Sonntagsnachmittagsgesellschaften, die seine Schwestern, Rachel und Winifred, gelegentlich für ihn arrangierten. Obwohl er beim Vorzeigen seiner Schätze sehr einsilbig war, verfehlte seine unerschütterliche Sicherheit doch nie ihren Eindruck auf seine Gäste auszuüben, die wussten, dass sein Ruf sich nicht nur auf seinen ästhetischen Geschmack gründete, sondern auf seine Fähigkeit, die künftigen Marktwerte vorauszusehen. Wenn er zu Timothy ging, hatte er fast immer von einem Triumph über einen Kunsthändler zu berichten, und er liebte die stolzen Freudenausbrüche, mit denen die Tanten es begrüßten. An diesem Nachmittag jedoch, wo er in seinem guten schwarzen Anzug – nicht ganz schwarz – denn ein Onkel war doch eben nur ein Onkel, und er verabscheute aus tiefster Seele jede übertriebene Entfaltung von Gefühl – von Rogers Begräbnis kam, war er lebhaft mit Dingen ganz anderer Art beschäftigt. In einen Sessel zurückgelehnt, starrte er über seine Nase hinweg auffallend schweigsam auf die himmelblauen Wände mit den vielen goldenen Rahmen. Sein eigentümliches Forsytegesicht – ein langes konkaves Gesicht mit Kiefern, die von Fleisch entblößt, übertrieben gewirkt hatten, zeigte sich an diesem Nachmittag, vielleicht weil er einer Beerdigung beigewohnt hatte, von seiner vorteilhaftesten Seite. Er fühlte stärker denn je, dass Timothy hoffnungslos verschroben und die Tanten schrecklich altmodische Seelen waren. Das einzige Thema, worüber er zu reden wünschte – seine Stellung als Nichtgeschiedener – war undiskutierbar. Und doch beschäftigte ihn der Gedanke daran dermaßen, dass alles andere ihn gleichgültig ließ. Das war erst seit dem Frühling so, wo ein neues Gefühl sich entwickelt hatte und ihn zu etwas trieb, das, wie er wohl wusste, etwas Törichtes für einen Forsyte von fünfundvierzig war. Immer stärker war es ihm kürzlich zum Bewusstsein gekommen, dass er »Erfolg« hatte. Sein Vermögen, das schon beträchtlich war, als er das Haus in Robin Hill bauen ließ, durch das seine Ehe mit Irene schließlich Schiffbruch gelitten, war in den einsamen zwölf Jahren, wo er sich so wenig mit andern Dingen beschäftigt hatte, überraschend angewachsen. Er war heute wohl seine hunderttausend Pfund wert und hatte niemand, dem er es hinterlassen konnte – kein rechtes Ziel, um fortzusetzen, was ihm Religion war. Auch wenn er seine Bemühungen einschränkte, Geld brachte Geld, und er fühlte, dass er hundertfünfzigtausend haben würde, ehe er sich's versah. Soames hatte immer einen stark ausgeprägten Sinn für Familie und Nachkommenschaft gehabt, doch nur im Geheimen, da es fruchtlos und vergeblich gewesen; jetzt auf der »Höhe seines Lebens« jedoch war er aufs Neue erwacht und seit Kurzem durch den Reiz der unbestrittenen Schönheit eines jungen Mädchens zielbewusst und verdichtet, förmlich zu einer fixen Idee geworden.

Und dieses Mädchen war Französin, die wahrscheinlich nicht den Kopf verlieren oder sich auf irgendein illegitimes Verhältnis einlassen würde. Übrigens war Soames diesem Gedanken selbst abgeneigt. Er hatte während der langen Jahre unfreiwilligen Zölibats im Geheimen von der unsaubern Seite des Geschlechts gekostet und immer mit Abscheu, denn er war anspruchsvoll, und der Sinn für Gesetz und Ordnung ihm angeboren. Er wollte keine Winkelliebschaft. Eine Heirat auf der Gesandtschaft in Paris, eine Reise von einigen Monaten und Annette konnte, losgelöst von einer Vergangenheit, die allerdings nicht allzu vornehm war, denn sie saß nur an der Kasse des Restaurants ihrer Mutter in Soho, mit ihm zurückkehren. Mit ihrem Geschmack und ihrem Selbstbewusstsein konnte er sie sehr chic als etwas ganz Neues nach »Haus Zuflucht« in der Nähe von Mapledurham zurückbringen, wo sie herrschen sollte. An der Forsytebörse und unter seinen Freunden würde es heißen, er habe ein reizendes Mädchen auf seinen Reisen getroffen und es geheiratet. Dass seine Frau Französin war, würde ihr einen Schimmer von Romantik und einen gewissen Nimbus verleihen. Nein! Davor fürchtete er sich nicht im Geringsten, ihn bedrückte nur diese verwünschte Lage, in der er sich befand, da er nicht geschieden war und – und die Frage, ob Annette ihn nehmen würde, eine Frage, die er nicht zu berühren wagte, bis er ihr eine klare und sogar blendende Zukunft bieten konnte. In dem Wohnzimmer seiner Tanten hörte er mit fast tauben Ohren auf ihre üblichen Fragen: Wie es seinem lieben Vater ginge? Er gehe natürlich nicht aus, wo das Wetter jetzt so kalt würde? Soames solle ihm doch sagen, dass Hester gekochte Stechpalmenblätter so vortrefflich gegen ihre Schmerzen in der Seite gefunden habe, ein Umschlag alle drei Stunden und roten Flanell darüber. Und ob ihm ein Gläschen von ihren besten eingemachten Pflaumen schmecken würde – sie wären so köstlich in diesem Jahr und hätten eine so wunderbare Wirkung. Oh! Und dann die Darties – hatte Soames denn gehört, dass die liebe Winifred eine höchst qualvolle Zeit mit Montague durchmachte? Timothy meinte, dass sie wirklich eines Schutzes bedürfe. Es hieß – aber Soames dürfe es nicht als sicher annehmen – dass er einen Teil von Winifreds Schmuck einer schrecklichen Tänzerin geschenkt habe. Es wäre ein so böses Beispiel für den lieben Val, wo er eben zur Universität sollte. Hatte er noch nichts davon gehört? Aber er müsse gleich seine Schwester aufsuchen und nach dem Rechten sehen! Und glaube er, dass diese Buren wirklich Widerstand leisten würden? Timothy sei in großer Unruhe deswegen. Konsols ständen so hoch, und er hätte solch eine Menge Geld darin. Ob Soames glaube, dass sie fallen würden, wenn es Krieg gäbe? Soames nickte. Aber er würde doch bald vorüber sein. Für Timothy wäre es sehr schlimm, wenn es nicht der Fall sein sollte. Und Soames' Vater würde es natürlich sehr nahe gehen in seinem Alter. Glücklicherweise sei dem lieben Roger diese schreckliche Aufregung erspart geblieben. Und Tante Juley wischte mit einem kleinen Taschentuch die große Träne fort, die versuchte über die permanenten Schmollfalten ihrer jetzt völlig welken linken Wange zu rollen; sie dachte an den lieben Roger mit seinen originellen Einfällen und daran, wie er sie mit Nadeln zu stechen pflegte, als sie noch klein waren. Tante Hester in ihrem Bemühen, Unangenehmes zu vermeiden, fiel hier ein: Ob Soames glaube, dass sie Mr. Chamberlain gleich zum Premierminister machen würden. Er würde alles so schnell in Ordnung bringen. Sie hätte gern gesehen, dass man den alten Krüger nach St. Helena schickte. Sie erinnerte sich so deutlich der Nachricht von Napoleons Tod und welche Erleichterung es für seinen Großvater gewesen war. Sie und Juley natürlich – »Wir trugen damals noch Höschen, mein Lieber« – verstanden nicht viel davon.

Soames nahm eine Tasse Tee, die sie ihm anbot, trank sie rasch aus und aß drei jener Makronen, die eine Spezialität des Hauses waren. Sein leises, bleiches, überlegenes Lächeln hatte sich ein klein wenig vertieft. Wirklich, seine Familie blieb hoffnungslos provinziell, sie mochten noch so viel von London ihr eigen nennen. In diesen Tagen, wo alles über Hals und Kopf ging, stach ihr Provinzialismus noch mehr hervor als sonst. Der alte Nicholas war immer noch Anhänger des Freihandels und Mitglied jenes antediluvianischen Heims des Liberalismus, des Remove-Klubs – obgleich die übrigen Mitglieder sicherlich jetzt fast alle Konservative waren, sonst hätte er nicht dazugehören können; und Timothy, sagten sie, trage noch eine Nachtmütze. Tante Juley begann wieder. Der liebe Soames sehe so gut aus, kaum einen Tag älter als damals beim Tode von Tante Ann, wo sie alle zusammen dort waren, der liebe Jolyon, die liebe Swithin und der gute Roger. Sie hielt inne und fing die Träne auf, die die Schmollfalten ihrer rechten Wange erklommen hatte. Hörte er – hörte er jemals etwas von Irene? Tante Hester wollte offenbar weiteres verhüten. Wirklich, Juley sagte immer solche Dinge! Das Lächeln auf Soames' Gesicht erlosch und er stellte seine Tasse fort. Hier wurde seine Angelegenheit zur Sprache gebracht, und trotz seines Verlangens, sich darüber auszulassen, vermochte er die Gelegenheit nicht auszunutzen.

Tante Juley fuhr ziemlich hastig fort:

»Sie sagen, Onkel Jolyon vermachte ihr die Fünfzehntausend zuerst ganz und gar, dann aber natürlich habe er eingesehen, dass es nicht recht war und hinterließ ihr nur die Leibrente.«

»Hatte Soames das gehört?«

Soames nickte.

»Dein Vater Jolyon ist jetzt Witwer. Er ist ihr Berater, du weißt das natürlich?«

Soames schüttelte den Kopf. Er wusste es, wollte aber kein Interesse dafür zeigen. Jolyon und er waren einander seit dem Todestage Bosinneys nicht begegnet.

»Er muss jetzt ein mittleres Alter erreicht haben«, fuhr Tante Juley nachdenklich fort. »Lass mich sehen, er wurde geboren, als dein lieber Vater in der Mount Street wohnte, lange bevor sie – im Dezember 47, gerade vor der Kommune – nach Stanhope Gate zogen. Er ist über fünfzig! Denke dir! Solch ein hübsches Kind und wir waren alle so stolz auf ihn; er war der erste von euch allen.« Tante Juley seufzte und eine Locke ihres nicht ganz eigenen Haares löste sich, sodass Tante Hester ein leiser Schauer überlief. Soames erhob sich, er machte eine sonderbare Entdeckung an sich. Jene alte Wunde an seinem Stolz und seiner Selbstachtung hatte sich noch nicht geschlossen. Er war in dem Gedanken hergekommen, davon sprechen zu können, wünschte sogar von seiner unfreien Lage zu sprechen, und nun – schreckte er bei der Berührung dieser Frage durch Tante Juley, deren Ungeschicklichkeit berühmt war, zurück.

Soames wollte doch nicht schon gehen!

Er lächelte ein wenig gereizt und sagte:

»Doch, lebt wohl. Grüßt Onkel Timothy!« Und nachdem er einen kalten Kuss auf ihre Stirnen gedrückt, deren Runzeln den Versuch zu machen schienen, sich an seine Lippen zu schmiegen, als sehnten sie sich weggeküsst zu werden, verließ er sie. Sie blickten ihm strahlend nach – der gute Soames, es war doch lieb von ihm, heute zu kommen, wo ihnen gar nicht wohl zumute war!

Mit einem stechenden Gefühl von Reue im Herzen ging Soames die Treppe hinunter, über der immer jener so angenehme Geruch von Kampfer und Portwein schwebte, der Geruch eines Hauses, wo Zugluft nicht erlaubt ist. Die armen lieben Alten – er hatte nicht unfreundlich sein wollen! Doch auf der Straße vergaß er sie augenblicklich, da ihn das Bild Annettens und der Gedanke an die verwünschten Schwierigkeiten, die ihn umgaben, wieder beschäftigte. Weshalb hatte er die Sache nicht durchgesetzt und eine Scheidung verlangt, als dieser elende Bosinney überfahren wurde und ein Überfluss von Beweisen vorhanden war! Und er begab sich zur Wohnung seiner Schwester Winifred Dartie in der Green Street, Mayfair.

2. Ein Mann von Welt geht ab

Dass ein Mann von Welt, der so dem Wechsel des Glücks unterworfen war wie Montague Dartie noch in dem Hause leben konnte, das er wenigstens seit zwanzig Jahren bewohnte, wäre noch merkwürdiger, wenn nicht Miete, Zinsen, Abgaben und Reparaturen des Hauses von seinem Schwiegervater bestritten worden wären. Durch diese einfache, wenn auch großmütige Maßnahme hatte James Forsyte dem Leben seiner Tochter und Enkel eine gewisse Stabilität gesichert. Denn ein sicheres Dach über dem Kopf eines so flotten Sportmannes wie Dartie ist etwas Unschätzbares. Bis zu den Ereignissen der letzten wenigen Tage war er dieses ganze Jahr fast unnatürlich solide gewesen. Es kam daher, dass er einen halben Anteil an einer Stute von George Forsyte erworben hatte, der zum Entsetzen Rogers, der jetzt verstummt im Grabe lag, endgültig zum Turf gegangen war. Sleeve-links, von Martyr, aus der Shirt-on-fire von Suspender war eine rotbraune Stute, dreijährig, die aus verschiedenen Gründen niemals ihre wahre Form gezeigt hatte. Mit dem halben Besitz dieses hoffnungsvollen Tieres war aller Idealismus, der irgendwo latent in Dartie lag, zutage getreten und hatte ihn die letzten Monate völlig im Zaume gehalten. Besitzt jemand etwas Gutes, für das er leben kann, so ist es erstaunlich, wie vernünftig er wird, und was Dartie besaß, war wirklich gut – die besten Chancen, drei zu eins, für ein Herbstrennen, das öffentlich mit fünfundzwanzig zu eins angeschlagen war. Der altmodische Himmel war eine armselige Sache daneben, und er hatte auf die Shirt-on-fire-Tochter gewettet. Aber wie viel mehr als seine Wette hing von der Suspender Enkelin ab! In dem wankelmütigen Alter von fünfundvierzig Jahren, eine Klippe für Forsytes, – und wenn es sich hier vielleicht auch weniger von einem andern Alter unterschied, sogar eine Klippe für einen Dartie – hatte Montague seine Neigung augenblicklich einer Tänzerin geschenkt. Es war keine gemeine Leidenschaft, aber ohne Geld, und zwar ohne viel Geld, wäre es wahrscheinlich eine Liebe geblieben, die so luftig gewesen wäre, wie ihre Röckchen; und Dartie hatte nie Geld, da er in kläglicher Abhängigkeit von dem lebte, was er Winifred abbetteln oder von ihr borgen konnte. Sie war eine Frau von Charakter, die nicht von ihm ging, weil er der Vater ihrer Kinder war und sie noch eine leise Bewunderung für die jetzt schwindende Schönheit seiner Erscheinung hegte, die sie in ihrer Jugend entzückt hatte. Sie, wie alle, die ihm etwas liehen, und seine Verluste beim Kartenspiel und bei Rennen (es ist merkwürdig, wie manche Leute ihre Verluste auszunutzen verstehen) waren seine ganzen Subsistenzmittel, denn James war jetzt zu alt und zu nervös, um behelligt werden zu dürfen, und Soames hart wie Stein und unzugänglich. Es ist nicht übertrieben zu sagen, dass Dartie monatlang von der Hoffnung gelebt hatte. Aus Geld an sich hatte er sich nie etwas gemacht, hatte die Forsytes mit ihren vorsichtigen Vermögensanlagen immer verachtet, wenn er sich auch bemühte, so viel Gebrauch davon zu machen wie er konnte. Was er an dem Gelde liebte, waren – was man sich dafür kaufen konnte – persönliche Genüsse.

»Keinem echten Sportsmann liegt etwas am Gelde«, pflegte er zu sagen, wenn er sich, sobald er merkte, dass es vergeblich war, es mit fünfhundert Pfund zu versuchen, fünfundzwanzig lieh. Er war köstlich, dieser Montague Dartie, ein »Juwel«, wie George Forsyte sagte.

Der Morgen des Rennens am letzten Tage des September brach klar und strahlend an, und Dartie, der die Nacht vorher nach Newmarket gefahren war, zog karierte Hosen an und stieg auf eine Anhöhe, um seine Hälfte der Stute ihren Endgalopp machen zu sehen. Wenn sie gewann, würde er seine dreitausend in der Tasche haben – ein kärglicher Lohn freilich für die Mäßigkeit und Geduld dieser letzten Wochen voll Hoffnung, wo sie für dieses Rennen vorbereitet wurde. Doch mehr hatte er nicht daran wenden können. Sollte er es »ablegen« bei acht zu eins, bis wohin sie gekommen war? Das war sein einziger Gedanke, während die Lerchen über ihm sangen, die grasigen Wiesen süß dufteten und die schöne Stute, den Kopf hin und her werfend und wie Atlas glänzend, vorüberkam. Schließlich, wenn er verlor, würde es nicht an ihm sein zu zahlen, und wenn er es »ablegte«, würde es seinen Gewinn auf fünfzehnhundert reduzieren – kaum genug, sich eine Tänzerin zu leisten. Noch mächtiger aber im Blute aller Darties war das Verlangen nach einer richtigen Spannung. Er wandte sich zu George und sagte: »Sie ist ein Renner. Sie gewinnt sicherlich; ich lasse das ganze stehen.« Georg, der jeden Pfennig und noch einige dazu »abgelegt« hatte und auf Gewinn rechnete, wie es auch enden mochte, grinste ihn von seiner massigen Höhe aus mit den Worten an: »Ei, ei, du Wilder!«, denn nach einer bewegten Lehrzeit, über die Roger ihm murrend mit seinem Geld hinweggeholfen hatte, kam sein Forsyteblut ihm in der Eigenschaft als Besitzer jetzt gut zustatten.

Es gibt Momente der Enttäuschung im Menschenleben, vor denen der empfindsame Berichterstatter zurückschreckt. Es mag genügen zu sagen, dass die Sache schlecht ausging. Sleeve-links brach zusammen. Darties Wette war verloren.

Was war zwischen diesen Ereignissen und dem Tage, wo Soames sich nach der Green Street begab, nicht alles geschehen!

Wenn ein Mann mit der Konstitution von Montague Dartie aus triftigen Gründen monatelang Enthaltsamkeit geübt hat und unbelohnt bleibt, flucht er nicht Gott und stirbt, sondern er flucht Gott und lebt zum Leidwesen seiner Familie.

Winifred – eine tapfere Frau, wenn auch ein wenig zu modern – die seine Streiche genau einundzwanzig Jahre ertragen hatte, hätte nie geglaubt, dass er tun würde, was er jetzt getan. Wie so viele Ehefrauen, meinte sie das Schlimmste zu wissen, doch sie hatte ihn noch nicht in seinem fünfundvierzigsten Jahre kennengelernt, wo er fühlte, wie andere Männer auch, dass es für ihn hieß, jetzt oder nie. Als sie am zweiten Oktober den Inhalt ihres Schmuckkastens untersuchte, war sie entsetzt zu bemerken, dass die Krone und der Glanz ihres Frauenlebens – die Perlen, die Montague ihr im Jahre 86 nach der Geburt Benedikts geschenkt und die James, um einen Skandal zu vermeiden, im Frühling 87 bezahlen musste, verschwunden waren. Sie zog ihren Mann sogleich zurate. Er ging leicht über die Sache hinweg. Sie würden sich schon wiederfinden! Erst als sie scharf sagte: »Gut, Monty, ich werde *selbst* zur Polizei gehen«, willigte er ein die Sache in die Hand zu nehmen. Ach! Dass die festesten entschlossensten Vorsätze, die zur Ausführung gelegentlicher Unternehmungen notwendig sind, durch Trinken vereitelt werden konnten! In dieser Nacht kam Dartie ohne jede Spur von Rücksicht lärmend nach Haus. Unter normalen Verhältnissen hätte Winifred einfach ihre Tür verschlossen und ihn seinen Rausch ausschlafen lassen, aber die quälende Ungewissheit über ihre Perlen hatte sie veranlasst auf ihn zu warten. Während er einen kleinen Revolver aus der Tasche nahm und damit an den Esstisch trat, sagte er unvermittelt zu ihr, dass ihm nicht das Geringste daran liege, ob sie lebe, solange sie sich ruhig verhalte; er selbst aber habe das Leben satt. Winifred, die an der anderen Seite des Tisches stand, erwiderte:

»Sei kein Clown, Monty. Bist du auf der Polizei gewesen?«

Den Revolver auf seine Brust gerichtet, hatte Dartie mehrmals abgedrückt. Aber er war nicht geladen. Mit einer Verwünschung ließ er ihn fallen und murmelte: »Um der Kinder willen«, dann sank er in einen Sessel. Winifred, die den Revolver aufgehoben hatte, gab ihm etwas So-dawasser. Der Trank hatte eine magische Wirkung. Das Leben habe ihm übel mitgespielt, Winifred hätte ihn nie verstanden. Wenn *er* nicht das Recht habe, die Perlen zu nehmen, die er ihr geschenkt hatte, wer denn sonst? Die kleine Spanierin habe sie bekommen. Wenn Winifred etwas dagegen habe, würde er – ihr – den Hals umdrehen. Was war denn dabei?

Winifred, die in harter Schule Selbstbeherrschung gelernt hatte, schaute ihn an und sagte: »Die Spanierin? Meinst du das Mädchen, das wir im ›Pandemonium‹-Ballett tanzen sahen? Also du bist ein Dieb und ein Schuft.« Es war der letzte Strohhalm eines schwer beladenen Gewis-sens gewesen. Dartie sprang von seinem Sessel auf, und sich der Helden-taten seiner Knabenzeit erinnernd, ergriff er den Arm seiner Frau und verdrehte ihn. Winifred ertrug die Pein mit Tränen in den Augen, aber ohne einen Laut. Sie wartete einen Moment der Schwäche ab und riss sich los; dann, mit dem Tisch zwischen sich und ihm sagte sie zwischen den Zähnen: »Du bist ein Lump, Monty!« Sie ließ Dartie mit Schaum auf seinem dunklen Schnurrbart zurück und ging nach oben, und nach-dem sie ihre Tür verschlossen und den Arm in heißem Wasser gebadet hatte, lag sie die ganze Nacht wach und dachte an ihre Perlen, die den Hals einer andern schmückten, und an den Lohn, den ihr Mann vermut-lich dafür erhalten hatte.

Der Mann von Welt erwachte mit einem Gefühl für diese Welt verloren und der vagen Erinnerung »Lump« genannt worden zu sein. In dem Sessel, wo er geschlafen hatte, saß er eine halbe Stunde in der Morgen-dämmerung da – vielleicht die elendste halbe Stunde, die er jemals verlebt hatte, denn selbst für einen Dartie hat das Ende etwas Tragisches. Und er wusste, dass es für ihn gekommen war. Nie wieder würde er in seinem Esszimmer schlafen und bei dem Licht erwachen, das durch die Vorhänge drang, die Winifred mit James' Geld bei Nickens und Jarvey gekauft hatte. Nie wieder nach einer kalten Abreibung und einem heißen Bad eine geröstete Niere an diesem Tisch aus Rosenholz essen. Er nahm seine Brieftasche heraus. Vierhundert Pfund, in Fünfern und Zehnern, der Rest seines Anteils an Sleeve-links, die gestern Abend, bar bezahlt, an George Forsyte verkauft worden war, als er beim Rennen gewonnen und die plötzliche Abneigung gegen das Tier nicht bemerkt hatte, die er selbst jetzt fühlte. Das Ballett ging übermorgen nach Buenos Aires, und er ging mit. Den vollen Wert für die Perlen hatte er noch nicht erhalten, er war erst bei der Suppe.

Er stahl sich nach oben. Ein Bad zu nehmen oder sich zu rasieren wagte er nicht (das Wasser war übrigens sicherlich kalt), wechselte die Kleider und packte verstohlen alles was er konnte ein. Es war hart so viele blinkende Stiefel zurückzulassen, aber etwas musste geopfert werden. Dann trat er, in jeder Hand eine Reisetasche, in den Flur hinaus. Das Haus war sehr still – dieses Haus, in dem er seine vier Kinder gezeugt hatte. Es war ein sonderbarer Augenblick vor dem Zimmer seiner Frau, die er einst bewundert, wenn nicht vielleicht sogar geliebt hatte, und die ihn jetzt »Lump« genannt. Er stählte sich an diesem Wort und ging auf den Zehen weiter; aber an der nächsten Tür war schwerer vorbei zu kommen. Es war das Zimmer, in dem seine Töchter schliefen. Maud zwar war ja in der Pension, aber Imogen lag wohl da drinnen, und Darties übernächtige Augen wurden feucht. Sie glich ihm am meisten von den vieren mit ihrem dunklen Haar und ihren köstlich braunen Augen. Eben erwachsen, ein hübsches Ding! Er stellte die beiden Taschen hin. Diese beinah formelle Abdankung als Vater tat ihm weh. Das Morgenlicht fiel auf ein Gesicht, in dem wirkliche Bewegung arbeitete. Nichts so Falsches wie Reue bewegte ihn, nur ein reines väterliches Gefühl und das Melancholische des »nie wieder«. Er netzte seine Lippen, und eine völlige Unentschlossenheit lähmte einen Augenblick seine Beine in ihren karierten Hosen. Es war hart – hart sein Heim verlassen zu müssen! »Verwünscht!«, murmelte er. »Ich dachte nie, dass es so weit kommen würde.« Geräusche über ihm kündigten ihm an, dass die Mädchen im Begriff waren, aufzustehen. Und die beiden Taschen ergreifend, ging er auf den Zehenspitzen die Treppe hinunter. Seine Wangen waren nass, und das Bewusstsein davon war tröstlich, als bewiese es die Echtheit seines Opfers. Er zauderte ein wenig in den unteren Räumen, um alle Zigarren, die er besaß, einige Papiere, einen Claquehut, ein silbernes Zigarettenetui und einen Turfalmanach zusammenzupacken. Dann, nachdem er sich einen steifen Whisky und Sodawasser gemischt und eine Zigarette angezündet hatte, blieb er zögernd vor einer Fotografie seiner beiden Töchter in einem silbernen Rahmen stehen. Sie gehörte Winifred. »Tut nichts«, dachte er, »sie kann eine andere machen lassen, und ich nicht!« Er steckte sie in die Tasche. Darauf setzte er seinen Hut auf, zog den Mantel an, nahm noch zwei andere, seinen besten Malaccarohrstock, einen Schirm, und öffnete die Haustür. Leise schloss er sie hinter sich, ging bedrückt wie nie zuvor in seinem Leben hinaus und zur nächsten Ecke, um auf eine vorüberkommende frühe Droschke zu warten ...

So hatte Montague Dartie im fünfundvierzigsten Jahr seines Lebens das Haus verlassen, das er sein eigen nannte ...

Als Winifred herunterkam und sich überzeugte, dass er sich nicht im Hause befand, war ihr erstes Gefühl ein dumpfer Zorn, dass er auf diese Weise den Vorwürfen entgangen war, die sie in den langen wachen Stunden so sorgfältig vorbereitet hatte. Er war wahrscheinlich mit jener Frau nach Newmarket oder Brighton gefahren. Widerlich! Da sie Imogen und den Dienstleuten gegenüber zu vollkommenem Schweigen gezwungen war und wohl wusste, dass die Nerven ihres Vaters eine solche Enthüllung nie vertragen würden, vermochte sie es sich nicht zu versagen, am Nachmittag zu Timothy zu gehen und den Tanten Hester und Juley die Geschichte von den Perlen anzuvertrauen. Erst am folgenden Morgen bemerkte sie das Fehlen der Fotografie. Was bedeutete das nur? Eine sorgfältige Prüfung der von ihrem Manne zurückgelassenen Sachen rief den Gedanken in ihr wach, dass er für immer gegangen war. Als diese Annahme sich zu bestätigen schien, blieb sie ganz still mitten in seinem Ankleidezimmer mit all den aufgezogenen Schubfächern stehen und versuchte, sich über ihre Gefühle Rechenschaft zu geben. Es war keineswegs so einfach. War er auch ein »Lump« so gehörte er doch zu ihr, und um nichts in der Welt wäre es ihr möglich gewesen, sich nicht als die Ärmere zu fühlen. Verwitwet und doch nicht Witwe zu zweiundvierzig Jahren, mit vier Kindern, ein Gegenstand des Klatsches, des Mitleids! Und er in den Armen einer spanischen Dirne. Schmerzlich, düster, unablässig lebten Erinnerungen und Gefühle, die sie längst tot gewähnt, wieder in ihr auf. Mechanisch schloss sie Schubfach um Schubfach, ging an ihr Bett, legte sich darauf und begrub ihr Gesicht in den Kissen. Sie weinte nicht. Was nützte das? Als sie sich erhob, um zum Lunch nach unten zu gehen, wusste sie, dass nur eines ihr wohltun würde, und das war Val zu Hause zu haben. Er – ihr ältester Sohn – der auf James' Kosten im nächsten Monat nach Oxford sollte, war in Littlehampton, um vor seinem Examen die »letzten Galopps mit seinem Trainer zu absolvieren«, wie er sich nach der Sprechweise seines Vaters ausgedrückt hatte. Sie ließ ein Telegramm an ihn absenden.

»Ich muss nach seinen Sachen sehen«, sagte sie zu Imogen, »ich kann ihn nicht irgendwie nach Oxford gehen lassen. Die jungen Leute dort sind so eigen.«

»Val hat Haufen von Sachen«, entgegnete Imogen.

»Ich weiß, aber sie müssen durchgesehen werden. Ich hoffe, er kommt.«

»Er wird kommen wie der Blitz, Mutter. Doch mit seinem Examen wird es wahrscheinlich schiefgehen.«

»Da kann ich mir nicht helfen«, sagte Winifred. »Ich brauche ihn.«

Mit einem unschuldig verschmitzten Blick sah Imogen ihre Mutter an und schwieg. Es war natürlich Vaters wegen! Val kam »wie der Blitz« um sechs Uhr.

Man denke sich eine Kreuzung zwischen einem Spitzbuben und einem Forsyte und man hat den jungen Publius Valerius Dartie. Ein Jüngling, der so genannt wird, konnte kaum anders ausschlagen. Als er geboren war, hatte Winifred im Taumel ihres Glücks und dem Verlangen nach etwas Besonderem beschlossen, ihren Kindern Namen zu geben, die sonst niemand hatte. Ein Glück – fand sie jetzt – dass sie Imogen nicht Thisbe genannt. Seinen Taufnamen aber hatte Val George Forsyte zu verdanken, der immer ein Spaßvogel war. Als Dartie nämlich nach der Geburt seines Sohnes und Erben bei einem Mittagessen Winifreds Einfall erwähnte, hatte George gesagt:

»Nenne ihn Cato, das wäre verdammt pikant!« Er hatte eben auf ein Pferd dieses Namens gewonnen.

»Cato!«, hatte Dartie erwidert. »Sie sind zu Hause ein wenig ›heikel‹, das ist kein christlicher Name.«

»Heda, Sie!«, rief George einem Kellner in Kniehosen zu. »Bringen Sie mir das Konversationslexikon aus der Bibliothek, Buchstabe C.«

Der Kellner brachte den Band.

»Hier hast du's!«, sagte George, und zeigte mit seiner Zigarre darauf. »Cato – Publius Valerius nach Virgil aus Lydien. Das ist, was du brauchst. Publius Valerius ist christlich genug.«

Als er nach Haus kam, teilte Dartie es Winifred mit. Sie war entzückt. Es war so »chic«. Und so wurde das Kind Publius Valerius genannt, obwohl es später durchsickerte, dass der minderwertige Cato sie dazu veranlasst hatte. Im Jahre 1890 jedoch, als der kleine Publius fast zehn Jahre alt war, kam das Wort »chic« aus der Mode und Vernunft an dessen Stelle; Winifred begann Zweifel zu hegen. Sie wurden durch den kleinen Publius selbst noch verstärkt, als er nach seinem ersten Schuljahr zurückkam und erklärte, er habe das Leben satt – denn sie nannten ihn Pubby. Kurz entschlossen wechselte Winifred sofort die Schule und änderte den Namen in Val, während sie Publius, sogar als Anfangsbuchstabe, fortließ.

Zu neunzehn war er ein geschmeidiger, sommersprossiger Jüngling mit einem breiten Mund, hellen Augen, langen, dunklen Wimpern und einem einnehmenden Lächeln, der genau wusste, was er nicht wissen durfte und nicht ahnte, was er tun sollte. Es gab wenige Knaben, die so dicht davor gestanden hatten relegiert zu werden – er war ein liebenswürdiger Taugenichts. Nachdem er seine Mutter geküsst und Imogen gekniffen hatte, rannte er, immer drei Stufen nehmend, die Treppe hinauf, kleidete sich zu Tisch um und kam, vier nehmend, wieder herunter. Es tue ihm schrecklich leid, aber sein »Trainer«, der ebenfalls hergekommen sei, habe ihn eingeladen, im »Oxford und Cambridge« mit ihm zu essen, es ginge nicht gut fortzubleiben – es würde den alten Jungen verletzen. Unglücklich, aber voll Stolz ließ Winifred ihn gehen. Sie hätte ihn gern zu Haus behalten, aber es war doch sehr angenehm zu wissen, dass sein Lehrer ihn so gern mochte. Mit einem Augenzwinkern für Imogen sagte er, als er hinausging:

»Übrigens, Mutter, könnte ich zwei Kibitzeier haben, wenn ich zurückkomme? – Die Köchin hat welche gebracht. Das ist ein so guter Abschluss. Ach, und dann – hast du etwas Geld? – ich musste mir einen Fünfer von dem alten Knaben leihen.«

Winifred sah ihn mit zärtlichem Vorwurf an und erwiderte:

»Du gehst leichtfertig mit Geld um, mein Lieber. Aber du brauchtest es ihm heute Abend, wo du sein Gast bist, nicht zurückzuzahlen.« Wie hübsch und schlank er aussah in seiner weißen Weste und mit den dunklen dichten Wimpern.

»Ja, aber wir gehen vielleicht ins Theater, Mutter, und ich denke, die Billetts müsste ich bezahlen, er hat es immer knapp, weißt du.«

Winifred gab ihm eine Fünfpfundnote und sagte:

»Gut, du könntest es ihm zurückgeben, aber dann brauchst du die Billetts nicht auch zu bezahlen.«

Val steckte das Geld ein.

»Wenn ich das tue, kann ich es gar nicht«, sagte er. »Gute Nacht, Mama!«

Den Hut vergnügt aufgestülpt, ging er erhobenen Hauptes fort, die Luft von Piccadilly schnuppernd, einem jungen Jagdhund ähnlich, der eben losgelassen wird. Feine Sache! Nach dem muffigen Nest da unten!

Er fand seinen »Lehrer« zwar nicht im »Oxford und Cambridge«, aber im »Goats-Klub«. Dieser »Lehrer« war ein Jahr älter als er, ein hübscher junger Mann mit schönen braunen Augen und weichem schwarzen Haar, einem kleinen Mund, ovalem Gesicht, lässig, untadelig, kühl in gewissem Maße, einer jener jungen Leute, die mühelos einen moralischen Einfluss auf ihre Gefährten ausüben. Er war ein Jahr vor Val von der Schule weggejagt worden, hatte das Jahr in Oxford verlebt, und Val sah fast einen Glorienschein um sein Haupt. Er hieß Crum, und niemand war gewandter im Geldausgeben als er. Es schien der einzige Zweck seines Lebens zu sein – und das blendete den jungen Val, in dem doch ab und zu der Forsyte zum Vorschein kam, der gern gewusst hätte, wofür das Geld vertan wurde.

Sie speisten schweigsam, stilvoll und mit Geschmack. Nachdem sie zwei Flaschen getrunken hatten, verließen sie, eine Zigarre rauchend, den Klub und nahmen eine Loge im »Liberty«. Für Val war der Klang der komischen Lieder und der Anblick entzückender Beine durch die drückende Furcht Crums lässiges Dandytum niemals zu erreichen, verdunkelt und beeinträchtigt. Seine Selbstkritik war erwacht, und dabei ist einem nie sehr wohl zumute. Sicherlich hatte er einen zu breiten Mund, nicht den besten Westenschnitt, keinen Vorstoß an seinen Hosen, und seine lavendelfarbenen Handschuhe hatten keine dünnen schwarzen Stiche auf der Rückseite. Außerdem lachte er zu viel – Crum lachte nie, er lächelte nur und zog dabei die geraden schwarzen Brauen ein wenig hoch, sodass sie einen Giebel über seinen schweren Lidern bildeten. Nein, er würde niemals werden wie Crum. Aber es war doch ein lustiges Schauspiel, und Cynthia Dark einfach fabelhaft. Zwischen den Akten regalierte Crum ihn mit Einzelheiten aus Cynthias Privatleben, und Val kam zu der bittern Erkenntnis, dass Crum, wenn er wollte, hinter die Kulissen gehen konnte. Er sehnte sich geradezu danach zu sagen: »Nimm mich doch mit!«, wagte es aber seiner Unzulänglichkeit wegen nicht, und das verdarb ihm den letzten Akt oder zwei ganz. Als sie hinauskamen, sagte Crum: »Es ist eine halbe Stunde vor Schluss, lass uns noch ins ›Pandemonium‹ gehen.« Sie nahmen eine Droschke für die kurze Strecke, lösten Eintrittskarten, die siebeneinhalb Shilling kosteten, weil es kurz vor Schluss war, und gingen hinein. Gerade in diesen Kleinigkeiten, dieser äußersten Gleichgültigkeit in Bezug auf Geld, zeigte sich Crums so bestechende Gewandtheit. Das Ballett war fast zu Ende und der Verkehr in den Wandelgängen dadurch beeinträchtigt. Männer und Frauen drängten sich in drei Reihen vor der Rampe. Das Gepränge und Gewirr auf der Bühne, das Halbdunkel, das Gemisch von Tabakrauch und Frauenduft, all dies sonderbar lockende Durcheinander, das zu solchen Wandelgängen gehört, begann den jungen Val von seinen Grübeleien zu befreien. Er schaute einer jungen Frau bewundernd ins Gesicht, sah, dass sie nicht jung war, und wandte sich schnell wieder fort. Nichts im Vergleich mit Cynthia Dark! Der Arm der jungen Frau streifte unbefangen den seinen, er spürte einen Duft von Moschus und Reseda. Val warf einen Seitenblick auf sie. Vielleicht war sie *doch* jung. Ihr Fuß trat auf den seinen, sie bat um Verzeihung. Er sagte:

»Bitte, keine Ursache; ein ganz hübsches Ballett, nicht wahr?«

»Ach, es langweilt mich, Sie nicht auch?«

Val lächelte – sein breites, so einnehmendes Lächeln.

Noch nicht ganz überzeugt – ging er nicht weiter. Der Forsyte in ihm verlangte größere Gewissheit. Und auf der Bühne wirbelte das Ballett sein Kaleidoskop von Schneeweiß, Smaragdgrün, Lachsrot und Violett und schien plötzlich zu einer leise flimmernden Pyramide zu gefrieren. Rauschender Beifall, und es war aus! Kastanienbraune Vorhänge hatten alles verdeckt. Der Halbkreis von Männern und Frauen um die Rampe löste sich, der Arm der jungen Frau presste seinen. Ein kleiner Tumult schien sich um einen Mann mit einer rosa Nelke zu konzentrieren; Val warf verstohlen noch einen Blick auf die junge Frau, die dorthin schaute. Drei Männer gingen schwankend Arm in Arm. Der eine in der Mitte mit der rosa Nelke und einem dunklen Schnurrbart trug eine weiße Weste; er taumelte ein wenig beim Gehen. Crums Stimme sagte langsam und gelassen: »Schau dir den ›Falott‹ da an, der ist bezecht!« Val drehte sich um. Der »Falott« hatte seinen Arm freigemacht und zeigte direkt auf sie. Crum, gelassen wie immer, sagte:

»Er scheint dich zu kennen!«

Der »Falott« rief: »Hallo! Seht, Kinder, da ist mein junger Halunke von Sohn!«

Val schaute hin. Es war sein Vater! Er wäre am liebsten in den roten Teppich gesunken. Nicht wegen der Begegnung an diesem Ort, nicht einmal, weil sein Vater betrunken war, sondern wegen Crums Ausdruck »Falott«, den er in diesem Augenblick wie durch eine himmlische Offenbarung als richtig erkennen musste. Ja, sein Vater sah wie ein »Falott« aus mit seiner guten Figur, der rosa Nelke und seinem breitspurigen, selbstbewussten Gang. Und ohne ein Wort duckte er sich hinter die junge Frau und schlüpfte hinaus. Er hörte »Val« hinter sich herrufen und rannte die teppichbelegten Stufen an den »Rausschmeißern« vorbei auf die Straße hinaus.

Sich seines Vaters zu schämen ist vielleicht die bitterste Erfahrung, die ein junger Mann durchmachen kann. Val hatte das Gefühl, während er davonlief, dass seine Karriere zu Ende war, bevor sie noch begonnen hatte. Wie konnte er nach Oxford unter all diese jungen Leute, diese vornehmen Freunde Crums, die erfahren würden, dass sein Vater ein »Falott« war! Und plötzlich hasste er Crum. Wer, zum Teufel, war denn eigentlich dieser Crum? Wäre er jetzt bei ihm gewesen, so hätte er ihm sicherlich einen Denkzettel gegeben. Sein eigener Vater – sein Vater! Es würgte ihn im Halse und er steckte die Hände tief in die Taschen seines Überrocks. Der Teufel hole Crum! Er hatte die tolle Idee zurückzulaufen, seinen Vater zu suchen und Arm in Arm mit ihm an Crum vorüberzugehen, gab sie aber sogleich wieder auf und setzte seinen Weg die Piccadilly entlang fort. Ein junges Mädchen stellte sich vor ihn hin. »Nicht so böse, Liebling!« Er wich zurück, ging an ihr vorüber und ward plötzlich ganz kühl. Wenn Crum jemals ein Wort sagte, wollte er ihm, weiß Gott, den Kopf einschlagen, und dann hätte es ein Ende. Sehr zufrieden mit diesem Gedanken ging er etwa hundert Schritt weiter, dann aber verlor er allen Trost für sich. Es war nicht so einfach. Er erinnerte sich, wie in der Schule, wenn Eltern hinkamen, die nicht ganz dem Maßstab entsprachen, der betreffende Knabe hinterher darunter zu leiden hatte. Weshalb hatte seine Mutter seinen Vater geheiratet, wenn er ein »Falott« war? Es war bitter unrecht – verwünscht niederdrückend für einen jungen Mann, einen »Falott« zum Vater zu haben. Das Schlimmste aber war, dass es ihm jetzt, wo Crum den Ausdruck gebraucht hatte, scheinen wollte, als habe er unbewusst längst gefühlt, dass sein Vater nicht ganz »einwandfrei« sei. Es war die widerwärtigste Geschichte, die ihm je passiert war – die je einem jungen Mann passiert war! Und niedergeschlagen, wie nie zuvor, kam er nach Haus und öffnete die Tür mit einem geschmuggelten Drücker. Im Esszimmer standen einladend seine Kibitzeier mit etwas Brot und Butter, und ein wenig Whisky in einer Karaffe – gerade genug für ihn, wie Winifred gedacht hatte, um sich als Mann zu fühlen. Schon der Anblick machte ihn krank, und er ging hinauf.

Winifred hörte ihn vorübergehen und dachte: »Der liebe Junge ist zurück. Gott sei Dank! Wenn er seinem Vater nachgeriete, wüsste ich nicht, was ich tun sollte! Aber er wird es nicht – er gleicht mir. Der liebe Val!«

3. Soames plant Schritte zu unternehmen

Als Soames in das Louis Quinze-Wohnzimmer seiner Schwester mit dem kleinen Balkon trat, der im Sommer immer mit hängenden Geranien und jetzt mit Feuerlilientöpfen geschmückt war, fiel es ihm auf, wie unverändert alles hier geblieben war. Es sah genau ebenso aus wie vor zwanzig Jahren, als er seinen ersten Besuch bei den neuvermählten Darties gemacht. Er hatte selbst die Möbel ausgesucht, und zwar so vollständig, dass kein künftiger Kauf imstande gewesen war, die Atmosphäre des Zimmers zu ändern. Ja, er hatte bei seiner Schwester guten Grund gelegt, und sie hatte dessen bedurft. Es sprach in der Tat sehr für Winifred, dass sie nach all dieser Zeit mit Dartie noch so gut gestellt blieb. Von vornherein hatte Soames Darties Natur unter dem scheinbaren savoir faire und seinem guten Aussehen gewittert, von dem Winifred, ihre Mutter und selbst James so weit geblendet waren, dass er dem Burschen erlaubt hatte seine Tochter zu heiraten, ohne irgendeine Summe auf ihren Namen zu schreiben – ein fatales Versäumnis.

Winifred, die er jetzt erst bemerkte, saß mit einem Brief in der Hand an ihrem Bouleschreibtisch. Sie war groß wie er, hatte starke Backenknochen und kleidete sich gut. Als sie sich erhob und ihm entgegenkam, beunruhigte Soames der Ausdruck in ihrem Gesicht. Sie zerknitterte den Brief in ihrer Hand, schien sich aber anders zu besinnen und reichte ihn ihm. Er war ebenso ihr Sachwalter wie ihr Bruder.

Soames las, auf Iseeum-Klub-Papier, folgende Worte:

»Du wirst keine Gelegenheit mehr haben, mich wieder zu beleidigen. Ich verlasse morgen England. Es ist alles aus. Ich habe es satt, mich von Dir beschimpfen zu lassen. Du bist selbst schuld daran. Kein Mann, der Selbstachtung hat, kann das ertragen. Ich werde Dich nie wieder um etwas bitten. Lebewohl. Ich nahm die Fotografie der beiden Mädel mit. Grüße sie von mir. Es ist mir einerlei, was Deine Familie sagt. Es ist alles ihr Werk. Ich bin im Begriff, ein neues Leben anzufangen.

M. D.«

Dieser Zettel, offenbar nach einem guten Dinner geschrieben, hatte einen Fleck, der noch nicht ganz trocken war. Er blickte zu Winifred hin – der Fleck stammte augenscheinlich von ihr, und er unterdrückte die Worte: »Gut, ihn los zu sein!« Dann fiel ihm ein, dass sie durch diesen Brief in eine Lage kam, wie die, aus der er selbst sich so sehnlichst zu befreien wünschte, – in die Lage eines Forsyte, der nicht geschieden war.

Winifred hatte sich abgewandt und roch lange an einem kleinen Fläschchen mit goldenem Stöpsel. Ein dumpfes Mitleid zugleich mit der vagen Empfindung einer Kränkung überkam Soames. Er war zu ihr gekommen, um von seiner eigenen Lage zu sprechen und Teilnahme zu finden, und nun war sie in der gleichen Lage, über die sie natürlich reden und bei ihm Teilnahme finden wollte. So war es immer! Niemand schien jemals daran zu denken, dass er eigene Sorgen und Interessen hatte. Er faltete den Brief mit dem Fleck darauf zusammen und sagte:

»Was ist denn eigentlich vorgefallen?«

Winifred erzählte ruhig die Geschichte von den Perlen.

»Glaubst du, dass er wirklich fort ist, Soames? Du siehst, in welchem Zustand er dies geschrieben hat.«

Soames, der, wenn er etwas wünschte, abergläubisch genug war, zu behaupten, dass er nicht daran glaube, antwortete:

»Wahrscheinlich nicht. Ich möchte es im Klub erfahren.«

»Wenn George dort wäre«, sagte Winifred, »würde er es wissen.«

»George?«, sagte Soames. »Ich sah ihn beim Begräbnis seines Vaters.«

»Dann ist er sicher dort.«

Soames, dessen gesunder Verstand dem Scharfsinn seiner Schwester zustimmte, sagte verdrießlich: »Gut, ich werde hingehen. Hast du in Park Lane etwas davon gesagt?«

»Ich habe es Emily gesagt«, erwiderte Winifred, »Vater hätte es einen zu starken Schlag versetzt.«

In der Tat wurde James jetzt alles Unangenehme geflissentlich verschwiegen. Soames warf nochmals einen Blick auf die Möbel ringsum, als wolle er die genaue Lage der Schwester abwägen, und ging dann hinaus, auf Piccadilly zu. Der Abend brach an – ein Hauch von Kälte im Oktobernebel. Er ging rasch, mit seiner verschlossenen angespannten Miene. Er musste sich beeilen, denn er wollte zum Abendessen in Soho sein. Als er vom Portier im Iseeum hörte, dass Mr. Dartie heute nicht dort gewesen sei, beschloss er nur zu fragen, ob Mr. George Forsyte im

Klub wäre. Er war dort. Soames hatte für seinen Vetter, der sich oft auf seine Kosten lustig machte, nicht viel übrig, folgte dem »boy« jedoch einigermaßen beruhigt bei dem Gedanken, dass George ja eben seinen Vater verloren hatte. Er musste jetzt außer dem, was die Verfügung Rogers zur Vermeidung der Erbschaftssteuer ihm einbrachte, etwa dreißigtausend Pfund besitzen. Er fand George an einem Bogenfenster sitzend, wo er über einen Teller halb verzehrten Backwerks hinwegstarrte. Seine hohe, massige schwarz gekleidete Gestalt wirkte, obwohl sie das übertrieben Geschniegelte des Sportsmanns bewahrt hatte, fast drohend. Mit einem leisen Grinsen in seinem fleischigen Gesicht sagte er:

»Hallo, Soames! Etwas Gebäck?«

»Nein, danke«, murmelte Soames und bürstete ein Stäubchen von seinem Hut. Und in dem Wunsch etwas Passendes und Teilnehmendes zu sagen, fügte er hinzu:

»Wie geht es deiner Mutter?«

»Danke«, sagte George, »so, so. Hab dich eine Ewigkeit nicht gesehen. Du bist nie beim Rennen. Was macht die City?«

Soames, der eine Stichelei witterte, ging nicht weiter darauf ein und erwiderte:

»Ich wollte dich nach Dartie fragen. Ich höre, er ist –«

»Auf und davon, macht eine Exkursion nach Buenos Aires mit der schönen Lola. Gut für Winifred und die kleinen Darties. Ein lästiger Geselle.«

Soames nickte. Diese von Natur feindseligen Vettern führte Dartie jetzt zusammen.

»Onkel James wird jetzt ruhig schlafen können«, fuhr George fort; »ich vermute, er hat auch dir einen Haufen Geld abgeknöpft.«

Soames lächelte.

»Na, du hast ihn zum Teufel gejagt«, sagte George freundlich. »Er ist ein wahrer Windbeutel. Es wird nötig sein ein wenig auf den jungen Val aufzupassen. Mir tat Winifred immer leid. Sie ist eine mutige Frau.«

Wieder nickte Soames. »Ich muss zurück zu ihr«, sagte er, »sie wollte eben Gewissheit haben. Wir werden Schritte unternehmen müssen. Ich nehme an, dass kein Irrtum vorliegt?«

»Es ist ganz all right«, sagte George. »Er war gestern Abend total bezecht, reiste heute Morgen aber doch richtig ab. Sein Schiff ist die ›Tuscacora‹«, und indem er eine Karte hervorholte, las er spöttisch:

»»Mr. Montague Dartie, postlagernd, Buenos Aires.‹ Ich würde mich mit den Schritten beeilen, wenn ich du wäre. Er war nicht loszuwerden, gestern Abend.«

»Ja«, sagte Soames, »aber es ist nicht immer leicht.« Dann, als er einem Blick anmerkte, dass George dies als Anspielung auf seine eigene Sache betrachtete, stand er auf und streckte seine Hand aus. George erhob sich ebenfalls.

»Empfiehl mich Winifred. Du müsstest die Scheidung sofort einleiten, wenn es nach mir ginge.«

Soames warf von der Tür aus einen verstohlenen Blick auf ihn zurück. George hatte sich wieder hingesetzt und starrte vor sich hin, er sah groß und einsam aus in den schwarzen Kleidern. Soames hatte ihn nie so niedergeschlagen gesehen. »Vermutlich empfindet er es doch ein wenig«, dachte er. »Sie müssen, alles zusammengenommen, jeder etwa fünfzigtausend haben. Sie sollten das Grundstück zusammen behalten. Wenn ein Krieg kommt, wird der Wert der Häuser sinken. Onkel Roger hatte aber doch ein gutes Urteil.« Und in der dunklen Straße stieg das Gesicht Annettens vor ihm auf, ihr braunes Haar, ihre blauen Augen mit den dunklen Wimpern, ihre taufrischen Lippen und Wangen, die trotz London blühend waren, und ihre vollendete französische Figur. »Schritte unternehmen!«, dachte er. Bei seiner Rückkehr in Winifreds Haus begegnete er Val, und sie gingen zusammen hinein. Ihm war eine Idee gekommen. Sein Vetter Jolyon war der Berater Irenens, der erste Schritt würde sein, ihn in Robin Hill aufzusuchen. Nach Robin Hill! Welch ein sonderbares – sehr sonderbares Gefühl erweckten diese Worte in ihm! Robin Hill – das Haus, das Bosinney für ihn und Irene gebaut hatte – das Haus, in dem sie nie gelebt hatten – das verhängnisvolle Haus! Und nun lebte Jolyon dort! Hm! Und plötzlich dachte er: »Sie sagen, dass ein Sohn von ihm in Oxford sei. Weshalb nicht Val mitnehmen und ihn dort vorstellen! Es ist ein Vorwand! Ist weniger auffallend – viel weniger durchsichtig.« Daher sagte er, als sie die Treppe hinaufgingen, zu Val:

»Du hast einen Vetter in Oxford, aber du hast ihn nie gesehen. Ich möchte dich morgen gern mitnehmen und euch bekannt machen. Es wird dir nützlich sein.« Da Vals Begeisterung für diese Idee nur mäßig war, fuhr Soames fort:

»Ich hole dich nach dem Frühstück ab. Es ist auf dem Lande – nicht weit, es wird dir Spaß machen.«

An der Schwelle des Wohnzimmers fiel es ihm schwer sich zu sagen, dass die Schritte, die er in Betracht zog, augenblicklich Winifred betrafen, nicht ihn selbst.

Winifred saß immer noch an ihrem Bouleschreibtisch.

»Es ist wirklich wahr«, sagte er, »er ist nach Buenos Aires gegangen, heute Morgen abgereist – wir müssten ihn überwachen lassen, wenn er landet. Ich werde sofort telegrafieren. Sonst haben wir eine Menge Ausgaben. Je schneller diese Dinge abgetan sind, desto besser. Ich bedauere immer, dass ich nicht –« Er hielt inne und blickte verstohlen auf die schweigende Winifred. »Übrigens«, fuhr er fort, »kannst du Brutalität nachweisen?«

Winifred sagte mit dumpfer Stimme:

»Ich weiß nicht. Was ist Brutalität?«

»Nun, hat er dich geschlagen oder dergleichen?«

Winifred schüttelte sich, und ihr Mund presste sich zusammen.

»Er hat mir den Arm verrenkt. Oder würde das Zielen mit einer Pistole genügen? Oder dass er zu betrunken war, sich auszukleiden, oder – nein – die Kinder kann ich nicht mit hineinbringen.«

»Nein«, sagte Soames, »nein. Lass einmal sehen! Natürlich, eine gesetzliche Trennung – die können wir erreichen. Aber Trennung! Hm!«

»Was bedeutet das?«, fragte Winifred trostlos.

»Dass er dich nicht angreifen kann, oder du ihn; ihr seid beide verheiratet und doch unverheiratet.« Er stöhnte. War das nicht seine eigene verwünschte Lage, rechtskräftig gemacht! Nein! Dahinein wollte er sie nicht bringen!

»Es muss Ehescheidung sein«, sagte er entschieden, »wenn Brutalität nicht nachzuweisen ist, bleibt uns böswilliges Verlassen. Es gibt jetzt einen Ausweg, die zwei Jahre zu verkürzen. Wir beantragen bei Gericht die Wiederherstellung der ehelichen Gemeinschaft. Wenn er dann nicht gehorcht, können wir die Scheidungsklage in sechs Monaten einreichen. Natürlich möchtest du ihn nicht zurückhaben. Aber das wissen sie ja nicht. Dennoch ist die Gefahr vorhanden, dass er kommt. Ich möchte es lieber mit ›Brutalität‹ versuchen.«

Winifred schüttelte den Kopf. »Das ist so widerlich.«

»Nun«, murmelte Soames, »vielleicht ist die Gefahr nicht so groß, solange er in holden Banden ist und Geld hat. Sage niemand etwas und bezahle nichts von seinen Schulden.«

Winifred seufzte. Trotz allem, was sie durchgemacht hatte, lastete der Verlust doch schwer auf ihr. Und der Gedanke, seine Schulden nicht mehr zu bezahlen, brachte es ihr mehr als sonst etwas zum Bewusstsein. Ihr war, als sei ihr Leben ärmer geworden. Ohne ihren Mann, ohne die Perlen, ohne das vertraute Gefühl sich bei all dem häuslichen Wirrwarr tapfer gehalten zu haben, musste sie jetzt der Welt gegenübertreten. Sie fühlte sich tatsächlich beraubt.

Und in dem frostigen Kuss, den Soames auf ihre Stirn drückte, war mehr Wärme als sonst.

»Ich muss morgen nach Robin Hill hinaus«, sagte er, »um den jungen Jolyon in Geschäften zu sprechen. Er hat einen Sohn in Oxford. Ich möchte Val gern mitnehmen und ihn dort einführen. Komm am Samstag nach ›Haus Zuflucht‹ und bringe die Kinder mit. Ach! Übrigens nein, das geht ja nicht, ich erwarte einige andere Gäste.« Mit diesen Worten verließ er sie und machte sich auf den Weg nach Soho.

4. Soho

Von allen Vierteln in dem sonderbar abenteuerlichen Konglomerat, das sich London nennt, entspricht Soho vielleicht am wenigsten dem Geschmack der Forsytes. »Ei, ei, du Wilder!«, hätte George gesagt, wenn er seinem Vetter dort begegnet wäre. Unsauber, voll von Griechen, Islamiten, Katzen, Italienern, Tomaten, Restaurants, Leierkasten, bunten Stoffen, wunderlichen Namen, Leuten, die aus den Fenstern sahen, hält es sich abseits vom britischen Durchschnittspublikum. Doch es hat einen eigenen Fühler für Besitz und einen gewissen Wohlstand in seinen Grundstücken, die sich gut verzinsten, wenn die anderer Viertel an Wert verloren. Lange Jahre hindurch hatte sich Soames' Bekanntschaft mit Soho auf sein westliches Bollwerk, die Wardour Street beschränkt. Mancher Kauf war dort zustande gekommen. Sogar während jener sieben Jahre in Brighton nach Bosinneys Tod und Irenens Flucht, hatte er da zuweilen Schätze gekauft, obgleich er keinen Platz hatte, sie unterzubringen, denn als die Überzeugung, dass seine Frau für immer von ihm gegangen war, sich in ihm befestigte, hatte er ein Schild in Montpellier Square anbringen lassen:

Zu verkaufen
Auskunft über den Verkauf dieses
behaglichen Wohnhauses erteilen
Messrs Lesson und Tukes, Court Street,
Belgravia.

Innerhalb einer Woche war es verkauft – das schöne Haus, wo im
Schatten seiner Vollkommenheit ein Mann und eine Frau sich innerlich
verzehrt hatten.

An einem nebligen Januarabend, kurz bevor das Schild abgenommen
wurde, war Soames noch einmal hingegangen, hatte sich an das Gitter
auf dem Platz davor gestellt, und in tiefes Sinnen über seinen früheren
Besitz versunken, der schließlich einen so bittern Geschmack zurückgelassen, zu den unerleuchteten Fenstern emporgeblickt. Weshalb hatte sie
ihn nie geliebt? Weshalb? Sie hatte alles erhalten, was sie wollte, und
ihm drei lange Jahre dafür alles gegeben, was er wollte, ausgenommen
allerdings – ihr Herz. Als er unwillkürlich einen leisen Seufzer ausgestoßen, hatte ein vorübergehender Schutzmann argwöhnische Blicke geworfen auf ihn, der kein Recht mehr besaß, durch jene grüne Tür mit dem
getriebenen Messingklopfer unter dem Schild »Zu verkaufen« einzutreten,
und mit einem erstickenden Gefühl im Halse war er davongeeilt. An
diesem Abend war er nach Brighton gegangen und dort geblieben ...

Als er sich der Malta Street in Soho und dem Restaurant Bretagne
näherte, wo Annette ihre schönen Schultern über ihre Rechnungen
neigte, dachte Soames mit Staunen an jene sieben Jahre in Brighton. Wie
hatte er es nur angefangen, so lange in dieser Stadt ohne den Duft von
Wicken auszuhalten, wo er nicht einmal Raum hatte, seine Schätze unterzubringen? Es waren allerdings Jahre gewesen, in denen er gar keine
Zeit gehabt hatte, danach zu sehen – Jahre des beinah leidenschaftlichen
Geldverdienens, in denen Forsyte, Bustard und Forsyte als Anwälte mehr
Gesellschaften mit beschränkter Haftung zu vertreten hatten, als sie eigentlich bewältigen konnten. Morgens ging es zur Stadt in einem Pullmanwagen, und abends wieder zurück in einem Pullmanwagen. Dann
Akten nach dem Essen, darauf Schlaf des Müden, und am nächsten
Morgen wieder auf. Samstag bis Montag brachte er in seinem Klub in
der Stadt zu – eine merkwürdige Abweichung von der gewohnten Ordnung, der die tiefe Einsicht zugrunde lag, dass ihm bei so harter Arbeit
zweimal täglich Seeluft auf dem Wege von und zur Station nötig war

und er sich während der Ruhezeit seinen verwandtschaftlichen Neigungen widmen musste. Der Sonntagsbesuch bei seiner Familie in Park Lane, bei Timothy und in der Green Street, wie gelegentliche Besuche anderswo, waren ihm gesundheitlich so notwendig erschienen wie die Seeluft an Wochentagen. Selbst seit seinem Umzug nach Mapledurham hatte er diese Gewohnheiten beibehalten – bis er Annette kennengelernt. Ob sie die Revolution in seinen Anschauungen herbeigeführt oder diese Anschauungen ihn auf Annette gebracht hatten, wusste er ebenso wenig, wie wir wissen, wo ein Kreis beginnt. Sie waren verworren und eng verknüpft mit dem wachsenden Bewusstsein, dass Besitz ohne jemand, dem man ihn hinterlassen konnte, die Verneinung echten Forsyteismus war. Einen Erben zu haben, eine Fortsetzung des eigenen Selbst, die beginnen würde, wo man aufhört – eine Sicherheit eigentlich, dass man nicht aufhören würde – von diesem Gedanken war er in den letzten Jahren förmlich besessen gewesen. Nachdem er eines Abends im April ein Stück Wedgwood gekauft hatte, war er in die Malta Street gekommen, um nach einem Hause seines Vaters zu sehen, das, wie sich herausstellte, in ein Restaurant verwandelt war – ein waghalsiges Unternehmen und auch nicht ganz in Einklang mit den Bestimmungen des Mietskontrakts. Er hatte es eine Weile von außen angestarrt, es war mit einer guten gelblichen Farbe gestrichen, zwei pfaublaue Kübel mit kleinen Lorbeerbäumen standen in einem zurückliegenden Torweg; dies und die Worte »Restaurant Bretagne« darüber in goldenen Lettern machten einen ganz guten Eindruck. Als er eintrat, hatte er bemerkt, dass an kleinen runden grünen Tischen mit frischen Blumen in kleinen Vasen und Neusilbergeschirr bereits mehrere Leute saßen, und eine hübsche Kellnerin gebeten, ihn zum Wirt zu führen. Sie hatte ihn in ein Hinterzimmer gewiesen, wo ein junges Mädchen an einem einfachen Schreibtisch saß, der mit Papieren bedeckt war, und ein kleiner runder Tisch für zwei gedeckt stand. Der Eindruck von Sauberkeit, Ordnung und gutem Geschmack verstärkte sich, als das Mädchen sich erhob und mit fremdem Akzent sagte: »Sie wünschen Maman zu sprechen, Monsieur?«

»Jawohl«, hatte Soames erwidert, »ich vertrete den Hausbesitzer, ich bin nämlich sein Sohn.«

»Bitte, wollen Sie nicht Platz nehmen, Monsieur?«

»Sagen Sie Maman, dass dieser Herr sie sprechen möchte.«

Er freute sich, dass es Eindruck auf das Mädchen zu machen schien, denn das bewies Geschäftssinn; und plötzlich bemerkte er, dass sie auffallend hübsch war, so auffallend hübsch, dass es ihm schwerfiel, den Blick von ihr zu wenden. Als sie ging, um einen Stuhl für ihn zu holen, bewegte sie sich mit überaus zierlicher Leichtigkeit, und ihr Gesicht und der etwas entblößte Hals waren von tauiger Frische. Wahrscheinlich beschloss Soames in diesem Augenblick den Kontrakt als nicht gebrochen anzusehen, wenn er diesen Beschluss auch vor sich selbst und seinem Vater mit der Anpassungsfähigkeit des Gebäudes für solche Zwecke, den Zeichen des Wohlstandes und der unverkennbaren Geschäftstüchtigkeit von Madame Lamotte begründete. Jedoch versäumte er nicht, gewisse Dinge für künftige Erörterungen zu lassen, wodurch weitere Besuche notwendig wurden, sodass das kleine Hinterzimmer ganz vertraut war mit seiner hageren, nicht schwächlichen, aber unauffälligen Gestalt und dem blassen eckigen Gesicht mit dem gestutzten Schnurrbart und dem dunklen Haar, das an den Schläfen noch nicht ergraut war.

»Un monsieur très distingué« nannte ihn Madame Lamotte, und dann, als sie seine Blicke auf ihre Tochter bemerkte, »Très amical, très gentil«.

Sie war eine jener Französinnen von vornehmer Gestalt, feinem Gesicht und dunklem Haar, bei denen jede Handlung und jeder Ton ihrer Stimme vollkommenes Zutrauen zu der Gediegenheit ihres häuslichen Geschmacks, ihrer Kochkunst und der sichern Zunahme ihrer Bankbilanz einflößen.

Nachdem diese Besuche im Restaurant Bretagne begonnen hatten, hörten die andern auf – allerdings ohne definitive Entscheidung; denn Soames war, wie alle Forsytes und die Mehrzahl ihrer Landsleute, ein geborener Empiriker. Allein dieser Wechsel in seiner Lebensweise hatte ihn allmählich so nachdrücklich beeinflusst, dass er seine Lage als verheiratet unverheirateter Mann in die eines wieder verheirateten umzuwandeln wünschte.

Als er an diesem Abend Anfang Oktober 1899 in die Malta Street einbog, kaufte er eine Zeitung, um zu sehen, wie der Fall Dreyfus sich weiterentwickelte – denn er hatte diese Frage immer nützlich gefunden, um eine engere Bekanntschaft mit Madame Lamotte und ihrer Tochter anzuknüpfen, die Katholiken und Anti-Dreyfusards waren.

In den Spalten fand Soames nichts, das Frankreich betraf, sah aber einen Bericht über eine allgemeine Baisse an der Börse und einen verhängnisvollen Leitartikel über Transvaal. »Ein Krieg ist gewiss. Ich werde meine Konsols verkaufen«, dachte er und ging hinein. Nicht, dass er selbst viele besaß, der Zinsfuß war zu jämmerlich, aber er musste es seinen Teilhabern raten – Konsols würden sicher heruntergehen. Ein Blick in das Restaurant, als er an den Eingangstüren vorüberging, gab ihm die Gewissheit, dass das Geschäft so gut ging wie immer, und diese Tatsache, die er im April gern gesehen hätte, verursachte ihm jetzt einige Unruhe. Wenn die Schritte, die er zu unternehmen gedachte, damit endeten, dass er Annette heiratete, hätte er ihre Mutter lieber wieder in Frankreich gesehen, aber der gute Fortgang des Restaurants Bretagne hätte ein Hindernis für diese Übersiedlung werden können. Er müsste es ihnen natürlich abkaufen, denn Franzosen kamen nur nach England um Geld zu verdienen, und das bedeutete einen höheren Preis. Doch das eigentümlich süße prickelnde Gefühl hinten im Halse und ein leises Herzklopfen, das er immer an der Tür des kleinen Zimmers empfand, hinderten ihn daran zu denken, wie viel es kosten würde.

Als er eintrat, sah er einen langen schwarzen Rockschoß durch die Tür in das Restaurant verschwinden und Annette mit den Händen ihr Haar ordnen. Es war eine Stellung, in der er sie am meisten von allen bewunderte – wie köstlich straff und rund und geschmeidig sie war. Und er sagte:

»Ich kam gerade, um mit Ihrer Mutter über das Niederreißen der Scheidewand zu sprechen. Nein, rufen Sie sie nicht.«

»Monsieur werden doch mit uns essen? In zehn Minuten ist alles fertig.«

Soames, der noch ihre Hand hielt, überkam eine Regung, die ihn überraschte.

»Sie sehen heute so hübsch aus«, sagte er, »so sehr hübsch. Wissen Sie auch, wie hübsch Sie aussehen, Annette?«

Annette zog ihre Hand zurück und errötete. »Monsieur sind sehr gütig.«

»Gar nicht gütig«, sagte Soames und setzte sich düster.

Annette machte eine ausdrucksvolle kleine Gebärde mit ihren Händen und ein Lächeln kräuselte ihre roten Lippen, die keine Salben kannte.

Mit einem Blick auf diese Lippen sagte Soames:

»Sind Sie hier glücklich, oder würden Sie gern nach Frankreich zurückgehen?«

»Oh, ich mag London sehr gern. Über Paris natürlich geht nichts. Aber London ist besser als Orleans, und auf dem Lande in England ist es wundervoll. Ich bin am vorigen Sonntag in Richmond gewesen.«

Einen Augenblick kämpfte Soames mit sich. Mapledurham! Durfte er es wagen? Durfte er es überhaupt wagen, so weit zu gehen, dass er ihr zeigte, was sie zu erwarten hatte? Dort unten könnte man über diese Dinge reden. In diesem Raum war es unmöglich.

»Ich möchte, dass Sie und Ihre Mutter«, sagte er plötzlich, »nächsten Sonntag am Nachmittag zu mir herauskommen. Mein Haus liegt an der Themse, es ist nicht zu spät bei diesem Wetter, und ich kann Ihnen einige gute Bilder zeigen. Was meinen Sie?«

Annette faltete die Hände.

»Es wird wundervoll sein. Der Fluss ist so schön.«

»Dann ist das also abgemacht. Ich werde Madame bitten.«

Er brauchte ihr heute Abend nichts weiter zu sagen und Gefahr zu laufen, sich zu verraten. Aber war er nicht bereits *zu* weit gegangen? Lud man Restaurantbesitzerinnen mit hübschen Töchtern ohne bestimmte Absicht in sein Landhaus ein? Madame Lamotte würde schon verstehen, wenn Annette es nicht tat. Ja, es gab nicht viel, das Madame nicht verstand. Übrigens war dies das zweite Mal, dass er zum Essen bei ihnen geblieben war, er war ihnen Gastfreundschaft schuldig.

Auf dem Heimweg nach Park Lane – denn er wollte bei seinem Vater bleiben – fühlte er noch den Druck von Annettens kluger, sanfter Hand, und seine Gedanken waren angenehm, ein wenig sinnlich und ziemlich verworren. Schritte unternehmen? Wie? Öffentlich schmutzige Wäsche waschen? Pah! Er mit seinem Ruf der Klugheit, des Weitblicks und der Geschicklichkeit andern herauszuhelfen, er, der die Interessen des Besitzes vertrat, eine Säule des Gesetzes, sollte dessen Spielball werden? Es lag etwas Empörendes in dem Gedanken! Winifreds Angelegenheit war schlimm genug! Und nun eine doppelte Dosis von Öffentlichkeit in der Familie! Wäre eine Liebschaft dann nicht besser – eine Liebschaft, und ein Sohn, den er adoptieren konnte? Aber finster, zäh und wachsam versperrte Madame Lamotte den Weg zu diesem Fantasiegebilde. Nein, das würde nicht gehen. Etwas anderes wäre es, wenn Annette eine wirkliche Leidenschaft für ihn hätte, das war aber nicht zu erwarten bei seinem Alter. Wenn ihre Mutter es wünschte, wenn der weltliche Vorteil handgreiflich groß war – vielleicht! Wenn nicht, wäre eine Weigerung gewiss. Außerdem dachte er: »Ich bin kein Schurke. Ich will sie nicht verletzen, und ich will nichts Heimliches. Aber ich brauche sie und ich brauche einen Sohn! Es bleibt nichts anderes übrig als eine Scheidung – irgendwie – auf irgendeine Art – eine Scheidung!« Im Schatten der

Ahornbäume, beim Laternenlicht ging er langsam am Gitter des Green-parks entlang. Nebel hing unter den bläulichen Baumgestalten außerhalb des Bereiches der Laternen. Wie viel hundertmal war er als junger Mann von seines Vaters Haus in Park Lane an diesen Bäumen vorübergegangen, oder von seinem Hause in Montpellier Square während der vier Jahre seiner Ehe! Und heute, wo er beschlossen hatte sich von den längst nutzlosen Ehebanden zu befreien, wenn er konnte, kam ihm der Einfall, weiter durch den Hydepark Corner bis zum Knightsbridge Gate zu gehen, wie er zu tun pflegte, wenn er in alten Tagen zu Irene zurückging. Wie mochte sie jetzt aussehen? Wie hatte sie die Jahre verlebt, seit er sie zu-letzt gesehen, zwölf Jahre im Ganzen, sieben schon, seit Onkel Jolyon ihr das Geld vermacht hatte! War sie noch schön? Würde er sie wieder-erkennen, wenn er sie sah? »Ich habe mich nicht sehr verändert«, dachte er, »aber sie wahrscheinlich. Ich habe viel durch sie gelitten.« Er erinnerte sich plötzlich eines Abends, des ersten, wo er allein zu einem Dinner, dem alten Malburian-Dinner, ausgegangen war – im ersten Jahr ihrer Ehe. Mit welchem Ungestüm er zurückgeeilt war und sie, als er leise wie eine Katze eintrat, spielen hörte. Geräuschlos hatte er die Tür zum Wohnzimmer geöffnet und den Ausdruck ihres Gesichtes beobachtet, der so ganz anders war, als er ihn je gekannt, so viel offener, so vertrau-ensvoll, als zeige sie der Musik ein Herz, das er nie gesehen. Und er er-innerte sich, wie sie aufhörte zu spielen und sich umschaute, wie ihr Gesicht sich in das verwandelte, das er kannte, und welch eisiger Schauer ihn überrieselt hatte – trotzdem hatte er im nächsten Moment ihre Schulter gestreichelt. Ja, er hatte viel durch sie gelitten! Scheidung! Es erschien lächerlich nach all den Jahren gänzlicher Trennung! Doch es würde sein müssen, es gab keinen andern Weg! »Die Frage«, dachte er mit plötzlichem Realismus, »ist – wer von uns beiden? Sie oder ich? Sie verließ mich. Sie müsste dafür büßen. Sie wird wohl jemand haben, vermute ich.« Unwillkürlich entfuhr ihm ein leise knurrender Ton, er kehrte um und ging zurück nach Park Lane.

5. James hat Gesichte

Der Butler öffnete ihm selbst die Tür und hielt Soames, nachdem er sie wieder leise geschlossen hatte, auf der inneren Matte zurück.

»Dem Herrn geht es gar nicht gut, Sir«, murmelte er. »Er wollte nicht zu Bett gehen, bevor Sie kämen. Er ist noch im Speisezimmer.«

Soames fragte in dem gedämpften Ton, der jetzt im Hause üblich war: »Was fehlt ihm, Warmson?«

»Nervös, Sir, denke ich. Mag sein, dass es das Begräbnis war, es mag auch der Besuch von Mrs. Dartie heute Nachmittag sein. Ich glaube, er hörte etwas. Ich brachte ihm ein Glas Glühwein hinein. Die gnädige Frau ist eben nach oben gegangen.«

Soames hängte seinen Hut an ein Hirschgeweih aus Mahagoniholz.

»Gut, Warmson, Sie können zu Bett gehen, ich bringe ihn selbst nach oben.« Und er ging ins Speisezimmer.

James saß am Kamin in einem großen Armstuhl, um die Schultern einen sehr leichten warmen Schal aus Kamelhaar über dem Rock, auf den sein langer weißer Bart herabfiel. Sein weißes, noch sehr dichtes Haar leuchtete im Schein der Lampe, etwas Feuchtigkeit aus seinen starren, hellgrauen Augen benetzte die Wangen, die noch eine ganz gute Farbe hatten, und lange tiefe Furchen liefen bis zu den Mundwinkeln an den glatt rasierten Lippen, die sich leise murmelnd bewegten. Seine langen Beine, dünn wie Krähenbeine, in wollenen Beinkleidern, waren fast im rechten Winkel gebogen, und auf einem Knie bewegte sich unablässig eine spindeldürre Hand mit gespreizten Fingern und blanken, zugespitzten Nägeln. Neben ihm, auf einem niedrigen Stuhl, stand ein halb geleertes Glas Glühwein mit kleinen Bläschen betaut. Dort hatte er, mit Unterbrechung der Mahlzeiten, den ganzen Tag gesessen. Mit seinen achtundachtzig Jahren war er organisch noch ganz gesund, litt aber furchtbar bei dem Gedanken, dass niemand ihm je etwas sagte. Es war in der Tat unbegreiflich, wie er dahintergekommen war, dass Roger an diesem Tage beerdigt worden war, denn Emily hatte es ihm verschwiegen. Sie verschwieg ihm immer alles. Emily war erst siebzig! James hatte einen Groll auf die Jugend seiner Frau. Zuweilen kam ihm der Gedanke, dass er sie nie geheiratet hätte, wenn er gewusst, dass sie so viele Jahre vor sich haben würde, wo er so wenige hatte. Es war unnatürlich. Sie würde noch fünfzehn oder zwanzig Jahre leben, nachdem er gegangen war, und eine Menge Geld ausgeben; sie hatte immer extravagante Gelüste. Womöglich würde sie einen dieser Motorwagen kaufen wollen. Cicely und Rachel und all die jungen Leute radelten jetzt auf diesen Zweirädern, weiß Gott, wohin. Und nun war Roger gestorben. Er wusste nicht – konnte nichts sagen! Die Familie begann sich aufzulösen. Soames würde wissen, wie viel sein Onkel hinterlassen hatte. Merkwürdig, dass er an Roger als Soames' Oheim und nicht als seinen eigenen Bruder dachte. Soames! Er war mehr denn je der einzige feste Punkt in einer schwindenden Welt. Soames war sorgsam, er war ein reicher Mann, aber er hatte niemand, dem er sein Geld hinterlassen konnte. Das war es! Na, er wusste nicht! Und dann war da dieser Chamberlain! James' politische Grundsätze stammten nämlich aus der Zeit zwischen 70 und 85, wo dieser »spitzbübische Radikale« der Hauptstachel in der Seite des Besitzes war, und er misstraute ihm trotz seines Umschwenkens bis auf den heutigen Tag, er würde das Land in Ungelegenheit bringen und das Geld zum Sinken, ehe er sich's versah. Ein wahrer Heißsporn dieser Mann! Wo blieb Soames nur? Er war natürlich zu dem Begräbnis gegangen, das sie versucht hatten ihm zu verheimlichen. Er wusste es wohl, er hatte ja die Beinkleider seines Sohnes gesehen. Roger! Roger in seinem Sarge! Er erinnerte sich, wie Roger, wenn sie auf dem Bock der alten Kutsche im Jahre 1824 zusammen aus der Schule kamen, in den Wagenkasten stieg und einschlief. James kicherte leise. Ein komischer Bursche, dieser Roger – ein Original! Merkwürdig! Jünger als er selbst, und in seinem Sarg! Die Familie fing an sich aufzulösen. Da war Val, der nach Oxford sollte; er besuchte ihn jetzt nie. Er würde dort einen schönen Batzen Geld kosten. Es war ein leichtsinniges Zeitalter. Und all die schönen Groschen, die seine vier Enkelkinder ihn kosten würden, tanzten vor James' Augen. Er missgönnte ihnen das Geld nicht, aber ihn verdross die Gefahr, die der Verbrauch dieses Geldes mit sich bringen könnte, ihn *verdross die Verminderung der Sicherheit*. Und jetzt, wo Cicely geheiratet hatte, konnte sie auch Kinder bekommen. Er wusste nicht – konnte nichts sagen! Niemand hatte einen andern Gedanken in diesen Tagen als Geld auszugeben, herumzujagen und »sich einen guten Tag« zu machen, wie man es nennt. Ein Motorwagen fuhr am Fenster vorüber. Grässliches, plundriges Ding, und macht solch ein Getöse! Aber so ging es, das Land kam auf den Hund. Die Leute sind in solcher Eile, dass sie sich nicht einmal um Stil kümmern konnten – so etwas Fesches wie seine Kalesche mit den Braunen wog doch all diese neumodischen Dinger auf. Und Konsols zu 116! Es musste eine Menge Geld im Lande sein. Und nun kam dieser alte Krüger! Sie hatten versucht ihm den alten Krüger zu verheimlichen. Aber er wusste es, das würde eine schöne Bescherung geben da draußen! Er hatte auch gewusst wie es kommen würde, als dieser Gladstone – er war jetzt tot, Gott sei Dank! – nach jener schrecklichen Geschichte in Majuba solchen Unfug trieb. Er würde sich nicht wundern, wenn das Reich zersplitterte und zum Teufel ging. Und diese Vision des Reiches, das zum Teufel ging, füllte eine volle Viertelstunde mit Wallungen höchst ernsten Charakters aus. Er hatte ihretwegen nur ein kärgliches Frühstück gegessen, doch erst nach dem Frühstück war das wahre Unheil über ihn gekommen. Er hatte ein wenig geschlummert, als er Stimmen – leise Stimmen vernahm. Ach! Sie sagten ihm nie was! Es waren die Winifreds und ihrer Mutter. »Monty!« Dieser Dartie – immer dieser Dartie! Die Stimmen waren verstummt, und James war allein geblieben, mit gespitzten Ohren wie die eines Hasen, und einer Furcht, die in seinen Eingeweiden wühlte. Weshalb ließen sie ihn allein? Weshalb kamen sie nicht und sagten es ihm? Und ein fürchterlicher Gedanke, der lange Jahre in ihm gespukt hatte, fuhr ihm wieder durch den Sinn. Dartie hatte Bankrott gemacht – betrügerischen Bankrott, und um Winifred und die Kinder zu retten, würde er – James – zahlen müssen! Konnte er – konnte Soames ihn zu einer Gesellschaft mit beschränkter Haftung umwandeln? Nein, das konnte er nicht! Das war es! Mit jeder Minute, bevor Emily zurückkam, wurde das Gespenst drohender. Es konnten ja Fälschungen vorgekommen sein! Den Blick auf den zweifelhaften Turner mitten an der Wand gerichtet, litt James Qualen. Er sah Dartie schon im Gefängnis, seine Enkel in der Gosse und sich selbst im Bett. Er sah den zweifelhaften Turner, den er bei Jobson gekauft hatte, und das ganz majestätische Gebäude des Besitzes in Trümmern. Im Geiste sah er Winifred unmodisch gekleidet und hörte Emilys Stimme sagen: »Rege dich nicht auf, James!« Immer sagte sie, rege dich nicht auf. Sie hatte keine Nerven, er hätte nie eine Frau heiraten sollen, die achtzehn Jahre jünger war als er. Dann sagte Emilys wirkliche Stimme:

»Hast du ein gutes Schläfchen gemacht, James?«

Schläfchen! Er war wie auf der Folter, und sie fragte ihn das!

»Um was handelt es sich bei Dartie?«, fragte er und seine Augen starrten sie an.

Emily verlor nie ihre Selbstbeherrschung.

»Was hast du gehört?«, fragte sie sanft.

»Was ist's mit Dartie?«, wiederholte James. »Er hat Bankrott gemacht.«

»Unsinn!«

James machte eine große Anstrengung und erhob sich zu voller Höhe seiner storchähnlichen Gestalt.

»Du sagst mir nie was«, sagte er, »er hat Bankrott gemacht.«

Die Zerstreuung dieser fixen Idee schien Emily das Erste, was in diesem Augenblick zu tun war.

»Er hat nicht Bankrott gemacht«, sagte sie fest. »Er ist nach Buenos Aires gegangen.«

Hätte sie gesagt, »er ist auf den Mars gegangen«, so wäre der Schlag für James nicht lähmender gewesen; sein Vorstellungsvermögen, das ganz auf britische Staatspapiere eingestellt war, konnte weder diesen Ort noch den andern fassen.

»Wozu ist er dort hingegangen?«, sagte er. »Er hat kein Geld. Was hat er genommen?«

Durch Winifreds Bericht innerlich erregt und aufgestachelt durch die beständige Wiederholung dieser Jeremiaden sagte Emily ruhig:

»Er nahm Winifreds Perlen und eine Tänzerin mit.«

»Wie?«, rief James und setzte sich.

Sein plötzliches Zusammenklappen beunruhigte sie, sie strich ihm über die Stirn und sagte:

»Rege dich nicht auf, James!«

Ein dunkles Rot hatte sich über James' Wangen und Stirn gelegt.

»Ich habe sie bezahlt«, sagte er zitternd, »er ist ein Dieb! Ich – ich wusste, wie es kommen würde. Er wird mein Tod sein, er –« Die Worte fehlten ihm und er saß ganz still da. Emily, die ihn so gut zu kennen glaubte, war beunruhigt und ging an den Seitentisch, wo sie etwas Riechsalz stehen hatte. Sie konnte in der hageren, zitternden Gestalt den hartnäckigen Forsytegeist nicht gegen das Übermaß von Erregung kämpfen sehen, das durch diese Beschimpfung Forsyte'scher Grundsätze hervorgerufen war – den Forsytegeist tief innen nicht sagen hören: »Du darfst dich nicht so aufregen. Du wirst dein Frühstück nicht verdauen. Du wirst einen Anfall bekommen!« Ungesehen von ihr wirkte das besser bei James als Riechsalz.

»Nimm dies«, sagte sie.

James schob es zur Seite.

»Wie konnte Winifred ihn ihre Perlen nehmen lassen?«, fragte er. Emily sah, dass die Krise vorüber war.

»Sie kann meine haben«, sagte sie tröstend. »Ich trage sie nie. Sie sollten sich lieber scheiden lassen.«

»Da haben wir's!«, sagte James. »Scheiden lassen! Wir hatten nie eine Scheidung in der Familie. Wo ist Soames?«

»Er wird wohl gleich hier sein.«

»Nein, das wird er nicht«, sagte James beinah wütend, »er ist zum Begräbnis. Du denkst, ich weiß von nichts.«

»Ja«, sagte Emily ruhig, »du solltest dich nicht so aufregen, wenn wir dir etwas sagen.« Und indem sie seine Kissen aufschüttelte und das Riechsalz neben ihn gestellt hatte, verließ sie das Zimmer.

James aber saß da und sah im Geiste schon Winifred vor dem Ehescheidungsgericht und den Namen der Familie in den Zeitungen vor sich, sah die Erde auf Rogers Sarg fallen, Val seinem Vater nacharten, die Perlen, die er bezahlt hatte und nie wiedersehen würde, sah Geld auf vier Prozent sinken und das Land auf den Hund kommen. Und als der Nachmittag zum Abend wurde, die Teezeit vorüber war und die Essenszeit, wurden diese Visionen immer drohender und wirrer – ihm sagte keiner was, und selbst wenn nichts von all seinem Reichtum übrig bliebe, würde ihm auch keiner was sagen. Wo blieb Soames nur? Weshalb kam er nicht herein? ... Seine Hand griff nach dem Glühweinglas, er hob es, um zu trinken, und sah seinen Sohn dastehen und ihn anschauen. Ein leiser Seufzer der Erleichterung entschlüpfte seinen Lippen, und das Glas niedersetzend, sagte er:

»Da bist du ja! Dartie ist nach Buenos Aires gegangen.«

Soames nickte. »Ganz gut«, sagte er, »dass wir ihn los sind.«

Eine Welle der Besänftigung breitete sich über James' Hirn. Soames wusste. Soames war der einzige von ihnen allen, der Verstand hatte. Weshalb konnte er nicht kommen und zu Haus leben? Er hatte keinen Sohn. Und er sagte kläglich:

»Ich werde nervös in meinem Alter. Ich wünschte, du wärst mehr zu Haus, mein Junge.«

Wieder nickte Soames. Die Maske seines Gesichts verriet kein Verständnis, aber er ging näher zu ihm hin und berührte wie zufällig die Schulter seines Vaters.

»Ich soll dich von Timothy und den Tanten grüßen«, sagte er. »Es verlief alles in bester Ordnung. Ich war bei Winifred. Ich werde die Sache in die Hand nehmen.« Und er dachte: »Ja, und du darfst nichts davon erfahren.«

James blickte auf. Sein langer weißer Backenbart bebte, sein dünner Hals zwischen den Spitzen seines Kragens sah sehr dürr und kahl aus.

»Es ging mir sehr schlecht den ganzen Tag«, sagte er, »sie sagen mir nie was.«

Soames' Herz zuckte.

»Es ist alles in Ordnung. Kein Grund sich Sorgen zu machen. Willst du jetzt hinaufgehen?«, und er schob seine Hand unter den Arm seines Vaters.

James erhob sich gehorsam und zitternd und sie gingen zusammen langsam durch das Zimmer, das der Schein des Feuers hell erleuchtete, und auf die Treppe hinaus. Sehr langsam stiegen sie hinauf.

»Gute Nacht, mein Junge«, sagte James an der Tür seines Schlafzimmers.

»Gute Nacht, Vater«, antwortete Soames. Seine Hand strich am Ärmel unter dem Schal entlang; es schien beinah nichts darin zu sein, so dünn war der Arm. Er wandte sich von dem Licht der sich öffnenden Tür ab und ging die Treppe hinauf, die zu seinem Schlafzimmer führte.

»Ich muss einen Sohn haben«, dachte er, als er auf dem Rande seines Bettes saß, »*ich muss einen Sohn haben.*«

6. Der nicht mehr »junge Jolyon« zu Hause

Bäume kehren sich wenig an die Zeit, und die alte Eiche auf dem Rasenplatz in Robin Hill sah nicht einen Tag älter aus seit damals, wo Bosinney lang ausgestreckt darunter lag und zu Soames sagte: »Forsyte, ich habe den rechten Platz für Ihr Haus gefunden.« Seit damals hatte Swithin darunter geträumt und der alte Jolyon war unter seinen Zweigen gestorben. Und jetzt malte der nicht mehr »junge« Jolyon dort dicht neben der Schaukel. Von allen Plätzen der Welt war es vielleicht der geheiligtste für ihn, denn er hatte seinen Vater geliebt.

Er betrachtete den umfangreichen, zerfurchten und ein wenig bemoosten Stamm, der aber noch nicht hohl war, und sann über den Gang der Zeit nach. Dieser Baum hatte vielleicht die ganze Geschichte Englands gesehen, er stammte sicher mindestens aus den Tagen der Elisabeth. Seine eigenen fünfzig Jahre waren so gut wie nichts verglichen mit dem alten Holz des Baumes. Wenn das Haus dahinter, das ihm jetzt gehörte, dreihundert Jahre alt wäre anstatt zwölf, würde der Baum, mächtig und hohl, wohl noch dastehen, denn wer würde solchen Frevel begehen ihn zu fällen? Vielleicht lebte dann noch ein Forsyte in dem Hause, um eifersüchtig über ihn zu wachen. Und Jolyon stellte sich vor, wie das Haus bei solchem Alter aussehen würde. Glyzinien rankten sich bereits um seine Mauern – das neue Aussehen war verschwunden. Würde es seine

Eigenart bewahren, die Würde behalten, die Bosinney ihm verliehen hatte, oder würde der Riese London sich seiner bemächtigen und es zu einem Asyl mitten in einer unsolide bebauten Wildnis machen? Oft, ob er es von außen oder innen sah, glaubte er, dass Bosinney besonders inspiriert gewesen sein musste, als er es baute. Hier war er wirklich mit ganzem Herzen bei der Arbeit gewesen. Es hätte sogar eins der »Homes« von England werden können – es war ein selten vollendetes Haus für diese Zeit entarteten Baustils. Und mit seinem ästhetischen Gefühl und dem Forsyte'schen Sinn für dauernden Besitz empfand er Stolz und Freude als dessen Eigentümer. In einer Anwandlung von Pietät für seine Vorfahren (wenn auch nur einen von ihnen) wünschte er dies Haus auf seinen Sohn und seines Sohnes Sohn übergehen zu lassen. Sein Vater hatte es geliebt, hatte die Aussicht, den Boden, diesen Baum geliebt, seine letzten Jahre waren da glücklich gewesen, und niemand hatte vor ihm darin gewohnt. Diese letzten elf Jahre in Robin Hill waren für Jolyon, als Maler, eine wichtige Periode des Erfolges gewesen. Er war jetzt auf der Höhe seiner Aquarellkunst und fand überall Anerkennung. Seine Bilder brachten hohe Preise, und da er sich mit der Hartnäckigkeit seiner Rasse auf diese eine Spezialität konzentriert hatte, war er ziemlich spät, aber nicht zu spät für ein Mitglied der Familie, die so sehr darauf hielt, ewig zu leben, zu seinem Ruhm gekommen. Seine Kunst hatte sich wirklich vertieft und vervollkommnet. Seiner Stellung angemessen trug er jetzt einen kurzen blonden Bart, der eben ein wenig grau zu werden begann und sein Forsytekinn verdeckte; sein braunes Gesicht hatte den gequälten Ausdruck seiner Verbannungsjahre verloren, er sah entschieden jünger aus. Der Verlust seiner Frau im Jahre 1894 war eine jener häuslichen Tragödien gewesen, die sich schließlich als gut für alle Teile erweisen. Er hatte sie zwar bis zuletzt geliebt, denn er hatte eine liebevolle Natur, aber es war immer schwieriger mit ihr geworden; eifersüchtig auf ihre Stieftochter June, sogar eifersüchtig auf ihr Töchterchen Holly, beklagte sie sich beständig, dass er sie nicht mehr lieben könne, nun da sie krank war und so »überflüssig für jeden, dass der Tod das Beste für sie wäre«. Er hatte sie aufrichtig betrauert, doch sein Gesicht sah jünger aus, seitdem sie tot war. Wenn sie nur hätte glauben können, dass sie ihn glücklich machte, wie viel glücklicher wären die zwanzig Jahre ihres Zusammenlebens gewesen!

June hatte eigentlich nie sehr gut mit ihr gestanden, die auf so sträfliche Weise den Platz ihrer eigenen Mutter eingenommen hatte; und seit dem

Tode des alten Jolyon wohnte sie in einer Art Atelier in London. Doch als ihre Stiefmutter starb, war sie nach Robin Hill zurückgekommen und hatte dort die Zügel in ihre kleinen entschlossenen Hände genommen. Jolly war damals in Harrow, Holly wurde noch von Mademoiselle Beauce unterrichtet. Nichts fesselte Jolyon ans Haus, und er war mit seinem Kummer und seinem Malkasten daher ins Ausland gegangen. Dort war er, meist in der Bretagne, umhergewandert und schließlich in Paris gelandet. Er war mehrere Monate dort geblieben und dann mit dem jüngeren Gesicht und dem kurzen blonden Bart zurückgekehrt. Da er jedes Haus nur als Unterschlupf benutzte, hatte es ihm sehr gut gepasst, dass June in Robin Hill schaltete und waltete, sodass er mit seiner Staffelei fortgehen konnte wohin und wann es ihm beliebte. Sie freilich betrachtete das Haus hauptsächlich als Asyl für ihre »Protegés«; seit den Tagen seiner eigenen Verstoßung hatte Jolyon immer Sympathie für jeden Ausgestoßenen empfunden, und so störten ihn Junes »lahme Enten« im Hause nicht. Mochte sie sie nur aufnehmen und durchfüttern; und wenn er in seinem ein wenig zynischen Humor auch merkte, dass sie ihrer Herrschsucht ebenso dienten wie ihr warmes Herz bewegten, bewunderte er seine Tochter doch stets um ihrer vielen Schützlinge willen. Von Jahr zu Jahr wurden seine Beziehungen zu seinem Sohne und seinen Töchtern gelöster und dabei brüderlicher, und er behandelte sie in seiner gemütlichen Art fast wie seinesgleichen. Wenn er nach Harrow fuhr, um Jolly zu besuchen, wusste er nie ganz genau, wer von ihnen der ältere war, und konnte mit einem liebevollen und ironischen Lächeln, bei dem eine Braue sich etwas hochzog und die Lippen sich leicht kräuselten, Kirschen aus einer Tüte mit ihm essen. Und er sorgte immer dafür, dass Geld in seiner Tasche war und er selbst in einem modischen Anzug, sodass sein Sohn seinetwegen nicht zu erröten brauchte. Sie waren vollkommene Freunde, schienen aber nie Gelegenheit zu mündlichen Vertraulichkeiten zu haben, denn sie besaßen beide das gleiche Selbstbewusstsein der Forsytes. Sie wussten, dass sie einander in Verlegenheit beistehen würden, allein es war unnötig darüber zu sprechen. Vor allem Moralpredigen hatte Jolyon – teils aus angeborener Abneigung, teils aber als Resultat seiner frühzeitigen Immoralität – ein wahres Grauen. Das Äußerste, was er seinem Sohne hätte sagen können, wäre gewesen: »Sieh, alter Junge, vergiss nie, dass du ein Gentleman bist«, und hätte sich dann doch gefragt, ob es nicht ein wenig snobistisch von ihm gewesen wäre. Das große Kricketturnier jedes Jahr war vielleicht die schwierigste und peinlichste

Zeit für sie beide, denn Jolyon war in Eton gewesen. Sie waren bei diesem Turnier ganz besonders bemüht einander aufzumuntern, wenn die Gegenpartei ein Missgeschick hatte, mochte es ihnen auch noch so nahe gehen. Dann riefen sie einander zu: »Hurra! – Ach, so ein Pech, lieber Junge!« oder »Hurra! So ein Pech, Papa!« Und Jolyon trug einen grauen Zylinder anstatt seines gewohnten weichen Hutes, um die Gefühle seines Sohnes zu schonen, denn einen schwarzen Zylinder konnte er nicht ausstehen. Als Jolly nach Oxford ging, begleitete Jolyon ihn, es machte ihm Spaß, aber er war kleinlaut und ein wenig ängstlich, seinen Jungen unter all diesen jungen Leuten, die so viel sicherer und älter schienen als er selbst, in Misskredit zu bringen. Oft dachte er: »Gut, dass ich Maler bin« – denn er hatte die Stellung bei Lloyd längst aufgegeben –, »das ist so harmlos. Man sieht auf einen Maler nicht herab – man kann ihn gar nicht ernst genug nehmen.« Denn Jolly, der eine gewisse natürliche Vornehmheit besaß, war gleich Mitglied eines ganz kleinen Kreises geworden, der seinen Vater heimlich amüsierte. Der Junge hatte blondes, leicht gelocktes Haar und die tief liegenden eisengrauen Augen seines Großvaters. Er war gut gebaut, hielt sich sehr gerade und entsprach völlig Jolyons ästhetischem Gefühl, sodass er sich ein klein wenig vor ihm fürchtete, wie Künstler es ihren eigenen Geschlechtsgenossen gegenüber, deren physische Schönheit sie bewundern, immer tun. Bei dieser Gelegenheit jedoch fasste er Mut und gab seinem Sohne folgenden Rat:

»Sieh, mein Junge«, sagte er, »du wirst sicherlich gezwungen sein, Schulden zu machen; komme dann ja zuerst zu mir. Ich werde sie natürlich immer bezahlen. Aber denke daran, dass man mehr Achtung vor sich selbst hat, wenn man sie selber bezahlt. Und borge dir nie etwas, außer von mir, verstanden?«

Und Jolly hatte erwidert:

»Schon gut, Papa.«

»Und dann noch eins. Ich weiß nicht viel von Moral und dergleichen, aber es lohnt immer zu überlegen, ob etwas, das man tun will, einen andern mehr verletzen würde als notwendig ist.«

Jolly hatte nachdenklich ausgesehen und genickt und dann seinem Vater die Hand gedrückt. Und Jolyon hatte gedacht: »Ob ich wohl das Recht hatte, das zu sagen?« Er empfand immer eine gewisse Furcht, das stumme Vertrauen, das sie zueinander hatten, zu verlieren, und er erinnerte sich, wie er lange Jahre hindurch das seines Vaters verloren hatte, sodass nichts als Liebe aus großer Entfernung übrig geblieben war. Er unterschätzte ohne Zweifel die Wandlung im Geiste der Zeit, seit er selbst im Jahre 65 nach Cambridge gegangen war, und vielleicht unterschätzte er auch die Fähigkeit seines Sohnes zu verstehen, dass er bis zum Äußersten tolerant war. Diese Toleranz und möglicherweise auch ein Skeptizismus gaben seinem Verhältnis zu June etwas so sonderbar Abwehrendes. Sie war ein so entschiedenes Wesen, wusste so schrecklich genau, was sie wollte, und war so hartnäckig in ihren Forderungen, bis sie erhielt, was sie wünschte, ließ es dann aber auch häufig wieder fallen wie eine heiße Kartoffel. Ihre Mutter war ebenso gewesen, und das hatte zu all den Tränen damals geführt. Zwar trat der Mangel an Übereinstimmung zwischen ihm und seiner Tochter keineswegs so stark hervor wie bei seiner ersten Frau. Es konnte Spaß machen, wo es sich um eine Tochter handelte, bei seiner Frau aber hatte es ihm keinen Spaß gemacht. June ihr ganzes Herz und ihren ganzen Willen für etwas einsetzen zu sehen, bis sie es erhielt, störte nicht, weil es Jolyons Freiheit – das Einzige, woran er unbeugsam festhielt – eigentlich niemals beeinträchtigte. Es kam auch niemals zu ernsten Streitigkeiten zwischen ihnen. – Man konnte alles ins Ironische ziehen – wie er es allerdings auch häufig getan hatte. Das wirklich Schlimme war nur, dass June nie seinen ästhetischen Ansprüchen genügt hatte, trotz ihres rotgoldenen Haares, den hellen Wikingeraugen und dem Anflug von Berserkertum in ihrem Wesen. Sie war sehr verschieden von der sanften, stillen, scheuen und zärtlichen Holly mit dem Teufelchen von Mutwillen irgendwo in ihr. Er beobachtete seine jüngere Tochter in ihrem Stadium des hässlichen jungen Entleins mit außerordentlichem Interesse. Würde ein Schwan aus ihr werden? Mit ihrem blassen ovalen Gesicht und den ernsten grauen Augen mit den dunklen Wimpern war es möglich, oder auch nicht. Nur dieses letzte Jahr hatte ihm Anlass gegeben daran zu glauben. Ja, es würde ein Schwan aus ihr werden – freilich ein dunkler und immer scheuer, aber doch ein richtiger Schwan. Sie war jetzt achtzehn, und Mademoiselle Beauce war fort – die vortreffliche Dame war nach elf Jahren ununterbrochener Erinnerungen an die »gut errzogenen kleinen Tayleurs« zu einer andern Familie gezogen, die jetzt durch die Erinnerungen an die »gut errzogenen kleinen Forsytes« in Aufregung versetzt werden sollte. Sie hatte Holly französisch sprechen gelehrt wie sie selbst es sprach.

Porträts waren nicht Jolyons Stärke, aber er hatte seine jüngere Tochter bereits dreimal gezeichnet und tat es jetzt am 4. Oktober 1899 zum vierten Mal, als ihm eine Karte von

Mr. Soames Forsyte

Haus Zuflucht   Connoisseurs' Klub
Mapledurham   St. James's

hereingebracht wurde, die ihn veranlasste, die Brauen zu runzeln.

Hier aber wird wieder ein Abschweifen in der Geschichte der Forsytes notwendig ...

Die Rückkehr von einer langen Reise nach Spanien in ein düsteres Haus, zu einer kleinen Tochter, in Tränen aufgelöst, dem Anblick eines geliebten Vaters, der friedlich in seinem letzten Schlafe liegt, vermochte ein so empfänglicher und warmherziger Mann wie Jolyon nie zu vergessen. Dazu lag etwas Geheimnisvolles über diesem traurigen Tage und dem Ende eines Menschen, dessen Leben so wohlgeordnet und geborgen gewesen war. Es schien unfassbar, dass sein Vater so dahingegangen war, ohne seine Absicht vorher anzukündigen, ohne ein letztes Wort für seinen Sohn und ohne ein richtiges Lebewohl. Und jene unzusammenhängenden Anspielungen der kleinen Holly und Mademoiselle Beauces auf die »Dame in Grau« und eine Madame Errante (wie es klang) hüllte alles in einen Nebel, der sich erst etwas lichtete, als er das Testament seines Vaters und das Kodizill dazu las. Als Testamentsvollstrecker war es seine Pflicht gewesen, Irene, die Frau seines Vetters Soames, zu benachrichtigen, dass ihr eine Leibrente von fünfzehntausend Pfund zufiel. Er hatte sie aufgesucht, um ihr zu erklären, dass das Geld in India-Aktien sicher angelegt war und ihr an Zinsen netto etwa 430 Pfund im Jahr bringen würde, die frei von Vermögenssteuer waren. Er hatte die Frau seines Vetters Soames – wenn sie noch seine Frau war, was er nicht genau wusste – hierbei das dritte Mal gesehen. Das erste Mal, wie er sich entsann, im Botanischen Garten, wo sie auf Bosinney wartete – eine passive, faszinierende Gestalt, die ihn an Tizians »Himmlische Liebe« erinnerte, und dann wieder, als er im Auftrag seines Vaters an dem Nachmittag, wo Bosinneys Tod bekannt wurde, zum Montpellier Square gegangen war. Ihm stand noch deutlich ihr plötzliches Erscheinen damals in der Wohnzimmertür vor Augen – ihr schönes Gesicht mit dem wilden Ungestüm der Hoffnung, die in versteinerte Verzweiflung umschlug; er erinnerte sich des Mitleids, das er empfunden, Soames' brummigen Lächelns, seiner Worte: »Wir sind nicht zu sprechen« und des Zuschlagens der Haustür.

Dies dritte Mal fand er ihr Antlitz und ihre Gestalt – frei von jenem Überschwang wilder Hoffnung und Verzweiflung – noch schöner. Bei ihrem Anblick begriff er die Bewunderung seines Vaters, und die sonderbare Geschichte seines Nachsommers ward ihm allmählich klar. Sie sprach vom alten Jolyon voll Ehrfurcht und mit Tränen in den Augen. »Er war so einzig gütig gegen mich, ich weiß nicht warum. Er sah so schön und friedlich aus, wie er in dem Stuhl unter dem Baume saß; ich war die erste, die ihn dort fand. Ein so wundervoller Tag war es. Ich glaube nicht, dass ein Ende schöner sein könnte. Wir alle würden gern so enden.«

»Allerdings«, hatte er gedacht, »wir würden alle gern in vollem Sommer enden, wenn Schönheit über den Rasen auf uns zuschreitet.«

Und mit einem Blick auf das fast leere Wohnzimmer hatte er sie gefragt, was sie zu tun gedenke. »Ich werde wieder ein wenig leben, Vetter Jolyon. Es ist herrlich, eigenes Geld zu haben. Ich hatte niemals welches. Diese Wohnung werde ich behalten, denke ich; ich bin an sie gewöhnt, aber ich werde die Möglichkeit haben, nach Italien zu gehen.«

»Gewiss!«, hatte Jolyon gemurmelt und dabei auf ihre leise lächelnden Lippen geblickt. Und als er ging, hatte er gedacht: »Eine faszinierende Frau! Schade um sie! Ich freue mich, dass Papa ihr dies Geld vermacht hat.« Er hatte sie nicht wiedergesehen, aber jedes Quartal den Scheck für sie auf die Bank und einen Brief in die Wohnung nach Chelsea geschickt, um ihr anzuzeigen, dass er es getan. Und immer hatte sie, meist aus London, zuweilen aber auch aus Italien, den Empfang des Geldes bestätigt, sodass ihre Persönlichkeit sich in leise duftendem grauen Papier, einer steilen feinen Handschrift und den Worten »Lieber Vetter Jolyon« verkörperte. Als der reiche Mann, der er jetzt war, dachte er oft, wenn er den kleinen Scheck unterzeichnete: »Ich denke, sie wird eben damit auskommen«, wunderte sich aber, wie sie sonst in einer Welt von Männern fertig wurde, die Schönheit nicht unangetastet zu lassen pflegen. Anfangs hatte Holly oft von ihr gesprochen, aber »Damen in Grau« schwinden bald aus dem Gedächtnis von Kindern; und Junes zusammengepresste Lippen in jenen ersten Wochen nach dem Tode ihres Großvaters, sobald der Name ihrer ehemaligen Freundin erwähnt wurde, hatte zu keiner Anspielung ermutigt. Einmal nur hatte sie ganz entschieden gesagt: »Ich habe ihr verziehen. Es freut mich außerordentlich, dass sie jetzt unabhängig ist ...«

Als Jolyon Soames' Karte gebracht wurde, sagte er zu dem Mädchen – denn Diener konnte er nicht ausstehen –: »Führen Sie ihn ins Lesezimmer, bitte, und sagen Sie, ich würde im Augenblick dort sein.« Dann sah er Holly an und fragte:

»Erinnerst du dich der ›Dame in Grau‹, die dir Musikstunden zu geben pflegte?«

»O ja, weshalb? Ist sie gekommen?«

Jolyon schüttelte den Kopf, vertauschte seinen Leinenkittel mit einem Rock und schwieg in der plötzlichen Einsicht, dass solche Geschichten nicht für so junge Ohren waren. Sein Gesicht aber war die verkörperte Verwunderung, als er sich ins Lesezimmer begab.

Er sah zwei Gestalten, eine mittleren Alters und eine junge am Fenster stehen und über die große Terrasse auf die Eiche draußen blicken, und er dachte: »Wer ist der junge Mann? Sie hatten doch nie ein Kind?«

Die ältere Gestalt wandte sich um. Die Begegnung dieser beiden Forsytes der zweiten Generation, die um so viel erklügelter war als die erste, in dem Hause, das für den einen gebaut, nun dem andern gehörte und von ihm bewohnt wurde, hatte trotz des deutlichen Versuches herzlich zu sein, etwas versteckt Defensives. »Ist er seiner Frau wegen gekommen?«, dachte Jolyon, während Soames sich fragte: »Wie soll ich anfangen?«, und Val, der mitgebracht worden war, das Eis zu brechen, durch seine dunklen dichten Wimpern nachlässig dieses »bärtige Geschöpf« musterte.

»Das ist Val Dartie«, sagte Soames, »der Sohn meiner Schwester. Er ist eben im Begriff nach Oxford zu gehen. Ich hätte gern, dass er deinen Jungen kennenlernte.«

»Ah! Es tut mir leid, dass Jolly fort ist. Welche Abteilung?«

»Brasenose College«, erwiderte Val.

»Jolly ist in Christ Church, aber er wird sich sehr freuen, dich aufzusuchen.«

»Danke vielmals!«

»Aber Holly ist hier – wenn du dich mit einer weiblichen Verwandten begnügen willst, sie kann dich herumführen. Du findest sie in der Halle, wenn du durch die Vorhänge gehst. Ich malte sie gerade.«

Mit abermaligem »Danke vielmals!« verschwand Val und ließ die beiden Vettern zurück, ohne das Eis gebrochen zu haben.

»Ich sah, dass du einige Bilder in der Aquarellausstellung hast«, sagte Soames.

Jolyon war peinlich berührt. Er war sechsundzwanzig Jahre lang ohne Berührung mit der Familie Forsyte gewesen, aber in Gedanken sah er sie immer in Verbindung mit Friths »Derby-Tag« und Landseer Drucken. Von June hatte er gehört, dass Soames ein Kenner sei, doch das machte es nur schlimmer. Er ertappte sich auch bei einer sonderbaren Abneigung gegen ihn.

»Ich habe dich lange nicht gesehen«, sagte er.

»Nein«, sagte Soames zwischen fest geschlossenen Lippen, »nicht seit – übrigens bin ich deswegen gekommen. Du bist ihr Berater, wurde mir gesagt.«

Jolyon nickte.

»Zwölf Jahre sind eine lange Zeit«, sagte Soames rasch. »Ich – ich habe es satt.«

Jolyon fand keine passendere Antwort als:

»Willst du nicht rauchen?«

»Nein, danke.«

Jolyon zündete sich eine Zigarette an.

»Ich möchte frei sein«, sagte Soames plötzlich.

»Ich sehe sie nicht«, murmelte Jolyon durch den Dampf seiner Zigarette.

»Aber du weißt vermutlich, wo sie wohnt?«

Jolyon nickte. Er dachte nicht daran, ihm ohne Erlaubnis ihre Adresse zu geben. Soames schien seinen Gedanken zu erraten.

»Ich will ihre Adresse nicht«, sagte er, »ich kenne sie.«

»Was wünschest du dann eigentlich?«

»Sie verließ mich. Ich will eine Scheidung.«

»Ein wenig spät, nicht?«

»Ja«, sagte Soames. Es trat eine Pause ein.

»Ich weiß nicht viel von diesen Dingen – wenigstens habe ich es vergessen«, sagte Jolyon mit gezwungenem Lächeln. Er selbst hatte auf den Tod zu warten gehabt, der ihm eine Scheidung von seiner ersten Frau ermöglichte.

»Wünschest du, dass ich mit ihr darüber rede?«

Soames blickte seinem Vetter in die Augen.

»Ich vermute, sie hat jemand«, sagte er.

Jolyon zuckte die Achseln.

»Ich weiß von nichts. Ich denke, ihr hättet beide leben können, als ob der andere tot wäre. Es ist gewöhnlich so in diesen Fällen.«

Soames wandte sich zum Fenster. Ein paar frühzeitig abgefallene Eichenblätter lagen verstreut auf der Terrasse und wirbelten im Winde umher. Jolyon sah die Gestalten Hollys und Val Darties sich über den Rasenplatz auf die Ställe zu bewegen. »Ich will nicht mit dem Hasen laufen und mit den Hunden hetzen«, dachte er. »Ich muss für sie handeln. Papa hätte es sicher gewünscht.« Und einen Augenblick lang glaubte er seines Vaters Gestalt in dem alten Lehnstuhl, dicht neben Soames, mit übereinandergeschlagenen Beinen, die »Times« in der Hand, zu sehen. Dann verschwand sie wieder.

»Mein Vater mochte sie sehr gerne«, sagte er leise.

»Weshalb er es tat, weiß ich nicht«, erwiderte Soames, ohne ihn anzusehen. »Sie brachte Kummer über deine Tochter June, sie brachte Kummer über jeden. Ich gab ihr alles, was sie brauchte. Sie hätte sogar meine Verzeihung haben können, aber sie zog vor, mich zu verlassen.«

Der harte Ton seiner Stimme drängte alles Mitgefühl in Jolyon zurück. Was in dem Manne machte es einem nur so schwer ihn zu bedauern?

»Ich kann zu ihr gehen, wenn du willst«, sagte er. »Ich vermute, dass sie froh über eine Scheidung wäre, aber ich weiß es nicht.«

Soames nickte.

»Ja, geh, bitte. Ich kenne, wie gesagt, ihre Adresse, aber ich wünsche nicht, sie zu sehen.« Er netzte die Lippen mit der Zunge, als wären sie trocken.

»Willst du Tee?«, sagte Jolyon und unterdrückte die Worte: »und das Haus sehen?« Er ging voran in die Diele. Nachdem er geklingelt und den Tee bestellt hatte, ging er an seine Staffelei, um die Zeichnung nach der Wand umzudrehen. Er konnte es nun einmal nicht vertragen, dass Soames, der dort mitten in dem großen Raume stand, dessen Wände ausdrücklich dazu bestimmt gewesen waren, seinen eigenen Bildern Platz zu gewähren, seine Arbeit sah. Als Jolyon den Ausdruck im Gesicht seines Vetters mit der ungreifbaren Familienähnlichkeit zwischen ihnen sah und seinen harten, scharfen, konzentrierten Blick, kam ihm der Gedanke: »Dieser Mensch wird nie etwas vergessen – oder wird sich niemals eine Blöße geben. Er ist pathetisch!«

7. Val und Holly

Als Val die beiden Vertreter der letzten Generation zurückließ, dachte er: »Wie öde das ist! Onkel Soames trägt den Preis davon. Ich bin neugierig, wie das Mädel ist!« Er erwartete kein Vergnügen von ihrer Gesellschaft, und plötzlich sah er sie dastehn und ihn anschauen. Ei, sieh, sie war ja hübsch! Welch ein Glück!

»Ich fürchte, du kennst mich nicht«, sagte er. »Mein Name ist Val Dartie – ich bin so ein entfernter Vetter oder dergleichen, weißt du. Der Name meiner Mutter war Forsyte.«

Holly, die ihre schlanke, braune Hand in der seinen ließ, weil sie zu schüchtern war, sie zurückzuziehen, sagte:

»Ich kenne niemand von meinen Verwandten. Sind es viele?«

»Eine Menge. Sie sind fürchterlich – wenigstens die meisten. Ich meine – einige von ihnen. Verwandte sind immer fürchterlich, nicht?«

»Ich nehme an, dass sie einen ebenfalls fürchterlich finden«, sagte Holly.

»Ich wüsste nicht warum. Niemand natürlich würde zum Beispiel dich fürchterlich finden.«

Holly schaute ihn an – die ernste Treuherzigkeit in ihren grauen Augen gab Val plötzlich ein Gefühl, als müsse er sie beschützen.

»Ich meine, es gibt Leute und Leute«, fügte er eifrig hinzu. »Dein Papa zum Beispiel sieht riesig anständig aus.«

»O ja!«, sagte Holly inbrünstig. »Das ist wahr.«

Das Blut schoss Val in die Wangen – er dachte an die Szene im »Pandemonium« – den dunklen Mann mit dem roten Gesicht, der sich als sein Vater entpuppt hatte! »Aber du weißt, wie die Forsytes sind«, sagte er beinah boshaft. »Ach, ich vergaß, du kennst sie ja nicht.«

»Wie sind sie?«

»Oh, schrecklich vorsichtig. Keine Spur von Sportsleuten. Sieh dir Onkel Soames an!«

»Das würde ich gern«, sagte Holly.

Val widerstand dem Wunsche, seinen Arm unter den ihren zu schieben. »Ach, lass nur«, sagte er, »wir wollen hinuntergehen. Du wirst ihn schon noch früh genug sehen. Wie ist dein Bruder?«

Holly schlug den Weg zur Terrasse und dem Rasenplatz davor ein, ohne zu antworten. Wie sollte sie Jolly beschreiben, der immer, solang sie denken konnte, ihr Herr und Meister, ihr Ideal gewesen war?

»Steht er gut mit dir?«, fragte Val ungestüm. »Ich werde ihn in Oxford kennenlernen. Habt ihr Pferde?«

Holly nickte. »Möchtest du die Ställe sehen?«

»Riesig gern!«

Sie gingen an der Eiche vorüber, durch ein schütteres Gebüsch und in den Hof. Dort lag unter einem Glockenturm ein zottiger braun und weißer Hund, der so alt war, dass er sich nicht erhob, sondern nur leise mit dem Schwanz wedelte.

»Das ist Balthasar«, sagte Holly; »er ist so alt – furchtbar alt, beinah so alt wie ich. Armer alter Knabe! Er liebt Papa über alles.«

»Balthasar! Das ist ein drolliger Name. Übrigens ist er nicht reinrassig, weißt du.«

»Nein! Aber er ist ein liebes Tier«, und sie bückte sich, den Hund zu streicheln. Sanft und geschmeidig, mit ihrem dunklen bloßen Kopf und leicht gebräunten Hals und Händen, schien sie Val seltsam lieblich, wie etwas, das er nie zuvor gekannt.

»Als Großvater starb«, sagte sie, »wollte er zwei Tage nichts fressen. Er sah ihn sterben, weißt du.«

»War das Onkel Jolyon? Mutter sagt immer, er war ein Prachtmensch.«

»Das war er«, sagte Holly einfach und öffnete die Stalltür.

In einer Box sah er einen Silberschimmel mit langem schwarzen Schweif und Mähne. »Das ist meiner – meine Fee.«

»Ah«, sagte Val, »ein schönes Reitpferd. Aber du müsstest ihr den Schweif stutzen. Das würde viel besser aussehen.« Als er jedoch ihren erstaunten Blick auffing, dachte er plötzlich: »Ich weiß gar nicht – was sie gern mag!« Er atmete tief die Stallluft ein. »Pferde sind fabelhaft, nicht? Mein Papa –« Er verstummte.

»Ja!«, sagte Holly.

Ein Drang, ihr sein Herz auszuschütten, überkam ihn beinahe. »Ach, ich weiß nicht, er hat oft draufgezahlt. Ich bin auch ganz schneidig beim Reiten und Jagen. Auch Wettrennen habe ich furchtbar gern; ich wäre am liebsten Herrenreiter.« Er vergaß, dass er nur noch einen Tag in der Stadt, mit zwei Verabredungen hatte und platzte heraus:

»Weißt du was, ich miete mir morgen einen Gaul, willst du einen Ritt im Richmondpark mit mir machen?«

Holly klatschte in die Hände.

»Ach ja! Ich reite zu gern. Aber da ist Jollys Pferd, weshalb willst du das nicht reiten? Hier steht es. Wir könnten nach dem Tee fort.«

Val blickte zweifelnd auf seine Hosenbeine. Er wäre gern in tadellos hohen, braunen Schnürstiefeln vor sie hingetreten.

»Ich möchte sein Pferd nicht gern reiten«, sagte er. »Vielleicht mag er es nicht. Außerdem will Onkel Soames zurück, glaube ich. Ich stehe nicht etwa unter seiner Fuchtel, weißt du. Du hast wohl keinen Onkel, wie? Das ist übrigens ein schönes Tier«, fügte er hinzu, indem er Jollys Pferd, einen dunklen Braunen, untersuchte, der das Weiße in seinen Augen zeigte. »Ihr habt wohl keine Jagd hier, vermute ich?«

»Nein, ich habe auch kein Verlangen auf die Jagd zu gehen. Es muss schrecklich aufregend sein, natürlich, aber es ist grausam, findest du nicht? June sagt es auch.«

»Grausam!«, rief Val aus. »Ach, das ist ja Unsinn. Wer ist June?«

»Meine Schwester – das heißt meine Halbschwester, weißt du, sie ist viel älter als ich.« Sie hatte mit beiden Händen den Kopf von Jollys Pferd umfasst und rieb ihre Nase mit einem leise schnuppernden Geräusch gegen die seine, was eine hypnotisierende Wirkung auf das Tier auszuüben schien. Val blickte auf ihre Wange, die auf der Nase des Pferdes ruhte und auf ihre Augen, die ihn leuchtend anschauten. »Sie ist wirklich ein reizendes Mädel«, dachte er.

Sie kehrten weniger gesprächig zum Hause zurück, diesmal begleitet von dem Hunde Balthasar, der langsamer ging denn je und offenbar erwartete, dass sie die Grenze seiner Schnelligkeit nicht überschreiten würden.

»Das hier ist ein riesig netter Platz«, sagte Val unter dem Eichenbaum, wo sie innehielten, um den Hund Balthasar herankommen zu lassen.

»Ja«, sagte Holly und seufzte. »Aber natürlich möchte ich gern in die weite Welt gehen. Ich wünschte, ich wär' eine Zigeunerin.«

»Ja, Zigeunerinnen sind famos«, erwiderte Val mit einer Überzeugung, die ihm eben gekommen war; »du bist beinah wie eine, weißt du.«

Hollys Gesicht glänzte plötzlich wie dunkle Blätter, vom Sonnenschein vergoldet.

»Ganz toll überall umherzuschweifen, alles zu sehen und im Freien zu leben, – ach, wäre das nicht ein Spaß?«

»Lass es uns tun«, sagte Val.

»Ach, ja, das wollen wir!«

»Es wäre großartig, nur du und ich!«

Plötzlich aber kam Holly das Sonderbare darin zum Bewusstsein und sie errötete.

»Ja, einmal müssen wir das machen«, sagte Val hartnäckig, errötete aber ebenfalls. »Was man gern möchte, soll man auch tun, finde ich. Was ist das dort unten?«

»Der Obstgarten, und der Teich und das Wäldchen und die Meierei ...«

»Wollen wir dahin gehen?«

Holly blickte auf das Haus zurück.

»Es ist Teezeit, glaube ich, da winkt Papa schon.«

Val stieß einen knurrenden Ton aus und folgte ihr in das Haus.

Als sie wieder in die Halle traten, hatte der Anblick der zwei ältlichen Forsytes beim Teetrinken eine magische Wirkung, und sie wurden ganz schweigsam. Es war in der Tat ein eindrucksvolles Schauspiel. Die beiden saßen nebeneinander auf einer Bank, die aussah wie aus drei mattrosa Stühlen gemacht, und hatten einen niedrigen Teetisch vor sich. Sie schienen sich so weit voneinander gesetzt zu haben wie die Bank es erlaubte, um sich nicht zu oft ansehen zu müssen, und sie aßen und tranken mehr, als sie sprachen – Soames mit verächtlicher Miene, als verachte er den Teekuchen, den er verzehrte, Jolyon ein wenig über sich selbst belustigt. Dem zufälligen Zuschauer wäre keiner von beiden gierig erschienen, aber beide leisteten doch Beträchtliches im Essen. Nachdem die beiden jungen Leute mit allem versehen waren, ging der Prozess schweigend und geschäftig vor sich, bis Jolyon, als sie bei den Zigaretten angelangt waren, zu Soames sagte:

»Und wie geht es Onkel James?«

»Danke, er ist sehr klapprig.«

»Wir sind doch eine wunderbare Familie, nicht wahr? Neulich rechnete ich das Durchschnittsalter der zehn alten Forsytes nach der Familienbibel meines Vaters aus. Es kam schon auf vierundachtzig, und fünf sind noch am Leben. Sie werden wohl den Rekord schlagen.« Und mit einem launigen Blick auf Soames fügte er hinzu: »Wir sind nicht, wie sie waren, weißt du.«

Soames lächelte. »Glaubst du wirklich, ich würde zugeben, dass ich nicht bin wie sie«, schien er sagen zu wollen, »oder dass ich irgendetwas, vor allem das Leben, aufgeben würde?«

»Wir könnten vielleicht ihr Alter erreichen«, fuhr Jolyon fort, »aber Selbsterkenntnis ist ein Nachteil, weißt du, und das ist der Unterschied zwischen uns. Wir haben die Überzeugung verloren. Wie und wann Selbsterkenntnis entstanden ist, habe ich nie ausfindig machen können. Mein Vater hatte ein wenig, aber glaube nicht, dass einer der alten Forsytes jemals die geringste Spur davon besaß. Sich selbst nie zu sehen, wie andere einen sehen, ist ein wundervolles Selbsterhaltungsmittel. Die ganze Geschichte des letzten Jahrhunderts liegt in dem Unterschied zwischen uns. Und zwischen uns und euch«, fügte er hinzu und schaute durch einen Rauchring auf Val und Holly, denen unbehaglich zumute war unter seinem spöttischen Blick, »wird – ein anderer Unterschied sein. Ich bin begierig, welcher.«

Soames zog seine Uhr.

»Wir müssen gehen«, sagte er, »wenn wir unsern Zug erreichen wollen.«

»Onkel Soames verfehlt nie einen Zug«, murmelte Val mit vollem Munde.

»Warum sollte ich auch?«, erwiderte Soames einfach.

»Oh, ich weiß nicht«, brummte Val, »andere Leute tun es.«

An der Haustür hielt er Hollys schlanke, braune Hand lange mit verstohlenem Drucke fest.

»Schau morgen nach mir aus«, flüsterte er, »um drei Uhr. Ich warte auf der Landstraße, da sparen wir Zeit. Wir werden einen fabelhaften Ritt machen.« Er schaute vom Parktor zurück und hätte ihr, wenn nicht seine Grundsätze als Städter ihn gehindert hätten, mit der Hand zugewinkt. Er war nicht in der Stimmung, eine Unterhaltung mit seinem Onkel zu ertragen. Aber es war für ihn nichts zu befürchten. In Gedanken vertieft bewahrte Soames völliges Schweigen.

Die gelben Blätter fielen auf die beiden herab, als sie die Strecke hinuntergingen, die Soames in jenen längst vergangenen Tagen so oft zurückgelegt hatte, wenn er herausgekommen war, um mit heimlichem Stolz den Bau des Hauses zu beobachten – des Hauses, das ein Heim für ihn und sie hatte werden sollen, von der er jetzt freizukommen trachtete. Einmal blickte er zurück, den endlosen herbstlichen Weg zwischen den gilbenden Hecken hinauf. Welch eine Ewigkeit war das her! »Ich will sie nicht sehen«, hatte er zu Jolyon gesagt. »War das wahr? Ich werde es wohl müssen«, dachte er und es durchschauerte ihn, einer jener seltsamen Schauer, von denen man sagt, dass sie Vorboten des Todes seien. Eine frostige Welt! Eine sonderbare Welt! Und mit einem Blick auf seinen Neffen neben ihm dachte er: »Ich wollte, ich wäre in seinem Alter! Wie mag sie jetzt nur sein?«

8. Jolyon tritt sein Amt als Testamentsvollstrecker an

Als jene beiden gegangen waren, kehrte Jolyon nicht zu seiner Malerei zurück, denn das Tageslicht nahm ab, sondern er ging ins Lesezimmer, da er unbewusst eine Wiederholung jener flüchtigen Vision erhoffte, in der er seinen Vater in dem alten braunen Lederstuhl mit übereinandergeschlagenen Beinen, die ernsten Augen unter der Kuppel seiner massiven Stirn, emporblicken gesehen hatte. In dem kleinen Zimmer, dem gemütlichsten im ganzen Hause, suchte Jolyon oft einen Augenblick der Vereinigung mit seinem Vater. Zwar glaubte er keineswegs an ein Fortbestehen des menschlichen Geistes – das Gefühl war nicht sehr logisch – sondern es war eher eine atmosphärische Wahrnehmung wie ein Duft, oder eine jener starken, lebendigen Eindrücke von Formen oder Lichtwirkungen, für die Künstleraugen besonders empfänglich sind. Nur hier – in diesem kleinen unveränderten Zimmer, wo sein Vater die meisten seiner wachen Stunden zugebracht hatte, konnte sich das Gefühl wieder einstellen, dass er nicht ganz fort war, dass seine vernünftigen Ratschläge und die Wärme seines alles beherrschenden liebevollen Wesens noch gegenwärtig waren.

Was würde sein Vater bei dem plötzlichen Aufleben dieser alten Tragödie jetzt wohl raten – was würde er zu der Bedrohung Irenens sagen, zu der er in den letzten Wochen seines Lebens eine solche Zuneigung gefasst hatte? »Ich muss für sie tun, was ich kann«, dachte Jolyon, »er stellte sie unter meinen Schutz in seinem Testament. Aber was kann ich für sie tun?«

Und als suche er die Weisheit, das Gleichgewicht und die gesunde Vernunft dieses greisen Forsyte zu erlangen, setzte er sich in den alten Sessel und schlug die Beine übereinander. Aber er fühlte sich als bloßer Schatten dessen, der dort gesessen hatte, und es kam keine Erleuchtung, während die Finger des Windes an die dunkelnden Scheiben des Fensters klopften.

»Sie aufsuchen?«, dachte er. »Oder sie bitten, hier herauszukommen? Wie mag ihr Leben gewesen sein? Wie mag es jetzt sein? Widerwärtig, diese Dinge jetzt aufs Neue aufzuwühlen.« Wieder sah er die Gestalt seines Vetters, die Hand auf der Haustür von einem zarten Olivgrün,

lebhaft vor sich, wie eine jener Figuren altmodischer Uhren, die hervor-
springen, wenn die Stunde schlägt; und in Jolyons Ohren tönten die
Worte: »Ich besorge meine Angelegenheiten allein. Ich sagte Ihnen bereits
– ich sage es Ihnen noch einmal, wir sind nicht zu sprechen«, klarer als
irgendein Glockenspiel. Die Abneigung, die er damals gegen Soames
gefühlt, gegen sein blasses, glatt rasiertes Gesicht voll geistiger Verbissen-
heit, gegen seine hagere, eckige, gewandte Gestalt – er schien ihm wie
ein Hund, der über einen Knochen gebeugt ist, den er nicht hinunter-
würgen kann, aber auch nicht loslassen will – regte sich jetzt aufs Neue,
sogar in noch stärkerem Maße. »Ich mag ihn nicht«, dachte er, »er ist
mir in tiefster Seele zuwider. Und das ist gut, das wird es mir erleichtern,
seine Frau zu schützen.« Halb Künstler und halb Forsyte, war Jolyon
durchaus kein Freund von Streitigkeiten. Wenn er nicht gereizt wurde,
passte die klassische Beschreibung jener Hündin, die »lieber davonlief
als kämpfte«, völlig auf ihn. Er lächelte leise in seinen Bart. Welche Ironie,
dass Soames hier herausgekommen war – in dies Haus, das für ihn selbst
gebaut war! Wie er die Trümmer seiner ehemaligen Pläne angestarrt,
wie er gegafft hatte, verstohlen Wände und Treppenhaus beschnüffelt,
und alles abgeschätzt hatte! Und unwillkürlich dachte Jolyon: »Ich glaube,
der Mann würde selbst jetzt noch gern hier leben. Er kann die Sehnsucht
nach etwas, das er einst besessen, niemals aufgeben! Nun, ich muss
handeln, irgendwie, aber es ist lästig – sehr, sehr lästig!«

Spätabends sandte er ein Schreiben nach der Wohnung in Chelsea
und fragte an, ob Irene ihn sehen wolle.

Das alte Jahrhundert, das die Pflanze des Individualismus so wunderbar
hatte blühen sehen, verhüllten schwefelfarbene Wolken kommender
Stürme. Die Lebhaftigkeit des Londoner Getümmels wurde am Schluss
der Sommerferien durch Kriegsgerüchte noch erhöht. Und die Straßen
hatten für Jolyon, der nicht oft in die Stadt kam, etwas Fieberhaftes, das
von diesen neuen Motorrädern und Wagen herrührte, die er vom ästhetischen Standpunkt aus missbilligte. Er zählte diese Vehikel von seiner
Droschke aus und kam zu einem Verhältnis von eins zu zwanzig. »Vor
einem Jahre etwa war es eins zu dreißig«, dachte er, »sie werden sich
behaupten. Umso mehr Rädergerassel und Gestank« – denn er war einer
jener ziemlich seltenen Liberalen, die gegen alles Neue sind, wenn es eine
materielle Gestalt annimmt; und er hieß seinen Kutscher rasch zum Fluss
hinunterfahren, fort aus dem Getriebe; er hatte Lust durch die mildernde
Wand der Platanen aufs Wasser zu sehen. Bei dem kleinen Häuserblock

einige fünfzig Meter vom Ufer entfernt, ließ er den Wagen warten und ging in das erste Stockwerk hinauf.

Ja, Mrs. Heron war zu Hause.

Die Wirkung eines gesicherten, wenn auch sehr bescheidenen Einkommens fiel ihm sofort auf, als er sich der fadenscheinigen Vornehmheit der kleinen Wohnung vor acht Jahren erinnerte, wo er ihr die Nachricht von ihrem Glück gebracht hatte. Alles sah jetzt frisch und zierlich aus, und duftete nach Blumen. Vorherrschend waren silbrige Töne mit einem Anflug von Schwarz, Hortensienfarbe und Gold. »Eine Frau mit viel Geschmack«, dachte er. Die Zeit hatte es gut gemeint mit Jolyon, denn er war ein Forsyte. An Irene aber schien sie fast spurlos vorüberzugehen – wenigstens war das sein Eindruck. In dem Gewand aus maulwurffarbenem Velvet, mit den sanften dunklen Augen und dunkel goldenem Haar, die Hand ausgestreckt und einem leisen Lächeln auf den Lippen, schien sie ihm nicht einen Tag älter geworden.

»Wollen Sie nicht Platz nehmen?«

Wohl niemals hatte er mit einem Gefühl größerer Verwirrung auf einem Stuhl gesessen.

»Sie sehen völlig unverändert aus«, sagte er.

»Und Sie sehen jünger aus, Vetter Jolyon.«

Jolyon strich sich durchs Haar, dessen Dichtheit immer noch ein Trost für ihn war.

»Ich bin alt, aber ich empfinde es nicht. Ein Gutes hat das Malen, es hält einen jung. Tizian lebte bis zu neunundneunzig Jahren, und es musste eine Pest kommen, um ihn dahinzuraffen. Wissen Sie, das erste Mal, als ich Sie sah, musste ich an ein Bild von ihm denken.«

»Wann sahen Sie mich zum ersten Mal?«

»Im botanischen Garten.«

»Woran erkannten Sie mich, wenn Sie mich nie zuvor gesehen hatten?«

»An jemand, der auf Sie zukam.« Er blickte sie fest an, aber ihr Gesicht veränderte sich nicht, und sie sagte still:

»Ja, vor Ewigkeiten.«

»Welches ist Ihr Rezept für Jugend, Irene?«

»Leute, die nicht leben, halten sich wunderbar.«

Hm! Ein bitterer Ausspruch! Leute, die nicht leben! Aber es war eine Einleitung, und er benutzte sie. »Sie erinnern sich meines Vetters Soames?«

Er sah sie leise lächeln bei dieser wunderlichen Frage und fuhr fort: »Er besuchte mich vorgestern! Er wünscht eine Scheidung. Sie auch?« »Ich?« Sie schien etwas bestürzt. »Nach zwölf Jahren? Es ist etwas spät. Wird es nicht schwierig sein?«

Jolyon schaute sie fest an. »Es sei denn –«, sagte er.

»Es sei denn, dass ich jetzt einen Geliebten habe. Aber ich habe seitdem nie einen gehabt.«

Was empfand er bei der Schlichtheit und Aufrichtigkeit dieser Worte? Erleichterung, Überraschung, Mitleid? Venus zwölf Jahre lang ohne einen Liebhaber!

»Und doch«, sagte er, »ich vermute, Sie würden ebenfalls viel darum geben, frei zu sein.«

»Ich weiß nicht. Was liegt jetzt daran?«

»Aber wenn Sie wieder lieben sollten?«

»Würde ich lieben.«

In dieser einfachen Antwort schien sie die ganze Philosophie eines Menschen zusammenzufassen, von dem die Welt sich abgekehrt hatte.

»Aber wünschen Sie, dass ich ihm irgendetwas ausrichten soll?«

»Nur, dass es mir leidtut, ihn nicht frei zu wissen. Einst hatte er eine Gelegenheit dazu. Ich weiß nicht, weshalb er sie nicht benutzte.«

»Weil er ein Forsyte ist; wir trennen uns nie von etwas, wie Sie wissen, wenn wir nicht anderes an dessen Stelle wünschen; und auch dann nicht immer.«

Irene lächelte. »Sie auch nicht, Vetter Jolyon? – Ich glaube doch, Sie täten es.«

»Natürlich, den ich bin so ein Mischling – kein ganz reiner Forsyte. Ich ziehe die Groschen nie von meinem Scheck ab, ich rechne sie dazu«, sagte Jolyon unsicher.

»Und was wünscht Soames nun an meiner statt?«

»Ich weiß es nicht, vielleicht Kinder.«

Sie schwieg eine Weile und blickte vor sich hin.

»Ja«, murmelte sie, »es ist hart. Ich würde ihm helfen, frei zu werden, wenn ich könnte.«

Jolyon starrte in seinen Hut, seine Verwirrung steigerte sich rasch, ebenso jedoch seine Bewunderung, sein Staunen und sein Mitleid. Sie war so reizend, und so einsam, und es war alles solch ein Wirrsal!

»Gut«, sagte er, »ich werde mit Soames reden müssen. Wenn ich irgendetwas für Sie tun kann, stehe ich stets zu Ihrer Verfügung. Sie müssen mich als einen unzulänglichen Vertreter meines Vaters betrachten. Auf alle Fälle werde ich Sie wissen lassen, was geschieht, nachdem ich mit Soames gesprochen habe. Er sorgt vielleicht selbst für das Material.«

Sie schüttelte den Kopf.

»Sie sehen, er hat viel zu verlieren, und ich nichts. Ich sähe ihn gern frei, aber ich weiß nicht, was ich tun kann.«

»Noch ich, für den Augenblick«, sagte Jolyon und verabschiedete sich bald darauf. Er ging zu seinem Wagen hinunter. Halb vier, Soames würde noch in seinem Büro sein.

»Poultry«, rief er durch die Klappe. Vor dem Parlament und in Whitehall riefen Zeitungsverkäufer aus: »Ernste Lage in Transvaal!«, aber die Rufe berührten ihn kaum, so vertieft war er in die Erinnerung an dieses so schöne Antlitz, ihren sanften dunklen Blick und die Worte: »Ich habe seitdem nie einen gehabt.« Was in aller Welt fängt solch eine Frau mit einem so eingedämmten Leben an? Einsam, unbeschützt, jeder Mann gegen sie oder eher – bereit, die Hand auszustrecken, um bei dem geringsten Zeichen zuzugreifen. Und Jahr um Jahr lebte sie auf diese Weise!

Das Wort »Poultry« an der Straßenecke brachte ihn zur Wirklichkeit zurück.

»Forsyte, Bustard und Forsyte« in schwarzen Lettern auf einem erbsen-suppenfarbenen Grund spornten ihn zu einer Art von Kraftaufwand an und er stieg die Steintreppe hinauf. »Muffige, modrige Gesellschaft«, murmelte er, »aber wir können ohne sie nicht fertig werden.«

»Ich möchte zu Mr. Forsyte«, sagte er zu dem Boy, der die Tür öffnete.

»Wen darf ich melden?«

»Mr. Jolyon Forsyte.«

Der Junge sah ihn neugierig an, da er nie einen Forsyte mit einem Bart gesehen hatte, und verschwand.

Die Büros von »Forsyte, Bustard und Forsyte« hatten langsam die Büros von »Tooting und Bowles« aufgesogen und nahmen jetzt das ganze erste Stockwerk ein. Die Firma bestand jetzt nur aus Soames und einer Anzahl von Angestellten und Schreibern. Der völlige Austritt von James vor sechs Jahren hatte das Geschäft in schnelleren Fluss gebracht, das noch mehr zu prosperieren anfing, als Bustard ausschied. Viele glaubten, er sei durch den langwierigen Prozess »Fryer contra Forsyte« so zerrüttet worden, sodass er immer ungeeigneter wurde, seinen Klienten von Nutzen zu sein. Soames mit seiner gesunderen Beurteilung von

Tatsachen hatte sich nie dadurch verstimmen lassen, sondern im Gegenteil längst gemerkt, dass die Vorsehung ihn dabei dauernd mit zweihundert Pfund netto im Jahr beschenkt hatte und – warum auch nicht?

Als Jolyon eintrat, war sein Vetter damit beschäftigt, eine Liste des Bestandes in Konsols aufzustellen, die sofort auf den Markt zu werfen, bevor andere Gesellschaften es ebenfalls taten, er angesichts der Kriegsgerüchte seinen Teilhabern raten wollte. Mit einem Seitenblick wandte er sich um und sagte:

»Wie geht es dir? Eine Minute nur. Setze dich, bitte.« Und nachdem er drei Beträge eingetragen und ein Lineal darauf gelegt hatte, um die Stelle zu bezeichnen, drehte er sich zu Jolyon um, während er an der Spitze seines platten Zeigefingers nagte.

»Nun?«, fragte er.

»Ich habe sie gesehen.«

Soames runzelte die Stirn.

»Und?«

»Sie ist dem Andenken treu geblieben.«

Nachdem er das gesagt hatte, schämte Jolyon sich. Eine dunkle gelbliche Röte war seinem Vetter ins Gesicht gestiegen. Was hatte ihn veranlasst, den armen Kerl zu kränken! »Ich wollte dir sagen, dass es ihr leidtut, dich nicht frei zu wissen. Zwölf Jahre sind eine lange Zeit. Du kennst das Gesetz und welche Chance es dir gibt besser als ich.« Soames ließ ein sonderbares leises Knurren hören, und sie schwiegen eine volle Minute. »Wie Wachs«, dachte Jolyon, indem er das verschlossene Gesicht beobachtete, dessen Röte rasch gewichen war. »Er wird mir nie zeigen, was er denkt oder zu tun gewillt ist. Wie Wachs!« Und er richtete seinen Blick auf einen Plan der blühenden Stadt »By-Street on Sea«, auf deren zukünftige Entfaltung die nach Besitz strebenden Klienten seiner Firma an der Wand dort aufmerksam gemacht wurden. Ein sonderbarer Gedanke durchzuckte ihn: »Ob ich wohl eine Kostenrechnung für dies hier bekomme – Empfang Mr. Jolyon Forsytes in Sachen meiner Scheidung, Anhören seines Berichts über den Besuch bei meiner Frau und meinen Rat, nochmals zu ihr zu gehen, sechzehn Shilling und acht Pence.«

Plötzlich sagte Soames: »Es kann nicht so weitergehen. Ich sage dir, es kann so nicht weitergehen.« Seine Augen liefen unruhig hin und her wie die eines Tieres, das einen Ausweg zur Flucht sucht. »Er leidet wirklich«, dachte Jolyon; »das darf ich nicht vergessen, weil ich ihn zufällig nicht mag.«

»Freilich«, sagte er, »es hängt alles von dir ab. Ein Mann kann solche Dinge immer durchsetzen, wenn er es auf sich nehmen will.«

Mit einem Ton, der irgendwoher aus der Tiefe zu kommen schien, wandte Soames sich jäh nach ihm um.

»Weshalb soll ich mehr leiden, als ich schon gelitten habe? Weshalb?«

Jolyon konnte nur die Achseln zucken. Sein Verstand zwang ihn, ihm beizustimmen, sein Gefühl aber lehnte sich dagegen auf, er hätte nicht sagen können warum.

»Dein Vater«, fuhr Soames fort, »interessierte sich für sie – Gott weiß weshalb! Und ich vermute, du tust es ebenfalls?« Er blickte Jolyon scharf an. »Es will mir scheinen, als habe man nur einem andern Menschen Unrecht zu tun, um die Sympathie aller zu gewinnen. Ich weiß nicht, worin ich zu tadeln war – ich habe es nie gewusst. Ich behandelte sie stets gut. Ich gab ihr alles, was sie nur wünschen, konnte. Ich bedurfte ihrer.«

Wieder zwang Jolyon die Vernunft ihm beizupflichten, wieder schüttelte sein Gefühl den Kopf. »Wie kommt das?«, dachte er. »Es muss etwas in mir nicht richtig sein. Doch wenn es so ist, möchte ich lieber unrecht haben, als recht.«

»Schließlich«, sagte Soames mit förmlich finsterem Grimm, »war sie doch meine Frau.«

Blitzartig durchfuhr Jolyon der Gedanke: »Das ist's! Besitz! Wir alle besitzen ja Gegenstände. Aber – menschliche Wesen!«

»Du musst dich an Tatsachen halten«, sagte er trocken, »oder vielmehr an das Fehlen derselben.«

Soames warf ihm abermals einen raschen argwöhnischen Blick zu.

»Das Fehlen derselben?«, sagte er. »Ja, aber ich bin nicht so sicher.«

»Verzeih«, erwiderte Jolyon. »Ich habe dir mitgeteilt, was sie sagte. Es war deutlich.«

»Meine Erfahrungen erlauben mir nicht, ihren Worten blindes Vertrauen zu schenken. Wir werden sehen.«

Jolyon erhob sich.

»Lebwohl«, sagte er kurz.

»Lebwohl«, erwiderte Soames; und Jolyon ging hinaus mit dem Versuch, den halb erschreckten, halb drohenden Blick im Gesicht seines Vetters zu verstehen. In erregter Gemütsverfassung, als sei er in moralischer Beziehung zutiefst verletzt worden, begab er sich zur Waterloo Station; und den ganzen Weg im Zuge dachte er an Irene in ihrer einsamen Wohnung, an Soames in seinem einsamen Büro und an den seltsamen, lähmenden Zwang, der auf dem Leben der beiden lastete. »In Fesseln!«, dachte er. »Der Hals beider in Fesseln – und ihrer war so schön!«

9. Val erfährt die Wahrheit

Das Einhalten von Verabredungen war bis jetzt im Leben Val Darties noch kein vorstechender Zug, sodass, da er sonst zwei versäumte und eine innehielt, ihn, wenn überhaupt etwas, dies letztere umso mehr überraschte, als er nach seinem Ritt mit Holly von Robin Hill langsam nach der Stadt zurücktrabte. Er hatte sie hübscher gefunden als gestern auf ihrem Silberschimmel, dem »Zelter« mit dem langen Schweif; und in der nebligen Oktoberdämmerung der Vorstädte Londons schien es ihm, als wären seine Stiefel das einzig Helle gewesen ihres zweistündigen Beisammenseins. Er zog seine neue goldene Uhr hervor – ein Geschenk von James – sah aber nicht nach der Zeit, sondern betrachtete Teile seines Gesichts in der glänzenden Innenseite des geöffneten Gehäuses. Er hatte augenblicklich ein Pickel über seiner Augenbraue, und das wurmte ihn, weil es ihr missfallen haben musste. Crum hatte niemals Pickel. Zugleich mit Crum sah er die Szene im »Pandemonium« wieder vor sich. Heute hatte er nicht den leisesten Wunsch gehabt, Holly über seinen Vater Enthüllungen zu machen. Seinem Vater fehlte es an Poesie, die sich zum ersten Mal in seinen neunzehn Jahren in ihm regte. Das »Liberty« mit Cynthia Dark, dieser beinah mythischen Verkörperung holden Liebreizes, das »Pandemonium« mit der Frau unbestimmten Alters – beides schien Val, der eben erst von seiner neuen, scheuen, dunkelhaarigen jungen Cousine gekommen war, völlig »abgetan«. Sie ritt auch »riesig« gut, sodass es umso schmeichelhafter für ihn war, die Führung bei den langen Galopps im Richmondpark übernehmen zu dürfen, obwohl sie ihn so viel besser kannte als er. Als er sich alles das wieder vorstellte, verdross ihn die Armseligkeit seiner Sprache; er fühlte, dass er »allerhand riesig forsche Dinge« sagen könnte, wenn er nur wieder Gelegenheit dazu hätte, und der Gedanke, dass er am nächsten Morgen ohne die leiseste Aussicht, sie vorher wiederzusehen, nach Littlehampton zurück, und am zwölften nach Oxford musste – zu dem »ekligen Examen« noch dazu –, verdüsterte sein Gemüt rascher als die Dunkelheit, die sich über den Abend senkte. Aber er wollte ihr schreiben, und sie hatte versprochen, zu antworten.

Vielleicht sogar würde sie auch nach Oxford kommen, ihren Bruder zu besuchen. Dieser Gedanke war wie der erste Stern, der aufging, als er zu Padwicks Mietsställen in der Nähe des Sloane Square ritt.

Er stieg ab und reckte sich wohlig, denn er war gut einige fünfundzwanzig Meilen geritten. Der Dartie in ihm trieb ihn, fünf Minuten mit dem jungen Padwick wegen des Favoriten zum Cambridgerennen zu verhandeln, dann ging er mit den Worten: »Schreiben Sie den Gaul auf meine Rechnung«, mit etwas gespreizten Knien davon, indem er mit seinem knotigen Stock an seine Stiefel klopfte. »Ich habe nicht die geringste Lust auszugehen«, dachte er. »Bin neugierig, ob Mutter an meinem letzten Abend Sekt spendieren wird!« Mit »Sekt« und seinen Erinnerungen konnte er einen häuslichen Abend schon vertragen.

Als er untadelig nach seinem Bad herunterkam, fand er seine Mutter in einem ausgeschnittenen Abendkleid und, zu seinem Ärger, Onkel Soames vor. Sie unterbrachen ihr Gespräch, als er eintrat, dann sagte sein Onkel:

»Wir wollen es ihm lieber sagen.«

Bei diesen Worten, die sicherlich irgendwie mit seinem Vater im Zusammenhang standen, war Holly sein erster Gedanke. War es irgendetwas Unangenehmes?

Seine Mutter begann: »Dein Vater«, sagte sie in ihrer vornehm bestimmten Art, während ihre Finger verlegen an einem Stück seegrünen Brokat zupften, »dein Vater, mein lieber Junge, hat – ist nicht in Newmarket, er ist auf dem Weg nach Südamerika. Er – er hat uns verlassen.«

Val blickte von ihr zu Soames. Sie verlassen! War er traurig? Liebte er seinen Vater? Ihm schien, dass er es nicht wusste. Dann plötzlich – als spüre er einen Duft von Gardenien und Zigarren vor sich – krampfte sein Herz sich zusammen, und er *war* traurig. Ein Vater gehörte zu einem, konnte nicht auf diese Art fortgehen – das ging nicht an. Er war auch nicht immer der »Falott« aus dem »Pandemonium« gewesen. Ihm kamen köstliche Erinnerungen an Schneider und Pferde, Tips in der Schule und freigebige Güte, wenn er Glück gehabt hatte.

»Aber weshalb?«, sagte er. Dann aber tat es ihm leid, gefragt zu haben. Der Ausdruck im Gesicht seiner Mutter war ganz verstört, und er rief:

»Schon gut, Mutter, sage es nicht! Nur, was bedeutet das?«

»Eine Scheidung, Val, fürchte ich.«

Val brummte leise und warf einen schnellen Blick auf seinen Onkel – diesen Onkel, auf den, als Gewähr gegen die Folgen einen Vater zu haben, sogar gegen das Dartieblut in seinen Adern, zu blicken man ihn gelehrt hatte. Es zuckte in dem schmalwangigen Gesicht, und das beunruhigte ihn.

»Es wird doch nicht öffentlich sein, nicht wahr?«

Lebhaft erinnerte er sich, wie er selbst mit eigenen Augen die geschmacklosen Details manchen Scheidungsprozesses in der Zeitung verschlungen hatte.

»Kann es nicht irgendwie im Stillen abgemacht werden? Es ist so – so widerwärtig für – für Mutter und – und uns alle.«

»Es wird alles so unauffällig wie möglich gemacht werden, darauf kannst du dich verlassen.«

»Ja, aber weshalb ist es denn überhaupt notwendig? Mutter wird nicht wieder heiraten wollen.«

Er selbst, die Mädchen, ihr Name besudelt vor seinen Schulgefährten und vor Crum, vor den Studenten in Oxford, vor – Holly! Unerträglich! Was war dabei gewonnen?

»Nicht wahr, Mutter?«, sagte er scharf.

Nachdem sie durch ihn, den sie am meisten liebte auf Erden, über die eigenen Gefühle zur Klarheit gekommen war, erhob sich Winifred von dem Empiresessel, auf dem sie gesessen. Sie sah, dass ihr Sohn gegen sie sein würde, wenn ihm nicht alles gesagt wurde; und doch, wie sollte sie es ihm sagen? Und immer noch an dem grünen Brokat zupfend, starrte sie Soames an. Val starrte ihn ebenfalls an. Sicherlich konnte er, die Verkörperung des Anstands und des Sinns für Besitz, nicht wünschen, solche Schande über seine Schwester zu bringen!

Soames strich mit einem kleinen ziselierten Papiermesser langsam über die glatte Oberfläche eines Tisches mit eingelegter Arbeit und begann, ohne seinen Neffen anzusehen:

»Du weißt nicht, was deine Mutter in diesen zwanzig Jahren zu ertragen hatte. Dies ist nur der letzte Tropfen, der den Becher zum Überlaufen brachte, Val.« Und mit einem Blick auf Winifred, fügte er hinzu:

»Soll ich's ihm sagen?«

Winifred schwieg. Sagte man es ihm nicht, würde er gegen sie sein! Allein wie schrecklich, solche Dinge von dem eigenen Vater zu erfahren! Sie presste die Lippen zusammen und nickte.

Soames sprach mit schneller, gleichmäßiger Stimme:

»Er ist stets eine Last für deine Mutter gewesen. Sie hat immer wieder seine Schulden bezahlt; er ist oft betrunken gewesen, hat sie oft hintergangen und bedroht; und jetzt ist er mit einer Tänzerin nach Buenos Aires gegangen.« Und als misstraue er der Wirkung dieser Worte auf den Knaben, fuhr er rasch fort:

»Er nahm die Perlen deiner Mutter, um sie ihr zu geben.«

Vals Hand zuckte! Bei diesem Anzeichen von innerer Qual rief Winifred:

»Genug, Soames – hör auf!«

In dem Knaben kämpften der Forsyte und der Dartie miteinander. Für Schulden, Trinken, Tänzerinnen hatte er eine gewisse Sympathie, aber die Perlen – nein! Das war zu viel! Und plötzlich fühlte er, dass seine Mutter ihm die Hand drückte.

»Du siehst«, hörte er Soames sagen, »wir können nicht wieder alles von vorn beginnen lassen. Es gibt eine Grenze; wir müssen das Eisen schmieden, solange es heiß ist.«

Val machte seine Hand frei.

»Aber – du wirst doch nicht etwa – das mit den Perlen bekannt machen! Das ertrüge ich nicht – ich könnte es einfach nicht!«

Winifred rief:

»Nein, nein, Val – o nein! Es ist nur, um dir zu zeigen, wie unmöglich dein Vater ist!« Und sein Onkel nickte. Einigermaßen beruhigt nahm Val eine Zigarette heraus. Sein Vater hatte ihm dies dünne gewölbte Etui gekauft. Es war unerträglich – und gerade wo er nach Oxford sollte.

»Kann man Mutter nicht auf andere Weise schützen?«, sagte er. »Ich könnte auf sie achtgeben. Dann könnte es immer noch später geschehen, falls es durchaus notwendig sein sollte.«

Ein Lächeln spielte einen Augenblick um Soames' Lippen und ward bitter.

»Du weißt nicht, was du sprichst; nichts ist so fatal wie ein Aufschub in solchen Dingen.«

»Weshalb?«

»Ich sage dir, Junge, nichts ist so verhängnisvoll. Ich weiß das aus Erfahrung.«

Seine Stimme klang ungeduldig. Val sah ihn mit großen Augen an, da er seinen Onkel niemals irgendein Gefühl hatte ausdrücken sehen. Oh! Doch – jetzt erinnerte er sich – da war eine Tante Irene gewesen, und es war etwas geschehen, das ihm verheimlicht wurde; er hatte von seinem Vater einmal einen nicht wiederzugebenden Ausdruck über sie gehört.

»Ich möchte nicht schlecht über deinen Vater sprechen«, fuhr Soames mürrisch fort, »aber ich kenne ihn gut genug, um zu wissen, dass deine Mutter ihn wieder auf dem Halse hätte, ehe ein Jahr um ist. Du kannst dir vorstellen, was das für sie und für euch alle bedeuten würde, nachdem dies vorgefallen ist. Das Einzige ist, den Knoten völlig zu durchschneiden.«

Wider Willen machte es Eindruck auf Val, und als er das Gesicht seiner Mutter sah, kam er, vielleicht zum ersten Mal, zu der Einsicht, dass seine eigenen Gefühle nicht immer das Wesentliche waren.

»Gut! Mutter«, sagte er, »wir werden dir schon die Stange halten. Nur wüsste ich gern, wann es sein wird. Es ist mein erstes Semester weißt du. Ich möchte nicht gerade dort sein, wenn es so weit ist.«

»Ach, mein lieber Junge«, murmelte Winifred, »es ist *sehr* lästig für dich.« Aus alter Gewohnheit brauchte sie diese Redensart für das, was dem Ausdruck ihres Gesichtes nach ihr tiefster Kummer war. »Wann wird es sein, Soames?«

»Kann ich nicht sagen – vor Monaten nicht. Wir müssen erst die Wiederherstellung der ehelichen Gemeinschaft beantragen.«

»Was, zum Teufel, mochte das sein«, dachte Val. »Was für alberne rohe Gesellen diese Rechtsanwälte sind! Vor Monaten nicht! Eines aber ist sicher, ich bleibe zu Tisch nicht hier!« Und er sagte:

»Tut mir furchtbar leid, Mutter. Ich muss jetzt aber zum Essen fort.«

Obgleich es sein letzter Abend war, nickte seine Mutter beinah dankbar; sie beide fanden, dass sie im Ausdruck ihrer Gefühle weit genug gegangen waren.

Verstimmt und niedergeschlagen suchte Val die neblige Freiheit der Green Street auf. Und erst als er Piccadilly erreichte, entdeckte er, dass er nur achtzehn Pence bei sich hatte. Man konnte dafür kein Abendessen haben, und er war sehr hungrig. Sehnsüchtig blickte er zu den Fenstern des Iseeum Klubs empor, wo er oft aufs Beste mit seinem Vater gespeist hatte! Diese Perlen! Man konnte darüber nicht hinwegkommen! Allein je mehr er grübelte und je weiter er ging, desto hungriger ward er natürlich. Wenn er nicht wieder zurück nach Haus wollte, blieben ihm nur zwei Auswege, entweder zu seinem Großvater in Park Lane oder zu Onkel Timothy in der Bayswater Road zu gehen. Welches war das kleinere Übel? Bei seinem Großvater würde er vermutlich ein besseres Abendbrot bekommen, bei den Tanten gab es ein recht gutes Essen, wenn man erwartet wurde, sonst aber nicht. Er entschied sich für Park

Lane, denn der Gedanke, nach Oxford zu gehen, ohne dass sein Großvater Gelegenheit haben sollte, ihm etwas zuzustecken, war für sie beide nicht angenehm. Seine Mutter würde natürlich erfahren, dass er dort gewesen war, und es wohl merkwürdig finden, aber dagegen war eben nichts zu machen. Er klingelte.

»Hallo, Warmson, gibt's was zu essen für mich, was meinen Sie?«

»Sie gehen eben hinein, Master Val. Mr. Forsyte wird sich sehr freuen, Sie zu sehen. Er sagte gerade beim Frühstück, dass er Sie jetzt nie zu sehen bekomme.«

»Nun, da bin ich. Schlachten Sie das fette Kalb, Warmson, und dann müssen wir Sekt haben.«

Warmson lächelte leise – seiner Meinung nach war Val ein junger Teufelskerl. »Ich werde Mrs. Forsyte fragen, Master Val.«

»Ach was«, murrte Val und legte seinen Mantel ab, »ich bin kein Schulbub mehr, wissen Sie.«

Warmson, der nicht ohne Sinn für Humor war, öffnete die Tür neben dem Kleiderständer, Hirschgeweih aus Mahagoni, mit den Worten:

»Mr. Valerus, gnädige Frau.«

»Der Teufel hole ihn!«, dachte Val, als er eintrat.

Eine herzliche Umarmung und ein »Nun, Val!« von Emily, und ein ziemlich zittriges »Na, da bist du ja endlich!« von James gaben ihm seine Würde wieder.

»Weshalb meldetest du dich nicht an? Wir haben nur Hammelrücken. Champagner, Warmson«, sagte Emily. Dann gingen sie hinein.

James setzte sich an ein Ende des großen, bis aufs Äußerste verkürzten Speisetisches, unter den so viele vornehme Beine sich gestreckt hatten, Emily an das andere und zwischen sie Val, der die Einsamkeit seiner Großeltern, nachdem jetzt ihre vier Kinder ausgeflogen waren, deutlich empfand. »Hoffentlich werde ich lange, bevor ich so alt bin wie Großvater, ins Gras beißen«, dachte er. »Armer, alter Knabe, er ist dünn wie 'ne Hopfenstange!« Er dämpfte seine Stimme, so lange sein Großvater und Warmson über den Zucker in der Suppe verhandelten, und sagte zu Emily:

»Es geht toll zu bei uns zu Haus, Großmama. Ich vermute, du weißt –«

»Ja, lieber Junge.«

»Onkel Soames war da, als ich fortging. Sage mal, kann man nicht irgendetwas tun, um die Scheidung zu verhindern? Weshalb ist er so arg versessen darauf?«

»Pst, mein Lieber«, flüsterte Emily, »wir haben deinem Großvater nichts davon gesagt.«

James' Stimme ertönte vom andern Ende.

»Was ist das? Wovon sprecht ihr da?«

»Über Vals Studium«, erwiderte Emily. »Der junge Pariser war auch dort, James, du erinnerst dich doch – er sprengte später beinah die Bank von Monte Carlo.«

James murmelte, dass er nichts davon wisse – Val müsse dort oben selbst auf sich achtgeben, sonst würde er auf schlechte Wege geraten. Und er sah seinen Enkelsohn mit düsterm Blick an, in dem argwöhnisch Liebe schimmerte.

»Wovor ich mich fürchte«, sagte Val, auf seinen Teller blickend, »ist, in Geldverlegenheit zu kommen, weißt du.«

Er wusste instinktiv, dass der schwache Punkt des alten Mannes die Furcht war, seine Enkelkinder ungesichert zu sehen.

»Nun«, sagte James, wobei die Suppe in seinem Löffel überlief, »du wirst einen guten Zuschuss haben, aber du musst damit auskommen.«

»Natürlich«, murmelte Val, »wenn er genügend ist. Wie viel wird es sein, Großvater?«

»Dreihundertfünfzig; 's ist eigentlich zu viel. Ich besaß fast nichts in deinem Alter.«

Val seufzte. Er hatte auf vier gehofft und drei gefürchtet. »Ich weiß nicht, was dein junger Vetter hat«, sagte James, »er ist auch dort. Sein Vater ist ein reicher Mann.«

»Du nicht auch?«, fragte Val kühl.

»Ich?«, erwiderte James aufgeregt. »Ich habe so viele Ausgaben. Dein Vater –« Er verstummte.

»Vetter Jolyon hat ein riesig nettes Besitztum – ich war mit Onkel Soames dort – famose Ställe.«

»Ah!«, murmelte James. »Dies Haus – ich wusste, wie es kommen würde!« Und er versank in düsteres Nachdenken über seinen Fischgräten. Die Tragödie seines Sohnes, und der tiefe Zwiespalt, in den sie die Familie Forsyte gebracht, hatten noch die Macht, ihn in einen Wirbel von Zweifel und Besorgnis zu ziehen. Val, der darauf brannte, von Robin Hill zu sprechen, weil Robin Hill Holly bedeutete, wandte sich zu Emily und sagte:

»Ist es das Haus, das für Onkel Soames gebaut wurde?« Und als sie zustimmend nickte, fuhr er fort: »Erzähle mir doch davon, Großmama.«

Was ist aus Tante Irene geworden? Lebt sie noch? Er schien heute Abend schrecklich aufgeregt über irgendetwas.«

Emily legte den Finger auf ihre Lippen, aber James hatte das Wort Irene aufgefangen.

»Was ist das?«, sagte er mit einem Stück Hammelbraten dicht vor den Lippen. »Wer hat sie gesehen? Ich wusste, dass wir davon noch zu hören bekommen würden.«

»Ach, James«, sagte Emily, »iss doch ruhig weiter. Niemand hat jemand gesehen.«

James legte die Gabel hin.

»So bist du«, sagte er. »Ich könnte sterben, ehe du mir was sagst. Will Soames sich scheiden lassen?«

»Unsinn«, erwiderte Emily mit unvergleichlichem Aplomb; »Soames ist viel zu vernünftig.«

James griff in seinen langen weißen Backenbart am Halse, der nur Haut und Knochen war.

»Sie – sie war immer –«, sagte er, und mit dieser rätselhaften Bemerkung schloss die Unterhaltung, denn Warmson war zurückgekommen. Später jedoch, als dem Hammelrücken eine köstliche süße Speise und Dessert gefolgt war und Val einen Scheck von zwanzig Pfund und einen Kuss von seinem Großvater erhalten hatte, – einen Kuss wie kein anderer in der Welt, mit einer gewissen furchtsamen Plötzlichkeit verabfolgt, als gebe er einer Schwäche nach, kam er in der Halle wieder auf die Sache zurück.

»Erzähle mir von Onkel Soames, Großmama. Weshalb ist er so erpicht auf eine Scheidung bei Mutter?«

»Dein Onkel Soames«, sagte Emily mit übertriebener Bestimmtheit, »ist Rechtsanwalt, mein lieber Junge. Er versteht es sicher am besten.«

»Wirklich?«, murmelte Val. »Aber was ist aus Tante Irene geworden? Ich erinnere mich, dass sie riesig gut aussah.«

»Sie – ja – sie benahm sich sehr schlecht«, sagte Emily. »Wir sprechen darüber nicht.«

»Aber ich möchte nicht, dass in Oxford jeder von unsern Angelegenheiten weiß«, rief Val aus, »es ist ein brutaler Gedanke. Weshalb kann Vater nicht zurückgehalten werden, ohne dass es veröffentlicht wird?«

Emily seufzte. Dank ihrer Vorliebe für gesellschaftlichen Umgang hatte sie eigentlich immer in einer Atmosphäre von Scheidung gelebt – da viele von denen, die ihre Beine unter ihren Tisch gestreckt hatten, daher zu einer gewissen Berühmtheit gelangt waren. Handelte es sich aber um ihre eigene Familie, so war sie ebenso wenig erbaut davon wie andere Leute. Allein sie war außerordentlich praktisch, eine mutige Frau, die nie einem Schatten nachjagte und sich nicht beirren ließ.

»Deine Mutter«, sagte sie, »wird glücklicher sein, wenn sie ganz frei ist, Val. Gute Nacht, mein lieber Junge; und trage keine auffallenden Westen in Oxford, sie sind jetzt nicht mehr Mode. Hier hast du ein kleines Geschenk.«

Mit weiteren fünf Pfund und ein wenig Wärme im Herzen, denn er liebte seine Großmutter, verließ er das Haus. Ein Wind hatte den Nebel gelichtet, die Herbstblätter raschelten und die Sterne schienen. Mit all dem Geld in der Tasche überkam ihn ein Drang, das »Leben zu genießen«, doch er war noch nicht hundert Schritt weit gegangen, als Hollys scheues Gesicht und ihre ernsten Augen mit dem Teufelchen darin vor ihm aufstiegen und es von dem Druck ihrer warmen, in Handschuhen steckenden Hand in der seinen wieder zu prickeln begann. »Nein, hol's der Teufel!«, dachte er. »Ich geh nach Haus!«

10. Soames macht Zukunftspläne

Es war reichlich spät für den Fluss, aber das Wetter war herrlich und der Sommer zögerte unter den gilbenden Blättern. Soames schaute an diesem Sonntagmorgen oft nach dem Wetter aus von seinem Garten am Flussufer in der Nähe von Mapledurham. Er schmückte sein kleines Hausboot eigenhändig mit Blumen und traf alle Vorbereitungen, um nach dem Frühstück mit ihnen auf dem Fluss zu rudern. Als er die chinesischen Kissen ins Boot legte, wusste er nicht recht, ob er wünschte, Annette allein mitzunehmen. Sie war so sehr hübsch – konnte er sicher sein, nicht unwiderrufliche Worte zu sagen, die alle Besonnenheit über den Haufen warfen? Die Rosen an der Veranda standen noch in Blüte, und die Hecken waren immergrün, sodass fast nichts von herbstlichem Altern zu merken war, das abkühlend wirken konnte, und doch war er nervös, unruhig, sonderbar misstrauisch gegen seine Kraft, den rechten Kurs zu steuern. Dieser Besuch war geplant, um Annette und ihrer Mutter einen bestimmten Eindruck von seinem Besitztum zu verschaffen, sodass sie eine Eröffnung, die er später vielleicht zu machen geneigt sein würde, mit Respekt entgegennehmen konnten. Er kleidete sich mit großer

Sorgfalt an, machte sich weder zu alt noch zu jung, dankbar, dass sein Haar noch dicht und weich war und noch kein Grau darin. Dreimal ging er in seine Bildergalerie hinauf. Wenn sie überhaupt etwas davon verstanden, mussten sie sofort sehen, dass seine Sammlung mindestens ihre dreißigtausend Pfund wert war. Er prüfte auch eingehend das hübsche Schlafzimmer nach dem Fluss hinaus, wo sie ihre Sachen ablegen würden. Es sollte ihr Schlafzimmer sein, wenn – wenn etwas aus der Sache würde und sie seine Frau war. Er ging an den Toilettentisch und strich über das lilafarbene Nadelkissen, in dem alle Arten von Nadeln steckten; einer Parfümschale entstieg ein Duft, der ihn ein wenig benommen machte. Seine Frau! Wenn die ganze Sache nur abgemacht werden könnte, ohne erst diesen Alp der Scheidung erdulden zu müssen; und mit finster gerunzelter Stirn blickte er auf den Fluss hinaus, der hinter den Rosen auf dem Rasenplatz hervorschimmerte. Madame Lamotte würde dieser Aussicht für ihr Kind nie widerstehen können; Annette nie ihrer Mutter Widerstand leisten. Wenn er nur frei wäre! Er fuhr zum Bahnhof, um sie abzuholen. Welch einen Geschmack diese Französinnen doch hatten! Madame Lamotte war in Schwarz mit einer Spur von Lila hier und dort, Annette in graulila Leinen mit cremefarbenen Handschuhen und Hut. Sie sah ziemlich blass und nach Londoner Luft aus, und ihre blauen Augen blickten ernst. Von jener sinnlichen Freude an Blumen, Sonnenschein und Bäumen bewegt, die nur vollkommen ist, wenn Jugend und Schönheit daran teilnehmen, stand Soames in der offenen Verandatür des Speisezimmers und wartete auf ihr Herunterkommen zum Lunch. Er hatte es mit größter Überlegung zusammengestellt; der Wein war ein ganz besonderer Sauterne, die ganze Anordnung der Speisen vollkommen, und der Kaffee, auf der Veranda serviert, vorzüglich. Madame Lamotte nahm einen Crème de Menthe; Annette lehnte ab. Ihr Benehmen, das ein ganz leises Bewusstsein ihrer Schönheit verriet, war bestrickend. »Ja«, dachte Soames, »noch ein Jahr London und diese Art von Leben, und sie ist verdorben.«

Madame erging sich in französischen Entzückensäußerungen. »Adorable! Le soleil est si bon! Wie ›chic‹ alles ist, nicht wahr, Annette? Monsieur ist ein wahrer Monte Christo!« Annette murmelte zustimmend und warf dabei einen Blick auf Soames, den er nicht enträtseln konnte. Er schlug eine Fahrt auf dem Fluss vor. Aber mit zwei Personen im Boot, von denen eine auf den chinesischen Kissen so hinreißend aussah, litt man nur unter dem Gefühl, eine Gelegenheit zu versäumen; sie fuhren daher nur eine kurze Strecke bis Pangbourne und trieben langsam zurück, während ab und zu ein Herbstblatt auf Annette oder die schwarze Fülle ihrer Mutter fiel. Und Soames war nicht glücklich, denn der Gedanke »Wie – wann – wo – kann ich – *was* sagen?« quälte ihn. Sie wussten noch nicht einmal, dass er verheiratet war. Sagte er es ihnen, so konnte das jede Chance aufs Spiel setzen; allein, gab er ihnen nicht entschieden zu verstehen, dass er Annettens Hand begehrte, würde ein anderer zugreifen, bevor er frei war sie zu fordern.

Beim Tee, den beide mit Zitrone tranken, sprach Soames über Transvaal.

»Es gibt Krieg«, sagte er.

Madame Lamotte fand das bedauerlich.

»Ces pauvres gens bergers! Kann man sie nicht in Ruhe lassen?«

Soames lächelte – die Frage schien ihm so abgeschmackt.

Als Geschäftsfrau müsste sie doch verstehen, dass die Briten ihre legitimen Handelsinteressen nicht im Stich lassen konnten.

»Ah, das war es!« Aber Madame Lamotte fand, dass die Engländer ein wenig heuchelten. Sie sprachen von Gerechtigkeit und den »Uitländern«, nicht von Geschäft. Monsieur sei der erste, der ihr davon gesprochen habe.

»Die Buren sind nur halb zivilisiert«, bemerkte Soames, »sie hindern jeden Fortschritt. Es ginge niemals an, unsere Oberhoheit aufzugeben.«

»Was bedeutet das? Oberhoheit? Was für ein seltsames Wort!« Diese Bedrohung des Besitzprinzips und Annettens Augen, die auf ihn gerichtet waren, regten Soames an, seine Beredsamkeit zu entfalten und er freute sich, als sie dann sagte:

»Ich glaube, Monsieur hat recht. Es muss eine Lehre für sie sein.« Sie hatte vernünftige Ansichten!

»Natürlich«, sagte er, »müssen wir mit Mäßigung handeln. Ich bin kein Chauvinist. Wir müssen fest sein, ohne sie zu misshandeln. Wollen Sie heraufkommen, meine Bilder zu sehen?« Als er sie von einem zum andern seiner Schätze führte, bemerkte er bald, dass sie nichts kannten. Sie gingen an seinem letzten Mauve, der vortrefflichen Studie eines »Heuwagens auf dem Heimweg« vorüber, als wäre es eine Lithografie. Er wartete beinahe mit Schrecken darauf zu sehen, was sie zu dem Juwel seiner Sammlung – einem Israels, sagen würden, dessen Preis, wie er beobachtet hatte, stets stieg, bis er jetzt fast gewiss war, dass er den Gipfelpunkt erreicht hatte und daher lieber auf den Markt geworfen werden müsste. Sie sahen ihn überhaupt nicht an. Das war ein Schlag für ihn; und doch war es vielleicht besser, in Annette einen unvoreingenommenen Geschmack zu bilden, als mit dem albernen, unreifen Vorurteil des englischen Mittelstandes zu tun zu haben. Am Ende der Galerie hing ein Meissonier, dessen er sich eigentlich schämte – Meissonier ging so sehr herunter im Preis. Madame Lamotte blieb davor stehen:

»Meissonier! Ah! Welch ein Juwel!« Sie hatte den Namen gehört, Soames benutzte diesen Moment. Er berührte leise Annettens Arm und sagte:

»Wie gefällt Ihnen mein Haus, Annette?«

Sie schreckte nicht zurück, antwortete nicht, sie blickte ihn voll an, sah dann vor sich nieder und murmelte:

»Wem würde es nicht gefallen? Es ist so schön.«

»Eines Tages vielleicht –«, sagte Soames und hielt inne.

So hübsch sie war, so beherrscht – fürchtete er sich doch. Diese kornblauen Augen, die Wendung ihres weißen Halses, ihre zarten Formen – waren eine beständige Versuchung zu Unbesonnenheiten! Nein! Nein! Man musste sichern Grund unter sich fühlen – viel sichereren! »Wenn ich mich fernhalte«, dachte er, »wird es sie quälen.« Und er ging hinüber zu Madame Lamotte, die noch vor dem Meissonier stand.

»Ja, das ist ein ganz gutes Exemplar seiner späteren Werke. Sie müssen wiederkommen, Madame, und sie bei Beleuchtung sehen. Sie müssen beide kommen und hier übernachten.«

»Entzückend, es wäre ja wundervoll, sie bei Licht zu sehen. Auch bei Mondschein, der Fluss muss bezaubernd sein!«

Annette murmelte:

»Du bist sentimental, Maman!«

Sentimental! Diese schwarz gekleidete, biedere, kräftige Französin von Welt! Und plötzlich fühlte er mit voller Sicherheit, dass keine von beiden Sentiments hatte. Umso besser. Was nützen Sentiments? Und doch –!

Er fuhr zur Bahn mit ihnen und half ihnen in den Zug. Es kam ihm vor, als erwiderten Annettens Finger ganz leise den festen Druck seiner Hand, ihr Gesicht lächelte ihm durch die Dunkelheit zu.

Nachdenklich ging er zum Wagen zurück. »Fahren Sie nach Haus, Jordan«, sagte er zum Kutscher, »ich werde gehen.« Und in innerem Widerstreit zwischen Vorsicht und dem Verlangen nach ihrem Besitz schritt er langsam durch die dunkelnden Heckenwege. »Bon soir, monsieur!« Wie sanft sie das gesagt hatte. Wenn er nur wüsste, wie es in ihr aussah! Die Französinnen sind – wie die Katzen. – Man wusste nie, woran man war! Aber – wie schön! Dies vollendete junge Ding in den Armen zu halten! Was für eine Mutter für seine Erben! Und mit einem Lächeln dachte er an seine Familie und ihr Erstaunen über eine Französin als seine Frau, an ihre Neugierde und die Art, wie er sie hinhalten würde – der Teufel hole sie! Die Pappeln ächzten in der Dunkelheit, eine Eule krächzte. Schatten vertieften das Wasser. »Ich will und muss frei sein!«, dachte er. »Ich will es nicht länger hinausschieben. Ich werde hingehen und Irene aufsuchen. Soll etwas geschehen, so muss man es selbst tun. Ich muss wieder leben – leben und mich bewegen und wieder ich selbst sein.« Und als Widerhall dieses sonderbaren Ausbruchs rief das Geläute der Kirchenglocken zum Abendgebet.

11. Und sucht die Vergangenheit auf

An einem Dienstagabend nach dem Essen in seinem Klub machte Soames sich auf, um zu tun, was mehr Mut und vielleicht weniger Zartgefühl erforderte, als irgendetwas, das er in seinem Leben unternommen hatte – ausgenommen vielleicht seine Geburt, und eine andere Handlung. Er wählte den Abend teils, weil Irene wahrscheinlich leichter anzutreffen war, hauptsächlich aber weil er, da es ihm bei Tageslicht an genügender Entschlossenheit gefehlt, Wein gebraucht hatte, ihm den nötigen Mut zu geben.

Er verließ seine Droschke am Ufer, und ungewiss, in welchem der Häuser sie wohnte, ging er zu der alten Kirche hinauf. Er fand es versteckt hinter einem viel größeren Gebäude, und als er den Namen »Mrs. Irene Heron« gelesen hatte – Heron, in der Tat! Ihr Mädchennamen: also führte sie den wieder, wirklich? – ging er zurück auf die Straße, um zu den Fenstern des ersten Stockwerks hinaufzusehen. Die Eckwohnung war erleuchtet, und er konnte Klavierspiel hören. Er hatte nie Musik geliebt, hatte in alten Tagen einen geheimen Groll dagegen gehegt, wenn sie häufig das Klavier zu ihrer Zuflucht gemacht hatte, zu der er, wie sie wusste, nicht gelangen konnte. Abwehr! Die lange Abwehr, erst unterdrückt und heimlich, schließlich offen. Bittere Erinnerungen kamen mit den Tönen. Sie musste es sein, die da spielte, und fast gewiss, sie treffen zu können, stand er unentschlossener da denn je. Schauer überrieselten ihn im Vorgefühl des Kommenden, seine Zunge war trocken, und das

Herz schlug heftig. »Ich habe keinen Grund mich zu fürchten«, dachte er. Und alsbald regte sich der Jurist in ihm. War er im Begriff, eine Torheit zu begehen? Hätte er nicht lieber eine formelle Begegnung in Gegenwart ihres Beraters vorschlagen sollen? Nein! Nicht vor diesem Jolyon, der mit ihr sympathisierte! Niemals! Er ging zurück zu der Haustür drüben, stieg langsam, um das Herzklopfen niederzuhalten, die eine Treppe hinauf und klingelte. Als ihm die Tür geöffnet wurde, gab ein Duft, der ihm entgegenströmte, das Parfüm jener fernen Vergangenheit, seinen Gefühlen eine andere Richtung und brachte vage Erinnerungen an den Wohlgeruch eines Wohnzimmers, in das er einzutreten pflegte, an ein Haus, das ihm einst gehörte, an den Duft von getrockneten Rosenblättern und Honig.

»Melden Sie Mr. Forsyte«, sagte er, »Ihre Herrin erwartet mich.« Er hatte sich das ausgedacht; sie würde denken, es sei Jolyon!

Als das Mädchen gegangen war und er in dem winzigen Vorzimmer blieb, das von einer Ampel mit Perlenschirm dämmrig erleuchtet war, und durch den silbrigen Ton der Wände, des Teppichs und alles andern in dem engen Raum etwas Geisterhaftes erhielt, kam ihm nur der eine lächerliche Gedanke, ob er in seinem Überrock hineingehen oder ablegen sollte. Die Musik verstummte und das Mädchen sagte von der Tür aus:

»Bitte einzutreten, Sir.«

Soames ging hinein. Mechanisch nahm er wahr, dass auch hier alles silbrig wirkte und dass das Pianino aus Atlasholz war. Sie war aufgestanden und stand daran gelehnt; ihre Hand, die, wie eine Stütze suchend, auf den Tasten ruhte, hatte plötzlich eine Dissonanz angeschlagen, hielt sie eine Weile und ließ sie dann verklingen. Das Licht der verhüllten Klavierkerze fiel auf ihren Hals und ließ ihr Gesicht fast im Schatten. Sie war in einem schwarzen Abendkleid mit einer Art Mantille um die Schultern – er erinnerte sich nicht, sie jemals in Schwarz gesehen zu haben, und war erstaunt, zu sehen, dass sie sogar Toilette machte, wenn sie allein war.

»Du!«, hörte er sie flüstern.

Oftmals hatte Soames sich in Gedanken diese Szene vorgestellt. Aber es half ihm nicht. Er konnte einfach nicht sprechen. Er hätte nie gedacht, dass der Anblick dieser Frau, die er einst so leidenschaftlich begehrt, so vollständig besessen und die er zwölf Jahre nicht gesehen hatte, dergestalt auf ihn wirken würde. Er hatte geglaubt, halb als Geschäftsmann, halb als Richter sprechen und handeln zu können. Und nun war es, als stehe er nicht einer Frau, einem irregeleiteten Weibe gegenüber, sondern einer Macht, unfassbar und flüchtig wie die Atmosphäre in ihm und um ihn. Ein Gefühl höhnischer Auflehnung wallte in ihm auf.

»Ja, es ist ein sonderbarer Besuch! Ich hoffe, es geht dir gut!«

»Danke! Willst du dich setzen?«

Sie war von dem Klavier fort ans Fenster gegangen, wo sie, die Hände im Schoß gefaltet, auf einen Stuhl sank. Dort fiel das Licht auf sie, sodass Soames ihr Gesicht, die Augen sehen konnte und ihr Haar – die ganze Erscheinung von eigenster Schönheit, genau wie er sie noch im Gedächtnis hatte.

Er setzte sich auf den Rand eines Sessels, der mit einem silberfarbenen Stoff gepolstert war und dicht neben ihm stand.

»Du hast dich nicht verändert«, sagte er.

»Nein? Wozu bist du gekommen?«

»Einiges zu erörtern.«

»Ich hörte von deinem Vetter, was du wünschest.«

»Nun?«

»Ich bin bereit. Ich war es immer.«

Der feste, reservierte Ton ihrer Stimme, das Beobachtende, Abwehrende in ihrer Haltung halfen ihm jetzt. Tausend Erinnerungen an sie, die immer auf der Hut vor ihm gewesen, erwachten in ihm und er sagte bitter: »Vielleicht hast du dann die Güte, mir Auskunft zu geben, damit ich danach handeln kann. Man muss sich an die Gesetze halten.«

»Ich habe dir nichts zu berichten, das du nicht schon weißt.«

»Zwölf Jahre! Bist du der Meinung, dass ich das glauben kann?«

»Ich bin der Meinung, dass du nichts glauben würdest, was ich sage; aber es ist wahr.«

Soames blickte sie fest an. Er hatte geglaubt, dass sie sich nicht verändert hatte, jetzt bemerkte er, dass es doch der Fall war. Nicht ihr Gesicht, außer dass es noch schöner war, nicht ihre Gestalt, außer dass sie ein wenig voller war – nein! Sie hatte sich innerlich verändert. Es wollte ihn bedünken, als sei mehr Tatkraft und Unerschrockenheit, wo früher nur passiver Widerstand gewesen. »Ah«, dachte er, »das kommt von ihrer Unabhängigkeit! Der Teufel hole Onkel Jolyon!«

»Ich vermute, es geht dir jetzt ganz gut?«, sagte er.

»Danke, ja.«

»Weshalb ließest du mich nicht für dich sorgen? Ich hätte es getan, trotz allem.«

Ein leises Lächeln kam auf ihre Lippen, doch sie erwiderte nichts.

»Du bist noch immer meine Frau«, sagte Soames. Weshalb er das sagte, was er damit meinte, wusste er weder während er es aussprach, noch später. Es war unerhört, diese unleugbare Wahrheit auszusprechen, doch die Wirkung war erstaunlich. Mit einem Blick auf ihn erhob sie sich von ihrem Platz am Fenster und stand einen Augenblick vollständig still da. Er konnte ihren Busen sich heben und senken sehen. Dann wandte sie sich zum Fenster um und riss es auf.

»Wozu tust du das?«, sagte er scharf. »Du wirst dich erkälten in dem Kleid. Ich bin nicht gefährlich.« Und er lachte wehmütig auf.

Auch sie lachte leise – ein bitteres Lachen.

»Ich tue es – aus Gewohnheit.«

»Eine merkwürdige Gewohnheit«, sagte Soames ebenso bitter. »Schließe das Fenster!«

Sie schloss es und setzte sich wieder. Eine Kraft ging von ihr aus, von – dieser – seiner Frau! Er fühlte es, als sie dort wie gewappnet saß. Und beinah unbewusst stand er auf und ging näher an sie heran; er wollte den Ausdruck ihres Gesichtes sehen. Sie wich seinem Blick nicht aus. Himmel! Wie klar die Augen waren, und von wie dunklem Braun gegen die weiße Haut, und das bernsteinfarbene Haar! Und wie weiß die Schultern! Es war ein merkwürdiges Gefühl! Er hätte sie hassen müssen.

»Du solltest es mir lieber sagen«, fuhr er fort, »es wäre dein Vorteil, frei zu sein, wie es der meine ist. Die alte Geschichte liegt zu weit zurück.«

»Ich habe es dir gesagt.«

»Willst du mir einreden, dass nichts gewesen ist – niemand?«

»Niemand. Du scheinst nach deinem eigenen Leben zu urteilen.«

Verletzt über diese Erwiderung ging Soames hin und her zwischen Klavier und Kamin, wie er es in alten Tagen in ihrem Wohnzimmer zu tun gepflegt, wenn seine Gefühle ihn zu übermannen drohten.

»Das genügt nicht«, sagte er. »Du hast mich verlassen. Nach dem Gesetz bist du –«

Er sah sie mit den weißen Schultern zucken, hörte sie murmeln:

»Ja. Weshalb ließest du dich damals nicht von mir scheiden! Hätte ich mich dagegen gewehrt?«

Er hielt inne und sah sie mit einer Art von Neugierde an. Was in aller Welt fing sie nur mit sich an, wenn sie wirklich ganz allein lebte? Und weshalb hatte er sich nicht von ihr scheiden lassen? Das alte Gefühl, dass sie ihn nie verstanden, ihm nie hatte Gerechtigkeit widerfahren lassen, brannte in ihm, während er sie anstarrte.

»Weshalb konntest du mir keine gute Frau sein?«, sagte er.

»Ja, es war ein Verbrechen, dich zu heiraten. Ich habe dafür gebüßt. Vielleicht findest du einen Ausweg. Um meinen Namen brauchst du dich nicht zu kümmern, ich habe keinen zu verlieren. Und nun, denke ich, ist es besser, wenn du gehst.«

Ein Gefühl der Niederlage – ein Gefühl, um seine Selbstrechtfertigung gebracht zu sein und um etwas, das sich zu erklären über seine Kraft ging, überkam ihn wie ein kalter Nebelhauch. Mechanisch streckte er die Hand aus, nahm vom Kamin eine kleine Porzellanschale, drehte sie um und sagte:

»Lowestoft. Woher hast du das? Ich kaufte eine ähnliche bei Jobson.«

Und in der plötzlichen Erinnerung daran, wie sie beide vor vielen Jahren zusammen Porzellane gekauft hatten, starrte er weiter auf die kleine Schale, als enthalte sie die ganze Vergangenheit. Ihre Stimme weckte ihn.

»Nimm sie. Ich brauche sie nicht.«

Soames stellte sie zurück auf den Kaminsims.

»Willst du mir die Hand geben?«, fragte er.

Ein leises Lächeln schürzte ihre Lippen. Sie hielt ihm die Hand hin. Sie war kalt bei seiner fast fieberhaften Berührung. »Sie ist eiskalt«, dachte er. »Sie war immer eiskalt!« Doch selbst als dieser Gedanke ihn durchzuckte, erregte der Duft ihrer Kleider und ihres Körpers seine Sinne; als strebe die Wärme in ihr, die niemals ihm gegolten hatte, sich zu entfalten. Schnell wandte er sich, ging hinaus und fort, als wäre jemand mit der Peitsche hinter ihm her, sah sich nicht einmal nach einer Droschke um und war froh über die einsame Straße am Ufer und den kalten Fluss mit den dicht verstreuten Schatten der Platanenblätter – war verwirrt, beunruhigt, wund im Herzen und fast verstört, als habe er einen schweren Fehler gemacht, dessen Folgen er nicht übersehen konnte. Und plötzlich kam ihm der fantastische Gedanke, wie es gewesen wäre, wenn sie anstatt »Ich denke, es ist besser, wenn du gehst«, gesagt hätte »Ich denke, es ist besser, du bleibst!« Was hätte er gefühlt, was getan? Selbst jetzt nach all diesen Jahren der Entfremdung und bitterer Gedanken übte sie diesen verwünschten Reiz auf ihn aus, der ihm bei dem geringsten Zeichen, einer Berührung, zu Kopf zu steigen drohte.

»Ich war ein Tor, hinzugehen!«, murmelte er. »Ich habe nichts erreicht.

Wer hätte das gedacht? Ich wäre nie –!« Erinnerungen aus den ersten Jahren seiner Ehe quälten ihn. Sie hatte nicht verdient ihre Schönheit zu bewahren – diese Schönheit, die er besessen und so gut gekannt hatte. Und eine förmliche Bitterkeit über die Hartnäckigkeit seiner eigenen Bewunderung wallte in ihm auf. Die meisten Männer hätten ihren Anblick gehasst, wie sie es verdiente. Sie hatte ihm sein Leben verdorben, seinen Stolz tödlich verletzt, ihn um einen Sohn gebracht. Und doch hatte ihr bloßer Anblick, obwohl sie kalt und abweisend war, wie immer diese Macht, ihn völlig aus der Fassung zu bringen! Es musste ein verwünschter Magnetismus von ihr ausstrahlen. Und kein Wunder, wenn sie, wie sie versicherte, diese zwölf Jahre unberührt gelebt hatte. So hatte sie also Bosinney – verflucht sei sein Andenken! – die ganze Zeit hindurch die Treue bewahrt! Soames wusste selber nicht, ob er sich darüber freuen sollte oder nicht.

Als er endlich in die Nähe seines Klubs kam, kaufte er eine Zeitung. Die Überschrift lautete: »Die Buren lehnen die Oberhoheit ab!« Oberhoheit! »Ganz wie sie!«, dachte er. »Sie tat es immer. Oberhoheit! Ich habe noch ein Recht darauf. Sie muss schrecklich einsam sein in der elenden kleinen Wohnung!«

12. An der Forsytebörse

Soames gehörte zwei Klubs an, »The Connoisseurs«, den er auf seiner Karte vermerkte und selten besuchte, und »The Remove«, der nicht auf seiner Karte stand und den er häufig besuchte. Er hatte sich diesen liberalen Vereinigungen vor fünf Jahren angeschlossen, nachdem er sich überzeugt hatte, dass deren Mitglieder, was Herz und Beutel anbetraf, wenn auch nicht grundsätzlich, jetzt fast alle richtige Konservative waren. Onkel Nicholas hatte ihn dort eingeführt. Das schöne Lesezimmer war im Stile Adams ausgestattet.

Als er an diesem Abend eintrat, warf er einen Blick auf die Telegramme aus Transvaal und sah dann, dass Konsols seit heute Morgen sehr gefallen waren. Er kehrte um, das Lesezimmer aufzusuchen, als eine Stimme hinter ihm sagte:

»Alles gut abgelaufen, Soames.«

Es war Onkel Nicholas in einem Schoßrock, mit seinem speziellen Stehkragen und einer schwarzen Krawatte, die durch einen Ring gezogen war. Herrgott! Wie jung und frisch er aussah mit seinen zweiundachtzig Jahren!

»Ich glaube, Roger hätte sich gefreut«, fuhr sein Onkel fort. »Die Sache ging sehr gut. Blackleys? Ich will es mir notieren. Buxton war nicht für mich. Ich bin empört über diese Buren – und dieser Chamberlain treibt das Land in den Krieg. Was sagst du dazu?«

»Es musste so kommen«, murmelte Soames.

Nicholas strich mit der Hand über seine glatt rasierten Wangen, die sehr rosig aussahen nach seiner Sommerkur. Diese Sache hatte alle seine liberalen Grundsätze wieder aufgefrischt.

»Ich traue diesem Burschen nicht, er ist ein verwegener Heißsporn. Grundstücke werden heruntergehen, wenn der Krieg ausbricht. Du wirst Schwierigkeiten mit Rogers Häusern haben. Ich habe ihm immer gesagt, sich einiger von ihnen zu entledigen. Er war ein eigensinniger Starrkopf.«

»Ihr konntet euch beide sehen lassen!«, dachte Soames. Aber er stritt nie mit einem Onkel und blieb auf die Art der »schlaue Kopf« für sie und der Verwalter ihres Besitzes.

»Ich erfuhr bei Timothy«, sagte Nicholas, »dass Dartie auf und davon ist. Das wird eine Erlösung für deinen Vater sein. Er war ein elender Geselle.«

Wieder nickte Soames. Wenn es etwas gab, worin die Forsytes wirklich übereinstimmten, war es die Ansicht über den Charakter Montague Darties.

»Seht euch nur vor«, sagte Nicholas, »sonst taucht er wieder auf. Winifred sollte lieber kurzen Prozess machen, sage ich. Es hat keinen Zweck zu behalten, was nicht taugt.«

Soames blickte ihn von der Seite an. Erbittert durch die Unterredung, die er eben gehabt, meinte er eine persönliche Anspielung aus diesen Worten herauszuhören.

»Ich führe ihre Sache«, sagte er kurz.

»Na«, sagte Nicholas, »der Wagen wartet, ich muss nach Haus. Ich fühle mich recht elend. Grüße deinen Vater.«

Und nachdem er die Bande des Bluts auf diese Weise wieder erneuert hatte, ging er mit seinem jugendlichen Gang die Stufen hinunter und ließ sich vom Portier in seinen Pelz einhüllen.

»Ich habe Onkel Nicholas nie anders als ›sehr elend‹ gekannt«, dachte Soames bei sich, »oder ihn anders als unverwüstlich gesehen. Welch eine Familie! Nach ihm zu urteilen, habe ich noch achtunddreißig Jahre der

Gesundheit vor mir. Nun, ich bin nicht gesonnen, sie zu vergeuden.« Darauf trat er an den Spiegel und schaute sein Gesicht darin an. Abgesehen von einer Linie oder zweien und drei oder vier grauen Haaren in seinem kleinen dunklen Schnurrbart war er doch nicht mehr gealtert als Irene? Auf der Höhe des Lebens – er und sie auf der Höhe des Lebens! Und ein fantastischer Gedanke schoss in ihm auf. Er war absurd! Idiotisch! Doch er kam immer wieder. Und sehr beunruhigt durch diese stete Wiederkehr, wie man es bei wiederholten Kälteschauern ist, die einem Fieberanfall vorangehen, setzte er sich auf die Waage. Nur ein Unterschied von zwei Pfund in zwanzig Jahren. Wie alt war sie? Beinah siebenunddreißig – nicht zu alt, ein Kind zu haben – durchaus nicht zu alt! Siebenunddreißig am neunten des folgenden Monats. Er wusste ihren Geburtstag genau – er hatte immer gewissenhaft daran gedacht, selbst an den letzten, kurz bevor sie ihn verließ, als er fast die Gewissheit hatte, dass sie ihm untreu war. Vier Geburtstage in seinem Hause. Er hatte sich darauf gefreut, weil er durch seine Geschenke einen Schimmer von Dankbarkeit, einen leisen Anflug von Wärme erhoffte. Ausgenommen allerdings auf jenen letzten Geburtstag – der ihn verleitet hatte, zu gewissenhaft zu sein! Und in Gedanken wandte er sich rasch ab. Erinnerung häuft welke Blätter auf begrabene Taten, darunter sie viel weniger verletzend sind für das Gefühl. Und dann dachte er plötzlich: »Ich könnte ihr ein Geschenk zu ihrem Geburtstag senden. Schließlich sind wir doch Christen! Könnte ich nicht – könnten wir uns nicht wieder vereinigen!« Er stieß einen tiefen Seufzer aus. Annette! Ach, aber zwischen ihm und Annette stand die Notwendigkeit dieses verwünschten Scheidungsprozesses! Doch wie?

»Ein Mann kann diese Dinge immer durchsetzen, wenn er alles auf sich nimmt«, hatte Jolyon gesagt.

Weshalb aber sollte er, eine »Säule des Gesetzes«, den Skandal auf sich nehmen, wo seine ganze Karriere auf dem Spiele stand? Das war zu viel verlangt. War Donquichotterie! Zwölf Jahre Trennung, in denen er keine Schritte getan, sich freizumachen, nahmen ihm die Möglichkeit, ihr Verhältnis zu Bosinney als Scheidungsgrund zu benutzen. Da er früher nichts unternommen hatte, sich zu befreien, war anzunehmen, dass er einverstanden gewesen, selbst wenn die Beweise jetzt beizubringen waren, was mehr als zweifelhaft schien. Überdies würde sein Stolz ihm nie gestatten, sich auf diese alte Geschichte zu berufen, er hatte zu viel dadurch gelitten. Nein! Nur ein neues Vergehen ihrerseits konnte – aber sie hatte es geleugnet, und – beinah – hatte er es geglaubt. Er war machtlos! Völlig machtlos!

Mit einem Gefühl seelischen Unbehagens erhob er sich von dem eingedrückten roten Samtsitz. Er fürchtete keinen Schlaf zu finden bei diesen Gedanken, nahm daher wieder Hut und Mantel und ging hinaus, dem Osten zu. Am Trafalgar Square bemerkte er eine ungewöhnliche Bewegung vom »Strand« her. Es waren Zeitungsverkäufer, die so laut schrien, dass kein Wort zu verstehen war. Er blieb stehen, um zu hören, und einer von ihnen kam heran.

»Extrablatt! Ultimatum von Krüger! Kriegserklärung!« Soames kaufte das Blatt. Sein erster Gedanke war: »Die Buren begehen Selbstmord.« Sein zweiter: »Hab ich noch irgendetwas, das verkauft werden müsste?« Wenn es so wäre, hatte er die Gelegenheit verpasst – morgen würde es in der City sicher einen »Krach« geben. Er schob diesen Gedanken energisch von sich. Dies Ultimatum war unverschämt – er war eher bereit, Geld zu verlieren, als sich das bieten zu lassen. Ihnen war eine Lehre nötig, und sie sollten sie haben; aber es würde mindestens drei Monate dauern, mit ihnen fertig zu werden. Es waren keine Truppen draußen. Immer hinter der Zeit, die Regierung! Der Teufel hole diese Zeitungsratten! Welchen Zweck hatte es, die Leute aufzuwecken? Zum Frühstück morgen war auch noch Zeit genug dazu. Und er dachte mit Beunruhigung an seinen Vater. Sie würden es in Park Lane ausrufen. Er winkte eine Droschke heran, stieg ein und hieß den Kutscher dorthin fahren.

James und Emily waren eben hinaufgegangen, um zu Bett zu gehen, und nachdem er Warmson die Nachricht mitgeteilt hatte, schickte Soames sich an, ihnen zu folgen, blieb aber zögernd stehen und sagte:

»Wie denken Sie darüber, Warmson?«

Der Butler unterbrach das Bürsten des Zylinders, den Soames abgelegt hatte, und sagte, sein Gesicht ein wenig vorneigend, mit leiser Stimme:

»Ja, Sir, sie werden kein Glück haben, natürlich, aber man sagt, dass sie gute Schützen seien. Ich habe einen Sohn bei den Dragonern.«

»Sie, Warmson? Ich wusste gar nicht, dass Sie verheiratet sind?«

»Nein, Sir. Ich spreche nicht davon. Ich glaube, er muss mit hinaus.«

Es überraschte Soames zu entdecken, dass er so wenig von jemand wusste, den er so gut zu kennen glaubte, schlimmer aber war die Entdeckung, dass der Krieg einen persönlich berühren konnte. Im Jahre des Krimkrieges geboren, war er erst zum Bewusstsein erwacht, als der indische Aufstand vorüber war; seitdem waren die vielen kleinen Kriege des britischen Reiches ausschließlich militärisch gewesen, standen in gar keinem Zusammenhang mit den Forsytes und allem, für das sie eintraten im Staat. Dieser Krieg würde sicher keine Ausnahme machen. Aber im Geiste nahm er eilig die ganze Familie durch. Zwei von den Haymans waren in irgendeine Freiwilligentruppe eingetreten, wie er gehört hatte – das war immer ein angenehmer Gedanke, denn die Freiwilligentruppen nahmen eine gewisse Ausnahmestellung ein; sie trugen oder pflegten eine blaue Uniform mit Silber zu tragen, und sie waren zu Pferde. Und Archibald, erinnerte er sich, war eine Zeit lang beim Militär gewesen, hatte es aber wieder aufgegeben, weil sein Vater, Nicholas, so aufgebracht darüber gewesen war, dass er »seine Zeit damit vergeudete, so geckenhaft in Uniform umherzustolzieren«. Kürzlich hatte er irgendwo gehört, dass der Älteste des jungen Nicholas, der jüngste Nicholas, Freiwilliger geworden war. »Nein«, dachte Soames und stieg langsam die Treppen hinauf, »es ist nichts daran!«

Er stand im Flur vor dem Schlaf- und Ankleidezimmer seiner Eltern und überlegte, ob er eben einmal hineinschauen und ihnen ein beruhigendes Wort sagen sollte oder nicht. Er öffnete das Flurfenster und horchte. Das Getöse von Piccadilly war alles, was er hörte, und unwillkürlich kam ihm der Gedanke, dass, »wenn es so weiterginge mit diesen Motorwagen, die Häuser darunter leiden würden«; doch als er im Begriff war, in sein Zimmer hinaufzugehen, das immer für ihn bereitstand, vernahm er von weither den heiseren überstürzten Ruf eines Zeitungsverkäufers. Da war es, und dicht vor dem Hause! Er klopfte an die Tür seiner Mutter und ging hinein.

Sein Vater saß aufrecht im Bett und spitzte die Ohren unter dem weißen Haar, das Emily so schön verschnitten hielt. Er sah rosig aus und außerordentlich sauber in seinen weißen Betttüchern und Kissen, aus denen seine hohen, hageren Schultern ragten. Nur seine grauen, misstrauischen Augen unter den welken Lidern blickten vom Fenster auf Emily, die in ein Tuch gehüllt auf und ab ging und auf den Gummiball drückte, der an einer Riechflasche befestigt war. Das Zimmer roch schwach nach zerstäubtem Eau de Cologne.

»Alles in Ordnung!«, sagte Soames. »Es ist kein Feuer. Die Buren haben den Krieg erklärt, das ist alles!«

Emily hielt mit dem Zerstäuben inne.

»Oh!« war alles, was sie sagte, während sie auf James blickte.

Auch Soames blickte auf seinen Vater. Er nahm es anders auf, als sie erwartet hatten, als arbeite ein Gedanke in ihm, der ihnen unbekannt war.

»Hm«, murmelte er plötzlich, »ich werde nicht erleben das Ende davon zu sehen!«

»Unsinn James! Es wird zu Weihnachten vorüber sein.«

»Wie kannst du das wissen?«, erwiderte James rau. »Eine schöne Geschichte übrigens – zu dieser Zeit, in der Nacht noch dazu!« Er sank in Schweigen, und seine Frau und sein Sohn warteten wie hypnotisiert darauf, dass er sagen sollte: »Ich weiß nicht – ich kann nichts sagen; ich wusste, wie es kommen würde!« Aber er sagte es nicht. Die grauen Augen schweiften umher, offenbar sahen sie nichts im Zimmer; dann bewegte es sich unter den Betttüchern und er zog die Knie plötzlich hoch empor.

»Sie sollten Roberts hinausschicken. Es kommt alles von diesem Gladstone und seinem Majuba.«

Die beiden Zuhörer bemerkten etwas Ungewöhnliches in seiner Stimme, etwas von wirklicher Angst. Es war, als habe er gesagt: »Ich werde das alte Land nie wieder friedlich und sicher sehen. Ich werde sterben, bevor ich weiß, dass es gesiegt hat.« Und trotz des Gefühls, dass James nicht ermutigt werden durfte, sich aufzuregen, waren sie doch gerührt. Soames ging an das Bett und streichelte die Hand seines Vaters, die lang und von Adern durchzogen aus den Betttüchern hervorsah.

»Merke dir, was ich sage!«, sagte James. »Konsols werden auf Pari heruntergehen. Und sicherlich wird Val hingehen und sich anwerben lassen.«

»Ach was, James!«, rief Emily. »Du sprichst, als wäre Gefahr vorhanden.«

Ihre tröstende Stimme schien James diesmal zu besänftigen.

»Nun«, murmelte er, »ich sagte euch, wie es kommen würde. Ich weiß nicht, natürlich – mir sagt keiner was. Schläfst du hier mein Junge?«

Die Krisis war vorüber, er würde sich jetzt zu seinem normalen Grad von Besorgnis zusammenraffen. Nachdem Soames ihn versichert hatte, dass er im Hause schlafen werde, drückte er ihm die Hand und ging in sein Zimmer hinauf.

Der folgende Nachmittag sah das größte Gewimmel bei Timothy, dessen sie sich seit Jahren erinnerten. Bei nationalen Gelegenheiten wie dieser, war es allerdings kaum zu vermeiden, dorthin zu gehen. Nicht dass irgend Gefahr drohte, oder vielmehr gerade genug, umeinander zu versichern, dass keine zu fürchten war.

Nicholas war schon früh gekommen. Er hatte Soames gestern Abend gesprochen – Soames hatte gesagt, es habe so kommen müssen. Dieser alte Krüger müsse wohl kindisch geworden sein – er war sicherlich nah an fünfundsiebzig! (Nicholas war zweiundachtzig.) Was sagte Timothy dazu? Nach Majuba hatte er einen Anfall gehabt. Diese Buren waren eine anmaßende Gesellschaft! Die dunkelhaarige Francie mit ihrer Widerspruchslust, wie sie sich für den freien Geist einer Tochter Rogers ziemte, war unmittelbar nach ihm gekommen und mischte sich ein:

»Gauner und Halunken! Onkel Nicholas. Was für eine ›Sorte‹, diese ›Uitlander‹!« Was für eine Sorte, in der Tat! Ein neuer Ausdruck, der von ihrem Bruder George stammen könnte.

Tante Juley fand, dass Francie so nicht sprechen dürfe. Der Sohn der lieben Mrs. MacAnder sei doch auch einer, und niemand könne ihn anmaßend nennen. Darauf erwiderte Francie mit einem ihrer Anstoß erregenden und so oft wiederholten Sätze:

»Ach, sein Vater ist ein Schotte und seine Mutter eine falsche Katze.«

Tante Juley hielt sich die Ohren zu, jedoch zu spät, und Tante Hester lächelte; Nicholas aber war verstimmt – Witze, die nicht von ihm stammten, waren nicht nach seinem Geschmack. In diesem Augenblick kam Mary Tweetyman, der der junge Nicholas fast unmittelbar folgte. Als Nicholas seinen Sohn sah, erhob er sich.

»Ich muss gehen«, sagte er, »Nick wird euch sagen, wer das Rennen gewinnen wird.« Und mit diesem Hieb für seinen Ältesten der als ein Muster der Pflichttreue und Direktor einer Versicherungsgesellschaft ebenso wenig dem Sport huldigte wie sein Vater, verabschiedete er sich. Der liebe Nicholas! Was für ein Rennen meinte er denn? Oder war es nur einer seiner Späße? Er war ein wundervoller Mann bei seinem Alter! Wie viel Stückchen Zucker, liebe Marian, und wie geht es Giles und Jesse? Tante Juley nahm an, dass ihre Truppe jetzt viel damit zu tun haben werde, die Küste zu bewachen, obwohl die Buren natürlich keine Schiffe hatten. Doch man konnte nie wissen, was die Franzosen tun würden, wenn sie die Chance hatten, namentlich seit diesem schauderhaften Faschodaschreck, der Timothy so fürchterlich aufgeregt hatte, das Schreckliche bei der Sache sei die Undankbarkeit der Buren, nachdem alles für sie getan worden war – Dr. Jameson in Gefangenschaft, und er wäre so nett, hatte Mrs. MacAnder immer gesagt. Und Sir Alfred Milner haben sie hingeschickt, um mit ihnen zu reden – solch einen klugen Mann! Sie wisse nicht, was sie eigentlich wollten!

Nun aber kam eine jener köstlichen Überraschungen, wie große Veranlassungen sie zuweilen mit sich bringen:

»Miss June Forsyte.«

Die Tanten Juley und Hester hatten sich zitternd vor erloschenem Groll, alter Liebe, die wieder aufwallte, und Stolz über die Rückkehr der verlorenen June, sogleich erhoben. Nein, diese Überraschung! – Die liebe June – nach so vielen Jahren! Und wie gut sie aussah! Gar nicht verändert! Es lag ihnen fast auf der Zunge, hinzuzufügen »und wie geht es dem lieben Großvater?«, weil sie in diesem überwältigenden Augenblick vergessen hatten, dass der arme liebe Jolyon schon sieben Jahre in seinem Grabe lag.

Die zarte, kleine June mit ihren ausgeprägten Zügen, den lebhaften Augen und ihrem flammenden Haar, immer die mutigste und offenherzigste von allen Forsytes, setzte sich auf einen vergoldeten Stuhl mit perlengesticktem Sitz, als wären nicht zehn Jahre – zehn Jahre Reisen, Unabhängigkeit und Aufopferung für ihre »lahmen Enten« vergangen, seitdem sie zuletzt hier gewesen. Diese lahmen Enten aus der letzten Zeit waren alle Maler, Radierer oder Bildhauer, sodass ihre Ungeduld den Forsytes und ihren hoffnungslosen unkünstlerischen Ansichten gegenüber noch lebhafter geworden war. Sie hatte in der Tat fast aufgehört zu glauben, dass ihre Familie existierte und sah sich nun mit einer geradezu herausfordernden Miene in dem Kreise um, die überaus unbehaglich auf die Anwesenden wirkte. Sie hatte nicht erwartet außer den armen »lieben Alten« von den andern jemand anzutreffen; und weshalb sie gekommen war, sie zu sehen, wusste sie kaum, es sei denn, dass sie sich ihrer auf dem Wege von der Oxford Street nach ihrem Atelier an der Latimer Road plötzlich reuevoll als zweier vernachlässigter »lahmer Enten« erinnert hatte.

Tante Juley unterbrach abermals das Schweigen: »Wir sprachen eben davon, meine Liebe, wie schrecklich die Sache mit den Buren ist! Und welch ein unverschämter Patron dieser Krüger!«

»Unverschämt!«, sagte June. »Ich finde, er hat ganz recht. Was haben wir uns da hineinzumischen? Wenn er all die elenden ›Uitlander‹ vertriebe, geschähe es ihnen ganz recht. Sie sind nur hinter dem Gelde her.«

Das erstaunte Schweigen wurde von Francie unterbrochen.

»Wie? Bist du Pro-Bure?« (sicherlich die erste Anwendung dieses Ausdrucks.)

»Ja, weshalb lassen wir sie denn nicht in Ruhe?«, erwiderte June, gerade als das Mädchen in der offenen Tür Mr. Soames Forsyte meldete. Staunen über Staunen! Die Begrüßung war durch die Neugierde zu sehen, wie June und er dieses Zusammentreffen aufnehmen würden, beinahe flüchtig, denn man argwöhnte sehr, wenn es auch nicht als gewiss galt, dass sie einander seit jener alten bedauerlichen Geschichte ihres Verlobten mit Soames' Frau, nicht begegnet waren. Man sah, dass ihre Hände sich nur eben berührten und sie einander flüchtig von der Seite ansahen. Tante Juley kam ihnen sofort zu Hilfe:

»Die liebe June ist so originell. Denke dir, Soames, sie findet, die Buren wären nicht zu tadeln.«

»Sie wollen nur ihre Unabhängigkeit«, sagte June, »und warum sollten sie die nicht haben?«

»Weil«, erwiderte Soames und lächelte ein wenig nachsichtig, »sie sich mit unserer Oberhoheit einverstanden erklärt hatten.«

»Oberhoheit!«, wiederholte June verächtlich. »Uns würde die Oberhoheit von irgendjemand auch nicht gefallen.«

»Sie hatten praktische Vorteile dadurch«, erwiderte Soames, »ein Kontrakt ist ein Kontrakt.«

»Kontrakte sind nicht immer gerecht«, brauste June auf, »und wenn sie es nicht sind, sollten sie gebrochen werden. Die Buren sind die weitaus Schwächeren. Wir hätten es uns leisten können, großmütig zu sein.«

Soames zuckte die Achseln. »Das ist sentimental«, sagte er.

Tante Hester, der nichts schrecklicher war als irgendeine Art von Uneinigkeit, beugte sich hier vor und gab dem Gespräch entschlossen eine andere Richtung.

»Wie herrlich das Wetter ist für diese Jahreszeit.«

Aber June war nicht abzulenken.

»Ich weiß nicht, weshalb Gefühl verspottet werden soll. Es ist das Beste von allem in der Welt.« Sie blickte herausfordernd umher, und Tante Juley musste wieder vermitteln:

»Hast du kürzlich wieder Bilder gekauft, Soames?«

Ihr unvergleichlicher Instinkt, das Falsche zu treffen, hatte sie nicht im Stiche gelassen. Soames schoss die Röte ins Gesicht. Den Namen seiner neuesten Erwerbungen zu nennen hieße sich der äußersten Verachtung auszusetzen. Denn sie kannten alle Junes Vorliebe für »Genies«, die noch nicht anerkannt waren, und ihre Verachtung für »Erfolg«, wenn sie die Hand nicht im Spiele dabei hatte.

»Eins oder zwei«, murmelte er.

Aber Junes Gesicht hatte sich verändert, der Forsyte in ihr sah eine Chance für sich. Weshalb sollte Soames nicht einige Bilder von Eric Cobbley – ihrer neuesten »lahmen Ente« kaufen? Und schnell entschlossen ging sie zum Angriff über: Kannte Soames seine Werke? Sie waren so wundervoll. Er sei der kommende Mann.

Gewiss, Soames kannte seine Sachen. Seiner Ansicht nach waren sie »Kitsch« und würden nie ein Publikum finden.

June flammte auf.

Natürlich würden sie das nicht, es sei das letzte, was zu wünschen wäre! »Ich glaube, du wärst ein Bilderkenner, nicht ein Bilderhändler.«

»Natürlich ist Soames ein Kenner«, sagte Tante Juley hastig; »er hat einen wunderbaren Geschmack – er kann immer vorher sagen, was Erfolg haben wird.«

»Oh«, sagte June und sprang von dem perlengestickten Stuhl auf, »ich hasse diese Art von Erfolg. Warum können die Leute nicht Dinge kaufen, weil sie ihnen gefallen?«

»Du meinst«, sagte Francie, »weil sie *dir* gefallen?«

Und in der kurzen Pause, die nun eintrat, hörte man den jungen Nicholas sagen, dass Violet (seine Vierte) Unterricht im Pastellzeichnen nehme, er aber nicht wisse, ob es einen Zweck habe.

»Lebewohl, Tantchen, ich muss nun weiter«, sagte June, küsste die Tanten und sah sich dabei trotzig im Zimmer um. Dann verabschiedete sie sich und ging. Alle atmeten erleichtert auf.

Die dritte Überraschung kam, ehe noch jemand Zeit gehabt zu sprechen:

»Mr. James Forsyte.«

James kam leicht auf seinen Stock gestützt und in seinen Pelz gehüllt herein, der ihm einen unwahrscheinlichen Umfang gab.

Alle erhoben sich. James war so alt, und er war fast zwei Jahre nicht bei Timothy gewesen.

»Es ist heiß hier«, sagte er.

Soames befreite ihn von seinem Pelz und konnte sich dabei nicht enthalten, sein ganzes Auftreten zu bewundern. James setzte sich, ganz Knie, Ellbogen, Rock und Backenbart.

»Was hat das zu bedeuten?«, sagte er.

Obgleich scheinbar kein Sinn in den Worten war, wussten doch alle, dass sie sich auf June bezogen. Seine Augen suchten das Gesicht seines Sohnes.

»Ich dachte, es sei besser selbst zu kommen und zu hören. Was haben sie Krüger geantwortet?«

Soames zog seine Abendzeitung hervor und las die Überschrift.

»Augenblickliches Eingreifen unserer Regierung – Kriegszustand!«

»Ah!«, sagte James und seufzte. »Ich fürchtete, sie würden ausreißen wie der alte Gladstone. Diesmal werden wir sie unterkriegen.«

Alle starrten ihn an. James! Der immer aufgeregt, immer nervös und ängstlich war! James mit seinem fortwährenden: »Ich sagte euch, wie es kommen würde!«, seinem Pessimismus und seinen vorsichtigen Kapitals-anlagen. Diese Entschiedenheit des ältesten der lebenden Forsytes hatte etwas Unnatürliches.

»Wo ist Timothy?«, fragte James. »Er sollte jetzt gut aufpassen!«

Tante Juley sagte, dass sie es nicht wisse; Timothy habe beim Frühstück heute wenig gesprochen. Tante Hester stand auf und ging hinaus, und Francie sagte ziemlich maliziös:

»Die Buren geben uns eine harte Nuss zu knacken, Onkel James.«

»Hm!«, murmelte James. »Woher hast du deine Informationen? Mir sagt keiner was.«

Der junge Nicholas bemerkte mit seiner sanften Stimme, dass Nick (sein Ältester) beginne, jetzt regelrecht gedrillt zu werden.

»Ach!«, murmelte James und starrte vor sich hin. Seine Gedanken waren bei Val. »Er muss auf seine Mutter achtgeben«, sagte er, »er hat keine Zeit für Drill und dergleichen mit einem solchen Vater.« Diesen rätselhaften Worten folgte Schweigen, bis er zu sprechen fortfuhr:

»Was hat June hier gewollt?« Und seine Augen ruhten argwöhnisch auf allen nach der Reihe. »Ihr Vater ist jetzt ein reicher Mann.« Die Unterhaltung kam auf Jolyon und wann sie ihn zuletzt gesehen hatten. Wahrscheinlich reiste er ins Ausland und kam mit allerlei Leuten zusammen, da seine Frau jetzt tot war; seine Aquarelle fanden Anerkennung, und er hatte Erfolg. Francie ging so weit zu sagen:

»Ich hätte Lust, ihn wiederzusehen, er war doch ein lieber Mensch.«

Tante Juley erinnerte sich, wie er eines Tages auf ihrem Sofa geschlafen hatte, wo James jetzt saß. Er ist immer sehr liebenswürdig gewesen, was meinte Soames dazu?

Da alle wussten, dass Jolyon Irenens Berater war, fühlten sie das Heikle dieser Frage und sahen Soames voller Interesse an. Ein leises Rot bedeckte seine Wangen.

»Er wird grau«, sagte er.

Wirklich? Hatte Soames ihn gesehen? Soames nickte, und die Röte schwand.

James sagte plötzlich: »Na – ich weiß nicht, ich kann nichts sagen.«

Es drückte genau das Gefühl jedes einzelnen der Anwesenden aus, dass überall etwas dahinter steckte, und niemand antwortete. Noch in diesem Augenblick kehrte Tante Hester zurück.

»Timothy«, sagte sie, »Timothy hat eine Karte gekauft, und er hat drei – er hat drei Flaggen hineingesteckt.«

Timothy hatte –! Ein Seufzer ging durch die Gesellschaft.

Wenn Timothy in der Tat bereits drei Flaggen hineingesteckt hatte, so – war das ein Zeichen, wozu eine Nation imstande ist, wenn sie aufgerüttelt wurde. Der Krieg war so gut wie vorüber.

13. Jolyon merkt, wie es um ihn steht

Jolyon stand am Fenster von Hollys alter Kinderschlafstube, die in ein Atelier umgewandelt war, und zwar nicht weil es Nordlicht hatte, sondern der weiten Aussicht wegen. Er ging an das Seitenfenster, von wo man den Hof übersah, und pfiff dem Hunde Balthasar, der wie immer unter dem Glockenturm lag. Der alte Hund blickte herauf und wedelte mit dem Schwanz. »Armer alter Knabe!«, dachte Jolyon, indem er zu dem andern Fenster zurückkehrte.

Die ganze Woche, seit seinem Versuch, sein Amt als Ratgeber fortzuführen, war er ruhelos gewesen, hatte ein schlechtes Gewissen, das immer wach war, ihn verwirrte sein Mitleid, das leicht erregt war, und er hatte eine sonderbare Empfindung, als habe sein Gefühl für Schönheit eine endliche Verkörperung gefunden. Der Herbst machte sich über die alte Eiche her, ihre Blätter bräunten sich. Der Sommer war heiß gewesen und sehr sonnig. Wie mit Bäumen, geht es auch mit dem Leben der Menschen! »Ich müsste lange leben«, dachte Jolyon, »ich schrumpfe ein vor Mangel an Wärme. Wenn ich nicht arbeiten kann, gehe ich fort, nach Paris.« Aber die Erinnerung an Paris machte ihm keine Freude. Überdies, wie konnte er fort? Er musste bleiben und sehen, was Soames unternehmen würde. »Ich bin ihr Berater. Ich kann sie nicht ohne Schutz lassen«, dachte er. Er hatte sich gewundert, wie klar er Irene in ihrem kleinen Wohnzimmer noch vor sich sah, obwohl er nur zweimal dort gewesen war. Ihre Schönheit hatte etwas ungemein Harmonisches! Kein Porträt, so treu es sein mochte, würde ihr jemals gerecht werden, ihr innerstes Wesen war – ach! – ja, was nur? ... Das Geräusch von Hufschlägen rief ihn an das andere Fenster zurück. Holly ritt auf ihrem langschweifigen »Zelter« in den Hof. Sie blickte herauf, und er winkte ihr zu. Sie war in der letzten Zeit sehr still gewesen; sie wird älter, meinte er, beginnt an ihre Zukunft zu denken, wie alle diese jungen Leute! Es war wirklich eine verteufelte Sache mit der Zeit! Und in dem Gefühl, dass es eine unverzeihliche Torheit sei, diese schnell schwindende gute Gelegenheit zu versäumen, griff er zu seinem Pinsel. Doch es war umsonst, er konnte seinen Blick nicht konzentrieren – und außerdem schwand das Licht. »Ich will zur Stadt«, dachte er. In der Halle kam ein Mädchen auf ihn zu.

»Eine Dame wünscht Sie zu sprechen, Sir; Mrs. Heron.«

Merkwürdiges Zusammentreffen! Als er in die Bildergalerie trat, wie der Raum noch genannt wurde, sah er Irene drüben am Fenster stehen.

Sie kam ihm entgegen und sagte:

»Ich bin durch das Wäldchen und den Garten einen verbotenen Weg gegangen. Auf dem Wege kam ich immer, wenn ich Onkel Jolyon besuchte.«

»Hier ist Ihnen nichts verboten«, erwiderte Jolyon, »die Vergangenheit macht das unmöglich. Ich dachte eben an Sie.«

Irene lächelte. Und es war, als schimmere etwas durch dies Lächeln, nicht nur Geistiges – etwas Klareres, Vollkommeneres, Lockenderes.

»Vergangenheit!«, murmelte sie. »Ich sagte Onkel Jolyon einmal, dass Liebe ewig währe. Aber es ist nicht so. Nur Abneigung bleibt bestehen.«

Jolyon starrte sie an. War sie endlich über Bosinney hinweggekommen?

»Ja«, sagte er, »Abneigung geht tiefer als Liebe oder Hass, weil sie völlig von den Nerven abhängig ist. Und die ändern sich nicht.«

»Ich kam, um Ihnen zu sagen, dass Soames bei mir gewesen ist. Er sagte etwas, das mich erschreckte. Er sagte: ›Du bist noch immer meine Frau!‹«

»Wie?«, rief Jolyon. »Sie dürfen nicht allein leben.« Und er fuhr fort sie anzustarren, ihn bedrückte der Gedanke, dass nichts ganz glatt ging, wo Schönheit mit im Spiele war, weshalb, ohne Zweifel, so viele Leute sie für unmoralisch hielten.

»Was noch?«

»Er bat mich, ihm die Hand zu reichen.«

»Taten Sie es?«

»Ja. Als er eintrat, dachte er, glaube ich, nicht daran; er wurde andern Sinnes, während er da war.«

»Ah! Sie dürfen sicher nicht weiter allein dort wohnen.«

»Ich kenne keine Frau, die ich bitten könnte, zu mir zu kommen, und ich kann mir auf Befehl doch nicht einen Geliebten nehmen, Vetter Jolyon.«

»Gott bewahre! Welch eine verwünschte Lage!«, sagte Jolyon. »Wollen Sie zu Tisch bleiben? Nein? Nun, dann will ich Sie zur Stadt zurückbegleiten, ich wollte ohnedies heute Abend hin.«

»Wirklich?«

»Wirklich! Ich bin in fünf Minuten fertig.«

Auf dem Wege zur Station sprachen sie von Bildern und Musik, von dem Gegensatz im Charakter der Engländer und Franzosen und dem Unterschied in ihrer Stellung zur Kunst. Allein auf Jolyon machten die Farben in den Hecken des langen geraden Weges, das Gezwitscher der Buchfinken, das sie begleitete, der Duft von verbranntem Unkraut, die Wendung ihres Halses, ihre faszinierenden dunklen Augen, die dann und wann auf ihn gerichtet waren, der Zauber ihrer ganzen Gestalt einen tieferen Eindruck, als die Bemerkungen, die sie wechselten. Unwillkürlich hielt er sich grader, ging mit elastischeren Schritten.

Im Zuge stellte er ein förmliches Verhör an, um zu erfahren, wie sie ihre Tage verbrachte.

Sie machte ihre Kleider selbst, kaufte ein, besuchte ein Hospital, spielte Klavier, übersetzte aus dem Französischen. Sie schien regelmäßige Arbeit von einem Verleger zu haben, die ihr Einkommen ein wenig erhöhte. Abends ging sie selten aus. »Ich habe so lange allein gelebt, sehen Sie, dass es mir gar nichts ausmacht. Ich glaube, ich bin von Natur einsam.«

»Das glaube ich nicht«, sagte Jolyon. »Kennen Sie viele Leute?«

»Sehr wenige.«

An der Waterloo Station nahmen sie eine Droschke und er fuhr mit ihr bis vor ihr Haus. Als er ihr beim Abschied die Hand drückte, sagte er:

»Sie wissen, dass Sie immer zu uns nach Robin Hill kommen können, Sie müssen mich alles wissen lassen, was geschieht. Leben Sie wohl, Irene.«

»Leben Sie wohl«, erwiderte sie sanft.

Jolyon stieg wieder in seine Droschke, erstaunte, dass er sie nicht gebeten hatte, mit ihm zu essen und dann ins Theater zu gehen. Welch ein einsames, ausgehungertes, trostloses Leben sie doch führte! »Hotch-Potch-Klub«, rief er durch die Klappe. Als der Wagen das Ufer erreichte, ging ein Mann in hohem Hut und Überrock rasch so dicht an der Mauer vorüber, dass er sie zu streifen schien.

»Herr des Himmels!«, dachte Jolyon. »Soames! Was mag der nur vorhaben?« Er ließ die Droschke an der Ecke halten, stieg aus und ging an eine Stelle, von der aus er den Eingang des Hauses sehen konnte. Soames hatte davor haltgemacht und sah zu ihrem erleuchteten Fenster hinauf. »Wenn er hineingeht«, dachte Jolyon, »was tue ich dann? Habe ich ein Recht, etwas zu tun?« Was der Mann gesagt hatte, war richtig. Sie war noch seine Frau, völlig ohne Schutz bei Belästigungen! »Wenn er hineingeht«, dachte er, »folge ich ihm.« Und er begann auf das Haus zuzugehen. Soames war weitergegangen, er stand jetzt am Eingang. Plötzlich aber hielt er inne, kehrte um und ging zurück an den Fluss. »Was nun?«, dachte Jolyon. »Nach einem Dutzend Schritte wird er mich erkennen.« Er machte kehrt. Sein Vetter ging in gleichem Schritt mit ihm, aber er erreichte seine Droschke und war eingestiegen, bevor Soames um die Ecke kam. »Fahren Sie weiter!«, sagte er durch die Klappe. Soames' Gesicht tauchte neben dem Wagen auf.

»Droschke!«, rief er. »Besetzt? Hallo!«

»Hallo!«, antwortete Jolyon. »Du?«

Der offene Argwohn im Gesicht seines Vetters, das bleich aussah im Lampenlicht, brachte ihn zum Entschluss.

»Ich kann dich mitnehmen«, sagte er, »wenn du in den Westen willst.«

»Danke«, sagte Soames und stieg ein.

»Ich habe Irene getroffen«, sagte Jolyon, als die Droschke sich in Bewegung setzte.

»So?«

»Du hast sie gestern selbst besucht, höre ich.«

»Das tat ich«, sagte Soames; »sie ist meine Frau, wie du weißt.«

Der Ton, die höhnisch emporgezogenen Lippen erregten plötzlich Jolyons Zorn, doch er unterdrückte ihn.

»Du musst am besten wissen, was du tust«, sagte er, »aber wenn du eine Scheidung willst, ist es nicht sehr klug, sie zu besuchen, nicht wahr? Man kann nicht mit dem Hasen laufen und zugleich mit den Hunden hetzen.«

»Es ist sehr freundlich von dir, mich zu warnen«, sagte Soames, »aber ich bin noch nicht entschlossen.«

»Sie ist es«, sagte Jolyon und sah gerade vor sich hin. »Du kannst nicht Dinge anführen, weißt du, die zwölf Jahre zurück liegen.«

»Das bleibt noch abzuwarten.«

»Sieh«, sagte Jolyon, »sie ist in einer heiklen Lage, und ich bin der einzige Mensch, der ein Recht hat, bei ihren Angelegenheiten mitzureden.«

»Außer mir«, erwiderte Soames, »der ich auch in einer heiklen Lage bin. Die ihre ist so, wie sie sie sich selbst geschaffen hat, die meine, wie sie sie für mich geschaffen hat. Ich weiß noch gar nicht, ob ich sie in ihrem eigenen Interesse nicht auffordern werde, zu mir zurückzukehren.«

»Wie?«, rief Jolyon, und ein Schauer überlief ihn.

»Ich weiß nicht, was du mit diesem ›Wie‹ meinst«, entgegnete Soames kalt; »dein Mitreden in ihren Angelegenheiten beschränkt sich darauf, ihr ihre Rente auszuzahlen, vergiss das, bitte, nicht. Um sie nicht durch eine Scheidung zu entehren, behielt ich meine Rechte, und, wie gesagt, ich weiß noch nicht, ob ich sie nicht geltend machen werde.«

»Mein Gott!«, entfuhr es Jolyon und er lachte kurz auf.

»Ja«, sagte Soames mit tödlicher Feindseligkeit in der Stimme. »Ich habe den Spitznamen, den dein Vater mir gab, nicht vergessen. Ich führe solchen Namen nicht umsonst. Ich halte fest an meinem Besitz.«

»Das ist ungeheuerlich«, murmelte Jolyon. Nun, der Mann konnte seine Frau ja nicht zwingen, mit ihm zu leben. Diese Zeiten waren jedenfalls vorbei! Er sah Soames von der Seite an und dachte: »Lebt er wirklich, dieser Mann?« Aber Soames sah sehr wirklich aus, wie er eckig, doch beinah elegant dasaß mit dem gestutzten Schnurrbart in dem blassen Gesicht und seinem starren Lächeln auf den Lippen, durch das ein Zahn sichtbar wurde. Es trat eine lange Pause ein, während der Jolyon sich sagte: »Anstatt ihr zu helfen, habe ich die Sache verschlimmert.« Plötzlich begann Soames wieder:

»Es wäre in vieler Hinsicht das Beste, das ihr begegnen könnte.«

Bei diesen Worten geriet Jolyon in solche Unruhe, dass er in der Droschke kaum still zu sitzen vermochte. Ihm war, als säße er eingeschlossen mit Hunderttausenden seiner Landsleute, bei denen ein gewisses Etwas in ihrem nationalen Charakter ihn immer so empört hatte, etwas eigentlich äußerst Natürliches, das ihm dennoch unerklärlich erschien – nämlich ihr unerschütterlicher Glaube an Kontrakte und gesetzlich verbriefte Rechte, ihr selbstgefälliges Gefühl von Vortrefflichkeit bei der Ausübung dieser Rechte. Hier neben ihm in der Droschke sah er – noch dazu in Gestalt seines eigenen Verwandten! – die leibhaftige Verkörperung, sozusagen die Summe des Besitzinstinkts. Es war grausam und unerträglich! »Aber das ist nicht alles!«, dachte er mit einem stechenden Gefühl. »Alte Liebe rostet nicht!«, wie man sagt. Dir Anblick hat irgendetwas in ihm wachgerufen. Schönheit! Der Teufel steckt darin!

»Wie gesagt«, wiederholte Soames, »ich bin noch nicht entschlossen. Es wäre mir lieb, wenn du die Freundlichkeit hättest, sie ganz in Ruhe zu lassen.«

Jolyon biss sich auf die Lippen; er, der immer ein Feind von Streit gewesen, begrüßte jetzt beinahe den Gedanken daran.

»Ich kann dir ein solches Versprechen nicht geben«, sagte er kurz.

»Sehr gut«, sagte Soames, »dann wissen wir, woran wir sind. Ich möchte hier aussteigen.« Er ließ die Droschke halten und stieg ohne ein Wort oder Zeichen des Abschieds aus. Jolyon fuhr weiter in seinen Klub.

Die ersten Nachrichten vom Kriege wurden in den Straßen ausgerufen, allein er achtete nicht darauf. Was konnte er tun, ihr zu helfen? Wenn nur sein Vater noch lebte! Er hätte so viel tun können! Aber weshalb sollte er nicht alles tun können, was sein Vater getan hätte? War er nicht alt genug? – Fünfzig Jahre und zweimal verheiratet, mit erwachsenen Töchtern und einem Sohn. »Merkwürdig«, dachte er. »Wäre sie reizlos, würde ich mich nicht einen Augenblick besinnen. Schönheit ist eine verteufelte Sache, wenn man empfänglich dafür ist!« Verstört ging er in das Klub-Lesezimmer. In demselben Zimmer hatte er an einem Sommernachmittag einmal mit Bosinney gesprochen; er erinnerte sich noch deutlich der verhüllten Strafpredigt, die er dem jungen Mann in Junes Interesse gehalten, und der Diagnose eines Forsyte, die er gewagt hatte; und auch, wie er darüber nachgedacht, was für eine Art Frau es wohl sein mochte, vor der er ihn gewarnt. Und jetzt! Er brauchte jetzt beinah selbst eine Warnung. »Eine verteufelt komische Geschichte!«, dachte er. »Wirklich eine verteufelt komische Geschichte!«

14. Soames entdeckt, was er braucht

Es ist so viel leichter zu sagen: »Also wissen wir, woran wir sind«, als mit den Worten eine bestimmte Meinung auszudrücken, und als er sie aussprach, hatte Soames nur seiner eifersüchtigen Erbitterung Luft gemacht. Ärgerlich über sich selbst, weil er Irene nicht gesehen hatte, und über Jolyon, weil er sie gesehen, außerdem auch darüber, dass er nicht genug zu erfahren vermochte, was er wollte, war er aus der Droschke gestiegen.

Er hatte den Wagen verlassen, weil er es nicht ertragen konnte, neben seinem Vetter sitzen zu bleiben, und ging nun rasch weiter dem Osten zu. »Ich würde diesem Gesellen Jolyon nicht über den Weg trauen«, dachte er. »Ausgestoßen bleibt ausgestoßen!« Der Mensch hatte eine angeborene Sympathie für – für – lockere Sitten (er scheute das Wort Sünde, weil es zu melodramatisch für den Gebrauch eines Forsyte war).

Unbestimmtheit in seinen Wünschen war ein neues Gefühl für ihn. Er war wie ein Kind zwischen einem versprochenen Spielzeug und einem alten, das man ihm fortgenommen hatte; und er staunte über sich selbst. Am vorigen Sonntag war der Wunsch, seine Freiheit zu erlangen und Annette zu gewinnen, ihm ganz einfach erschienen. »Ich will zum Essen hingehen«, dachte er. Bei einem Wiedersehen mit ihr würde die Aufrichtigkeit seiner Absicht sich vielleicht wieder einstellen, seine Erbitterung sich mildern und sein Gemüt sich beruhigen.

Das Restaurant war ziemlich besucht – er sah eine ganze Menge Fremder, Leute, die er, ihrem Aussehen nach, für Literaten oder Artisten hielt. Bruchstücke der Unterhaltung drangen durch das Geklirr von Tellern und Gläsern zu ihm. Er hörte deutlich, dass sie mit den Buren sympathisierten und die britische Regierung tadelten. »Ihre Kundschaft imponiert mir nicht sonderlich«, dachte er. Er verzehrte gleichgültig sein Mittagessen und trank seinen Kaffee, ohne seine Anwesenheit zu melden, und als er endlich fertig war, sorgte er dafür, nicht gesehen zu werden, als er sich in das Heiligtum Madame Lamottes begab. Sie waren, wie er erwartet hatte, beim Essen, einem so viel einladender aussehenden Mahl als das seine gewesen, sodass er sich beinahe gekränkt fühlte – und sie begrüßten ihn scheinbar so überrascht, dass ihm plötzlich der Verdacht kam: »Sie wissen, dass ich die ganze Zeit hier gewesen bin.« Verstohlen warf er einen forschenden Blick auf Annette. So hübsch und offenbar so aufrichtig; konnte sie wohl nach ihm angeln? Er wandte sich zu Madame Lamotte und sagte:

»Ich habe hier gegessen.«

Wirklich! Wenn sie das gewusst hätte! Wie gern hätte sie ihm einige Gerichte empfohlen, wie schade! Ihre Worte bekräftigten Soames' Verdacht. »Ich muss überlegen, was ich tun soll!«, dachte er bitter.

»Noch eine Tasse ganz besonders guten Kaffee, Monsieur? Oder einen Likör, Grand Marnier?«, und Madame Lamotte erhob sich, diese Delikatessen zu bestellen.

Als Soames mit Annette allein blieb, sagte er mit einem zurückhaltenden kleinen Lächeln auf den Lippen: »Nun, Annette?«

Das Mädchen errötete. Dies Erröten, das am vorigen Sonntag seine Nerven in Aufruhr gebracht hätte, erweckte jetzt ein Gefühl in ihm, als ob ein Hund sich an ihn schmiegte und mit dem Schwanz wedelte. Er hatte eine sonderbare Empfindung von Macht, als könnte er zu ihr sagen: »Komm und küsse mich«, und sie wäre gekommen. Und doch – es war seltsam – es schien hier im Zimmer ein anderes Gesicht und eine andere Gestalt zu sein, und sein Verlangen, stand es nach dem einen oder dem andern? Er wies auf das Restaurant und sagte: »Sie haben da ein paar merkwürdige Gäste. Gefällt Ihnen dies Leben?«

Annette blickte einen Augenblick zu ihm auf, sah vor sich hin und spielte mit ihrer Gabel.

»Nein«, sagte sie, »es gefällt mir nicht.«

»Ich habe sie«, dachte Soames, »wenn ich sie will. Aber will ich sie?« Sie war anmutig, sie war hübsch – sehr hübsch: Sie war frisch und sie hatte einen gewissen Geschmack. Seine Augen wanderten durch das Zimmer, doch im Geiste gingen sie andere Wege – er sah dämmriges Licht und silbrige Wände, ein Klavier aus Atlasholz, eine Frau, die daran stand, wie in Abwehr vor ihm – eine Frau mit weißen Schultern, die er kannte, mit dunklen Augen, die er zu kennen versucht, und Haar wie stumpfdunkler Bernstein. Und wie bei einem Künstler, der nach Unerreichbarem strebt und ewig dürstet, erwachte in diesem Augenblick der Durst der alten Leidenschaft in ihm, der nie gestillt war.

»Nun«, sagte er, »Sie sind jung. Alles liegt noch vor Ihnen.«

Annette schüttelte den Kopf.

»Ich glaube zuweilen, dass nichts vor mir liegt als harte Arbeit. Ich liebe die Arbeit nicht so wie meine Mutter.«

»Ihre Mutter ist wunderbar«, sagte Soames mit leisem Spott, »ihr wird nie etwas misslingen.«

Annette seufzte. »Es muss wundervoll sein, reich zu sein.«

»Oh! Sie werden sicher einst reich«, sagte Soames immer noch mit leisem Spott; »fürchten Sie nichts.«

Annette zuckte die Achseln. »Monsieur ist sehr gütig.« Und sie schob ein Stück Schokolade zwischen die schmollenden Lippen.

Madame Lamotte kam mit Kaffee und Likör und machte der Unterhaltung ein Ende. Soames blieb nicht lange dort.

Draußen auf den Straßen von Soho, die ihm stets solch ein Gefühl unrechtmäßig erworbenen Besitzes gaben, versank er in grübelndes Sinnen. Hätte Irene ihm einen Sohn geschenkt, so würde er nicht hinter Frauen herlaufen! Dieser Gedanke war aus seinem dunklen Versteck ganz plötzlich in sein Bewusstsein gedrungen. Ein Sohn - etwas, worauf man seine Hoffnung setzen könnte, etwas, das dem Rest des Lebens Wert verlieh, eine Fortsetzung seiner selbst. »Hätte ich einen Sohn«, dachte er bitter, »einen eigenen rechtmäßigen Sohn, so könnte ich wieder anfangen zu leben wie einst. Eine Frau ist schließlich fast ebenso wie die andere.« Im Weitergehen aber schüttelte er den Kopf. Nein! Eine Frau war nicht ebenso wie die andere. Wie oft hatte er das in den alten Tagen seines aufreibenden Ehelebens gedacht; und er hatte sich immer geirrt. Auch jetzt irrte er sich. Er versuchte sich Annette zu denken wie die andere war. Allein sie war nicht so, sie besaß nicht den Reiz jener alten Leidenschaft. »Und Irene ist meine Frau«, dachte er, »meine rechtmäßige Frau. Ich habe nichts getan, sie von mir zu entfernen. Weshalb sollte sie nicht zurückkehren zu mir? Das allein wäre das Richtige, das Gesetzmäßige. Es verursacht keinen Skandal, keine Störung. Wenn es *ihr* unangenehm ist - doch warum sollte es das sein? Ich bin kein Aussätziger, und sie - sie liebt keinen andern mehr!« Weshalb sollte er sich den Spitzfindigkeiten, dem niedrigen Schimpf und den lauernden Niederlagen des Ehescheidungsgerichtes aussetzen, wenn sie da war, einem leeren Hause gleich, und nur darauf wartete, wieder in Besitz genommen zu werden, ihm anzugehören, dessen rechtmäßiges Eigentum sie war. Für einen Mann wie Soames hatte der Gedanke, wieder in ruhigen Besitz seines Eigentums zu gelangen, ohne sich der Welt gegenüber etwas zu vergeben, etwas ungeheuer Lockendes. »Nein«, überlegte er, »ich bin froh, bei dem Mädchen gewesen zu sein. Ich weiß jetzt, was mir am meisten nottut. Wenn Irene nur zurückkommen wollte, würde ich jede Rücksicht nehmen, die sie wünscht, sie könnte ihr eigenes Leben leben; doch vielleicht, vielleicht würde sie ganz zurückkehren.« Sein Hals schnürte sich zusammen. Und wie von dieser Idee besessen ging er am Gitter des Greenpark entlang zum Hause seines Vaters und versuchte auf seinen Schatten zu treten, der sich vor ihm im hellen Mondlicht dehnte.

Zweiter Teil

1. Die dritte Generation

Eines Abends im November schlenderte Jolly Forsyte die High Street in Oxford hinunter; Val Dartie schlenderte sie hinauf. Jolly hatte sich nach dem Rudern eben umgekleidet und war auf dem Wege zu seinem Klub, in den er kürzlich gewählt worden war. Val hatte den Reitanzug eben mit einem andern vertauscht und war auf dem Wege zu etwas weniger Harmlosem – einem Buchmacher in Cornmarket.

»Hallo!«, sagte Jolly.

»Hallo!«, erwiderte Val.

Die Vettern waren einander nur zweimal begegnet, Jolly, der schon im zweiten Jahrgang war, hatte den Neuankömmling zum Frühstück eingeladen, und gestern Abend hatten sie sich unter einigermaßen fremdartigen Umständen wiedergesehen.

Über einem Schneider in Cornmarket wohnte einer jener bevorzugten jungen Leute, die als Minderjährige ein großes Erbe besitzen, deren Eltern tot, deren Vormünder weit entfernt und deren Instinkte lasterhaft sind. Mit neunzehn Jahren hatte er eine Laufbahn begonnen, die gewöhnlichen Sterblichen, für die ein einmaliger Bankrott so gut wie ein Fest ist, so anziehend und unbegreiflich erscheint. Er war berühmt als Besitzer des einzigen Roulettetisches, der damals in Oxford zu finden war, und brachte sogar das Geld, das er zu erwarten hatte, verblüffend rasch durch. Er stach selbst Crum vollständig aus, obwohl er ein robuster Typus war, dem die faszinierende Lässigkeit des andern fehlte. Dort zum Roulettespiel eingeführt zu werden, war für Val bedeutungsvoll wie eine Taufe, und nach der Sperrstunde durch ein Fenster des College zurückzukehren, dessen Riegel wenig widerstandsfähig waren, ein Ereignis wie eine Konfirmation. Einmal während jenes herrlichen Abends, als er von dem verführerischen Grün vor ihm aufblickte, sah er durch eine Wolke von Tabakqualm gegenüber seinen Vetter stehen. »Rouge gagne, impair, et manque!« Er hatte ihn nicht wiedergesehen.

»Komm mit in den Klub zum Tee«, sagte Jolly, und sie gingen hinein.

Ein Fremder, der sie zusammen gesehen hätte, würde eine entfernte Ähnlichkeit zwischen diesen Vettern der dritten Generation der Forsytes bemerkt haben; die gleiche Gesichtsbildung, wenn auch Jollys Augen von dunklerem Grau, sein Haar heller und welliger war.

»Bitte Tee und Buttersemmeln, Kellner«, sagte Jolly.

»Nimmst du eine Zigarette?«, fragte Val. »Ich sah dich gestern abends. Wie erging es dir?«

»Ich spielte nicht.«

»Ich gewann fünfzehn Goldfüchse.«

Obwohl Jolyon gern einen launigen Ausspruch über Spielen, den er einmal von seinem Vater gehört, wiederholt hätte – »Wenn du geschoren wirst, ist dir übel zumute, wenn du andere scherst, tut es dir leid« – begnügte er sich damit zu sagen:

»Faules Spiel, finde ich; ich war auf der Schule mit dem Burschen. Er ist ein schrecklicher Dummkopf.«

»Oh, ich weiß nicht«, sagte Val, wie man wohl einen verunglimpften Gott verteidigt, »er ist ein ganz lustiger Kerl.«

Sie pafften schweigend Dampfwolken in die Luft.

»Du bist mit meinen Leuten zusammengewesen, nicht?«, sagte Jolly. »Sie kommen morgen her.«

Val ward ein wenig rot.

»Wirklich? Ich kann dir einen selten guten Tip für das Manchester-November-Handicap geben.«

»Danke, ich interessiere mich nur für die klassischen Rennen.«

»Dabei kannst du nichts gewinnen.«

»Ich hasse den Ring, da ist solch ein Lärm und Gestank. Ich geh nur gern in den Sattelraum.«

»Ich verlasse mich nur auf mein Urteil und auf meinen Tip«, erwiderte Val.

Jollys Lächeln erinnerte an das seines Vaters. »Ich habe gar kein Urteil, ich verliere immer, wenn ich wette.«

»Die Erfahrung muss man natürlich teuer erkaufen.«

»Ja, aber die anderen kommen dabei immer zu Schaden.«

»Natürlich, aber wenn nicht die anderen, ist man's selber, der zu Schaden kommt – das ist eben der Kitzel.«

Jolly blickte ihn ein wenig verächtlich an.

»Was tust du in deinen Freistunden? Rudern?«

»Nein, reiten und mich umschauen. Im nächsten Semester will ich Polo spielen, wenn ich meinen Großvater dazu bekomme, mehr zu blechen.«

»Das ist der alte Onkel James, nicht wahr? Wie ist er?«

»Älter als Methusalem«, sagte Val, »und immer in Angst, sich zu ruinieren.«

»Ich vermute, dass mein Großvater und er Brüder waren.«

»Ich glaube nicht, dass einer von der alten Sippe Sportsmann war«, sagte Val, »sie müssen das Geld angebetet haben.«

»Meiner nicht«, sagte Jolly warm.

Val strich die Asche von seiner Zigarette.

»Geld ist nur gut zum Ausgeben«, sagte er, »ich wünschte wahrhaftig, ich hätte mehr.«

Jolly sah ihn von unten her mit dem kritischen Blick an, den er von dem alten Jolyon geerbt hatte: »Man spricht nicht von Geld!« Und wieder herrschte Schweigen, während sie Tee tranken und ihre Buttersemmeln aßen.

»Wo werden deine Leute wohnen?«, fragte Val mit gespielter Gleichgültigkeit.

»Im ›Regenbogen‹. Wie denkst du über den Krieg?«

»Faul so weit. Die Buren haben keine Ahnung von Sport. Weshalb rücken sie nicht offen vor?«

»Warum sollten sie? Alles spricht gegen sie, ausgenommen ihre Art zu kämpfen. Ich bewundere sie eher.«

»Sie können reiten und schießen«, gab Val zu, »aber es ist eine lausige Bande. Kennst du Crum?«

»Aus Merton? Nur vom Sehen. Er ist wohl auch in dem flotten Kreis, nicht wahr? Etwas affektiert und verbummelt und liederlich.«

»Er ist mein Freund!«, sagte Val fest.

»Oh! Tut mir leid!« Und nachdem sie ihre Lieblingsrenommierpunkte erörtert hatten, saßen sie da und starrten verlegen aneinander vorbei. Denn Jolly stand unbewusst eine Verbindung vor Augen, deren Leitsatz war: »Glaubt nicht, dass ihr uns langweilen dürft. Das Leben ist viel zu kurz, und wir wollen schneller reden und kraftvoller, wollen mehr tun und mehr wissen und uns weniger bei einer Sache aufhalten, als ihr euch überhaupt vorstellen könnt. Wir sind die ›Besten‹ – zäh und elastisch.« – Und Val hatte unbewusst eine Verbindung vor Augen, deren Leitsatz war: »Glaubt nicht, dass ihr uns interessieren oder aufregen könnt. Wir kennen jede Sensation, und wenn nicht, so tun wir doch, als hätten wir sie erlebt. Wir sind so blasiert, dass Tag und Nacht uns gleich vorkommen. Wir wollen unser Letztes mit Gleichmut verspielen. Wir sind rasch geflogen und über alles hinaus. Alles ist Schall und Rauch! Bismillah!« Wetteifer, der bei den Engländern so tief eingewurzelt ist, zwang diese beiden jungen Forsytes Ideale zu haben, und am Schluss eines Jahrhunderts sind die Ideale sehr gemischt. Die Aristokratie hatte im Grunde die neuen Ideen angenommen, wenn auch hier und dort Leute wie Crum – der von Adel war – zaghaft für das Nirwana des Spielers eintraten, das das summum bonum der alten »Dandys« und der »Stutzer« der Achtzigerjahre gewesen war. Und um Crum sammelte sich noch ein Häuflein Blaublütiger mit plutokratischem Anhang.

Aber zwischen den Vettern herrschte noch eine andere, weniger sichtbare Antipathie, die von der entfernten Familienähnlichkeit herrührte, die vielleicht beide verdross, oder auch von der halb unbewussten Vorstellung von der alten Fehde, die noch zwischen den beiden Zweigen der Familie bestand und sich nach besonderen Äußerungen und halben Andeutungen ihrer Eltern in ihnen gebildet hatte. Und Jolly, der mit seinem Teelöffel klapperte, dachte bei sich: »Seine Krawattennadel und seine Weste und seine Art zu sprechen und seine Wetten – du lieber Himmel!«

Und Val, der den Rest seiner Semmel verzehrte, dachte: »Er ist eigentlich ein Biest!«

»Du wirst deine Leute wohl abholen?«, sagte er und stand auf. »Willst du ihnen sagen, dass ich ihnen gern das College zeigen würde – falls sie Lust dazu haben – wenn da auch nicht viel los ist.«

»Danke, ich werde sie fragen.«

»Werden sie lunchen wollen? Ich habe einen sehr anstelligen Aufwärter.«

Jolly glaubte nicht, dass sie Zeit dazu haben würden. »Aber du fragst sie doch?«

»Sehr freundlich von dir«, sagte Jolly, in der festen Absicht, sie nicht gehen zu lassen, aber mit instinktiver Höflichkeit fügte er hinzu: »Du solltest morgen lieber zu uns zu Tisch kommen.«

»Sehr gern. Um welche Zeit?«

»Sieben Uhr dreißig.«

»Frack?«

»Nein.« Und sie schieden in unterdrückter Feindseligkeit gegeneinander.

Holly und ihr Vater trafen mit dem Mittagszug ein. Es war ihr erster Besuch in der Stadt der Türme und der Träume, und sie war sehr still und blickte fast mit Scheu auf den Bruder, der ein Teil dieses wundervollen Ortes war. Nach dem Lunch ging sie umher und nahm seinen Haushalt mit lebhafter Neugierde in Augenschein. Jollys Wohnzimmer war getäfelt, und die Kunst durch eine Anzahl Bartolozzidrucke, die dem alten Jolyon gehört hatten, und durch Fotografien von Kollegen repräsentiert – jungen Leuten, die ein wenig heldenhaft wirkten und sie an Val erinnerten. Jolyon unterzog dies Zeugnis des Charakters und Geschmacks seines Sohnes ebenfalls sorgfältig einer Prüfung.

Jolly lag viel daran, dass sie ihn rudern sehen sollten, daher begaben sie sich an den Fluss. Holly, die zwischen ihrem Bruder und ihrem Vater ging, fühlte sich gehoben, wenn Köpfe sich nach ihr umwandten und Augen auf ihr ruhten. Um ihn im besten Licht sehen zu können, verließen sie ihn an der Fähre und ließen sich ans andere Ufer übersetzen. Mit seiner schlanken Gestalt – denn von allen Forsytes waren nur die alte Swithin und George stark beleibt – ruderte Jolly als »Zwei« in einer Achtermannschaft. Er sah sehr ernst und eifrig aus. Mit Stolz sagte sich Jolyon, dass er von allen jungen Leuten am besten aussah. Holly gefielen, wie es einer Schwester zukam, einer oder zwei der andern besser, doch nicht um die Welt hätte sie das gesagt. Die Themse war klar an diesem Nachmittag, die Wiesen üppig, die Bäume noch schön gefärbt. Vollkommener Friede lag über der alten Stadt; Jolyon hoffte auf einen schönen Tag zum Skizzieren, wenn das Wetter sich hielt. Die Acht kamen zum zweiten Mal vorüber und kehrten längs der Boote zurück. Jollys Gesicht war sehr verschlossen, wie um zu verbergen, dass er außer Atem war. Sie kamen über den Fluss zurück und warteten auf ihn.

Auf dem Rückwege sagte Jolly: »Ich musste Val Dartie auffordern, heute Abend mit uns zu essen. Er wollte euch zum Lunch bei sich haben und euch sein College zeigen, da hielt ich es so für besser, da ihr dann nicht zu gehen braucht. Ich mag ihn nicht sehr.«

Hollys ziemlich blasses Gesicht erglühte.

»Weshalb nicht?«

»Ach! Ich weiß nicht. Er scheint ziemlich prahlerisch zu sein und hat schlechte Manieren. Wie ist seine Familie, Vater? Er ist nur ein entfernter Vetter, nicht wahr?«

Jolyon suchte Zuflucht in einem Lächeln.

»Frage Holly«, sagte er, »sie kennt seinen Onkel.«

»*Mir* gefiel Val«, erwiderte Holly und starrte vor sich hin; »sein Onkel sah – ganz anders aus.« Unter den Wimpern hervor warf sie einen verstohlenen Blick auf Jolly.

»Habt ihr jemals unsere Familiengeschichte gehört, meine Lieben?«, sagte Jolyon launig. »Es ist ein ganzes Märchen. Der erste Jolyon Forsyte – wenigstens der erste, von dem wir etwas wissen, und das ist euer Ururgroßvater – wohnte in Dorsetshire auf dem Lande an der See und war von Beruf ›Landwirt‹, wie eure Großtante es nennt, und auch der Sohn eines Landwirts – Pächters eigentlich, von dem euer Großvater zu sagen pflegte, dass er in ›sehr kleinen Verhältnissen‹ lebte.«

Er schaute Jolly an, um zu sehen, wie er es in seinem Stolz aufnahm, und bemerkte mit dem andern Auge Hollys boshaftes Vergnügen über die leise Enttäuschung im Gesicht ihres Bruders.

»Wir müssen ihn uns dick und derb denken. Typisch für England, wie es war, bevor die industrielle Ära begann. Der zweite Jolyon Forsyte – dein Urgroßvater, Jolly, baute Häuser, wie die Chronik erzählt, zeugte zehn Kinder und wanderte nach London aus. Es ist bekannt, dass er gern Madeira trank. Wir müssen ihn uns als Repräsentanten des England der Napoleonischen Kriege und allgemeiner Unruhen denken. Der älteste seiner sechs Söhne war der dritte Jolyon, euer Großvater, meine Lieben – er war Teehändler und Vorsitzender verschiedener Gesellschaften, einer der tüchtigsten Engländer, der je gelebt – und mir der liebste.« Jolyons Stimme hatte das Spöttische verloren, und sein Sohn und seine Tochter sahen ihn feierlich an. »Er war gerecht und hartnäckig, zärtlich und jung im Herzen. Ihr erinnert euch seiner und ich erinnere mich seiner ebenfalls. Nun zu den andern! Euer Großonkel James, der Großvater des jungen Val, hat einen Sohn namens Soames – mit dem die Geschichte einer verlorenen Liebe zusammenhängt, die keine Liebe war, aber ich glaube nicht, dass ich sie euch erzählen werde. James und die andern acht Kinder des ältesten Jolyon, von denen noch fünf am Leben sind, können gut als Repräsentanten des viktorianischen England mit seinen Handelsprinzipien und seinem Individualismus zu fünf Prozent und das Geld zurück angesehen werden, wenn ihr wisst, was das bedeutet. Jedenfalls haben sie dreißigtausend Pfund unter sich in eine runde Million verwandelt im Laufe ihres langen Lebens. Sie unternahmen niemals wilde Sachen – außer euerm Großonkel Swithin, der einst von einem Taschenspieler betrogen wurde und ›Vierspänner-Forsyte‹ genannt wurde, weil er mit zwei Pferden fuhr. Ihre Zeit geht zu Ende und auch ihr Typ, nicht gerade zum Vorteil des Landes. Ich bin der vierte Jolyon Forsyte – ein armseliger Vertreter des Namens –«

»Nein, Vater«, sagte Jolly, und Holly drückte ihm die Hand.

»Doch«, wiederholte Jolyon, »ein armseliges Exemplar, das, fürchte ich, nichts repräsentiert als das Ende des Jahrhunderts, nicht erworbenes Einkommen, Liebhabereien und individuelle Freiheit – etwas ganz anderes als Individualismus, Jolly. Du bist der fünfte Jolyon Forsyte, mein Junge, und du eröffnest den Ball des neuen Jahrhunderts.«

Sie bogen in das Tor des College ein und Holly sagte: »Es ist bezaubernd, Papa.«

Keiner von ihnen wusste, was sie eigentlich meinte. Jolly war ernst.

Der »Regenbogen«, der sich wie nur ein Gasthaus in Oxford es konnte, durch Mangel an modernen Einrichtungen auszeichnete, war mit einem kleinen eichengetäfelten Privatwohnzimmer ausgestattet, in dem Holly weiß gekleidet, scheu und allein saß, als der einzige Gast eintrat.

Wie man eine Motte berühren würde, ergriff Val ihre Hand. Ob sie sich nicht diese »armselige« Blume anstecken möchte? Es würde »fabelhaft« aussehen in ihrem Haar. Er nahm eine Gardenie aus seinem Knopfloch.

»Oh! Nein! Danke – das geht doch nicht!« Aber sie nahm sie und befestigte sie am Halse, während sie sich plötzlich des Wortes »prahlerisch« erinnerte. Vals Knopfloch hätte Anstoß erregt, und sie wollte so gern, dass er Jolly gefiel. Wusste sie, dass Val sich in ihrer Gegenwart von seiner besten und ruhigsten Seite zeigte, und war das vielleicht das halbe Geheimnis seines Reizes für sie?

»Ich habe nie etwas über unsern Ritt verlauten lassen, Val.«

»Tu's auch lieber nicht. Das bleibt unter uns.«

Die Unruhe in seinem ganzen Wesen gab ihr ein Gefühl der Macht, das köstlich war, aber auch ein sanftes Gefühl – den Wunsch, ihn glücklich zu machen.

»Erzähle mir doch von Oxford. Es muss ja himmlisch sein.«

Val gab zu, dass es riesig angenehm sei, tun zu können was man wollte, die Vorlesungen böten keine Schwierigkeiten, und es wären ein paar nette Kerle da. »Nur«, fügte er hinzu, »wünschte ich natürlich, ich wäre in der Stadt und könnte zu dir hinaus kommen und dich sehen.«

Holly legte scheu eine Hand aufs Knie und senkte den Blick.

»Du hast doch nicht vergessen«, sagte er, plötzlich Mut fassend, »dass wir zusammen toll umherstreifen wollten?«

»Ach! Das war nur ein Einfall. Man kann doch so etwas nicht tun, wenn man erwachsen ist, weißt du.«

»Ach was! Als Vetter und Cousine können wir es«, sagte Val. »In den nächsten großen Ferien – sie beginnen im Juni und dauern ewig – wollen wir die Gelegenheit benutzen.«

Holly aber schüttelte den Kopf, obwohl der Gedanke an die Verschwörung ihr wie ein Schauer durch die Adern rann. »Es wird nicht gehen«, murmelte sie.

»Nicht gehen!«, sagte Val heftig. »Wer kann uns daran hindern? Doch nicht dein Vater oder dein Bruder?«

In diesem Augenblick kamen Jolyon und Jolly herein, und alle Romantik floh und prickelte und brannte den ganzen Abend, keinem sichtbar, bis in die Zehenspitzen, in Vals Lack- und Hollys weißen Seidenschuhen.

In seinem feinen Gefühl für Atmosphäre merkte Jolyon bald die latente Feindseligkeit zwischen den beiden jungen Leuten und war erstaunt über Holly; unwillkürlich wurde er ironisch, was höchst peinlich für die Jugend ist. Ein Brief, der ihm nach dem Essen gebracht wurde, machte ihn schweigsam, und er blieb so, bis Val und Jolly sich erhoben, um zu gehen. Er zündete sich eine Zigarre an und begleitete sie hinaus, dann ging er mit seinem Sohn bis zu den Toren des Christ Church College. Als er zurückkehrte, nahm er den Brief wieder vor und las ihn nochmals unter einer Laterne.

»Lieber Jolyon!

Soames kam heute Abend – an meinem siebenunddreißigsten Geburtstag – wieder her. Sie hatten recht, ich darf hier nicht bleiben. Ich gehe morgen ins Piedmont Hotel, aber ich möchte nicht ins Ausland reisen, ohne Sie gesehen zu haben. Ich fühle mich einsam und mutlos.
Freundlichst

Ihre Irene.«

Er faltete den Brief zusammen, und erstaunt über die Heftigkeit seiner Gefühle, steckte er ihn wieder in die Tasche und ging weiter. Was hatte der Mann getan oder gesagt?

Er bog in die High Street ein und kam in ein Labyrinth von Türmen und Domen und langen Mauern und Fassaden der Colleges, die in dunklem Schatten lagen oder vom Mondlicht hell beleuchtet waren. Hier im Herzen von Englands Adel war es schwer sich vorzustellen, dass eine einsame Frau belästigt oder verfolgt werden konnte, doch was sonst konnte der Brief bedeuten? Soames musste in sie gedrungen sein zu ihm zurückzukehren, wo die öffentliche Meinung und das Gesetz doch auf seiner Seite waren! »Achtzehnhundertneunundneunzig!«, dachte er. »Aber wenn es sich um Besitz handelt, sind wir noch Heiden! Ich will morgen früh hin. Ich denke, es wird das Beste für sie sein ins Ausland zu reisen.« Doch der Gedanke gefiel ihm nicht. Weshalb sollte Soames sie aus England verjagen! Außerdem konnte er ihr folgen, und da draußen wäre sie den Aufmerksamkeiten ihres Mannes gegenüber noch hilfloser. »Ich muss vorsichtig vorgehen«, dachte er; »dieser Mensch könnte sehr lästig werden. Mir gefiel seine Art neulich in der Droschke nicht.« Ihm kam seine Tochter June in den Sinn. Konnte sie wohl helfen? Einst war Irene ihre beste Freundin gewesen, und jetzt war sie eine »lahme Ente«, der beizustehen in Junes Natur lag! Er beschloss, seiner Tochter zu telegrafieren, sich mit ihm an der Paddington Station zu treffen. Auf dem Wege zum »Regenbogen« versuchte er sich Rechenschaft über seine eigenen Gefühle zu geben. Würde ihn jede Frau in gleichem Falle in solche Erregung versetzen? Nein! Sicherlich nicht! Das Resultat dieser Schlussfolgerung bedrückte ihn, und als er sah, dass Holly zu Bett gegangen war, suchte er sein eigenes Zimmer auf.

Allein schlafen konnte er nicht, er saß daher lange in seinen Mantel gehüllt am Fenster und beobachtete den Mondschein auf den Dächern.

Nebenan lag Holly ebenfalls wach und dachte an Vals lange Wimpern, namentlich die der unteren Lider, und überlegte, was sie tun könnte, um Jolly freundlicher für ihn zu stimmen. Es duftete herb, für sie aber angenehm nach der Gardenie in ihrem kleinen Schlafzimmer.

Und Val lehnte aus seinem Fenster im ersten Stock des Colleges und starrte auf ein Mondscheinviereck, ohne es zu sehen, er sah stattdessen Holly vor sich, schlank und weiß gekleidet, wie sie am Kamin gesessen, als er eintrat.

Jolly aber lag in seinem Schlafzimmer, das schmal war wie ein Handtuch, mit einer Hand unter der Wange und träumte, dass er mit Val in einem Boot saß und um die Wette mit ihm ruderte, während sein Vater vom Uferweg aus rief: »Zwei! Aufpassen! Geschickt sein!«

2. Soames versucht es noch einmal

Von all jenen glänzenden Firmen, die mit ihren Fenstern den Westen von London zieren, hielt Soames Gaves und Cortegal für die »gediegenste« – ein Wort, das eben in Mode gekommen war. Er hatte nie Geschmack an kostbaren Steinen gehabt, wie sein Onkel Swithin, und seit Irene im Jahre 1889 sein Haus verlassen und auf all das glitzernde Zeug, das er ihr geschenkt, verzichtet hatte, verabscheute er diese Art von Kapitalsanlage. Aber er verstand sich auf Diamanten, und in der Woche vor ihrem Geburtstag hatte er die Gelegenheit benutzt, sich auf dem Wege zu oder von seinem Büro ein wenig vor den Läden der größeren Juweliere aufzuhalten, wo die Waren zwar nicht dem Wert des Geldes entsprachen, aber immerhin etwas Vornehmes hatten.

Beständiges Nachdenken hatte ihn seit der Droschkenfahrt mit Jolyon immer mehr von der außerordentlichen Wichtigkeit dieses Moments in seinem Leben und der außerordentlichen Notwendigkeit überzeugt, Schritte, und zwar keine falschen, zu unternehmen. Und neben dem trockenen, vernünftigen Gedanken, dass es jetzt oder nie geschehen müsse, wenn er sich einrichten und eine Familie gründen wolle, regte sich der geheime Drang seiner Sinne, die der Anblick der einst so leidenschaftlich begehrten Frau geweckt hatte, und die Überzeugung, dass es eine Sünde gegen den gesunden Menschenverstand und die anständige Gesinnung eines Forsyte sei, auf die Frau zu verzichten, die ihm gehörte.

In Bezug auf Winifreds Fall hatte Justizrat Dreamer – Soames hätte Waterbuck vorgezogen – geraten, die Wiederherstellung der ehelichen Gemeinschaft zu beantragen, worüber Soames niemals in Zweifel gewesen war. Wenn ihnen der Rechtsspruch darüber zugegangen war, mussten sie abwarten, ob ihm entsprochen wurde. Wenn nicht, würde es zur Feststellung böswilligen Verlassens kommen, sie hätten Beweise ungehörigen Verhaltens und könnten ihr Gesuch auf Ehescheidung einreichen. Alles das war Soames vollkommen bekannt. Die Einfachheit des Falles seiner Schwester machte ihn nur noch verzweifelter über die Schwierigkeit seines eigenen. In der Tat drängte alles zu der einfachen Lösung von Irenens Rückkehr. War es ihr auch zuwider, hatte *er* nicht Gefühle zu unterdrücken, Beleidigungen zu verzeihen, Kummer zu vergessen? Er hatte sie wenigstens doch nie beleidigt, und man lebte nun einmal in einer Welt der Kompromisse! Er konnte ihr so viel mehr bieten, als sie jetzt besaß. Er war bereit, freigebig eine feste Summe für sie auszusetzen. In diesen Tagen betrachtete er oft prüfend sein Bild. Er war nie ein Geck gewesen wie Dartie und hatte sich auch nicht für einen Mann gehalten, der den Frauen gefiel, aber er hielt doch etwas von seiner Erscheinung – nicht ohne Grund, denn er war wohlgestaltet, gepflegt, gesund, blass und nicht entstellt durch Trunk oder Ausschweifungen irgendwelcher Art. Das Forsyte'sche Kinn und die ausgeprägten Züge seines Gesichtes waren Vorzüge in seinen Augen. So weit er es zu beurteilen vermochte, war kein Zug in ihm, der Abscheu erregen konnte.

Gedanken und Sehnsucht, die uns täglich beschäftigen, werden uns schließlich natürlich, auch wenn ihr Ziel in weiter Ferne liegt. Wenn er nur deutliche Beweise seiner Absicht geben könnte, Vergangenes begraben sein zu lassen, und alles tun was in seiner Macht stand, ihr zu gefallen, warum sollte sie nicht zu ihm zurückkehren?

Er ging daher am Morgen des 9. November in das Geschäft von Gaves und Cortegal, um eine bestimmte Diamantenbrosche zu kaufen. »Vier fünfundzwanzig, Sir, und spottbillig für das Geld. Es ist eine Brosche für eine Lady.« Er war in einer Stimmung, die jeden Einwand ausschloss, und ging mit dem flachen grünen Saffianlederetui in der Brusttasche in sein Büro. Mehrmals an diesem Tage öffnete er es, um die sieben sanft schimmernden Steine in ihrem ovalen Samtpolster zu betrachten.

»Wenn es der Lady nicht gefällt, Sir, tausche ich es jederzeit gern um. Aber das ist nicht zu befürchten.« Wenn es doch so wäre! Er erledigte eine Anzahl von Arbeiten, das einzige Mittel zur Beruhigung der Nerven, das er kannte. Während er im Büro war, kam ein Telegramm von dem Agenten in Buenos Aires mit Einzelheiten und der Adresse einer Stewardess, die bereit war, das Nötige zu beschwören. Es war eine rechtzeitige Mahnung für Soames bei seinem tiefen und festeingewurzelten Abscheu davor, öffentlich schmutzige Wäsche zu waschen. Und als er mit der Untergrundbahn zur Victoria Station fuhr, gab ihm der Bericht über einen modernen Ehescheidungsprozess in seiner Abendzeitung einen neuen Antrieb, eine Wiederherstellung seiner Ehe zu versuchen. Der Familiensinn aller echten Forsytes, die in Angst und Not sind, das Gefühl der Zusammengehörigkeit, das sie stark und kräftig erhielt, veranlasste ihn, zum Essen nach Park Lane zu gehen. Weder konnte noch wollte er den Seinen gegenüber ein Wort über seine Absichten verlauten lassen – dazu war er viel zu stolz und zu zurückhaltend – aber der Gedanke, dass sie sich freuen und ihn beglückwünschen würden, wenn sie es wüssten, war ermutigend.

James war in düsterer Stimmung, denn die Erregung, in die die Unverschämtheit von Krügers Ultimatum ihn versetzt hatte, war durch den armseligen Erfolg des letzten Monats und die Mahnung zur Anspannung aller Kräfte in den »Times« stark abgekühlt. Er wusste nicht, wie das enden sollte. Soames suchte ihn aufzuheitern. Aber James war beunruhigt. Da war dieser Colley, der auf einem Hügel umzingelt war, – und dies Ladysmith lag in einer Talmulde, überhaupt hielt er das ganze für eine »völlig verfehlte Geschichte«; er fand, sie müssten Matrosen hinschicken – das wären Jungens, sie leisteten Unglaubliches in der Krim. Soames brachte ihn auf ein anderes Thema, um ihn zu trösten. Winifred hatte von Val gehört, dass am Guy Fawkestag in Oxford »Radau« mit Freudenfeuer gewesen sei und er der Entdeckung dadurch entgangen wäre, dass er sich das Gesicht geschwärzt hatte.

»Ach«, murmelte James, »er ist ein kluger kleiner Kerl.« Kurz darauf aber schüttelte er doch den Kopf und sagte, er wisse nicht, was aus ihm werden würde. Er blickte seinen Sohn nachdenklich an und bedauerte, dass Soames nie einen Sohn gehabt. Er hätte so gern einen Enkel seines eigenen Namens. Und nun – ja, was war da zu tun!

Soames zuckte zusammen. Er hatte eine solche Herausforderung, das Geheimnis seines Herzens zu enthüllen, nicht erwartet. Und Emily, die sein Zusammenzucken sah, sagte:

»Unsinn, James, sprich doch nicht so!«

James aber, der ihre Gesichter nicht sah, murmelte weiter. Da waren Roger und Nicholas und Jolyon, alle hatten sie Enkelsöhne. Und Swithin und Timothy hatten nie geheiratet. Er selbst hätte getan, was er konnte, doch nun wäre es bald vorbei mit ihm. Und als hätte er Worte tiefsten Trostes gesprochen, schwieg er und aß seinen Bregen mit einem Stückchen Brot, das er verschlang.

Soames entschuldigte sich gleich nach Tisch. Es war zwar nicht kalt, doch er zog seinen Pelz an, der ihn vor Anfällen nervöser Schauer schützen sollte, denen er den ganzen Tag über ausgesetzt gewesen war. Unbewusst hatte er das Gefühl, so besser auszusehen als in einem gewöhnlichen schwarzen Überrock. Und mit dem flachen Saffianetui an seinem Herzen machte er sich auf. Er war kein Raucher, aber er zündete sich eine Zigarette an und rauchte sie bedächtig im Gehen. Er ging langsam nach Knightsbridge und ließ sich Zeit, um bis ein Viertel nach neun in Chelsea zu sein. Was tat sie nur Abend für Abend so ganz allein in dem kleinen Loch? Wie geheimnisvoll Frauen doch sind! Man lebte nebeneinander und wusste nichts von ihnen. Was war es nur an diesem Bosinney, das sie so toll machen konnte? Denn schließlich war doch alles was sie getan hatte Tollheit – wahnsinnige, mondsüchtige Tollheit, die ihr alles Gefühl für Werte genommen und ihr wie sein Leben zerstört hatte! Und für einen Augenblick überkam ihn eine förmliche Exaltation, als wäre er, wie jener Mann in der Legende, vom Heiligen Geist besessen und könne ihr alle Güter des Lebens wiedererstatten, vergeben und vergessen und der gute Geist ihrer Zukunft werden. Unter einem Baume, der Knightsbridge-Kaserne gegenüber, wo der Mond klar und weiß herabschien, nahm er noch einmal das Saffianetui heraus und ließ die Steine in den Strahlen Funken sprühen.

Ja, sie waren vom reinsten Wasser! Doch bei dem festen Zuschnappen des Etuis überlief ihn abermals ein kalter Schauer und er ging rascher, ballte die behandschuhten Hände in seinen Rocktaschen und hoffte fast, sie nicht zu Haus zu treffen. Der Gedanke, wie geheimnisvoll ihr Wesen war, quälte ihn wieder. Abend für Abend allein beim Essen – in einem Abendkleid noch dazu, als wolle sie glauben machen, in Gesellschaft zu sein! Und das Klavierspiel – für sich selbst! Nicht einmal eine Katze oder ein Hund, soviel er gesehen hatte. Und das erinnerte ihn plötzlich an die Stute, die er als Arbeitspferd in Mapledurham hielt. Jedes Mal, wenn er in den Stall kam, war sie dort ganz allein, halb im Schlaf, und doch war sie auf ihrem Rückweg nach Haus immer lebhafter, als wenn sie hinaus musste, als sehne sie sich danach, einsam in ihrem Stall zu sein! »Ich würde sie gut behandeln«, dachte er unvermittelt. »Ich würde sehr vorsichtig sein!« Und alles Verlangen nach einem häuslichen Leben, dessen er durch ein schnödes Schicksal für immer beraubt zu sein schien, regte sich plötzlich in Soames, sodass er in Träume versunken war, als er der South Kensington-Station gegenüberstand. Ein Mann mit einer Ziehharmonika kam taumelnd aus einer Kneipe. Soames beobachtete einen Augenblick sein verrücktes Tanzen auf dem Pflaster zu den abgerissenen, schleppenden Tönen, dann ging er auf die andere Seite der Straße hinüber, um jede Berührung mit diesem trunkenen Narren zu vermeiden. Eine Nacht in Haft! Was für Esel die Leute doch waren! Der Mann aber hatte sein Ausweichen bemerkt, und eine Flut von gemütlichen Flüchen folgte ihm über die Straße. »Ich hoffe, sie stecken ihn ein«, dachte Soames erbittert. »Kann man solche Raufbolde frei herumlaufen lassen, wo Frauen allein ausgehen!« Die Gestalt einer Frau vor ihm hatte diesen Gedanken hervorgerufen. Ihr Gang kam ihm merkwürdig bekannt vor, und als sie um die Ecke bog, begann sein Herz zu klopfen. Er eilte hin, um sich zu vergewissern. Ja! Es war Irene, ihr Gang war nicht zu verkennen in der kleinen engen Straße. Sie ging noch zwei Straßenecken weiter, und von der letzten sah er sie in ihr Haus treten. Um sie sicher zu treffen, lief er die paar Schritte, eilte die Treppe hinauf und erreichte sie an ihrer Tür. Er hörte den Schlüssel im Schloss umdrehen und war an ihrer Seite, als sie sich erschreckt in der offenen Tür umwandte.

»Beunruhige dich nicht«, sagte er, »ich sah dich zufällig. Lass mich eine Minute hinein.«

Sie hatte die Hand auf die Brust gelegt, ihr Gesicht war farblos, die Augen weit geöffnet vor Schreck. Dann schien sie sich zu beherrschen, sie neigte den Kopf und sagte: »Bitte.«

Soames schloss die Tür. Auch er musste nach Fassung ringen, und als sie ins Wohnzimmer gekommen waren, wartete er eine volle Minute und atmete tief, um das Klopfen seines Herzens zu beruhigen. In diesem Augenblick, von dem so viel für die Zukunft abhing, das Saffianetui herauszunehmen, schien roh. Doch nahm er es nicht heraus, stand er ohne jeden entschuldigenden Vorwand für sein Kommen da. Und in diesem Dilemma packte ihn die Ungeduld über das ganze Arsenal von Entschuldigungen und Rechtfertigungen. Dies war eine Szene – es konnte gar nicht anders sein, und er musste sie über sich ergehen lassen! Er hörte ihre trostlose Stimme rührend leise:

»Weshalb bist du wiedergekommen? Begreifst du nicht, dass es mir lieber wäre, du hättest es nicht getan?«

Er warf einen Blick auf ihre Kleidung – dunkelbrauner gerippter Velvet, eine Zobelboa und eine ebensolche runde Toque. Es stand ihr wunderbar. Sie hatte offenbar Geld übrig für Kleider. Er sagte unvermittelt:

»Heute ist dein Geburtstag. Ich brachte dir dies«, und er hielt ihr das grüne Saffianetui hin.

»O nein – nein!«

Soames drückte auf das Schloss, und die sieben Steine leuchteten auf dem hellgrauen Samt.

»Weshalb nicht?«, sagte er. »Nur als Zeichen, dass du mir nicht länger zürnst.«

»Unmöglich!«

Soames nahm den Schmuck aus dem Etui.

»Lass mich nur sehen, wie er wirkt.«

Sie schreckte zurück.

Er folgte ihr und legte seine Hand mit der Brosche vorn auf ihr Kleid.

Sie schreckte wieder zurück.

Soames ließ die Hand sinken.

»Irene«, sagte er, »lass die Vergangenheit begraben sein. Wenn *ich* es kann, müsstest du es wahrlich auch. Wir wollen wieder beginnen, als wäre nichts geschehen. Willst du?« Seine Stimme war ernst, und seine Augen, die auf ihrem Antlitz ruhten, hatten etwas Flehendes in ihrem Blick.

Sie stand in größter Bedrängnis dicht an die Wand gelehnt und ein leises Schlucken war ihre ganze Antwort. Soames fuhr fort:

»Willst du wirklich all deine Tage halb tot in diesem kleinen Loch verleben? Komm zurück zu mir, und ich will dir alles geben, was du willst. Du sollst dein eigenes Leben leben, ich schwöre es dir.«

Er sah ihr Gesicht sich spöttisch verziehen.

»Ja«, wiederholte er, »diesmal meine ich es wirklich so. Ich möchte nur eines. Ich muss – ich muss einen Sohn haben. Sieh mich nicht so an! Ich muss einen haben. Es ist hart!« Seine Stimme war eifrig geworden, sodass er sie kaum als seine eigene erkannte, und zweimal warf er den Kopf zurück, als ringe er nach Atem. Aber beim Anblick ihrer dunklen Augen, die mit starrer Furcht fest auf ihn gerichtet waren, raffte er sich zusammen, und seine quälende Unsicherheit verwandelte sich in Zorn.

»Ist das so unnatürlich?«, sagte er zwischen den Zähnen. »Ist es so unnatürlich, von seiner eigenen Frau ein Kind zu wünschen? Du zerstörtest unser Leben und hast damit alles vernichtet. Wir leben nur halb und ohne jede Zukunft weiter. Schmeichelt es dir gar nicht, dass ich dich – trotz allem – noch zur Frau zu haben wünsche? Sprich, um Gottes willen! Bitte sprich!«

Irene schien es zu versuchen, doch es gelang ihr nicht.

»Ich will dich nicht erschrecken«, sagte Soames sanfter. »Der Himmel weiß es. Ich möchte nur, du sähest ein, dass es so nicht weitergeht. Ich *muss* dich wiederhaben. Ich *muss* dich haben!«

Irene hob eine Hand und bedeckte den unteren Teil ihres Gesichts damit, ihre Augen aber wandten keinen Blick von ihm, als könne sie ihn dadurch im Zaume halten. Und all jene Jahre seit – ach! – seit wann? – beinah seit er sie zuerst kennengelernt, wurden wieder lebendig in Soames, kamen in einer großen Welle der Erinnerung über ihn, und ein

Zucken, das er um keinen Preis zu meistern vermochte, verzerrte sein Gesicht.

»Es ist noch nicht zu spät«, sagte er, »noch nicht – wenn du das nur glauben wolltest.«

Irene rang die Hände vor ihrer Brust und Soames ergriff sie.

»Lass das!«, sagte sie atemlos. Aber er hielt sie fest und versuchte ihr in die Augen zu starren, die ihn unverwandt anblickten. Dann sagte sie ruhig:

»Ich bin hier allein. Du wirst dich nicht benehmen, wie du dich schon einmal benommen hast.«

Er ließ ihre Hände fallen, als wären sie heißes Eisen, und wandte sich ab. War es möglich, dass es eine so beharrliche Unversöhnlichkeit gab? Konnte der eine Akt der Vergewaltigung noch lebendig in ihr sein? Versperrte ihm das alles? Und eigensinnig sagte er ohne aufzublicken:

»Ich gehe nicht, bis du mir geantwortet hast. Ich biete dir an, was wenige Männer sich entschließen würden anzubieten, ich will eine – eine vernünftige Antwort.«

Und fast mit Erstaunen hörte er sie sagen:

»Du kannst keine vernünftige Antwort erhalten. Vernunft hat nichts damit zu tun. Du kannst nur die brutale Wahrheit hören, dass ich lieber sterben würde.«

Soames starrte sie an.

»Ach!«, sagte er. Eine Art Lähmung in Sprache und Bewegung überkam ihn, ein Beben, wie es einen Mann überfällt, der tödlich beleidigt wird und noch nicht weiß, wie er es aufnehmen soll, oder vielmehr wie ihm dadurch geschehen ist.

»Ach!«, sagte er wieder. »So schlimm ist es? Wirklich! Du möchtest lieber sterben. Das ist hübsch!«

»Es tut mir leid. Du wolltest eine Antwort. Ich kann mir nicht helfen, ich musste doch die Wahrheit sagen, nicht wahr?«

Bei dieser merkwürdig eindringlichen Erklärung suchte Soames zum Trost Zuflucht im Handeln. Er schleuderte die Brosche in das Etui zurück und steckte es in die Tasche.

»Wahrheit!«, sagte er: »Das gibt's bei Frauen nicht. Es sind die Nerven – die Nerven!«

Er hörte sie flüstern:

»Ja, die Nerven lügen nicht. Hast du das noch nicht entdeckt?« Er schwieg, besessen von dem Gedanken: »Ich *will* die Frau hassen. Ich *will* sie hassen.« Das aber war sein Kummer! Wenn er es nur könnte! Er warf einen Blick auf sie, wie sie da reglos, den Kopf hoch und die Hände gefaltet an der Wand stand, als sollte sie erschossen werden. Und er sagte rasch:

»Ich glaube kein Wort davon. Du hast einen Geliebten. Wenn du keinen hättest, wärst du nicht eine solche – eine solche Törin.« An dem Ausdruck ihrer Augen erkannte er, dass er etwas Unüberlegtes gesagt und zu unvermutet in den freien Ton des Ehemannes zurückgefallen war. Er wandte sich zur Tür. Allein er vermochte nicht hinauszugehen. Etwas in ihm – jene tiefste und geheimste Forsyte'sche Eigenschaft, die Unmöglichkeit, auf etwas zu verzichten, die Unmöglichkeit, das Fantastische und Hilflose seiner eigenen Hartnäckigkeit zu sehen – hinderte ihn daran. Er kehrte wieder um und blieb mit dem Rücken gegen die Tür stehen, wie sie an der Wand gegenüber, ohne sich des Lächerlichen dieser Trennung durch den ganzen Raum bewusst zu werden.

»Denkst du je an irgendjemand außer an dich selbst?«, sagte er.

Irenens Lippen bebten; dann erwiderte sie langsam:

»Denkst du je daran, dass ich meinen Fehler – meinen hoffnungslosen, furchtbaren Fehler – bereits in der ersten Woche unserer Ehe erkannte; dass ich drei Jahre versuchte, sie weiterzuführen – du weißt, dass ich es versuchte? Geschah das um meinetwillen?«

Soames knirschte mit den Zähnen. »Gott weiß, was es war. Ich habe dich nie verstanden, ich werde dich nie verstehen. Du besaßest alles, was du wünschtest, und du kannst es wiederhaben, und mehr. Was hast du gegen mich? Ich lege dir die einfache Frage vor. Was ist es?« Er war sich des Pathos dieser Frage nicht bewusst und fuhr leidenschaftlich fort: »Ich bin nicht lahm, ich bin nicht abscheuerregend, ich bin kein Bauer, kein Narr. Was ist es denn? Was für ein Geheimnis umgibt mich?«

Ihre Antwort war ein langer Seufzer.

Er faltete die Hände mit einer Gebärde, die für ihn merkwürdig ausdrucksvoll war. »Als ich heute Abend herkam, glaubte ich – hoffte ich – wollte ich tun, was ich konnte, um die Vergangenheit auszulöschen und wieder von vorn anzufangen. Und du kommst mir mit ›Nerven‹, und Schweigen und Seufzern. Da ist nichts Greifbares. Es ist wie – wie ein Spinnennetz.«

»Ja.«

Dies Flüstern von der andern Seite des Zimmers machte Soames aufs Neue rasend.

»Ich habe keine Lust, in einem Spinnennetz zu sitzen. Ich werde es zerschneiden.« Er ging gerade auf sie zu. »Jetzt!« Was er tun wollte, als er zu ihr hinüberging, wusste er selbst nicht. Doch als er dicht vor ihr stand, übermannte ihn plötzlich der alte vertraute Duft ihrer Kleider. Er legte die Hände auf ihre Schultern und beugte sich vor, sie zu küssen. Er küsste aber nicht ihre Lippen, sondern eine feine harte Linie des zusammengepressten Mundes; dann fühlte er sein Gesicht von ihren Händen fortgestoßen und hörte sie sagen: »Oh, nicht doch!« Scham, Zerknirschung, ein Gefühl der Nichtigkeit überflutete sein ganzes Wesen, er wandte sich und ging rasch hinaus.

3. Besuch bei Irene

Jolyon fand June wartend auf dem Perron der Paddington Station. Sie hatte sein Telegramm beim Lunch erhalten. Ihre Wohnung – ein Atelier und zwei Schlafzimmer in einem Garten von St. Johns Wood – hatte sie wegen der völligen Unabhängigkeit gewählt, die sie ihr bot. Unbeobachtet von Mrs. Grundy, ungehindert durch dauernd anwesende Dienstleute konnte sie ihre »lahmen Enten« zu jeder Stunde des Tages oder der Nacht empfangen, und nicht selten hatte eine von ihnen, die ohne Atelier war, von dem ihren Gebrauch gemacht. Sie genoss ihre Freiheit und liebte sie mit einer Art jungfräulicher Leidenschaft. Alle Wärme, die sie an Bosinney verschwendet hätte, und deren er – in Anbetracht ihrer Forsyte'schen Hartnäckigkeit – sicherlich müde geworden wäre, setzte sie nun im Kampf für die unverstandenen und werdenden »Genies« der Künstlerwelt ein. Sie lebte in der Tat nur um ihre Entlein in die Schwäne zu verwandeln, die sie in ihnen sah. Im Eifer ihrer Hilfsbereitschaft verwirrte sich ihr Urteil. Aber sie war gerecht und freigiebig; mit ihrer kleinen eifrigen Hand wies sie stets jedes akademische und kaufmännische Vorurteil zurück, und obgleich ihr Einkommen beträchtlich war, wies ihre Bankbilanz häufig ein Minus auf.

Sie war nach einem Besuch bei Eric Cobbley in tiefster Seele erregt zur Paddington Station gekommen. Eine elende Galerie hatte sich geweigert, eine Separatausstellung dieses glatthaarigen Genies zu veranstalten. Ihr unverschämter Leiter hatte nach einem Besuch in seinem Atelier erklärt, dass es »vom Verkaufsstandpunkt aus gesehen« eine zu »dürftige« Ausstellung sein würde. Dies Musterbeispiel kaufmännischer Feigheit ihrem Liebling unter den lahmen Enten gegenüber – wo es ihm so schlecht ging mit einer Frau und zwei Kindern, dass sie sie veranlasste, ihr Guthaben zu überschreiten – machte das Blut in ihrem kleinen resoluten Gesicht noch glühen und ihr rotgoldenes Haar mehr leuchten denn je. Sie umarmte ihren Vater und stieg in eine Droschke mit ihm. Sie hatte genauso viel auf dem Herzen wie er. Es war nur die Frage, wer den Anfang machen sollte.

Jolyon sagte: »Ich möchte, dass du mit mir kommst«, sah aber an dem unsteten Blick ihrer blauen Augen, die sich hin und her bewegten – wie der Schwanz einer lauernden Katze – dass sie gar nicht zuhörte.

»Ist es wahr, Papa, dass ich absolut nicht an mein Geld herankann?«

»Nur an die Zinsen, glücklicherweise, meine Liebe.«

»Wie schrecklich dumm! Ist es nicht irgendwie zu machen? Es muss doch einen Weg geben. Ich könnte nämlich eine kleine Galerie für zehntausend Pfund kaufen.«

»Eine kleine Galerie«, murmelte Jolyon, »scheint ein bescheidener Wunsch zu sein. Aber dein Großvater sah es voraus.«

»Ich finde all diese Sorge um Geld grässlich«, rief June heftig; »wenn so viel Genie in der Welt deshalb aus Mangel am Notwendigsten einfach zugrunde geht. Ich werde nie heiraten und Kinder haben, warum sollte ich da nicht ein wenig Gutes tun können, anstatt es alles für Fälle aufzusparen, die nie eintreffen werden?«

»Unser Name ist Forsyte, meine Liebe«, erwiderte Jolyon mit seiner ironischen Stimme, an die sich seine ungestüme Tochter nie hatte gewöhnen können, »und Forsytes, weißt du, sind Leute, die so über ihr Vermögen verfügen, dass ihre Enkel, falls sie vor ihren Eltern sterben, sich testamentarisch verpflichten müssen, ihr Vermögen, das ihnen nur zufällt, wenn ihre Eltern sterben, diesen zu hinterlassen. Kannst du folgen? Ich auch nicht, aber es ist so. Wir haben den Grundsatz, dass, solange eine Möglichkeit vorhanden ist, Reichtum für die Familie zu erhalten, er nicht abnehmen darf; stirbst du unverheiratet, so geht dein Geld auf Jolly und Holly und ihre Kinder über, wenn sie heiraten. Ist es nicht angenehm zu wissen, dass, was du auch tun magst, keiner von euch Mangel leiden wird?«

»Aber kann ich mir das Geld nicht leihen?«

Jolyon schüttelte den Kopf. »Es ginge sicher eine Galerie zu pachten, wenn du es aus deinen Einkünften bestreiten könntest.«

June zuckte verächtlich die Achseln.

»Ja, und dann nichts übrig zu behalten, um irgendjemand zu helfen.«

»Mein liebes Kind«, sagte Jolyon leise, »würde es nicht auf dasselbe herauskommen?«

»Nein«, rief June heftig. »Ich könnte sie für zehntausend kaufen, das wären nur vierhundert im Jahr. Aber ich müsste tausend Pfund jährlich Miete zahlen, und das würde mir nur fünfhundert übrig lassen. Was könnte ich nicht alles tun, wenn ich die Galerie hätte, Papa. Ich könnte Eric Cobbley in kürzester Zeit einen Namen machen und manchem andern auch.«

»Namen, die wert sind, gemacht zu werden, kommen von selbst dazu.«

»Wenn sie tot sind.«

»Kanntest du je einen lebenden Menschen, meine Liebe, der dadurch, dass sein Name gemacht wurde, besser geworden ist?«

»Ja, dich«, sagte June und drückte seinen Arm.

Jolyon stutzte. »Ich?«, dachte er. »Aha! Jetzt wird sie mich um etwas bitten. Wir verstehen es, wir Forsytes, jeder auf seine Weise.«

June rückte näher an ihn heran.

»Papa, liebster«, sagte sie, »*du* kaufst die Galerie, und ich zahle dir vierhundert im Jahr dafür. Dann hat keiner von uns einen Schaden. Außerdem ist es eine großartige Anlage.«

Jolyon zauderte unentschlossen. »Findest du nicht«, sagte er, »dass es für einen Künstler ein wenig verdächtig ist, eine Galerie zu kaufen? Übrigens sind zehntausend Pfund keine Lappalie, und ich bin kein kaufmännischer Charakter.«

June blickte ihn mit bewundernder Anerkennung an.

»Natürlich bist du das nicht, aber du bist schrecklich geschäftlich. Und ich bin sicher, dass es sich bezahlt machen wird. Es ist das beste Mittel, jene elenden Händler und solche Leute auszuscheiden.« Und wieder drückte sie den Arm ihres Vaters.

Jolyons Gesicht hatte einen Ausdruck komischer Verzweiflung.

»Wo ist diese begehrte Galerie? Glänzend gelegen, vermute ich?«

»Dicht an der Cork Street.«

»Ah«, dachte Jolyon, »wusst' ich's doch, dass es irgendwo dort sein würde. Jetzt aber zu dem, was ich von *ihr* will!«

»Nun, ich werde es mir überlegen, es muss doch nicht gleich sein. Erinnerst du dich Irenens? Ich möchte, dass du mit mir zu ihr gehst. Soames ist wieder hinter ihr her. Sie wäre sicherer, wenn wir irgendwo ein Asyl für sie fänden.«

Das Wort Asyl, das er zufällig gebraucht hatte, war wie geschaffen dafür, Junes Interesse zu erregen.

»Irene, ich habe sie nicht gesehen, seit –! Natürlich! Es wäre mir eine Freude, ihr zu helfen.«

Jetzt war Jolyon an der Reihe, diesem feurigen, großherzigen kleinen Geschöpf in warmer Bewunderung den Arm zu drücken.

»Irene ist stolz«, sagte er, blickte sie von der Seite an, denn ihm kam ein plötzlicher Zweifel an Junes Diskretion; »es ist schwer, ihr zu helfen. Wir müssen behutsam vorgehen. Hier ist es. Ich drahtete ihr, dass sie uns erwarten möchte. Wir wollen unsere Karten hinaufschicken.«

»Ich mag Soames nicht leiden«, sagte June, als sie ausstieg; »er rümpft die Nase über alles, das keinen Erfolg hat.«

Irene war im sogenannten Damenzimmer des Piedmont-Hotels.

Entschlossen ging June geradeswegs auf ihre ehemalige Freundin zu, küsste sie auf die Wange, und die beiden ließen sich auf einem Sofa nieder, auf dem seit der Gründung des Hotels niemand gesessen hatte. Jolyon sah, dass Irene über Junes einfache Art, zu verzeihen, tief gerührt war.

»Also Soames hat Sie wieder belästigt?«, sagte er.

»Er besuchte mich gestern Abend; er will, dass ich zu ihm zurückkehre.«

»Das tust du natürlich nicht?«, rief June.

Irene lächelte leise und schüttelte den Kopf. »Aber seine Lage ist furchtbar«, murmelte sie.

»Er ist selbst schuld daran; er hätte sich von dir scheiden lassen sollen, als er es konnte.«

Jolyon musste daran denken, wie inbrünstig June in alten Tagen gehofft hatte, dass der Name ihres toten, treulosen Verlobten nicht durch eine Scheidung besudelt würde.

»Lass uns hören, was Irene zu tun gedenkt«, sagte er.

Irenens Lippen bebten, aber sie sprach ruhig.

»Das Beste wäre, ich gäbe ihm neuen Anlass, mich loszuwerden.«

»Wie schrecklich!«, rief June.

»Was sonst kann ich tun?«

»Keine Rede davon«, sagte Jolyon sehr ruhig, »sans amour.«

Er glaubte, sie würde anfangen zu weinen, aber sie stand rasch auf, wandte ihnen halb den Rücken zu und versuchte ihre Fassung wiederzugewinnen.

June sagte plötzlich:

»Ich werde einfach zu Soames gehen und ihm sagen, dass er dich in Ruhe lassen soll. Was will er denn in seinem Alter?«

»Ein Kind. Das ist nicht unnatürlich.«

»Ein Kind!«, rief June verächtlich. »Natürlich! Ihm sein Geld zu hinterlassen. Wenn er wirklich so gern eins will, mag er sich jemand nehmen und eins haben; dann kannst du dich von ihm scheiden lassen, und er kann sie heiraten.«

Jolyon merkte plötzlich, dass er einen Fehler gemacht hatte, June herzubringen – ihre leidenschaftliche Parteinahme war Wasser auf Soames' Mühle.

»Es wäre das Beste für Irene, ruhig zu uns nach Robin Hill zu kommen und abzuwarten, wie die Dinge sich gestalten.«

»Natürlich«, sagte June, »nur –«

Irene sah Jolyon voll an – all seine vielen späteren Versuche, diesen Blick zu analysieren, waren fruchtlos geblieben.

»Nein! Ich würde nur Unruhe über euch bringen. Ich werde ins Ausland gehen.«

Er hörte ihrer Stimme an, dass dieser Entschluss endgültig war. Der flüchtige Gedanke: »Ich könnte sie dort ja sehen«, durchzuckte ihn, aber er sagte:

»Glauben Sie nicht, Sie würden dort noch hilfloser sein, wenn er Ihnen folgte?«

»Ich weiß es nicht. Ich kann es nur versuchen.«

June sprang auf und ging im Zimmer auf und ab. »Das alles ist schrecklich«, sagte sie. »Weshalb müssen die Menschen Jahr um Jahr gequält und elend und hilflos gemacht werden durch dies widerwärtig scheinheilige Gesetz?« Aber es war jemand ins Zimmer gekommen, und June verstummte. Jolyon ging zu Irene:

»Brauchen Sie Geld?«

»Nein.«

»Und möchten Sie, dass ich Ihre Wohnung vermiete?«

»Ja, Jolyon, bitte.«

»Wann wollen Sie reisen?«

»Morgen.«

»Sie gehen doch nicht mehr dahin zurück, nicht wahr?« Er sagte es mit einer Angst, die ihm selbst sonderbar erschien.

»Nein, ich habe alles hier, was ich brauche.«

»Sie werden mir Ihre Adresse senden?«

Sie reichte ihm die Hand. »Ich fühle, Sie sind ein Felsen.«

»Auf Sand gebaut«, erwiderte Jolyon und drückte ihr fest die Hand, »aber es ist mir ein Vergnügen, irgendetwas für Sie zu tun, zu jeder Zeit, denken Sie daran. Und wenn Sie sich anders besinnen –! Komm, June, verabschiede dich.«

June kam vom Fenster und schloss Irene in die Arme.

»Denke nicht an ihn«, sagte sie leise, »genieße es und lass dir's gut gehen!«

Sie konnten die Tränen in Irenens Augen und das Lächeln auf ihren Lippen nicht vergessen und gingen in tiefem Schweigen fort, an der Dame vorbei, die ihre Unterredung unterbrochen hatte und sich jetzt über die Zeitungen auf dem Tisch beugte.

Der Nationalgalerie gegenüber rief June aus:

»Weg mit allen rohen Gesellen und schauderhaften Gesetzen!«

Aber Jolyon antwortete nicht darauf. Er hatte etwas von dem Gleichgewicht seines Vaters und konnte die Dinge unparteiisch betrachten, wenn seine Gefühle auch in Aufruhr waren. Irene hatte recht, Soames' Lage war so schlimm oder schlimmer als die ihre. Was das Gesetz anbelangte, so war es für menschliche Naturen bestimmt, die einen niedrigen Standpunkt einnehmen. In der Furcht, irgendeine Indiskretion zu begehen, wenn er jetzt noch länger in der Gesellschaft seiner Tochter blieb, sagte er, dass er seinen Zug zurück nach Oxford erreichen müsse, rief eine Droschke herbei und überließ sie, mit dem Versprechen über die Sache mit der Galerie nachzudenken, den Aquarellen Turners.

Doch er dachte stattdessen an Irene. Mitleid, sagte man, sei der Liebe verwandt! Wenn es so war, befand er sich wahrlich in der Gefahr, sie zu lieben, denn er bemitleidete sie tief. Dieser Gedanke, sie so allein und gedrückt in Europa umherstreifen zu wissen! »Ich hoffe, sie behält den Kopf oben!«, dachte er. »Sie könnte sich leicht der Verzweiflung überlassen.« Jetzt, wo sie die spärlichen Fäden ihrer Tätigkeit durchschnitten hatte, konnte er sich tatsächlich kaum vorstellen, wie sie weiterleben würde – ein so schönes Geschöpf, so hoffnungslos, und der Spielball eines jeden! In seiner Erbitterung war mehr als eine leise Furcht und Eifersucht. Frauen taten seltsame Dinge, wenn sie in die Enge getrieben wurden. »Ich bin begierig, was Soames jetzt tun wird!«, dachte er. »Ein niederträchtiger, blödsinniger Zustand! Und ich glaube, man wird sagen, dass sie selbst schuld daran sei.« Zerstreut und bekümmert stieg er in seinen

Zug, verlegte sein Billett, und grüßte auf der Plattform in Oxford eine Dame, deren Gesicht er zu kennen glaubte, ohne sich ihres Namens zu erinnern, selbst als er sie im »Regenbogen« beim Tee sah.

4. Die Wege, die Forsytes scheuen

In zitternder Erregung über die Niederlage seiner Hoffnungen, das grüne Saffianetui noch flach auf dem Herzen, quälte Soames sich mit Gedanken, die bitterer waren als der Tod. Ein Spinnennetz! Er ging rasch und sah nichts in dem Mondlicht, er brütete über der Szene, die er eben durchlebt und dachte an ihre Gestalt, die erstarrt war bei seiner Berührung. Und je mehr er brütete, desto gewisser ward er, dass sie einen Geliebten hatte – ihre Worte: »Ich würde lieber sterben!« wären lächerlich, wenn sie keinen hätte. Hatte sie ihn auch nie geliebt, so hatte sie doch nie viel Wesens daraus gemacht, bis Bosinney auf der Bildfläche erschienen war. Nein, sie liebte wieder, sonst hätte sie nicht diese theatralische Antwort auf seinen Vorschlag gegeben, der jedenfalls vernünftig war. Sehr gut! Das vereinfachte die Dinge!

»Ich werde Schritte unternehmen, um zu wissen, woran ich bin«, dachte er. »Als erstes werde ich morgen früh zu Polteed gehen.«

Aber selbst als er diesen Entschluss fasste, wusste er, wie widerwärtig ihm die Sache sein würde. Er hatte in seinem Beruf öfter von Polteeds Agentur Gebrauch gemacht, sogar eben erst in Darties Fall, aber er hätte es nie für möglich gehalten, sie zur Beobachtung seiner eigenen Frau benutzen zu müssen.

Es war zu beschämend für ihn selbst!

Er fand keinen Schlaf, denn dieser Plan und sein verwundeter Stolz hielten ihn wach. Beim Rasieren jedoch fiel ihm plötzlich ein, dass sie sich jetzt bei ihrem Mädchennamen Heron nannte. Polteed würde nicht wissen, wenigstens anfangs nicht, wessen Frau sie war, würde ihn nicht servil anschauen und dann hinter seinem Rücken lächeln. Sie würde eben die Frau eines seiner Klienten sein. Und so war es auch – denn war er nicht sein eigener Sachverwalter?

Aus Furcht, dass er es schließlich vielleicht wieder unterlassen könnte, beschloss er, sein Vorhaben so bald wie möglich auszuführen. Er ließ sich von Warmson eine Tasse Kaffee bringen und stahl sich vor dem Frühstück aus dem Haus. Schnell ging er in eine der kleinen Straßen des Westens, wo die Firma Polteeds neben andern den wohlhabenderen Klassen zur Verfügung stand. Bisher hatte er Polteed stets in seinem Büro empfangen, aber er kannte die Adresse und war zur Stelle, als geöffnet wurde. In dem Vorzimmer, ein Raum, der so behaglich eingerichtet war, als wäre es der eines Geldverleihers, empfing ihn eine Dame, die man für eine Schulvorsteherin hätte halten können.

»Ich wünsche mit Mr. Claud Polteed zu sprechen. Er kennt mich – mein Name tut nichts zur Sache.«

Niemand wissen zu lassen, dass er, Soames Forsyte, seine Frau beobachten lassen musste, war von wesentlicher Bedeutung für ihn.

Mr. Claud Polteed – so verschieden von Mr. Lewis Polteed – war einer jener Männer mit dunklem Haar, leicht gebogener Nase und lebhaften braunen Augen, die leicht für Juden gehalten werden können, tatsächlich aber von Phöniziern abstammen, die sich einst in Cornwall angesiedelt hatten. Er empfing Soames in einem Raum, dessen dicke Teppiche und Decken jeden Laut dämpften. Die Ausstattung war wirklich vertrauenerweckend, und nirgends war eine Spur von Dokumenten zu sehen.

Er begrüßte Soames ehrerbietig und drehte den Schlüssel in der einzigen Tür ostentativ um.

»Wenn eine Kunde nach mir schickt«, pflegte er zu sagen, »gebraucht er jede mögliche Vorsicht. Kommt er hierher, so überzeugen wir ihn, dass er ganz sicher vor Horchern ist. Ich darf ruhig sagen, wir machen in Sicherheit, wenn in sonst nichts … Nun, Sir, womit kann ich Ihnen dienen?«

Soames war die Kehle zugeschnürt, sodass er kaum sprechen konnte. Es war durchaus notwendig, vor diesem Manne zu verbergen, dass er ein anderes als berufliches Interesse an der Sache hatte, und mechanisch nahm sein Gesicht das gewohnte schiefe Lächeln an.

»Ich komme so früh zu Ihnen, weil keine Stunde zu verlieren ist« – verlor er eine Stunde, so unterließ er es vielleicht doch wieder! »Steht Ihnen eine wirklich zuverlässige Frau zur Verfügung?«

Mr. Polteed schloss ein Schubfach auf, aus dem er ein Notizbuch nahm, überflog es mit den Augen und verschloss das Schubfach wieder.

»Ja«, sagte er, »ganz wie wir sie brauchen.«

Soames hatte sich hingesetzt und schlug die Beine übereinander – nur eine leise Röte, die aber seine normale Gesichtsfarbe hätte sein können, verriet ihn.

»Dann schicken Sie sie gleich fort, um eine Mrs. Irene Heron, Truro Mansions, Chelsea, bis auf Weiteres zu beobachten.«

»Sofort«, sagte Mr. Polteed; »Scheidung vermutlich?«, und rief durch ein Sprachrohr: »Ist Mrs. Blanch da? Ich möchte sie in zehn Minuten sprechen.«

»Nehmen Sie selbst alle Berichte entgegen«, fing Soames wieder an, »und schicken Sie sie mit der Bezeichnung vertraulich, versiegelt und eingeschrieben an mich persönlich. Mein Klient verlangt äußerste Verschwiegenheit.«

Mr. Polteed lächelte, als wolle er sagen: »Sie belehren Ihre Großmutter, Sir«, und für einen nicht »beruflichen« Augenblick glitten seine Augen über Soames' Gesicht.

»Beruhigen Sie ihn vollkommen darüber«, sagte er. »Rauchen Sie?«

»Nein«, sagte Soames. »Es wäre möglich, dass das Ganze zu nichts führt, verstehen Sie? Wenn der Name bekannt wird, oder die Beobachtung Verdacht erregt, kann es sehr ernste Folgen haben.«

Mr. Polteed nickte. »Es kann in die Geheimschriftkategorie kommen. Bei dem System wird nie ein Name genannt, wir arbeiten mit Zahlen.«

Er schloss ein anderes Schubfach auf und nahm zwei Streifen Papier heraus, schrieb etwas darauf und reichte sie Soames.

»Behalten Sie das, Sir; es ist Ihr Schlüssel. Ich behalte dies Duplikat. Den Fall wollen wir 7x nennen. Die beobachtete Partei ist 17; der Beobachter 19; das Gebäude 25; Sie selbst – ich meine Ihre Firma – 31; ich selbst 2; falls Sie Ihren Klienten in einem Schreiben zu erwähnen haben, nenne ich ihn 43; irgendeine Person, die wir im Verdacht haben 51. Haben Sie sonst noch irgendwelche Winke oder Instruktionen zu geben?«

»Nein«, sagte Soames, »nur – gehen Sie, bitte, möglichst rücksichtsvoll vor.«

Wieder nickte Mr. Polteed. »Die Kosten?«

Soames zuckte die Achseln. »Innerhalb vernünftiger Grenzen«, erwiderte er kurz und erhob sich. »Die Sache bleibt doch völlig in Ihrer Hand?«

»Völlig«, sagte Mr. Polteed, der plötzlich zwischen ihm und der Tür stand. »Ich suche Sie in der andern Sache sehr bald auf. Guten Morgen, Sir.« Seine Augen glitten nochmals – nicht beruflich – über Soames' Gesicht und er öffnete die Tür.

»Guten Morgen«, sagte Soames und blickte weder nach links noch rechts.

Auf der Straße draußen haderte er eifrig mit sich selbst. Ein Spinnennetz, und es zu zerschneiden, musste er diese Späher benutzen, eine geheime, unsaubere Methode, und so überaus abstoßend für jemand, der sein Privatleben als das geheiligtste Stück seines Besitztums betrachtet. Aber der Würfel war gefallen, er konnte nicht mehr zurück. Und er ging in sein Büro, schloss das grüne Saffianetui und den Schlüssel zu der Geheimschrift weg, die bestimmt war, seinen häuslichen Bankrott kristallklar zu machen. – Merkwürdig, dass jemand, der sein Leben damit zubrachte, alle privaten Vermögensschwierigkeiten und die häuslichen Misshelligkeiten anderer in die Öffentlichkeit zu bringen, diese so sehr fürchtete, wenn es sich um die eigenen handelte; und doch nicht merkwürdig, denn wer kannte so gut wie er die gefühllose Prozedur gesetzlicher Entscheidungen?

Er arbeitete emsig den ganzen Tag. Winifred war für vier Uhr bestellt, er wollte sie zu einer Konferenz mit Dreamer mitnehmen, und während er auf sie wartete, las er noch einmal den Brief, den sie auf seine Veranlassung an dem Tage von Darties Abreise geschrieben hatte, um ihn zur Rückkehr aufzufordern.

»Lieber Montague!

Ich habe den Brief mit der Nachricht, dass Du mich für immer verlassen hast und auf dem Wege nach Buneos Aires bist, erhalten. Es ist natürlich ein großer Schlag für mich gewesen. Ich benutze diese erste Gelegenheit, Dir zu schreiben, dass ich bereit bin, Vergangenes vergangen sein zu lassen, wenn Du sofort zu mir zurückkehrst. Ich bitte Dich, es zu tun. Ich bin sehr angegriffen und will weiter nichts sagen. Ich sende diesen Brief eingeschrieben an die Adresse, die Du im Klub hinterlassen hast. Bitte kable mir.

Deine Dich noch liebende Frau

Winifred Dartie.«

Hu! Welch bitterer Humbug! Er erinnerte sich, wie er sich über Winifred gebeugt, während sie abschrieb, was er aufgesetzt hatte, und wie sie, als sie die Feder hinlegte, mit einer sonderbaren Stimme, als wisse sie selbst nicht recht, was sie wollte, gesagt hatte: »Nimm an, er kommt, Soames!« – »Er wird nicht kommen«, hatte er erwidert, »bis er sein Geld verbraucht hat. Daher müssen wir sofort handeln.« Der Kopie dieses Briefes war das Original von Darties trunkenem Gekritzel aus dem

Iseeum Klub beigefügt. Soames hätte gewünscht, dass der Einfluss der Getränke ihm nicht so deutlich anzumerken gewesen wäre. Gerade auf solche Dinge würde das Gericht sich stützen. Er meinte die Stimme des Richters schon sagen zu hören: »Sie nahmen das ernst? Ernst genug, um ihm zu schreiben, wie Sie es taten? Glauben Sie, dass es so gemeint war?« Mochte er nur! Die Tatsache, dass Dartie abgereist und nicht wiedergekommen war, konnte nicht bestritten werden. Auch seine Kabelantwort: »Rückkehr unmöglich. Dartie« war beigefügt. Soames schüttelte den Kopf. Wenn die ganze Sache nicht in den nächsten paar Monaten erledigt war, würde der Bursche wieder auftauchen wie eine falsche Münze. Ihn loszuwerden war eine Ersparnis von mindestens tausend Pfund im Jahr, ganz abgesehen von all dem Ärger für Winifred und seinen Vater. »Ich muss Dreamer den Kopf warm machen«, dachte er, »wir müssen es beschleunigen.«

Winifred, die eine Art Halbtrauer angelegt hatte, die sie mit ihrem hellen Haar und der hohen Gestalt sehr gut kleidete, kam in James' Kalesche mit den Braunen davor. Soames hatte das Gefährt nicht in der City gesehen, seit sein Vater sich vor fünf Jahren vom Geschäft zurückgezogen hatte, und dessen altmodisches Aussehen fiel ihm auf. »Die Zeiten ändern sich«, dachte er, »man weiß nicht recht, was die nächste Mode bringen wird!« Selbst Zylinderhüte wurden seltener. Er fragte nach Val. »Val«, sagte Winifred, »schrieb, dass er im nächsten Semester Polo spielen möchte.« Sie glaubte, dass er einer sehr guten Verbindung angehörte. Und mit vornehm unterdrückter Angst fügte sie hinzu: »Kommt meine Angelegenheit in die Öffentlichkeit, Soames? *Muss* es in den Zeitungen stehen? Es ist so peinlich für ihn und die Mädchen?«

Soames, der selbst noch an seinem Elend litt, erwiderte:

»Zeitungen sind ein zudringliches Gesindel, es ist sehr schwer, ihnen etwas vorzuenthalten. Sie behaupten, die Moral des Publikums zu wahren, dabei korrumpieren sie es mit ihren widerlichen Berichten. Aber so weit sind wir noch nicht. Wir müssen heute mit Dreamer über den Sühneversuch sprechen. Natürlich weiß er, dass es zu einer Ehescheidung kommen muss, doch du musst tun, als wünschtest du sehnlichst Dartie zurückzuhaben – du kannst dich heute in dieser Rolle üben.«

Winifred seufzte.

»Oh, was für ein Clown Monty gewesen ist!«, sagte sie; Soames sah sie scharf an. Es war ihm klar, dass sie ihren Dartie nicht ernst nehmen konnte und die ganze Sache fallen lassen würde, wenn ihr die kleinste

Chance gegeben wurde. Sein eigener Instinkt war in dieser Angelegenheit von Anbeginn richtig gewesen. Jetzt einen kleinen Skandal zu vermeiden, hieße nur Schimpf und Schande über seine Schwester und ihre Kinder bringen und später vielleicht Ruin, wenn Dartie sich weiter an sie hinge, es bergab mit ihm ginge und er das Geld verschwendete, das James seiner Tochter hinterlassen würde. Wenn es auch sicher festgelegt war, würde dieser Bursche sich doch irgendwie schadlos halten und seine Familie kräftig zahlen lassen, um ihn vor dem Bankrott oder gar dem Gefängnis zu bewahren! Sie ließen den glänzenden Wagen mit den glänzenden Pferden und den Diener mit den glänzenden Hüten am Ufer zurück und gingen in das Büro des Justizrates Dreamer in der Crown Office Row.

»Mr. Bellby ist hier, Sir«, sagte der Schreiber; »Mr. Dreamer wird in zehn Minuten da sein.«

Mr. Bellby saß da und warf noch einen letzten Blick auf seine Papiere. Er war vom Gericht gekommen und noch in Robe und Perücke, die gut zu ihm mit seiner Nase, die wie der Schwengel einer winzigen Pumpe hervorragte, seinen schlauen blauen Äuglein und der ziemlich vorstehenden Unterlippe passte – niemand hätte Dreamer besser ergänzen und unterstützen können.

Nachdem er Winifred vorgestellt war, sprangen sie auf das Wetter über und sprachen dann vom Kriege. Soames unterbrach sie plötzlich:

»Wenn er nicht einwilligt, können wir das Verfahren nicht vor sechs Monaten beginnen. Ich möchte vorwärtskommen mit der Sache, Bellby.«

Mr. Bellby lächelte Winifred zu und murmelte mit einer Spur von irischem Akzent: »Aufschub des Prozesses, Mrs. Dartie?«

»Sechs Monate!«, wiederholte Soames. »Es würde dann bis in den Juni hinein dauern! Wir können die Klage ja erst lange nach den Ferien einbringen. Wir müssen es beschleunigen, Bellby« – er würde seine liebe Not haben, dass Winifred standhaft blieb.

»Mr. Dreamer lässt bitten, Sir.«

Sie gingen der Reihe nach hinein. Mr. Bellby voran, und Soames mit Winifred nach einer Pause von einer Minute nach seiner Uhr.

Justizrat Dreamer in der Robe, aber ohne Perücke, stand vor dem Kamin, als betrachte er diese Konferenz als ein besonderes Vergnügen; er hatte eine lederne, beinah ölige Gesichtsfarbe, wie vom vielen Studieren, eine ansehnliche Nase mit einem Kneifer darauf und einen kurzen, leicht ergrauten Backenbart; er zog fortwährend die eine Augenbraue in die Höhe und ließ die Unterlippe unter der Oberlippe verschwinden, was seiner Sprache etwas Kehliges gab. Auch hatte er eine Manier, plötzlich auf die Person zuzugehen, mit der er sprach; alles dies, mit einem entnervenden Ton in seiner Stimme und einer Angewohnheit, ein Brummen hören zu lassen, bevor er anfing zu sprechen, hatte ihm zu einem Ruf in Vormundschafts- und Ehescheidungssachen verholfen, wie ihn nur wenige haben. Nachdem er Mr. Bellbys lebhafte Wiederholung der Tatsachen angehört und die eine Augenbraue wieder in die Höhe gezogen hatte, brummte er und sagte:

»Das weiß ich alles«, wandte sich plötzlich Winifred zu und stieß kehlig die Worte hervor:

»Wir wollen ihn gerne zurückhaben, nicht wahr, Mrs. Dartie.«

Soames unterbrach ihn scharf:

»Die Lage meiner Schwester ist natürlich unerträglich.«

Dreamer brummte: »Gewiss. Können wir uns nun auf die gekabelte Weigerung verlassen, oder müssen wir bis nach Weihnachten warten, um ihm Gelegenheit zum Schreiben zu geben – das ist die Sache, nicht wahr?«

»Je eher –«, begann Soames.

»Was sagen Sie, Bellby?«, fragte Dreamer und ging auf ihn zu.

Mr. Bellby schien nach Luft zu schnappen wie ein Hund.

»Wir werden damit nicht vor Mitte Dezember anfangen. Mehr Spielraum brauchen wir ihm nicht zu geben.«

»Nein«, sagte Soames. »Weshalb sollte meine Schwester dadurch in Ungelegenheit gebracht werden, dass er in –«

»Die weite Welt will!«, sagte Dreamer. »Ganz recht. Man sollte nicht in die weite Welt gehen, nicht wahr, Mrs. Dartie?« Und er hob seine Robe wie zu einer schützenden Pelerine. »Ich stimme mit Ihnen völlig überein. Ist noch etwas zu sagen?«

»Augenblicklich nicht«, meinte Soames bedeutsam. »Ich wollte nur, dass Sie meine Schwester kennenlernten.«

Dreamer brummte leise: »Sehr erfreut. Guten Abend!« Und er ließ die schützende Robe wieder fallen.

Sie gingen hintereinander hinaus. Winifred stieg die Treppe hinunter. Soames zögerte. Wider Willen hatte Dreamer Eindruck auf ihn gemacht.

»Die Zeugenaussagen sind ganz sicher«, bemerkte er zu Bellby. »Unter uns gesagt, wenn wir die Sache nicht schnell durchbringen, gelingt es uns nie. Glauben Sie, dass *er* das einsieht?«

»Ich werde ihn dazu bringen«, sagte Bellby. »Er ist sonst ein tüchtiger Mensch – ein tüchtiger Mensch.«

Soames nickte und eilte seiner Schwester nach. Er fand sie im Zuge stehend, sah, wie sie sich hinter ihrem Schleier auf die Lippen biss, und beeilte sich zu sagen:

»Das Zeugnis der Stewardess wird völlig ausreichend sein.«

Winifreds Gesicht wurde hart; sie nahm sich zusammen und sie gingen zum Wagen. Und auf der ganzen schweigsamen Fahrt zurück zur Green Street beschäftigte die Seelen der beiden der einzige Gedanke: »Warum, ach, warum muss ich mein Unglück der Öffentlichkeit preisgeben? Warum Spione anstellen, um in meine Privatsorgen hineinzuschauen? Ich bin nicht schuld daran.«

5. Jolly als Richter

Das Streben nach Besitz, das zwei Mitglieder der Familie Forsyte nach tiefer Enttäuschung bewog loszuwerden, was sie nicht länger besitzen konnten, wurde täglich stärker im britischen Volk. Obwohl Nicholas ursprünglich seiner Investitionen wegen so voll Zweifel in Bezug auf den Krieg gewesen war, hatte man ihn sagen hören, dass die Buren eine starrköpfige Bande wären und eine Menge Kosten verursachten; je eher sie ihre Lektion bekämen, desto besser wäre es. *Er* würde Wolseley hinschicken! Da die Forsytes immer ein wenig weiter sahen als andere Leute – sie waren dadurch zu ihrem sehr beträchtlichen Vermögen gekommen – hatte er schon bemerkt, dass Buller nicht der rechte Mann war – »ein wahrer Bulle, dieser Mann«, meinte er, »der darauflosstieße, und wenn sie sich nicht vorsähen, würde Ladysmith fallen!« Das war Anfang Dezember gewesen, und als dann die Schwarze Woche kam, konnte er jedem vorhalten, dass er es »ihnen gleich gesagt habe«. Während dieser Woche düsterer Sorge, wie kein Forsyte sie je erlebt, wurde der jüngste Nicholas in seinem Korps – dem »Teufelskorps« – so gedrillt, dass sein Vater den Familienarzt der Gesundheit seines Sohnes wegen konsultierte und beunruhigt war zu hören, dass er vollkommen gesund sei. Der Junge hatte eben sein etwas kostspieliges Studium beendet und sollte gerade seine juristische Laufbahn beginnen, es war daher ein beklemmendes Gefühl für seine Eltern, dass er sich in einer Zeit dem Militärdienst widmen musste, wo die Zivilbevölkerung wahrscheinlich dazu herangezogen werden würde. Sein Großvater natürlich machte sich lustig über diese Idee, denn er war zu gründlich in dem Gefühl aufgewachsen, dass kein britischer Krieg anders als kurz sein und dabei nur Berufssoldaten infrage kommen könnten, und er war sehr misstrauisch gegen Regierungsmaßnahmen, durch die er überdies noch Verluste haben würde, denn er besaß De Beers, die jetzt schnell heruntergingen, und das betrachtete er als ein mehr als genügendes Opfer seines Enkels.

In Oxford dagegen herrschten ganz andere Gefühle. Die einem Konglomerat von jungen Leuten eigene Erregung hatte sich in den beiden Monaten des Semesters vor der Schwarzen Woche allmählich zu lebhafter Opposition kristallisiert. Die normale Jugend, in England immer konservativ, wenn sie die Dinge auch nicht allzu ernst nimmt, verlangte ungestüm nach einem Kampf und einer gehörigen Züchtigung der Buren. Dieser größeren Partei gehörte Val natürlich als Mitglied an. Die radikale Jugend dagegen, eine kleine, aber vielleicht stimmkräftigere Partei, war dafür, den Krieg zu beenden und den Buren Autonomie zu geben. Bis zur Schwarzen Woche indessen waren Gruppen amorph, ohne scharfe Kanten, und die Streitfrage blieb nur akademisch. Jolly war einer von denen, die nicht recht wussten, wo sie standen. Seine Gerechtigkeitsliebe, die sich von seinem Großvater, dem alten Jolyon, auf ihn vererbt hatte, hinderte ihn, nur eine Seite der Sache zu betrachten. Überdies war in seiner Verbindung »Die Besten« ein eifriger »Schwärmer« mit außerordentlich vorgeschrittenen Anschauungen und einiger persönlicher Suggestivkraft. Jolyon schwankte. Sein Vater schien ebenfalls unentschieden in seiner Meinung. Und wenn er auch, wie es bei zwanzig Jahren üblich ist, seinen Vater scharf im Auge behielt und auf Fehler fahndete, denen vielleicht noch abzuhelfen war, lag doch etwas in dem Auftreten dieses Vaters, das seiner ironischen Toleranz einen geheimen Reiz verlieh. Künstler natürlich waren notorisch Hamletnaturen, und das musste man bei einem Vater mit in Betracht ziehen, wenn man ihn auch liebte. Aber Jolyons eigenste Ansicht, dass »seine Nase da hineinzustecken, wo man nicht gewünscht wird« (wie die »Uitlander« es getan hatten), »und dann andere auszunutzen, bis man sein Ziel erreicht hatte«, nicht gerade vornehm gehandelt war, übte – sie mochte auf Tatsachen beruhen oder nicht – eine gewisse Anziehungskraft auf Jolly aus, der sehr auf Vornehmheit hielt. Andererseits konnte er »Wirrköpfe«, wie man es in seiner Verbindung und »Snobs«, wie man es in Vals Verbindung nannte, nicht vertragen, sodass er immer noch schwankte, als die Stunde der Schwarzen

Woche schlug. Eins – zwei – drei kamen jene verhängnisvollen Rückschläge bei Stormberg, Magersfontein und Colenso. Die hartnäckige englische Seele setzte nach dem ersten ihre Hoffnung auf Methuen, nach dem zweiten auf Buller, dann aber verhärtete sie sich in wachsendem Unmut. Jolly sagte sich: »Nein, zum Teufel! Jetzt müssen wir die Bande unterkriegen, einerlei ob wir recht haben oder nicht.« Und hätte er es nur gewusst, sein Vater dachte ebenso.

Am nächsten Sonntag, dem letzten des Semesters, war Jolly von einem der »Besten« zum Wein eingeladen. Nach dem zweiten Toast »Buller und Vernichtung der Buren!« – er leerte sein Glas – bemerkte er, dass Val Dartie, ebenfalls als Gast, ihn grinsend anblickte und etwas zu seinem Nachbarn sagte. Er war sicher, dass es etwas Geringschätziges war. Nichts lag ihm ferner, als es sich anmerken zu lassen oder eine öffentliche Störung zu verursachen, aber das Blut schoss ihm ins Gesicht und er presste die Lippen zusammen. Die sonderbare Feindseligkeit, die er seinem Vetter gegenüber immer empfunden hatte, steigerte sich noch. »Schon gut!«, sagte er zu sich. »Warte nur, mein Freund!« Der Genuss von mehr Wein als ihm gut und er gewohnt war, bestärkte ihn in seinem Vorhaben, und als alle zusammen aufbrachen, zupfte er Val am Arm.

»Was hast du da drinnen über mich gesagt?«

»Darf ich nicht sagen, was mir beliebt?«

»Nein.«

»Nun, ich sagte, du seist Pro-Bure – und das bist du!«

»Du lügst!«

»Du willst dich also schlagen?«

»Natürlich, aber nicht hier, im Garten.«

»Gut! Komm.«

Sie gingen, einander von der Seite ansehend, erregt und entschlossen weiter und kletterten über das Gartengitter. An den Stacheln oben kam ein kleiner Riss in Vals Ärmel, der seine Aufmerksamkeit auf sich zog. Jolly beschäftigte der Gedanke, dass sie im Begriff waren, im Bereich eines Gebäudes zu kämpfen, das ihnen beiden fremd war. Es war eigentlich nicht das Rechte, aber einerlei – dieser Lümmel!

Sie gingen über den Rasen an eine ziemlich dunkle Stelle und zogen ihre Röcke aus.

»Du bist doch nicht bezecht, wie?«, sagte Jolly plötzlich. »Ich kann mich nicht mit dir schlagen, wenn du bezecht bist.«

»Nicht mehr als du.«

»Gut denn.«

Ohne sich die Hand zu reichen, stellten sie sich sofort in Verteidigungs-
positur. Sie hatten zu viel getrunken, um sachgemäß vorzugehen und
bemühten sich daher, besonders korrekte Stellungen einzunehmen, bis
Jolly Val beinah zufällig eins auf die Nase gab. Danach war alles nur
wüste, hässliche Rauferei im tiefen Schatten der alten Bäume, und niemand da, »Schluss« zu rufen, bis sie keuchend und atemlos voneinander
abließen und zurücktaumelten, während eine Stimme rief:

»Ihre Namen, meine Herren!«

Bei dieser freundlichen Frage unter der Laterne an der Gartenpforte,
die ihnen wie vom Himmel zu kommen schien, hielten ihre Nerven nicht
länger stand, sie griffen nach ihren Röcken, rannten an das Gitter, stiegen
hinüber und kehrten an die Stelle zurück, von der aus sie den Kampf
begonnen hatten. Hier in dem matten Licht wischten sie sich die Gesichter ab und wanderten, ohne ein Wort, zehn Schritt voneinander, bis zum
Tor des College. Schweigend gingen sie hindurch, Val an der Brauerei
entlang, Jolly die Gasse hinunter. Ihm rauchte noch der Kopf, er bedauerte lebhaft, dass er nicht mehr Sachkenntnis entfaltet hatte und dachte
an die Gegenstöße und Knockout-Schläge, die er versäumt. Im Geiste
sah er einen andern Kampf vor sich, unendlich verschieden von dem,
den er eben ausgefochten, einen unendlich tapfereren, mit Schärpe und
Schwert, mit Angriff und Abwehr, als läse er seinen geliebten Dumas.
Er sah sich selbst als La Mole, als Aramis, Bussy, Chicot und d'Artagnan
in einer Gestalt, doch es war ihm unmöglich, sich Val als Conconnac,
Brissac oder Rochefort vorzustellen. Dieser sein Vetter war eben nichts
weiter, als ein ungehobelter Bengel. Aber einerlei! Er hatte ihm doch ein
paar versetzt! »Pro-Bure!« Das Wort brannte ihn noch, und der Gedanke,
sich anwerben zu lassen, über das Schlachtfeld zu reiten, tapfer zu
schießen, während die Buren sich wie Kaninchen am Boden wälzten,
arbeitete in seinem schmerzenden Kopf. Und als er die brennenden
Augen hob, sah er die Sterne zwischen den Giebeln scheinen und sich
selbst im Karoo (was immer das auch sein mochte) in eine Decke ge-
wickelt, das Gewehr geladen und den Blick auf den flimmernden Himmel
gerichtet.

Er hatte einen fürchterlichen »Kater« am nächsten Morgen und behandelte ihn, wie es sich für einen der »Besten« gehörte, mit kaltem Wasser
und einem Gebräu von Kaffee, den er nicht trinken konnte, und
schlürfte zum Frühstück nur ein Gläschen Hochheimer. Das Märchen,

dass »ein Tölpel« ihn an der Ecke angerannt hatte, musste als Vorwand für die Beule auf seiner Backe dienen. Um keinen Preis hätte er den Kampf erwähnt, denn eigentlich entsprach er durchaus nicht seinen Grundsätzen.

Am nächsten Tage fuhr er nach London und gleich durch nach Robin Hill. Es war niemand dort außer Holly und June, denn sein Vater war nach Paris gereist. Er verlebte seine Ferien unstet und regellos, völlig ohne jede Fühlung mit seinen Schwestern. June freilich war von ihren »lahmen Enten« in Anspruch genommen, die Jolly in der Regel nicht ausstehen konnte, namentlich diesen Eric Cobbley und seine Familie, »hoffnungslose Außenseiter«, die in den Ferien immer das Haus auf den Kopf stellten. Und zwischen Holly und ihm bestand ein merkwürdiges Zerwürfnis, als wäre sie im Begriff, eigene Meinungen zu haben, was so – unnötig war. Er schlug beim Kricket wütend auf den Ball los, ritt ungestüm, aber allein im Richmondpark, wo er tollkühn über die hohen schwierigen Hecken hinwegsetzte, die gewisse abgenutzte Graswege absperren sollten, dies alles, um, wie er sagte, seine Nerven zu stärken. Jolly hatte eine größere Furcht Scheu zu zeigen als die meisten jungen Leute. Er kaufte eine Büchse und in dem Gedanken, sich eines Tages vielleicht anwerben zu lassen und Südafrika für sein Land zu retten, errichtete er auf dem Felde zu Hause einen Schießstand und schoss, wobei er die Gärtner gefährdete, über den Teich hinweg in die Mauer des Küchengartens. Jetzt, da sie Freiwillige als Rekruten brauchten, war der Junge ganz unglücklich. Musste er sich melden? Keiner von den »Besten« dachte daran mitzugehen, soviel er wusste, denn er korrespondierte mit mehreren von ihnen. Wären *sie* bereit dazu gewesen, so hätte er auch nicht gezögert, denn er war ehrgeizig, hatte einen starken Sinn für Form und konnte es nicht ertragen, bei irgendetwas zurückzustehen; – es jedoch aus eigenem Antrieb zu tun, hätte wie Prahlerei aussehen können, weil es eigentlich nicht wirklich nötig war. Überdies lag ihm nichts daran zu gehen, denn diesem jungen Forsyte widerstrebte es, sich blindlings in etwas hineinzustürzen. Es war alles ein wüstes Durcheinander in ihm, aufregend krankhaft, und er wurde seinem heiteren, vornehmen Selbst ganz unähnlich.

Und dann sah er eines Tages etwas, das ihn in rasende Wut versetzte – zwei Reiter in einer Lichtung des Parks, von denen die Dame zur Linken unverkennbar Holly auf ihrem Silberschimmel, und der Herr zur Rechten ebenso unverkennbar jener »Bengel« Val Dartie war. In der ersten Aufwallung wollte er selbst hinreiten und fragen, was dies zu bedeuten habe, den Burschen auffordern zu »verduften« und Holly mit nach Hause nehmen. Nach kurzer Überlegung aber fühlte er, dass er sich selbst lächerlich machen würde, wenn sie sich weigerten. Er ritt hinter einen Baum, merkte aber, dass es ebenso ganz unmöglich war, sie zu erspähen; Es blieb ihm also nicht anderes übrig, als nach Hause zurückzukehren und ihr Kommen abzuwarten. Dass sie sich so davonschleichen konnte mit diesem jungen Falott! Er konnte June nicht zurate ziehen, weil sie diesen Morgen mit Eric Cobbley und der ganzen Bande fortgefahren war. Und sein Vater war noch in diesem »ruchlosen« Paris. Er fühlte, dass dies entschieden einer jener Augenblicke war, für die er sich in der Schule unablässig trainiert hatte, als er und ein Schüler namens Brent häufig Zeitungen angezündet und sie in die Mitte ihres Arbeitszimmers gelegt hatten, um sich im Augenblick der Gefahr an Kaltblütigkeit zu gewöhnen. Er war jedoch durchaus nicht kaltblütig, als er im Hof wartete und müßig den Hund Balthasar streichelte, der schwerfällig wie ein alter fetter Mönch und traurig über die Abwesenheit seines Herrn zu ihm aufblickte und vor Dankbarkeit für seine Aufmerksamkeit schnaufte. Es verging eine halbe Stunde, bevor Holly mit glühenden Wangen und so viel hübscher als sie das Recht hatte auszusehen, endlich kam. Er sah sie rasch einen Blick auf ihn werfen – schuldbewusst natürlich – ging ihr dann nach, fasste sie am Arm, und führte sie in das frühere Arbeitszimmer ihres Großvaters. Dies Zimmer, das nur wenig benutzt wurde, barg für sie beide noch immer ein Gemisch von Zärtlichkeit, dem Duft von Zigarrenrauch, Lachen und der Erinnerung an einen langen weißen herabhängenden Schnurrbart. Hier hatte Jolly als kleiner Junge, bevor er zur Schule ging, mit seinem Großvater herumgetollt, der selbst zu achtzig das Bücken noch nicht verlernt hatte. Hier hatte Holly, auf der Lehne des großen Ledersessels sitzend, lockiges Silberhaar von einem Ohr gestrichen, in das sie Geheimnisse flüstern konnte. Durch diese Fenstertür waren sie alle drei zum Kricketspiel auf den Rasen hinausgesprungen und hatten dann auch ein geheimnisvolles Spiel, genannt »Wopsy – doozle«, gespielt, das kein Unbeteiligter verstand und den alten Jolyon sehr erhitzte. Hier war Holly einst in einer warmen Nacht, als sie einen bösen Traum gehabt, in ihrem Nachtröckchen erschienen, um sich von dem Eindruck zu befreien. Und hier hatte Jolly, als er eines Tages Magnesia in ein frisches, für Mademoiselle Beauce bestimmtes Ei gestreut und später noch Schlimmeres getan hatte, in der Abwesenheit seines Vaters folgenden Dialog geführt:

»So etwas darfst du aber nicht wieder tun, mein Junge.«

»Ja, aber sie gab mir eine Ohrfeige, Großpapa, da gab ich ihr auch eine, und dann gab sie mir wieder eine.«

»Eine Dame schlagen? Das geht nicht. Hast du sie um Verzeihung gebeten?«

»Noch nicht.«

»Dann musst du gehen und es sofort tun. Komm.«

»Aber sie hat doch angefangen, Großpapa; und sie gab mir zwei für die eine von mir.«

»Es ist abscheulich, so etwas zu tun, mein Junge.«

»Ja, aber sie wurde wütend, und ich nicht.«

»Komm jetzt.«

»Kommst du mit, Großpapa?«

»Na – dies eine Mal nur.«

Und dann waren sie Hand in Hand zu ihr gegangen.

Hierher – wo die Waverley-Romane und die Werke Byrons und Gibbons »Römisches Reich« und Humboldts »Kosmos« und die Bronzen auf dem Kaminsims und das Meisterwerk der Ölmalerei »Holländische Fischerboote bei Sonnenuntergang« unabänderlich wie das Schicksal ihren Platz behaupteten, wo man hätte meinen können, den alten Jolyon noch mit übereinandergeschlagenen Beinen, seiner gewölbten Stirn und den tief liegenden Augen ernst über den »Times« in seinem Armstuhl sitzen zu sehen – hierher kamen nun seine beiden Enkel. Und Jolly sagte:

»Ich sah dich mit jenem Burschen im Park.«

Er sah, dass das Blut ihr ins Gesicht schoss, und das war ihm eine Genugtuung; sie *musste* sich ja schämen.

»Nun, und?«, erwiderte sie.

Jolly war überrascht; er hatte mehr erwartet, oder weniger.

»Weißt du«, sagte er mit Nachdruck, »dass er mich im letzten Semester einen Pro-Buren nannte? Ich musste mich mit ihm schlagen.«

»Wer siegte?«

Jolly hätte gern erwidert: »Ich beinah –«, aber es schien ihm unter seiner Würde.

»Sag mal«, fuhr er fort, »was soll das heißen? Ohne jemand etwas davon zu sagen?«

»Wozu denn? Papa ist nicht hier; weshalb sollte ich nicht mit ihm ausreiten?«

»Du hast ja mich, wenn du ausreiten willst. Ich finde, er ist ein Lausbub.«

Holly wurde blass vor Zorn.

»Das ist er nicht. Du bist selbst schuld daran, wenn du ihn nicht leiden kannst.«

Sie schlüpfte an ihrem Bruder vorbei, ging hinaus und ließ ihn allein. Ganz verstört, bis auf den Grund seiner jungen Seele erschüttert, starrte er auf die Schildkröte mit der Bronzevenus, die der dunkle Kopf seiner Schwester unter dem weichen Filzreithut bis jetzt verdeckt hatte. Seine Übermacht, die er zeitlebens behauptet, lag zerschmettert am Boden. Er ging an den Kamin, wo die Venus stand, und untersuchte mechanisch die Schildkröte. Weshalb mochte er Val Dartie eigentlich nicht? Er konnte es nicht sagen. Er kannte die Familiengeschichte nicht, hatte kaum von der Fehde gehört, die vor dreizehn Jahren begonnen, als Bosinney sich wegen Soames' Frau von June abgewandt hatte, wusste so gut wie nichts von Val und war ratlos. Er *konnte* ihn eben nicht leiden. Die Frage aber war: Was sollte er tun? Zwar war Val Dartie ein entfernter Vetter, aber es schickte sich nicht für Holly, allein mit ihm umherzustreifen. Aber zu »verraten«, was er zufällig gesehen hatte, war gegen seine Natur. In diesem Dilemma ging er hin, setzte sich in den alten Ledersessel und schlug die Beine übereinander. Es ward dunkel, während er dort saß und durch das lange Fenster auf die alte Eiche draußen starrte, die sich breit, doch ohne Blätter, allmählich in Umrissen von tieferem Dunkel auf dem dämmrigen Grund abzeichnete.

»Großvater!«, dachte er unvermittelt und nahm seine Uhr heraus. Er konnte den Zeiger nicht sehen, ließ sie aber repetieren. »Fünf Uhr!« Die erste goldene Uhr seines Großvaters, die Mäntel butterweich vor Alter – die eingravierten Ränder abgenutzt und mit Zeichen manchen Falls. Der Klang war wie eine leise Stimme aus jener goldenen Zeit, wo sie zuerst von St. Johns Wood in London in sein Haus gekommen waren; wo er mit dem Großvater in seinem Wagen hergefahren und unmittelbar darauf zu den Bäumen gegangen war. Bäume zum Hinaufklettern, und darunter der Großvater, der seine Geraniumbeete begoss! Was war zu tun? Sollte er seinen Vater bitten, nach Hause zu kommen? Sich June anvertrauen? – Nur, sie war so – so hitzig! Nichts tun und dem Glück vertrauen? Schließlich würden die Ferien ja bald vorüber sein. Zu Val gehen und ihn warnen? Aber wie seine Adresse erhalten? Holly würde sie ihm nicht geben! Ein Gewirr von Wegen, unbegrenzte Möglichkeiten! Er zündete sich eine Zigarette an. Als er sie zur Hälfte aufgeraucht hatte, glättete sich seine Stirn, beinah als hätte eine alte dünne Hand sanft darüber gestrichen, und in sein Ohr schien etwas leis zu wispern: »Tue nichts, sei lieb zu Holly, sei lieb zu ihr, mein Junge!« Und Jolly stieß einen Seufzer der Befriedigung aus und blies Rauch durch seine Nase ...

Doch oben in ihrem Zimmer, wo sie ihr Reitkleid abgelegt hatte, saß Holly noch mit düsterm Blick. »Das ist er *nicht* – das ist er *nicht*!« waren die Worte, die ihre Lippen fortwährend wiederholten.

6. Jolyon schwankt

Ein kleines Privathotel über einem sehr bekannten Restaurant in der Nähe des Gare St. Lazare war Jolyons Absteigequartier in Paris. Er hasste seine Forsyte-Landsleute im Ausland – sie schienen ihm höchst lächerlich mit ihrem ewigen Rennen in die Oper, Rue de Rivoli und Moulin Rouge. Es war ihnen anzusehen, dass sie nur gekommen waren, um so bald wie möglich irgendwo anders zu sein, und das ärgerte ihn. Aber kein anderer Forsyte kam in die Nähe seines Schlupfwinkels, wo er ein Holzfeuer in seinem Schlafzimmer hatte und der Kaffee vorzüglich war. Paris gefiel ihm im Winter immer besser. Der beißende Geruch des Holzfeuers und gerösteter Kastanien, die Klarheit des winterlichen Sonnenscheins an hellen Tagen, die offenen Cafés, die dem schneidend kalten Winter Trotz boten, die biedere lebhafte Menge auf den Boulevards, alles das waren ihm Zeichen dafür, dass Paris im Winter eine Seele hatte, die wie ein Zugvogel im Hochsommer davonflog.

Er sprach gut französisch, hatte einige Freunde, kannte kleine Lokale, wo man gut essen und sonderbare Typen beobachten konnte. Er fühlte philosophisch in Paris, die Schneide seiner Ironie wurde schärfer, das Leben verlief hier reibungslos und ohne Ziel, ward zu einem Bündel schmackhafter Genüsse, einer Dunkelheit, von Strahlen wechselnden Lichts durchschossen.

Als er in der ersten Woche des Dezember beschloss, nach Paris zu gehen, war er weit entfernt davon, sich einzugestehen, dass Irenens Anwesenheit ihn beeinflusste. Er war noch nicht zwei Tage dort, als er erkannte, dass der Wunsch, sie zu sehen, mit der Hauptgrund dazu gewesen war. In England lässt man das natürlich nicht gelten. Er hatte gedacht, dass es gut wäre, mit ihr über das Vermieten ihrer Wohnung und andere Angelegenheiten zu sprechen, in Paris aber wusste er es sogleich besser. Am dritten Tage schrieb er an sie und erhielt eine Antwort, die seine Nerven in freudigen Aufruhr brachte:

»Mein lieber Jolyon!
Es wird mich glücklich machen, Sie zu sehen.

Irene.«

An einem hellen Tage machte er sich mit einem Gefühl auf den Weg in ihr Hotel, wie er es oft hatte, wenn er ein Bild aufsuchte, das er liebte. Keine Frau hatte bisher, soviel er sich erinnerte, dies seltsam sinnliche und doch unpersönliche Gefühl in ihm erweckt. Es würde ein Fest für seine Augen sein, er würde von ihr gehen und sie nicht besser kennen, aber seinen Augen morgen freudig wieder dieses Fest bereiten. Dies war sein Gefühl, als sie ihm in dem verschossenen zierlichen Sprechzimmer eines stillen Hotels nahe am Flusse entgegenkam, nachdem ein kleiner Page sie mit dem Wort »Madame« angemeldet hatte und verschwunden war. Ihr Gesicht, ihr Lächeln, ihre Haltung waren ganz wie er es sich vorgestellt, und der Ausdruck ihres Gesichts sagte deutlich: »Ein Freund!«
»Nun«, sagte er, »was für Nachrichten, Sie arme Verbannte?«
»Gar keine.«
»Nichts von Soames?«
»Nichts.«
»Ich habe die Wohnung für Sie vermietet, und als guter Verwalter bringe ich Ihnen etwas Geld. Wie gefällt Ihnen Paris?«
Während er sie so ausfragte, meinte er, nie so zarte, sensitive Lippen gesehen zu haben; die untere bog sich ein klein wenig aufwärts, und an der oberen war an einem Mundwinkel ein kaum sichtbares Grübchen. Es war, als entdecke er die Frau in einer bisher beinah unpersönlich bewunderten Statue. Sie gab zu, dass es ein wenig schwierig sei, allein in Paris zu sein; und doch wäre Paris so voll eigenen Lebens, dass sie sich oft fühlte wie in einer Einöde. Übrigens seien die Engländer augenblicklich nicht beliebt!
»Darunter werden Sie wohl kaum zu leiden haben«, sagte Jolyon. »Wahrscheinlich werden Sie auf die Franzosen Eindruck machen.«
»Das hat seine Nachteile.«

Jolyon nickte.

»Dann müssen Sie *mir* erlauben, Sie herumzuführen, während ich hier bin. Wir wollen morgen damit beginnen. Kommen Sie, dinieren Sie mit mir in meinem Lieblingsrestaurant, dann gehen wir in die Opéra-Comique.«

Das war der Anfang täglicher Zusammenkünfte.

Jolyon fand bald heraus, dass für jemand, der unbeirrt seiner Neigung nach zu leben wünscht, Paris der einzige Ort war, in dem man freundschaftlich mit einer hübschen Frau verkehren konnte. Wie eine Offenbarung kam es über ihn und sang in seinem Herzen wie ein Vogel: »Elle est ton rêve! Elle est ton rêve!« Zuweilen schien es ihm ganz natürlich, zuweilen beinah lächerlich – ein schlimmer Fall für ältliche Liebhaber. Einst von der Gesellschaft ausgestoßen, hatte er seitdem niemals Rücksicht auf konventionelle Moral genommen, aber der Gedanke an eine Liebe, die sie nie erwidern konnte – und wie sollte sie auch bei seinem Alter? – kam kaum über sein Unterbewusstsein hinaus. Die Einsamkeit und Öde ihres Lebens verdross ihn, und als er merkte, dass seine Anwesenheit ihr ein Trost war und die vielen kleinen Ausflüge ihr Vergnügen machten, hütete er sich sorgfältig, etwas zu sagen oder zu tun, was dies Vergnügen hätte stören können. Wie eine verdorrte Pflanze Wasser aufsaugt, trank sie seine Gegenwart in sich hinein. Soviel sie wusste, kannte niemand außer ihm ihre Adresse; sie war unbekannt in Paris, und er nur wenig bekannt, sodass eine Vorsicht unnötig schien bei diesen Spaziergängen, Gesprächen, Besuchen von Konzerten, Gemäldegalerien, Theatern, kleinen Diners, Ausflügen nach Versailles, St. Cloud und sogar Fontainebleau. Und die Zeit verflog – ein voller Monat ohne Vergangenheit und Zukunft. Was in seiner Jugend sicher ungestüme Leidenschaft gewesen wäre, war jetzt vielleicht ein ebenso tiefes Gefühl, aber viel sanfter und gemäßigter, durch seine Bewunderung, seine Hoffnungslosigkeit und Ritterlichkeit in beschützende Kameradschaft umgewandelt, wenigstens solange sie da war, lächelnd und glücklich in ihrer Freundschaft und für ihn immer schöner und ihm geistig näher: denn ihre Lebensphilosophie, mehr auf Empfindung als Vernunft gegründet, schien wunderbar mit der seinen Schritt zu halten; sie war voll ironischen Misstrauens, empfänglich für Schönheit, fast leidenschaftlich hilfreich und tolerant, konnte aber in instinktivem Starrsinn verharren, dessen er als Mann nicht fähig war. Und während dieses ganzen gemeinsam verlebten Monats verließ ihn das Gefühl des ersten Tages, wie er es beim Anschauen eines bewunderten

Kunstwerkes gehabt, ein beinah unpersönliches Verlangen, niemals ganz. Aus Furcht, seine Sorglosigkeit einzubüßen, schob er den Gedanken an die Zukunft – die so unerbittlich mit der Gegenwart zusammenhing – weit von sich; aber er machte Pläne, eine solche Zeit einst wieder an Orten zu verleben, die noch schöner waren, wo die Sonne heiß war und es merkwürdige Dinge zu sehen und zu malen gab. Ein Telegramm am 20. Januar machte allem rasch ein Ende:

»Habe mich als Freiwilliger gemeldet – Jolly.«

Jolyon erhielt es gerade, als er im Begriff war, Irene im Louvre zu treffen. Er fiel aus allen Himmeln. Während er hier schwelgte und die Zeit verträumte, hatte sein Junge, dem er Ratgeber und Führer sein sollte, diesen großen Schritt zu Gefahr, Mühsal, vielleicht sogar Tod getan. Er war in tiefster Seele verstört und erkannte plötzlich, wie fest Irene in seinem Dasein wurzelte. So, durch Trennung bedroht, konnte das Band zwischen ihnen – denn es war eine Art Band geworden – nicht länger unpersönlich bleiben. Mit dem ruhigen Genießen der Dinge im Allgemeinen, merkte Jolyon, war es für immer vorbei. Er sah sein Gefühl, wie es wirklich war, als eine Art Bezauberung. Das war vielleicht lächerlich, aber so wahr, dass es sich früher oder später doch verraten hätte. Allein jetzt, schien ihm, konnte er, durfte er eine solche Eröffnung nicht machen. Die Nachrichten von Jolly standen dem unerbittlich im Wege. Er war stolz, dass Jolly sich hatte anwerben lassen; stolz auf seinen Jungen, weil er für sein Land kämpfen wollte; denn auch auf Jolyons Parteinahme für die Buren hatte die Schwarze Woche ihren Stempel gedrückt. Und so war das Ende vor dem Anfang erreicht! Glücklicherweise aber hatte er sich nie etwas merken lassen!

Als er in die Galerie kam, stand sie vor der »Jungfrau am Felsen«, anmutig, versunken, lächelnd und unbewusst. »*Muss* ich aufgeben *das* zu sehen?«, dachte er. »Es wäre zu viel verlangt, solange sie erlaubt, dass ich sie sehe.« Er stand unbemerkt da und beobachtete sie, prägte sich ihre Gestalt ein und beneidete das Bild, auf dem ihr Blick so lange prüfend ruhte. Zweimal wandte sie den Kopf dem Eingang zu, und er dachte: »Das gilt mir!« Schließlich ging er auf sie zu.

»Sehen Sie her!«, sagte er.

Sie las das Telegramm und er hörte sie seufzen.

Der Seufzer galt ebenfalls ihm! Seine Lage war wirklich grausam! Um seinem Sohne treu zu bleiben, musste er ihr die Hand schütteln und gehen. Um dem Gefühl in seinem Herzen treu zu bleiben, musste er zumindest sagen, welch ein Gefühl es war! Konnte sie, würde sie das Schweigen verstehen, mit dem er auf das Bild starrte?

»Ich fürchte, ich muss sofort nach Haus reisen«, sagte er endlich. »Ich werde alles dies furchtbar vermissen.«

»Ich ebenfalls; aber natürlich müssen Sie fort.«

»Also!«, sagte Jolyon und streckte seine Hand aus.

Als er ihrem Blick begegnete, übermannte ihn fast eine Flut von Gefühlen.

»So ist das Leben!«, sagte er. »Seien Sie vorsichtig, meine Liebe!«

Beine und Füße versagten beinahe, als weigere sich sein Gehirn, ihn von ihr fort zu führen. An der Tür sah er sie die Hand heben und die Finger mit den Lippen berühren. Er lüftete feierlich den Hut und blickte nicht zurück.

7. Dartie contra Dartie

In dem Prozess – Dartie contra Dartie – bei dem es sich um die Wiederherstellung der ehelichen Gemeinschaft handelte, der gegenüber Winifred im Herzen so unentschlossen war, stand der entscheidende Termin nahe bevor. Es war nichts zu erreichen gewesen, bevor die Weihnachtsferien des Gerichts begannen, aber der Fall war der dritte auf der Liste, als die Sitzungen wieder anfingen. Winifred verlebte die Weihnachtsfeiertage ein wenig geselliger als sonst und ließ die Angelegenheit verschlossen in ihrem tief entblößten Busen ruhen. Um seine Teilnahme und seine Erleichterung über die nahende Auflösung ihrer Ehe mit diesem »sauberen Halunken« auszudrücken, die sein altes Herz empfand, die alten Lippen aber nicht äußern konnten, war James diese Weihnachten ganz besonders freigebig gegen sie.

Dem Verschwinden Darties gegenüber war das Fallen der Konsols eine verhältnismäßig unbedeutende Angelegenheit; und was den Skandal betraf – die lebhafte Abneigung, die er gegen diesen Mann fühlte, und das zunehmende Übergewicht, das der Besitz in den Augen eines echten, sogar vor seinem Ende stehenden Forsyte über das Ansehen erlangt hatte, halfen ihn davon abzulenken, umso mehr als jede Anspielung auf die

Sache (ausgenommen seine eigene) geflissentlich vermieden wurde. Was ihn als Anwalt und als Vater beunruhigte, war die Furcht, dass Dartie plötzlich wieder auftauchen und der Aufforderung des Gerichts nachkommen könnte. Das wäre eine schöne Geschichte! Die Furcht davor nagte dergestalt an ihm, dass er sagte, als er Winifred mit einem großen Scheck zu Weihnachten beschenkte: »Es ist hauptsächlich für den Burschen da draußen, um ihn am Zurückkommen zu hindern.« Es war natürlich weggeworfenes Geld, doch immerhin eine Art Versicherung gegen den Bankrott, der ihn nicht länger bedrohen würde, wenn die Scheidung nur zustande käme; und er ließ Winifred keine Ruhe, bis sie ihn versichern konnte, dass es an ihn abgeschickt war. Arme Frau! – Es kostete sie große Überwindung, dies Geld abzuschicken, das seinen Weg in den Beutel »jenes Geschöpfes« finden würde. Soames, der davon hörte, schüttelte den Kopf. Sie hätten es nicht mit einem Forsyte zu tun, der beharrlich an seinem Vorhaben festhielt. Es sei sehr gewagt, ohne zu wissen, wie die Dinge da draußen lagen. Allein vor dem Gericht würde es einen guten Eindruck machen, und er wollte dafür sorgen, dass Dreamer darauf hinwies. »Ich bin begierig, wohin das Ballett von Argentinien geht«, sagte er plötzlich, denn er versäumte nie eine Gelegenheit, daran zu erinnern, weil er wusste, dass Winifred zwar nichts an Dartie lag, aber doch daran, ihn nicht öffentlich bloßgestellt zu sehen. Wenn er seine Bewunderung auch nicht gern zeigte, gab er doch zu, dass sie sich außerordentlich gut benahm, wo alle ihre Kinder zu Haus die Schnäbel nach Mitteilungen über ihren Vater aufsperrten, wie junge Vögel – wo Imogen gerade im Begriff war, in die Welt eingeführt zu werden und Val sich sehr unruhig in der ganzen Sache zeigte. Er fühlte, dass Val die Hauptsache in der Angelegenheit für Winifred war, die ihn mehr liebte als ihre andern Kinder. Der Junge konnte den Gang dieser Scheidung aufhalten, wenn er es darauf anlegte. Und Soames vermied sorgfältig, seinen Neffen etwas von den Präliminarien des Gerichtsverfahrens wissen zu lassen. Er tat noch mehr. Er lud ihn zum Dinner in den »Remove« ein und begann bei der Zigarre über den Gegenstand zu sprechen, von dem er wusste, dass er ihm am meisten am Herzen lag.

»Ich höre«, sagte er, »dass du in Oxford Polo spielen möchtest.«

»Riesig gern!«, erwiderte er.

»Nun«, fuhr Soames fort, »das ist eine sehr kostspielige Geschichte. Dein Großvater wird wohl kaum seine Einwilligung dazu geben, wenn er nicht sicher ist, dass keine weiteren Anzapfungen erfolgen.« Und er schwieg, um zu sehen, ob der Junge verstanden hatte, was er meinte.

Vals dunkle dichte Wimpern verdeckten seine Augen, aber er verzog seinen breiten Mund und murmelte:

»Ich nehme an, du meinst meinen Papa.«

»Ja«, sagte Soames, »ich fürchte, es hängt davon ab, ob er fortfährt, ihm zur Last zu fallen oder nicht.« Weiter sagte er nichts und überließ es dem Knaben, darüber nachzudenken.

Val dachte in diesen Tagen aber auch an einen Silberschimmel-Zelter und an ein Mädchen, das ihn ritt. Obwohl Crum in der Stadt war und er eine Einladung zu Cynthia Dark hätte haben können, wenn er ihn darum gebeten hätte, bat er nicht darum. Er mied Crum sogar und führte ein Leben, das ihm selbst sonderbar vorkam, außer wenn es sich um Schneiderrechnungen und Pferdemietställe handelte. Für seine Mutter, seine Schwestern und seinen jüngeren Bruder verbrachte er seine Ferien mit »Besuchen bei Kameraden« und die Abende schläfrig zu Haus. Sie konnten am Tage nichts vorschlagen, ohne die Antwort: »Tut mir leid, habe mich mit einem Kameraden verabredet« zu erhalten, und er war zu den merkwürdigsten Notlügen gezwungen, um unbemerkt im Reitanzug aus dem Haus und wieder hinein zu kommen, bis er Mitglied des Goatsklubs wurde und Gelegenheit hatte, seine Sachen dorthin zu bringen, sich ungesehen umzukleiden und auf seinem Gaul in den Richmondpark zu entwischen. Er behielt seine wachsenden Gefühle geflissentlich für sich. Nicht um die Welt hätte er vor den Kameraden – die er gar nicht aufsuchte – ein Wort über etwas verlauten lassen, das von ihrem und seinem Standpunkt aus gesehen so lächerlich war. Aber er konnte nichts dagegen tun, dass es ihm die Lust an allem andern nahm. Es stellte sich zwischen ihn und die rechtmäßigen Vergnügungen der Jugend, sodass er in den Augen Crums schließlich sicher als »Muttersöhnchen« dastehen musste. Das Einzige, was ihn lockte, war, sich in seinem neuesten Reitanzug aus dem Hause zu stehlen, um ans Tor von Robin Hood zu eilen, wo dann der Silberschimmel gravitätisch mit seiner schlanken, dunkelhaarigen Reiterin herantrabte und sie Seite an Seite durch die laublosen Wege ritten, nicht viel sprachen, manchmal galoppierten und sich mitunter bei den Händen hielten. Mehr als einmal war er abends in einem Augenblick der Mitteilsamkeit in Versuchung gewesen, seiner Mutter zu erzählen, wie dieses süße, scheue Mädchen ihn berückt und sein »Leben« zugrunde gerichtet hatte. Aber die bittere Erfahrung, dass alle Leute über fünfunddreißig Jahre Spielverderber waren, hielt ihn davon ab. Schließlich würde er wohl doch erst die Hochschule durchmachen und sie in die Gesellschaft eingeführt werden müssen, bevor sie sich heiraten konnten, also wozu die Dinge erschweren, solange er sie sehen konnte? Schwestern neckten nur und waren unsympathische Wesen, ein Bruder noch schlimmer, daher hatte er niemand, dem er sich anvertrauen konnte, und zu alledem nun noch diese verwünschte Scheidung! Ach, welch ein Pech, einen Namen zu haben, den andere Leute nicht hatten! Wenn er nur Gordon oder Scott oder Howard hieße oder irgendeinen alltäglichen Namen hätte! Aber Dartie – den gab es nicht noch einmal im ganzen Adressbuch! So ging alles weiter, bis eines Tages Mitte Januar der Zelter und seine Reiterin beim Stelldichein fehlten. Unschlüssig in der Kälte, überlegte er, ob er zu ihrem Hause reiten sollte. Aber Jolly könnte dort sein, und die Erinnerung an ihren düstern Zweikampf war noch frisch in ihm. Man konnte doch nicht immer kämpfen mit ihrem Bruder! Er kehrte daher traurig in die Stadt zurück und verbrachte den Abend in trübseligen Gedanken. Beim Frühstück am nächsten Morgen bemerkte er, dass seine Mutter ein Kleid trug, das er nicht kannte, und den Hut aufhatte. Das Kleid war schwarz mit einem Schimmer von Pfaublau, und der Hut schwarz und groß – sie sah ausnehmend gut aus. Doch als sie nach dem Frühstück zu ihm sagte: »Komm hier herein, Val«, und ihn ins Wohnzimmer führte, bemächtigte sich seiner ein beklemmendes Gefühl. Winifred schloss sorgfältig die Tür und hielt ihr Taschentuch an die Lippen; sie atmete den Duft des Violette de Parme ein, mit dem sie es angefeuchtet hatte, und Val dachte: »Hat sie das mit Holly wohl entdeckt?«

Ihre Stimme unterbrach ihn:

»Willst du mir etwas zuliebe tun, lieber Junge?«

Val grinste unschlüssig.

»Willst du heute mit mir kommen –«

»Ich muss –«, begann Val, aber etwas in ihrem Gesicht hielt ihn zurück. »Ich meine«, sagte er, »du willst doch nicht –«

»Ja, ich muss heute aufs Gericht.«

»Schon –!« Diese verdammte Geschichte, die er beinah vergessen hatte, da niemand sie je erwähnte. Er hatte Mitleid mit sich selbst und zupfte kleine Stückchen Haut von seinen Fingern. Als er aber bemerkte, dass die Lippen seiner Mutter zuckten, sagte er impulsiv: »Gut, Mutter, ich komme. Diese rohen Kerle!« Welche Kerle er meinte, wusste er selbst nicht, aber der Ausdruck entsprach genau dem Gefühl beider und stellte ihren Gleichmut einigermaßen wieder her.

»Ich möchte mich doch lieber umziehen«, murmelte er und floh in sein Zimmer. Er wählte einen Gehrock, einen höheren Kragen, eine Perlennadel und seine feinsten grauen Gamaschen und fluchte dabei leise. Dann betrachtete er sich im Spiegel und sagte: »Der Teufel hole mich, wenn ich mir etwas anmerken lasse!«, und ging hinunter. Er fand den Wagen seines Großvaters vor der Tür und seine Mutter im Pelz, als ginge sie zu einem Empfang des Bürgermeisters. Sie setzten sich nebeneinander in den geschlossenen Wagen, und auf dem ganzen Wege zum Gericht spielte Val nur einmal auf die Sache an, indem er fragte: »Es wird doch nichts über die Perlen gesagt, nicht wahr?«

Die kleinen buschigen Schwänze an Winifreds Muff begannen zu zittern.

»O nein«, sagte sie, »es wird heute ganz harmlos sein. Deine Großmutter wollte auch kommen, aber ich ließ es nicht zu. Ich dachte, du könntest mich hinbringen. Du siehst so gut aus, Val. Nur ziehe deinen Kragen hinten etwas höher – so ist's gut.«

»Wenn sie dich anbrüllen –«, begann Val.

»Oh, das tun sie nicht. Ich werde sehr kühl sein. Das ist die einzige Art.«

»Sie werden mich doch nicht als Zeugen für irgendetwas aufrufen?«

»Nein, mein Lieber, dafür ist gesorgt.« Und sie streichelte seine Hand. Ihr entschlossenes Trotzbieten beruhigte die Erregung in Vals Brust, und er beschäftigte sich damit, die Handschuhe aus- und anzuziehen. Wie er jetzt sah, passte das Paar nicht zu seinen Gamaschen, sie hätten grau sein müssen, waren aber aus dunkelbraunem Hirschleder, und er war unentschieden, ob er sie anbehalten sollte oder nicht. Sie trafen kurz nach zehn ein. Er wohnte zum ersten Mal einer Gerichtsverhandlung bei und das Gebäude machte großen Eindruck auf ihn.

Als sie in die Halle traten, sagte er: »Das gäbe ja vier oder fünf gute Tennisplätze ab.«

Soames erwartete sie am Fuß einer Treppe.

»Da seid ihr ja!«, sagte er, ohne ihnen die Hand zu reichen, als wäre das bei dieser vertraulichen Gelegenheit eine zu vertrauliche Förmlichkeit. »Wir haben Happerly Browne, Abteilung I. Wir kommen als erste heran.«

Ein Gefühl, wie er es gehabt, wenn er beim Kricketspiel zum Schlage ausholte, bemächtigte sich Vals, aber er folgte missmutig seiner Mutter und seinem Onkel, sah sich nicht mehr um als nötig war und fand, dass es »muffig« in dem Raume roch. Überall schienen Leute zu lauern, und er zupfte Soames am Ärmel.

»Hör mal, Onkel Soames, du wirst doch nicht diese ekligen Zeitungsleute hereinlassen?« Soames warf ihm von der Seite einen jener Blicke zu, die seinerzeit so manchen zum Schweigen gebracht hatten.

»Hier herein«, sagte er. »Du brauchst deinen Pelz nicht abzulegen, Winifred.«

Ärgerlich, mit erhobenem Kopf, trat Val hinter ihm ein. In diesem verwünschten Loch schien jeder – und es waren eine ganze Menge Leute da – dem andern auf dem Schoß zu sitzen, obwohl die Plätze voneinander getrennt waren; und Val hatte das Gefühl, dass sie allesamt zugleich in die Tiefe versinken könnten. Wie in einer Vision sah er jetzt Mahagoniholz und schwarze Roben, weiße Perücken, Gesichter und Papiere vor sich, überall geheimnisvolles Flüstern, bis er sich neben seine Mutter in die erste Reihe setzte, mit dem Rücken zu allem, froh über ihr Violette de Parme, und die Handschuhe zum letzten Mal auszog. Seine Mutter sah ihn an; er war sich plötzlich bewusst, dass sie ihn wirklich hier neben sich brauchte und er bei dieser Sache mitzuzählen war. Gut! Er wollte ihnen schon zeigen! Er reckte sich, schlug die Beine übereinander und starrte unentwegt auf seine Gamaschen. Gerade da aber kam ein sonderbarer »alter Kauz« in der Robe und langer Perücke, der aussah wie eine komisch aufgetakelte Frau, durch eine Tür in den hohen Richterstuhl gegenüber, und er musste sich schleunigst mit allen andern erheben.

»Dartie contra Dartie!«

Es schien Val unsagbar widerwärtig, seinen Namen so öffentlich ausrufen zu hören! Und plötzlich merkte er, dass jemand ganz dicht hinter ihm angefangen hatte, über seine Familie zu sprechen; er wandte sich um und sah einen alten komischen Kerl mit Perücke, der sprach, als verschlucke er seine eigenen Worte – einen drollig aussehenden alten Kauz, wie er ihn zuweilen bei Dinners in Park Lane fleißig dem Portwein hatte zusprechen sehen; jetzt wusste er, wo sie solche Leute auftrieben. Trotz allem aber fand er den Alten sehr fesselnd und hätte immer weiter hingestiert, wenn seine Mutter nicht seinen Arm berührt hätte. Dafür heftete er seinen Blick jetzt auf das Gesicht des Richters vor ihm. Weshalb sollte dieser alte »Knabe« mit seinem sarkastischen Mund und dem lebhaften Blick die Macht haben, sich in ihre Privatangelegenheiten zu mischen – konnte er sich nicht um seine eigenen kümmern, die sicher zahlreich und ebenso garstig waren? Und fast krankhaft regte sich in Val das tiefwurzelnde Selbstgefühl seiner Rasse. Die Stimme hinter ihm ertönte: »Differenzen in Geldangelegenheiten – Verschwendungssucht des Beklagten« (welch ein Wort! War das sein Vater?) – »gespannte Situation – häufige Abwesenheit Mr. Darties. Meine Klientin war, wie erklärlich, bemüht dem Einhalt zu tun – es hätte zum Ruin geführt – machte ihm Vorstellungen – Kartenspiel und Turfwetten –« (»Das stimmt«, dachte Val, »nur weiter!«) »Krisis Anfang Oktober, als der Beklagte ihr diesen Brief aus seinem Klub schrieb.« Val reckte sich und seine Ohren brannten. »Ich schlage vor, ihn zu lesen und dabei zu berücksichtigen, dass er von einem Manne geschrieben ist, der – sagen wir – von einem guten Dinner kam, Mylord.«

»Brutaler Kerl!«, dachte Val und errötete noch tiefer. »Du wirst nicht bezahlt, um Witze zu machen!«

»›Du wirst keine Gelegenheit haben, mich in meinem eigenen Hause wieder zu beschimpfen. Ich verlasse morgen England. Es ist zu Ende‹ – ein Ausdruck, Eure Lordschaft, der nicht unbekannt ist im Munde derer, die keinen sichtbaren Erfolg gehabt.«

»Eulengekrächze!«, dachte Val, und sein Erröten vertiefte sich.

»›Ich habe es satt, mich von dir beleidigen zu lassen.‹ Meine Klientin wird Eurer Lordschaft sagen, dass diese sogenannten Beleidigungen darin bestanden, dass sie ihn ›Lump‹ nannte – ein sehr milder Ausdruck unter diesen Umständen, wage ich zu behaupten.«

Val blickte von der Seite auf das teilnahmslose Gesicht seiner Mutter, sie hatte einen gehetzten Blick in den Augen. »Arme Mutter«, dachte er und berührte ihren Arm mit dem seinen. Die Stimme hinter ihm fuhr fort:

»›Ich bin im Begriff, ein neues Leben zu beginnen. – M. D.‹

Und am nächsten Tag, Mylord, reiste der Beklagte mit dem Dampfer ›Tuscarora‹ nach Buenos Aires. Seitdem hörten wir nichts von ihm bis auf die gekabelte Weigerung als Antwort auf den Brief, den meine Klientin am folgenden Tage mit der Bitte, zu ihr zurückzukehren, in großer Betrübnis schrieb. Mit der Erlaubnis Eurer Lordschaft wird Mrs. Dartie sich jetzt zum Worte melden.«

Als seine Mutter sich erhob, hatte Val eine rasende Lust, ebenfalls aufzustehen und zu sagen: »Ich bitte mir aus, dass Sie sie anständig behandeln.« Allein er unterdrückte es, hörte sie »die Wahrheit« sagen, »die ganze Wahrheit, nichts als Wahrheit«, und blickte auf. Sie machte eine gute Figur in ihrem Pelz und dem großen Hut, mit einer leichten Röte auf den Wangen, war ruhig und sachlich; und er war stolz auf sie, wie sie all diesen »verwünschten Anwälten« gegenüberstand. Das Verhör begann. Da er wusste, dass dies nur die Präliminarien der Scheidung waren, folgte Val mit einem gewissen Vergnügen den Fragen, die so gefasst waren, dass man den Eindruck gewann, sie habe den Wunsch, seinen Vater zurückkehren zu sehen. Es kam ihm vor, als »trieben sie die alten Perücken schließlich in die Enge«. Und es rüttelte ihn unangenehm auf, als der Richter plötzlich sagte:

»Und weshalb verließ Ihr Gatte Sie – doch nicht, weil Sie ihn ›Lump‹ nannten, nicht wahr?«

Val sah seinen Onkel den Blick auf die Zeugen richten, ohne sein Gesicht zu bewegen, hörte ein Rascheln von Papieren hinter sich, und sein Instinkt sagte ihm, dass der Ausgang in Gefahr sei. Hatten Onkel Soames und der alte närrische Kauz da hinten die Sache verpfuscht? Seine Mutter sprach ein wenig zögernd:

»Nein, Mylord, aber es war eine lange Zeit so gegangen.«

»Womit war es so gegangen?«

»Mit unseren Differenzen um Geld.«

»Aber Sie versorgten ihn mit Geld. Glauben Sie, dass er Sie verließ, um seine Lage zu verbessern?«

»Dieser gemeine Kerl! Der gemeine alte Kerl!«, dachte Val plötzlich. »Er riecht die Ratte – und versucht an den Speck zu kommen!« Sein Herz stand still. Und wenn – wenn ihm das gelang, dann natürlich würde er wissen, dass seine Mutter den Vater nicht zurückwünschte. Seine Mutter sprach wieder, ein wenig mehr von oben herab:

»Nein, Mylord, aber Sie sehen, dass ich mich weigerte, ihm mehr Geld zu geben. Es währte eine lange Zeit, bevor er es glaubte, doch schließlich tat er es – und als er es tat –«

»Ich verstehe, weigerten Sie sich. Aber Sie haben ihm seitdem etwas geschickt.«

»Ich wollte, dass er zurückkomme.«

»Und Sie dachten, dass ihn dies dazu bewegen würde?«

»Ich weiß es nicht. Ich handelte auf den Rat meines Vaters.«

Etwas im Gesicht des Richters, in dem Rascheln der Papiere hinter ihm, der Art, wie sein Onkel plötzlich die Beine übereinanderschlug, sagte Val, dass sie genau die richtige Antwort gegeben hatte. »Wie schlau!«, dachte er. »Herr des Himmels, welch ein Humbug das alles ist!«

Der Richter sprach:

»Nur noch eine Frage, Mrs. Dartie. Lieben Sie Ihren Gatten noch?«

Vals Hände ballten sich zu Fäusten. Was gingen den Richter diese Dinge an? Sollte seine Mutter hier vor all diesen Leuten etwa aus dem Herzen sprechen und vielleicht etwas sagen, das sie selbst nicht wusste? Das ist doch keine Art! Seine Mutter antwortete ziemlich leise: »Ja, Mylord.« Val sah den Richter nicken. »Dir möcht ich den Kopf zurechtsetzen!«, dachte er unehrerbietig, als seine Mutter auf ihren Platz neben ihm zurückkehrte. Zeugenaussagen über die Abreise und fortgesetzte Abwesenheit seines Vaters folgten – selbst von einem ihrer eigenen Dienstmädchen, was Val ganz besonders widerwärtig fand; dann wurde wieder gesprochen, alles Humbug, und endlich verkündete der Richter den Beschluss, einen Sühneversuch zu machen, und sie konnten gehen. Val ging gesenkten Blicks und mit einer Miene, als finde er alles verächtlich, hinter seiner Mutter hinaus. Ihre Stimme draußen im Gang erweckte ihn aus seiner zornigen Erregtheit.

»Du benahmst dich wunderbar, lieber Junge. Es war mir solch ein Trost, dich zu haben. Dein Onkel und ich gehen jetzt zum Lunch.«

»Gut«, sagte Val, »dann habe ich Zeit, meinen Kameraden aufzusuchen.« Er verabschiedete sich jäh und rannte die Treppe hinunter und ins Freie. Dort sprang er in eine Droschke und fuhr in den Goatsklub. Seine Gedanken waren bei Holly, und er überlegte, was er tun müsse, bevor ihr Bruder ihr die Sache morgen in der Zeitung zeigte.

Als Val sie verlassen hatte, machten Soames und Winifred sich auf den Weg zum Cheshire Cheese. Er hatte dies Lokal als Treffpunkt mit Mr. Bellby vorgeschlagen. Zu dieser frühen Tagesstunde würden sie es für sich allein haben, und Winifred dachte es sich »amüsant«, diese weitberühmte Kneipe zu sehen. Nachdem sie zur Bestürzung des Kellners eine leichte Mahlzeit bestellt hatten, warteten sie schweigend und abgespannt nach den anderthalb Stunden Folterqualen vor der Öffentlichkeit auf das Essen und zugleich auf Mr. Bellbys Erscheinen. Mr. Bellby kam sehr bald, die Nase voran, und war ebenso aufgeräumt wie sie verstimmt. Sie hatten doch durchgesetzt, dass der Sühneversuch beschlossen wurde, was fehlte denn noch?

»Gewiss«, sagte Soames mit angemessen leiser Stimme, »aber wir müssen wieder von vorn anfangen, um Beweise zu erhalten. Er wird wahrscheinlich über die Scheidungsfrage verhandeln – und es wird dumm aussehen, wenn es herauskommt, dass wir seine Verfehlungen von Anbeginn kannten. Seine Fragen zeigten klar genug, dass er von dem Kniff mit dem Sühneversuch nichts wissen wollte.«

»Pah«, sagte Mr. Bellby aufmunternd, »das vergisst er wieder! Er wird an hundert Fälle zu erledigen haben bis dahin. Außerdem ist er verpflichtet, die Scheidung zu bewilligen, wenn die Zeugenaussagen genügen. Wir werden ihn nicht wissen lassen, dass Mrs. Dartie die Tatsachen bekannt waren. Dreamer hat es sehr gut gemacht – er hat so etwas Väterliches an sich.«

Soames nickte.

»Und ich mache Ihnen mein Kompliment, Mrs. Dartie«, fuhr Mr. Bellby fort. »Sie haben eine natürliche Gabe, Beweise zu führen. Fest wie ein Felsen.«

Jetzt kam der Kellner mit drei Platten, die er auf einem Arm balancierte, und sagte: »Ich habe mich mit dem Pudding beeilt, Sir. Sie werden heute eine ganze Menge Lerchen darin finden.«

Mr. Bellby würdigte diese Vorsorglichkeit durch ein Untertauchen seiner Nase. Aber Soames und Winifred blickten mit Schrecken auf die bedenklich braune Masse und stocherten in der Hoffnung, die schmackhaften kleinen Sänger herauszufinden, mit ihren Gabeln vorsichtig darin herum. Beim Essen aber merkten sie, dass sie hungriger waren als sie dachten, und verzehrten alles mit einem Glas Portwein für jeden zum Schluss. Sie kamen auf den Krieg zu sprechen. Soames glaubte, dass Ladysmith fallen werde, doch könne es ein Jahr dauern. Bellby meinte, er würde im Lauf des Sommers vorüber sein. Beide stimmten darin überein, dass sie mehr Mannschaften brauchten. Jetzt konnte nichts helfen als ein vollständiger Sieg, da es eine Prestigefrage geworden sei. Winifred brachte die Dinge wieder auf etwas solideren Grund, indem sie sagte, dass sie mit dem Scheidungsprozess nicht beginnen möchte, bevor die Sommerferien in Oxford angefangen hätten, dann würden Vals Kameraden die ganze Sache vergessen haben, ehe er wieder zurück musste, die Londoner Season würde dann auch vorüber sein. Die beiden Anwälte versicherten, dass eine Pause von sechs Monaten notwendig sei – danach aber – je früher, desto besser. Es kamen jetzt Leute herein und sie trennten sich – Soames begab sich in die City, Bellby in seine Büros und

Winifred, die eine Droschke nahm, nach Park Lane, um ihre Mutter wissen zu lassen, wie es ihr ergangen war. Der Ausgang war im Ganzen so befriedigend gewesen, dass es ratsam schien, es James mitzuteilen, der nie versäumte, Tag für Tag zu sagen, er habe nichts von Winifreds Angelegenheiten gewusst, er könne nichts erklären. Da seine Zeit nahezu abgelaufen war, erhielten die weltlichen Dinge eine immer ernstere Bedeutung für ihn, als habe er das Gefühl: »Ich muss die Zeit noch ausnutzen und mir gründlich den Kopf zerbrechen, bald werde ich nichts mehr haben, über das ich mir den Kopf zerbrechen kann.«

Er nahm den Bericht grollend entgegen, fand, dass es eine neumodische Art sei, die Dinge zu behandeln – er wisse nicht! Aber er gab Winifred einen Scheck und sagte:

»Ich nehme an, dass du eine Menge Ausgaben hast. Das ist ein neuer Hut, den du da aufhast. Weshalb kommt Val gar nicht mehr zu uns?«

Winifred versprach, ihn bald zum Dinner mitzubringen. Und als sie zu Haus ankam, suchte sie ihr Schlafzimmer auf, wo sie allein sein konnte. Jetzt, da ihr Mann aufgefordert war, unter ihre Obhut zurückzukehren, um dann für immer von ihm getrennt zu werden, wollte sie nochmals versuchen, ihr wundes, einsames Herz zu befragen, was sie wirklich wünschte.

8. Die Herausforderung

Der Morgen war neblig, beinah frostig gewesen, aber die Sonne kam hervor, während Val zum Roehampton Gate trabte, von wo aus er zu der gewohnten Zusammenkunft galoppieren wollte. Seine Stimmung hob sich schnell. Nichts war bei den Vorgängen dieses Morgens so fürchterlich gewesen, als die schimpfliche Aufdeckung privater Angelegenheiten. »Wären wir verlobt«, dachte er, »wäre es einerlei, was geschieht.« Er fühlte in der Tat wie alle Menschen, die über die Folgen des Ehestandes stöhnen und klagen, und doch nichts Eiligeres zu tun haben, als zu heiraten. Und in der Furcht, sich zu verspäten, galoppierte er über das winterdürre Gras des Richmondparks. Aber wieder war er allein an dem Treffpunkt, und dass Holly zum zweiten Mal abtrünnig war, brachte ihn ganz aus der Fassung. Er konnte nicht nach Haus, ohne sie gesehen zu haben! Daher ritt er aus dem Park und machte sich auf den Weg nach Robin Hill. Nach wem aber sollte er fragen? Angenommen, ihr Vater wäre zurück, oder ihr Bruder, oder ihre Schwester zu Haus! Er beschloss, es darauf ankommen zu lassen und zuerst nach allen zusammen zu fragen, sodass, wenn er Glück hatte und sie nicht da waren, es ganz natürlich sein würde, schließlich nach Holly zu fragen; doch falls jemand von ihnen anwesend sein sollte, musste, der »Vorwand einer Reittour« der rettende Ausgang sein.

»Nur Miss Holly ist zu Haus, Sir.«

»O danke! Darf ich mein Pferd in den Stall führen? Und wollen Sie melden – ihr Vetter, Mr. Val Dartie sei da.«

Als er zurückkehrte, war sie in der Halle, sehr rot und sehr scheu. Sie führte ihn an die gegenüberliegende Seite und sie setzten sich auf eine breite Fensterbank. »Ich habe mich schrecklich geängstigt«, sagte Val. »Was ist vorgefallen?«

»Jolly weiß von unsern Ritten.«

»Ist er zu Haus?«

»Nein, aber ich erwarte, dass er bald hier sein wird.«

»Dann –!«, rief Val, beugte sich vor und ergriff ihre Hand. Sie versuchte sie ihm zu entziehen, es gelang ihr jedoch nicht, da gab sie den Versuch auf und blickte ihn nachdenklich an.

»Vor allem«, sagte er, »möchte ich dir etwas über meine Familie mitteilen. Mein Vater, weißt du, ist nicht ganz – ich meine, er hat meine Mutter verlassen und nun versuchen sie eine Scheidung zu erlangen, daher haben sie ihn aufgefordert zurückzukehren, verstehst du. Du wirst es morgen in den Zeitungen lesen.«

Die Farbe ihrer Augen vertiefte sich in ängstlichem Interesse und sie drückte ihm die Hand. Aber Val war nun einmal im Zuge und sprach eifrig weiter:

»Natürlich macht das im Augenblick nicht viel aus, aber später, fürchte ich, ehe es vorüber ist; Scheidungsprozesse sind schauderhaft, weißt du. Ich wollte es dir sagen, weil – weil – du es wissen musst – wenn –« Er fing an zu stottern und starrte ihr in die erschreckten Augen. »Wenn – wenn du lieb sein willst und mich lieben haben, Holly. Ich liebe dich – so sehr; und ich möchte so gern verlobt sein.« Es war so ungeschickt herausgekommen, dass er sich hätte ohrfeigen mögen, nun kniete er nieder und versuchte dem sanften erschreckten Gesicht näher zu kommen. »Du liebst mich doch – nicht wahr? Wenn du es nicht tust, so –« Es trat ein Moment des Schweigens und furchtbarer Ungewissheit ein, sodass er das Geräusch einer Mähmaschine draußen auf dem Rasen hören konnte, die tat, als wäre dort Gras zu schneiden. Dann neigte sie sich vor, ihre freie Hand berührte sein Haar, und er stammelte: »Ach, Holly!«

Ihre Antwort klang sehr sanft: »Ach, Val!«

Er hatte von diesem Augenblick geträumt, aber stets als der herrische junge Liebhaber, und nun fühlte er sich demütig, gerührt und zag. Er fürchtete sich aufzustehen, als würde der Zauber dadurch gebrochen, als könne sie, wenn er es tat, zurückschrecken und ihre eigene Zustimmung verleugnen – so sehr zitterte sie mit geschlossenen Lidern in seinen Armen, während seine Lippen sich ihren näherten. Sie öffnete die Augen, schien ein wenig schwindelig; er presste seine Lippen auf die ihren. Plötzlich sprang er auf, er hatte Schritte gehört und erstauntes Brummen. Er sah sich um. Niemand! Aber die langen Vorhänge, die die äußere Halle absperrten, bewegten sich.

»Mein Gott! Wer war das?«

Holly war ebenfalls aufgesprungen.

»Jolly, glaube ich«, flüsterte sie.

Val ballte entschlossen die Fäuste.

»Ach was!«, sagte er. »Ich mache mir nicht die Spur daraus, da wir verlobt sind«, ging auf die Vorhänge zu und zog sie zur Seite. Am Kamin in der Halle stand Jolly und kehrte ihm geflissentlich den Rücken zu. Val ging auf ihn zu. Jolly wandte sich um.

»Verzeih, dass ich es hörte«, sagte er.

Wider Willen musste Val ihn in diesem Moment bewundern; sein Gesicht war klar, seine Stimme ruhig, er sah beinahe bedeutend aus, als handle er nach Grundsätzen. »Es geht dich nichts an«, sagte Val kurz.

»So«, sagte Jolly, »komm hier herein«, und ging durch die Halle. Val folgte ihm. An der Tür des Lesezimmers fühlte er eine Berührung seines Armes; Hollys Stimme sagte:

»Ich komme mit.«

»Nein«, sagte Jolly.

»Doch«, erwiderte Holly.

Jolly öffnete die Tür und alle drei gingen hinein. In dem kleinen Zimmer standen sie verlegen auf den drei Ecken des abgenutzten türkischen Teppichs, und völlig unfähig, den Humor der Situation zu erkennen, blickten sie einander nicht an.

Val brach das Schweigen.

»Holly und ich sind verlobt.«

Jolly trat einen Schritt zurück und lehnte sich an das Fensterbrett.

»Dies ist unser Haus«, sagte er. »Ich will dich darin nicht beleidigen. Aber mein Vater ist fort. Meine Schwester steht unter meinem Schutz. Du hast mich überrumpelt.«

»Das war nicht meine Absicht«, sagte Val hitzig.

»Ich glaube doch«, erwiderte Jolly. »Hättest du nicht die Absicht gehabt, so hättest du mit mir gesprochen oder gewartet, bis mein Vater zurückkommt.«

»Es hatte seine Gründe«, sagte Val.

»Was für Gründe?«

»Meiner Familie wegen – ich habe es ihr eben gesagt. Ich wollte, dass sie es erfährt, bevor etwas geschieht.«

Jolly sah plötzlich weniger bedeutend aus.

»Ihr seid ja noch Kinder, und ihr wisst, dass ihr es seid.«

»Ich bin *kein* Kind mehr«, sagte Val.

»Doch – du bist noch nicht zwanzig.«

»Nun und du?«

»Ich *bin* zwanzig«, sagte Jolly.

»Eben erst geworden, aber einerlei, ich bin ebenso gut ein Mann wie du.«

Jollys Gesicht färbte sich hochrot, dann verdüsterte es sich. Er kämpfte offenbar mit sich; und Val und Holly starrten ihn an, so deutlich war dieser Kampf ihm anzumerken; sie konnten ihn sogar atmen hören. Dann erhellte sich sein Gesicht und er sah seltsam entschlossen aus.

»Das wollen wir sehen«, sagte er. »Ich verlange von dir, dass du tust, was ich tun werde.«

»Verlangst von mir?«

Jolly lächelte. »Ja«, sagte er, »ich verlange es von dir; und ich weiß sehr gut, dass du es nicht tun wirst.«

Val zuckte bestürzt zusammen; das hieß im Dunkeln tappen.

»Ich habe nicht vergessen, dass du ein Prahlhans bist«, sagte Jolly langsam, »und ich glaube, das ist ungefähr alles, was von dir zu sagen ist; oder dass du mich Pro-Bure genannt hast.«

Val hörte ein Stöhnen neben seinen eigenen tiefen Atemzügen und sah Hollys Gesicht sehr bleich und mit großen Augen sich ein wenig vorbeugen.

»Ja«, fuhr Jolly mit einem leisen Lächeln fort, »wir werden gleich sehen. Ich bin im Begriff, mich als Freiwilliger zu melden, und ich verlange von Ihnen das gleiche, Mr. Val Dartie.«

Val fuhr betroffen zurück, es traf ihn wie ein Schlag zwischen die Augen, so völlig unerwartet, so plötzlich und so hässlich kam das mitten in seine Träume; und er blickte Holly mit Augen an, die plötzlich rührend verstört aussahen.

»Setze dich!«, sagte Jolly. »Lass dir Zeit! Überlege es dir gut.« Und er selbst setzte sich auf die Lehne von seines Großvaters Armstuhl.

Val setzte sich nicht, er stand mit den Händen tief in den Taschen seiner Breeches da – mit geballten, bebenden Händen. Das Furchtbare dieser Entscheidung, wie sie auch sein mochte, pochte mit doppelten Schlägen, wie die eines ungeduldigen Briefträgers, an sein Herz. Ging er auf dieses Verlangen nicht ein, so war er in Hollys Augen und in den Augen dieses jungen Feindes, ihres Grobians von Bruder, entehrt. Doch tat er es, ach, dann würde alles verschwinden – ihr Antlitz, ihre Augen, ihr Haar, und die Küsse, die eben erst begonnen!

»Lass dir Zeit«, sagte Jolly noch einmal, »ich möchte fair sein.«

Und sie beide schauten Holly an. Sie war bis an das Bücherregal zurückgewichen, das bis zur Decke reichte; ihr dunkler Kopf lehnte an Gibbons »Römisches Reich«, ihre Augen ruhten mit dem Ausdruck leiser grauer Seelenangst auf Val. Und ihm, dem es sonst an Scharfsinn fehlte, kam plötzlich der Gedanke, dass sie stolz auf ihren Bruder – seinen Feind – sein würde! Dass sie sich seiner schämen würde! Seine Hände fuhren aus den Taschen wie durch Schnellkraft herausgeschleudert.

»Gut!«, sagte er. »Abgemacht!«

Hollys Gesicht – ach, es sah sonderbar aus! Er merkte, wie die Röte darin stieg. Er hatte das Rechte getan – Hollys Gesicht leuchtete in ernster Bewunderung. Jolly stand auf und nickte zustimmend, als wolle er sagen: »Du hast es bestanden.«

»Auf morgen denn«, sagte er, »wir wollen zusammen hingehen.«

Val erholte sich von dem Kraftaufwand, den diese Entscheidung ihn gekostet und blickte ihn durch seine Wimpern höhnisch an. »Gut«, dachte er. »Ich muss mit – aber irgendwie sollst du es büßen.« Und er sagte mit Würde: »Ich werde bereit sein.«

»Dann wollen wir uns am Hauptwerbebüro treffen«, sagte Jolly, »um zwölf Uhr.« Darauf öffnete er die Glastür, und aus Rücksicht auf das innere Gebot, das ihn gezwungen, sich zurückzuziehen, als er sie in der Halle überraschte, trat er auf die Terrasse hinaus.

Vals Verwirrung war gewaltig, als er plötzlich so allein mit Holly blieb, für die er diesen unvorhergesehenen Preis gezahlt hatte. Das Verlangen »sich hervorzutun«, war jedoch immer noch vorherrschend. Man musste gute Miene machen zum bösen Spiel!

»Wir werden wenigstens reichlich zum Reiten und Schießen kommen«, sagte er, »das ist ein Trost.« Und es machte ihm förmlich ein grimmiges Vergnügen, den Seufzer zu hören, der aus dem Grunde ihres Herzens zu kommen schien.

»Oh, der Krieg wird bald vorüber sein«, sagte er, »vielleicht werden wir gar nicht fort müssen. Mir wär's einerlei, außer um deinetwillen!« Er würde dieser verwünschten Scheidung aus dem Wege gehen. Plötzlich fühlte er Hollys warme Hand in seine schlüpfen, und Jolly dachte, er hätte ihrer Liebe ein Ende gemacht? Er umfasste sie fest, sah sie zärtlich durch seine Wimpern an, lächelte, um sie aufzuheitern und versprach, bald herauszukommen und sie zu besuchen. Er fühlte sich mindestens um sechs Zoll größer und viel überlegener ihr gegenüber, als er es je vorher gewagt hätte. Und nach vielen Küssen stieg er auf und ritt in die Stadt zurück. So kommt das Verlangen nach Besitz bei dem kleinsten Anlass schnell zu Wachstum und Blüte.

9. Dinner bei James

Dinnergesellschaften gab es bei James in Park Lane jetzt nicht mehr – in jedem Hause kommt der Moment, wo der Herr oder die Herrin nicht mehr »auf der Höhe« dazu ist; es können nicht mehr neun Gänge mit feinen weißen Gedecken für zwanzig Münder serviert werden, und die Hauskatze braucht sich nicht mehr zu wundern, dass sie plötzlich eingeschlossen wird.

Also bestellte Emily beinah in einiger Aufregung – denn sie hätte zu siebzig dann und wann gern noch ein wenig Festlichkeit und Geselligkeit gehabt – ein Dinner für sechs anstatt für zwei Personen, sie schrieb selbst eine Anzahl fremder Worte auf Karten und ordnete die Blumen – Mimosen von der Riviera und weiße römische Hyazinthen, die nicht aus Rom waren. Es würden natürlich außer ihr und James nur Soames, Winifred, Val und Imogen sein – aber sie liebte es ein wenig Aufwand zu

treiben und im Geiste mit der Herrlichkeit der Vergangenheit zu liebäu-
geln. Sie wählte ein Kleid, das James zu der Bemerkung veranlasste:

»Wozu ziehst du das Ding da an? Du wirst dich erkälten.«

Aber Emily wusste, dass die Freude, sich zu putzen, einen Frauenhals
bis in die achtziger Jahre schützt, und sie antwortete:

»Nimm doch eine von den Hemdbrüsten mit Kragen, die ich dir besorgt habe, James, dann brauchst du nur die Beinkleider zu wechseln
und deinen Velvetrock anzuziehen. Val liebt es so sehr, wenn du gut
aussiehst.«

»Hemdbrust mit Kragen!«, sagte James. »Du verschwendest dein Geld
immer für irgendetwas.«

Aber er ließ sich den Wechsel gefallen und sich ebenfalls putzen, indem
er leise murmelte:

»Ich fürchte, er ist ein verschwenderischer Bursche.«

Mit etwas hellerem Blick und mehr Farbe als gewöhnlich auf seinen
Wangen nahm er dann seinen Platz im Wohnzimmer ein, um auf den
Klang der Haustürglocke zu warten.

»Ich habe ein richtiges Dinner daraus gemacht«, sagte Emily gemütlich;
»ich dachte, es wäre eine gute Übung für Imogen – sie muss sich daran
gewöhnen, wenn sie jetzt in die Gesellschaft eingeführt werden soll.«

James ließ einen unbestimmbaren Laut hören; er musste daran denken,
wie Imogen früher auf seine Knie zu klettern pflegte oder Weihnachts-
knallbonbons mit ihm zu ziehen.

»Sie wird hübsch werden«, murmelte er, »ich würde mich nicht wundern.«

»Sie *ist* hübsch«, sagte Emily, »sie müsste eine gute Partie machen.«

»Da haben wir's«, murmelte James, »sie sollte lieber zu Haus bleiben
und nach ihrer Mutter sehen.« Ein zweiter Dartie, der seine hübsche
Enkeltochter heimführte, wäre sein Tod gewesen! Er hatte es Emily nie
ganz verziehen, dass sie von Montague Dartie ebenso eingenommen gewesen wie er selbst.

»Wo ist Warmson?«, fragte er plötzlich. »Ich hätte heute Abend gern
ein Glas Madeira.«

»Es ist Champagner da, James.«

James schüttelte den Kopf. »Nichts für mich«, sagte er, »ich kann
daran nichts finden.«

Emily streckte die Hand an ihrer Seite des Kamins aus und klingelte.

»Der Herr möchte, dass Sie eine Flasche Madeira öffnen, Warmson.«

»Nein, nein!«, sagte James, während die Spitzen seiner Ohren heftig bebten und seine Augen sich auf einen Gegenstand hefteten, den nur er zu sehen schien. »Hören Sie, Warmson, Sie gehen in den Keller, und in dem Mittelfach des letzten Weinschrankes links werden Sie sieben Flaschen sehen, nehmen Sie eine aus der Mitte und schütteln Sie sie nicht. Es ist die letzte Flasche Madeira, die ich von Mr. Jolyon bekam, als wir herzogen – nie von der Stelle gerückt – sie muss noch in bestem Zustand sein, aber ich weiß ja nicht, ich kann's nicht sagen.«

»Sehr wohl, Sir«, erwiderte Warmson und verschwand.

»Ich bewahrte sie für unsere goldene Hochzeit auf«, sagte James plötzlich, »aber bei meinem Alter werde ich nicht mehr drei Jahre leben.«

»Unsinn, James«, sagte Emily, »sprich doch nicht so.«

»Ich hätte sie selbst holen sollen«, murmelte James, »er wird sie sicherlich schütteln.« Und er versank in Erinnerung an manche Augenblicke unter offenen Gasflammen, Spinnweben und dem guten Geruch weindurchtränkter Korken, der so appetitanregend vor vielen Festen gewesen. In dem Wein aus diesem Keller stand die Geschichte der vierzig merkwürdigen Jahre, seit er mit seiner jungen Braut in dies Haus in Park Lane eingezogen, und der vielen Generationen von Freunden und Bekannten geschrieben, die ins Jenseits gegangen waren. Die geleerten Schränke zeugten von der Fülle der Familienfeste – allen Hochzeiten, Geburten und Todesfällen seiner Verwandten und Bekannten. Und wenn er gegangen war, würde der Wein zurückbleiben, und er wusste nicht, was aus ihm wurde, wahrscheinlich würde er ausgetrunken werden oder verderben!

Aus diesen tiefen Grübeleien riss ihn der Eintritt seines Sohnes, dem kurz darauf Winifred mit ihren beiden Ältesten folgte.

Sie gingen Arm in Arm hinunter – James mit Imogen, der Debütantin, damit seine hübsche Enkelin ihn aufheitere, Soames mit Winifred, Emily mit Val, dessen Augen glänzten, als er die Austern erblickte. Es sollte ein richtiges Henkersmahl mit Sekt und Portwein sein! Und er bedurfte dessen nach allem, was er an diesem Tage heimlich getan. Nach dem ersten oder zweiten Glas machte es ihm Spaß, diese Bombe, dies Stück sensationellen Patriotismus oder vielmehr dies Beispiel persönlichen Wagemuts in Bereitschaft zu halten – denn sein Vergnügen an dem, was er für Königin und Vaterland getan, war ganz persönlich. Er war jetzt ein ganzer Mann, unauflöslich mit Kanonen und Pferden verbunden, er hatte ein Recht zu prahlen, was natürlich nicht seine Absicht war. Er wollte es ganz ruhig verkünden, wenn eine Pause eintrat. Und als er das Menü durchsah, bestimmte er die »Bombe aux fraises« als den rechten Augenblick; es würde eine gewisse Feierlichkeit herrschen, während sie gegessen wurde. Ein- oder zweimal, bevor sie diesen Höhepunkt des Dinners erreichten, fiel ihm ein, dass seinem Großvater ja nie etwas gesagt wurde! Allein der alte Knabe trank Madeira und sah ganz munter aus! Überdies müsste er sich darüber freuen, dass der Skandal einer Scheidung auf diese Weise applaniert würde. Der Anblick seines Onkels gegenüber war ebenfalls ein scharfer Anreiz. Er war so gar kein Sportsmann, dass es schon lohnen würde, nur sein Gesicht zu sehen. Außerdem war es besser, es seiner Mutter hier zu sagen als unter vier Augen, was sie beide sehr aufregen könnte! Es tat ihm leid um sie, aber niemand konnte einem zumuten, viel Mitgefühl mit andern zu haben, wenn man sich von Holly trennen musste.

Die Stimme seines Großvaters klang dünn zu ihm herüber:

»Val, versuche etwas von dem Madeira zu deinem Eis. Auf der Hochschule gibt es so etwas nicht.«

Val beobachtete, wie die Flüssigkeit langsam sein Glas füllte und der alte Wein ölig an der Oberfläche glänzte. Er atmete sein Aroma ein und dachte: »Jetzt ist's Zeit!« Es war ein inhaltsschwerer Augenblick. Er nippte, und eine sanfte Glut strömte durch seine schon etwas erhitzten Adern. Mit einem raschen Blick in die Runde sagte er: »Ich habe mich heute als Freiwilliger gemeldet, Großmama«, und leerte sein Glas, als tränke er auf seine eigene Tat.

»Wie?« war das entsetzte kurze Wort seiner Mutter.

»Jolly Forsyte und ich gingen zusammen hin.«

»Du hast doch nicht unterzeichnet?«, fragte Onkel Soames.

»Natürlich! Wir gehen am Montag ins Feld.«

»Nicht möglich!«, rief Imogen.

Alle blickten auf James. Mit der Hand hinterm Ohr beugte er sich vor.

»Was ist das?«, sagte er. »Was sagt er? Ich kann nichts hören.«

Emily neigte sich vor, um Vals Hand zu streicheln.

»Es ist nur, dass Val sich als Freiwilliger gemeldet hat, James; es ist sehr schön für ihn. Er wird sehr gut aussehen in seiner Uniform.«

»Als Freiwilliger – Unsinn!«, stieß James zittrig laut hervor. »Ihr könnt nicht zwei Schritt weit sehen. Er – er wird hinaus müssen. Wird kämpfen, bevor er weiß, wo er ist.«

Val sah Imogens Augen bewundernd auf sich gerichtet, und seine Mutter still und vornehm mit dem Taschentuch an den Lippen.

Plötzlich sagte sein Onkel:

»Du bist minderjährig.«

»Ich habe daran gedacht«, sagte Val lächelnd. »Ich habe mein Alter mit einundzwanzig angegeben.«

Er hörte seine Großmutter bewundernd sagen: »Nun, Val, das ist aber tapfer von dir!«; merkte, wie Warmson ehrerbietig sein Champagnerglas füllte und vernahm die missbilligende Stimme seines Großvaters: »Na, *ich* weiß nicht, was aus dir werden soll, wenn es so weitergeht mit dir.«

Imogen klopfte ihm auf die Schulter, sein Onkel blickte ihn von der Seite an; nur seine Mutter saß reglos da, bis Val, ergriffen von ihrem Schweigen, sagte:

»Es wird schon gehen, weißt du; wir werden sie bald unterkriegen. Ich will nur hoffen, dass ich mit dabei sein werde.«

Er fühlte sich gehoben, war traurig und kam sich zugleich furchtbar wichtig vor. Das würde Onkel Soames und allen Forsytes zeigen, was ein Sportsmann ist. Es war wirklich eine heldenhafte und außergewöhnliche Tat von ihm, sein Alter mit einundzwanzig anzugeben.

Emilys Stimme brachte ihn auf die Erde zurück.

»Du darfst nichts mehr trinken, James. Warmson!«

»Wie sie staunen werden bei Onkel Timothy!«, rief Imogen. »Ich gäbe etwas darum, ihre Gesichter zu sehen. Hast du ein Schwert, Val, oder nur ein Gewehr?«

»Wie kamst du darauf?«

Die Stimme seines Onkels rief ein leises Frösteln in Val hervor. Wie er darauf gekommen war? Wie sollte er das beantworten? Er war dankbar für die tröstliche Bemerkung seiner Großmutter.

»Ich finde es sehr tapfer von Val. Ich bin sicher, dass er einen glänzen-den Soldaten abgeben wird; er hat gerade die Figur dazu. Wir werden alle stolz auf ihn sein.«

»Was hatte der junge Jolly Forsyte damit zu tun? Weshalb gingt ihr zusammen?«, fuhr Soames unbarmherzig fort. »Ich dachte, du stehst nicht sehr freundschaftlich mit ihm?«

»Nein, gar nicht«, murmelte Val, »aber ich wollte doch nicht hinter *ihm* zurückstehen.« Jetzt blickte sein Onkel ihn ganz anders an, als stimme er ihm zu. Auch sein Großvater nickte und die Großmutter schüttelte den Kopf. Sie alle billigten es, dass er nicht hinter diesem

Vetter hatte zurückstehen wollen. Das musste einen Grund haben! Val hatte ein dunkles Gefühl, als müsse außerhalb seines Gesichtskreises ein störender Punkt sein; vielleicht der unbestimmbare Mittelpunkt eines Zyklons. Und als er starr in das Gesicht seines Onkels blickte, hatte er eine ganz sonderbare Vision, er sah eine Frau mit dunklen Augen, goldenem Haar und einem weißen Hals vor sich, die wunderbar duftete und schöne seidene Kleider trug, die er gern anfühlte, als er ganz klein war. Wahrhaftig, ja! Tante Irene! Sie pflegte ihn zu küssen, und er hatte sie einmal mutwillig in den Arm gebissen, weil er ihn so – weich fand. Sein Großvater fragte:

»Was tut sein Vater?«

»Er ist fort, in Paris«, sagte Val und sah erstaunt den merkwürdigen Ausdruck in dem Gesicht seines Onkels, er sah aus wie – wie ein knurrender Hund.

»Künstler!«, sagte James. Mit diesem Wort, das aus der Tiefe seiner Seele kam, hob er die Tafel auf.

Als er auf dem Heimweg in der Droschke seiner Mutter gegenüber saß, genoss Val die Früchte seines Heroismus wie überreife Mispeln.

Sie sagte zwar nur, dass er sofort zu seinem Schneider müsse, um sich eine ordentliche Uniform machen zu lassen und sich nicht mit dem begnügen solle, was man ihm gäbe. Doch er konnte fühlen, dass sie sehr erregt war. Es lag ihm auf der Zunge, sie damit zu trösten, dass er dieser vermaledeiten Scheidung dadurch aus dem Wege ginge, aber Imogens Gegenwart und der Gedanke, dass seine Mutter ihr nicht aus dem Wege gehen konnte, hielt ihn zurück. Es schmerzte ihn, dass sie nicht stolzer auf ihn war. Als Imogen zu Bett gegangen war, wagte er seine Gemütsbewegung zu zeigen.

»Es tut mir furchtbar leid, dich zu verlassen, Mutter.«

»Ja, ich muss sehen, wie ich damit fertig werde. Wir werden versuchen, dir ein Offizierspatent zu verschaffen, so bald es geht; dann wirst du es bequemer haben. Hast du eine Ahnung vom Drill, Val?«

»Nicht die Spur.«

»Ich hoffe, man wird dich nicht zu sehr quälen. Morgen muss ich mit dir ausgehen, um alles für dich zu besorgen. Gute Nacht, gib mir einen Kuss.«

Mit diesem sanften heißen Kuss zwischen seinen Augen und den Worten »ich hoffe, man wird dich nicht zu sehr quälen«, in den Ohren setzte er sich mit einer Zigarette an das verlöschende Kaminfeuer. Die

Erregung – der Eifer, den Helden zu spielen war verflogen. Es war eine verwünscht langweilige, herzbeklemmende Geschichte. »Ich werde schon einmal mit diesem Burschen Jolly quitt werden«, dachte er, als er die Treppe hinaufging, an dem Zimmer vorbei, wo seine Mutter in ihr Kissen biss, um ein Gefühl von Trostlosigkeit zu ersticken, das ein Schluchzen hervorzurufen drohte.

Und bald war nur noch einer von James' Dinnergästen wach – Soames in seinem Schlafzimmer über dem seines Vaters. Also, dieser Jolyon war in Paris – was hatte er dort zu suchen? Machte sich wohl um Irene zu schaffen! Der letzte Bericht von Polteed hatte angedeutet, dass dort bald etwas zu erwarten wäre. Konnte es dies sein? Dieser Mensch mit seinem Bart und der verwünschten ironischen Art zu sprechen – der Sohn des alten Mannes, der ihm den Spitznamen »Der reiche Mann« gegeben und das verhängnisvolle Haus von ihm gekauft hatte. Soames dachte immer mit Groll daran, dass er das Haus in Robin Hill hatte verkaufen müssen; hatte seinem Onkel nie verziehen, dass er es gekauft, und seinem Vetter nie, dass er darin lebte.

Der Kälte nicht achtend, riss er das Fenster auf und starrte auf den Park hinaus. Schwarz und dunkel war die Januarnacht, nur wenig Geräusch von dem Verkehr zu hören; Frost im Anzug; kahle Bäume; ein Stern oder zwei. »Ich werde Polteed morgen aufsuchen«, dachte er. »Bei Gott! Ich bin verrückt, dass ich sie noch will, glaube ich. Dieser Mensch! Wenn –! Hm! Nein!«

10. Tod des Hundes Balthasar

Jolyon, der die Überfahrt von Calais aus gemacht hatte, langte am Sonntagmorgen in Robin Hill an. Er hatte vorher kein Wort gesandt, legte den Weg von der Station daher zu Fuß zurück und ging durch das Tor am Wäldchen hinein. Als er zu dem Sitz kam, der aus einem alten Baumstumpf gemacht war, setzte er sich, nachdem er erst seinen Überrock darauf gelegt hatte. »Rheuma!«, dachte er. »So endet Liebe in meinen Jahren!« Und plötzlich schien Irene sehr nahe, gerade wie sie an jenem Ausflugstag in Fontainebleau gewesen, als sie auf einem Baumstumpf saßen, um zu frühstücken. Beunruhigend nahe! Der Duft welker Blätter, den eine blasse Sonne daraus zog, beizte ihm die Nase. »Ich bin froh, dass nicht Frühling ist«, dachte er. »Mit dem Geruch von Grün, dem

Gesang der Vögel und dem Aufbrechen der Blüten wäre es unerträglich! Ich hoffe, bis dahin werde ich darüber hinweg sein, ich alter Narr!« Dann nahm er seinen Rock und ging über das Feld. Er kam am Teich vorüber und stieg langsam den Hügel hinan. Fast oben auf der Höhe grüßte ihn ein heiseres Bellen. Auf dem Rasen über dem Farnkraut konnte er seinen alten Hund Balthasar sehen. Das Tier, dessen trübe Augen seinen Herrn für einen Fremden hielten, warnte die Welt vor ihm. Jolyon ließ seinen speziellen Pfiff ertönen. Sogar in dieser Entfernung von etwa hundert Metern oder mehr konnte er das aufdämmernde Erkennen in dem fetten, braun-weißen Körper sehen. Der alte Hund erhob sich und sein buschiger Schwanz dicht über dem Rücken begann leise und erregt zu wedeln; er kam angewatschelt in gesammelter Kraft, und verschwand am Rande des Farnkrauts. Jolyon erwartete ihn an der Pforte zu treffen, aber Balthasar war nicht da, und ziemlich beunruhigt ging er in das Farnkraut hinein. Der alte Hund lag auf der Seite und blickte mit seinen bereits verglasten Augen zu ihm auf.

»Was fehlt dir, armer alter Kerl?«, rief Jolyon. Balthasars buschiger Schwanz bewegte sich eben noch; seine brechenden Augen schienen zu sagen: »Ich kann nicht aufstehen, Herr, aber ich freue mich dich zu sehen.«

Jolyon kniete nieder; seine Augen waren so getrübt, dass er kaum das langsam aufhörende Atmen der Flanken des Hundes sehen konnte. Er hob den Kopf ein wenig – er war sehr schwer.

»Was ist das, lieber Freund? Was tut dir weh?« Der Schwanz bewegte sich noch einmal; die Augen erloschen. Jolyon strich mit der Hand über den schwerfälligen warmen Körper. Es war nichts zu machen – das Herz in diesem fetten Körper hatte vor Aufregung über die Rückkehr seines Herrn einfach versagt. Jolyon konnte fühlen, wie die Schnauze, wo ein paar weißliche Borsten wuchsen, schon kalt wurde. Er blieb ein paar Minuten auf den Knien liegen und hielt die Hand unter den erstarrenden Kopf. Der Körper war sehr schwer, als er ihn den Hügel hinauf trug; mit Blättern, die dort zusammengeweht lagen, deckte er ihn zu; es war kein Wind, und sie würden ihn bis zum Nachmittag vor neugierigen Blicken schützen. »Ich werde ihn selbst begraben«, dachte er. Achtzehn Jahre waren vergangen, seit er mit dem winzigen Ding in der Tasche in das Haus in St. Johns Wood gegangen war. Merkwürdig, dass der alte Hund gerade jetzt sterben musste! War es ein Omen? Er kehrte zur

Pforte zurück, um noch einmal auf den braunen Erdhügel zu blicken und ging dann, ein Würgen im Halse, langsam auf das Haus zu.

June war zu Haus; sie war schleunigst herausgekommen, als sie die Nachricht von Jollys Freiwilligenmeldung erhielt. Sein Patriotismus hatte den Sieg über ihr Gefühl für die Buren davongetragen. Die Atmosphäre seines Hauses war sonderbar eingeengt, als Jolyon hereinkam und ihnen von Balthasars Tod erzählte. Die Nachricht hatte eine einigende Wirkung. Mit dem Hunde Balthasar war ein Stück Vergangenheit dahin! Zwei von ihnen konnten sich an nichts vor seiner Zeit erinnern; für June repräsentierte er die letzten Jahre ihres Großvaters, für Jolyon das Leben voll häuslicher Not und geistigen Kampfes, bevor er wieder in das Königreich der Liebe und des Reichtums seines Vaters kam. Und nun war er gegangen!

Am Nachmittag nahmen er und Jolly Hacke und Spaten und gingen auf das Feld. Sie wählten einen Platz dicht an dem braunroten Erdhügel, sodass sie ihn nicht weit zu tragen brauchten, und fingen, nachdem sie sorgfältig die Rasenstücke herausgeschnitten hatten, zu graben an. Schweigend gruben sie zehn Minuten und ruhten sich dann aus.

»Also, mein Junge«, sagte er, »du fandest, dass du es tun musstest?«

»Ja«, erwiderte Jolly, »mir liegt natürlich nicht die Spur daran.«

Wie genau gaben diese Worte Jolyons eigenen Gemütszustand wieder!

»Ich bewundere dich deswegen, lieber Junge. Ich glaube nicht, dass ich es in deinem Alter getan hätte – dazu habe ich doch zu viel von einem Forsyte in mir, fürchte ich. Aber ich nehme an, der Typ wird schwächer mit jeder Generation. Dein Sohn, wenn du einen haben wirst, wird vielleicht ein reiner Altruist sein, wer weiß?«

»Er würde dann nicht wie ich, Papa; ich bin riesig selbstsüchtig.«

»Nein, mein Lieber, das bist du keineswegs.« Jolly schüttelte den Kopf, und sie gruben weiter.

»Seltsam ist das Leben eines Hundes«, sagte Jolyon plötzlich; »der einzige Vierfüßler mit Rudimenten von Altruismus, und einer Empfindung von Gott!«

Jolly blickte seinen Vater an.

»Glaubst du an Gott, Papa? Es ist mir nie ganz klar geworden.«

Nach dieser forschenden Frage, auf die eine oberflächliche Antwort zu geben unmöglich war, ruhte Jolyon sich, im Rücken müde vom Graben, einen Augenblick aus.

»Was verstehst du unter Gott?«, sagte er. »Es gibt zwei unvereinbare Ideen von Gott: das unerkennbare schöpferische Prinzip – an das man glaubt, und dann die Summe des Altruismus im Menschen – woran man natürlich ebenfalls glaubt.«

»Ich verstehe. Das schließt Christus aus, nicht wahr?«

Jolyon starrte ihn an. Christus, das Verbindungsglied zwischen jenen beiden Ideen! Und aus dem Munde von Kindern! Hier war Orthodoxie endlich wissenschaftlich erklärt! Die erhabene Dichtung des Lebens Christi war der Versuch des Menschen, diese beiden unvereinbaren Vorstellungen zu vereinen. Und da die Summe menschlichen Altruismus ebenso ein Teil des unerkennbar schöpferischen Prinzips ist, wie sonst irgendetwas in der Natur und dem Universum, hätte schließlich ein schlimmeres Verbindungsglied gewählt werden können! Sonderbar – wie man durchs Leben ging, ohne es auf diese Weise zu sehen!

»Wie denkst *du* darüber, lieber Junge?«, sagte er.

Jolly runzelte die Stirn. »Im ersten Jahr sprachen wir natürlich ziemlich viel über diese Dinge. Im zweiten aber gibt man es auf; ich weiß nicht warum – es ist furchtbar interessant.«

Jolyon erinnerte sich, dass er in seinem ersten Jahr in Cambridge auch ziemlich viel davon gesprochen und es im zweiten aufgegeben hatte.

»Ich vermute«, sagte Jolly, »es ist der zweite Gott, von dem, wie du meinst, Balthasar eine Empfindung hatte.«

»Ja, denn sonst wäre sein armes altes Herz nie an etwas gebrochen, das außerhalb seiner selbst lag.«

»Aber war das nicht gerade eine selbstsüchtige Regung?«

Jolyon schüttelte den Kopf. »Nein, Hunde sind nicht reine Forsytes, sie lieben etwas außerhalb ihrer selbst.«

Jolly lächelte.

»Na, ich glaube, ich bin einer«, sagte er. »Ich meldete mich nur als Freiwilliger, weißt du, weil ich Val Dartie dazu zwingen wollte, es zu tun.«

»Aber weshalb?«

»Wir können einander nicht riechen«, sagte Jolly kurz.

»Ah!«, murmelte Jolyon. Also ging die Fehde weiter, bis in die dritte Generation – diese moderne Fehde, die äußerlich nicht offen zum Ausdruck kam?

»Ob ich dem Jungen davon erzähle?«, dachte er. Doch wozu – wenn er die Geschichte nicht zu Ende erzählen durfte.

Und Jolly dachte: »Es ist Hollys Sache, ihn über diesen Burschen auf-zuklären. Tut sie es nicht, so bedeutet es, dass sie es ihm nicht sagen will, und von mir wäre es erbärmlich, es zu tun. Jedenfalls habe ich der Sache ein Ende gemacht. Das Beste ist, ich kümmere mich nicht weiter darum.«

Sie gruben daher schweigend weiter, bis Jolyon sagte:

»Na, Junge, ich glaube, jetzt ist es tief genug.« Und auf ihre Spaten gestützt, blickten sie in das Loch hinunter, wo schon einige Blätter vom Abendwind hineingeweht waren.

»Was nun kommt, ist mir unerträglich«, sagte Jolyon plötzlich.

»Lass es mich tun, Papa. Er machte sich nie viel aus mir.«

Jolyon schüttelte den Kopf.

»Wir wollen ihn ganz sanft mit Blättern und allem aufheben. Ich möchte ihn lieber nicht mehr sehen. Ich nehme ihn beim Kopf. So!«

Mit äußerster Sorgfalt hoben sie den Körper des Hundes auf, dessen verschossenes Braun und Weiß hier und dort unter den Blättern, die der Wind aufrührte, sichtbar wurde. Schwer, kalt und allem entrückt, legten sie ihn in sein Grab, und Jolly streute mehr Blätter darüber, während Jolyon in der Furcht, seine Erregung vor seinem Sohn zu zeigen, rasch Erde auf den stillen Körper zu schaufeln begann. Da ging die Vergangen-heit dahin! Wenn er nur auf eine frohe Zukunft zu blicken hätte! Es war, als stampfe man Erde auf sein eigenes Leben. Sie legten die Rasen-stücke sorgsam wieder auf den sanften kleinen Hügel, und dankbar, einander mit ihren Gefühlen verschont zu haben, kehrten sie Arm in Arm in das Haus zurück.

11. Timothy erhebt Einspruch

An der Forsyte-Börse verbreitete sich die Nachricht von der Freiwilligen-meldung zugleich mit dem Bericht, dass June sehr rasch – damit ihr niemand zuvorkäme – Pflegerin beim Roten Kreuz werden wollte. Diese Ereignisse waren so außergewöhnlich, ein solcher Umsturz reinen For-syteismus, dass sie vereinigend auf die Familienmitglieder wirkten und sie am nächsten Sonntagnachmittag vollzählig bei Timothy erschienen, um die Ehre, die der Familie widerfahren war, einander zu erweisen. Giles und Jesse brauchten die Küste nicht länger zu verteidigen, sondern sollten sehr bald nach Südafrika gehen, wohin Jolly und Val ihnen im

April folgen würden; und June – ja, da wusste man nie, was sie eigentlich vorhatte!

Der Rückzug von Spion Kop und das Ausbleiben guter Nachrichten vom Kriegsschauplatz schien alles, was von Timothy in beunruhigender Weise festgestellt war, zu bestätigen. Der jüngste der alten Forsytes – kaum achtzig –, der ihrem Vater, dem Landwirt in Dorsetshire, sogar in seiner allbekannten charakteristischen Gewohnheit, gern Madeira zu trinken, am ähnlichsten sein sollte, war so viele Jahre unsichtbar gewesen, dass er fast zu einer Mythe geworden war. Eine lange Spanne von Zeit war hingegangen, seit das Risiko seines Verlags sich ihm im Alter von vierzig Jahren auf die Nerven gelegt hatte, sodass er mit nur etwa fünfunddreißigtausend Pfund in die Welt hinausgetreten war und angefangen hatte, durch vorsichtige Kapitalsanlagen seinen Unterhalt zu finden. Indem er jedes Jahr Zins und Zinseszins zurücklegte, hatte er sein Kapital in vierzig Jahren verdoppelt, ohne zu wissen, was es hieß, sich über Geldangelegenheiten zu beunruhigen. Jetzt legte er etwa zweitausend im Jahr zurück, und bei der Vorsicht, mit der er lebte, erwartete er, wie Tante Hester sagte, sein Kapital noch einmal zu verdoppeln, bevor er starb. Die Frage, was er dann, wo er selbst und seine Schwestern tot sein würden, damit zu tun gedachte, wurde von freien Geistern wie Francie, Euphemia oder Christopher, dem zweiten Sohn des jungen Nicholas, der ein solcher Freigeist war, dass er tatsächlich gesagt hatte, er wolle zur Bühne gehen, oft spöttisch erörtert. Alle jedoch waren einig darin, dass Timothy selbst das am besten wissen müsse, möglicherweise auch Soames, der nie ein Geheimnis verriet.

Die wenigen Forsytes, die ihn gesehen hatten, schilderten ihn als einen starken, robusten Mann, nicht sehr groß, von braunroter Gesichtsfarbe, mit grauem Haar und nur wenig von der Verfeinerung in den Zügen, die die meisten Forsytes der Frau ihres Vorfahren, einer ganz hübschen Frau sanften Temperaments, zu verdanken hatten. Sie wussten alle, dass er ein erstaunliches Interesse am Kriege genommen hatte, und seit er begann, Flaggen in eine Karte zu stecken, war es daher ein beunruhigender Gedanke, was geschehen würde, wenn die Engländer in die See getrieben würden, wo es fast unmöglich für ihn war, die Flaggen an die richtige Stelle zu stecken. Wie es sich mit seiner Kenntnis der Familienangelegenheiten und seinen Ansichten darüber verhielt, war weniger bekannt, obwohl Tante Hester immer erklärte, dass er sehr aufgebracht sei. Es war daher ein ganz außergewöhnliches Ereignis, als die Forsytes bei ihrer Ankunft an dem Sonntag nach der Räumung von Spion Kop, einer nach dem andern, bemerkten, dass jemand mit dem Rücken gegen das Licht, den unteren Teil des Gesichts mit der Hand bedeckend, in dem einzig wirklich bequemen Sessel saß, und die eingeschüchterte Stimme Tante Hesters sie begrüßte:

»Euer Onkel Timothy, meine Lieben.«

Timothys Begrüßung war ziemlich flüchtig und zerstreut:

»Wie geht's? Wie geht's? Entschuldigt, dass ich nicht aufstehe.«

Francie war gekommen, und Eustace in seinem Auto ebenfalls; Winifred hatte Imogen mitgebracht, und sie vergaß das Frostige des Scheidungsprozesses über der Wärme der Familienanerkennung von Vals Meldung zum Freiwilligen; und Mary Tweetyman brachte die neuesten Nachrichten von Giles und Jesse. Sie alle mit den Tanten Juley und Hester, dem jungen Nicholas, Euphemia und – wahrhaftig! – George, der mit Eustace in dessen Auto gekommen war, bildeten eine Versammlung, die der Blütezeit der Familie würdig gewesen wäre. Es blieb nicht ein Stuhl unbesetzt in dem ganzen kleinen Wohnzimmer, und man war besorgt, dass noch jemand kommen könnte.

Nachdem der Zwang, den Timothys Gegenwart allen auferlegte, sich ein wenig gelegt hatte, nahm die Unterhaltung eine militärische Wendung. George fragte Tante Juley, wann sie mit dem Roten Kreuz hinausgehe, und versetzte sie beinah in einen Zustand der Heiterkeit, worauf er sich zu Nicholas wandte und sagte:

»Der junge Nick ist wohl ein kühner Kriegsmann, wie? Wann wird er in dem wilden Khaki erscheinen?«

Der junge Nicholas lächelte wie in wehmütiger Abbitte und gab zu verstehen, dass seine Mutter natürlich sehr ängstlich sei.

»Die ›Siamesen‹ sind fort, wie ich höre«, sagte George, zu Mary Tweetyman gewandt, »wir werden bald alle dort sein. En avant, ihr Forsytes!«

Tante Juley kicherte, George war zu drollig! Sollte Tante Hester Timothys Karte holen? Dann konnte er ihnen allen sagen, wo sie standen.

Bei einem Laut von Timothy, der als Zustimmung aufgefasst wurde, verließ Tante Hester das Zimmer.

George entwarf das Bild des Forsytevormarsches weiter, indem er Timothy als Feldmarschall ansprach und Imogen, die er gleich als »ein hübsches Mädel« bemerkt hatte, als Marketenderin; dann nahm er seinen Zylinder zwischen die Knie und begann mit eingebildeten Trommelschlägen darauf zu wirbeln. Die Aufnahme dieses Einfalls war gemischt. Alle lachten – George durfte sich jede Freiheit erlauben –, aber alle fühlten, dass die Familie »verulkt« wurde, und das schien ihnen unnatürlich, wo jetzt fünf ihrer Mitglieder in den Dienst der Königin treten sollten. George könnte zu weit gehen, und es war eine Erlösung, als er sich erhob, Tante Juley seinen Arm bot, zu Timothy ging, ihn grüßte, die Tante mit scherzhafter Leidenschaft küsste und sagte: »O welch ein Hochgenuss, meine Liebe! Komm, Eustace!«, worauf er hinausging, von dem ernsten, hochfahrenden Eustace begleitet, der nie lächelte. Tante Juleys bestürztes »Denk nur, nicht auf die Karte zu warten! Du musst es ihm nicht verargen, Timothy. Er ist so drollig!« brach das Schweigen, und Timothy nahm die Hand von seinem Mund.

»Ich weiß nicht, was daraus noch werden soll«, hörte man ihn sagen. »Was soll das mit all dem Hinausschicken? Auf die Art sind die Buren nicht zu schlagen.«

Francie allein hatte den Mut, zu bemerken:

»Auf welche denn, Onkel Timothy?«

»All dies neumodische Freiwilligenwesen und die Kosten – man lässt das Geld damit abwandern.«

In diesem Augenblick gerade brachte Tante Hester die Karte herein, die sie wie ein Baby hielt. Mithilfe Euphemias wurde sie auf das Klavier gelegt, auf dem, glaubte man, zuletzt vor dreizehn Jahren, in dem Sommer, bevor Tante Ann starb, gespielt worden war. Timothy erhob sich. Er ging zu dem Klavier hinüber und stand dort, den Blick auf seine Karte geheftet, während sie sich alle um ihn scharten.

»Da seht ihr«, sagte er, »das ist die Lage bis heute, und eine sehr armselige dazu. Hm!«

»Ja«, sagte Francie sehr kühn, »aber wie willst du das ändern, Onkel Timothy, ohne mehr Mannschaften?«

»Mannschaften!«, sagte Timothy. »Man braucht keine Mannschaften – das Geld des Landes so zu verschwenden. Man braucht einen Napoleon, er würde die Sache in einem Monat ordnen.«

»Aber wenn du keinen hast, Onkel Timothy?«

»Das ist ihre Sache«, erwiderte Timothy. »Wozu haben wir das Heer unterhalten – um es in Friedenszeiten durchzufüttern! Sie sollten sich schämen, zu verlangen, dass das Land ihnen so helfen soll! Mögen sie jeden bei seinem Geschäft lassen, dann kommen wir schon voran.«

Er sah sich im Kreise um und fügte beinah zornig hinzu:

»Sich freiwillig melden, wahrhaftig! Das ist ja wie sein gutes Geld zum Fenster hinauszuwerfen! Wir müssen sparen! Energie aufspeichern – das ist das einzig Richtige.« Und mit einem lang gezogenen Ton, nicht ganz ein Schnauben und nicht ganz ein Schnaufen, trat er Euphemia auf die Zehen und ging, Erstaunen und einen leisen Geruch von Gerstenzucker hinter sich lassend, hinaus.

Die Wirkung einer mit Überzeugung ausgesprochenen Ansicht von jemand, den es offenbar ein Opfer kostet, sie auszusprechen, ist immer sehr stark. Und die acht Forsytes, die zurückblieben, außer dem jungen Nicholas alles Frauen, standen einen Augenblick schweigend um die Karte. Dann sagte Francie:

»Wirklich, ich glaube, er hat recht, wisst ihr. Schließlich, wozu haben wir das Heer? Sie hätten es wissen müssen. Es ermutigt sie nur.«

»Aber meine Liebe«, rief Tante Juley, »sie haben doch so viel getan. Bedenke nur das Aufgeben ihres Scharlachrots. Sie waren immer so stolz darauf. Jetzt sehen sie alle wie Sträflinge aus. Hester und ich sagten erst gestern, dass es ihnen sehr nahe gehen müsse. Bedenke, was der Eiserne Herzog dazu gesagt hätte!«

»Die neue Farbe ist sehr hübsch«, sagte Winifred. »Val sieht sehr gut darin aus.«

Tante Juley seufzte.

»Ich möchte wissen, wie Jolyons Junge ist. Merkwürdig, dass wir ihn nie gesehen haben! Sein Vater muss sehr stolz auf ihn sein.«

»Sein Vater ist in Paris«, sagte Winifred.

Tante Hesters Schulter hob sich plötzlich, wie um die nächste Bemerkung ihrer Schwester abzuwehren, denn Juleys schrumplige Wangen waren rot geworden.

»Wir hatten die liebe kleine Mrs. MacAnder, die eben von Paris zurückgekehrt ist, gestern hier. Und wen, glaubt ihr, sah sie dort auf der Straße? Darauf kommt ihr nie.«

»Wir werden es nicht versuchen, Tantchen«, sagte Euphemia.

»Irene. Denkt nur! Nach so langer Zeit; sie ging mit einem blonden Bart –«

»Tantchen! Das ist zum Totlachen. Einem blonden Bart –«

»Ich wollte sagen«, fuhr Tante Juley ernsthaft fort, »mit einem blondbärtigen Herrn. Und nicht einen Tag älter. Sie war immer so hübsch«, fügte sie zögernd mit einer Art von Entschuldigung hinzu.

»Oh! Erzähle uns von ihr, Tantchen«, rief Imogen; »ich kann mich ihrer noch erinnern. Sie ist das Gespenst im Haus bei unserer Familie, nicht wahr? Und das ist immer so amüsant.«

Tante Hester setzte sich. Also Juley hatte es nun doch getan!

»Sie hatte nicht viel von einem Gespenst, wie ich mich ihrer erinnere«, murmelte Euphemia, »sie hatte runde Formen.«

»Meine Liebe!«, sagte Tante Juley. »Was für eine sonderbare Art, so zu sprechen – nicht sehr schön.«

»Nein, aber wie sah sie aus?«, fragte Imogen beharrlich.

»Das will ich dir sagen, mein Kind«, sagte Francie; »wie eine moderne Venus etwa, und sehr gut gekleidet.«

Euphemia sagte scharf: »Venus war nie angekleidet und hatte blaue Augen wie flüssige Saphire.«

Zu diesem kritischen Zeitpunkt verabschiedete sich Nicholas.

»Mrs. Nick ist schrecklich streng«, sagte Francie lachend.

»Sie hat sechs Kinder«, sagte Tante Juley; »es ist ganz in der Ordnung, dass sie sorgsam ist.«

»Hat Onkel Soames sie sehr geliebt?«, fragte Imogen unerbittlich weiter und ließ ihre dunklen strahlenden Augen von einem zum andern wandern.

Tante Hester machte eine Gebärde der Verzweiflung, als Tante Juley gerade antwortete: »Ja, dein Onkel Soames hing sehr an ihr.«

»Ich denke, sie lief mit jemand davon!«

»Nein, durchaus nicht; das heißt – nicht gerade das.«

»Was hat sie denn getan, Tantchen?«

»Komm, Imogen«, sagte Winifred, »wir müssen fort.«

Aber Tante Juley unterbrach sie resolut: »Sie – sie hat sich gar nicht gut benommen.«

»Ach, wie ärgerlich!«, rief Imogen. »Weiter komme ich nie.«

»Sie hatte eine Liebesgeschichte, die mit dem Tode des jungen Mannes endete«, sagte Francie, »und dann verließ sie deinen Onkel. Ich mochte sie sehr gern.«

»Sie gab mir immer Schokolade«, sagte Imogen, »und duftete so gut.«

»Natürlich«, bemerkte Euphemia.

»Durchaus nicht natürlich!«, erwiderte Francie, die ein besonders teures Nelkenparfüm gebrauchte.

»Ich begreife nicht, wie wir von solchen Dingen reden können«, sagte Tante Juley, die Hände hebend.

»Hat sie sich scheiden lassen?«, fragte Imogen von der Tür aus.

»Keineswegs«, rief Tante Juley; »das heißt – keineswegs.«

Man hörte ein Geräusch an der andern Tür. Timothy war wieder ins hintere Wohnzimmer getreten. »Ich komme nach meiner Karte«, sagte er. »Wer hat sich scheiden lassen?«

»Niemand, Onkel«, erwiderte Francie wahrheitsgetreu.

Timothy nahm seine Karte vom Klavier.

»So etwas wollen wir nicht in der Familie haben«, sagte er. »Sich als Freiwilliger zu melden, ist schon schlimm genug. Das Land bricht zusammen; ich weiß nicht, was uns noch bevorsteht.« Er drohte mit einem dicken Finger und sah sich im Zimmer um: »Zuviel Frauen heutzutage, und sie wissen nicht, was sie wollen.«

Bei diesen Worten griff er mit beiden Händen nach der Karte und ging hinaus, als fürchte er, eine Antwort zu erhalten.

Unter den sieben Frauen, an die er sich gewandt, entstand ein unterdrücktes Gemurmel, in dem nur Francies: »Wahrlich, diese Forsytes –« vernehmbar war und Tante Juleys: »Er muss heute Abend ein Fußbad von Senf und heißem Wasser haben; Hester, willst du es Smither sagen? Ihm ist das Blut wieder zu Kopf gestiegen, fürchte ich ...«

Als sie an diesem Abend nach dem Essen allein mit Hester saß, ließ sie eine Masche von ihrem Häkelhaken fallen und blickte auf:

»Hester, ich besinne mich nicht, wo ich gehört habe, dass der liebe Soames Irene wieder zurückhaben möchte. Wer hat uns doch erzählt, dass George eine komische Zeichnung von ihm gemacht hat mit den Worten darunter: ›Er wird nicht glücklich sein, bis er es bekommt?‹«

»Eustace«, erwiderte Tante Hester hinter der »Times«; »er hatte sie in der Tasche, wollte sie uns aber nicht zeigen.«

Tante Juley schwieg und überlegte. Die Uhr tickte, die »Times« raschelte und vom Feuer kam ein knisterndes Geräusch. Tante Juley ließ abermals eine Masche fallen.

»Hester«, sagte sie, »mir kam ein so schrecklicher Gedanke.«

»Dann sage ihn mir nicht«, sagte Tante Hester rasch.

»Oh, aber ich muss. Du kannst dir nicht denken, wie schrecklich!« Ihre Stimme sank zu einem Flüstern herab:

»Jolyon – Jolyon, sagt man, hat einen – hat jetzt einen blonden Bart.«

12. Fortsetzung der Jagd

Zwei Tage nach der Dinnergesellschaft bei James versah Mr. Polteed Soames mit Stoff zum Nachdenken.

»Ein Herr«, sagte er, indem er den Schlüssel in seiner linken Hand zurate zog, »47, wie wir ihn nennen, hat während des letzten Monats in Paris lebhaftes Interesse für 17 bezeigt. Augenblicklich aber scheint nichts Entscheidendes vorgefallen zu sein. Die Zusammenkünfte waren immer an öffentlichen Orten, ohne Heimlichkeiten – in Restaurants, der Oper, dem Louvre, in den Luxembourg-Gärten, in der Halle des Hotels und so weiter. Sie hat noch nicht seine Zimmer betreten, noch er ihre. Sie fuhren nach Fontainebleau – aber nichts von Wichtigkeit. Kurz, die Lage ist vielversprechend, fordert aber Geduld.« Und plötzlich aufblickend, fügte er hinzu:

»Da ist ein ziemlich merkwürdiger Punkt – 47 hat denselben Namen wie – 31!«

»Der Kerl weiß, dass ich ihr Mann bin«, dachte Soames.

»Der Vorname – sehr sonderbar – Jolyon«, fuhr Polteed fort. »Wir kennen seine Adresse in Paris und seine Wohnung hier. Wir möchten natürlich nicht auf einen falschen Hasen Jagd machen.«

»Fahren Sie fort damit, aber vorsichtig«, sagte Soames mürrisch.

Die instinktive Gewissheit, dass dieser Detektiv sein Geheimnis ergründet hatte, machte ihn noch einsilbiger.

»Entschuldigen Sie«, sagte Mr. Polteed, »ich will nur sehen, ob etwas Neues eingelaufen ist.«

Er kam mit einigen Briefen zurück. Nachdem er die Tür wieder zugeschlossen hatte, sah er sich die Umschläge an.

»Ja, hier ist ein an mich persönlich geschriebener von 19.«

»Nun?«, fragte Soames.

»Hm«, sagte Polteed, »sie schreibt: ›47 reiste heute nach England ab. Die Adresse auf seinem Gepäck: Robin Hill. Trennte sich um 3:30 im Louvre von 17, nichts Bemerkenswertes daran. Hielt es für das Beste, zu bleiben und 17 weiter zu beobachten. Sie werden sicherlich mit 47 in England zu tun haben, wenn Sie es für richtig halten.‹ Und Mr. Polteed warf einen nicht ›beruflichen‹ Blick auf Soames, als sammle er Material für ein Buch über die menschliche Natur, das er zu schreiben gedachte, wenn er das Geschäft aufgab. ›Eine sehr intelligente Frau, diese 19, und macht sich ausgezeichnet unkenntlich. Nicht billig, leistet aber etwas für das Geld. So hat 17 keine Ahnung davon, überwacht zu werden. Nach einiger Zeit jedoch, wissen Sie, schöpfen sensitive Menschen leicht Verdacht, ohne dass etwas Bestimmtes vorliegt. Ich würde raten, 17 jetzt in Ruhe zu lassen und 47 im Auge zu behalten. Wir können ohne großes Risiko die Korrespondenz nicht antasten. Ich möchte bei diesem Stand der Dinge kaum dazu raten. Aber Sie können Ihrem Klienten sagen, dass die Aussichten sehr gut seien.‹« Und wieder funkelten seine wachsamen Augen seinen wortkargen Kunden an.

»Nein«, sagte Soames plötzlich, »ich ziehe vor, dass Sie die Beobachtung in Paris diskret weiterführen lassen und sich um den Fall in London nicht kümmern.«

»Sehr wohl«, erwiderte Mr. Polteed, »das können wir tun.«

»Wie – wie ist das Benehmen zwischen ihnen?«

»Ich will Ihnen vorlesen, was sie schreibt«, sagte Mr. Polteed und schloss ein Schreibtischschubfach auf, aus dem er eine Rolle Papier nahm, »sie fasst es irgendwo vertraulich zusammen. Ja, hier ist es! ›17 sehr anziehend – vermute 47 ›ist länger in den Zähnen‹ (unsere Bezeichnung für Alter, wissen Sie) – offenbar verliebt – wartet ab – 17 weigert sich, vielleicht noch der Bedingungen wegen. Unmöglich etwas zu sagen, ohne mehr zu wissen. Möchte aber sagen, dass sie sich noch nicht im Klaren über sich ist; wahrscheinlich könnte sie eines Tages ganz impulsiv handeln. Beide haben Stil.‹«

»Was bedeutet das?«, fragte Soames zwischen seinen geschlossenen Lippen.

»Das ist ein Ausdruck, den wir gebrauchen«, erwiderte Mr. Polteed mit einem Lächeln, bei dem er viele weiße Zähne sehen ließ. »Mit andern Worten, es ist anzunehmen, dass es keine Eintagsgeschichte ist – sie werden einander im Ernst angehören oder gar nicht.«

»Hm«, murmelte Soames, »das ist alles, nicht wahr?«

»Ja«, sagte Mr. Polteed, »aber es ist vielversprechend.«

»Spinne!«, dachte Soames. »Guten Tag!«

Er ging durch den Greenpark, um die Victoria Station zu erreichen und die Untergrundbahn nach der City zu nehmen. Für so spät im Januar war es warm; Sonnenlicht funkelte durch den Nebel auf dem gefrorenen Gras – ein leuchtend Spinngewebe von Tag!

Kleine Spinnen – und große Spinnen! Und die größte von allen seine Hartnäckigkeit, die die Fäden ihrer Netze immer um jeden klaren Ausweg spannte. Was musste der Mann sich um Irene zu schaffen machen? War es wirklich, wie Polteed vermutete? Oder hatte Jolyon nur Mitleid mit ihrer Einsamkeit, wie er es nennen würde – dieser sentimentale, radikale Geselle, der er immer gewesen war? Wenn es tatsächlich wäre, wie Polteed angedeutet hatte! Soames stand still. Es konnte nicht sein! Der Mann war sieben Jahre älter als er selbst und sah nicht besser aus! War auch nicht reicher! Welche Anziehungskraft besaß er denn?

»Überdies, er ist zurückgekommen«, dachte er; »das sieht nicht aus – ich werde ihn aufsuchen!« Und er nahm eine Karte heraus und schrieb:

»Wenn Du an einem Nachmittag dieser Woche eine halbe Stunde übrig hast, werde ich an irgendeinem Tage zwischen 5:30 und 6:00 im ›Connoisseurs‹ sein, oder ich könnte auch in den ›Hotch Potch‹ kommen, wenn Du es vorziehst. Ich möchte Dich gern sehen. – S.F.«

Er ging die St. James Street hinauf und vertraute sie dem Portier im »Hotch Potch« an.

»Geben Sie dies Mr. Jolyon Forsyte, sobald er kommt«, sagte er und nahm dann eine der neuen Motordroschken, um in die City zu fahren ...

Jolyon erhielt die Karte am selben Nachmittag und machte sich auf, in seinen Klub zu gehen. Was wollte Soames nur? Hatte er Wind von Paris bekommen? Und als er St. James' Street kreuzte, beschloss er, kein Geheimnis aus seinem Besuch zu machen. »Aber er darf nicht wissen, dass *sie* dort ist«, dachte er, »wenn er es nicht schon weiß.« In diesem verwickelten Gemütszustand traf er Soames beim Tee an einem kleinen Bogenfenster.

»Keinen Tee, danke«, sagte Jolyon, »aber ich möchte weiter rauchen, wenn ich darf.«

Die Vorhänge waren noch nicht vorgezogen, obwohl die Laternen draußen schon brannten; die beiden Vettern saßen einander schweigend gegenüber.

»Du bist in Paris gewesen, wie ich höre«, sagte Soames endlich.

»Ja, eben zurückgekehrt.«

»Val erzählte es mir; er und dein Junge gehen also fort?« Jolyon nickte.

»Du hast Irene wohl nicht zufällig gesehen, vermute ich. Sie scheint irgendwo im Ausland zu sein.«

Jolyon hüllte sich in Rauch ein, bevor er antwortete:

»Ja, ich habe sie gesehen.«

»Wie geht es ihr?«

»Sehr gut.«

Wieder entstand eine Pause; dann erhob Soames sich in seinem Stuhl.

»Als ich dich zuletzt sah«, sagte er, »war ich unentschieden. Wir sprachen darüber und du sagtest deine Meinung. Ich möchte diese Diskussion nicht erneuern. Ich wollte nur dieses sagen: Meine Lage ihr gegenüber ist außerordentlich schwierig. Ich möchte nicht, dass du deinen Einfluss gegen mich geltend machst. Was geschah, liegt eine sehr lange Zeit zurück. Ich werde sie bitten, Vergangenes vergangen sein zu lassen.«

»Du hast sie ja schon darum gebeten«, erwiderte Jolyon.

»Der Gedanke war ihr damals neu; er kam zu überraschend. Aber je mehr sie darüber nachdenkt, desto mehr muss sie einsehen, dass es der einzige Weg für uns beide ist.«

»Den Eindruck habe ich nicht von ihrem Gemütszustand«, sagte Jolyon mit ganz besonderer Ruhe. »Und verzeih, dass ich sage, du missverstehst die Sache, wenn du denkst, dass Vernunft hier überhaupt in Betracht kommt.«

Er sah das bleiche Gesicht seines Vetters noch bleicher werden – ohne es zu wissen, hatte er Irenens eigene Worte gebraucht.

»Danke«, sagte Soames, »aber ich sehe die Dinge vielleicht klarer als du denkst. Ich möchte nur sicher sein, dass du nicht versuchen wirst, sie gegen mich zu beeinflussen.«

»Ich weiß nicht, wie du darauf kommst, dass ich irgendeinen Einfluss auf sie habe«, sagte Jolyon; »wenn ich ihn aber habe, so bin ich verpflichtet, ihn in der Richtung zu benutzen, die ich als ihr Glück betrachte. Ich bin, was man einen ›Feministen‹ nennt, glaube ich.«

»Feminist!«, wiederholte Soames, als suche er Zeit zu gewinnen. »Bedeutet das, dass du gegen mich bist?«

»Ich bin dagegen, dass irgendeine Frau mit einem Manne lebt, der ihr entschieden verhasst ist. Ich finde das frevelhaft!«

»Und ich vermute, du flößtest ihr jedes Mal, wenn du sie siehst, deine Meinungen ein.«

»Ich werde sie wahrscheinlich nicht mehr sehen.«

»Du gehst nicht zurück nach Paris?«

»Nein, soviel ich weiß«, sagte Jolyon, der die intensive Wachsamkeit in Soames' Gesicht bemerkte.

»Na, das ist alles, was ich zu sagen hatte. Jeder, der sich zwischen Mann und Frau stellt, weißt du, nimmt schwere Verantwortung auf sich.«

Jolyon erhob sich und verneigte sich leicht vor ihm.

»Lebewohl«, sagte er, ohne ihm die Hand zu reichen, ging fort und ließ Soames, der ihm nachstarrte, allein zurück. »Wir Forsytes«, dachte Jolyon, als er eine Droschke heranrief, »sind sehr zivilisiert. Bei einfachen Leuten wäre es hier wohl zu einer Rauferei gekommen. Wenn es nicht um meines Jungen willen wäre, der in den Krieg soll – – –« Der Krieg! Mit Ungestüm meldeten seine alten Bedenken sich wieder. Ein köstlicher Krieg! Tyrannei gegenüber Völkern oder Frauen! Versuche, diejenigen zu beherrschen und zu besitzen, die einen nicht wollten! Die Verneinung guten Anstands! Besitzergreifung, gesetzlich feststehende Rechte; und jeder, der gegen sie ist – ein Ausgestoßener! »Dem Himmel sei Dank«, dachte er, »*ich* war *immer* gegen sie!« Ja! Er erinnerte sich, wie er selbst vor seiner ersten unglückseligen Heirat empört über die Maßreglung Irlands oder über Scheidungsprozesse von Frauen gewesen, die versuchten, sich von Männern zu befreien, die sie verabscheuten. Die Kleriker behaupten, dass Freiheit der Seele und des Körpers ganz verschiedene Dinge seien! Eine schädliche Lehre! Körper und Seele konnten nicht so getrennt werden. Freier Wille ist die Kraft jedes Bundes, nicht seine Schwäche. »Ich hätte Soames sagen sollen«, dachte er, »dass ich ihn komisch finde. Ach, aber er ist auch tragisch!«

Gab es in der Tat etwas Tragischeres in der Welt, als einen Mann, der Sklave seines eigenen Verlangens nach Besitz ist, dem dadurch der Weitblick fehlte, und der nicht einmal begreifen konnte, was andere fühlen! »Ich muss schreiben und sie warnen«, dachte er; »er ist im Begriff, einen neuen Versuch zu machen.« Und den ganzen Heimweg nach Robin Hill war er in Aufruhr über die Härte der Pflicht seinem Sohne gegenüber, die ihn hinderte, nach Paris zurückzureisen ...

Soames aber saß lange in seinem Stuhl, ebenfalls Beute eines nicht weniger nagenden Schmerzes – eines eifersüchtigen Schmerzes, als wäre ihm enthüllt worden, dass dieser Mann den Vortritt vor ihm habe und neue Fäden des Widerstandes gegen ihn gesponnen hatte. »Heißt das, dass du gegen mich bist?« Seine hinterlistige Frage hatte ihm nichts genützt. Feminist! Dieser Phrasenheld! »Ich darf die Dinge nicht überstürzen«, dachte er. »Ich habe eine Atempause; er geht nicht nach Paris zurück, wenn er nicht gelogen hat. Ich werde auf den Frühling warten!« Doch wozu der Frühling ihm dienen sollte, außer seinen Schmerz zu erhöhen, konnte er nicht sagen. Er starrte auf die Straße hinunter, wo Gestalten von Lichtkreis zu Lichtkreis der hohen Laternen vorübergingen, und dachte: »Nichts hat einen Zweck – nichts scheint der Mühe wert. Ich bin einsam – das ist das Unglück!«

Er schloss die Augen; und auf einmal glaubte er Irene zu sehen, in einer dunklen Straße neben einer Kirche – sah sie vorübergehen, sich umwenden, sodass er einen Schimmer ihrer Augen und der weißen Stirn unter einem kleinen Hut mit Goldflittern auffing, von dem hinten ein Schleier herabhing. Er öffnete die Augen – so lebhaft hatte er sie gesehen! Eine Frau ging unten vorüber, aber nicht *sie*! Ach nein, nicht sie!

13. »Da bin ich wieder!«

Imogens Kleider für ihre erste Season nahmen das Urteil ihrer Mutter und die Börse ihres Großvaters den ganzen Monat März über in Anspruch. Mit Forsyte'scher Beharrlichkeit forderte Winifred höchste Vollkommenheit. Es lenkte ihre Gedanken von dem langsam herannahenden Akt ab, der ihr eine Freiheit wiedergeben sollte, die zu wünschen sie noch schwankte; lenkte sie von ihrem Jungen und seiner nahe bevorstehenden Abreise in einen Krieg ab, von dem die Nachrichten beunruhigend blieben. Wie geschäftige Bienen auf Sommerblumen oder leuchtende Fliegen, die sich auf stachlige Herbstblüten stürzen, wanderte sie und ihre »kleine Tochter« die fast so groß war wie sie, und eine Büste hatte, die der ihren an Umfang kaum nachstand, verloren in Betrachtung und Prüfen der Waren durch die Läden der Regent Street und die Etablissements des Hanover Square und der Bond Street. Dutzende junger Mädchen mit auffallenden Bewegungen und sonderbarem Gang paradierten in den neuesten »Schöpfungen« vor Winifred und Imogen. Die Modelle – »Sehr modern, gnädige Frau, das Allerneueste« – die die beiden zögernd musterten, hätten ein Museum füllen können; und die Modelle, die sie nehmen mussten, leerten beinah James' Börse. Es hatte keinen Zweck, die Dinge nur halb zu tun. Winifred fühlte, dass gerade in ihrer Lage diese erste und einzige noch ungetrübte Season ein unbestrittener Erfolg sein musste. Eine Geduld, mit der sie die Geduld dieser unpersönlichen Geschöpfe, die sich vor ihnen wendeten und drehten, auf die Probe stellten, konnte nur entfalten, wer die Sache ernst nahm wie sie. Für Winifred war es eine lange Andacht vor ihrer Göttin Mode, die vielleicht ebenso inbrünstig war wie die eines Katholiken vor der Heiligen Jungfrau; für Imogen eine Erfahrung, die keineswegs unangenehm war – sie sah oft so hübsch aus und es fehlte nicht an Schmeicheleien: mit einem Wort, es war »amüsant«.

Am Nachmittag des 20. März, nachdem sie Skywards Kaufhaus beinah ausgeplündert hatten, waren sie zu Caramel und Baker hinübergegangen, sich an Schokolade mit schaumigem Rahm zu erfrischen, und kehrten abends, als schon ein Frühlingshauch zu spüren war, über den Berkley Square nach Haus zurück. Als Winifred die Haustür geöffnet hatte, die Imogen zu Ehren mit einem hellen Olivgrün frisch gestrichen war, ging sie an den Silberkorb, um zu sehen, ob jemand dagewesen war, und spürte plötzlich einen Duft. Was war das nur?

Imogen hatte einen Roman genommen, der aus der Bibliothek geschickt worden war, und stand ganz vertieft damit da. Durch ein sonderbares Gefühl in der Brust erregt, sagte Winifred ziemlich streng:

»Nimm das mit hinauf, Kind, und ruhe dich vor Tisch ein wenig aus.«

Imogen ging, immer noch lesend, die Treppe hinauf. Winifred hörte die Tür ihres Zimmers zuschlagen und atmete tief auf. Kitzelte der Frühling ihre Sinne – peitschte er aller Weisheit und beleidigter Tugend zum Trotz das Heimweh nach ihrem »Clown« in ihr auf? Ein männlicher Duft! Ein leiser Geruch von Zigarettenrauch und Lavendelwasser, den sie seit jenem frühen Herbstabend vor sechs Monaten, als sie ihn »Lump« genannt, nicht mehr gespürt hatte. Woher kam er, oder war es ein eingebildeter Geruch – eine bloße Erinnerung daran? Sie blickte umher. Nichts, nicht das Geringste, nicht die winzigste Unordnung in der Diele oder dem Speisezimmer! Ein kleiner Tagtraum dieser Geruch – illusorisch, wehmütig, albern! In dem silbernem Körbchen lagen zwei neue Karten, zwei von »Mr. und Mrs. Polegate Thom«, und eine von »Mr. Polegate Thom«; sie roch daran, aber sie hatten einen herben Geruch. »Ich muss müde sein«, dachte sie. »Ich will mich hinlegen.« Oben war das Wohnzimmer dunkel, es wartete auf eine Hand, die es erleuchten sollte; und sie ging weiter in ihr Schlafzimmer. Auch dies war halb verhängt und dunkel, denn es war sechs Uhr. Winifred legte ihren Mantel ab – da wieder dieser Geruch! – dann blieb sie wie vom Blitz getroffen festgebannt an der Bettlehne stehen. Etwas Dunkles hatte sich vom Sofa in der fernen Ecke erhoben. Ein Wort: »Gott!« – fürchterlich für ihre Familie – entfuhr ihr.

»Ich bin es – Monty«, sagte eine Stimme.

Winifred umspannte die Bettlehne, streckte den Arm aus und drehte das Licht auf, das über ihrem Toilettentisch hing. Er erschien gerade am Rande des Lichtkreises, sichtbar von der fehlenden Uhrkette bis hinunter zu den Schuhen von einem russigen Braun, die aber – ja! – an der Spitze einen Riss hatten. Brust und Gesicht blieben im Schatten. Wie mager er geworden war – oder lag das an dem Licht? Er kam näher, jetzt von den Schuhspitzen bis zum Scheitel seines dunklen Kopfes beleuchtet, der – wirklich ein wenig ergraut war! Seine Gesichtsfarbe war dunkler, gelblicher geworden und der schwarze Schnurrbart hatte an Keckheit eingebüßt, gab ihm etwas Hämisches; sie sah Linien in seinem Gesicht, die sie nicht kannte. In seiner Krawatte steckte keine Nadel. Sein Anzug – ah! – sie kannte ihn – aber wie ungebügelt und zerdrückt er war! Sie starrte wieder auf die Kappe seiner Schuhe. Das Leben hatte ihn wohl hart und unbarmherzig angefasst, hatte ihn umgewandelt und durchgerüttelt, verwüstet und zermürbt. Und ohne ein Wort zu sprechen, blieb sie reglos stehen und starrte auf den Riss über den Zehen.

»Ich bekam den Brief«, sagte er. »Da bin ich wieder.«

Winifreds Busen hob sich. Die Sehnsucht nach ihrem Manne, die mit dem Geruch über sie gekommen war, kämpfte mit einer Eifersucht, die tiefer war als sie sie je gefühlt. Nun war er da – ein dunkler, verzerrter Schatten seines gewandten kecken Selbst! Welche Macht hatte ihm das angetan – hatte ihn bis auf die trockene Schale ausgepresst wie eine Zitrone! Jene Frau!

»Ich bin zurück«, sagte er noch einmal. »Es war eine abscheuliche Zeit für mich. Bei Gott! Ich kam im Zwischendeck. Ich besitze nichts als das, worin ich gehe und stehe, und diese Tasche.«

»Und wer hat das Übrige?«, rief Winifred plötzlich lebhaft. »Wie konntest du wagen zu kommen? Du weißt, dass du den Brief mit der Aufforderung zurückzukommen, nur im Hinblick auf die Scheidung bekamst. Rühr mich nicht an!«

Sie hielten sich beide an der Lehne des großen Bettes, wo sie die Nächte so vieler Jahre zusammen verbracht hatten. Oftmals – ja, oftmals hatte sie ihn zurückgewünscht. Doch jetzt, da er gekommen war, erfüllte sie ein kalter, tödlicher Groll. Er hob die Hand zu seinem Schnurrbart, zupfte und drehte ihn aber nicht in der alten vertrauten Weise, sondern zog ihn nur nach unten.

»Herrgott!«, sagte er. »Wenn du wüsstest, wie es mir ergangen ist!«

»Ich bin froh, dass ich es nicht weiß!«

»Geht es den Kindern gut?«

Winifred nickte. »Wie kamst du herein?«

»Mit meinem Schlüssel.«

»Dann wissen die Mädchen es also nicht. Du kannst hier nicht bleiben, Monty.«

Er lachte höhnisch auf.

»Wo denn sonst?«

»Irgendwo.«

»Aber sieh mich doch an! Dies – dies verwünschte –«

»Wenn du *sie* mit einem Wort erwähnst«, rief Winifred, »gehe ich direkt nach Park Lane hinaus und komme nicht zurück.«

Plötzlich tat er etwas sehr Einfaches, aber so Uncharakteristisches für ihn, dass es sie rührte. Er schloss die Augen. Es war als hätte er gesagt: »Also gut! Ich bin tot für die Welt!«

»Du kannst ein Zimmer für die Nacht haben«, sagte sie, »deine Sachen sind noch hier. Nur Imogen ist zu Haus.«

Er lehnte sich an das Bett. »Gut, es liegt in deiner Hand«, und seine eigene bewegte sich zuckend. »Ich habe viel durchgemacht. Du brauchst nicht so hart zu sein – es lohnt die Mühe nicht. Mir wurde angst – mir wurde angst, Freddie!«

Bei diesem alten Kosenamen, den er Jahre und Jahre nicht mehr gebraucht, überlief Winifred ein Schauer.

»Was fange ich mit ihm an?«, dachte sie. »Was in Gottes Namen fange ich mit ihm an?«

»Hast du eine Zigarette?«

Sie gab ihm eine aus der kleinen Schachtel, die sie für den Fall, dass sie nicht schlafen konnte, aufbewahrte, und zündete sie an. Und damit kam die Sachlichkeit ihrer Natur wieder zum Vorschein.

»Geh und nimm ein heißes Bad. Ich werde deine Sachen im Ankleidezimmer für dich bereitlegen. Wir können später miteinander reden.«

Er nickte und heftete seinen Blick auf sie – seine Augen sahen halb erloschen aus, oder schien es nur so, weil die Falten in den Lidern stärker geworden waren?

»Er ist nicht mehr derselbe«, dachte sie. »Er wird nie wieder ganz derselbe werden! Aber wie würde er sein?«

»Gut!«, sagte er und ging zur Tür. Er bewegte sich sogar anders, wie jemand, der seine Illusionen verloren hat, und im Zweifel ist, ob es überhaupt noch der Mühe wert ist, sich zu bewegen.

Als er gegangen war und sie das Wasser im Bade laufen hörte, legte sie einen vollständigen Anzug auf das Bett im Ankleidezimmer, ging darauf hinunter und holte die Keksbüchse und Whisky herauf. Dann zog sie ihren Mantel wieder an, lauschte einen Augenblick an der Badezimmertür und ging hinunter und fort. Auf der Straße zögerte sie. Nach sieben Uhr! Ob Soames im Klub war oder in Park Lane? Sie wandte sich dorthin. Zurück! Soames hatte es immer gefürchtet – und sie zuweilen darauf gehofft. Zurück! Wie ihm das ähnlich sah – diesem Clown – der sie alle, das Gesetz, Soames und sie selbst mit seinem »Da bin ich wieder!« zum Narren machte. Allein dieses Gesetz jetzt los zu sein, diese düstere Wolke nicht mehr über sich und den Kindern hängen zu haben! Welche Erleichterung! Doch wie seine Rückkehr nun aufnehmen? Jenes »Weib« hatte ihn zerrüttet, hatte eine Leidenschaft in ihm entfacht, wie er sie ihr nie gezeigt, wie sie sie ihm nie zugetraut. Das war der Stachel! Dieser selbstsüchtige, prahlerische »Clown«, den sie selbst niemals wirklich entflammt hatte, war von einer andern Frau umgarnt und berückt. Eine Schmach! Eine zu große Schmach! Es war nicht recht, ihrer nicht würdig, ihn wieder aufzunehmen! Und doch hatte sie ihn dazu aufgefordert; das Gesetz würde es jetzt vielleicht von ihr verlangen! Er war immer noch ihr Gatte – sie hatte ihre Rechte verscherzt! Und alles was er wollte, war ohne Zweifel Geld – Geld, um sich mit Zigarren und Lavendelwasser zu versorgen! Dieser Geruch! »Schließlich bin ich nicht alt«, dachte sie, »noch nicht alt!« Aber dieses »Weib«, das ihn so weit gebracht hatte, zu sagen: »Ich habe viel durchgemacht. Mir wurde angst – mir wurde angst, Freddie!« Unschlüssig hin und hergetrieben, näherte sie sich dem Hause ihres Vaters und kam, ihrer Forsytenatur getreu, zu der tiefen Einsicht, dass er doch schließlich ihr Eigentum war, und einer habsüchtigen Welt gegenüber festgehalten werden musste. Und mit diesem Vorsatz langte sie bei ihren Eltern an.

»Mr. Soames? In seinem Zimmer? Ich will hinaufgehen; sagen Sie nicht, dass ich hier bin.«

Ihr Bruder war beim Ankleiden. Sie fand ihn vor dem Spiegel, wo er mit einer Miene eine schwarze Schleife knüpfte, als verachte er die Enden daran.

»Hallo!«, sagte er, sie im Spiegel betrachtend. »Wo fehlt's?«

»Monty!«, sagte Winifred steinern.

Soames drehte sich rasch um. »Wie?«

»Zurück!«

»Aufgeflogen«, murmelte Soames, »durch unsern eigenen Sprengstoff. Weshalb, zum Teufel, ließest du mich's nicht mit Brutalität versuchen? Ich wusste, dass wir auf diese Art zu große Gefahr liefen.«

»Ach! Sprich nicht davon! Was soll ich tun?«

Soames antwortete mit einem tiefen Seufzer.

»Nun?«, sagte Winifred ungeduldig.

»Was hat er selbst zu seiner Entschuldigung zu sagen?«

»Nichts. Einer seiner Schuhe hat einen Riss über den Zehen.«

Soames starrte sie an.

»Ah«, sagte er, »natürlich! Total fertig. So fängt es also wieder an! Das bringt Vater noch ins Grab!«

»Können wir es ihm nicht verheimlichen?«

»Unmöglich. Er hat einen unglaublichen Riecher für alles, was Ärger verursacht.«

Und er überlegte, die Finger in seine blauseidenen Hosenträger gehakt. »Es muss doch irgendeinen gesetzlichen Weg geben«, murmelte er, »ihn sicher zu machen.«

»Nein«, rief Winifred, »ich will mich nicht wieder zum Narren machen lassen; lieber will ich sehen, mit ihm fertig zu werden.«

Die beiden starrten einander an. Ihre Herzen waren voller Mitgefühl, aber als die Forsytes, die sie waren, vermochten sie ihm keinen Ausdruck zu geben.

»Wo hast du ihn gelassen?«

»Im Bade«, Winifred lachte bitter auf. »Das Einzige, was er mitgebracht hat, ist Lavendelwasser.«

»Ruhig!«, sagte Soames. »Du bist ja völlig außer dir. Ich gehe mit dir zurück.«

»Was hat das für einen Zweck?«

»Wir müssen ihm Bedingungen stellen.«

»Bedingungen! Es wird immer dasselbe bleiben. Wenn er sich erholt – werden wieder Karten und Wetten, Trinken und –« Sie schwieg in der Erinnerung an das Gesicht ihres Mannes. Das gebrannte Kind – das gebrannte Kind! Vielleicht –!

»Erholt?«, sagte Soames. »Ist er krank?«

»Nein; ausgebrannt; das ist alles.«

Soames nahm seine Weste von einem Stuhl und zog sie an, nahm seinen Rock, besprengte sein Taschentuch mit Eau de Cologne, befestigte seine Uhrkette und sagte: »Wir haben kein Glück.«

Und mitten in ihrer eigenen Bedrängnis tat es ihr leid um ihn, als hätte er mit diesen Worten seinen eigenen tiefen Kummer enthüllt.

»Ich möchte Mutter gern sehen«, sagte sie.

»Sie wird bei Vater in seinem Zimmer sein. Komm leise herunter ins Lesezimmer. Ich werde sie holen.«

Winifred stahl sich in das kleine dunkle Arbeitszimmer, das hauptsächlich durch einen Canaletto, der zu zweifelhaft war, um sonstwo untergebracht zu werden, und eine schöne Sammlung von Gerichtsurteilen, die seit Jahren nicht geöffnet wurde, bemerkenswert war. Hier stand sie mit dem Rücken gegen die dicht geschlossenen kastanienbraunen Vorhänge und starrte in den leeren Kamin, bis ihre Mutter, von Soames begleitet, hereinkam.

»Ach, mein armes Kind!«, sagte Emily. »Wie elend du aussiehst! Er treibt es wirklich zu arg!«

In der Familie hatte man sich stets so gehütet, unvornehme Rührung zu zeigen, dass es ihr unmöglich war, zu ihrer Tochter zu gehen und sie liebevoll in die Arme zu schließen. Aber schon ihre gedämpfte Stimme und der Anblick ihrer noch vollen Schultern unter der kostbaren schwarzen Spitze war ein Trost. In dem Bestreben, ihrem Stolz nichts zu vergeben und ihre Mutter nicht zu betrüben, sagte Winifred mit unbefangener Stimme:

»Schon gut, Mutter, es hilft nichts, so viel Wesen davon zu machen.«

»Ich verstehe nicht«, sagte Emily und sah Soames an, »warum Winifred ihm nicht sagen darf, dass sie ihn verklagen wird, wenn er sein Vergehen nicht wiedergutmacht. Er nahm ihre Perlen, und wenn er sie nicht wieder zurückgebracht hat, so genügt das vollkommen.«

Winifred lächelte. Sie alle würden nun mit Vorschlägen kommen, aber sie wusste bereits, dass sie nichts, – gar nichts tun würde. Das Gefühl, dass sie schließlich doch einen Sieg davongetragen, ihr Eigentum behalten hatte, gewann immer mehr Boden in ihr. Nein! Wenn sie ihn strafte, konnte sie es zu Hause tun, ohne dass die Welt davon erfuhr.

»Komm doch gemütlich ins Speisezimmer«, sagte Emily, »du musst hierbleiben und mit uns essen. Überlasse mir, es Vater zu sagen.« Und als Winifred zur Tür ging, drehte sie das Licht aus. Erst da im Korridor draußen, sahen sie das Unglück.

Von dem Licht in einem Zimmer angezogen, das nie erleuchtet wurde, stand James in seinen dunkelbraunen Kamelhaarschal gehüllt, sodass die Arme bedeckt waren und sein silberweißer Kopf wie durch eine weite

Einöde von seinen Beinen in modischen Beinkleidern abgeschnitten schien. Er stand, in unnachahmlicher Haltung, wie ein Storch anzusehen, mit einem Ausdruck im Gesicht da, als sähe er einen Frosch vor sich, der zu groß zum Verschlingen war.

»Was bedeutet alles dies?«, sagte er. »Ihr sagt mir nie was.«

Emily fand diesmal keine Antwort. Aber Winifred ging zu ihm hin, legte eine Hand auf jeden seiner eingewickelten, hilflosen Arme und sagte:

»Monty hat nicht Bankrott gemacht, Vater. Er ist nur zurückgekommen.«

Alle drei fürchteten, dass ihm etwas Ernstes zustoßen könnte und waren froh, dass Winifred ihn an den Armen hielt, allein sie wussten nicht, welche Charakterstärke dieser schattenhafte alte Forsyte besaß. Es zuckte um seinen glatt rasierten Mund und sein Kinn, die Züge zwischen den langen silbrigen Koteletten hatten etwas Verzerrtes. Plötzlich sagte er mit einer gewissen Würde: »Es wird mein Tod sein, ich wusste, wie es kommen würde.«

»Du darfst dich nicht aufregen, Vater«, sagte Winifred ruhig. »Ich werde dafür sorgen, dass er sich gut aufführt.«

»Ach!«, sagte James. »Hier, nimm das Ding fort, mir ist heiß.« Sie wickelte ihn aus dem Schal, und er ging festen Schrittes ins Esszimmer.

»Ich möchte keine Suppe«, sagte er zu Warmson und setzte sich in seinen Stuhl. Die andern setzten sich ebenfalls, Winifred noch in ihrem Hut, während Warmson das vierte Gedeck auflegte. Als er das Zimmer verließ, sagte James: »Was hat er zurückgebracht?«

»Nichts, Vater!«

James heftete den Blick starr auf sein eigenes Spiegelbild in einem Esslöffel. »Scheidung!«, murmelte er. »Unsinn! Dass ich daran nicht gedacht habe. Ich hätte ihm eine bestimmte Summe aussetzen müssen, ihn von England fernzuhalten. Soames! Du musst hingehen und ihm den Vorschlag machen.«

Der Rat schien so richtig und einfach, dass selbst Winifred überrascht war, aber sie sagte: »Nein, ich will ihn behalten, da er nun einmal zurück ist; er muss sich eben danach benehmen.«

Alle schauten nach ihr hin. Sie wussten, dass es Winifred an Mut nie fehlte.

»Wer weiß«, sagte James ganz nebenher, »unter was für einer Mörderbande er da draußen lebte! Sieh ja nach seinem Revolver! Geh nicht ohne ihn zu Bett! Warmson müsste bei dir im Hause schlafen. Ich werde morgen selbst mit ihm reden.«

Sie waren gerührt über diese Erklärung, und Emily sagte zustimmend: »Das ist recht, James, wir wollen keinen Unfug mehr dulden.«

»Ach«, murmelte James düster, »ich weiß nicht –«

Warmson trug den Fisch auf und unterbrach damit die Unterhaltung.

Als Winifred gleich nach dem Essen zu ihrem Vater ging, um ihm den Gutenachtkuss zu geben, blickten seine Augen sie fragend und so voll Trauer an, dass sie mit tröstender Stimme sagte:

»Es ist alles in Ordnung, Papachen; rege dich nicht auf. Ich brauche niemand – er ist ganz zahm. Es würde mich nur quälen, wenn du dich aufregst. Gute Nacht! Alles Gute!«

James wiederholte die Worte »Alles Gute!«, als wisse er nicht recht, was sie bedeuteten, und seine Augen folgten ihr zur Tür.

Sie langte vor neun zu Haus an und ging sogleich nach oben.

Dartie lag, vollständig angekleidet, in einem blauen Sergeanzug und Pumps auf dem Bett in seinem Ankleidezimmer; die Arme waren hinter dem Kopf verschränkt und eine ausgegangene Zigarette hing ihm aus dem Munde.

Er erinnerte Winifred lächerlich an die Blumen in ihren Fensterkästen nach einem versengenden Sommertag; daran, wie sie da lagen oder besser standen – verdorrt und doch erfrischt nach Sonnenuntergang. Beinah, als wäre schon ein wenig Tau auf ihren ausgebrannten Gatten gefallen.

Er sagte apathisch: »Ich vermute, dass du in Park Lane gewesen bist. Wie geht's dem alten Mann?«

Winifred konnte sich's nicht versagen, ihm die bittere Antwort zu geben: »Er ist noch nicht tot.«

Er zuckte zusammen, wahrhaftig, er zuckte zusammen.

»Ich will nicht, dass er beunruhigt wird, verstehst du, Monty«, sagte sie. »Wenn du dich nicht benimmst, wie du sollst, kannst du zurückgehen, irgendwohin. Hast du gegessen?«

»Nein.«

»Möchtest du etwas haben?«

Er zuckte die Achseln.

»Imogen bot mir etwas an. Ich mochte nichts.«

Imogen! Bei all der Aufregung hatte Winifred sie vergessen.

»So hast du sie also gesehen? Was sagte sie?«

»Sie gab mir einen Kuss.«

Gekränkt sah Winifred sein dunkles spöttisches Gesicht sich erhellen. »Ja«, dachte sie, »sie liebt er, mich ganz und gar nicht.«

Darties Augen schweiften hin und her.

»Weiß sie das von mir?«, fragte er.

Der Gedanke, dass hier die Waffe war, die sie brauchte, durchzuckte Winifred. Er fürchtete ihr Mitwissen!

»Nein. Val weiß es. Die andern nicht; sie wissen nur, dass du fort warst.«

Sie hörte ihn erleichtert aufatmen.

»Aber sie werden es erfahren«, sagte sie fest, »wenn du mir Grund dazu gibst.«

»Gut«, murmelte er, »schlag zu! Mit mir ist es aus!«

Winifred ging an das Bett. »Sieh, Monty! Ich will dir nichts antun. Ich will dich nicht verletzen. Ich werde keine Anspielung machen. Werde mich auch nicht quälen. Welchen Zweck hätte das?« Sie schwieg einen Augenblick. »Aber ich halte das nicht länger aus, und ich will es nicht! Besser du weißt es. Ich habe gelitten durch dich. Aber ich hatte dich einst lieb. Darum –« Der erstaunte Blick seiner braunen Augen mit den schweren Lidern begegnete dem ihrer grüngrauen; sie berührte plötzlich seine Hand, drehte sich um und ging in ihr Zimmer.

Dort saß sie lange vor ihrem Spiegel, fingerte an ihren Ringen und dachte an diesen geduckten dunklen Mann auf dem Bett im andern Zimmer, der fast ein Fremder für sie war; sie wollte sich nicht quälen, aber Eifersucht auf das, was hinter ihm lag, nagte an ihr, und dann und wann überkam sie ein Gefühl des Mitleids mit ihm.

14. Eine seltsame Nacht

Soames wartete verdrießlich auf den Frühling – keine leichte Aufgabe für jemand, der sich sagen muss, dass die Zeit entflieht, die Vögel im Busch seiner Hand nicht näher sind und nirgends ein Ausweg aus dem Spinnennetz in Sicht ist. Mr. Polteed hatte nichts zu berichten, ausgenommen, dass die Beobachtung fortgesetzt wurde – und eine Menge Geld kostete. Val und sein Vetter waren in den Krieg gegangen, von wo günstige Nachrichten kamen, Dartie benahm sich so weit ganz gut, James hatte seine Gesundheit bewahrt, das Geschäft blühte beinah beängstigend

– es gab nichts, das Soames quälte, außer, dass er »aufgehalten« wurde und nach keiner Richtung hin Schritte unternehmen konnte.

Er mied Soho nicht gerade, denn er durfte sie nicht glauben lassen, dass er »abgeschnappt« war, wie James sich ausgedrückt hätte – denn er würde vielleicht sehr bald wieder »zuschnappen« wollen. Doch er musste zurückhaltend und vorsichtig sein, sodass er oft an der Tür des Restaurants Bretagne vorüberging, ohne einzutreten, und in der Umgebung dieser Gegend umherwanderte, die ihm immer das Gefühl unrechtmäßigen Besitzes gab.

So wanderte er in einer Mainacht die Regent Street hinunter und kam in ein Gedränge, wie er es noch nie gesehen: eine johlende, pfeifende, tanzende, stoßende, groteske und fürchterlich lustige Menge, mit falschen Nasen und Mundharmonikas, Groschenpfeifen und langen Federn, eine ganz idiotische Ausstaffierung, dünkte ihn. Mafeking! Natürlich, es war ja Entsatz dahin gekommen! Gut! Aber war das eine Entschuldigung? Wer waren diese Leute, was waren sie, woher waren sie in den Westen gekommen? Sie kitzelten sein Gesicht, pfiffen ihm in die Ohren. Mädchen riefen: »Verliere deine Perücke nicht!« Ein junger Bursche schlug ihm seinen Hut herunter, dass er ihn nur mit Mühe wiedererlangte. Schwärmer explodierten ihm vor der Nase, zwischen seinen Füßen. Er war verblüfft, erschöpft, beleidigt. Dieser Volksstrom kam von überallher, als hätten sich plötzlich Schleusen geöffnet und Wasser fließen lassen, von deren Existenz er wohl gehört, aber an die er nie geglaubt hatte. Dies also war die Bevölkerung, die unübersehbar lebendige Negation von Lebensart und Forsyteismus. Dies also war – Demokratie! Sie stank, gellte, war scheußlich! Im Osten, oder selbst in Soho, ja, vielleicht – aber hier in der Regent Street, in der Piccadilly! Wo war denn die Polizei? Bis zum Jahre 1900 hatte Soames mit seinen Tausenden von Forsytes nie das Ungetüm mit offenen Lidern gesehen; und als er jetzt hineinschaute, wollte er kaum seinen brennenden Augen trauen. Die ganze Sache war unglaublich! Diese Leute taten sich keinen Zwang an, sie schienen ihn für komisch zu halten; diese Schwärme von ihnen, roh, gemein, lachend – und was für ein Lachen! Nichts war ihnen heilig! Er hätte sich nicht gewundert, wenn ihnen eingefallen wäre die Fenster einzuschlagen. In Pall Mall, hinter den großartigen Klubs in die einzutreten die Leute sechzig Pfund bezahlten, schwärmte diese schreiende, pfeifende, tanzende Menge, Derwischen gleich, umher. Von den Klubfenstern schauten Leute seiner Art mit maßvollem Vergnügen auf sie herab. Es kam ihnen nicht zu Bewusstsein! Dies war ja Ernst – es konnte wer weiß was geschehen! Die Menge war fröhlich, eines Tages aber würde sie in anderer Stimmung sein! Er erinnerte sich einer lärmenden Rotte am Ende der achtziger Jahre, als er in Brighton wohnte; sie hatten alles zertrümmert und Reden gehalten. Aber es war mehr tiefes Staunen als Furcht, was er empfand. Sie waren hysterisch – das war nicht englisch! Und alles das wegen der Befreiung einer kleinen Stadt, sechstausend Meilen entfernt von hier. Zurückhaltung, Vorsicht! Diese Eigenschaften, die ihm fast teurer waren als das Leben, diese unentbehrlichen Attribute des Besitzes und der Kultur, wo waren sie? Es war nicht englisch! Nein, es war nicht englisch! So grübelte Soames, als er seinen Weg weiter verfolgte. Es war, als hätte er plötzlich jemand beim Herausschneiden eines wichtigen Dokuments aus seinen Akten ertappt, oder ein lauerndes, schleichendes Ungeheuer erblickt, das seinen Schatten vorauswarf. Ihnen fehlte Solidität, ihnen fehlte Ehrfurcht! Es war, wie die Entdeckung, dass neun Zehntel des englischen Volkes Ausländer waren. Und wenn dem so war – dann konnte allerlei geschehen!

Am Hydepark Corner stieß er auf George Forsyte, sehr sonnverbrannt von den Rennen, mit einer falschen Nase in der Hand.

»Hallo, Soames!«, sagte er. »Hier hast du eine Nase!«

Soames antwortete mit einem bleichen Lächeln.

»Bekam sie von einem dieser Spaßvögel«, fuhr George fort, der offenbar von einem Dinner kam; »geriet in Streit mit ihm, weil er versuchte, mir den Hut herunterzuschlagen. Nächstens werden wir mit diesen Burschen zu kämpfen haben, sie werden verdammt frech – alles Radikale und Sozialisten. Sie wollen unser Hab und Gut. Du kannst das Onkel James sagen, dann wird er wieder besser schlafen.«

»In vino veritas«, dachte Soames, aber er nickte nur und ging weiter über den Hamilton-Platz. Es waren nur ein paar Lärmmacher in Park Lane, sie waren nicht sehr laut. Er blickte zu den Häusern empor und dachte: »Schließlich sind wir doch das Rückgrat des Landes. Sie werden uns nicht so bald über den Haufen werfen, Besitz ist neun Zehntel des Gesetzes.«

Doch als er die Tür von seines Vaters Haus hinter sich schloss, schwand dieser ganze sonderbar fremdartige Spuk beinah ebenso vollständig aus seinem Gedächtnis, als hätte er davon geträumt und erwachte in dem saubern Morgenkomfort seines Sprungfedermatratzenbettes.

In der Mitte des großen leeren Wohnzimmers blieb er stehen.

Eine Frau! Jemand, mit dem man etwas besprechen kann. Man hatte ein Recht darauf! Hol's der Teufel! Man hatte ein Recht darauf!

Dritter Teil

1. Soames in Paris

Soames war wenig gereist. Zu neunzehn Jahren hatte er mit seinem Vater, seiner Mutter und Winifred die »Lieblingstour« – Brüssel, den Rhein und die Schweiz – gemacht und war über Paris nach Hause zurückgekehrt. Zu siebenundzwanzig, gerade als er anfing, sich für Bilder zu interessieren, hatte er fünf heiße Wochen in Italien zugebracht, sich mit der Renaissance beschäftigt – es war nicht so viel daran, wie man ihn zu erwarten gelehrt hatte – und war auf dem Rückweg vierzehn Tage in Paris geblieben, wo er sich mit sich selbst beschäftigte, wie es sich für einen Forsyte gehörte, der von Leuten umgeben ist, die so selbstbewusst und »fremd« waren wie die Franzosen. Da die Kenntnis ihrer Sprache von seiner Schule stammte, konnte er sie nicht verstehen, wenn sie sprachen. Schweigen schien ihm das Beste für alle Teile, man machte sich doch nicht selbst zum Narren. Ihm missfielen die Kleidung der Männer, die geschlossenen Droschken, die Theater, die wie Bienenkörbe aussahen, und die Galerien, die nach Wachs rochen. Er war zu vorsichtig und zu schüchtern, die Seite von Paris zu erforschen, deren Anziehungskraft, wie die Forsytes annahmen, sich ganz im Geheimen zeigte, und die Ausbeute für einen Sammler – es war nichts zu haben! Sie waren eine gierige Bande – hätte Nicholas sich wohl ausgedrückt. Er war unbefriedigt zurückgekehrt und behauptete, dass Paris überschätzt werde.

Als er daher im Jahre 1900 nach Paris ging, war es erst sein dritter Versuch mit dem Mittelpunkt der Zivilisation. Diesmal jedoch ging der Berg zu Mahomet, denn er fühlte sich jetzt zivilisierter als Paris und war es vielleicht auch. Überdies hatte er einen bestimmten Zweck. Jetzt handelte es sich nicht mehr um ein Knien vor dem Schrein des Geschmacks und der Immoralität, sondern um die Wahrnehmung seiner eigenen rechtmäßigen Angelegenheiten. Er reiste in der Tat, weil die Dinge jetzt über allen Spaß gingen. Die Beobachtung wurde fortgesetzt, und nichts – nichts kam dabei heraus! Jolyon war nicht mehr nach Paris zurückgekehrt, und sonst war niemand »verdächtig«! War Soames mit neuen und sehr vertraulichen Fällen beschäftigt, so kam es ihm mehr denn je zum Bewusstsein, wie wesentlich ein guter Ruf für einen Anwalt ist. Aber nachts und in seinen Mußestunden erbitterte ihn der Gedanke, dass die Zeit verflog, dass Geld floss und seine Zukunft so »geknebelt« war wie immer. Seit dem Mafeking-Abend hatte er bemerkt, dass ein »junger Narr von Doktor« sich um Annette zu schaffen machte. Zweimal schon hatte er ihn angetroffen – ein lustiger junger Bursche, nicht mehr als dreißig Jahre alt. Nichts ärgerte Soames so sehr wie Fröhlichkeit – eine unschickliche, extravagante Eigenschaft, die in keiner Beziehung zu Tatsachen stand. Dies Gemisch von Wünschen und Hoffnungen begann ihm zur Qual zu werden, und kürzlich war ihm der Gedanke gekommen, ob Irene vielleicht wusste, dass sie beobachtet wurde.

Alles das hatte ihn schließlich dazu bestimmt, hinzufahren und sich Gewissheit zu verschaffen, nochmals den Versuch zu machen, ihren Widerstand zu brechen, und sie von ihrer Weigerung abzubringen, ihr eigenes und sein Leben noch einmal verhältnismäßig freundlich zu gestalten. Misslang es ihm abermals – nun, so wollte er wenigstens sehen, wie sie lebte!

Er ging in ein Hotel in der Rue Caumartin, das den Forsytes warm empfohlen war und wo wirklich niemand französisch sprach. Er hatte keinen Plan gemacht. Er wollte sie nicht erschrecken, musste aber dafür sorgen, dass sie keine Gelegenheit fand, sich ihm durch Flucht zu entziehen. Und am nächsten Morgen machte er sich bei schönem Wetter auf.

Es lag etwas Fröhliches über Paris, ein strahlender Glanz, der Soames beinah verstimmte. Er ging ernst, die Nase hoch, und blickte neugierig um sich. Jetzt hätte er gern französische Art verstanden. War Annette nicht Französin? Dieser Besuch konnte ihm sehr nützlich sein, wenn er nur verstand, ihn auszunutzen. In dieser hoffnungsvollen Stimmung war er an der Place de la Concorde angelangt, wo er beinah dreimal umgerannt wurde. Fast zu plötzlich stand er vor Irenens Hotel, denn er war noch zu keinem Entschluss für sein Vorgehen gekommen. Er ging hinüber ans Ufer, wo er das Gebäude, weiß und freundlich, mit grünen Jalousien, durch eine Wand von Platanenblättern sehen konnte. Und in der Überzeugung, dass es viel besser wäre, sie zufällig irgendwo im Freien zu treffen, als einen Besuch zu riskieren, setzte er sich auf eine Bank, von der aus er den Eingang beobachten konnte. Es war noch nicht ganz elf Uhr, und daher unwahrscheinlich, dass sie schon ausgegangen war. Ein paar Tauben stolzierten auf den sonnigen Stellen zwischen den Schatten der Platanen und putzten ihr Gefieder. Ein Arbeiter in blauer Bluse kam vorüber und warf ihnen Krumen aus dem Papier zu, das sein Mittagessen enthielt. Eine »bonne« mit Bänderkopfputz beaufsichtigte zwei kleine Mädchen mit Zöpfen und Spitzenhöschen. Eine Droschke schlich vorbei, deren Kutscher einen blauen Rock und einen schwarzen Glanzhut trug. Soames meinte an allen etwas Geziertes zu sehen, etwas Malerisches, das nicht hingehörte. Ein theatralisches Volk, diese Franzosen! Mit einem Gefühl, als geschähe ihm unrecht, weil das Schicksal sein Leben in fremde Wasser trieb, zündete Soames sich eine seiner seltenen Zigaretten an. Er hätte sich nicht gewundert, wenn Irene dies Leben im Ausland wirklich gefiel, sie war eigentlich nie richtig englisch gewesen – selbst ihr Aussehen nicht! Und er begann zu überlegen, welches Fenster hinter den grünen Jalousien wohl das ihre wäre. Mit welchen Worten konnte er den Zweck seines Herkommens erklären und die stolze Hartnäckigkeit ihres Widerstandes brechen? Er warf das Ende seiner Zigarette den Tauben zu und dachte: »Ich kann nicht ewig hier sitzen und die Daumen drehen. Es ist besser, es aufzugeben und sie am Nachmittag aufzusuchen.« Doch er blieb sitzen, hörte es zwölf schlagen und dann halb eins. »Ich will bis eins warten«, dachte er. Doch gerade da sprang er bestürzt auf, setzte sich aber erschrocken wieder. Eine Dame in einem cremefarbenen Kleide war herausgekommen und ging unter einem rehbraunen Sonnenschirm fort. Irene! Er wartete, bis sie so weit weg war, dass sie ihn nicht mehr erkennen konnte, und ging ihr dann nach. Sie schlenderte dahin, als habe sie kein bestimmtes Ziel, ging aber, soviel er sich der Gegend erinnerte, auf das Bois de Boulogne zu. Eine halbe Stunde blieb er in gleicher Entfernung von ihr auf der andern Seite der Straße, bis sie in das Bois eintrat. Ob sie sich doch mit jemand verabredet hatte? Mit irgendeinem verwünschten Franzosen – einem jener Laffen wie dieser »Bel-Ami« etwa, die weiter nichts zu tun hatten, als den Weibern nachzulaufen; er hatte nämlich das Buch mit großer Schwierigkeit und einem wenn auch widerwilligen Genuss gelesen. Er folgte ihr mürrisch durch eine schattige Allee, wobei er sie zuweilen, aus dem Gesicht verlor, wenn der Weg eine Biegung machte. Und er musste daran denken, wie er eines Abends vor langer Zeit im Hydepark in rasender Eifersucht von Stuhl zu Stuhl, von Baum zu Baum geschlichen war, um auf lächerlichste Weise auf sie und Bosinney Jagd zu machen. Der Weg bog scharf ab, und als er ihr nacheilte, fand er sie vor einem kleinen Springbrunnen sitzen, einer kleinen grünbronzenen Niobe, bis an die zarten Hüften in ihr Haar gehüllt, die auf die Tränenlache starrte, die sie geweint. Er kam so plötzlich an ihr vorbei, dass er vorüber war, bevor er sich umdrehen konnte und den Hut abnehmen. Sie war nicht aufgesprungen. Sie hatte sich immer sehr zu beherrschen gewusst – er hatte das immer am meisten an ihr bewundert, obgleich es sein größter Kummer war, weil er nie imstande gewesen war zu sagen, was sie dachte. Hätte sie gemerkt, dass er ihr folgte? Ihre Selbstbeherrschung reizte ihn, aber er verschmähte es, seine Gegenwart zu erklären, wies auf die kleine Niobe und sagte:

»Das ist sehr gut gemacht.«

Er konnte sehen, dass sie kämpfte ihre Fassung zu bewahren.

»Ich wollte dich nicht erschrecken; ist dies einer deiner Lieblingsplätze?«

»Ja.«

»Ein wenig einsam.« Während er sprach, kam eine Dame vorbei, blieb stehen, um den Springbrunnen zu betrachten und ging weiter.

Irenens Augen folgten ihr.

»Nein«, sagte sie und stocherte mit ihrem Schirm in der Erde, »niemals einsam. Man hat immer seinen Schatten.«

Soames verstand. Er schaute sie fest an und rief:

»Du bist schuld daran. Du kannst dich jeden Augenblick davon befreien. Irene, komm zurück zu mir und sei frei.«

Irene lachte.

»Lache nicht!«, rief Soames und stampfte mit dem Fuß auf. »Es ist unmenschlich. Hör mich an! Gibt es *irgend* eine Bedingung, unter der du zu mir zurückkehren würdest? Ich verspreche dir ein eigenes Haus – und nur einen Besuch dann und wann!«

Irene erhob sich. Etwas Wildes war plötzlich in ihrem Gesicht und ihrer Gestalt.

»Keine! Keine! Keine! Du kannst mich bis zum Grabe verfolgen. Ich komme nicht wieder.«

Verletzt und erbittert prallte Soames zurück.

»Mache keine Szene!«, sagte er scharf. Und beide standen reglos da und starrten auf die kleine Niobe, deren grünliches Fleisch in der Sonne brannte.

»Das ist also dein letztes Wort«, murmelte Soames und ballte die Hände, »du verurteilst uns beide.«

Irene senkte den Kopf. »Ich kann nicht zurückkommen. Leb wohl!«

Ein Gefühl ungeheurer Ungerechtigkeit flammte in Soames auf.

»Warte«, sagte er, »und höre mich einen Augenblick an. Du gabst mir ein heiliges Versprechen – du kamst ohne einen Penny zu mir. Du hattest alles, was ich dir geben konnte. Du brachst dein Versprechen ohne Grund, du machtest mich zum Gespött, du verweigertest mir ein Kind, du machtest mich zum Gefangenen, du – du wirkst noch so auf mich, dass ich dich begehre – ich begehre dich. Was hast du dazu zu sagen?«

Irene wandte sich um, ihr Gesicht war totenblass, ihre Augen brannten dunkel.

»Gott machte mich, wie ich bin«, sagte sie; »schlecht, wenn du willst – aber nicht so schlecht, dass ich mich wieder einem Manne geben würde, den ich hasse.«

Die Sonne leuchtete auf ihrem Haar, als sie ging, und schien ihr anliegendes cremefarbenes Kleid zu liebkosen.

Soames vermochte weder zu sprechen noch sich zu bewegen. Das Wort »hassen« – so übertrieben, so primitiv – brachte den Forsyte in ihm in Aufruhr. Mit einer lauten Verwünschung entfernte er sich von dem Platz, wo sie verschwunden war, und rannte beinah der Dame in die Arme, die zurückgekommen war, der Närrin, die sie verfolgte!

Er triefte bald von Schweiß in dem Dickicht des Bois.

»Jetzt brauche ich keine Rücksicht mehr auf sie zu nehmen«, dachte er, »sie hat ja auch nicht das Geringste für mich übrig. Ich werde ihr gleich heute zeigen, dass sie noch meine Frau ist.«

Doch auf dem Wege zurück in sein Hotel war er gezwungen, sich einzugestehen, dass er gar nicht wusste, was er damit meinte. Man kann doch öffentlich keine Szenen machen, und wenn er das nicht konnte, was blieb ihm sonst denn übrig? Er verwünschte beinah sein eigenes Zartgefühl. Sie verdiente vielleicht gar keine Rücksicht; aber er – er verdiente sie doch. Und als er mit dem Baedeker in der Hand, ohne gegessen zu haben, in der Halle seines Hotels saß, wo fortwährend Reisende vorübergingen, überkam ihn tiefe Niedergeschlagenheit. In Fesseln! Sein ganzes Leben, jeder natürliche Trieb, jedes ehrliche Verlangen geknebelt und gekettet, und alles nur, weil das Schicksal ihn vor siebzehn Jahren getrieben, sein Herz an diese Frau zu hängen – so vollständig, dass er noch jetzt nach keiner andern Verlangen trug! Verflucht der Tag, wo er ihr begegnet war, und seine Augen, weil sie anderes in ihr gesehen hatten als die grausame Venus, die sie war! Und doch, als er sie jetzt vor sich sah, das Sonnenlicht auf dem Crêpe de Chine ihres eng anliegenden Kleides, stöhnte er auf, sodass einer der Leute, die vorüberkamen, sich teilnehmend nach ihm umschaute.

Später, vor einem Café nahe der Oper, bei einem Glase kalten Tees mit Zitrone und einem Strohhalm darin, fasste er den hinterlistigen Entschluss, zum Dinner in ihr Hotel zu gehen. Wenn sie da war, wollte er mit ihr sprechen, wenn nicht, einen Zettel für sie dort lassen. Er kleidete sich sorgfältig an und schrieb wie folgt:

»Dein Idyll mit Jolyon Forsyte ist mir bekannt. Wenn du es fortsetzest, lass dir gesagt sein, dass ich nichts unversucht lassen werde, ihm das Leben unerträglich zu machen.

S. F.«

Er versiegelte das Schreiben, adressierte es aber nicht, weil er nicht ihren Mädchennamen darauf schreiben wollte, den sie so schamlos wieder angenommen hatte, oder das Wort Forsyte auf den Umschlag setzen, damit sie es nicht ungelesen zerriss. Dann machte er sich auf und wanderte durch die glühenden Straßen, die ganz den abendlichen Vergnügungssüchtigen überlassen waren. Er trat in ihr Hotel und wählte einen Platz in der fernsten Ecke des Speisesaals, von wo aus er alle Eintretenden und Hinausgehenden sehen konnte. Sie war nicht da. Er aß wenig, rasch und wachsam. Sie kam nicht. Er zauderte in der Halle über seinem Kaffee und trank zwei Liköre. Doch sie kam immer noch nicht. Er ging an das Schlüsselbrett und prüfte die Namen. Nummer zwölf im ersten Stock! Er beschloss den Zettel selbst hinaufzunehmen. Er ging die mit einem roten Teppich belegten Treppen hinauf, an einem kleinen Salon vorüber; acht – zehn – zwölf! Sollte er klopfen, den Zettel hineinstecken, oder –? Er sah sich verstohlen um und drückte die Klinke herunter. Die Tür öffnete sich, aber in einen kleinen Raum, der zu einer andern Tür führte; er klopfte – keine Antwort. Die Tür war verschlossen. Unten nicht der kleinste Spalt, es war nicht möglich einen Zettel darunter zu schieben. Er steckte ihn wieder in die Tasche und blieb einen Augenblick lauschend stehen. Er fühlte sich ziemlich sicher, dass sie nicht da war. Und plötzlich ging er zurück, an dem kleinen Salon vorbei und die Treppen hinunter. Am Büro blieb er stehen und sagte:

»Wollen Sie Mrs. Heron freundlichst diesen Zettel abgeben.«

»Madame Heron ist heute abgereist, Monsieur – plötzlich, gegen drei Uhr. Wegen eines Krankheitsfalls in ihrer Familie.«

Soames presste die Lippen zusammen. »Oh«, sagte er, »wissen Sie ihre Adresse?«

»Non, Monsieur. England, glaube ich.«

Soames steckte den Zettel in die Tasche zurück und ging hinaus. Er rief eine offene Pferdedroschke an, die vorüberkam.

»Fahren Sie mich irgendwohin!«

Der Mann, der ihn offenbar nicht verstand, lächelte und schwang seine Peitsche. Und Soames fuhr in dem kleinen gelbrädrigen Wagen durch ganz Paris. Der Kutscher hielt zuweilen an und fragte: »C'est par ici, Monsieur?« – »Nein, fahren Sie weiter«, bis es der Mann verzweifelnd aufgab und das gelbrädrige Gefährt – ein kleiner Fliegender Holländer in Droschkengestalt – zwischen den hohen, geschlossenen Häusern mit ihren flachen Fronten und Platanenavenuen weiterrollte.

»Wie mein Leben«, dachte Soames, »ohne Ziel, immer weiter und weiter!«

2. Spinnennetz

Soames kehrte am folgenden Tage nach England zurück und erhielt am dritten Morgen einen Besuch von Mr. Polteed, der eine Blume im Knopfloch und einen braunen Schlapphut trug. Soames wies ihm einen Sitz an.

»Die Nachrichten über den Krieg sind nicht schlecht, nicht wahr?«, sagte Mr. Polteed. »Ich hoffe, es geht Ihnen gut, Mr. Forsyte.«

»Danke, sehr gut.«

Mr. Polteed neigte sich vor, lächelte, öffnete seine Hand, sah hinein und sagte langsam:

»Ich glaube, wir haben Ihre Sache endlich in Ordnung.«

»Wie?«, rief Soames.

»19 berichtete ganz plötzlich, was wir einen entscheidenden Beweis zu nennen berechtigt sein dürften«, hier machte Mr. Polteed eine Pause.

»Nun, und?«

»Am 10., nachdem sie früher am Tage Augenzeuge einer Zusammenkunft zwischen 17 und einem Herrn gewesen, kann 19 schwören, diesen im Hotel um zehn Uhr abends aus ihrem Schlafzimmer kommen gesehen zu haben. Dieser Beweis wird, glaube ich, genügen, namentlich, da 17 Paris verlassen hat – ohne Zweifel mit dem betreffenden Herrn. Zwar sind beide uns entwischt, und wir haben sie noch nicht wieder entdeckt, aber wir werden es – wir werden es. Sie hat schwer und unter sehr schwierigen Umständen gearbeitet, und ich bin froh, dass sie es schließlich fertiggebracht hat.« Mr. Polteed nahm eine Zigarette heraus, klopfte mit dem Ende auf den Tisch, sah Soames an und steckte sie wieder zurück. Der Ausdruck in dem Gesicht seines Klienten war nicht sehr ermutigend.

»Wer ist diese neue Person?«, fragte Soames plötzlich.

»Das wissen wir nicht. Sie beschwört die Tatsache, und sie schildert die Erscheinung ganz genau.«

Mr. Polteed nahm einen Brief heraus und fing an zu lesen:

»Mittleren Alters, mittelgroß, blauer Anzug am Nachmittag, Gesellschaftsanzug am Abend, blass, dunkles Haar, kleiner, dunkler Schnurrbart, flache Wangen, gut geformtes Kinn, graue Augen, kleine Füße, schuldiger Blick –«

Soames erhob sich und trat ans Fenster. Er stand dort in rasender Wut. Dieser ausgemachte Idiot – dieser ausgemachte, spinnenhafte Idiot! Sieben Monate zu fünfzehn Pfund die Woche – um als Liebhaber seiner eigenen Frau aufgespürt zu werden! Schuldiger Blick! Er stieß das Fenster auf.

»Es ist heiß«, sagte er und kam an seinen Platz zurück. Er schlug ein Knie über das andere und warf Mr. Polteed einen hochmütigen Blick zu.

»Ich zweifle, dass das genügen wird«, sagte er gedehnt, »ohne Namen und Adresse. Ich denke, Sie lassen die Dame jetzt in Ruhe und beschäftigen sich dafür mit unserm Freund 47.« Ob Polteed ihn zum Besten hielt, konnte er nicht sagen, im Geiste aber sah er ihn mitten unter seinen Freunden aufgelöst in unbändigem Lachen. »Schuldiger Blick!« Unerhört!

Mr. Polteed sagte eindringlich, beinah mit Pathos: »Ich versichere Sie, wir haben es zuweilen auf weniger Beweise fertiggebracht als hier. Es ist Paris, wissen Sie. Eine schöne Frau, die allein lebt. Weshalb es nicht riskieren, Sir? Wir müssen andere Saiten aufziehen.«

Soames verstand plötzlich. Der Berufseifer dieses Menschen war angefeuert: »Größter Triumph meiner Karriere; verhalf einem Manne durch einen Besuch im Schlafzimmer seiner eigenen Frau zur Scheidung! Davon wird man noch reden, wenn ich mich zur Ruhe setze!« Und einen wilden Moment lang dachte er: »Warum nicht?« Schließlich, Hunderte von Männern mittlerer Größe hatten kleine Füße und einen schuldigen Blick!

»Ich bin nicht autorisiert, irgendetwas zu riskieren!«, sagte er kurz.

Mr. Polteed blickte auf.

»Schade«, sagte er, »sehr schade! Die andere Sache schien sehr langsam zu gehen.«

Soames stand auf.

»Das macht nichts. Bitte, beobachten Sie 47 und hüten Sie sich, Dinge zu finden, die gar nicht existieren. Guten Morgen.«

Mr. Polteeds Augen zwinkerten bei diesen Worten.

»Sehr wohl. Ich werde Sie benachrichtigen.«

Und Soames war wieder allein. Dieses Spionieren, ein schmutziges, ein lächerliches Geschäft! Er legte die Arme auf den Tisch und lehnte seine Stirn daran. Volle zehn Minuten blieb er so, bis ein Schreiber ihn mit dem Entwurf zu einem Prospekt für eine neue, sehr günstige Aktienausgabe von Manifold und Toppings störte. An diesem Nachmittag hörte er früh mit der Arbeit auf und machte sich auf den Weg zum Restaurant »Bretagne«. Nur Madame Lamotte war zu Haus. Könnte Monsieur zum Tee bei ihr bleiben?

Soames verneigte sich.

Als sie sich in dem kleinen Zimmer gegenübersaßen, sagte er plötzlich: »Ich bitte um eine Unterredung mit Ihnen, Madame.«

Der rasche Blick ihrer klaren braunen Augen sagte ihm, dass sie diese Worte längst erwartet hatte.

»Ich habe Sie erst etwas zu fragen: Dieser junge Doktor – wie heißt er? Ist irgendetwas zwischen ihm und Annette?«

Ihre ganze Persönlichkeit hatte plötzlich etwas wie Jett – scharf geschliffen, schwarz, hart, glänzend.

»Annette ist jung«, sagte sie, »und das ist monsieur le docteur ebenfalls. Zwischen jungen Leuten kommt es schnell zu etwas, aber Annette ist eine gute Tochter. Ach! Was für ein Juwel von einer Natur!«

Ein ganz leises Lächeln kräuselte Soames' Lippen.

»Nichts Bestimmtes also?«

»Bestimmtes – nein, durchaus nicht! Der junge Mann ist sehr nett – aber was wollen Sie? Er hat kein Geld augenblicklich.«

Sie hob ihre mit Weidenkätzchen gemusterte Tasse; Soames tat das Gleiche. Ihre Blicke trafen sich.

»Ich bin verheiratet«, sagte er, »und lebe seit vielen Jahren getrennt von meiner Frau. Ich bin im Begriff, mich von ihr scheiden zu lassen.«

Madame Lamotte setzte ihre Tasse hin. In der Tat! Was für tragische Dinge es gab! Der völlige Mangel an Gefühl in ihr erweckte eine sonderbare Art von Verachtung in Soames.

»Ich bin ein reicher Mann«, fuhr er fort, obgleich er sich voll bewusst war, dass diese Bemerkung nicht sehr geschmackvoll war. »Es ist unnütz, jetzt mehr zu sagen, aber ich denke, Sie verstehen.«

Die Augen Madames öffneten sich so weit, dass das Weiße darin sichtbar war, und blickten ihn fest an.

»Ah, ça – mais nous avons le temps!« war alles, was sie sagte. »Noch ein Tässchen?« Soames dankte, verabschiedete sich und ging.

Das hatte er nun hinter sich; sie würde nicht zugeben, dass Annette sich mit diesem liebenswürdigen jungen Esel einließ, bis – – Aber wann würde er je sagen können: »Ich bin frei«? Wann? Die Zukunft hatte jeden Schein von Wirklichkeit verloren. Er fühlte sich wie eine Fliege, die, im Gespinst eines Spinnennetzes gefangen, wehmütig die Freiheit der Luft ersehnt.

Er wanderte bis zu den Kensington-Gärten und zum Queen's Gate hinunter nach Chelsea. Vielleicht war sie wieder in ihre Wohnung gegangen. Das jedenfalls konnte er herausbekommen. Denn seit der letzten schimpflichen Abweisung hatte er in seinem verletzten Selbstgefühl wieder Zuflucht in der Überzeugung gesucht, dass sie einen Geliebten haben müsse. Er langte zur Mittagszeit vor dem kleinen Hause an. Es war nicht nötig, sich zu erkundigen! Eine grauhaarige Dame begoss die Blumenkästen an ihren Fenstern. Es war offenbar vermietet. Und er ging langsam wieder fort, den Fluss entlang – es war ein Abend von klarer, ruhiger Schönheit, ganz Harmonie und Behagen, doch in seinem Herzen sah es anders aus.

3. Richmondpark

An dem Nachmittag, als Soames nach Frankreich gereist war, erhielt Jolyon in Robin Hill ein Telegramm:

»Ihr Sohn an Typhus erkrankt, keine unmittelbare Gefahr, werde wieder kabeln.«

Es kam in ein Haus, das sich durch die bevorstehende Abreise Junes, deren Kajüte für den folgenden Tag bestellt war, in Erregung befand. Sie war eben im Begriff, Eric Cobbley und seine Familie der Obhut ihres Vaters anzuvertrauen, als die Botschaft eintraf.

Der Entschluss, Pflegerin beim Roten Kreuz zu werden, zu dem Jollys Eintritt ins Heer sie angeregt hatte, kam treulich zur Ausführung, jedoch nicht ohne Verstimmung und Bedauern, wie alle Forsytes es fühlen, sobald sie sich in ihrer individuellen Freiheit geschmälert sehen. Anfangs begeistert über das »Wundervolle« der Arbeit, hatte sie nach einem Monat zu fühlen begonnen, dass sie sich allein so viel besser dazu vorbereiten konnte, als andere es vermochten. Und wenn Holly nicht darauf bestanden hätte, ihrem Beispiel zu folgen und ebenfalls einen Kursus durchzumachen, hätte sie sich wohl unweigerlich »gedrückt«. Die Abreise Jollys und Vals mit ihrer Truppe im April hatte ihren wankenden Entschluss aber wieder gefestigt. Allein jetzt, kurz vor der Abfahrt, lastete der Gedanke, Eric Cobbley mit seiner Frau und zwei Kindern in den kalten Wassern einer ihn nicht schätzenden Welt treiben zu lassen, so schwer auf ihr, dass sie noch in Gefahr war, es aufzugeben. Das Telegramm mit seinen beunruhigenden Tatsachen gab den Ausschlag. Sie sah sich bereits als Pflegerin Jollys – sie würden sie doch natürlich ihren eigenen Bruder pflegen lassen! Aber Jolyon, der immer weitblickend blieb und voll Zweifel war, hatte diese Hoffnung nicht. Arme June! Konnte irgendein Forsyte ihre Generation begreifen, wie rau und brutal das Leben war? Seitdem er die Ankunft seines Jungen in Capetown erfahren hatte, machte ihn der Gedanke an ihn fast krank. Er konnte sich nicht mit dem Gefühl versöhnen, dass Jolly sich beständig in Gefahr befand. Das Telegramm war, wenn auch ernst, beinahe eine Erlösung. Er war nun wenigstens vor Kugeln sicher. Und doch – dieser Darmtyphus war eine bösartige Krankheit! Die »Times« war voll von Todesfällen davon. Warum konnte nicht *er* dort draußen in diesem fremden Hospital liegen, und sein Junge sicher zu Haus? Die so gar nicht Forsyte'sche Selbstaufopferung seiner drei Kinder hatte Jolyon tatsächlich ganz verblüfft. Er hätte gern mit Jolly getauscht, weil er seinen Jungen liebte; *sie* aber beeinflusste kein so persönliches Motiv. Er konnte sich nur denken, dass es ein Zeichen für den Niedergang des Forsytetypus war.

Spät an diesem Nachmittag kam Holly zu ihm unter die alte Eiche hinaus. Sie war sehr gewachsen in diesen letzten Monaten während ihres Krankenpflegerinnenkursus außer dem Hause. Und als er sie kommen sah, dachte er: »Wenn auch noch ein Kind, ist sie doch vernünftiger als June, und klüger. Gott sei Dank, *sie* geht nicht hinaus.« Sie hatte sich sehr still und schweigsam auf die Schaukel gesetzt. »Sie fühlt es, wie ich«, dachte Jolyon. Und als er ihre Augen auf sich gerichtet sah, sagte er: »Nimm es dir nicht so zu Herzen, Kind. Wenn er nicht krank wäre, käme er vielleicht in viel größere Gefahr.«

Holly stieg aus der Schaukel.

»Ich muss dir etwas sagen, Papa. Ich war schuld, dass Jolly sich als Freiwilliger meldete und hinausging.«

»Wie das?«

»Als du in Paris warst, verliebten ich und Val Dartie uns ineinander. Wir ritten oft im Richmondpark und verlobten uns. Jolly entdeckte es und glaubte dem ein Ende machen zu müssen, deshalb forderte er von Val, sich zu melden. Ich allein war schuld daran, Papa; und nun möchte ich auch hinaus. Weil es so entsetzlich für mich wäre, wenn einem von ihnen etwas zustieße. Überdies bin ich ebenso vorbereitet wie June.«

Jolyon starrte sie mit einer Bestürzung an, die einen Beigeschmack von Ironie hatte. Das also war die Antwort auf das Rätsel, das er sich selbst aufgegeben hatte, und seine Kinder waren doch echte Forsytes. Zwar Holly hätte ihm alles das früher sagen können! Aber er unterdrückte die sarkastischen Worte auf seinen Lippen. Zärtlichkeit für die Jugend war vielleicht sein heiligster Glaubensartikel. Ihm ward, ohne Zweifel, was er verdiente. Verlobt! Darum also hatte er jede Fühlung mit ihr verloren! Und mit Val Dartie – dem Neffen Soames' – aus dem andern Lager! Die ganze Sache war sehr widerlich! Er klappte seine Staffelei zusammen und stellte seine Zeichnung gegen den Baum.

»Hast du es June gesagt?«

»Ja. Sie sagt, sie werde mich irgendwie in ihrer Kabine unterbringen. Es ist eine Einzelkabine, aber eine von uns könnte auf dem Boden schlafen. Wenn du einverstanden bist, will sie jetzt hin, um die Erlaubnis einzuholen.«

»Einverstanden?«, dachte Jolyon. Etwas spät danach zu fragen. Aber wieder hielt er an sich.

»Du bist zu jung, meine Liebe; sie werden dich nicht lassen.«

»June kennt ein paar Leute, denen sie verhalf, nach Kapstadt zu gehen. Wenn sie mich nicht pflegen lassen, könnte ich dort bleiben und weiter lernen. Lass mich gehen, Papa!«

Jolyon lächelte, weil er hätte weinen mögen.

»Ich hindere nie jemand etwas zu tun«, sagte er.

Holly schlang die Arme um seinen Hals.

»O Papa, du bist der beste von allen in der Welt!«

»Das heißt der schlimmste«, dachte Jolyon. Hatte seine Toleranz jemals Zweifel in ihm erweckt, so geschah es jetzt.

»Ich stehe nicht freundschaftlich mit Vals Familie«, sagte er, »und ich kenne Val nicht, aber Jolly mochte ihn nicht.«

Holly blickte ins Weite und sagte:

»Ich liebe ihn.«

»Das entscheidet«, sagte Jolyon trocken, und als er den Ausdruck in ihrem Gesicht bemerkte, küsste er sie und dachte: »Gibt es wohl etwas Rührenderes, als den Glauben junger Menschen?« Wenn er ihr nicht geradezu verbot zu gehen, musste er der Sache die beste Seite abzugewinnen suchen, und so ging er daher mit June in die Stadt. Ob sie es ihrer Hartnäckigkeit oder der Tatsache zu verdanken hatten, dass der Beamte, den sie sprachen, ein alter Schulkamerad von Jolyon war, sie erhielten die Erlaubnis für Holly, die Einzelkabine zu teilen. Er begleitete sie am folgenden Abend zur Surbiton Station, und mit Geld, Lebensmitteln für die Invaliden und Kreditbriefen versehen, ohne die kein Forsyte auf Reisen geht, sah er sie pünktlich abdampfen.

Bei strahlendem Himmel fuhr er zurück nach Robin Hill zu seinem späten Dinner, das von den Dienstboten mit doppelter Sorgfalt angerichtet war, um ihm zu zeigen, dass sie Teilnahme für ihn hatten, und mit doppelter Gewissenhaftigkeit verzehrte er es, um ihnen zu zeigen, dass er die Teilnahme schätzte. Aber er empfand es als eine wahre Erlösung, zu seiner Zigarette auf der Terrasse zu gelangen – deren Fliesen in Form und Farbe kunstvoll von Bosinney ausgewählt waren – wo Nacht ihn rings umfing, eine so schöne Nacht, kaum ein Raunen in den Bäumen, und ein so süßer Duft, dass es ihm wehtat. Das Gras war feucht von Tau und er wanderte auf den Fliesen auf und nieder, bis es ihm plötzlich vorkam, als sei er einer von dreien, die dort hin und her von einem Ende zum andern gingen, sodass sein Vater immer dem Haus zunächst war und sein Sohn immer am Rande der Terrasse. So wandelten sie Arm in Arm, und aus Furcht, sie zu stören, wagte er nicht die Hand zu seiner Zigarette zu erheben, die ausbrannte und Asche auf ihn niederfallen ließ, bis sie ihm schließlich von den Lippen fiel, die heiß geworden waren. Da verließen sie ihn, und ihn fröstelte. Drei Jolyons in einem waren sie dort gewandert!

Er stand still und zählte die Geräusche – das Vorüberfahren eines Wagens auf der Landstraße, ein Eisenbahnzug in der Ferne, der Hund auf einem Nachbargehöft, die raunenden Bäume, der Groom, der auf seiner Groschenflöte blies. Eine Menge Sterne droben – strahlend und still, so weit entfernt! Noch kein Mond! Eben hell genug, ihm die dunklen Fahnen und Schwerter der Schwertlilien am Rande der Terrasse zu zeigen – seine Lieblingsblume mit den Farben der Nacht auf ihren geschwungenen, zerknitterten Blütenblättern. Er wandte sich dem Hause zu. Groß, unbeleuchtet, keine Seele außer ihm darin in diesem Teil. Völlige Einsamkeit! Er konnte hier nicht weiter allein leben! Und doch, weshalb sollte man sich einsam fühlen, solange es Schönheit gab? Die Antwort lautete – wie auf die müßige Frage eines Toren –: Weil er es war. Je größer die Schönheit, desto größer die Einsamkeit, denn Schönheit braucht Harmonie, und Harmonie – Vereinigung. Schönheit war kein Trost, wenn ihr die Seele fehlte. Er konnte die Nacht – diese zum Tollwerden schöne Nacht mit dem Schimmer der Trauben im Sternenschein und dem Atem von Gras und Honig darin nicht genießen, wenn sie, für ihn der Inbegriff der Schönheit, ihr Wesen und ihre Verkörperung, von ihm abgeschnitten war – völlig abgeschnitten, und nur, er fühlte es, aus Gründen der Schicklichkeit.

Vergebens versuchte er zu schlafen, er kämpfte zu hart um die Resignation, die zu erlangen Forsytes so schwerfällt, da sie erzogen sind, ihre eigenen Wege zu gehen, und von ihren Vätern so bequem gestellt sind. Doch als es zu dämmern begann, schlummerte er ein und träumte bald einen sonderbaren Traum.

Er war auf einer Bühne mit unermesslich hohen reichen Vorhängen – hoch wie die Sterne – die sich im Halbkreis von Rampenlicht zu Rampenlicht zogen. Er selbst war sehr klein, eine kleine schwarze Gestalt, die ruhelos auf und nieder wanderte; und das Merkwürdige war, dass er nicht nur er selbst war, sondern auch Soames, sodass er nicht nur erlebte, sondern zugleich beobachtete. Diese Gestalt von ihm selbst und Soames versuchte einen Weg hinaus durch die dunklen, schweren Vorhänge zu finden, die ihn absperrten. Mehrmals war er dann vorbeigegangen, als er erfreut plötzlich einen engen Schlitz darin erblickte – unsagbar fern wie ein großer Spalt in der Farbe der Schwertlilien, wie ein Schimmer des Paradieses. Als er rasch vorwärts schritt, um hindurchzugehen, schlossen die Vorhänge sich vor ihm. Bitter enttäuscht ging er – oder war es Soames? – weiter vor, und da war wieder der Spalt, wo die Vorhänge sich teilten und gar zu bald wieder schlossen. So ging es immer weiter, und er kam nie hindurch, bis er mit dem Wort »Irene« auf den Lippen erwachte. Der Traum beunruhigte ihn sehr, namentlich die Identifizierung seiner selbst mit Soames.

Am nächsten Morgen fand er es unmöglich, zu arbeiten und verbrachte, Ermüdung suchend, Stunden damit, Jollys Pferd zu reiten. Und am zweiten Tag beschloss er, nach London zu fahren und zu sehen, ob er nicht Erlaubnis erhalten konnte, seinen Töchtern nach Südafrika zu folgen. Er hatte am folgenden Morgen gerade angefangen zu packen, als er diesen Brief erhielt:

»Green Hotel, Richmond, 13. Juni.

Mein lieber Jolyon!

Sie werden überrascht sein zu sehen, wie nahe ich Ihnen bin. Paris wurde unmöglich – und ich bin hierher gekommen, um Ihren Rat einholen zu können. Ich würde Sie so sehr gern wiedersehen. Ich glaube, seit Sie Paris verließen, habe ich niemand getroffen, mit dem ich wirklich reden konnte. Steht alles gut bei Ihnen und mit Ihrem Jungen? Niemand weiß, glaube ich, dass ich jetzt hier bin.

Immer Ihre Freundin

Irene.«

Irene drei Meilen von ihm! – Und abermals auf der Flucht! Ein sehr sonderbares Lächeln kam auf seine Lippen. Das war mehr, als er vermuten konnte.

Gegen Mittag machte er sich zu Fuß auf, durch den Richmondpark zu gehen und dachte: »Der Richmondpark! Bei Gott, das ist etwas für uns Forsytes!« Nicht, dass Forsytes dort lebten – es lebte niemand dort außer einer königlichen Familie, den Parkhütern und dem Wild –, aber im Richmondpark durfte die Natur so weit gehen, durfte tapfer wagen, sich natürlich zu zeigen, sie schien zu sagen: Sieh, meine Triebe, sie sind beinah Leidenschaften, beinah unkontrollierbar, aber nicht ganz, natürlich; der Gipfel des Besitzes ist, sein eigener Herr zu sein! Ja! Der Richmondpark war sein eigener Herr, sogar an diesem strahlenden Junitag mit dem pfeilschnellen Kuckucksflug, ihrem Ruf, der von Wipfel zu Wipfel erschallte, und den Waldtauben, die den Hochsommer ankündigten.

Das Green Hotel, in das Jolyon um ein Uhr trat, stand dem berühmteren Gasthaus »Krone und Zepter« fast gegenüber; es war bescheiden und höchst solide, nie fehlte es an kaltem Braten, Stachelbeertorte und einer oder zwei Witwen von Stande, sodass fast immer ein Wagen mit zwei Pferden sich vor der Tür befand.

In einem Zimmer mit Draperien von so steifem Kattun, dass jede Gemütsbewegung ausgeschlossen schien, saß Irene auf einem gestickten Klavierstuhl und spielte »Hänsel und Gretel« aus einer alten Partitur. Über ihr an der Wand, die noch nicht im Morrisstil tapeziert war, hing ein Druck von der Königin auf einem Pony, von Jagdhunden, Schottenmützen und erlegten Hirschen umgeben; neben ihr in einem Blumentopf auf dem Fensterbrett stand eine weißrosa Fuchsie. Der Stil der viktorianischen Zeit in dem Zimmer trat deutlich hervor, und in ihrem anliegenden Kleide mutete Irene Jolyon beinah an wie Venus, die der Muschel des vergangenen Jahrhunderts entsteigt.

»Wenn der Wirt Augen hätte«, sagte er, »würde er Ihnen die Tür weisen; Sie passen nicht zu seiner Einrichtung.« Mit diesen Worten half er sich leicht über die Erregung des Augenblicks hinweg. Nachdem sie kalten Braten, eingemachte Walnüsse und Stachelbeertorte gegessen und einen Krug Ingwerbier getrunken hatten, gingen sie in den Park, und dem leichten Gespräch folgte ein Schweigen, das Jolyon so gefürchtet hatte.

»Sie haben mir noch nichts von Paris erzählt«, sagte er endlich.

»Nein. Ich bin lange Zeit beobachtet worden; man gewöhnt sich daran. Dann aber kam Soames. Bei der kleinen Niobe – dieselbe Geschichte. Ob ich zu ihm zurückkommen wolle.«

»Unglaublich!«

Sie hatte gesprochen, ohne aufzublicken, jetzt aber tat sie es. Diese dunklen Augen, die an den seinen hingen, sagten, wie keine Worte es vermocht hätten: »Ich bin am Ende, wenn du mich willst, hier bin ich!«

Hatte er, was Intensität der Gemütsbewegung anbetraf – so alt er war –, wohl je einen solchen Moment erlebt?

Die Worte: »Irene, ich bete Sie an!« entschlüpften ihm beinahe. Dann aber sah er mit einer Klarheit, wie er sie bei solchen Visionen nicht für möglich gehalten hätte, Jolly mit weißem Gesicht gegen eine weiße Wand daliegen.

»Mein Junge ist sehr krank da draußen«, sagte er.

Irene schob ihren Arm unter den seinen.

»Gehen wir weiter, ich verstehe.«

Jeder Versuch einer elenden Erklärung war überflüssig. Sie hatte verstanden! Und sie wanderten weiter zwischen dem Farnkraut, das schon kniehoch war, zwischen Kaninchenlöchern und Eichen und sprachen von Jolly. Er verließ sie zwei Stunden später am Richmond Hill Gate und kehrte nach Haus zurück.

»Sie weiß also von meinem Gefühl für sie«, dachte er. Natürlich! Man konnte es vor einer solchen Frau nicht verbergen!

4. Über den Fluss

Jolly war todmüde von Träumen. Sie hatten ihn allein gelassen, aber er war zu schwach und bleich, um wieder zu träumen, ihn allein gelassen, um regungslos dazuliegen und sich undeutlich ferner Dinge zu erinnern; er war eben noch imstande, die Augen zu wenden und durch das Fenster dicht neben seinem Lager auf das Stückchen Fluss zu starren, der im Sande vorüberfloss, und auf den wuchernden Milchbusch des Karoos drüben. Jetzt wusste er, was ein Karoo war, wenn er auch noch keine Buren sich wie Kaninchen hatte wälzen sehen oder das Pfeifen fliegender Kugeln gehört hatte. Diese Seuche hatte ihn heimtückisch überfallen, bevor er noch Pulver gerochen. Ein durstiger Tag und ein rascher Trunk, oder vielleicht eine verpestete Frucht – wer konnte es wissen? Er nicht, der nicht einmal Kraft genug besaß, dem Übel seinen Sieg zu neiden – eben nur genug, um zu wissen, dass viele hier lagen wie er, dass er krank war von wahnsinnigen Träumen; eben genug, den Faden von Fluss zu beobachten und sich undeutlich ferner Dinge zu erinnern ...

Die Sonne war beinah untergegangen. Es würde bald kühler sein. Er hätte gern die Zeit gewusst – so gern seine alte Uhr gefühlt, die so butterweich war, sie repetieren hören mögen. Es wäre so gemütlich gewesen, so anheimelnd. Er hatte nicht einmal die Kraft, sich zu erinnern, dass die alte Uhr zuletzt an dem Tage aufgezogen worden war, als er anfing, hier zu liegen. Der Pulsschlag seines Gehirns war so schwach, dass er Gesichter, die kamen und gingen, das der Pflegerin, des Arztes, der Ordonnanzen, nicht zu unterscheiden vermochte, alle waren ein gleichgültiges Gesicht, und die Worte, die über ihn gesprochen wurden, hatten alle denselben Sinn – und meist gar keinen. Was er ehemals zu tun pflegte, war, wenn auch fern und unbestimmt, viel deutlicher – das Vorübergehen am Fluss der alten Treppe in Harrow – die Antwort: »Hier« beim Ruf des Lehrers – das Einpacken seiner Schuhe in die »Westminster Gazette«, ein grünliches Papier, glänzende Schuhe – der Großvater, der irgendwo aus dem Dunkel kam – ein Geruch von Erde

– das Haus mit dem Schwamm darin. Robin Hill! Das Begraben des Hundes Balthasar unter den Blättern! Papa! Heimat ...

Das Bewusstsein kehrte wieder und er bemerkte, dass kein Wasser in dem Fluss war – und dass jemand sprach. Wünschen Sie etwas? Nein. Was konnte man wünschen? Zu schwach dazu – selbst zu schwach, seine Uhr schlagen zu hören ...

Holly! Sie konnte niemals richtig werfen! Oh! Wirf zu! Nicht so niedrig werfen! ... Rückwärts rudern! He! Zweiter – Er war Zweiter! ... Das Bewusstsein kehrte nochmals wieder mit einer Empfindung von der violetten Dämmerung draußen und einem aufgehenden blutroten Halbmond. Seine Augen ruhten entzückt darauf, in den langen Minuten der Gehirnleere stieg er immer höher ...

»Es ist vorbei, Doktor!« Keine Schuhe mehr einpacken. Niemals mehr? »Nimm dich zusammen, Zweiter!« Weine nicht! Geh ruhig – über den Fluss – schlafe! ... Dunkel! Wenn doch – jemand – seine Uhr – schlagen ließe!

5. Soames handelt

Ein versiegelter Brief in der Handschrift des Mr. Polteed blieb ungeöffnet in Soames' Tasche während der zwei Stunden anhaltender Aufmerksamkeit in Sachen der »New Colliery Company«, mit der es beinah seit dem Rücktritt des alten Jolyon als Vorsitzender gehapert hatte und kürzlich so rasch abwärtsgegangen war, dass jetzt nichts als eine Liquidation übrig blieb. Er nahm den Brief beim Lunch in seinem Klub heraus, der ihm der Mahlzeiten wegen heilig war, die er früh in den siebziger Jahren dort mit seinem Vater eingenommen hatte, weil James es gern sah, dass er dorthin kam, um die Art seines künftigen Lebens kennenzulernen.

Hier, in einer entlegenen Ecke vor einer Platte Hammelbraten und Kartoffelbrei, las er:

»Sehr geehrter Herr!
Ihrer Anregung folgend, haben wir die Sache pünktlich am andern Ende mit befriedigendem Erfolg wieder aufgenommen. Beobachtungen von 47 haben uns instand gesetzt, 17 im Green Hotel, Richmond, festzustellen. Die beiden trafen sich, wie beobachtet wurde, in der vergangenen Woche täglich im Richmondpark. Bisher ist nichts durchaus Entscheiden-

des bemerkt worden. Aber im Verein mit dem, was wir am Anfang des Jahres in Paris erfuhren, bin ich überzeugt, dass wir das Gericht jetzt befriedigen könnten. Wir werden natürlich mit der Beobachtung der Sache fortfahren, bis wir von Ihnen hören.

Hochachtungsvoll

Claud Polteed.«

Soames las den Brief zweimal durch und winkte dem Kellner.

»Nehmen Sie dies fort, es ist kalt.«

»Soll ich etwas anderes bringen, Sir?«

»Nein. Bringen Sie mir den Kaffee in das andere Zimmer.«

Und nachdem er bezahlt hatte, was er nicht gegessen, ging er ohne Zeichen des Erkennens an zwei Bekannten vorüber hinaus.

»Das Gericht befriedigen!«, dachte er, als er mit dem Kaffee vor sich an dem kleinen runden Marmortisch saß. Dieser Jolyon! Er goss sich den Kaffee ein, süßte ihn und trank ihn aus. Er würde ihn in den Augen seiner Kinder erniedrigen! Mit diesem festen Entschluss stand er auf und empfand zum ersten Male, wie nachteilig es war, sein eigener Anwalt zu sein. Er konnte diese skandalöse Sache nicht in seinem eigenen Büro führen. Er musste seine innerste Privatehre einem Fremden anvertrauen, einem andern amtlichen Vertreter in schimpflichen Familienhändeln. Zu wem konnte er gehen? Linkman und Laver in der Budge Row vielleicht – sie waren zuverlässig, nicht zu angesehen, nur eine Grüßbekanntschaft. Doch bevor er zu ihnen ging, musste er Polteed noch einmal sprechen. Bei diesem Gedanken überkam Soames jedoch ein Moment der Schwäche. Sein Geheimnis preisgeben? Wie die Worte finden? Sich der Verachtung und heimlichem Gelächter aussetzen? Aber schließlich, der Mensch wusste ja schon – o ja, er wusste es! Und in dem Gefühl, dass er jetzt ein Ende machen müsse, nahm er eine Droschke nach dem Westen.

Bei diesem heißen Wetter stand das Fenster von Mr. Polteeds Zimmer wirklich offen, und nur ein feinmaschiges Drahtnetz sollte das Eindringen der Fliegen verhüten. Zwei oder drei hatten versucht hereinzukommen und waren gefangen, sodass sie in der Erwartung, sogleich verschlungen zu werden, daran zu kleben schienen. Polteed, der der Richtung des Blicks seines Klienten folgte, stand, sich entschuldigend, auf und schloss das Fenster.

»Affektierter Esel!«, dachte Soames. Wie alle, die im Wesentlichen an sich selbst glauben, fand er sich in die Sache und sagte mit seinem leisen schiefen Lächeln: »Ich erhielt Ihren Brief, jetzt werde ich handeln. Vermutlich wissen Sie, wer die Dame, die Sie beobachten lassen, tatsächlich ist?«

Mr. Polteeds Ausdruck in diesem Augenblick war ein Meisterstück. Er sagte deutlich: »Aber was denken Sie? Nur berufliches Wissen, ich versichere Sie – verzeihen Sie, bitte!« Er machte eine leise Bewegung mit der Hand, als wolle er sagen: »So etwas – so etwas kommt bei uns schon vor!«

»Gut denn«, sagte Soames, seine Lippen netzend, »dann ist nichts weiter zu sagen nötig. Ich gebe Linkman und Laver, Budge Row, Anweisung, die Sache zu übernehmen. Ihre Zeugenaussage brauche ich nicht, aber senden Sie ihnen um fünf Uhr freundlichst Ihren Bericht und fahren Sie fort, die äußerste Verschwiegenheit zu bewahren.«

Mr. Polteed schloss die Augen halb, wie um anzudeuten, dass er seinem Wunsche sofort nachkommen werde.

»Sind Sie überzeugt«, fragte Soames mit plötzlicher Energie, »dass es genügt?«

Mr. Polteed zuckte fast unmerklich die Achseln.

»Sie können es riskieren«, murmelte er, »mit dem, was wir haben, und im Hinblick auf die menschliche Natur können Sie es riskieren.«

Soames erhob sich. »Sie müssen nach Mr. Linkman fragen. Danke, behalten Sie Ihren Platz.« Er konnte es nicht ertragen, Mr. Polteed wie sonst zwischen sich und die Tür gleiten zu sehen. Im Sonnenschein in der Piccadilly trocknete er sich die Stirn. Das war das Schlimmste von allem gewesen – er konnte Fremde besser vertragen. Und er ging in die City zurück, zu tun, was ihm noch bevorstand.

An diesem Abend in Park Lane, als er seinen Vater beim Essen beobachtete, übermannte ihn sein altes Sehnen nach einem Sohn – einem Sohn, der *ihn* beim Essen beobachten sollte, wenn es bergab mit ihm ging, den er auf *seine* Knie setzen konnte, wie James es einst mit ihm zu tun gepflegt; einen Sohn, den er selbst gezeugt, der ihn verstehen konnte, weil er vom selben Fleisch und Blut war – ihn verstehen und ihn trösten, und der reicher und kultivierter sein würde als er, weil er in besserer Lage anfangen konnte. Alt werden, wie diese hagere, graue, gebrechlich dünne Gestalt, die dort saß – und ganz allein sein mit Besitztümern, die sich um einen häuften; an nichts Interesse haben, weil es keine Zukunft hatte und von ihm an Hände, Münder und Augen kommen würde, an denen ihm nicht das Geringste lag! Nein! Jetzt wollte er es erzwingen und frei sein, um zu heiraten und einen Sohn zu haben, für den er sorgen konnte, bevor er ein so alter, alter Mann war wie sein Vater, dessen sehnsüchtiger Blick bald auf seinem Kalbsbries, bald auf seinem Sohne ruhte.

In dieser Stimmung ging er zu Bett. Doch während er warm zwischen den feinen Leinentüchern lag, die Emily vorsorglich angeschafft hatte, war er von Erinnerungen und Qualen heimgesucht. Er war besessen von Irenens Bild, meinte ihren Körper fast zu fühlen. Weshalb war er jemals so töricht gewesen, sie wiederzusehen und sich von dieser Flut mitreißen zu lassen, sodass es schmerzte, an sie zu denken – mit diesem Mann, diesem Manne, der sie ihm stahl!

6. Ein Sommertag

In den Tagen, die dem ersten Spaziergang mit Irene im Richmondpark folgten, kam Jolyon sein Junge selten aus dem Sinn. Es waren keine weiteren Nachrichten eingetroffen; Nachfragen beim Kriegsministerium hatten keinen Erfolg, noch konnte er erwarten, vor mindestens drei Wochen von June und Holly etwas zu hören. In diesen Tagen fühlte er, wie unvollkommen seine Vorstellung von Jolly und welch ein Dilettant von Vater er gewesen war. Nicht eine Erinnerung, in der Zorn eine Rolle spielte; nicht eine an Wiederversöhnung, weil nie ein Bruch stattgefunden hatte; noch auch eine vertrauliche Aussprache von Herz zu Herz, nicht einmal, als Jollys Mutter starb. Nichts als halb ironische Zuneigung. Er hatte sich aus Furcht, seine Freiheit zu verlieren oder der seines Jungen ins Gehege zu kommen, zu sehr gescheut, sich in irgendeiner Richtung preiszugeben.

Nur in Irenens Gegenwart fand er Erleichterung, aber ihn verwirrte die stetig wachsende Wahrnehmung, wie geteilt sein Empfinden zwischen ihr und seinem Sohne war. Mit Jolly war für ihn all sein Sinn für Fortsetzung und sozialen Glauben verknüpft, den er in seiner Jugend und dann während der Schuljahre und des Universitätslebens seines Jungen so tief eingesogen – all sein Streben nicht zu berühren, was Vater und Sohn voneinander erwarteten. Mit Irene war all seine Freude an Schönheit und Natur verknüpft. Und er schien immer weniger und weniger zu wissen, was stärker in ihm war. Aus dieser sentimentalen Erstarrung wurde er jedoch eines Nachmittags, gerade als er im Begriff war, sich nach Richmond aufzumachen, rau durch einen jungen Mann erweckt, der mit einem Zweirad und einem merkwürdig bekannten Gesicht leise lächelnd auf ihn zukam.

»Mr. Jolyon Forsyte? Bitte!« Er übergab Jolyon einen Brief, schob das Rad auf den Weg und fuhr davon. Bestürzt öffnete Jolyon das Schreiben.

»Vorladung in Scheidungssachen Forsyte contra Forsyte und Forsyte!«

Einem Gefühl von Scham und Abscheu folgte augenblicklich die Reaktion: »Was willst du denn?! Das ist ja, was du brauchst, und du magst es nicht!« Aber sie hatte es sicher ebenfalls erhalten, und er musste sofort zu ihr gehen. Er überlegte, während er unterwegs war. Es war eine ironische Geschichte! Denn was die Heilige Schrift auch von dem Herzen sagen mochte, es gehörte mehr als nur Sehnsucht dazu, das Gesetz zu befriedigen. Sie konnten diese Klage sehr gut abweisen oder es wenigstens in gutem Glauben versuchen. Aber der Gedanke daran empörte Jolyon. War er auch nicht wirklich ihr Liebhaber, so wünschte er doch, es zu sein, und er wusste, dass sie bereit war, zu ihm zu kommen. Ihr Antlitz hatte es ihm gesagt. Allein er hatte keine übertriebene Vorstellung von ihrem Gefühl für ihn. Sie hatte ihre große Leidenschaft gehabt, und er konnte in seinem Alter keine zweite von ihr erwarten. Aber sie hatte Vertrauen zu ihm, empfand Zuneigung für ihn, und sie musste fühlen, dass er eine Zuflucht für sie war. Da sie wusste, dass er sie anbetete, würde sie ihn sicherlich nicht bitten, die Klage abzuweisen. Dem Himmel sei Dank, hatte sie nicht die verrückte britische Gewissenhaftigkeit, die um des Verzichts willen auf Glück verzichtet! Sie würde sich freuen, auf diese Weise frei zu werden – nach siebzehn Jahren lebendigen Todes! Und dass es vor die Öffentlichkeit kam, war nicht zu vermeiden. Die Abweisung der Klage würde die Schande nicht von ihnen nehmen. Jolyon hatte völlig das Gefühl eines Forsyte, dessen Privatleben bedroht ist: Sollte das Gesetz gegen ihn sein, dann wenigstens mit gutem Grund. Die Vorstellung, vor den Schranken der Wahrheit gemäß zu beschwören, dass es zu keiner Gebärde, nicht einmal einem Wort der Liebe zwischen ihnen gekommen war, schien ihm überdies erniedrigender als stillschweigend die Schande, ein Ehebrecher zu sein, auf sich zu nehmen – viel erniedrigender im Hinblick auf das Gefühl in seinem Herzen und ebenso peinlich und schlimm für seine Kinder. Der Gedanke, für seine Zusammenkünfte in Paris und die Spaziergänge im Richmondpark vor einem Richter und zwölf Durchschnittsengländern irgendeinen Vorwand zu finden, wenn er konnte, war ihm entsetzlich. Die Brutalität und heuchlerische Strenge dieser Sittenrichter, die Wahrscheinlichkeit, dass man ihnen nicht glauben würde – die Idee allein, sie, die er als Verkörperung der Natur und der Schönheit betrachtete, dort vor all den argwöhnischen Augen stehen zu sehen, war ihm fürchterlich. Nein, nein! Die Abweisung der Klage bedeutete nur eine Sensation für London und reißenden Absatz der Zeitungen. Tausendmal besser anzunehmen, was Soames und die Götter schickten!

»Außerdem«, dachte er ehrlich, »wer weiß, ob ich, selbst um meines Jungen willen, diesen Zustand noch länger hätte ertragen können? Jedenfalls kommt ihr Hals endlich aus der Schlinge!« So vertieft, hatte er die große Hitze kaum bemerkt. Der Himmel hatte sich bezogen, war purpurn mit kleinen Streifen von Weiß darin. Ein schwerer Regentropfen drückte ein kleines Sternmuster in den Staub des Weges, als er in den Park eintrat. »Hu!«, dachte er. »Gewitter! Hoffentlich kommt sie mir nicht entgegen; es fängt schon an zu regnen!« Aber da sah er Irene schon auf das Tor zukommen. »Wir müssen rasch zurück nach Robin Hill«, dachte er.

Der Sturm war um vier Uhr über »The Poultry« gekommen und hatte den Schreibern in allen Büros eine willkommene Zerstreuung gebracht. Soames trank gerade eine Tasse Tee, als ihm ein Billett übergeben wurde:

»Sehr geehrter Herr!
Forsyte c. Forsyte und Forsyte
Ihren Instruktionen gemäß erlauben wir uns Ihnen mitzuteilen, dass wir den Beklagten in Robin Hill respektive Richmond heute persönlich die Vorladung zugestellt haben.
Hochachtungsvoll
Linkman & Laver.«

Einige Minuten starrte Soames auf das Billett. Gleich nachdem er jene Instruktionen gegeben hatte, war er in Versuchung gewesen, sie zu widerrufen. Es war so schmachvoll, solch eine Schande! Die Beweise und was er gehört hatte, waren ihm nie wirklich entscheidend erschienen; immer weniger glaubte er, dass die beiden bis zu diesem Punkt vorgegangen waren. Dies aber würde sie natürlich dazu treiben, und er litt bei dem Gedanken. Diesem Manne sollte ihre Liebe gehören, wo es ihm nicht gelungen war, sie zu gewinnen! War es zu spät? Gab es jetzt, wo sie durch diese Klage aufgeschreckt waren, kein Mittel, sie auseinander zu bringen? »Aber wenn ich nicht sofort handle«, dachte er, »wird es zu spät, wo sie dies Ding da nun bekommen haben. Ich will ihn aufsuchen. Ich gehe zu ihm!«

Und krank vor nervöser Erregtheit schickte er nach einer der neumodischen Motordroschken. Es konnte lange dauern, den Mann zu Fall zu bringen, und Gott weiß zu welcher Entscheidung sie nach solch einem Schlag kommen konnten! »Wäre ich so ein theatralischer Esel«, dachte er, »so müsste ich eigentlich eine Peitsche oder eine Pistole oder dergleichen mitnehmen!« Er nahm stattdessen aber in der Absicht, sie unterwegs zu lesen, ein Bündel Akten in Sachen »Magentie contra Wake« mit. Allein er öffnete es nicht einmal, sondern saß ganz still, ließ sich schütteln und rütteln und merkte nichts von dem Luftzug hinten am Halse, noch dem Maschinölgeruch. Er musste sich nach Jolyons Haltung richten; die Hauptsache war den Kopf oben zu behalten!

London hatte bereits begonnen, seine Arbeiter auszuspeien, als er sich der Putney Bridge näherte; der Ameisenhaufe war in Bewegung nach außerhalb. Was für eine Menge Ameisen, die alle einen Lebensunterhalt brauchen und ängstlich bemüht sind, in dem großen Getriebe etwas zu erhaschen! Vielleicht zum ersten Mal in seinem Leben dachte Soames: »*Ich* könnte alles gehen lassen, wenn ich wollte! Nichts könnte mir etwas anhaben; ich könnte ihnen ein Schnippchen schlagen, leben wie ich wollte – mich amüsieren!« Nein! Man konnte nicht leben wie er es getan, und dann alles fallen lassen – sich dem Wohlleben hingeben, sein Geld vergeuden und den Ruf, den er sich erworben. Das Leben eines Mannes gipfelte in dem, was er besaß und zu besitzen strebte. Nur Toren dachten anders – Toren, Sozialisten und Wüstlinge!

Die Droschke fuhr jetzt an Villen vorüber, es ging sehr schnell. »Fünfzehn Meilen die Stunde, glaube ich!«, überlegte er. »Das wird die Leute anspornen außerhalb der Stadt zu leben!«, und er dachte daran, wie es auf die Grundstücke in London wirken würde, die sein Vater besaß – er selbst hatte sich nie zu dieser Art der Anlage verstehen können, als Sammler hatte er alle flüssigen Mittel für seine Bilder gebraucht. Und die Droschke eilte weiter, den Hügel hinter Wimbledon Common hinunter. Diese Zusammenkunft! Sicher würde ein Mann von über zweiundfünfzig mit erwachsenen Kindern, ein Maler in gesicherter Stellung, nicht unverständig sein. »Er wird nicht Schande über seine Familie bringen wollen«, dachte er, »er liebte seinen Vater wie ich den meinen, und sie waren Brüder. Diese Frau zerstört alles – was ist es nur in ihr? Ich bin nie dahintergekommen.« Die Droschke bog ab, fuhr am Rande eines Waldes entlang, und er hörte einen späten Kuckuck rufen, beinah den ersten, den er in diesem Jahr gehört. Er war jetzt dem Platz fast gegenüber, den er ursprünglich für sein Haus gewählt hatte und der so ohne Weiteres von Bosinney zugunsten seiner eigenen Wahl verworfen wurde. Er wischte sich mit dem Taschentuch über Gesicht und Hände und atmete tief, um eine feste Haltung zu gewinnen. »Kopf oben behalten«, dachte er, »Kopf oben behalten!«

Die Droschke bog in den Fahrweg ein, der sein eigener hätte sein können, und er vernahm Töne von Musik. Er hatte Jolyons Töchter ganz vergessen.

»Ich komme vielleicht gleich wieder heraus«, sagte er zu dem Kutscher, »oder ich werde vielleicht auch einige Zeit aufgehalten.« Und er klingelte.

Als er dem Mädchen durch die Vorhänge in die innere Halle folgte, empfand er eine Erleichterung bei dem Gedanken, dass der Anprall dieser Begegnung durch June oder Holly gemildert werden würde, von denen eine wohl da drinnen spielte, und sah daher mit größtem Erstaunen Irene am Klavier und Jolyon zuhörend in einem Armstuhl sitzen. Beide erhoben sich. Das Blut stieg Soames zu Kopf, und sein Vorsatz, sich nach diesem oder jenem zu richten, war völlig vergessen. Der Blick seiner Farmervorfahren – der mürrischen Forsytes unten an der See – starrte aus seinem Gesicht.

»Sehr hübsch!«, sagte er.

Er hörte Jolyon murmeln:

»Dies ist wohl kaum der Ort – wir wollen ins Arbeitszimmer gehen, wenn es dir recht ist.« Und beide gingen mit ihm durch die Öffnung des Vorhangs. In dem kleinen Zimmer, in das er ihnen folgte, stand Irene an dem offenen Fenster und Jolyon dicht neben ihr an einem großen Stuhl. Soames schlug die Tür laut hinter sich zu; das Geräusch trug ihn durch all die Jahre zurück zu dem Tage, wo er Jolyon die Haustür vor der Nase zugeschlagen hatte – sie ihm vor der Nase zugeschlagen, weil er sich in seine Angelegenheiten gemischt hatte.

»Nun«, sagte er, »was habt ihr hierzu zu sagen?«

Der Mann hatte die Frechheit zu lächeln.

»Was wir heute erhalten haben, nimmt dir das Recht zu fragen. Ich hätte gedacht, du wärst froh, deinen Hals aus der Schlinge zu ziehen.«

»Oh«, sagte Soames; »glaubst du! Ich kam, dir zu sagen, dass ich mich unter Preisgebung aller Einzelheiten der Schande von ihr scheiden lassen werde, wenn ihr nicht schwört, einander von jetzt an zu meiden.«

Er war erstaunt über seinen Redefluss, weil er im Herzen stammelte und seine Hände zuckten. Keiner von ihnen antwortete; aber in ihren Gesichtern glaubte er Verachtung zu lesen. »Nun, Irene – und du?«, sagte er.

Ihre Lippen bewegten sich, aber Jolyon legte seine Hand auf ihren Arm.

»Lass sie«, sagte Soames wütend. »Irene, willst du es schwören?«

»Nein.«

»So! Und du!«

»Noch weniger!«

»Dann bist du also schuldig, nicht wahr?«

»Ja, schuldig!« Es war Irene, die das mit ihrer klaren Stimme sagte, mit jener unnahbaren Miene, die ihn so oft bis zur Raserei gebracht hatte, und ganz außer sich, rief er:

»Du bist ein Teufel!«

»Hinaus! Verlasse dieses Haus, oder ich schlag dich nieder!«

Dieser Bursche wagte so zu sprechen! Wusste er denn, wie nahe er daran war, sich den Hals zu brechen?

»Ein Testamentsvollstrecker, der anvertrautes Gut angreift!«, sagte er. »Ein Dieb, der die Frau seines Vetters stiehlt.«

»Nenne mich wie du willst. Du hast dein Teil gewählt, und wir das unsrige. Hinaus!«

Hätte Soames eine Waffe mitgebracht, so würde er sie in diesem Augenblick wohl gebraucht haben.

»Das sollst du mir bezahlen!«, sagte er.

»Wird mich sehr freuen.«

Bei dieser grausamen Verdrehung dessen, was er mit seinen Worten gemeint, obendrein noch von dem Sohn des Mannes, der ihm den Spottnamen »Der reiche Mann« gegeben, blickte Soames wild umher. Es war lächerlich!

Hier standen sie, durch eine geheime Gewalt zurückgehalten, Gewalt zu brauchen. Kein Schlag möglich, kein Wort, das traf. Aber er konnte nicht, wusste nicht, wie er umkehren und fortgehen sollte. Seine Augen hefteten sich an Irenens Gesicht – es war wohl das letzte Mal, dass er dies verhängnisvolle Antlitz sah – kein Zweifel, das letzte Mal!

»Du wirst«, sagte er plötzlich, »ich hoffe, du wirst ihn behandeln wie du mich behandelt hast –«

Er sah sie zurückfahren, und mit einem Gefühl, das nicht ganz Triumph und nicht ganz Erleichterung war, riss er die Tür auf, ging durch die Halle und stieg in seine Droschke. Er lehnte sich mit geschlossenen Augen in die Polster. Nie im Leben war er mörderischer Gewalt so nahe gewesen, hatte nie so seine Zurückhaltung vergessen, die seine zweite Natur war. Er hatte eine Empfindung von Nacktheit, des Entblößtseins, als hätte alle Kraft ihn verlassen – als wäre das Leben sinnlos, als weigere das Hirn sich zu arbeiten. Die Sonne strömte zu ihm herein, aber er fror. Die Szene, die er durchgemacht, war ihm schon entglitten, was vor ihm lag, wollte nicht Gestalt annehmen, er vermochte nichts zu fassen; und er erschrak, als hinge er über dem Rande eines Abgrunds, als müsse er bei einer weiteren Bewegung den Verstand verlieren. »Das ist nichts für mich«, dachte er; »ich darf das nicht – es ist nichts für mich.« Die Droschke eilte weiter, und in mechanischer Folge kamen sie an Bäumen, Häusern, Leuten vorbei, doch alles war ohne Sinn. »Ich fühle mich sehr sonderbar«, dachte er, »ich werde ein türkisches Bad nehmen. Ich – war nahe daran zu unterliegen, so geht es nicht weiter.« Die Droschke rasselte ihren Weg zurück über die Brücke, Fulham Road hinauf und den Hydepark entlang.

»Ins Türkische Bad«, sagte Soames.

Merkwürdig, dass an einem so warmen Sommertag Hitze so angenehm sein sollte! Als er in den heißen Raum trat, begegnete er George Forsyte, der rot und strahlend gerade herauskam.

»Hallo!«, sagte George. »Wozu trainierst du dich? Du hast nicht viel zuzusetzen.«

Narr! Soames ging mit seinem schiefen Lächeln an ihm vorüber. Als er dalag und seine Haut bei den ersten Anzeichen der Transpiration eifrig rieb, dachte er: »Mögen sie lachen! Ich kümmere mich nicht darum! Ich vertrage keine Heftigkeit! Es bekommt mir nicht!«

7. Eine Sommernacht

Soames hinterließ tödliche Stille in dem kleinen Arbeitszimmer.

»Haben Sie Dank für die schöne Lüge«, sagte Jolyon plötzlich. »Kommen Sie heraus – die Luft hier ist nicht mehr wie sie war!«

Vor einer langen, hohen gen Süden gelegenen Mauer, wo Pfirsichbäume gezogen wurden, gingen die beiden schweigend auf und nieder. Der alte Jolyon hatte zwischen der grasigen Terrasse und den feuchten Wiesen voller Ranunkeln und großen vollen Maßliebchen in Abständen voneinander einige Zypressen gepflanzt; zwölf Jahre lang hatten sie gegrünt, bis ihre dunkle spiralenförmige Gestalt völlig an Italien erinnerte. Vögel flatterten leise durch das nasse Gebüsch, die Schwalben, mit einem stahlblauen Schimmer auf den schnellen kleinen Körpern, schossen vorüber, das Gras war frühlingshaft unter den Füßen und erfrischte mit seinem Grün; und Schmetterlinge jagten einander. Nach dieser peinlichen Szene war die Ruhe der Natur von wunderbarer Wirkung. Unterhalb der durchsonnten Mauer lief der schmale Streifen eines Gartenbeetes mit Reseden und Stiefmütterchen, und von den Bienen kam ein leises Gesumm, in dem alle andern Töne mitklangen – das Muhen einer Kuh, der man das Kälbchen fortgenommen, und der Ruf eines Kuckucks von einer Ulme unten an der Wiese. Wer hätte gedacht, dass hinter ihnen, zehn Meilen weiter, London begann – das London der Forsytes mit seinem Reichtum, seinem Elend, seinem Schmutz und seinem Lärm; mit seinen verstreuten Steininseln der Schönheit, seiner grauen See von garstigen Ziegeln und Stuck? Das London, das Irenens frühe Tragödie gesehen und Jolyons harte Zeiten; dieses Spinnennetz, diese fürstliche Werkstatt habsüchtigen Strebens!

Und während sie dort gingen, grübelte Jolyon über die Worte: »Ich hoffe, du wirst ihn behandeln, wie du mich behandelt hast.« Das würde von ihm abhängen. Konnte er sich trauen? Erlaubte die Natur einem Forsyte sich nicht sklavisch Untertan zu machen, was er anbetete? Konnte Schönheit ihm anvertraut werden? Oder würde sie nicht nur als Besuch kommen, wenn sie gerade wollte, die Seine für flüchtige Augenblicke, und zurückkehren, wenn es ihr gefiele? »Wir sind eine Räuberbande!«, dachte Jolyon. »Engherzig und gierig, die Blüte des Lebens ist nicht sicher vor uns. Mag sie zu mir kommen, wann sie will, wie sie will, oder gar nicht, wenn sie nicht will. Ich möchte nur ihr Beistand sein, ihr Obdach, nie – niemals ihr Käfig!«

Sie war die Schönheit in seinem Traum. Würde er jetzt durch den Vorhang kommen und sie erreichen? War die reiche Masse von Hab und Gut, der einengende Bau eigennütziger Bestrebungen verkörpert in dieser kleinen schwarzen Gestalt von ihm und Soames – würde der Vorhang zerreißen, sodass er hindurch konnte zu seiner Vision und dort etwas finden, das nicht nur für die Sinne war? »Wenn ich«, dachte er, »wenn ich nur wüsste, wie ich es anfangen soll, nicht zuzugreifen und zu zerstören!«

Bei Tisch aber waren Pläne zu machen. Heute Abend sollte sie ins Hotel zurück, morgen jedoch wollte er sie nach London mitnehmen. Er musste seinen Anwalt – Jack Herring – instruieren. Sie wollten keinen Finger rühren, den Prozess zu verhindern. Exemplarischer Schadenersatz, gerichtliche Maßnahmen, Kosten, was sie wollten, wenn es nur schnell vorüberginge, sodass sie den Hals endlich aus der Schlinge bekäme! Morgen wollte er Herring aufsuchen – sie würden zusammen hingehen. Und dann – ins Ausland, ohne einen Zweifel zu hinterlassen, oder den Zeugen Schwierigkeiten zu machen, die Lüge, die sie gesagt, sollte zur Wahrheit werden. Er sah sich nach ihr um, und seine anbetenden Augen meinten dort mehr als eine Frau sitzen zu sehen. Den Geist der Schönheit, tief und geheimnisvoll, den die alten Meister, Tizian, Giorgione, Botticelli, einzufangen gewusst und auf die Gesichter ihrer Frauen zu übertragen verstanden hatten – diese unirdische Schönheit sah er von ihrer Stirn, ihrem Haar, ihren Lippen und ihren Augen widerstrahlen.

»Und das soll mir gehören!«, dachte er. »Es macht mir Angst!«

Nach Tisch gingen sie hinauf auf die Terrasse, um dort ihren Kaffee zu nehmen. Sie saßen lange da, der Abend war so wundervoll, und beobachteten das langsame Anbrechen der Sommernacht. Es war noch warm und die Luft duftete nach Lindenblüten – sehr früh in diesem Sommer. Zwei Fledermäuse huschten mit dem leisen geheimnisvollen Geräusch vorüber, das sie machen. Er hatte die Stühle vor das Fenster des Lesezimmers gestellt, und die Motten flogen hinein, das gedämpfte Licht drinnen zu besuchen. Es war still, kein Wind, und kein Raunen in der alten Eiche fünfzig Schritte von ihnen! Der Mond ging, beinah voll, hinter dem Wäldchen auf, und die beiden Lichter kämpften, bis das Mondlicht siegte und Farbe und Wesen des ganzen Gartens veränderte, sich die Fliesen hinauf stahl, an ihre Füße reichte, emporklomm und ihre Gesichter verwandelte.

Schließlich sagte Jolyon: »Sie werden müde sein, wir sollten lieber aufbrechen. Das Mädchen wird Ihnen Hollys Zimmer zeigen«, und er klingelte vom Lesezimmer aus. Das Mädchen, das hereinkam, reichte ihm ein Telegramm. Sein Blick folgte Irene und er dachte: »Das muss vor einer oder zwei Stunden gekommen sein, und sie hat es uns nicht herausgebracht! Da sieht man! Nun, bald werden sie einen triftigen Grund haben, uns zu verdammen.« Dann öffnete er das Telegramm und las:

»*Jolyon Forsyte*, Robin Hill. – Ihr Sohn entschlief schmerzlos am 20. Juni. In tiefster Teilnahme« – ein ihm unbekannter Name.

Er ließ es fallen, wandte sich um und stand reglos da. Der Mond schien zu ihm herein, eine Motte flog ihm ins Gesicht. Der erste Tag, wo er nicht beinah unaufhörlich an Jolly gedacht hatte. Er ging blindlings ans Fenster, stieß an den alten Armstuhl – den Armstuhl seines Vaters – und sank auf die Lehne nieder. Dort saß er zusammengekauert und starrte in die Nacht. Erloschen wie die Flamme einer Kerze, weit von zu Hause, von Liebe, ganz allein, im Dunkeln! Sein Junge. Von klein auf immer so gut – so freundlich zu ihm! Zwanzig Jahre alt, und niedergemäht wie Gras – kein Funken Leben mehr in ihm!

»Ich habe ihn nicht recht gekannt«, dachte er, »und er hat mich nicht gekannt, aber wir haben einander lieb gehabt. Nur auf die Liebe kommt es an.«

Dort draußen sterben müssen – einsam – voll Sehnsucht nach ihnen – voll Sehnsucht nach Haus! Das schien seinem Forsyteherzen schmerzlicher, beklagenswerter als der Tod selbst. Kein Schutz, kein Obdach, keine Liebe bis zuletzt! Und das tief wurzelnde Gefühl der Zusammengehörigkeit in ihm, sein Familiensinn und das Hängen an dem eigenen Fleisch und Blut, das in dem alten Jolyon so stark gewesen – das bei allen Forsytes so stark war – schien schwer verletzt, abgeschnitten und zerrissen durch das einsame Hinscheiden seines Jungen. Viel besser, er wäre in der Schlacht gefallen, ohne Zeit zu haben, sich nach ihnen zu sehnen, vielleicht in seinem Delirium nach ihnen zu rufen!

Der Mond stand jetzt hinter der Eiche und verlieh ihr ein unnatürliches Leben, sodass sie ihn zu beobachten schien – die Eiche, auf die sein Junge so gerne geklettert war, von der er einst heruntergefallen war und sich verletzt hatte, ohne zu weinen!

Die Tür knarrte. Er sah Irene hereinkommen, das Telegramm aufheben und es lesen. Er hörte das leise Rascheln ihres Kleides. Sie sank dicht neben ihm auf die Knie, und er zwang sich ihr zuzulächeln. Sie streckte die Arme nach ihm aus, und zog seinen Kopf an sich, bis er an ihrer Schulter ruhte. Ihr Duft und ihre Wärme hüllten ihn ein, und ihre Gegenwart eroberte langsam sein ganzes Wesen.

8. James in Erwartung

Durch das Dampfbad beruhigt, speiste Soames im »Remove« und begab sich darauf nach Park Lane. Sein Vater war in letzter Zeit nicht wohl gewesen. Dies musste ihm verschwiegen werden! Nie bis zu diesem Augenblick hatte er sich vergegenwärtigt, wie schwer die Furcht, James mit seinem grauen Haar durch Kummer ins Grab zu bringen, bei ihm ins Gewicht fiel, wie innig sie mit seinem eigenen Schauder vor Skandal verbunden war. Seine Liebe für seinen Vater, die immer tief gewesen, hatte sich in den letzten Jahren durch das Bewusstsein gesteigert, dass James auf ihn als einzigen Halt in seinem hohen Alter blickte. Es dünkte ihn traurig, dass jemand, der sein ganzes Leben so vorsichtig gewesen und so viel für den Familiennamen getan, dass sein solider Reichtum und sein Ansehen beinah sprichwörtlich geworden waren, dies vor seinem nahen Ende in allen Zeitungen lesen sollte. Es war wie dem Tode, diesem unentrinnbaren Feind aller Forsytes, eine hilfreiche Hand zu reichen. »Ich muss es Mutter sagen«, dachte er, »und wenn es so weit ist, müssen wir ihm die Zeitungen vorenthalten. Er sieht kaum jemand.« Mit seinem Drücker schloss er die Haustür auf und wollte eben die Treppe hinaufgehen, als er eine unruhige Bewegung im Treppenflur des zweiten Stockes bemerkte. Die Stimme seiner Mutter sagte:

»Aber, James, du wirst dich erkälten. Weshalb kannst du nicht ruhig warten?«

Sein Vater antwortete:

»Warten? Ich warte immer. Warum kommt er nicht?«

»Du kannst ja morgen früh mit ihm sprechen, anstatt hier im Flur wie eine Vogelscheuche dazustehen.«

»Er wird gewiss gleich nach oben und zu Bett gehen. Ich kann nicht schlafen.«

»Komm nun zurück ins Bett, James.«

»Ach! Ich könnte sterben vor morgen früh, wer kann es wissen.«

»Du wirst nicht bis morgen früh zu warten brauchen; ich werde hinuntergehen und ihn heraufbringen. Rege dich nicht auf!«

»Du bist immer – immer so obenauf. Vielleicht kommt er überhaupt nicht.«

»Nun, wenn er nicht kommt, kannst du ihn durch dein Draußenstehen hier im Schlafrock auch nicht abfangen.«

Soames kam den letzten Absatz herauf und erblickte die hohe Gestalt seines Vaters in einem braunen wattierten Seidenschlafrock über das Geländer oben gebeugt. Das Licht fiel auf sein silbriges Haar und seinen Bart und umgab seinen Kopf wie ein Glorienschein.

»Da ist er!«, hörte er ihn mit gekränkter Stimme sagen, und darauf die gleichmütige Antwort seiner Mutter von der Schlafzimmertür aus:

»Das ist schön. Komm herein, dann will ich dir das Haar bürsten.« James streckte einen dünnen, gebogenen Finger aus, es war unheimlich wie das Winken eines Skeletts, und verschwand durch die Tür seines Schlafzimmers.

»Was bedeutet das?«, dachte Soames. »Was hat er nur wieder?«

Sein Vater saß vor dem Toilettetisch neben dem Spiegel, während Emily langsam mit zwei silbernen Bürsten über sein Haar strich. Sie pflegte das mehrmals am Tage zu tun, denn die Wirkung auf ihn war ungefähr wie bei einer Katze, die man zwischen den Ohren krault.

»Da bist du ja!«, sagte er. »Ich habe auf dich gewartet.«

Soames streichelte seine Schulter, dann nahm er einen silbernen Knöpfer auf und prüfte die Marke darauf.

»Du siehst besser aus«, sagte er.

James schüttelte den Kopf.

»Ich möchte dir etwas sagen. Deine Mutter weiß nichts davon.«

Er sprach in einem Ton über Emilys Unkenntnis der Sache, von der er ihr nichts gesagt hatte, als wäre es eine Kränkung für ihn.

»Dein Vater ist den ganzen Abend in großer Aufregung. Ich weiß wahrhaftig nicht worüber.« Das leise Wisch-Wisch der Bürsten war wie eine Fortsetzung ihrer besänftigenden Stimme.

»Nein! *du* weißt nichts«, sagte James. »Soames kann es mir sagen.« Und er heftete seine grauen Augen mit einem angespannten Blick, der hilflos anmutete, auf seinen Sohn und murmelte:

»Es geht abwärts mit mir, Soames. In meinem Alter kann man nicht wissen. Ich kann jeden Augenblick sterben. Es wird eine Menge Geld da sein. Rachel und Cicely haben keine Kinder; und Val ist da draußen – sein Vater, dieser Geselle, wird sich aneignen, so viel er kann. Und irgendwer wird Imogen auflesen, mich würde es nicht wundern.«

Soames hörte kaum hin – er hatte alles das schon so oft gehört. »Wisch-wisch« machten die Bürsten.

»Wenn das alles ist –!«, sagte Emily.

»Alles!«, rief James. »Das ist noch gar nichts. Es kommt schon noch.« Und wieder heftete er die Augen mit hilflos gespanntem Blick auf Soames.

»Es handelt sich um dich, mein Junge«, sagte er plötzlich; »du solltest dich scheiden lassen.«

Dieses Wort, gerade von diesen Lippen, war fast zu viel für Soames' Fassung. Sein Blick richtete sich rasch wieder auf den Knöpfer, und wie um sich zu rechtfertigen, fuhr James eilig fort:

»Ich weiß nicht, was aus ihr geworden ist – sie sagen, dass sie im Ausland sei. Dein Onkel Swithin pflegte sie zu bewundern – er war ein närrischer Kauz.« (So spielte er immer auf seinen toten Zwillingsbruder an. »Der Dicke und der Dünne« wurden sie genannt.) »Sie wird nicht allein sein, sollt' ich meinen.« Und nachdem er in diesem Satz die Wirkung der Schönheit auf die menschliche Natur zusammengefasst hatte, verstummte er und beobachtete seinen Sohn mit argwöhnischem Blick, der dem eines Vogels glich.

Soames schwieg ebenfalls. Wisch-wisch! machten die Bürsten weiter.

»Lass doch, James! Soames weiß es am besten. Es ist seine Sache!«

»Ach«, sagte James, und das Wort kam aus tiefster Tiefe; »aber da ist all mein Geld, und das seine – an wen soll es kommen? Und wenn er stirbt, erlischt der Name.«

Soames legte den Knöpfer wieder auf die Spitzen und die rosa Seide des Toilettentischbezugs.

»Der Name?«, sagte Emily. »Da sind doch noch all die andern Forsytes.«

»Als wenn das *mir* helfen könnte«, murmelte James. »Ich werde in meinem Grabe liegen, und es wird niemand da sein, wenn er nicht wieder heiratet.«

»Du hast ganz recht«, sagte Soames ruhig, »ich lasse mich scheiden.«

James' Augen sprangen fast aus dem Kopf.

»Wie?«, rief er. »Da! Niemand sagt mir was.«

»Ja«, sagte Emily, »wer hätte geglaubt, dass du es wünscht? Mein lieber Junge, das ist aber eine Überraschung nach all diesen Jahren.«

»Es wird einen Skandal geben«, murmelte James wie zu sich selbst, »aber dagegen ist nichts zu machen. Bürste nicht so stark. Wann wird es sein?«

»Vor den großen Ferien; der Beklagte ist nicht vertreten.«

James' Lippen bewegten sich, als rechnete er heimlich nach, und murmelte: »Ich werde nicht leben, um meinen Enkel zu sehen.«

Emily hörte mit dem Bürsten auf. »Natürlich wirst du ihn sehen, James. Soames wird sich beeilen, so sehr er kann.«

Es entstand eine lange Pause, bis James den Arm ausstreckte.

»So! Gib mir etwas Eau de Cologne«, und die Flasche an die Nase haltend, wandte er sich nach seinem Sohn um. Soames beugte sich über ihn und küsste ihn auf die Stirn, wo das Haar begann. Ein Zucken der Erlösung ging über James' Gesicht, als kämen die Räder der Angst in ihm zum Stillstand.

»Ich werde zu Bett gehen«, sagte er; »die Zeitungen möchte ich nicht mehr sehen, wenn das kommt. Es ist eine verrottete Gesellschaft; aber ich kann mich darum nicht kümmern, ich bin zu alt.«

Sonderbar berührt, ging Soames zur Tür; er hörte seinen Vater sagen:

»Ich bin müde, ich werde im Bett ein Gebet verrichten.« Und seine Mutter erwidern:

»Das ist recht, James, das wird dir umso mehr Trost geben.«

9. Aus dem Spinnennetz heraus

An der Forsyte-Börse erregte die Nachricht von Jollys Tod unter einer Menge Kriegsvolk gemischte Gefühle. Es war sonderbar zu lesen, dass Jolyon Forsyte (der fünfte des Namens in direkter Abkunft) im Dienste seines Landes an einer Krankheit gestorben und nicht imstande gewesen war, es persönlich zu fühlen. Es brachte den alten Groll gegen seinen Vater, der sich so entfremdet hatte, wieder zum Aufleben. Das Ansehen des alten Jolyon war immer noch groß und es kam den andern Forsytes nie zum Bewusstsein, wie man hätte erwarten können, dass sie es gewesen, die seinen Sprössling seines ausschweifenden Lebens wegen gemieden hatten. Die Nachricht erhöhte natürlich das Interesse für Val und die Angst um ihn, aber Vals Name war ja Dartie, und selbst wenn er in der Schlacht fallen würde oder das Viktoriakreuz erhielte, wäre es durchaus nicht dasselbe, als wenn sein Name Forsyte gewesen wäre. Auch bei den

Haymans hätte irgendein zufälliges Ereignis oder Ruhm nicht wirkliche Befriedigung erweckt. Der Familienstolz sah sich beeinträchtigt.

Wie das Gerücht entstanden war, dass »etwas Schreckliches« bevorstand, konnte niemand sagen, am wenigsten Soames, der immer so verschwiegen war. Möglich, dass jemand »Forsyte contra Forsyte und Forsyte« in der Prozessliste gesehen und es mit »Irene in Paris mit einem blonden Bart« in Zusammenhang gebracht hatte. Oder vielleicht hatten die Wände in Park Lane Ohren. Tatsache blieb, dass es bekannt *war* – die Alten davon flüsterten und die Jungen darüber diskutierten – dass der Familienstolz bald einen Stoß erleiden würde.

Soames, der seinen Sonntagsbesuch bei Timothy machte – und zwar mit dem Gefühl, dass er nach dem Prozess keinen mehr machen würde – merkte, als er eintrat, an der ganzen Atmosphäre, dass sie es wussten. Niemand natürlich wagte vor ihm davon zu sprechen, aber jeder der vier anwesenden Forsytes hielt den Atem an, da sie wussten, dass nichts Tante Juley davon abhalten werde, sie alle in eine peinliche Lage zu bringen. Sie sah Soames so mitleidsvoll an, unterbrach den Versuch zu sprechen so oft, dass Tante Hester sich entschuldigte und sagte, sie müsse Timothys Augen baden, da ein Gerstenkorn im Anzuge sei. Ein wenig hochmütig und kalt, blieb Soames nicht lange und ging mit einer unterdrückten Verwünschung hinter den noch lächelnden blassen Lippen fort.

Der bevorstehende Skandal quälte ihn grausam, aber zum Glück für seine Gemütsruhe beschäftigten ihn Tag und Nacht die Pläne für seinen Austritt aus der Firma – denn zu dem schweren Entschluss war er gekommen. Damit fortfahren, all die Leute zu sehen, die ihn als »schlauen Kopf« gekannt hatten, als einen scharfsichtigen Ratgeber – *danach* – nein! Hochmut und Stolz, die so seltsam und unlöslich mit einer eigenen Abgestumpftheit vermischt waren, lehnten sich gegen den Gedanken auf. Er wollte sich zurückziehen, ein Privatleben führen, nach wie vor Bilder kaufen, sich einen großen Namen als Sammler machen – denn eigentlich war sein Herz mehr dabei als es je bei der Rechtswissenschaft gewesen. Um seinen jetzt festen Entschluss zur Ausführung zu bringen, musste er Vorbereitungen treffen, seine Geschäfte mit einer andern Firma zu vereinigen, ohne dass jemand davon erfuhr, denn das hätte Neugierde erregt und Demütigung ihren Schatten voraus werfen lassen. Er hatte die Firma Cuthcott, Holiday und Kingson im Auge, von denen zwei tot waren. Der volle Name nach der Verschmelzung würde daher Cuthcott,

Holiday, Kingson, Forsyte, Bustard und Forsyte sein. Doch nach einer Auseinandersetzung darüber, welcher der beiden Toten noch Einfluss auf den Überlebenden hatte, wurde entschieden, die Firma auf Cuthcott, Kingson und Forsyte zu reduzieren, von denen Kingson der aktive und Soames der stille Teilhaber sein sollte. Denn mit seinem Namen, seinem Ansehen und seinen Klienten hinter sich würde Soames einen beträchtlichen Wert repräsentieren.

Eines Abends berechnete er, wie es sich für einen Mann gebührt, der eine so wichtige Stufe seiner Karriere erreicht hatte, was er wert war, und nachdem er unter Berücksichtigung der Entwertung durch den Krieg reichliche Abzüge gemacht hatte, schätzte er seinen Wert auf etwa hundertdreißigtausend Pfund. Beim Tode seines Vaters, der leider nicht lange mehr auf sich warten lassen würde, musste er mindestens noch fünfzigtausend dazu bekommen, und seine jährlichen Ausgaben betrugen augenblicklich gerade zwei. Im Besitz seiner Bilder sah er eine Zukunft vor sich, die ihm bei seiner geübten Fähigkeit, besser Bescheid zu wissen als andere Leute, großen Gewinn versprach. Wenn er verkaufte, was im Preis herunterging, behielt was heraufging, und mit kluger Voraussicht den Geschmack der Zukunft einschätzte, würde er eine einzigdastehende Sammlung haben, die nach seinem Tode unter dem Titel »Forsyte-Vermächtnis« auf die Nation übergehen würde.

Wenn die Scheidung durchging, wollte er ein Abkommen mit Madame Lamotte treffen. Sie hatte, wie er wusste, nur einen Ehrgeiz – von ihren »rentes« in Paris in der Nähe ihrer Enkel zu leben. Er würde das Restaurant zu einem Liebhaberpreis kaufen. Madame würde wie eine Königinmutter von den Zinsen in Paris leben, die nach ihrem Gutdünken angelegt werden konnten. (Übrigens hatte Soames die Absicht, einen tüchtigen Verwalter an ihre Stelle zu setzen und das Restaurant sein Geld gut verzinsen zu lassen. Es gab unbegrenzte Möglichkeiten in Soho.) Annette würde er versprechen, fünfzehntausend Pfund für sie festzusetzen, (mit oder ohne Absicht) genau die Summe, die der alte Jolyon für »jene Frau« festgesetzt hatte.

Ein Brief von Jolyons Rechtsanwalt an den seinigen hatte die Tatsache enthüllt, dass »die Beiden« in Italien waren. Und es hatte sich eine Gelegenheit geboten, zu beobachten, dass sie vorher in einem Hotel in London gewohnt hatten. Die Sache war klar wie der Tag und würde in einer halben Stunde erledigt sein; aber während dieser halben Stunde würde er, Soames, Höllenqualen leiden; und nach dieser halben Stunde würden alle Forsytes fühlen, dass die Blütezeit der Rose vorüber war. Er hatte nicht wie Shakespeare die Illusion, dass Rosen unter einem andern Namen ebenso süß dufteten. Der Name war ein Besitz, ein festes, fleckenloses Stück Eigentum, dessen Wert mindestens um zwanzig Prozent reduziert werden würde. Außer Roger, der es einmal abgelehnt hatte, sich ins Parlament wählen zu lassen, und – welche Ironie! – Jolyon, der ein anerkannter Maler war, hatte es nie einen Forsyte gegeben, der sich besonders ausgezeichnet. Aber gerade dieser Mangel an Auszeichnung war der größte Vorzug des Namens. Es war ein Privatname, durchaus individuell, und sein eigener Besitz; er war nie durch auffällige Gerüchte im Guten oder Bösen missbraucht worden. Er und jedes Glied seiner Familie besaß ihn ganz, vollkommen, für sich allein, ohne weitere Einmischung der Leute, als durch ihre Geburten, Heiraten und Todesfälle bedingt war. Und während dieser Wochen des Wartens und der Vorbereitung zur Aufgabe seines Anwaltberufes empfand er einen bitteren Widerwillen gegen diesen Beruf, so tief traf ihn die bevorstehende Vergewaltigung seines Namens, die das Verlangen, ihn auf rechtmäßigem Wege fortzusetzen, ihm aufgezwungen hatte. Die ungeheure Ungerechtigkeit der ganzen Sache reizte ihn zu fortwährender unterdrückter Wut. Ihm wäre nichts lieber gewesen, als in ungetrübter Häuslichkeit zu leben, und nun musste er nach all diesen elenden, unfruchtbaren Jahren als Zeuge auftreten und das Misslingen des Versuchs, seine Frau zu behalten, öffentlich verkünden – sich dem Mitleid, dem Frohlocken, der Verachtung von seinesgleichen aussetzen. Es war alles auf den Kopf gestellt. Sie und jener Mann hätten die Leidenden sein müssen, und sie – sie waren in Italien! In diesen Wochen schien ihm das Gesetz, dem er so treu gedient, zu dem er so ehrfurchtsvoll aufgeblickt hatte, ganz erbärmlich. Was konnte es Ungesunderes geben, als einem Manne zu sagen, dass sein Weib ihm gehöre, und ihn zu bestrafen, wenn jemand es ihm widerrechtlich fortnahm? Wusste das Gesetz denn nicht, dass der Name eines Mannes sein Augapfel ist, dass es viel härter ist, als Hahnrei betrachtet zu werden denn als Verführer? Er beneidete Jolyon in der Tat um seinen Erfolg, wo ihm selbst alles fehlgeschlagen war. Die Frage des Schadenersatzes ärgerte ihn ebenfalls. Er wollte diesem Manne Leiden bereiten, aber er erinnerte sich der Worte seines Vetters, »wird mich sehr freuen«, mit dem unruhigen Gefühl, dass nicht Jolyon, sondern er selbst leiden würde, wenn er Schadenersatz forderte; er fühlte dunkel, dass Jolyon vorziehen würde, ihm zu zahlen – der Mensch war so leichtsinnig. Überdies war es nicht das richtige, Schadenersatz zu fordern. Die Forderung war beinah mechanisch gestellt worden, und nun sah Soames darin noch einen andern Kniff dieses unsinnigen und verkehrten Gesetzes, ihn lächerlich zu machen, sodass die Leute höhnisch würden sagen können: »O ja, er bekam einen ganz guten Preis für sie!« Er beauftragte daher seinen Rechtsanwalt, zu erklären, dass das Geld einem Heim für gefallene Frauen zugedacht sei. Er hatte lange überlegt, welche Wohltätigkeitsanstalt er wählen sollte, seit er sich jedoch für dieses Heim entschieden hatte, wachte er nachts oft auf und dachte: »Es geht nicht, zu zweideutig, es wird Aufsehen erregen. Etwas weniger Auffallendes – Geschmackvolleres.« Aus Hunden machte er sich nichts, sonst hätte er sie vorgeschlagen; und aus Verzweiflung – denn seine Kenntnis von Wohltätigkeitsanstalten war begrenzt – entschloss er sich für die Blinden. Das konnte nicht für unpassend gehalten werden, und es würde das Gericht veranlassen, den Schadenersatz recht hoch zu bemessen.

Eine Menge Prozesse wurden von der Liste gestrichen, die in diesem Sommer ausnahmsweise dünn geraten war, sodass sein Fall vor August an die Reihe kommen musste. Als der Tag nahte, war Winifred sein einziger Trost. Sie zeigte das Mitgefühl eines Menschen, der viel durchgemacht hatte, er sah die einzige Frau in ihr, der er vertrauen konnte und wusste genau, dass sie Dartie nicht ins Vertrauen ziehen würde. Dieser Lump hätte sich nur darüber gefreut! Ende Juli, am Nachmittag vor dem Prozess, ging er zu ihr. Sie hatte die Stadt noch nicht verlassen können, weil Dartie das Geld für ihre Sommerferien bereits verbraucht hatte, und Winifred nicht wagte, ihren Vater um mehr zu bitten, solange er von Soames' Angelegenheit nichts erfahren sollte.

Soames fand sie mit einem Brief in der Hand.

»Ist er von Val?«, fragte er düster. »Was schreibt er?«

»Er schreibt, dass er verheiratet sei«, sagte Winifred.

»Mit wem, um Himmels willen?«

Winifred blickte zu ihm auf.

»Mit Holly Forsyte, Jolyons Tochter.«

»Wie?«

»Er bekam Urlaub und benutzte ihn dazu. Ich wusste nicht einmal, dass er sie kannte – peinlich, nicht wahr?«

Soames lachte kurz auf bei dieser charakteristischen Äußerung.

»Peinlich! Na, ich glaube nicht, dass sie von dieser Sache etwas erfahren, bevor sie zurückkommen. Sie sollten lieber draußen bleiben. Jolyon wird ihr Geld geben.«

»Aber ich möchte Val zurückhaben«, sagte Winifred beinah kleinlaut; »ich entbehre ihn, er hilft mir weiter.«

»Ich weiß«, murmelte Soames. »Wie benimmt sich Dartie jetzt?«

»Es könnte schlimmer sein, aber es dreht sich immer alles um Geld. Möchtest du, dass ich morgen mit aufs Gericht komme, Soames?«

Soames streckte ihr die Hand entgegen. Die Gebärde verriet sein Einsamkeitsgefühl so sehr, dass sie die Hand zwischen den ihren presste.

»Lass es dir nicht nahe gehen, lieber Junge. Dir wird viel besser zumute sein, wenn erst alles vorüber ist.«

»Ich weiß nicht, was ich verbrochen habe«, sagte Soames heiser, »ich habe es nie gewusst. Es ist alles ganz und gar verkehrt. Ich liebte sie, ich habe sie immer geliebt.«

Winifred sah einen Tropfen Blut aus seiner Lippe sickern, und der Anblick erregte sie tief.

»Natürlich«, sagte sie, »es war zu schlecht von ihr! Aber was soll ich bei dieser Heirat Vals machen, Soames? Ich weiß nicht, wie ich ihm schreiben soll, nach dem, was geschehen ist. Du hast das Kind ja gesehen. Ist sie hübsch?«

»Ja, sie ist hübsch«, erwiderte Soames. »Dunkel – ganz Dame.«

»Das klingt nicht schlecht«, dachte Winifred. »Jolyon hatte Stil.«

»Eine fatale Geschichte«, sagte sie. »Was wird Vater sagen?«

»Darf es nicht erfahren«, sagte Soames. »Der Krieg wird jetzt bald vorüber sein, du solltest Val lieber da draußen Farmer werden lassen.«

Es war, als hätte er gesagt, dass sein Neffe verloren sei!

»Ich habe es Monty nicht gesagt«, murmelte Winifred verzagt.

Der Fall kam am Vormittag des nächsten Tages heran und war in wenig mehr als einer halben Stunde erledigt. Soames, der bleich, tadellos gekleidet, mit düsterm Blick auf der Zeugenbank saß, hatte vorher so viel gelitten, dass er jetzt alles aufnahm wie ein Toter. In dem Augenblick, wo der Rechtsspruch verkündet wurde, verließ er das Gericht.

Vier Stunden, bis er öffentliches Eigentum wurde! »Scheidungsprozess eines Rechtsanwalts!« Ein grimmiger, finsterer Zorn verdrängte das tote Gefühl in ihm. »Der Teufel hole sie alle!«, dachte er. »Ich werde nicht davonlaufen. Ich werde tun, als wäre nichts geschehen.« Und in der schwülen Hitze der Fleet Street ging er den ganzen Weg von Ludgate

Hill bis zu seinem City Klub zu Fuß, nahm dort den Lunch und kehrte dann in sein Büro zurück.

Dort arbeitete er emsig den ganzen Nachmittag.

Als er fortging, sah er, dass die Angestellten es wussten, und erwiderte ihre zufälligen Blicke mit so verächtlichem Lächeln, dass sie sich sofort abwandten. Vor der St.-Pauls-Kirche blieb er stehen, um die anständigste der Abendzeitungen zu kaufen. Ja! Da war es! »Scheidung eines sehr bekannten Rechtsanwalts. Vetter Beklagter. Schadenersatz für die Blinden bestimmt« – so, das hatten sie hineingebracht! Bei jedem zweiten Gesicht dachte er: »Ob du es wohl weißt?« Und plötzlich hatte er ein sonderbares Gefühl, als wirble etwas in seinem Kopfe herum.

Was war das? Es drohte ihn zu überwältigen! Das durfte es nicht! Er würde krank werden. Er durfte nicht denken! Er wollte an die Themse und rudern und fischen. »Ich lasse mich nicht unterkriegen«, dachte er.

Ihm fiel plötzlich ein, dass er etwas Wichtiges zu erledigen hatte, bevor er die Stadt verließ. Madame Lamotte! Er musste ihr das Gesetz erklären. Noch sechs Monate, bevor er wirklich frei war! Nur wünschte er Annette nicht zu sehen! Und er strich mit der Hand über seinen Scheitel – sein Kopf war sehr heiß.

Er bog durch Covent Garden ab. An diesem schwülen Julitage war ihm die durch Abfälle verpestete Luft des alten Marktes zuwider, und Soho schien mehr denn je das entzauberte Heim der Verworfenheit. Nur das Restaurant Bretagne, sauber und zierlich gestrichen, mit seinen blauen Kübeln und den Zwergbäumen darin bewahrte seine abseitige und französierte Eigenart. Es war zu dieser Stunde wenig besucht, und blasse, zierliche Kellnerinnen ordneten die kleinen Tische zum Mittagessen. Soames ging durch den Saal in die Privaträume. Zu seinem Verdruss öffnete Annette auf sein Klopfen. Auch sie sah blass und angegriffen von der Hitze aus.

»Man bekommt Sie ja gar nicht mehr zusehen«, sagte sie matt.

Soames lächelte.

»Gegen meine Absicht; ich war so beschäftigt. Wo ist Ihre Mutter, Annette? Ich habe ihr etwas zu sagen.«

»Mutter ist nicht zu Haus.«

Es kam Soames vor, als blicke sie ihn sonderbar an. Was wusste sie? Wie viel hatte ihre Mutter ihr gesagt? Die Anstrengung, dahinterzukommen, verursachte ein beunruhigendes Gefühl in seinem Kopf. Von einem Schwindel befallen griff er nach der Ecke des Tisches und sah Annette mit erstaunten Augen auf sich zukommen. Er schloss die seinen und sagte:

»Es macht nichts. Ich glaube, es muss von der Sonne sein.« Der Sonne! Was ihm fehlte, kam von der Dunkelheit! Annettens Stimme sagte gelassen auf Französisch:

»Setzen Sie sich, dann wird es vorübergehen.« Ihre Hand drückte auf seine Schulter, und Soames sank in einen Stuhl. Als das dunkle Gefühl sich zerstreute und er die Augen öffnete, blickte sie auf ihn herab. Welch ein forschender und merkwürdiger Ausdruck für ein Mädchen von zwanzig Jahren!

»Ist Ihnen besser?«

»Es ist nichts«, erklärte Soames. Sein Instinkt sagte ihm, dass schwach vor ihr zu sein, ihm nichts half – Alter war ohnedies schon genug Hindernis. Die Macht des Willens war sein Glück bei Annette; er hatte in diesen letzten Monaten durch seine Unentschlossenheit an Boden bei ihr verloren – er durfte nicht noch mehr verlieren. Er erhob sich und sagte:

»Ich werde Ihrer Mutter schreiben. Ich gehe für eine lange Ferienzeit in mein Haus an der Themse. Ich möchte Sie beide bitten, dahin mitzukommen und einige Zeit dort zu bleiben. Es ist jetzt gerade am schönsten. Sie wollen doch, nicht wahr?«

»Es wäre se–ehrr schön.« Ein hübsches kleines Rollen des r, aber kein Enthusiasmus. Und ziemlich enttäuscht fügte er hinzu:

»Sie leiden doch auch unter Hitze, nicht wahr, Annette? Es wird Ihnen gut tun, am Fluss zu sein. Gute Nacht.« Annette neigte sich vor. Es war etwas von Reumütigkeit in der Bewegung. »Sind Sie imstande zu gehen? Soll ich Ihnen etwas Kaffee geben?«

»Nein«, sagte Soames fest, »geben Sie mir die Hand.«

Sie streckte die Hand aus und Soames hob sie an seine Lippen. Als er aufblickte, hatte ihr Gesicht wieder jenen sonderbaren Ausdruck. »Ich weiß nicht«, dachte er, als er hinausging, »aber ich darf nicht denken – darf mich nicht quälen.«

Aber er quälte sich, während er weiterging. Er war Engländer, nicht ihrer Religion, mittleren Alters, zerrüttet durch seine häusliche Tragödie, was hatte er ihr zu bieten? Nur Reichtum, soziale Stellung, Muße, Bewunderung! Es war viel, aber war es genug für ein schönes Mädchen von zwanzig Jahren? Er wusste so wenig von Annette. Er hatte auch eine sonderbare Furcht vor ihrer französischen Natur und der ihrer Mutter.

Sie wussten so gut, was sie wollten, waren beinah Forsytes. Sie würden nie nach einem Schatten greifen und das Wesentliche übersehen.

Die ungeheuere Anstrengung, die es ihn kostete, einen einfachen Brief an Madame Lamotte zu schreiben, als er in seinem Klub anlangte, mahnte ihn noch mehr daran, dass er am Ende seiner Spannkraft war.

»Meine liebe Madame Lamotte.

Sie werden aus dem beigefügten Zeitungsausschnitt ersehen, dass ich meine Ehescheidung heute erlangt habe. Nach dem englischen Gesetz jedoch werde ich nicht frei sein, um mich wieder zu verheiraten, bis der Rechtsspruch in sechs Monaten bestätigt ist. Inzwischen beehre ich mich, Sie zu bitten, mich als ernsten Bewerber um die Hand Ihrer Tochter zu betrachten. Ich werde in einigen Tagen nochmals schreiben und Sie beide bitten, mich in meinem Hause an der Themse zu besuchen.

Ich bin, liebe Madame Lamotte,

Ihr sehr ergebener Soames Forsyte.«

Nachdem er diesen Brief gesiegelt und zur Post gebracht hatte, ging er in den Speisesaal. Drei Löffel Suppe überzeugten ihn, dass er nichts essen konnte. Er ließ sich eine Droschke holen, fuhr zur Paddington Station und nahm den ersten Zug nach Reading. Er langte gerade bei Sonnenuntergang in seinem Hause an und ging hinaus auf den Rasenplatz. Die Luft war gesättigt von dem Duft der Nelken und Reseden in seinen Blumenrabatten. Eine leise Kühle kam vom Fluss herauf.

Ruhe – Frieden! Gönnt einem armen Gesellen auszuruhen! Gönnt ihm Befreiung von Qual und Schande und Zorn, die einander wie böse Nachtvögel in seinem Kopfe jagten! Lasst ihn ruhen, wie die Tauben dort dicht aneinandergedrängt, halb schlafend in ihrem Taubenschlag, wie die pelzigen Geschöpfe in den Wäldern drüben und die einfachen Leute in ihren Hütten, wie die Bäume und der Fluss, der in der Dämmerung schnell verblasste, wie der dunkelnde kornblumenblaue Himmel, an dem die Sterne aufgingen – ruhen und loskommen von *sich selbst*!

10. Abschluss einer Epoche

Soames Heirat mit Annette in Paris fand am letzten Januar 1901 in solcher Heimlichkeit statt, dass nicht einmal Emily etwas davon erfuhr, bis sie vollzogen war. Am Tage nach der Hochzeit brachte er sie in eins jener stillen Hotels in London, wo für wenig Leistungen größere Ausgaben gemacht werden können als sonstwo unter der Sonne. Ihre Schönheit in den besten Pariser Kleidern bot ihm mehr Befriedigung, als wenn er ein Stück Porzellan oder ein Juwel von einem Bild für seine Sammlung erstanden hätte; er freute sich auf den Moment, wo er sie in Park Lane, in der Green Street und bei Timothy vorführen würde.

Hätte jemand ihn in diesen Tagen gefragt: »Im Vertrauen – empfinden Sie wirklich Liebe für dieses Mädchen?«, so hätte er erwidert: »Liebe? Was ist Liebe? Wenn Sie meinen, ob ich für sie fühle wie für Irene in alten Tagen, wo ich ihr zuerst begegnete und sie mich nicht wollte, als ich seufzte und nach ihr hungerte und keine Minute Ruhe fand, bis sie nachgab – nein! Wenn Sie meinen, ob ich ihre Jugend und Schönheit bewundere, ob meine Sinne ein wenig erregt werden, wenn ich sie um mich sehe – ja! Ob ich glaube, dass sie mir treu bleiben, mir eine treffliche Frau sein wird und eine gute Mutter meiner Kinder? – Abermals ja! Was brauche ich mehr? Und was haben drei viertel der Frauen, die verheiratet sind, mehr von den Männern, die sie heiraten?« Und wenn der Frager fortführe: »Und Sie glauben, dass es recht war, dies Mädchen verlockt zu haben, sich Ihnen fürs Leben hinzugeben, ohne dass Sie wirklich ihrem Herzen nahestehen?«, würde er geantwortet haben: »Die Franzosen sehen die Dinge anders an als wir. Sie betrachten die Ehe vom Standpunkt der Versorgung und der Kinder aus; und nach meinen eigenen Erfahrungen bin ich durchaus nicht sicher, ob ihre Ansicht nicht die vernünftigere ist. Ich werde diesmal nicht mehr erwarten, als ich erhalten oder sie geben kann. Es würde mich nicht überraschen, wenn ich in Jahren Verdruss mit ihr hätte, aber dann werde ich alt sein und Kinder haben. Ich werde die Augen schließen. Ich habe meine große Leidenschaft gehabt; die ihre kommt vielleicht noch – ich nehme nicht an, dass ich es sein werde. Ich biete ihr viel und erwarte nicht Großes dafür, außer Kinder, oder wenigstens einen Sohn. Eines aber weiß ich sicher, sie hat einen sehr guten Verstand!«

Und wenn der unersättliche Frager fortführe: »Sie sehen also nicht auf geistige Übereinstimmung in der Ehe?«, würde Soames mit seinem gewohnten schiefen Lächeln hinzugefügt haben: »Wenn ich Befriedigung für meine Sinne finde, Fortsetzung meiner selbst, guten Geschmack und gute Laune im Hause, ist es alles, was ich in meinem Alter erwarten kann. Vermutlich werde ich nicht von meiner Bahn abweichen und mich einer gekünstelten Sentimentalität zuwenden.« Worauf der Frager so viel Geschmack haben muss, seine Fragen einzustellen.

Die Königin war tot, und die Luft der größten Stadt auf Erden grau von unvergossenen Tränen. Im Pelz und Zylinder, Annette in dunklem Pelz neben sich, ging Soames am Morgen der Beisetzungsfeierlichkeit durch Park Lane bis zum Gitter am Hydepark. Er war wenig bewegt, wie immer bei öffentlichen Anlässen, allein dies höchst symbolische Ereignis, dieser Abschluss einer langen reichen Periode machte doch Eindruck auf seine Fantasie. Im Jahre 1837 als sie auf den Thron kam, baute sein Vorfahr noch Häuser, die London verunzierten; und James, ein Springinsfeld von sechsundzwanzig Jahren, hatte eben den Grund zu seiner Rechtspraxis gelegt. Damals fuhren noch Kutschen; Männer trugen Stöcke, rasierten ihre Oberlippe und aßen Austern aus Tonnen; Lakaien standen hinten auf den Wagen; Frauen sprachen geziert und besaßen kein Vermögen; es gab verfeinerte Gebräuche und für die Armen Ferkelställe; unglückliche Teufel wurden kleiner Vergehen wegen gehängt, und Dickens hatte eben erst angefangen zu schreiben. Wohl zwei Generationen waren vergangen – mit Dampfbooten, Eisenbahnen, Telegrafen, Zweirädern, elekrischem Licht, Telefonen, und nun diesen Motorwagen – mit so aufgehäuftem Reichtum, dass acht Prozent drei geworden waren, und es Forsytes an die Tausende gab! Die Moral hatte sich geändert, die Sitten hatten sich geändert, Männer waren zu wahren Affen geworden, Gott war zu Mammon geworden – und der Mammon so zu Ansehen gekommen, dass er an sich selbst irre wurde. Sechsundvierzig Jahre, die den Besitz begünstigt und den besseren Mittelstand geschaffen hatten, ihn unterstützt, an ihm gefeilt, ihn verfeinert hatten, bis er in Sitten, Moral, Sprache, Aussehen, Kleidung und Seele vom Adel fast nicht zu unterscheiden war. Eine Epoche, die individuelle Freiheit vergoldet hatte, sodass jemand, der Geld besaß, frei vor dem Gesetz war und auch sonst, und wenn er kein Geld besaß, frei vor dem Gesetz und sonst nicht. Eine Ära, die Heuchelei heilig gesprochen hatte, sodass man achtungswert war, wenn man es zu sein schien. Eine große Zeit, deren umwandelndem

Einfluss nichts entgangen war als die menschliche Natur und die Natur des Universums.

Und um dem Abschluss dieser Epoche beizuwohnen, ergoss London – ihr Liebling und ihre Lust – seine Bürger durch jedes Tor des Hydeparks, das Zentrum des viktorianischen Zeitalters, den glücklichen Jagdgrund der Forsytes. Unter grauem Himmel, dessen feiner Regen eben aufgehört, sammelte sich die dunkle Menge, um das Schauspiel zu sehen. Die »gute alte« Königin, hoch an Jahren und voller Tugenden, war zum letzten Mal aus ihrer Abgeschlossenheit aufgetaucht, um London einen Feiertag zu bereiten. Aus Hounsditch, Acton, Ealing, Hampstead, Islington und Bethnal Green; aus Hackney, Hornsey, Leytonstone, Battersea und Fulham, und aus den grünen Gefilden, wo Forsytes gedeihen – aus Mayfair und Kensington, St. James' und Belgravia, Bayswater, Chelsea und dem Regent's Park schwärmten die Leute auf die Wege, wo der Tod gleich mit düsterm Pomp und Gepränge vorüberziehen sollte. Nie wieder würde eine Königin so lange regieren oder das Volk Gelegenheit haben, so viel Geschichte für sein Geld begraben zu sehen. Schade, dass der Krieg sich so lange hinzog und der Siegeskranz nicht auf ihren Sarg gelegt werden konnte! Sonst war alles zur Stelle bei der Gedächtnisfeier – Soldaten, Matrosen, fremde Fürsten, Flaggen auf Halbmast, läutende Glocken, und über allem die wogende, dunkel gekleidete Menge mit vielleicht einer schlichten Trauer hier und dort tief im Herzen unter der schwarzen Kleidung, die sie nach Vorschrift angelegt hatte. Schließlich ging ihr mehr als eine Königin zur letzten Ruhe ein, eine Frau, die dem Kummer Trotz geboten und klug und gut, ihren Fähigkeiten entsprechend gelebt hatte.

Draußen in der Menge am Gitter, den Arm in Annettens eingehakt, wartete Soames. Ja! Diese Zeit war vorbei! Mit diesen Gewerkschaftsverbänden, den Arbeiterführern im House of Commons, mit den kontinentalen Fiktionen und dem gewissen Etwas in dem allgemeinen Gefühl von den Dingen, das mit Worten nicht auszudrücken ist, war alles sehr verschieden gegen früher; er dachte an die Menge in der Mafekingnacht und an Georges Ausspruch: »Sie sind alle Sozialisten, sie wollen unser Hab und Gut.« Wie James wusste Soames nicht, konnte er nichts sagen – wenn Edward auf dem Thron säße! Es würde nie wieder so sicher sein wie unter der guten alten Vicky! Krampfhaft drückte er den Arm seiner jungen Frau. Da wenigstens war etwas Greifbares sein Eigentum, endlich wieder eine häusliche Sicherheit, etwas, das Besitz der Mühe wert machte – wieder einmal etwas Reelles. Dicht an sie gepresst versuchte Soames andere abzuwehren und war zufrieden. Die Menge umschwärmte sie, aß Sandwiches und ließ die Krumen fallen; Knaben, die auf die Platanen geklettert waren, gebärdeten sich wie Äffchen da oben und warfen Zweige und Orangeschalen herab. Es war schon über die Zeit, nun mussten sie bald kommen! Und plötzlich sah er ein wenig hinter ihnen zur Linken einen hochgewachsenen Mann mit weichem Hut und kurzem, etwas ergrautem Bart neben einer hochgewachsenen Frau in einer kleinen runden Pelzmütze mit Schleier. Jolyon und Irene, die miteinander sprachen, sich zulächelten, dicht beisammen wie Annette und er! Sie hatten ihn nicht gesehen; und verstohlen, mit einem sehr sonderbaren Gefühl im Herzen beobachtete Soames die beiden. Sie sahen glücklich aus! Wozu waren sie hierher gekommen – diese beiden, die unbekümmert gegen das Gesetz verstießen, diese Rebellen dem viktorianischen Ideal gegenüber? Was hatten sie in dieser Menge zu tun? Jeder von ihnen zweimal moralisch verurteilt – prahlten sie noch mit ihrer Liebe und ihren lockeren Sitten! Er beobachtete sie fasziniert, musste selbst mit seinem Arme in Annettens unwillig einräumen, dass – dass sie – dass Irene – Nein! Er wolle es *nicht* einräumen, und er wandte seinen Blick von ihnen ab. Er wollte sie *nicht* sehen und die alte Bitterkeit, das alte Sehnen nicht wieder in sich aufsteigen lassen! Und dann wandte Annette sich zu ihm und sagte: »Die beiden dort, Soames, kennen dich sicherlich. Wer sind sie?«

Soames schaute sich um.

»Welche beiden?«

»Dort, sieh, sie gehen gerade fort. Sie kennen dich.«

»Nein«, erwiderte Soames, »du irrst dich, meine Liebe.«

»Ein reizendes Gesicht! Und wie sie geht! Elle est très distinguée!«

Jetzt sah Soames hin. So war sie in sein Leben getreten und aus seinem Leben gegangen – schwebend und aufrecht, fremd, unnahbar, immer den Kontakt mit seinem Herzen vermeidend! Und jäh wandte er sich von dem enteilenden Bilde der Vergangenheit ab.

»Du solltest lieber aufpassen«, sagte er, »sie kommen jetzt!«

Er fasste ihren Arm, und während er dort scheinbar aufmerksam den Zug erwartend stand, durchzitterte ihn das Gefühl, immer etwas zu verlieren und das instinktive Bedauern, sie nicht beide bekommen zu haben.

Langsam kam die Musik und das Gefolge, bis der lange Zug sich unter Schweigen durch das Parktor wand. Er hörte Annette flüstern: »Wie traurig das ist und wie schön!«, fühlte den Druck ihrer Hand, als sie sich auf den Zehenspitzen hob; und die Ergriffenheit der Menge machte Eindruck auf ihn. Da war sie – die Bahre der Königin, der Sarg des langsam scheidenden Zeitalters! Und als er vorüberkam, vernahm man ein dumpfes Stöhnen aus der langen Reihe der Zuschauer, einen Ton, wie ihn Soames noch nie gehört, so unbewusst, so ursprünglich, tief und wild, dass weder er noch irgendjemand wusste, ob er mit eingestimmt hatte. Ein sonderbarer Ton! Der Tribut eines Zeitalters an seinen eigenen Tod ... Ah! ... Ah! ... Der Halt im Leben war geschwunden! Was ewig schien, war gegangen! Die Königin – Gott segne sie!

Dieser wandernde Seufzer begleitete die Bahre wie ein Feuer, das in dünner Linie über Gras züngelt; er hielt Schritt mit ihr und marschierte Meile um Meile an der dichten Menge entlang. Es war ein menschlicher Laut und doch nicht menschlich, in tierischem Unterbewusstsein ausgestoßen, in vertrautem Wissen von allgemeinem Tod und Wandel. Keiner von uns – keiner von uns kann ewig fortdauern!

Schweigen entstand für kurze – eine sehr kurze Zeit, bis die Zungen eifrig wieder begannen ihr Interesse an dem Schauspiel zu bezeigen. Soames blieb geradeso lange, wie Annette Gefallen daran fand und ging dann mit ihr zum Essen zu seinem Vater nach Park Lane ...

James hatte den Morgen damit zugebracht, aus seinem Schlafzimmerfenster zu starren. Das letzte Schauspiel, das er sehen sollte – das letzte von so vielen! So war sie also gegangen! Nun, sie war eine alte Frau. Swithin und er hatten sie bei ihrer Krönung gesehen – ein schlankes junges Mädchen, kaum so alt wie Imogen. Sie war zuletzt sehr stark geworden. Jolyon und er hatten sie bei der Hochzeit mit diesem Deutschen, ihrem Gatten, gesehen – es war ganz gut mit ihm gegangen, bis er starb und sie mit einem Sohn zurückließ. Und er erinnerte sich der vielen Abende, wo er und seine Brüder mit ihren Freunden bei ihrem Wein und ihren Walnüssen die Köpfe über diesen Burschen in seiner jugendlichen Unerfahrenheit geschüttelt hatten. Und jetzt war er auf den Thron gekommen. Sie sagten, dass er zuverlässiger geworden war – er wusste nicht, – konnte nichts sagen! Er würde das Geld wohl noch springen lassen, ihn würde es nicht wundern! Was für eine Menge Leute da draußen waren! Es dünkte ihn gar nicht so lange, seit er und Swithin vor der Westminster Abbey, wo sie gekrönt wurde, in der Menge gestanden und Swithin ihn hernach zu Cremorne mitgenommen hatte – ein flotter Bursch, dieser Swithin; nein, es schien nicht länger her zu sein, als das Jubiläumsjahr, wo er und Roger zusammen einen Balkon in der Piccadilly gemietet hatten. Jolyon, Swithin, Roger, alle waren dahin, und er würde neunzig sein im August! Und nun war Soames wieder verheiratet, mit einer Französin. Eine sonderbare Gesellschaft die Franzosen, aber ihre Frauen waren gute Mütter, hatte er gehört. Die Dinge ändern sich! Sie sagten, dass der deutsche Kaiser zur Beisetzung hier gewesen war, sein Telegramm an Krüger war auffallend geschmacklos. Er würde sich nicht wundern, wenn dieser Bursche einst Unfug triebe. Hm! Nun, sie mussten selbst für sich sorgen, wenn er gegangen war: Er wusste nicht, wo er sein würde! Und nun hatte Emily Dartie zum Lunch eingeladen, mit Winifred und Imogen, um Soames' Frau kennenzulernen – sie unternahm immer etwas. Und Irene lebte mit diesem Jolyon, sagten sie. Jetzt würde er sie wohl heiraten, nahm er an.

»Was hätte mein Bruder Jolyon zu alledem gesagt«, dachte er. Und die völlige Unmöglichkeit zu wissen, was sein älterer Bruder, zu dem er einst so aufgeblickt, gesagt hätte, quälte James so sehr, dass er von seinem Stuhl am Fenster aufstand und langsam, kraftlos im Zimmer auf und nieder zu gehen begann.

»Sie war ein hübsches Ding«, dachte er; »ich mochte sie immer sehr gern. Vielleicht gefiel Soames ihr nicht – ich weiß nicht – ich kann's nicht sagen. *Wir* hatten nie Schwierigkeiten mit *unsern* Frauen.« Die Frauen hatten sich verändert – alles hatte sich verändert! Und nun war die Königin tot – ja, was war da zu tun! Eine Bewegung in der Menge bewog ihn, sich ans Fenster zu stellen, seine Nase an der Scheibe, wo sie von der Kälte ganz weiß wurde. Jetzt waren sie mit ihr bis zum Hydepark Corner gelangt – nun kamen sie vorüber! Weshalb kam Emily nicht hier nach oben, wo sie alles sehen konnte, anstatt so viel Wesens mit dem Lunch zu machen. Er vermisste sie in diesem Augenblick – vermisste sie! Durch die kahlen Zweige der Platanen konnte er den Zug sehen, konnte sehen, wie die Leute ihre Hüte abnahmen – er würde sich nicht wundern, wenn eine Menge von ihnen sich erkältete! Eine Stimme hinter ihm sagte:

»Du hast hier eine ausgezeichnete Aussicht, James!«

»Da bist du ja!«, murmelte James. »Weshalb bist du nicht früher gekommen? Du hättest es versäumen können.«

Und er schwieg und starrte mit aller Macht.

»Was ist das für ein Lärm?«, fragte er plötzlich.

»Es ist kein Lärm«, erwiderte Emily, »was denkst du nur – sie werden doch nicht Vivat rufen.«

»Ich kann es hören.«

»Unsinn, James!«

Es kam kein Laut durch die Doppelfenster; was James hörte, war das Stöhnen im eigenen Herzen beim Anblick seines scheidenden Zeitalters.

»Sage mir nie, wo ich begraben werde«, sagte er plötzlich. »Ich will es nicht wissen.« Und er wandte sich vom Fenster. Da ging sie hin, die alte Königin; sie hat viel durchgemacht – sie wird froh sein, dass sie davon erlöst ist, sollte man meinen!

Emily nahm die Haarbürsten zur Hand.

»Es wird gerade noch Zeit sein, dein Haar zu bürsten«, sagte sie, »bevor sie kommen. Du musst so gut aussehen, wie du kannst, James.«

»Ach«, sagte James; »sie sagen, dass sie hübsch sei.«

Die Begegnung mit seiner neuen Schwiegertochter fand im Speisezimmer statt. James saß am Kamin, als sie eintrat. Er legte die Hände auf die Lehne seines Armstuhls und erhob sich langsam. Vorgebeugt und tadellos in seinem Leibrock, dünn wie eine Linie im Euklid, nahm er Annettens Hand in die seine; und die ängstlichen Augen in seinem faltigen Gesicht, das jetzt seine Farbe verloren hatte, ruhten zweifelnd auf ihr. Aber im Widerschein ihrer blühenden Jugend kam wieder ein wenig Wärme in sie und seine Wangen.

»Wie geht's?«, sagte er. »Ihr wart wohl dort, die Königin zu sehen, vermute ich? Kamt ihr gut herüber?« Auf diese Weise begrüßte er sie, von der er auf einen Enkel seines Namens hoffte, Annette starrte ihn an, wie alt, wie dünn und weiß und tadellos er war, und murmelte einige Worte auf Französisch, die er nicht verstand.

»Ja, ja«, sagte er, »ihr wollt euern Lunch, glaube ich. Soames klingle doch; wir wollen auf Dartie nicht warten.« Aber gerade da langten sie an. Dartie hatte sich geweigert, sich zu inkommodieren, um »the old girl« zu sehen. Mit einem frühen Cocktail neben sich hatte er vom Rauchzimmer des Iseeum Klubs aus alles mit angeschaut, sodass Winifred und Imogen genötigt waren, aus dem Park zurückzugehen und ihn dort abzuholen. Seine braunen Augen ruhten mit einem Starren beinah erstaunter Befriedigung auf Annette. Die zweite Schönheit, die dieser Soames aufgegabelt hatte! Was die Frauen nur an ihm finden mochten! Nun, sie würde ihm sicherlich wohl denselben Streich spielen wie die andere; dabei aber war er doch ein Glückspilz! Und er strich sich den Schnurrbart; in den neun Monaten der Green-Street-Häuslichkeit hatte er beinah all sein Fleisch und seine Sicherheit wiedergewonnen. Trotz der freundlichen Anstrengungen Emilys, Winifreds gefasster Ruhe, Imogens teilnehmender Freundlichkeit, Darties Aufgeblasenheit und James' Fürsorge für ihr Essen, war es doch, Soames fühlte es, kein Erfolg für seine junge Frau. Er ging sehr bald mit ihr fort.

»Dieser Monsieur Dartie«, sagte Annette in der Droschke, »je n'aime pas ce type-là!«

»Nein, wahrhaftig!«, sagte Soames.

»Deine Schwester ist sehr liebenswürdig, und das Mädel ist hübsch. Aber dein Vater ist sehr alt. Ich glaube, deine Mutter muss es schwer mit ihm haben; ich möchte nicht an ihrer Stelle sein.«

Soames nickte zu der Scharfsichtigkeit, dem klaren, harten Urteil seiner jungen Frau; aber es beunruhigte ihn ein wenig. Ihn mochte wohl auch der Gedanke durchzuckt haben: »Wenn ich achtzig bin, ist sie fünfundfünfzig und wird es schwer mit mir haben!«

»Ich muss dich noch in ein anderes Haus meiner Verwandtschaft führen«, sagte er; »du wirst es komisch finden, aber wir müssen es abmachen, und dann wollen wir essen und ins Theater gehen.«

Auf diese Weise bereitete er sie auf Timothy und seine Schwestern vor. Aber bei ihnen war es anders. Sie waren *entzückt*, den lieben Soames nach so langer Zeit zu sehen; und das also war Annette!

»Du bist *so* hübsch, meine Liebe, beinah zu jung und hübsch für den lieben Soames, nicht wahr? Aber er ist sehr aufmerksam und sorgsam – solch ein guter Ehem –« Tante Juley hielt inne und drückte ihre Lippen auf Annettens Augen – sie beschrieb sie nachher Francie, die zufällig hinkam: »Sie sind kornblumenblau«, sagte sie, »so schön, ich musste sie wirklich küssen. Ich muss sagen, Soames ist ein ausgezeichneter Kenner. In ihrer französischen Art, die aber nicht zu französisch ist – finde ich sie ebenso hübsch – wenn auch nicht so vornehm, nicht so verführerisch – wie Irene. Denn sie *war* verführerisch, nicht wahr? Mit der weißen Haut und den dunklen Augen, und dem Haar, couleur de – wie war es doch? Ich vergesse es immer.«

»Feuille morte«, erwiderte Francie.

»Natürlich, welke Blätter – merkwürdig. Ich erinnere mich, dass wir, als ich ein junges Mädchen war, bevor wir nach London kamen, einen jungen Fuchshund hatten; er hatte einen braunen Schopf auf dem Kopf und eine weiße Brust, und schöne braune Augen, und es war eine Lady.«

»Ja, Tantchen«, sagte Francie, »aber ich sehe nicht den Zusammenhang.«

»Oh«, erwiderte Tante Juley, ziemlich erregt, »er war so reizend, aber ihre Augen und ihr Haar, weißt du –« Sie schwieg, wie ertappt bei einer Unzartheit. »Feuille morte«, fügte sie plötzlich hinzu. »Hester, vergiss es nicht!«

Es entstand eine große Debatte zwischen den beiden Schwestern, ob Timothy gerufen werden sollte, um Annette zu sehen.

»Ach, macht euch keine Umstände!«, sagte Soames.

»Aber es macht gar nichts aus, nur natürlich, dass Annette Französin ist, könnte ihn ein wenig aufregen. Er war so empört über Faschoda. Ich glaube, wir sollten es lieber nicht wagen, Hester. Es ist so hübsch, sie ganz für uns zu haben, nicht wahr? Und wie geht es dir, Soames? Bist du ganz hinweg über deine –«

Hester unterbrach sie schleunigst:

»Wie gefällt dir London, Annette?«

Soames wartete beunruhigt auf die Antwort. Sie kam, verständig, gelassen: »Oh! Ich kenne London, ich bin schon früher hier gewesen.«

Er hatte nie gewagt, über die Sache mit dem Restaurant mit ihr zu sprechen. Die Franzosen hatten andere Ansichten über Vornehmheit, und vor einer Beziehung dazu zurückzuschrecken, kam ihr vielleicht lächerlich vor; er hatte bis zu seiner Verheiratung gewartet, ehe er es erwähnte; und jetzt wünschte er es nie getan zu haben.

»Und welchen Teil kennst du am besten?«, fragte Tante Juley.

»Soho«, sagte Annette einfach.

Soames presste die Lippen zusammen.

»Soho?«, wiederholte Tante Juley. »Soho?«

»Das wird die Runde durch die Familie machen«, dachte Soames.

»Es ist sehr französisch und interessant«, sagte er.

»Ja«, murmelte Tante Juley, »dein Onkel Roger hatte dort einst mehrere Häuser; er musste immer die Mieter hinauswerfen, erinnere ich mich.«

Soames brachte das Gespräch auf Mapledurham.

»Natürlich«, sagte Tante Juley, »ihr werdet wohl sehr bald dorthin gehen, um euch einzurichten. Wir freuen uns alle so sehr auf die Zeit, wo Annette ein kleines liebes –«

»Juley«, rief Tante Hester verzweifelt, »klingle nach dem Tee!«

Soames wagte nicht auf den Tee zu warten und ging mit Annette fort.

»Ich würde an deiner Stelle Soho nicht erwähnen«, sagte er in der Droschke. »Es ist ein ziemlich obskurer Teil von London, und du hast jetzt nichts mehr mit der Restaurantgeschichte zu tun; ich meine«, fügte er hinzu, »ich möchte gern, dass du nette Leute kennst, und Engländer sind furchtbare Snobs.«

Annettens klare Augen öffneten sich weit und ein leises Lächeln kam auf ihre Lippen.

»Ja?«, sagte sie.

»Hm«, dachte Soames, »das ist auf mich gemünzt!«, und er sah sie scharf an. »Sie hat einen guten Geschäftsinstinkt«, dachte er. »Ich muss es ihr ein für alle Mal verständlich machen.«

»Sieh mal, Anette! Es ist sehr einfach, nur muss man es verstehen. Unsere Berufs- und freien Klassen dünken sich noch ein Stück über unsern Geschäftsklassen, ausgenommen natürlich die sehr Reichen. Es mag töricht sein, aber es ist so, siehst du. Es ist nicht ratsam, in England die Leute wissen zu lassen, dass du ein Restaurant hattest oder einen Laden oder überhaupt in irgendeinem Geschäft tätig warst. Es mag außerordentlich achtungswert gewesen sein, aber es drückt dir gewissermaßen einen Stempel auf, du hast es nicht so gut und lernst nicht so nette Leute kennen – es hat keinen Zweck.«

»Ich verstehe«, sagte Annette, »in Frankreich ist es auch so.«

»So«, murmelte Soames ebenso erleichtert wie bestürzt, »es kommt natürlich nur auf die Klasse an.«

»Jawohl«, sagte Annette, »comme vous êtes sage.«

»Das ist alles ganz gut«, dachte Soames, indem er ihre Lippen beobachtete, »nur ist sie ziemlich zynisch.« Seine Kenntnis des Französischen war noch nicht so, dass es ihm Kummer machen konnte, weil sie nicht »tu« gesagt hatte. Er legte den Arm um sie und murmelte mit Anstrengung:

»Et vous êtes ma belle femme.«

Annette bekam einen kleinen Lachanfall.

»O, non«, sagte sie. »O, non! Ne parlez pas français, Soames. Worauf freut sich die alte Dame, deine Tante, so?«

Soames biss sich auf die Lippen. »Gott weiß«, sagte er, »sie sagt immer so etwas«, aber er wusste es besser als Gott.

11. Neue Interessen

Der Krieg zog sich weiter hin. Man hatte Nicholas sagen hören, dass, wenn er überhaupt etwas kostete, er dreihundert Millionen kosten würde, bevor man zu Ende damit käme! Die Einkommensteuer wäre ernstlich bedroht. Aber dafür würden sie doch Südafrika auf immer für ihr Geld haben. Und obwohl das Gefühl für Besitz am frühen Morgen arg erschüttert schien, erholte es sich zur Frühstückszeit bei dem Gedanken daran, dass man in diesen Tagen nichts umsonst erhielt. Im Ganzen gingen die Leute daher ebenso ihren Geschäften nach, als wenn kein Krieg wäre, es keine Konzentrationslager gäbe, keinen aalglatten de Wet, kein Vorurteil auf dem Kontinent, noch irgendetwas Unangenehmes. Die Haltung der Nation war vollkommen in der Karte Timothys versinnbildlicht, für die das Interesse erloschen war – denn Timothy ließ die Flaggen stecken, und sie konnten sich selbst nicht von der Stelle bewegen, weder rückwärts noch vorwärts, wie sie es hätten tun müssen.

Auch auf der Forsyte-Börse herrschte derselbe Mangel an Bewegung wie auch eine allgemeine Ungewissheit hinsichtlich der nächsten Ereignisse. Die Heiratsanzeige »Jolyon Forsyte mit Irene, der einzigen Tochter des verstorbenen Professors Heron« in der »Times« hatte einen Zweifel darüber erweckt, ob diese Angaben richtig waren. Und doch empfand man es im Ganzen als Erleichterung, dass sie nicht als »Irene, die ›ehemalige‹ oder ›geschiedene‹ Frau von Soames Forsyte« bezeichnet war. Schließlich lag doch etwas von Größe in der Art, wie die Familie Forsyte die »Affäre« von Anfang an aufgenommen hatte. James hatte recht gehabt zu sagen: »Es war nun einmal so!« Nutzlos viel Wesens davon zu machen! Man hatte nichts davon zuzugeben, dass es ein »hässlicher Streit« gewesen war!

Was aber würde geschehen, wo jetzt Soames und Jolyon wieder verheiratet waren? Das war eine sehr heikle Frage. Von George wusste man, dass er und Eustace mit sechs zu vier auf einen kleinen Jolyon vor einem kleinen Soames gewettet hatten. George war so drollig! Es ging auch das Gerücht, dass er und Dartie eine Wette eingegangen waren, ob James das Alter von neunzig Jahren erreichen würde, allein niemand wusste, wer von beiden auf James' Seite war.

Anfang Mai kam Winifred mit der Nachricht, dass Val durch eine versprengte Kugel am Bein verwundet sei und entlassen werden sollte.

Seine Frau pflegte ihn. Es würde ein schwaches Hinken zurückbleiben – nicht der Rede wert. Er wollte gern, dass sein Großvater ihm dort draußen eine Farm kaufen sollte, wo er Pferde züchten konnte. Hollys Vater gab ihr achthundert im Jahr, so kamen sie ganz gut aus, da sein Großvater ihm fünf geben wollte, wie er gesagt hatte. Aber über die Farm wisse er nichts – könne er nichts sagen: Er wolle nicht, dass Val sein Geld wegwerfe.

»Aber er muss doch etwas tun, weißt du«, hatte Winifred gesagt.

Tante Hester meinte, dass sein lieber Großvater vielleicht klug handelte, denn wenn er keine Farm kaufte, könnte es nicht schlecht damit ausgehen.

»Aber Val liebt Pferde«, sagte Winifred. »Es wäre eine so gute Beschäftigung für ihn.«

Tante Juley meinte, dass Pferde etwas sehr Ungewisses wären, hatte Montague das nicht auch gefunden?

»Val ist ganz anders«, sagte Winifred; »er gleicht mir.«

Tante Juley glaubte sicher, dass Val sehr tüchtig war. »Ich erinnere mich noch«, fügte sie hinzu, »wie er seinen falschen Groschen einem Bettler gab. Sein lieber Großvater war so erfreut darüber. Er meinte, es zeige solch eine Geistesgegenwart. Ich erinnere mich, dass er sagte, er müsste zur Marine gehen.«

Tante Hester stimmte ihr bei: Glaubte Winifred nicht auch, dass es viel besser für die jungen Leute sei, sicherzugehen und in ihrem Alter nicht solche Gefahr zu laufen?

»Wenn sie in London wären, vielleicht«, sagte Winifred, »in London ist es ein Vergnügen, nichts zu tun. Dort aber würde er sich natürlich zu Tode langweilen.«

Tante Hester meinte, dass es sehr hübsch für ihn wäre zu arbeiten, wenn er sicher sein könnte, nichts dabei zu verlieren. Etwas anderes wäre es, wenn sie kein Geld hätten. Timothy freilich hatte so gut damit getan, sich zurückzuziehen. Tante Juley wollte gern wissen, was Montague dazu gesagt hatte.

Winifred sagte es ihr nicht, denn Montague hatte nur bemerkt: »Warte bis der alte Mann stirbt.«

In diesem Augenblick wurde Francie angemeldet. Ihre Augen waren voll Lächeln.

»Nun«, rief sie, »was sagt ihr dazu?«

»Wozu, meine Liebe?«

»Zu dem in der ›Times‹ heute Morgen.«

»Wir haben es noch nicht gesehen, wir lesen sie immer nach Tisch; bis dahin hat Timothy sie.«

Francie rollte die Augen.

»Ist es etwas, das du uns sagen darfst?«, fragte Tante Juley. »Was ist es?«

»Irene hat in Robin Hill einen Sohn bekommen.«

Tante Juley holte tief Atem. »Aber«, sagte sie, »sie heirateten doch erst im März!«

»Ja, Tantchen, ist es nicht interessant?«

»Das freut mich«, sagte Winifred. »Es tat mir leid um Jolyon, als er seinen Sohn verlor. Es hätte Val sein können.«

Tante Juley schien wie in einen Traum versunken.

»Ich bin neugierig«, murmelte sie, »was der liebe Soames da sagen wird. Er hat sich selbst so einen Sohn gewünscht. Ein Vöglein hat mir das immer gesagt.«

»Ja«, sagte Winifred, »er wird auch – wenn alles gut geht.«

Freude träufelte aus Tante Juleys Augen.

»Wie entzückend!«, sagte sie. »Wann?«

»Im November.«

»Solch ein Glücksmonat! Aber sie hätte gewünscht, dass es früher käme. Es ist eine lange Zeit des Wartens für James in seinem Alter.«

Warten! Sie fürchten es für James, aber sie selbst waren daran gewöhnt. Zu warten war in der Tat ihre größte Zerstreuung. Darauf, die »Times« zu lesen; auf das Kommen eines ihrer Neffen oder Nichten, die sie aufheitern sollten; auf Nachrichten von Nicholas' Gesundheit; auf die Entscheidung darüber, ob Christopher zur Bühne gehen würde; auf Benachrichtigung in Betreff der Minen von Mrs. Mac Anders' Neffen; auf den Arzt, der wegen Hesters frühen Erwachens am Morgen kommen sollte; auf Bücher aus der Leihbibliothek, die immer vergriffen waren; darauf, dass Timothy sich erkälten würde; auf einen schönen warmen Tag, nicht zu heiß, an dem sie einen Spaziergang im Kensington Gardens machen konnten. Im Wohnzimmer, wo sie zu beiden Seiten des Kamins saßen, auf den Schlag der Uhr zwischen ihnen zu warten, während ihre dünnen, geäderten, knochigen Hände fleißig Stricknadeln und Häkelhaken handhaben. In ihren schwarzen Seiden- oder Atlaskleidern auf die Vorstellung bei Hof zu warten, um zu wissen, ob Hester ihr dunkelgrünes und Juley ihr dunkleres braunes anziehen dürften. Zu warten, während sie die kleinen Freuden und Leiden, Ereignisse und Hoffnungen ihrer kleinen Familienwelt immer wieder und wieder in ihren alten Herzen aufleben ließen, wie Kühe auf heimischen Wiesen geduldig ihr Futter wiederkäuten. Und auf dies neue Ereignis zu warten, war wohl der Mühe wert. Soames, der ihnen gern Bilder zu schenken pflegte und sie fast jede Woche besucht hatte, was sie sehr vermissten, der nach dem Schiffbruch seiner ersten Ehe ihres Mitgefühls so sehr bedurft hatte, war immer ihr Liebling gewesen. Dieses neue Ereignis – die Geburt eines Erben für Soames – war so wichtig für ihn und seinen lieben Vater, dass James vielleicht nicht ohne einige Gewissheit über die Dinge zu sterben brauchte. James konnte Ungewissheit so gar nicht vertragen; und bei seinem Verhältnis zu Montague konnte es ihn natürlich nicht sehr befriedigen, außer den jungen Darties keine Enkelkinder zu hinterlassen. Schließlich zählte der eigene Name doch! Und als James' neunzigster Geburtstag nahte, waren sie begierig, was für Vorsichtsmaßregeln er ergreifen würde. Er war der erste der Forsyte, der dies Alter erreichte, und würde sozusagen einen neuen Standard für die Lebensdauer festsetzen. Das war so wichtig in ihrem Alter von siebenundachtzig und fünfundachtzig, obwohl sie gar nicht an sich selbst denken wollten, wo sie Timothy hatten, der noch nicht zweiundachtzig war. Es gab natürlich eine bessere Welt. »In meines Vaters Haus sind viele Wohnungen«, war einer von Tante Juleys Lieblingssprüchen – er war ihr immer ein Trost mit seinem Hinweis auf Hausbesitz, der dem lieben Roger zu seinem Vermögen verholfen hatte. Die Bibel war wirklich eine große Hilfe, und an *sehr* schönen Sonntagen gingen sie morgens zur Kirche; und zuweilen stahl Tante Juley sich in Timothys Arbeitszimmer, wenn sie sicher wusste, dass er fort war, und steckte wie zufällig das Neue Testament geöffnet zwischen die Bücher auf seinem kleinen Tisch – er war natürlich ein eifriger Leser, da er früher Verleger gewesen war. Doch sie hatte bemerkt, dass Timothy nachher bei Tisch immer ärgerlich war. Und Smither hatte ihr mehr als einmal gesagt, dass sie Bücher vom Fußboden aufgelesen hätte, wenn sie das Zimmer aufräumte. Trotz allem aber hatten sie das Gefühl, als könne es im Himmel nicht ganz so gemütlich sein wie die Zimmer, in denen sie und Timothy so lange gewartet hatten. Tante Hester namentlich konnte den Gedanken an die Anstrengung nicht ertragen. Jede Veränderung, oder vielmehr der Gedanke an eine Veränderung – denn es kam nie eine – regte sie immer sehr auf. Tante Juley, die viel lebhafter war, dachte manchmal, dass es ganz spannend sein müsse; sie hatte den Aufenthalt in Brighton in dem Jahr, als Susan starb, so sehr genossen. Von Brighton aber wusste man, dass es schön war, und es war so schwer zu sagen, wie es im Himmel sein würde; daher war sie mehr als zufrieden, noch warten zu können.

Am Morgen von James' Geburtstag, am 5. August, fühlten sie sich außerordentlich angeregt, und kleine Zettel gingen durch Smithers Hand hin und her zwischen ihnen, während sie ihr Frühstück im Bett einnahmen. Smither musste hingehen, ihre Grüße und kleine Geschenke zu überbringen und zu hören, wie es Mr. James ging und ob er bei all der Aufregung eine gute Nacht verbracht hatte. Und auf dem Rückweg sollte Smither in der Green Street vorsprechen – es war ein kleiner Umweg für sie, aber sie konnte nachher den Omnibus die Bond Street hinauf nehmen, es würde eine nette kleine Abwechslung für sie sein – und Mrs. Dartie bitten, sie bestimmt zu besuchen, bevor sie die Stadt verließ.

Smither, ein Dienstmädchen, das vor dreißig Jahren von Tante Ann zu einer Vollkommenheit erzogen war, wie man sie jetzt nicht mehr erreichen konnte, erledigte alles dies. Mr. James hatte, wie Mrs. James sagte, eine vorzügliche Nacht gehabt, er ließe vielmals grüßen; Mrs. James hatte gesagt, er wäre sehr komisch und habe sich beklagt, dass er nicht wisse, was all diese Umstände bedeuten. Und Mrs. Dartie ließe grüßen und würde zum Tee kommen.

Die Tanten Juley und Hester waren »entzückt«, auch ein wenig gekränkt, dass ihre Geschenke nicht einer besonderen Erwähnung gewürdigt worden waren – sie vergaßen jedes Jahr, dass James keine Geschenke mochte, »sie würfen ihr Geld für ihn hinaus«, wie er es immer nannte; doch es war ein Beweis dafür, dass James in guter Laune war, und das war sehr wichtig für ihn. Und sie begannen auf Winifred zu warten. Sie kam um vier Uhr und brachte Imogen und Maud mit, die eben von der Schule kam und »auch ein so hübsches Mädel wurde«, sodass es außerordentlich schwierig war, nach Annette zu fragen. Tante Juley jedoch hatte den Mut, sich zu erkundigen, ob Winifred etwas gehört habe und ob Soames sehr besorgt sei.

»Das ist Onkel Soames immer, Tantchen«, unterbrach Imogen; »er kann nicht glücklich sein, wenn er es jetzt auch hat.«

Die Worte klangen vertraut in Tante Juleys Ohren. Ach ja! Jene komische Zeichnung von George, die ihnen *nicht* gezeigt worden war! Aber was meinte Imogen eigentlich damit? Dass ihr Onkel immer mehr wollte, als er haben konnte? Es war gar nicht hübsch, so zu denken.

Imogens Stimme erhob sich hell und klar:

»Denkt euch! Annette ist nur zwei Jahre älter als ich; es muss furchtbar sein für sie, mit Onkel Soames verheiratet zu sein.«

Tante Juley hob voll Entsetzen ihre Hände.

»Meine Liebe«, sagte sie, »du weißt nicht, was du sprichst. Dein Onkel Soames passt für jeden. Er ist ein sehr kluger Mann, sieht gut aus und ist wohlhabend, außerdem höchst rücksichtsvoll und sorgsam, und durchaus nicht alt im Ganzen genommen.«

Imogen sah mit ihrem strahlenden Blick von einer der »lieben Alten« zur andern und lächelte nur.

»Ich hoffe«, sagte Tante Juley ganz ernst, »dass *du* einen ebenso guten Mann bekommst.«

»Ich werde keinen guten Mann heiraten, Tantchen!«, murmelte Imogen. »Die sind langweilig.«

»Wenn du so redest«, erwiderte Tante Juley, noch sehr entrüstet, »wirst du gar nicht heiraten. Wir wollen lieber nicht weiter darüber sprechen.« Und sich zu Winifred wendend, fragte sie: »Was macht Montague?«

An diesem Abend, als sie auf das Essen warteten, sagte sie:

»Ich habe Smither gesagt, eine halbe Flasche von dem süßen Champagner heraufzubringen, Hester. Ich denke, wir müssen auf James' Gesundheit trinken, und – und auf die Gesundheit von Soames' Frau; nur wollen wir es ganz geheim halten. Ich werde nichts weiter sagen, nur: ›*Du verstehst* es schon, Hester!‹, und dann trinken wir. Es könnte Timothy aufregen.«

»Eher könnte es uns aufregen«, sagte Tante Hester. »Aber wir müssen es schon, denke ich, bei einer solchen Gelegenheit.«

»Ja«, sagte Tante Juley begeistert, »es *ist* eine Gelegenheit! Denk nur, wenn er einen lieben kleinen Sohn hätte, die Familie fortzusetzen! Ich halte es jetzt, wo Irene einen Sohn hat, für so sehr wichtig. Winifred erzählte, dass George Jolyon den ›Drei-Decker‹ nennt, seiner drei Familien wegen, weißt du! George *ist wirklich* drollig! Und denke dir! Irene lebt schließlich doch in dem Hause, das Soames für sie beide hatte bauen lassen. Es ist hart für den lieben Soames; und er ist immer so pflichttreu gewesen.«

Noch ein wenig erregt und erhitzt von ihrem Glas Wein und dem Geheimnis ihres zweiten Toastes, lag sie diese Nacht mit dem geöffneten Gebetbuch vor sich im Bett, die Augen auf die Decke gerichtet, die gelb von ihrer Kerze beleuchtet war. Die jungen Dinger! Sie hatten es alle so gut! Und sie wäre so glücklich, wenn sie Soames glücklich wüsste! Aber jetzt musste er es doch sein, trotz Imogens Bemerkung. Er würde alles haben, war er braucht: Vermögen, eine Frau, und Kinder! Und er würde bis in ein hohes Alter leben, wie sein Vater, und alles von Irene und der schrecklichen Sache vergessen. Wenn sie selbst nur hier sein könnte, seinen Kindern ihr erstes Schaukelpferd zu kaufen! Smither musste es im Kaufhaus für sie aussuchen, ein hübsches, scheckiges. Ach, wie Roger sie zu schaukeln pflegte, bis sie hinunterfiel! Du lieber Himmel! Das war lange her! Es war einmal! »In meines Vaters Haus sind viele Wohnungen –« Ein leises nagendes Geräusch traf ihr Ohr – »Doch keine Maus!«, dachte sie mechanisch. Das Geräusch verstärkte sich. Da! Es *war* eine Maus! Es war nicht recht, von Smither, zu sagen, dass hier keine waren! Sie würde sich durch das Getäfel durchfressen, ehe sie sich's versahen, und dann würden sie die Handwerker brauchen. Es waren so schädliche Tiere! Und sie lag da, folgte im Geiste dem leisen nagenden Geräusch, und wartete auf den Schlaf, der sie davon befreien sollte.

12. Geburt eines Forsytekindes

Soames ging durch die Gartenpforte, über den Rasenplatz, blieb auf dem Wege am Fluss stehen, kehrte um und ging zur Gartenpforte zurück, ohne zu wissen, dass er sich bewegt hatte. Das Geräusch von knirschenden Rädern auf dem Fahrweg überzeugte ihn, dass Zeit vergangen und der Doktor fort war. Was hatte er eigentlich gesagt?

»Die Lage ist folgende, Mr. Forsyte. Ich kann sicher ihr Leben retten, wenn ich operiere, aber das Kind würde tot zur Welt kommen. Wenn ich nicht operiere, wird das Kind wahrscheinlich lebend zur Welt kommen, aber es besteht große Gefahr für die Mutter – eine große Gefahr. In jedem Fall glaube ich nicht, dass sie wieder ein Kind wird haben können. In ihrem Zustand kann sie begreiflicherweise nicht für sich selbst entscheiden, und wir können nicht auf ihre Mutter warten. Es ist an Ihnen, die Entscheidung zu treffen, während ich besorge, was notwendig ist. Ich werde in einer Stunde zurück sein.«

Die Entscheidung! Was für eine Entscheidung! Keine Zeit, einen Spezialisten herzubekommen! Keine Zeit für irgendetwas!

Das Geräusch der Räder verhallte, Soames aber stand noch immer da; dann hielt er sich plötzlich die Ohren zu, und ging an den Fluss zurück.

Dass es so vor der Zeit kommen musste, ohne jede Möglichkeit, für irgendetwas vorzusorgen, nicht einmal ihre Mutter hier zu haben! Ihre Mutter musste die Entscheidung treffen, und sie konnte erst am Abend von Paris hier sein! Wenn er nur den Jargon des Doktors verstanden hätte, diese medizinischen Feinheiten, um sicher zu sein, dass er die Chancen richtig abwägte: aber es war unverständlich für ihn – wie ein gesetzliches Problem für einen Laien. Und doch *musste* er sich entscheiden! Seine Stirn war feucht, obwohl die Luft kühl war. Diese Laute, die aus ihrem Zimmer kamen! Dorthin zurückgehen, würde es nur erschweren. Er musste ruhig sein, klar denken. Auf der einen Seite Leben, beinah mit Sicherheit Leben für seine junge Frau, gewisser Tod für sein Kind; und – später keine Kinder mehr! Auf der andern, vielleicht Tod seiner Frau, fast gewiss Leben für sein Kind und – nachher keine Kinder mehr! Was sollte er wählen? … Es hatte geregnet. Diese letzten vierzehn Tage – der Fluss war sehr gestiegen und im Wasser, um das kleine Hausboot, das an dem Landungssteg vor Anker lag, hatten sich viele Blätter von den Wäldern oben angesammelt, die im Frost abgefallen waren, Blätter fielen, Leben schwanden hin! Über Tod entscheiden? Und niemand, der ihm beistehen konnte. Verlust des Lebens ist Verlust für immer. Halte fest, was du halten kannst; denn was dahin ist, kommt nicht wieder. Es lässt dich kahl zurück, wie jene Bäume, wenn sie ihre Blätter verloren haben; immer kahler und kahler, bis auch du welkst und vergehst. Und in einem sonderbaren Gedankenspiel meinte er, nicht Annette dort hinter den Scheiben, auf die die Sonne schien, liegen zu sehen, sondern Irene, in ihrem Schlafzimmer am Montpellier Square, wie es vor sechzehn Jahren vielleicht ihr Schicksal hätte sein können. Hätte er damals gezögert? Nicht einen Augenblick! Operieren, operieren! Ihr Leben sichern! Keine Entscheidung – nur ein instinktiver Ruf nach Hilfe, trotzdem er wusste, dass sie ihn nicht liebte! Aber dies! Ach! Es war nichts Überwältigendes in seinem Gefühl für Annette! Oftmals in diesen letzten Monaten, besonders, seitdem sie angefangen hatte sich zu fürchten, war er unsicher gewesen. Sie hatte ihren eigenen Willen, war selbstsüchtig, auf ihre französische Art. Und doch – so hübsch! Was würde sie wünschen – die Gefahr zu laufen? »Ich weiß, sie wünscht sich das Kind«, dachte er. »Wenn es tot zur Welt kommt, und nachher keine Aussicht mehr – würde es sie furchtbar unglücklich machen. Keine Aussicht mehr! Alles umsonst! Ein Eheleben für Jahre und Jahre, ohne ein Kind. Nichts, sie festzuhalten! Sie ist jung. Nichts, auf das sie sich freuen könnte – und ich! Und ich!« Er presste die Hände an die Brust! Weshalb konnte er nichts denken, ohne sich selbst mit hineinzubringen – konnte er sich selbst nicht ausschalten und überlegen, was er tun musste? Der Gedanke verletzte ihn, verlor dann aber seine Schärfe, als wäre er auf einen Panzer gestoßen. Sich selbst ausschalten? In eine Leere hinein? Unmöglich! Die Idee allein schon war entsetzlich, unsinnig! Und als er hiermit wieder den Boden der Wirklichkeit, den Grund seiner Forsyte-Natur betrat, ruhte Soames einen Augenblick aus. Wenn man aufhörte zu sein, hörte alles auf; es konnte noch eine Weile fortgehen, aber es hatte keinen Zweck!

Er sah nach der Uhr. In einer halben Stunde würde der Doktor zurück sein. Er *musste* sich entscheiden! War er gegen die Operation, und starb sie, wie dann ihrer Mutter und dem Arzt gegenübertreten? Wie es vor seinem eigenen Gewissen verantworten? Es war *sein* Kind, das sie haben sollte! War er für die Operation – so verurteilte er sie beide zu Kinderlosigkeit. Und wozu sonst hatte er sie geheiratet, als um einen gesetzlichen Erben zu haben? Und sein Vater – der an der Pforte des Todes auf die Nachricht wartete! »Es ist grausam«, dachte er. »Darüber zu entscheiden, hätte mir erspart bleiben müssen! Es ist grausam!« Er wandte sich dem Hause zu. Irgendeine feste, einfache Entscheidung! Er nahm eine Münze heraus, steckte sie jedoch wieder ein. Ließ er sie wirbeln, wusste er doch, dass er nicht ertragen würde, zu sehen, welche Seite obenauf lag. Er ging ins Speisezimmer, das am weitesten von dort entfernt lag, wo die Laute herkamen. Der Arzt hatte gesagt, dass einige Aussicht vorhanden wäre. Hier drinnen schien die Aussicht größer; es floss kein Strom, noch fielen Blätter. Ein Feuer brannte. Soames schloss den Likörschrank auf. Er rührte sonst geistige Getränke kaum an, aber jetzt goss er sich einen Whisky ein und trank ihn aus, um sein Blut mehr in Wallung zu bringen. »Dieser Jolyon«, dachte er, »er hatte schon Kinder. Er hat die Frau, die ich wirklich liebte; und jetzt einen Sohn von ihr! Und ich – ich soll mein einziges Kind zerstören! Annette kann nicht sterben; es ist nicht möglich. Sie ist stark!«

Er stand noch finster am Nebentisch, als er den Wagen des Arztes hörte und zu ihm hinaus ging. Er musste auf ihn warten, bis er herunterkam.

»Nun, Herr Doktor?«

»Die Lage ist dieselbe. Haben Sie sich entschieden?«

»Ja«, sagte Soames, »operieren Sie nicht!«

»Nicht? Verstehen Sie richtig – die Gefahr ist groß!«

In Soames' starrem Gesicht bewegte sich nichts als die Lippen.

»Sie sagten, es sei eine Aussicht?«

»Eine Aussicht, ja; aber keine große.«

»Sie sagen, das Kind *muss* tot zur Welt kommen, wenn Sie operieren?«

»Ja.«

»Glauben Sie noch, dass Sie auf keinen Fall ein anderes haben kann?«

»Man kann nicht absolut sicher sein, aber es ist sehr unwahrscheinlich.«

»Sie ist stark«, sagte Soames; »wir wollen es auf die Gefahr ankommen lassen.«

Der Arzt schaute ihn ernst an. »Es geschieht auf Ihre Verantwortung«, sagte er; »bei meiner eigenen Frau könnte ich es nicht.«

Soames' Kinn zuckte, als hätte jemand ihn geschlagen.

»Bin ich da oben zu irgendetwas zu gebrauchen?«, fragte er.

»Nein; bleiben Sie fern.«

»Ich werde in meiner Bildergalerie sein, Sie wissen, wo.«

Der Arzt nickte und ging hinauf.

Soames blieb stehen und lauschte. »Morgen um diese Zeit«, dachte er, »habe ich vielleicht ihren Tod auf dem Gewissen.« Nein! Es war ungerecht – ungeheuerlich, es so aufzufassen! Mutlosigkeit überkam ihn wieder, und er ging in die Galerie hinauf. Er stand am Fenster. Es war Nordwind, kalt und klar, der Himmel sehr blau, schwere zerfetzte weiße Wolken jagten darüber hin; der Fluss sah ebenfalls blau aus durch die Wand vergoldeter Bäume; die Wälder glühten, brannten schon reich gefärbt – ein früher Herbst. Wenn es sein eigenes Leben wäre, würde er die Gefahr laufen? »Aber *sie* würde die Gefahr auf sich nehmen, mich zu verlieren«, dachte er, »eher, als ihr Kind zu verlieren! Sie liebt mich eigentlich nicht!« Was konnte man auch von ihr – als Französin – erwarten? Das einzig wirklich Wesentliche für sie beide, das Wesentliche für ihre Ehe und ihre Zukunft war ein Kind! »Ich habe viel durchgemacht«, dachte er, »ich werde ausharren – ausharren. Es ist eine Aussicht vorhanden, beide zu behalten – eine Aussicht!« Man behält sein Eigentum, bis es einem genommen wird – man behält es! Er begann in der Galerie umherzugehen. Er hatte kürzlich ein Bild erstanden, von dem er wusste, dass es ein Vermögen wert war, und nun blieb er davor stehen – ein Mädchen mit stumpfgoldenem, wie Metallfäden schimmerndem Haar, das auf ein kleines goldenes Ungeheuer in ihrer Hand schaute. Selbst in diesem qualvollen Augenblick erkannte er das Außerordentliche seines

Kaufes – konnte er die Qualität des Tisches, des Fußbodens, des Stuhles, die Gestalt des Mädchens und den vertieften Ausdruck seines Gesichts, das stumpfe Goldgeriesel des Haares, das helle Gold des kleinen Ungeheuers bewundern. Bilder sammeln und reicher werden, immer reicher! Wozu, wenn –! Er kehrte dem Bild plötzlich den Rücken zu und ging ans Fenster. Einige seiner Tauben waren von ihren Stangen um den Taubenschlag aufgeflogen und breiteten ihre Flügel im Winde aus. In dem klaren scharfen Sonnenlicht blitzte ihre Weiße auf. Sie flogen weit, wirkten wie emporgeschleuderte Hieroglyphen am Himmel. Annette fütterte die Tauben; es war hübsch, ihr dabei zuzusehen. Sie nahmen ihr das Futter aus der Hand, sie wussten, was sie ihnen bot. Er spürte ein würgendes Gefühl im Halse. Sie würde nicht – konnte nicht sterben! Sie war zu – zu vernünftig; und sie war stark, wirklich stark, wie ihre Mutter, trotz ihrer zarten Schönheit!

Es begann schon dunkel zu werden, als er endlich die Tür öffnete und lauschte. Nicht ein Ton! Ein milchiges Zwielicht breitete sich langsam über Treppe und Flur unten. Er hatte sich umgedreht, als ein Ton sein Ohr traf. Er sah hinunter und erblickte eine schwarze Gestalt näher kommen, ihm stand das Herz still. Was war es? Tod? Der Tod, der aus ihrer Tür kam? Nein! Nur ein Dienstmädchen, ohne Häubchen und Schürze. Sie kam unten an seine Treppe und sagte atemlos:

»Der Doktor möchte Sie sprechen, Sir.«

Er lief hinunter. Sie stand flach gegen die Wand gelehnt, um ihn durchzulassen, und sagte:

»O Sir! Es ist vorüber.«

»Vorüber?«, sagte Soames beinah drohend. »Was soll das heißen?«

»Es ist geboren, Sir.«

Er stürzte die vier Stufen vor ihm hinauf und stieß in dem dunklen Durchgang plötzlich auf den Doktor. Der Mann trocknete sich die Stirn.

»Nun?«, sagte er. »Schnell.«

»Beide leben; es ist alles in Ordnung, glaube ich.«

Soames stand ganz still und bedeckte seine Augen.

»Ich gratuliere Ihnen«, hörte er den Doktor sagen; »es hing an einem Haar.«

Soames ließ die Hand fallen, die sein Gesicht bedeckte. »Ich danke Ihnen!«, sagte er. »Vielen Dank! Was ist es?«

»Eine Tochter – glücklicherweise; ein Sohn hätte sie getötet.«

Eine Tochter!

»Die äußerste Sorgfalt für beide«, hörte er den Doktor sagen, »und es wird gehen. Wann kommt die Mutter?«

»Heute, zwischen neun und zehn, hoffe ich.«

»Ich werde bis dahin hierbleiben. Wollen Sie sie sehen?«

»Nicht jetzt«, sagte Soames, »bevor Sie gehen. Ich werde Ihnen das Essen hinaufschicken.« Und er ging hinunter.

Unsagbare Erleichterung, und doch – eine Tochter! Er fand es unbillig. Diese Gefahr gelaufen zu sein – diese Todesangst ausgestanden zu haben – und welch eine Todesangst! – und alles für eine Tochter! Er stand vor dem lodernden Feuer der Holzscheite in der Halle, stieß mit der Fußspitze dagegen und versuchte mit sich ins Klare zu kommen. »Mein Vater!«, dachte er. Eine bittere Enttäuschung, nicht möglich, es zu verschleiern! Man erhielt in diesem Leben nie alles, was man wünschte! Und es gab kein anderes – wenigstens hatte es keinen Zweck, wenn es eins gab!

Während er dort stand, wurde ihm ein Telegramm gebracht.

»Komm sofort her, dein Vater verfällt zusehends. Mutter.«

Er las es mit einem beklemmenden Gefühl. Man hätte meinen sollen, er könne nach diesen letzten Stunden nichts mehr fühlen, aber er fühlte es. Halb sieben, ein Zug von Reading um neun, und Madame Lamottes Zug, wenn sie ihn noch erreicht hatte, kam um acht Uhr vierzig – er wollte ihn erwarten und weiterfahren. Er bestellte den Wagen, aß mechanisch etwas und ging hinauf. Der Doktor kam zu ihm heraus.

»Sie schlafen.«

»Ich will nicht hineingehen«, sagte Soames erleichtert. »Mein Vater liegt im Sterben; ich muss hin. Ist alles in Ordnung?«

Das Gesicht des Doktors hatte einen Ausdruck überraschter Bewunderung. »Wenn alle so gefasst wären!«, hätte er sagen mögen.

»Ja, ich glaube, Sie können ruhigen Herzens gehen. Sie kommen doch bald zurück?«

»Morgen. Hier ist die Adresse. Gute Nacht!«, sagte Soames kurz und wandte sich um. Er zog seinen Pelz an. Tod! Eine frostige Geschichte! Er rauchte eine Zigarette im Wagen – eine seiner seltenen Zigaretten. Die Nacht war windig und flog auf schwarzen Schwingen; die Wagenlaternen mussten den Weg suchen. Sein Vater! Der alte, alte Mann! Eine trostlose Nacht – zum Sterben!

Der Londoner Zug lief gerade ein, als er die Station erreichte, und Madame Lamotte kam ihm behäbig, schwarz gekleidet und sehr gelb im Lampenlicht, mit einer Reisetasche durch den Ausgang entgegen.

»Ist das alles, was Sie haben?«, fragte Soames.

»Aber ja, ich hatte keine Zeit. Wie geht's meiner Kleinen?«

»Es geht – beiden gut. Ein Mädchen!«

»Ein Mädchen! Welche Freude! Ich hatte eine entsetzliche Überfahrt!«

Ihre umfangreiche Gestalt in der schwarzen Kleidung, durch die entsetzliche Überfahrt unversehrt, erklomm den Wagen.

»Und Sie, mon cher?«

»Mein Vater liegt im Sterben«, sagte Soames zwischen den Zähnen. »Ich bin auf dem Wege zu ihm. Grüßen Sie Annette von mir.«

»Tiens!«, murmelte Madame Lamotte. »Quel malheur!«

Soames nahm seinen Hut ab und begab sich an seinen Zug. »Diese Franzosen!«, dachte er.

13. James erfährt es

Eine einfache Erkältung, die er sich in dem Zimmer mit Doppelfenstern geholt, wo die Luft und die Leute, die zu ihm kamen, sozusagen filtriert waren, in dem Zimmer, das er seit Mitte September nicht verlassen hatte – und James musste bereits ums Leben kämpfen. Eine leichte Erkältung, die ihm die Kräfte nahm und sich rasch auf die Lungen legte. »Er darf sich nicht erkälten«, hatte der Arzt erklärt, und nun hatte er es doch getan. Als er es zuerst im Halse spürte, hatte er zu seiner Wärterin – denn er hatte jetzt eine – gesagt: »Ich wusste ja, wie es kommen würde bei dem Lüften des Zimmers!« Einen ganzen Tag lang war er sehr ängstlich, wandte schon im Voraus alle Vorsichtsmaßregeln und Heilmittel an, atmete mit außerordentlicher Vorsicht und ließ jede Stunde seine Temperatur messen. Emily war unbesorgt.

Doch am nächsten Morgen, als sie hereinkam, flüsterte die Wärterin: »Er will die Temperatur nicht messen lassen.«

Emily ging an die Seite des Bettes, wo er lag, und sagte sanft: »Wie fühlst du dich, James?«, und hielt das Thermometer an seine Lippen. James blickte zu ihr auf.

»Was soll das?«, murmelte er heiser. »Ich will es nicht wissen.«

Da war sie besorgt. Er atmete mit Beschwerde, sah schrecklich gebrechlich und weiß aus und hatte hellrote Flecken auf den Wangen. Sie hatte
es, weiß Gott, »schwer« mit ihm gehabt, aber es war doch James, James
beinah fünfzig Jahre lang; sie konnte sich das Leben nicht denken, nicht
vorstellen ohne James – James, der hinter all seiner Eigenheit, seinem
Pessimismus, seiner rauen Schale so liebevoll, wirklich gütig und großmütig gegen sie alle gewesen war!

Diesen ganzen Tag und den nächsten sprach er kaum ein Wort, in
seinen Augen aber sah man, dass er alles bemerkte, was für ihn getan
wurde, ein Ausdruck in seinem Gesicht sagte ihr, dass er kämpfte; und
sie verlor die Hoffnung nicht. Sein Schweigen, die Art, wie er jeden
kleinsten Rest von Energie bewahrte, zeigte, mit welcher Hartnäckigkeit
er kämpfte. Es rührte sie tief; und wenn ihr Gesicht im Krankenzimmer
auch gefasst und ruhig war, rannen ihr die Tränen doch über die Wangen, sobald sie draußen war.

Um die Teezeit am dritten Tage – sie hatte eben das Kleid gewechselt,
denn sie hielt auf ihr Aussehen, um ihn nicht zu beunruhigen, weil er
alles bemerkte – sah sie eine Veränderung. »Es hat keinen Zweck, ich
bin müde«, stand deutlich auf dem weißen Gesicht geschrieben, und als
sie zu ihm ging, murmelte er: »Schicke nach Soames.«

»Ja, James«, sagte sie freundlich, »gut – sofort.« Und sie küsste ihn
auf die Stirn. Eine Träne fiel darauf, und als sie sie abwischte, sah sie,
dass seine Augen dankbar blickten. Sehr erregt und nunmehr ohne
Hoffnung, sandte sie das Telegramm an Soames.

Als er aus der windig kalten Nacht hereintrat, war das große Haus
still wie ein Grab. Warmsons breites Gesicht sah beinah schmal aus; er
nahm ihm den Pelz mit förmlich doppelter Sorgfalt ab und sagte:

»Wünschen Sie ein Glas Wein, Sir?«

Soames schüttelte den Kopf, und seine Augenbrauen sahen fragend
aus.

Warmsons Lippen zuckten. »Er fragt nach Ihnen, Sir«, und plötzlich
schneuzte er sich. »Es ist eine lange Zeit, Sir«, sagte er, »dass ich bei Mr.
Forsyte bin – eine lange Zeit.«

Soames ließ ihn beim Zusammenfalten des Mantels und stieg die
Treppen hinauf. Dies Haus, wo er geboren und wohlgeborgen war, schien
ihm nie so warm und reich und gemütlich, als während dieser letzten
Pilgerfahrt zu seines Vaters Zimmer. Es war nicht sein Geschmack, aber
in seiner soliden, behäbigen Art war es der Gipfel des Behagens und der

Sicherheit. Und die Nacht war so dunkel und windig; das Grab so kalt und einsam!

Er zögerte vor der Tür. Kein Laut kam von drinnen. Er drückte leise die Klinke herunter und war im Zimmer, bevor er bemerkt wurde. Das Licht war gedämpft. Seine Mutter und Winifred saßen dem Bett gegenüber, und die Wärterin kam von der andern Seite, wo ein leerer Stuhl stand. »Für mich!«, dachte Soames. Als er näher kam, erhoben seine Mutter und Schwester sich, aber er wehrte mit der Hand ab, und sie setzten sich wieder. Er ging bis an den Stuhl und beobachtete seinen Vater. James atmete, als ersticke er, die Augen waren geschlossen. Und während Soames seinen Vater dort so abgezehrt, weiß und hinfällig liegen sah und auf seine erstickten Atemzüge lauschte, überkam ihn ein leidenschaftlich heftiger Zorn über die Natur, die grausame, unerklärliche Natur, die langsam den Atem aus der Brust dieses Knochenbündels von einem Körper presste, das Leben des Wesens, das ihm das Liebste auf Erden war. Sein Vater hatte so vorsichtig, so mäßig und enthaltsam gelebt wie wohl niemand sonst, und das war sein Lohn – das Leben langsam, qualvoll aus sich herauspressen zu lassen! Und ohne zu wissen, dass er es aussprach, sagte er: »Es ist grausam.«

Er sah seine Mutter ihre Augen bedecken und Winifred das Gesicht gegen das Bett neigen. Frauen! Sie wurden so viel besser mit allem fertig als Männer. Er ging einen Schritt näher zu seinem Vater. Seit drei Tagen war James nicht rasiert, und seine Lippen und das Kinn waren mit Haaren bedeckt, die kaum schneeiger waren als seine Stirn. Er machte sein Gesicht sanfter, verlieh ihm ein merkwürdiges Aussehen, das schon nicht mehr von dieser Welt war. Seine Augen öffneten sich. Soames ging ganz dicht an ihn heran und beugte sich über ihn. Die Lippen bewegten sich.

»Hier bin ich, Vater.«

»Hm – was – was für Nachrichten? Mir sagen sie nie –« Die Stimme erstarb, und eine Flut von Empfindungen arbeitete in Soames' Gesicht, sodass er nicht zu sprechen vermochte. Es ihm sagen? – Ja. Aber was? Er nahm sich zusammen, presste die Lippen aufeinander und sagte:

»Gute Nachrichten, Lieber, gute – Annette hat einen Sohn.«

»Ah!« Es war der sonderbarste Laut, hässlich, erleichtert, kläglich, triumphierend – wie die Töne, die ein kleines Kind von sich gibt, wenn es erhält, was es will. Die Augen schlossen sich wieder und das erstickte Atmen begann aufs Neue. Soames trat an den Stuhl zurück und setzte sich versteinert nieder. Die Lüge, die er gesagt, in der tiefen Überzeugung, dass James nach dem Tode die Wahrheit nicht erfahren werde, hatte ihm im Augenblick jede Fähigkeit genommen, etwas zu empfinden. Sein Arm rieb gegen etwas. Es war der nackte Fuß seines Vaters. Nach Atem ringend hatte ihn dieser unter der Decke hervorgezogen. Soames nahm ihn in die Hand; ein kalter Fuß, zart und mager, und sehr kalt. Welchen Zweck hatte es, ihn wieder einzuhüllen, wo er bald noch kälter sein würde! Mechanisch wärmte er ihn in seiner Hand und lauschte auf die arbeitenden Atemzüge seines Vaters, während die Fähigkeit, zu fühlen, wieder in ihm erwachte. Ein leiser, rasch unterdrückter Seufzer kam von Winifred, aber seine Mutter saß reglos da, die Augen fest auf James gerichtet. Soames winkte der Wärterin.

»Wo ist der Doktor?«, flüsterte er.

»Es wurde nach ihm geschickt.«

»Können Sie nichts tun, ihm das Atmen zu erleichtern?«

»Nur eine Einspritzung; und die kann er nicht vertragen. Der Arzt sagte, während er kämpfe –«

»Er kämpft nicht«, flüsterte Soames, »er erstickt allmählich. Es ist furchtbar.«

James starrte sie unruhig an, als wisse er, was sie sagten. Soames erhob sich und beugte sich über ihn. James bewegte schwach seine beiden Hände, und Soames nahm sie.

»Er möchte aufgesetzt werden«, flüsterte die Wärterin.

Soames richtete ihn auf. Er glaubte es ganz sanft zu tun, aber es kam ein ärgerlicher Zug in James' Gesicht. Die Wärterin schüttelte die Kissen auf. Soames legte die Hände hin, bückte sich und küsste seinen Vater auf die Stirn. Als er sich wieder aufrichtete, sah James ihn mit einem Blick an, der aus innerster Tiefe zu kommen schien. »Mit mir ist es aus, mein Junge«, schien er zu sagen, »nimm dich ihrer an, denke an dich; nimm dich ihrer an – ich lege alles in deine Hand.«

»Ja, ja«, flüsterte Soames, »ja, ja.«

Hinter ihm nahm die Wärterin etwas mit ihm vor, er wusste nicht was, sein Vater aber machte eine leise Bewegung der Abwehr, als verdrieße ihn ihr Eingriff; und fast unmittelbar wurde sein Atem leichter und ruhiger; er lag ganz still. Der gespannte Ausdruck seines Gesichts schwand, und eine sonderbare weiße Stille trat an dessen Stelle. Seine Lider bebten, ruhten; das ganze Gesicht ruhte in Behagen. Nur das leise Blähen seiner Lippen verriet, dass er atmete. Soames sank auf seinen

Stuhl zurück und streichelte wieder seinen Fuß. Er hörte die Wärterin drüben beim Feuer leise weinen; merkwürdig, dass sie, eine Fremde, die einzige von ihnen war, die weinte! Er vernahm das leise Knistern und Prasseln der Flammen im Kamin. Wieder ging einer der alten Forsytes zu langer Ruhe ein – wunderbar waren sie! – wunderbar, wie er sich gehalten hatte! Seine Mutter und Winifred neigten sich vor, hingen an James' Lippen. Soames aber beugte sich seitwärts über die Füße und wärmte sie beide; es gab ihm einigen Trost, obwohl sie immer kälter und kälter wurden. Plötzlich fuhr er auf; ein Laut, ein Laut, wie er ihn nie gehört, kam von James' Lippen, als breche ein Herz, das ausgekämpft, mit einem langen Stöhnen. Welch ein starkes Herz, dass es so Abschied nehmen konnte! Es ward still. Soames blickte ihm ins Gesicht. Keine Bewegung, kein Atemzug! Tot! Er küsste die Stirn, wandte sich um und ging aus dem Zimmer. Er lief hinauf in sein Schlafzimmer, sein altes Schlafzimmer, das stets für ihn bereitstand, warf sich, das Gesicht nach unten, aufs Bett und brach in Schluchzen aus, das er mit den Kissen erstickte ...

Ein wenig später ging er hinunter und wieder in das Zimmer hinein. James lag allein, wunderbar ruhig, frei von Kummer und Angst, mit einer Feierlichkeit auf seinem abgezehrten Gesicht, die hohes Alter verleiht, der verwitterten Feierlichkeit alter Münzen. Soames blickte still auf das Gesicht, auf das Feuer, auf das ganze Zimmer und die weit geöffneten Fenster, mit der Londoner Nacht davor.

»Lebwohl!«, flüsterte er, und ging hinaus.

14. Sein

Er hatte viel zu tun in dieser Nacht und den ganzen nächsten Tag. Ein Telegramm, beim Frühstück, beruhigte ihn über Annette, und er erreichte nur noch den letzten Zug nach Reading, Emilys Kuss auf der Stirn, und in seinen Ohren ihre Worte:

»Ich weiß nicht, was ich ohne dich angefangen hätte, mein lieber Junge.«

Er langte um Mitternacht zu Haus an. Das Wetter hatte sich geändert, war wieder mild, als könne es ausruhen, nachdem es sein Werk vollendet und einen Forsyte zu seiner letzten Rechenschaftsablegung gesandt. Ein zweites Telegramm, zur Essenszeit, hatte die guten Nachrichten über

Annette bestätigt, und Soames ging, anstatt hineinzugehen, im Mondschein durch den Garten, zu seinem Hausboot hinunter. Er konnte ganz
gut dort schlafen. Todmüde legte er sich in seinem Pelz aufs Sofa, und
schlief ein. Bald nach der Morgendämmerung erwachte er und ging auf
das Deck. Er stand an der Reeling und schaute nach Westen, wo der
Fluss in großem Bogen in den Wäldern verschwand. Soames' Würdigung
der Schönheit der Natur glich, merkwürdigerweise, der seiner Farmervorfahren, und wurde ohne Zweifel durch seine Forschungen auf dem Gebiet
der Landschaftsmalerei verschärft und durchgebildet. Dämmerung aber
hat die Macht, befruchtend auf den nüchternsten Sinn zu wirken, und
er war bewegt. Es war eine andere Welt, als er sie kannte, hier am Fluss,
unter dem blassen, kühlen Licht; eine Welt, die noch kein Mensch betreten, eine unwirkliche Welt, wie ein fremdes Ufer, das man sichtet. Ihre
Farbe war nicht die übliche, war überhaupt kaum Farbe; ihre Formen
waren verhüllt, doch deutlich; ihre Stille befremdend; sie hatte keinen
Duft. Weshalb sie ihn so bewegte, konnte er nicht sagen, wenn es nicht
daher kam, dass er sich so einsam darin fühlte, jeder Beziehung, jeden
Besitzes bar. In solch eine Welt mochte sein Vater jetzt eingegangen sein,
trotz aller Ähnlichkeit, die sie mit der Welt hatte, die er verlassen. Und
Soames suchte Zuflucht in dem Gedanken, welcher Maler ihr wohl hätte
gerecht werden können. Das grauweiße Wasser war wie – wie der Bauch
eines Fisches! War es möglich, dass diese Welt, auf die er schaute, völlig
privates Eigentum war, außer dem Wasser – und selbst das war abgegra-
ben! Kein Baum, kein Strauch, nicht ein Grashalm, kein Vogel oder Tier,
selbst kein Fisch, der nicht jemandem gehörte. Und einst war alles dies
Wildnis und Marschland und Wasser gewesen, und freie Geschöpfe
streiften und jagten hier umher, ohne von Menschen gekannt zu sein,
die ihnen Namen geben konnten; geile Üppigkeit hatte dort geherrscht,
wo jene hohen, sorgsam gepflanzten Wälder bis ans Wasser unten
reichten, und sumpffeuchtes Schilf hatte drüben das ganze Weideland
bedeckt. Ja! Sie hatten es untergekriegt, es aufgeteilt, etikettiert und es
in Anwaltsbüros aufgestapelt. Und das war gut so! Dereinst aber würde,
wie jetzt, der Geist der Vergangenheit kommen, würde spuken, brüten,
und jedem menschlichen Wesen, das zufällig wach war, zuflüstern: »Aus
meiner freien Einsamkeit kamt ihr alle, und dahin werdet ihr alle einst
zurückkehren!«

Und Soames, der die Kälte und Unheimlichkeit dieser Welt fühlte –
die so neu für ihn war, und doch so alt – dieser Welt, die niemand ge-

hörte – ging hinunter und machte sich Tee auf einem Spirituskocher. Nachdem er ihn getrunken, nahm er Schreibmaterial heraus, und schrieb zwei Anzeigen:

»Am 20. dieses Monats starb James Forsyte, in seinem neunzigsten Jahr, in seiner Wohnung in Park Lane. Beisetzung am Nachmittag des 24. auf dem Highgate-Friedhof. Blumen dankend verbeten.«

»Am 20. dieses Monats gebar in ›Haus Zuflucht‹, Mapledurham, Annette, die Frau von Soames Forsyte, eine Tochter.« Darunter auf das Löschblatt kritzelte er das Wort: Sohn.

Es war acht Uhr, an einem Tag wie eben im Herbst, als er ins Haus hinüberging. Die Büsche um den Fluss ragten rund und farbig aus einem milchigen Nebel; der Waldrauch stieg blau und gerade in die Höhe; und seine Tauben gurrten und putzten ihr Gefieder im Sonnenschein.

Er stahl sich in sein Ankleidezimmer hinauf, badete, rasierte sich, und zog frische Wäsche und dunkle Kleider an.

Madame Lamotte begann gerade ihr Frühstück, als er herunterkam.

Sie sah auf seinen Anzug, sagte: »Sagen Sie mir nichts«, und drückte ihm die Hand. »Annette geht es ganz gut. Aber der Doktor meint, sie könne nie mehr Kinder haben. Wussten Sie das?« Soames nickte. »Sehr schade. Mais la petite est adorable. Du café?«

Soames verließ sie sobald er konnte. Ihr Anblick verletzte ihn – sie war so kraftvoll, so sachlich, rasch, klar – und so *französisch*. Er konnte ihre Vokale nicht vertragen und ihre »r«; ihn ärgerte die Art, wie sie ihn angesehen hatte, als wäre es seine Schuld, dass Annette ihm nie einen Sohn gebären konnte! Seine Schuld! Ihn ärgerte sogar ihr billiges Entzücken über die Tochter, die er noch nicht gesehen hatte.

Merkwürdig, wie er den Anblick seiner Frau und des Kindes hinausschob!

Man hätte meinen sollen, dass er im ersten Augenblick hinaufgestürzt sein müsste. Allein er hatte im Gegenteil förmlich eine physische Scheu davor – der stolze Besitzer. Er fürchtete sich davor, was Annette von ihm als Urheber ihrer Todesqualen dachte, fürchtete sich vor dem Aussehen des Kindes, fürchtete seine Enttäuschung über Gegenwart und – Zukunft zu zeigen.

Er wanderte eine Stunde im Wohnzimmer auf und nieder, ehe er Mut fassen konnte, die Treppe hinaufzusteigen und an die Tür ihres Zimmers zu klopfen.

Madame Lamotte öffnete ihm.

»Ah! Endlich kommen Sie! Elle vous attend!« Sie ließ ihn vorbei.

Soames ging, die Lippen zusammengepresst und verstohlen um sich blickend, mit seinem lautlosen Schritt hinein.

Annette lag sehr bleich und sehr hübsch da. Das Kind war irgendwo verborgen, er konnte es nicht sehen. Er trat an das Bett, und in plötzlicher Bewegung bückte er sich und küsste sie auf die Stirn.

»Da bist du ja, Soames«, sagte sie. »Mir geht es jetzt nicht so schlecht. Aber ich habe furchtbar gelitten, furchtbar. Ich bin froh, dass ich keine Kinder mehr haben kann. O wie ich gelitten habe!«

Soames stand still da und streichelte ihre Hand; Worte der Zärtlichkeit, des Mitgefühls wollten durchaus nicht kommen. »Ein englisches Mädchen hätte das nicht gesagt!«, dachte er sich. In diesem Augenblick wusste er, dass er ihr geistig niemals wirklich näherkommen würde, noch sie ihm. Er hatte sie zu sich genommen – das war alles! Und Jolyons Worte: »Ich kann mir denken, dass du froh sein wirst, den Hals aus der Schlinge zu bekommen«, fielen ihm ein. Nun, er hatte ihn herausbekommen! War er wieder hineingeraten?

»Wir müssen dich gut pflegen«, sagte er, »du wirst dich bald wieder kräftigen.«

»Willst du das Kind nicht sehen, Soames? Es schläft.«

»Natürlich«, erwiderte Soames, »sehr gern.«

Er ging um das Fußende des Bettes auf die andere Seite und stand mit starrem Blick da. Im ersten Augenblick war, was er sah, genau, was zu sehen er erwartet hatte – ein Säugling. Doch als er hinschaute und das Kind atmete und er kleine Schlafbewegungen in den winzigen Zügen sah, schien es eine individuelle Gestalt anzunehmen, wie ein Bild zu werden, etwas, das er wiedererkennen würde; es stieß ihn nicht ab, war sonderbar knospenhaft und rührend. Es hatte dunkles Haar. Er berührte es mit den Fingern, wünschte seine Augen zu sehen. Sie öffneten sich, waren dunkel – ob blau oder braun, konnte er nicht sagen. Die Augen blinzelten, starrten, es war eine verschlafene Tiefe darin. Und plötzlich quoll ein sonderbares, warmes Gefühl in seinem Herzen auf, etwas wie stolze Freude.

»Ma petite fleur!«, sagte Annette sanft.

»Fleur«, wiederholte Soames; »Fleur! So wollen wir sie nennen.«

Ein Gefühl von Triumph und erneuten Besitzes schwoll in ihm.

Bei Gott! Dies – dies Wesen war *sein*!

Karl-Maria Guth (Hg.)

Erzählungen der Frühromantik

HOFENBERG

Karl-Maria Guth (Hg.)

Erzählungen der Hochromantik

HOFENBERG

Karl-Maria Guth (Hg.)

Erzählungen der Spätromantik

HOFENBERG

Erzählungen der Frühromantik

1799 schreibt Novalis seinen Heinrich von Ofterdingen und schafft mit der blauen Blume, nach der der Jüngling sich sehnt, das Symbol einer der wirkungsmächtigsten Epochen unseres Kulturkreises. Ricarda Huch wird dazu viel später bemerken: »Die blaue Blume ist aber das, was jeder sucht, ohne es selbst zu wissen, nenne man es nun Gott, Ewigkeit oder Liebe.«

Tieck Peter Lebrecht **Günderrode** Geschichte eines Braminen **Novalis** Heinrich von Ofterdingen **Schlegel** Lucinde **Jean Paul** Des Luftschiffers Giannozzo Seebuch **Novalis** Die Lehrlinge zu Sais
ISBN 978-3-8430-1878-4, 416 Seiten, 29,80 €

Erzählungen der Hochromantik

Zwischen 1804 und 1815 ist Heidelberg das intellektuelle Zentrum einer Bewegung, die sich von dort aus in der Welt verbreitet. Individuelles Erleben von Idylle und Harmonie, die Innerlichkeit der Seele sind die zentralen Themen der Hochromantik als Gegenbewegung zur von der Antike inspirierten Klassik und der vernunftgetriebenen Aufklärung.

Chamisso Adelberts Fabel **Jean Paul** Des Feldpredigers Schmelzle Reise nach Flätz **Brentano** Aus der Chronika eines fahrenden Schülers **Motte Fouqué** Undine **Arnim** Isabella von Ägypten **Chamisso** Peter Schlemihls wundersame Geschichte **Hoffmann** Der Sandmann **Hoffmann** Der goldne Topf
ISBN 978-3-8430-1879-1, 408 Seiten, 29,80 €

Erzählungen der Spätromantik

Im nach dem Wiener Kongress neugeordneten Europa entsteht seit 1815 große Literatur der Sehnsucht und der Melancholie. Die Schattenseiten der menschlichen Seele, Leidenschaft und die Hinwendung zum Religiösen sind die Themen der Spätromantik.

Brentano Die drei Nüsse **Brentano** Geschichte vom braven Kasperl und dem schönen Annerl **Hoffmann** Das steinerne Herz **Eichendorff** Das Marmorbild **Arnim** Die Majoratsherren **Hoffmann** Das Fräulein von Scuderi **Tieck** Die Gemälde **Hauff** Phantasien im Bremer Ratskeller **Hauff** Jud Süss **Eichendorff** Viel Lärmen um Nichts **Eichendorff** Die Glücksritter
ISBN 978-3-8430-1880-7, 440 Seiten, 29,80 €

Erzählungen aus dem Biedermeier

Biedermeier - das klingt in heutigen Ohren nach langweiligem Spießertum, nach geschmacklosen rosa Teetässchen in Wohnzimmern, die aussehen wie Puppenstuben und in denen es irgendwie nach »Omma« riecht.

Zu Recht. Aber nicht nur.

Biedermeier ist auch die Zeit einer zarten Literatur der Flucht ins Idyll, des Rückzuges ins private Glück und der Tugenden. Die Menschen im Europa nach Napoleon hatten die Nase voll von großen neuen Ideen, das aufstrebende Bürgertum forderte und entwickelte eine eigene Kunst und Kultur für sich, die unabhängig von feudaler Großmannssucht bestehen sollte.

Georg Büchner Lenz **Karl Gutzkow** Wally, die Zweiflerin **Annette von Droste-Hülshoff** Die Judenbuche **Friedrich Hebbel** Matteo **Jeremias Gotthelf** Elsi, die seltsame Magd **Georg Weerth** Fragment eines Romans **Franz Grillparzer** Der arme Spielmann **Eduard Mörike** Mozart auf der Reise nach Prag **Berthold Auerbach** Der Viereckig oder die amerikanische Kiste

ISBN 978-3-8430-1884-5, 444 Seiten, 29,80 €

Erzählungen aus dem Biedermeier II

Annette von Droste-Hülshoff Ledwina **Franz Grillparzer** Das Kloster bei Sendomir **Friedrich Hebbel** Schnock **Eduard Mörike** Der Schatz **Georg Weerth** Leben und Taten des berühmten Ritters Schnapphahnski **Jeremias Gotthelf** Das Erdbeerimareili **Berthold Auerbach** Lucifer

ISBN 978-3-8430-1885-2, 440 Seiten, 29,80 €

Erzählungen aus dem Biedermeier III

Eduard Mörike Lucie Gelmeroth **Annette von Droste-Hülshoff** Westfälische Schilderungen **Annette von Droste-Hülshoff** Bei uns zulande auf dem Lande **Berthold Auerbach** Brosi und Moni **Jeremias Gotthelf** Die schwarze Spinne **Friedrich Hebbel** Anna **Friedrich Hebbel** Die Kuh **Jeremias Gotthelf** Barthli der Korber **Berthold Auerbach** Barfüßele

ISBN 978-3-8430-1886-9, 452 Seiten, 29,80 €